EVA VÖLLER

Ein Gefühl von Hoffnung

Weiterer Titel der Autorin:

Ein Traum vom Glück

Titel auch als Hörbuch erhältlich

EVA
VÖLLER

Ein Gefühl von Hoffnung

LÜBBE

RUHRPOTT
Saga

MIX
Papier aus verantwortungsvollen Quellen
FSC® C014496

Dieser Titel ist auch als Hörbuch und E-Book erschienen

Originalausgabe

Textredaktion: Anna Hahn, Trier
Umschlaggestaltung: Johannes Wiebel | punchdesign, München
Unter Verwendung von Motiven von © shutterstock: Daboost | Andrius_Saz | Vyntage Visuals | saiko3p
Satz: hanseatenSatz-bremen, Bremen
Gesetzt aus der Adobe Caslon Pro
Druck und Einband: GGP Media GmbH, Pößneck
Printed in Germany
ISBN 978-3-7857-2694-5

2 4 5 3 1

Sie finden uns im Internet unter: www.luebbe.de
Bitte beachten Sie auch: www.lesejury.de

Für Karl

TEIL 1

Kapitel 1

»Hoch soll er leben, hoch soll er leben, dreimal hoch!« Die Familie sang das Lied im Chor, während das Geburtstagskind auf einem Stuhl stand und die Ehrung verlegen über sich ergehen ließ. Dem siebenjährigen Jakob war es sichtlich unangenehm, im Mittelpunkt der Aufmerksamkeit zu stehen. Nicht nur seine Wangen waren rot angelaufen, sondern auch die leicht abstehenden Ohren schimmerten rötlich, zusätzlich angestrahlt von den Kerzen des Weihnachtsbaums, der hinter ihm stand. Die Festtage waren zwar bereits vorbei, aber der Baum würde wie jedes Jahr bis zum Dreikönigstag stehen bleiben.

Auch auf der Geburtstagstorte des Jungen brannten Kerzen, und nachdem der letzte Ton des Lieds verklungen war, hob Johannes den Kleinen vom Stuhl, damit er sie auspusten konnte.

»Komm schon, alle auf einmal«, sagte er aufmunternd, und dabei spiegelte sich seine tiefe Zuneigung zu dem Kind in seinen Zügen wider.

Jakob holte tief Luft, und unter dem jubelnden Beifall der Familie blies er mit einem kräftigen Pusten alle Kerzen aus.

»Vergiss nicht, dir was zu wünschen!«, rief seine Schwester Bärbel, und Jakob kniff fest die Augen zu, sichtbares Zeichen für die Dringlichkeit seines Wunschs. Seine älteste Schwester Inge, die am Vortag ebenfalls ihren Geburtstag begangen hatte, kämpfte mit den Tränen. Sie wusste genau, was er sich erträumte – er wollte nicht länger zur Schule gehen. Das hatte er auch schon auf den Wunschzettel fürs Christkind geschrieben.

Im Leben eines jeden Menschen gibt es Wünsche, die so

elementar sind, dass man alles nur Erdenkliche tun würde, um sie wahrzumachen. So wie sie selbst in jener Nacht vor sieben Jahren, als ihre Mutter bei Jakobs Geburt gestorben war. Inge hätte in ihrer Verzweiflung jeden Pakt mit dem Teufel geschlossen, wenn er es ungeschehen gemacht hätte.

Doch solche Wünsche erfüllten sich bekanntlich nie, und auch ihr kleiner Bruder würde lernen müssen, mit den Zwängen des Lebens klarzukommen. Der Schule entging man nicht. Jedenfalls nicht, wenn man sieben Jahre alt und in der ersten Klasse war.

»Willst du nicht deine Geschenke auspacken?« Johannes zeigte auf den Stapel bunt verpackter Gaben, die Inge liebevoll auf einem Beistelltischchen dekoriert hatte.

Das ließ sich Jakob nicht zweimal sagen. Unter den fröhlichen Kommentaren von allen Seiten zog er vorsichtig das Papier von den Päckchen und begutachtete seine Geschenke. Mehrere Spielzeugautos und ein Bastelset für ein Flaschenschiff von Johannes und Hanna, ein Säckchen Murmeln und eine Tafel Schokolade von Bärbel, ein Geldumschlag von Mine und Karl. Und ein selbst gestrickter Pulli und ein Buch von Inge. Gut erzogen wandte er sich an die Runde und bedankte sich höflich.

Reihum drückten und herzten alle Familienmitglieder den Kleinen, obwohl er schon im Laufe des Tages diverse Umarmungen, Küsse und Streicheleien erduldet hatte. Wieder ließ er die familiäre Zuwendung geduldig, aber mit sichtlichem Unbehagen über sich ergehen. Je länger es andauerte, desto gequälter wurde sein Lächeln, und schließlich bereitete Inge dem Ganzen ein Ende, indem sie Jakob an ihre Seite zog und erklärte, nun sei es Zeit für den Geburtstagskaffee. Sie wies Jakob an, alle Geschenke in sein Zimmer zu bringen, und Bärbel musste das Papier von den Verpackungen glatt streichen und zusammenlegen, damit es noch einmal verwendet werden konnte.

Inge hatte den Wohnzimmertisch ausgezogen und hochgekurbelt, sodass sie alle daran Platz fanden. Johannes und Hanna saßen nebeneinander, gegenüber von Mine und Karl. Am Kopfende saß Bärbel, und Inge hatte ihren Platz auf der anderen Seite des Tisches, neben Jakob. Es war eng, aber gemütlich, und zu Inges Erleichterung herrschte eine aufgeräumte, beinahe heitere Stimmung. Sie selbst bemühte sich, ebenfalls dazu beizutragen, indem sie kleine Scherze einstreute oder über die Bemerkungen der anderen lachte. Etwa, als Hanna in launiger Manier erzählte, wie großkotzig manche ihrer Kunden sich aufführten. Sie war Mitinhaberin einer Kunsthandlung in Düsseldorf und hatte mit allen möglichen Leuten aus der Hautevolee zu tun. Von denen gab es offenbar in den letzten Jahren immer mehr. Manche schwammen geradezu in Geld und scheuten sich nicht, mehrere tausend Mark für ein Gemälde hinzublättern, und das oft ohne besonderes Kunstverständnis.

»Letzte Woche kam doch tatsächlich einer und wollte das *Blaue Pferd* von Franz Marc. Ich verzog keine Miene und versicherte, ich würde es sofort für ihn reservieren, falls ich es hereinbekäme. Da meinte seine Frau, sie hätte es aber lieber in Rot, das würde besser zu ihren Vorhängen passen.«

Inge lachte pflichtschuldigst, und auch Johannes lächelte, obwohl er diese Anekdote wahrscheinlich nicht zum ersten Mal hörte. Bärbel hingegen fragte Hanna, wieso sie solche dämlichen Banausen überhaupt bediente. »Die hätte ich achtkantig rausgeworfen!«

»Wer zahlt, schafft an, und ich habe denen an diesem Tag für viel Geld was anderes verkauft«, erklärte Hanna lächelnd. Sie steckte eine Zigarette auf ihre silberne Spitze und zündete sie an. Inge verspürte einen Hauch von Ärger, aber dann machte sie sich klar, dass es ihre eigene Schuld war. Sie hätte ja keinen Aschenbecher auf den Tisch stellen müssen.

Inges Großmutter Mine nahm jedoch kein Blatt vor den Mund. »Dat Wohnzimmer hier is auch Inges Schlafzimmer«, sagte sie zu Hanna. »Dat stinkt tagelang nach Qualm, wenn hier gepafft wird.«

Hanna hob überrascht die dunkel nachgezogenen Brauen. Die Situation schien ihr peinlich zu sein. Sie warf Johannes einen Hilfe suchenden Blick zu. Der wiederum wirkte ebenfalls unangenehm berührt. Fragend sah er Inge an.

»Ach was, Hanna, rauch ruhig«, sagte Inge hastig. »Ich kann ja nachher gut durchlüften!«

Doch Hanna hatte ihre Zigarette schon im Aschenbecher ausgedrückt, und Inge ärgerte sich erneut über sich selbst, diesmal, weil sie mit ihrer Äußerung Oma Mine in die Parade gefahren war, aber es störte sie auch, dass sich Hanna überhaupt eine Zigarette angesteckt hatte. Normalerweise ging sie zum Rauchen vor die Tür.

Inges Vater meldete sich zu Wort. »Wer ist Franz Marc?«, fragte Karl in die Runde.

»Ein berühmter Maler, Papa«, sagte Inge.

Karl nickte, als hätte er es geahnt. »Das habe ich bestimmt auch mal gewusst.«

»Natürlich hast du das gewusst, Papa.«

Karl wandte sich an Hanna. »Ich wusste früher viel mehr als heute. Leider habe ich seit dem Krieg ein schlechtes Gedächtnis.«

»Ich weiß, Herr Wagner«, erwiderte Hanna mit sanfter Stimme. Mitleid stand in ihren Augen, die sie wie immer ausdrucksstark geschminkt hatte, was ihre Schönheit noch unterstrich.

Karl schien das Bedürfnis zu verspüren, seine Beeinträchtigung näher zu veranschaulichen. Er drehte den Kopf, um Hanna die Narbe von seiner schweren Kriegsverletzung zu zeigen.

»Das musst du nicht machen, Papa«, sagte Bärbel. Sie klang wütend. »Hanna weiß, wie es um dich steht. Und du brauchst dich wirklich nicht dafür zu schämen, dass du Sachen vergessen hast.«

»Dat meiste is sowieso unwichtig«, pflichtete Oma Mine ihr bei. »Ich kenn den Maler auch nich. Keine Ahnung, wer dat war. Ehrlich, Jung, dat muss man nich wissen.«

Jetzt wirkte Karl erst recht unglücklich. Es schien ihm peinlich zu sein, dass er überhaupt davon angefangen hatte.

Inge griff nach seiner Hand und drückte sie fest. Dann stand sie auf, um in der angrenzenden kleinen Küche frischen Kaffee aufzubrühen. Nebenan im Wohnzimmer dümpelte die Unterhaltung unterdessen weiter vor sich hin. Alle bemühten sich jetzt, Karl mit einzubeziehen und ihm das Gefühl zu geben, in jeder nur erdenklichen Weise dazuzugehören – wobei das ohnehin keiner je infrage gestellt hätte. Doch es gab immer wieder Gelegenheiten, bei denen er selbst seine geistige Einschränkung als belastend empfand, und in diesen Momenten zerriss es Inge das Herz.

Hanna schien Mine den Tadel wegen des Rauchens nicht übel zu nehmen, sie erzählte von einer anderen Begebenheit aus ihrem Geschäft, und anschließend wollte sie von Bärbel wissen, wie es in der Schule lief.

»Großartig«, behauptete Bärbel, und Inge unterdrückte bei diesen Worten ihrer jüngeren Schwester ein frustriertes Seufzen, denn sie wusste es besser. In der letzten Zeit schien Bärbel alles, was mit der Schule zusammenhing, völlig gleichgültig zu sein. Inge hatte sie bereits zweimal beim Schwänzen erwischt und auf ihre besorgte Ermahnung hin nur die patzige Aufforderung geerntet, sich um ihren eigenen Mist zu kümmern. Schon allein deswegen hatte sie keine Lust, genauer darüber nachzudenken. Sie hasste es geradezu, sich damit auseinandersetzen zu müssen. Es war schlimm genug, dass Jakob diese

Schwierigkeiten in der Schule hatte. Wobei er ja noch klein war und jedes Verständnis brauchen konnte, während Bärbel allmählich von selbst begreifen müsste, dass einem nichts im Leben geschenkt wurde.

Hanna kam zu Inge in die Küche. »Brauchst du Hilfe?«

»Nein danke, ich komm schon klar.« Inge goss heißes Wasser aus dem Kessel in den Filter, und der Duft von frisch aufgebrühtem Kaffee verbreitete sich in der winzigen Küche. In den letzten Tagen hatte es fast mehr Bohnenkaffee gegeben als sonst das ganze Jahr über. Zuerst an Heiligabend und den beiden Weihnachtsfeiertagen, danach zu Inges Geburtstag, und heute zur Feier von Jakobs Siebtem. Normalerweise tranken sie immer nur Malzkaffee. Mittlerweile mussten sie zwar nicht mehr jeden Pfennig dreimal umdrehen, aber für sinnlosen Luxus war das Geld immer noch zu schade. Das war auch ein Grund, warum keiner in der Familie rauchte. Allein dadurch ließ sich eine Menge sparen.

Als hätte Hanna Einblick in ihre Gedanken, meinte sie leise und nur für Inge hörbar: »Tut mir leid, dass ich mir vorhin einfach eine angesteckt habe. Da stand der Aschenbecher, und deshalb … Ehrlich, ich hab mir gar nichts dabei gedacht.«

»Das weiß ich doch.«

»Hast du sonst nicht immer zusammen mit Bärbel oben in dem vorderen Dachzimmer geschlafen?«

»Wir haben neulich die Schlafräume anders aufgeteilt. Oben haben jetzt Johannes und Jakob ihre Zimmer. Bärbel hat Mamas früheres Schlafzimmer bekommen, und ich schlafe wieder auf dem Klappsofa hier im Wohnzimmer, so wie früher. So hat jeder von uns einen eigenen Raum zum Übernachten.« Inge goss erneut etwas heißes Wasser nach. »Hat Johannes dir nichts davon erzählt?«

Hanna schüttelte den Kopf, und Inge fragte sich wieder einmal, wie es um die Beziehung der beiden stand. Hanna

Morgenstern und Johannes Schlüter waren seit fast drei Jahren verlobt, aber im vergangenen Sommer hatte es zwischen den beiden gekriselt, und Hanna war daraufhin vorübergehend nach Düsseldorf gezogen. Mit der offiziellen Begründung, es von dort aus nicht so weit zur Arbeit zu haben. Kurz vor Weihnachten war sie allerdings zurückgekommen und wohnte jetzt wieder in der Nachbarschaft, bei ihrem Bruder Stan Kowalski – ein mehr oder weniger provisorisches Arrangement für alle Beteiligten. Denn Stan hatte mittlerweile eine eigene Familie; er hatte im vorigen Jahr geheiratet, und schon kurz darauf hatte seine Frau Zwillinge bekommen. In wenigen Monaten erwarteten Stan und Renate bereits weiteren Nachwuchs.

Nach außen hin machten Hanna und Johannes den Eindruck, als wäre wieder alles zwischen ihnen in Ordnung. Doch die Wohnung in Düsseldorf hatte sie trotzdem behalten. Sie hatte bei ihrer Rückkehr nach Essen-Fischlaken bloß ein paar Koffer mitgebracht, und aus denen lebte sie jetzt. Die Woche über blieb sie jedoch meist in Düsseldorf, auch wegen ihrer Arbeit in der Kunsthandlung.

»Scheint so, als müssten Johannes und ich uns erst gegenseitig auf den neuesten Stand bringen«, meinte Hanna leichthin. »Höchste Zeit, dass wir uns wieder richtig zusammenraufen.«

Sie schien das Ganze mit Humor zu nehmen, und Inge war froh darüber. Das war genau das, was Hanna so liebenswert machte – ihr optimistischer Frohsinn, ihr natürliches Improvisationstalent und die fürsorgliche Hartnäckigkeit, mit der sie immer wieder danach strebte, das Leben in die richtige Spur zu bringen. Vor allem nach Katharinas Tod hatte sie nichts unversucht gelassen, Inge und Bärbel aus dem schwarzen Loch zu holen, in dem die beiden Schwestern so lange gesteckt hatten. Tag und Nacht hatte Hanna ihnen beigestanden. In den ersten Wochen hatte sie zudem häufig das schreiende, von Dreimonatskoliken geplagte Baby umhergetragen, weil Johannes damals nach dem Grubenunglück noch im Krankenhaus lag und Inge wegen einer Grippe außer Gefecht gesetzt war. Mine, die zu jener Zeit mit Wäsche, Haushalt und Kochen bis zur Erschöpfung ausgelastet gewesen war, hatte die unverrückbare Meinung vertreten, dass Schreien bei Babys die Lungen kräftigte, aber Hanna war zum Glück anderer Ansicht gewesen. Sie hatte Jakob in ihren Armen gewiegt und ihm polnische Kinderliedchen vorgesummt, bis er wieder eingeschlafen war, und danach hatte sie stundenlang bei Inge und Bärbel im Zimmer gesessen. Sie war einfach nur da gewesen und hatte ihnen das Gefühl gegeben, nicht allein zu sein.

Inge schüttete einen letzten Wasserschwall in den Kaffeefilter. Die Kanne war fast voll.

»Das wird alles wieder«, sagte sie zu Hanna. »Das Leben geht weiter. Ihr beide braucht einfach nur ein bisschen Zeit.« Erst danach erkannte sie, dass es exakt dieselben Worte waren, die Hanna damals zu ihr gesagt hatte.

»Zeit …«, wiederholte Hanna leise. »Wenn man davon nur immer so viel hätte, wie man bräuchte.« Es klang ein wenig trostlos. Ihre seegrünen Augen wirkten verhangen, und zum ersten Mal bemerkte Inge die feinen Fältchen im Gesicht der mütterlichen Freundin. Nie zuvor war ihr aufgefallen, dass sich bei Hanna erste Spuren des Alters zeigten. Sie hatte im Sommer ihren vierzigsten Geburtstag gefeiert, doch man sah ihr die Jahre nicht an. Ihr kupferrotes Haar wies keine einzige graue Strähne auf, sie wirkte anziehend und jugendlich wie eh und je. Und niemand, schon gar nicht sie selbst, störte sich daran, dass sie sieben Jahre älter war als Johannes.

Katharina war ebenfalls fast sieben Jahre älter gewesen als er. Sie und Johannes hätten ein schönes Paar abgegeben. Wenn sie nicht gestorben wäre …

Inge schluckte, und obwohl sie sich fest vorgenommen

hatte, dieses Jahr nicht zu weinen, schossen ihr vor Kummer die Tränen in die Augen. Es kam ihr immer noch so vor, als sei es erst gestern geschehen. Der fahle, graue Morgen, an dem Hanna gemeinsam mit Stan zu ihnen ins Haus gekommen war und ihnen die schreckliche Nachricht vom Tod der Mutter überbracht hatte. Der Schock, das Nicht-Wahrhaben-Wollen, gefolgt vom lähmenden Entsetzen des Begreifens. Und danach die furchtbare dunkle Zeit der Trauer.

Jakobs Geburtstag und Katharinas Todestag würden auf immer untrennbar verbunden bleiben. Da, wo eigentlich Freude und Feierstimmung vorherrschen sollten, war die Last des erlittenen Verlusts nur einen Gedankensprung weit entfernt.

Inge spürte, wie sich ihre Kehle verengte. Der Tränenausbruch war nicht mehr aufzuhalten.

»Kannst du bitte den anderen Kaffee nachschenken?«, brachte sie gerade noch mühsam hervor. »Ich muss mal für einen Moment an die frische Luft.«

Hanna legte ihr mitfühlend die Hand auf die Schulter. »Soll ich mitkommen?«

Inge unterbrach sie mit einem hastigen Kopfschütteln, dann lief sie die Treppe hinunter und durch die Haustür ins Freie. Erst, als sie in der beißenden Dezemberkälte draußen auf dem Kiesweg stand, bemerkte sie, dass sie ohne Stiefel und Winterjacke hinausgerannt war. Doch in diesem Augenblick war ihr das völlig egal. Das Schluchzen brach aus ihr heraus, und sie schaffte es gerade noch, sich die Hände vors Gesicht zu drücken, damit nicht gleich die ganze Nachbarschaft sie weinen hörte. Kurz erwog sie, in den Garten zu laufen, entschied dann jedoch, sich stattdessen in den Keller zu flüchten. In dem Matsch hinterm Haus hätte sie sich sonst nur die guten neuen Hausschuhe versaut, die sie erst gestern von Hanna und Johannes zum Geburtstag bekommen hatte – schmale

Samtpantoffeln mit himmelblauen Bommeln aus Plüsch. Inge wusste, dass Hanna sie ausgesucht hatte, eine modische Extravaganz, die sicher ganz schön was gekostet hatte. Hanna besaß ein ähnliches Paar, und sie kaufte stets nur teure Markenqualität.

Immer noch schluchzend ging Inge zurück ins Haus. Durch den dunklen Hausflur eilte sie zur Kellertür. Sie brauchte kein Licht, weder auf der Treppe noch in den Kellerräumen, denn sie kannte dort unten jeden Winkel und hätte sich auch mit verbundenen Augen zurechtgefunden. Im Keller war es fast genauso kalt wie draußen, und Inge schlang fröstelnd die Arme um sich, während sie in der Mitte der Waschküche stehen blieb und leise vor sich hin weinte. Doch trotz ihres Elends wusste sie, dass sie in ein paar Minuten wieder oben bei den anderen sitzen und sich nichts anmerken lassen würde. Diese Gefühle überkamen sie nicht zum ersten Mal, und so schlimm es auch war – es wurde von Jahr zu Jahr etwas besser. Im Laufe der Zeit war der Schmerz über den frühen Verlust ihrer Mutter zu einem vertrauten Begleiter geworden, es gab nur noch wenige Tage, an denen er so unerträglich war, dass sie es kaum aushielt. Etwa am Geburtstag ihres kleinen Bruders.

Im Vorraum ging das Licht an, und als Inge sich zögernd umwandte, sah sie Johannes im Durchgang stehen. Seine große, breitschultrige Gestalt zeichnete sich wie ein Schattenriss vor dem schwach erleuchteten Hintergrund des Kellergangs ab. Sein Gesicht lag im Dunkeln.

»Alles in Ordnung?«, fragte er. Es klang besorgt.

Inge wischte sich mit dem Handrücken die nassen Wangen ab und nickte stumm.

*

In Wahrheit war gar nichts in Ordnung, und Johannes wusste es genau. Es schnitt ihm ins Herz, Inge weinen zu sehen, und er hätte sonst was drum gegeben, ihren Kummer lindern zu können. Hanna hatte ihm geraten, sie in Ruhe zu lassen, aber das brachte er nicht über sich.

»Wenn ich irgendwas tun kann …«, sagte er leise. Es klang genauso, wie er sich fühlte – hilflos und niedergeschlagen. Jakobs Geburtstag war auch für ihn immer einer der schlimmsten Tage im Jahr. Sosehr er es sich auch stets wieder vornahm – er schaffte es kaum, sich mit seinem kleinen Sohn über den Beginn des neuen Lebensjahres zu freuen, ohne sich an die furchtbare Nacht seiner Geburt zu erinnern.

Inge wischte sich über die Augen. »Es geht schon wieder.«

»Lass dir Zeit.«

»Ich wasch mir nur rasch das Gesicht, dann setze ich mich wieder zu euch.«

»Das musst du nicht. Geh einfach rauf in Jakobs Zimmer, wenn du noch eine Weile allein sein willst. Ich sag den anderen, dass du Kopfschmerzen hast.«

»Das ist nicht nötig. Es würde nur die Stimmung verderben. Jakob soll einen schönen Geburtstag haben.«

»Den hat er doch. Er hat sich sehr über die Geschenke gefreut. Ich glaube nicht, dass ihm irgendwas fehlt.«

»Das weiß man bei ihm nie so genau.« Inge beugte sich über das schäbige kleine Emailbecken neben der Waschmaschine und spritzte sich Wasser ins Gesicht.

»Was meinst du damit?«, fragte Johannes, während sie sich mit einem frischen Handtuch abtrocknete. Er schaltete das Licht an, um sie besser sehen zu können.

»Jakob hat Schwierigkeiten in der Schule«, sagte Inge.

Johannes nahm ihre Antwort perplex zur Kenntnis. »Wirklich? Wie ist das möglich? Jakob ist ein unglaublich kluger Junge und viel weiter als die meisten Kinder in seinem Alter!

Er kann fließend lesen, und seine Fähigkeiten im Rechnen gehen über den Stoff der Volksschule deutlich hinaus!«

»Vielleicht ist das der Grund, warum er die Schule nicht mag. Möglicherweise langweilt er sich dort einfach.«

»Woher weißt du das? Mir hat er nichts davon erzählt!«

»Mir auch nicht. Es stand auf seinem Wunschzettel fürs Christkind, dass er nicht mehr hingehen will.«

»Das hättest du mir erzählen müssen!«

»Ich erzähl's dir ja jetzt. Nach den Weihnachtsferien werde ich mal mit der Klassenlehrerin sprechen.«

»Soll ich mitgehen?«

Inge schüttelte den Kopf. »Das kann ich allein klären. Die kennen mich bereits vom ersten Elternabend.«

»Aber ich bin sein Vater!«

»Ja, das bist du, niemand kann es übersehen, denn er ist dir wie aus dem Gesicht geschnitten. Genau aus diesem Grund solltest du dich besser da raushalten.«

Johannes setzte zu einem Widerspruch an, verstummte aber sofort wieder, denn es war nicht zu leugnen, dass sie recht hatte. Offiziell war Karl der Vater des Jungen, so stand es in Jakobs Geburtsurkunde. Damals war Katharina rechtsgültig mit Karl verheiratet gewesen. Seine langjährige Verschollenheit hatte daran nichts geändert. Bei Kindern, die während einer Ehe geboren wurden, galt der Ehemann automatisch als Vater, auch wenn er es biologisch gesehen gar nicht sein konnte. Niemand, der mit den näheren Umständen vertraut war, glaubte ernsthaft, dass Karl wirklich der Erzeuger des Jungen war, aber das spielte vor dem Gesetz keine Rolle.

Johannes hatte nach außen hin keine Befugnisse, und wenn er versuchte, sich welche herauszunehmen, konnte er Jakob damit womöglich wirklich mehr schaden als nutzen.

Bitterkeit überkam ihn, denn das hier war eine der Situationen, vor denen Katharina ihn schon vor Jakobs Geburt gewarnt hatte. Er hatte ihr damals beteuert, dass es ihm nichts ausmachte – für ihn war es nur wichtig gewesen, mit ihr und dem Kind, das sie erwartete, zusammen sein zu können. Jakob war sein Sohn, Johannes liebte ihn über alles und würde sein Leben für ihn geben. Aber Johannes' Onkel Karl war derjenige, den Jakob *Papa* nannte, genauso wie auch Inge und Bärbel es taten, und so würde es für den Rest seines Lebens bleiben.

Inge schien zu merken, wie ihm zumute war.

»Was immer da in der Schule auch los ist – ich regle das schon«, erklärte sie.

»Sicher«, antwortete er. »Aber darum geht es mir nicht.«

»Ich weiß, worum es dir geht, Johannes. Aber wir müssen an Jakob denken. Wenn irgendwelches Gerede über seine Abstammung aufkommt, wäre er der Leidtragende.« Inge atmete durch. »Glaub mir, ich weiß, wovon ich spreche. Auf der Volksschule und sogar später noch auf dem Lyzeum war ich jahrelang ein Opfer von Klatsch und gehässigen Bemerkungen.«

Johannes war überrascht. »Du meinst, weil du unehelich auf die Welt gekommen bist?«

Sie nickte. »Irgendwer hatte herausgefunden, dass Papa nicht mein richtiger Vater ist. Du kannst dir nicht vorstellen, was ich mir deswegen alles anhören musste!«

Betroffen blickte Johannes sie an. »Das wusste ich gar nicht! Du hast nie etwas davon erzählt.«

»Ich häng's ja auch nicht an die große Glocke. Schon früher habe ich es lieber für mich behalten, weil Mama es auch ohne meine Probleme schwer genug hatte. Über sie haben sich die Leute ja noch viel schlimmer die Mäuler zerrissen.« Entschlossen hob sie das Kinn. »Ich weiß, dass immer noch über uns hergezogen wird. Unsere Familie bietet dafür offenbar eine breite Angriffsfläche. Aber was Jakob betrifft, werde ich alles nur Erdenkliche tun, um ihn davor zu beschützen.« Sie hielt inne und blickte Johannes fragend an. »Wieso lächelst du?«

Er hob die Schultern. »Ich habe gerade mal wieder deine geschliffene Ausdrucksweise bewundert. Du könntest in die Politik gehen.«

Inge verzog leicht belustigt das Gesicht. »Das überlasse ich wohl besser dir.«

»Nein danke«, gab er trocken zurück. »Ich bleibe lieber Gewerkschafter.«

»Und ich Buchhändlerin.«

Sie sagte es im Brustton der Überzeugung, aber eine winzige Nuance in ihrer Stimme ließ Johannes aufhorchen.

»Bedauerst du es manchmal, dass du kein Abitur machen und studieren konntest?«, wollte er wissen.

Seine spontane Frage schien sie nicht zu berühren. »Mir gefällt mein Beruf. Außerdem konntest du ja auch nicht studieren.«

»Das kann man nicht vergleichen.«

»Wieso nicht? Bei mir lag's an Mamas Tod und dass auf einmal ein Baby im Haus war, um das ich mich kümmern musste. Bei dir an der langen Kriegsgefangenschaft. Wir konnten es uns beide nicht aussuchen.« Unvermittelt sah sie auf ihre Armbanduhr. »Lieber Himmel, jetzt haben wir uns aber verquatscht! Die fragen sich oben sicher schon, wo wir abgeblieben sind!« Fragend deutete sie auf ihr Gesicht. »Sehe ich noch verheult aus?«

Er musterte sie. »Nein, nur bildhübsch wie immer.«

Das war kein hohles Kompliment, sie war wirklich eine Schönheit. Viele Leute sagten, sie sähe aus wie ihre Mutter, aber Johannes fand, dass zwischen den beiden höchstens eine oberflächliche Ähnlichkeit bestand, die sich bei genauerem Hinsehen sogar fast vollständig zu verflüchtigen schien.

Inge war größer als Katharina und ein wenig schmaler gebaut. Ihr Haar war einen Ton heller und glatt statt lockig, und das Blau ihrer Augen wirkte bei einer bestimmten Beleuchtung fast silbrig, während es bei Katharina eher veilchenfarbig gewesen war. Nur in einem Punkt kam Inge ganz nach ihr – sie besaß einen makellosen Teint und perfekte Zähne.

»Ach, noch was«, sagte Inge, während sie gemeinsam die Treppe hinaufgingen. »Über Silvester bin ich nicht da. Die Buchhandlung hat für ein paar Tage zu, und ich fahre mit Freunden zum Feiern ins Sauerland.«

»Weißt du schon, für wie lange?«

»Voraussichtlich bis zum dritten Januar.«

»Kein Problem, fahr nur. Da ist ja Wochenende, und Hanna und ich hatten ohnehin nichts Besonderes vor. Wahrscheinlich feiern wir mit Stan und Renate ins neue Jahr, ich wäre also höchstens ein paar Schritte weit weg. Und Mine und Karl sind sowieso zu Hause. Jakob wäre also zu keiner Zeit allein.«

»Es geht mir eher um Bärbel«, erklärte Inge. »Ich habe sie gefragt, was sie an Silvester vorhat, und da meinte sie, es ginge mich nichts an.«

»Sie ist ziemlich bockig in letzter Zeit, oder?«, erkundigte sich Johannes leicht besorgt. »Siebzehn ist wohl ein schwieriges Alter.«

»Für manche auf jeden Fall«, erwiderte Inge nur knapp.

Er wusste, worauf sie anspielte. Sie war gerade erst sechzehn gewesen, als sie von der Schule abgegangen war, um sich um ihren kleinen Bruder zu kümmern. Und Katharina hatte mit siebzehn Jahren schon Inge auf die Welt gebracht. Bärbel hingegen hatte kaum Verpflichtungen, außer sich auf die Schule zu konzentrieren. Allerdings schien es derzeit zu ihren Lieblingsbeschäftigungen zu gehören, sich gegen alle möglichen Regeln aufzulehnen.

»Ich kümmere mich darum, dass sie keinen Blödsinn anstellt«, versprach Johannes. Er hatte die Stimme gesenkt, denn inzwischen waren sie oben im ersten Stock angekommen, wo die anderen sie hören konnten. »Und es ist wirklich gut, dass du zum Jahreswechsel mal rauskommst! Hoffentlich in netter Gesellschaft! Ist Peter auch mit von der Partie?«

Damit meinte er Klaus-Peter, ihren Verlobten. Im Laufe der Jahre hatten sich alle in der Familie angewöhnt, den Vornamen abzukürzen und ihn – ebenso wie Inge und seine Freunde es taten – nur noch *Peter* zu nennen. Inge nickte stumm, und für einen Moment sah sie verlegen aus. Die Frage, wer denn sonst noch alles mitkäme, lag Johannes schon auf der Zunge, doch gerade noch rechtzeitig begriff er, dass die beiden vermutlich allein wegfahren wollten, also verkniff er sich weitere Bemerkungen. Mit ihren dreiundzwanzig Jahren war Inge längst erwachsen und außerdem schon seit Ewigkeiten mit ihrem Jugendfreund verlobt. Peter war fast mit dem Studium fertig; spätestens nach seinem Examen würden bei den beiden die Hochzeitsglocken läuten.

Davon abgesehen war es wirklich höchste Zeit, dass Inge einmal ein paar schöne Tage nur für sich hatte, ohne Arbeit, ohne häusliche Pflichten.

Johannes folgte ihr ins Wohnzimmer und setzte sich wieder zu den anderen an den Tisch. Inge pustete die Kerzen am Weihnachtsbaum aus. Sie waren fast heruntergebrannt. Bärbel und Hanna unterhielten sich angeregt über einen Kinofilm mit John Wayne, und Mine servierte Karl noch ein Stück von dem Apfelkuchen, den sie für die Feier gebacken hatte. Jakob hockte in der Ecke auf dem Boden und spielte versunken mit seinen neuen Matchboxautos. Der Kleine sah glücklich aus, und das war für Johannes in diesem Moment die Hauptsache.

Kapitel 2

»Ich räume nur noch die paar Bücher ein!«, rief Inge über die Schulter hinweg in den Verkaufsraum hinüber. »Du kannst ruhig schon Feierabend machen!«

Ihre Kollegin Brigitte tauchte im Durchgang zum Lager auf. »Bist du sicher, dass du das allein schaffst?«

»Bombensicher. Geh nur. Ich habe alles im Griff.«

»Ja, ich weiß, das hast du immer. Aber du hast doch eigentlich schon Feierabend!«

»Ich wollte etwas länger bleiben, und wir machen ja heute eh früher zu als sonst. Außerdem holt Peter mich gleich ab, da lohnt es sich nicht, vorher noch nach Hause zu gehen.«

»Und es macht dir wirklich nichts aus?«

»Nein, ganz ehrlich nicht«, bekräftigte Inge. Sie versuchte, sich ihr Mitgefühl mit der älteren Kollegin nicht allzu sehr anmerken zu lassen. Brigitte wirkte abgekämpft und verschwitzt. Ihre sonst so sorgfältig frisierten Löckchen waren schon vor Stunden zusammengefallen und lagen platt am Kopf an. Die lästigen Wechseljahrsbeschwerden waren für jedermann sichtbar. Es half auch nicht viel, wenn sie sich bei einer ihrer häufigen Hitzewallungen ins Lager oder in den kleinen Aufenthaltsraum flüchtete, bis es vorüber war, denn hinterher sah sie regelmäßig aus wie nach einem kilometerlangen Gewaltmarsch, und wenn jemand sie mitleidig darauf ansprach, brach sie sofort in Tränen aus.

Auch sonst hatte sie es nicht leicht im Leben. Brigitte war fast fünfzig und alleinstehend – ihr Mann war im Krieg gefallen, und in den ersten Nachkriegsjahren hatte sie auch noch die beiden Kinder verloren. Das eine war an Keuchhusten gestorben, das andere an Blutkrebs. Von dem Verlust ihrer Familie hatte sie sich bis heute nicht erholt. Die Arbeit in der Bücherei war ihr einziger Lebensinhalt, abgesehen von ihrer ehrenamtlichen Betätigung beim Roten Kreuz. Immerhin konnte sie auf die unverbrüchliche Zuneigung ihrer Tante Agathe zählen, der die Buchhandlung gehörte.

Dankbar nahm sie Inges Angebot an, vorzeitig nach Hause zu gehen. Eilig streifte sie ihren Mantel über, band sich ein Kopftuch um und verabschiedete sich.

»Ich wünsch dir einen guten Rutsch ins neue Jahr, Inge! Feiere schön mit deinen Freunden und komm gesund wieder!«

»Danke, das wünsche ich dir auch!«

Nachdem Brigitte gegangen war, räumte Inge rasch noch mehrere Kartons leer und stapelte einige der aktuell beliebtesten Bücher gut sichtbar auf dem großen Tisch im Eingangsbereich. Die anderen, derzeit nicht so stark nachgefragten Werke stellte sie alphabetisch geordnet in die deckenhohen Wandregale.

Noch waren seit der Mittagspause kaum Kunden hier gewesen, obwohl den ganzen Vormittag über reger Betrieb geherrscht hatte. Der Andrang war zwar geringer als in der Adventszeit, aber die Tage zwischen den Jahren waren ebenso wie der darauffolgende Januar immer noch eine verkaufsträchtige Zeit. In diesen Wochen setzten die Leute ihre Geldgeschenke von Weihnachten gern in Wunschbücher um.

Die Buchhandlung war schon zu ihren Jugendzeiten eine von Inges liebsten Anlaufstellen gewesen. Bereits als Kind war sie ein Büchernarr gewesen, und die öffentliche Leihbücherei schon früh so etwas wie ihr zweites Zuhause. Die dortige Leiterin, Fräulein Brandmöller, hatte sie beizeiten zu kleinen Hilfsdiensten herangezogen, wodurch sich Inges Liebe zu Büchern noch vertieft hatte. Aber auch die Buchhandlung im

Nachbarort, in der sie mittlerweile selbst arbeitete, hatte schon immer einen besonderen Reiz auf sie ausgeübt. Hier hatte sie als Schülerin Jahr um Jahr die aktuellen Neuerscheinungen bewundert, bevor die Werke auch in der Leihbücherei erhältlich waren.

Die erste Zeit hatte sie immer nur draußen vorm Schaufenster gestanden, ohne einen Pfennig in der Tasche, und sehnsüchtig die Auslagen betrachtet. Dabei hatte sie dem melodischen Klang der Ladenglocke gelauscht, wenn andere Leute hineingingen, um sich Bücher zu kaufen, oder mit vollen Büchertüten wieder herauskamen. Später, als sie endlich ein paar Mark Taschengeld zur Verfügung gehabt hatte, war sie kühner geworden, die vier Treppenstufen zu der halb verglasten und mit altmodischen Goldlettern verzierten Eingangstür hinaufgestiegen und hineingegangen. Manche der drinnen ausliegenden Romane hatten sie schon auf den ersten Blick magisch angezogen. Inge hatte sie zögernd vom Ladentisch oder aus dem Regal genommen, die Umschlagtexte gelesen und sich dabei vorgestellt, gut genug bei Kasse zu sein, um all diese Bücher kaufen und für immer behalten zu können, statt sie wie die entliehenen Werke aus der Bibliothek zurückgeben zu müssen.

Wenn man sie an solchen Tagen im Laden gefragt hatte, was sie wünsche, hatte sie regelmäßig ihre vorformulierte Antwort zum Besten gegeben – dass sie ein gutes Buch suche, auf das sie aber erst noch sparen müsse. Die dann unweigerlich folgende Beratung durch ihre heutige Chefin hatte sie sich stets höflich und aufmerksam angehört und sich anschließend bedankt, verbunden mit der Beteuerung, demnächst wiederzukommen.

Allerdings hatte sie den Laden bei diesen Gelegenheiten selten wieder verlassen, ohne etwas zu kaufen. Ihr Geld hatte zwar meist nur für eine Postkarte oder ein Lesezeichen gereicht, aber ab und zu war auch ein neues Buch zum Privatvergnügen drin gewesen – wohlgemerkt nur als günstige Taschenbuchausgabe, denn Bücher im Leineneinband waren praktisch unerschwinglich und kamen höchstens als Weihnachts- oder Geburtstagsgeschenke infrage.

Sie hätte es auch wie Johannes machen können, der sich schon seit Jahren regelmäßig für kleines Geld bei den Antiquariaten eindeckte und bereits eine ansehnliche Hausbibliothek sein Eigen nannte. Doch in Inges Augen ließ sich das nicht mit dem schon fast berauschenden Gefühl vergleichen, ein brandneues, ungelesenes Werk in Händen zu halten, ein Exemplar, das zuvor noch kein Mensch durchgeblättert hatte. Allein der Geruch eines Buchs, das zum ersten Mal aufgeschlagen wurde, war ein besonderes Erlebnis. Es war eine beinahe sinnliche Erfahrung, mit den Fingern sacht über die bisher unberührten Seiten zu fahren und dabei tief den unverwechselbaren Duft des druckfrischen Papiers einzuatmen.

Manchmal, wenn niemand zusah, tat sie es immer noch: Sie nahm ein Buch zur Hand, das nicht zum Verkauf gedacht war, sei es eines der Leseexemplare der Verlage oder ein Mängelexemplar fürs Schaufenster, und sie klappte es nur in der Absicht auf, daran zu riechen. Dann blätterte sie die Seiten um und schnupperte an ihnen wie an einem seltenen, unvergleichlichen Parfüm.

Nachdem sie an diesem Mittag die neu eingetroffenen Bücher einsortiert hatte, machte sie sich daran, das Schaufenster umzugestalten. Sie entfernte den Weihnachtsschmuck und stellte stattdessen eine Flasche Sekt nebst zwei Gläsern in einer der Ecken auf. Drumherum streute sie eine Hand voll Konfetti. Ein großes, in bunten Lettern selbst bemaltes Pappschild mit der Aufschrift *Die Buchhandlung von Stetten wünscht allen Kunden ein gutes Lese-Jahr 1959!* ergänzte das Silvester- und Neujahrsmotto der Auslage.

Zwischendurch bediente sie einige Kunden und dekorierte anschließend auch die Waren auf der Ladentheke neu. Sie legte ein kleines Sortiment beliebter Bestseller in gut sichtbarer, gefälliger Anordnung aus, an vorderster Stelle *Doktor Schiwago* von Boris Pasternak und den aktuellen Roman von Konsalik. Das waren nur zwei der Werke, die im Weihnachtsgeschäft weggegangen waren wie warme Semmeln, weshalb Inge stets einige Exemplare davon in Reichweite der Kasse liegen hatte. Jedenfalls so lange, bis sie irgendwann durch andere, aktuellere Bücher abgelöst wurden und zu den Beständen ins Wandregal wanderten.

Nachmittags um halb vier war sie mit allen anfallenden Arbeiten fertig und hatte nebenher etliche Bücher verkauft. Normalerweise blieb sie nur bis mittags im Laden, aber an diesem Tag lohnte sich der Heimweg nicht, weil sie direkt nach der Arbeit mit Peter losfahren wollte. Ihre Reisetasche stand schon fertig gepackt hinten im Lager.

Um die verbleibende Zeit sinnvoll zu nutzen, setzte sie sich an den kleinen Schreibtisch im Aufenthaltsraum und befasste sich mit den nötigen Neubestellungen. Die Bestände mussten laufend aufgefrischt werden. Wenn bei stark nachgefragten Titeln keine Exemplare mehr im Laden vorrätig waren, hinterließ das bei kaufwilligen Kunden keinen guten Eindruck.

Als um kurz vor vier wieder die Ladenglocke bimmelte, legte Inge den Stift weg und ging eilig zurück in den Verkaufsraum. Diesmal war jedoch keine Kundschaft gekommen, sondern Inges Chefin. Zwischen den Jahren hatte sie sich freigenommen, war aber trotzdem täglich kurz vor Feierabend erschienen, um die Kassenbestände abzuholen.

Ihr schmales, kluges Gesicht war von der Winterkälte gerötet, und sie klopfte sich etwas frisch gefallenen Schnee von ihrem Nerzmantel. Erstaunt lächelte sie Inge an.

»Inge, na so was! Wieso bist du noch da? Was ist mit Brigitte?«

»Ich habe sie heimgeschickt, sie war ein bisschen angeschlagen. Und ich wollte heute sowieso länger bleiben, weil ich gleich nach Ladenschluss mit ein paar Freunden wegfahre.« Inge hielt kurz inne und fügte hinzu: »Über Silvester. Zum Feiern.«

Zu ihrer Erleichterung brachte ihre Chefin sie nicht mit weiteren Fragen in Verlegenheit, auch wenn sie sich – genau wie Johannes – vermutlich ihren Teil dachte.

Agathe von Stetten war bereits Mitte sechzig. Sie entstammte einer begüterten Familie und war erst spät und auf Umwegen zum Buchhandel gelangt. Davor hatte sie viele Jahre lang in einem Verlag gearbeitet. Während der Nazizeit hatte sie einen Teil ihres Erbes dafür verwandt, jüdische Freunde vor der drohenden Enteignung zu bewahren. Sie hatte ihnen die Buchhandlung mitsamt dem dazugehörigen Geschäfts- und Mietshaus abgekauft und fungierte seither als Inhaberin.

Aus der ehemaligen *Buchhandlung Stern* war auf diese Weise die *Buchhandlung von Stetten* geworden, und so hieß sie immer noch, obwohl der ursprüngliche Plan vorgesehen hatte, dass Agathes Freunde das Geschäft nach dem Krieg zurückkauften und weiterführten. Doch die Sterns wollten lieber in ihrer neuen Heimat Israel bleiben und hatten es Agathe überlassen, nach ihrem Belieben mit dem Laden zu verfahren. So war letztlich aus der Pro-Forma-Übernahme eine endgültige geworden, eine Regelung, mit der alle Seiten zufrieden waren, denn Agathe hatte sich an das Leben als Buchhändlerin gewöhnt und mochte es.

Sie zog im Aufenthaltsraum ihren Mantel aus und bereitete alles für den Kassensturz vor. Kurz nach vier kam noch ein letzter Kunde, der beraten werden wollte.

Agathe wartete im Hintergrund, während Inge das Gespräch führte. Am Ende kaufte der Kunde gleich drei teure Bücher, und als er ging, wechselten Inge und Agathe zufriedene Blicke.

Anschließend sah Inge auf ihre Armbanduhr.

»Ich denke, ich gehe jetzt mal.«

Agathe bedachte sie mit einem verständnisvollen Blick. »Du musst dich nicht raus in die Kälte stellen, bis er kommt. Warte einfach hier drin.«

Inge spürte, wie sie rot wurde, doch sie akzeptierte das Angebot schweigend. Agathe wusste so oder so Bescheid, schließlich war sie nicht von gestern und hatte schon alles Mögliche erlebt, auch wenn sie nie verlobt oder verheiratet gewesen war. Brigitte hatte Inge mal auf einer Party ins Ohr geflüstert, dass Agathe sich nicht für Männer interessiere. Inge hatte das nicht weiter hinterfragt, denn sie waren nicht allein gewesen, sondern auf einer Feier für lokale Buchhändler. Aber der Nimbus des Verbotenen hatte Agathe an jenem Abend umschwebt wie ein unsichtbarer Schleier.

»Habe ich dir eigentlich schon gesagt, was du für eine erstklassige Fachkraft bist?«, fragte Agathe, während sie die Geldscheine aus der Kasse nahm und sie bündelte. Sie blickte kurz auf, bevor sie zum Stapeln und Einrollen der Münzen überging.

»Ach, jetzt übertreibst du aber«, meinte Inge verlegen. »Ich mach doch nur dasselbe wie du. Bücher verkaufen.«

»Nein, du machst nicht nur dasselbe wie ich«, widersprach Agathe. »Du machst es *besser*. Ich kann nur jedes Mal darüber staunen. Ist dir überhaupt klar, was du für das Geschäft leistest? Allein die Art, wie du vorhin dem Kunden gleich drei Bücher auf einmal verkauft hast! Deine Begeisterung, mit der du ihm diese Titel empfohlen hast – das kam aus tiefstem Herzen!«

»Na ja, die Bücher sind ja auch wirklich mitreißend. Man muss sie einfach gelesen haben!«

»Siehst du, genau das meinte ich. Wenn Böll hätte hören können, mit welchen Worten du heute seinen *Doktor Murke* angepriesen hast, würde er bestimmt persönlich vorbeischauen und dir danken. Und deine Ausführungen zu Jaspers *Atombombe* waren unglaublich fundiert, ein Feuilletonist hätte es nicht besser formulieren können.«

Inge zuckte verlegen mit den Schultern. Das Lob klang aufrichtig, dennoch war es ihr ein wenig unangenehm. Schließlich war ihre Chefin promovierte Literaturwissenschaftlerin, und wenn jemand wirklich Ahnung von der Materie besaß, dann Agathe. Sie hatte eine viel beachtete Dissertation über Goethe verfasst und über zwanzig Jahre lang die Programmplanung eines angesehenen Verlags mitgestaltet, eine seltene Erfolgsgeschichte für eine Frau. Inge wäre nie auf den Gedanken verfallen, sich mit Agathe zu messen. Es sei denn auf Gebieten, von denen sie wirklich was verstand, etwa vom Nähen. Da hatte sie dank ihrer begabten Mutter den meisten Leuten eine Menge voraus. Inge besaß eine ganze Reihe selbst gefertigter, perfekt sitzender Kleidungsstücke, um die sie oft beneidet wurde.

Peter ließ immer noch auf sich warten. Draußen war es bereits dunkel. Inge stand bei der Tür und lugte durch den verglasten Teil der Ladentür hinaus in das Schneetreiben rund um die Laternen. Sie war längst zum Aufbruch bereit. Mantel und Mütze hatte sie schon angezogen und die Reisetasche zu ihren Füßen abgestellt. Peter hatte versprochen, pünktlich da zu sein, und jetzt war es zwanzig Minuten nach der vereinbarten Zeit. Hoffentlich war ihm nichts Wichtiges dazwischengekommen! Wenn er nicht gleich käme, würde ihr nichts anderes übrig bleiben, als nach Hause zu gehen.

Inge stellte sich bildlich vor, mit der Reisetasche über der

Schulter durch Wind und Wetter vom Laden zur Haltestelle zu dackeln und auf den Bus zu warten. Wahlweise könnte sie auch Johannes anrufen und ihn bitten, sie abzuholen, schließlich waren es mit dem Auto nur ein paar Minuten von Fischlaken nach Werden. Doch das hätte unweigerlich eine Reihe lästiger Fragen nach sich gezogen. Schon bei ihrem Gespräch im Keller war er drauf und dran gewesen, sie über ihren geplanten Ausflug ins Sauerland auszufragen, das war ihr nicht entgangen.

Gewiss, sie hätte auch einfach von sich aus erwähnen können, dass sie allein mit Peter wegfahren wollte. Wahrscheinlich hätte Johannes es nicht mal beanstandet, denn sonst hätte man ihm leicht vorhalten können, mit zweierlei Maß zu messen. Schließlich fuhr er selbst ebenfalls mit seiner Verlobten ins Wochenende, wenn ihm danach war. Niemand sah ihn deswegen scheel an, immerhin war er bereits dreiunddreißig, und Hanna war eine erfahrene Frau, die schon einmal verheiratet gewesen war.

Trotzdem wusste Inge genau, dass für sie selbst andere Maßstäbe galten. Junge Frauen, die sich vor der Ehe derartige Freiheiten herausnahmen, wurden von wichtigtuerischen Moralaposteln unweigerlich als Flittchen abgestempelt. Inge hätte versuchen können, sich einfach darüber hinwegzusetzen, so wie ihre Mutter es getan hatte. Aber das schaffte sie nicht, auch wenn es ihr wie ein persönliches Versagen vorkam – das Versagen von jemandem, der erst noch richtig erwachsen werden musste.

Vielleicht rührte dieser Eindruck auch daher, dass sie noch bis vor zwei Jahren für alles und jedes eine elterliche Unterschrift benötigt hatte: für ihren Antrag auf Zuerkennung der mittleren Reife, nachdem sie wegen des plötzlichen Todes ihrer Mutter vorzeitig von der Schule abgegangen war. Für ihre Anmeldung zur Lehre. Für den Empfang der Zeugnisse in der

Berufsschule. Jedes Mal hatte sie ihrem Vater die Dokumente und ausgefüllten Formulare hingelegt, und er hatte alles unterschrieben, ohne zu fragen, worum es ging. Er hätte es sowieso nicht verstanden.

Oma Mine hatte die Unterschrift so lange mit ihm geübt, bis sie flüssig und elegant aussah, und manchmal, wenn Karl schmutzige Hände von der Gartenarbeit gehabt hatte oder gerade lieber mit Jakob *Mensch ärgere dich nicht* spielen wollte, hatte Mine einfach selbst unterschrieben.

»Her mit dem Wisch, ich mach dat schon!«, hatte es bei solchen Gelegenheiten geheißen, und so war es bis zu Inges einundzwanzigstem Geburtstag weitergegangen. Es war ein seltsames Gefühl gewesen, ab dann alles selbst unterzeichnen zu dürfen.

Ihre Chefin riss sie aus ihren Gedanken. »Es ist so weit, Inge. Zeit zu schließen.« Agathe hatte die Tageseinnahmen in einer Stahlkassette verstaut und ihren Mantel angezogen. Haar und Schultern hatte sie mit einem eleganten Seidentuch verhüllt. »Ich kann aber auch gern noch eine Weile hierbleiben, bis du abgeholt wirst.«

»Das ist lieb von dir, aber nicht nötig. Ich werde wohl heimgehen.« Inge überlegte kurz, ob sie noch rasch bei Peter zu Hause anrufen sollte, um nachzufragen, wieso er sich verspätete, aber damit hätte sie womöglich eine ähnlich ungute Situation heraufbeschworen wie die, über die sie gerade noch so eingehend nachgedacht hatte – seine Eltern wussten nicht, dass sie beide allein wegfahren wollten. Peter hatte ihnen dasselbe erzählt wie Inge vor ein paar Tagen Johannes. Hätte er die Wahrheit gesagt, wäre das nur Wasser auf die Mühlen seiner Eltern gewesen. Sie bedrängten ihn sowieso schon bei jeder sich bietenden Gelegenheit, endlich einen Hochzeitstermin festzusetzen. Peters Vater, dem in Heidhausen eine Apotheke gehörte, hatte sogar schon ein passendes Haus für das junge Paar im Auge. Es lag nur ein paar Schritte von der elterlichen Villa entfernt.

Gemeinsam mit Agathe verließ Inge den Laden und wartete, bis ihre Chefin abgeschlossen hatte.

»Guten Rutsch ins neue Jahr!«, wünschte Inge ihr zum Abschied.

»Dir auch, liebe Inge. Wir sehen uns in alter Frische im Jahr neunzehnhundertneunundfünfzig wieder!« Agathe spannte ihren Schirm auf. »Bist du ganz sicher, dass du gleich abgeholt wirst? Ich warte gern noch ein bisschen mit dir!«

»Nein, geh nur. Notfalls hab ich es nicht weit bis zur Haltestelle, der Bus kommt ja auch gleich.«

»Na schön. Mach's gut, Inge!«

Agathe verschwand im Schneegestöber, während Inge unschlüssig vor dem Laden stehen blieb.

Fünf Minuten, dachte sie. Dann gehe ich zur Haltestelle und steige in den nächsten Bus. Der würde in etwa zehn Minuten kommen, Inge hatte den Fahrplan im Kopf. Mittlerweile war Peter über eine halbe Stunde zu spät, und sie fing an, sich Sorgen zu machen. Es sah ihm überhaupt nicht ähnlich, sie warten zu lassen. Hätte sie vielleicht doch besser bei seinen Eltern anrufen und sich nach ihm erkundigen sollen? Womöglich hatte er einen Unfall gehabt!

Gerade, als sie das dachte, fuhr ein Mercedes vor und hielt neben ihr an. Peter stieg aus und eilte um das Fahrzeug herum. Mit reumütiger Miene blieb er vor Inge stehen.

»Gott sei Dank, du bist noch da!« Ohne Umschweife nahm er sie in die Arme und küsste sie, bis ihr die Luft wegblieb. »Himmel, ich hab dich so vermisst, Liebling!« Nach dem Kuss hielt er sie bei den Schultern fest und musterte sie eingehend. »Kann es sein, dass du seit dem letzten Mal schon wieder schöner geworden bist? Oder kommt es daher, dass ich dich sechs Wochen lang nicht gesehen habe?«

Sie sparte sich die Antwort. »Was hat dich aufgehalten?«, wollte sie wissen. »Und wieso bist du mit dem Auto von deinem Vater gekommen statt mit deinem?«

»Motorschaden, wahrscheinlich Kolbenfresser. Deswegen ist es auch so spät geworden. Zum Glück hatte Papa ein Einsehen und hat mir den Benz überlassen. Er und Mama sind die nächsten Tage sowieso nur zu Hause.« Schwungvoll zog er für Inge die Beifahrertür auf. »Jetzt aber rein mit dir, sonst wirst du noch zum Schneemann!« Er warf ihre Tasche auf den Rücksitz, ehe er selbst einstieg und einen rasanten Start hinlegte. »Der hat was unter der Haube«, meinte er anerkennend. »Da macht das Fahren richtig Spaß!«

»Meinetwegen müssen wir nicht so schnell fahren«, sagte Inge. Sie betrachtete ihren Verlobten von der Seite. Sein Haar war etwas länger als sonst, er hatte es über der Stirn zu einer Tolle frisiert. Nicht mit so angeberisch viel Pomade wie manch andere junge Männer, aber es hob sich doch deutlich von dem seriösen Kurzhaarschnitt ab, den sie an ihm gewohnt war. Trotzdem sah er wie immer auffallend gut aus, mit seinem klaren, offenen Gesicht und seiner vom Schwimmsport gestählten Figur. In Münster war er bereits zu Beginn seines Studiums einem Schwimmverein beigetreten und trainierte dort regelmäßig für die Wettkämpfe, an denen er teilnahm. Aber er hatte schon angekündigt, dass es damit demnächst vorbei sei – in Kürze standen seine Examensprüfungen an, und gleich im Anschluss wollte er in die väterliche Apotheke einsteigen. Das war schon seit Jahren ausgemachte Sache.

Inge sah dieser Zeit mit gemischten Gefühlen entgegen. Bisher hatten sie noch nicht explizit über den Hochzeitstermin gesprochen. Peter hatte allerdings schon ein paarmal davon angefangen – wenn es nach ihm gegangen wäre, hätte sie ihn längst heiraten und am liebsten sofort zu ihm nach Münster in seine Studentenbude ziehen können. Inge hatte ihm jedoch klargemacht, dass er zuallererst das Studium beenden und wieder nach Essen zurückkehren müsse, bevor sie weitere Pläne schmieden könnten.

In einigen Monaten war es so weit. Spätestens dann würde sie sich endgültig entscheiden müssen.

Wegen des dichten Schneefalls kamen sie nur langsam voran. Inge bestand darauf, dass Peter nicht so raste, obwohl der stark motorisierte Wagen ihn dazu verlockte. Er selbst besaß einen Volkswagen, den er von seinem Vater zum Abitur bekommen hatte. Auch Johannes fuhr einen. Allerdings gehörte das Auto nicht ihm selbst, sondern der Gewerkschaft, die ihm für seine Arbeit einen Dienstwagen zur Verfügung gestellt hatte.

Es war fast neun Uhr abends, als Inge und Peter endlich in Winterberg ankamen. Wenigstens hatte es irgendwann aufgehört zu schneien, sodass sie wieder schneller vorankamen. Unterwegs herrschte kaum Verkehr, aber die Straßen führten die meiste Zeit durch tiefe Dunkelheit, und zweimal verfuhren sie sich, weil sie in dem tief verschneiten, gebirgigen Gebiet die richtige Abfahrt verpasst hatten. Inge hatte die Karte auf den Knien und studierte im Licht der Innenbeleuchtung den Straßenverlauf im Hochsauerland. Zwischendurch knurrte hörbar ihr Magen, und auch Peter erklärte irgendwann, dass er gleich anhalten und ein Wildschwein schießen werde, wenn er nicht bald was zwischen die Kiemen bekäme. Inge musste kichern und dachte bei sich, dass sie in dieser Hinsicht wirklich Glück mit ihm hatte – sie konnten über dieselben Dinge lachen, das war nicht selbstverständlich.

»Hier muss es irgendwo sein«, sagte er, während er die Hausnummern der Straße abzählte, in die sie vorhin eingebogen waren. Er hatte telefonisch ein Zimmer in einem Hotel reserviert, das mit seiner einladenden Atmosphäre warb. Für die anwesenden Gäste sollte es heute eine exklusive Silvesterfeier geben, gleich im Anschluss an ein erlesenes Menü der Extraklasse, mit delikaten Speisen und vorzüglichen Weinen. So stand es jedenfalls in der Reklame, die Peter aus der Zeitung ausgeschnitten und Inge gezeigt hatte, bevor er für sie beide ein Doppelzimmer dort gebucht hatte.

»Da ist es«, sagte Inge, und Peter hielt vor dem Hotel an. Es wirkte tatsächlich recht anheimelnd, eine gehobene Unterkunft für Wintersportler. An der Rezeption versteckte Inge ihre Hände in den Manteltaschen, damit niemand sah, dass sie keinen Ehering trug. Auch Peter hatte vergessen, seinen Verlobungsring von der linken an die rechte Hand zu stecken, doch die ältere Dame am Empfang schien es nicht zu bemerken.

»Herzlich willkommen!«, begrüßte sie die neu eingetroffenen Gäste mit strahlendem Lächeln. Sie trug sie als *Eheleute Peter Voss* ein und reichte Peter den mit einem schweren Messinganhänger versehenen Zimmerschlüssel. »Ich wünsche den Herrschaften einen schönen Aufenthalt! Unser Silvesterdinner hat leider schon begonnen, aber das Büfett wird laufend aufgefüllt. Und der Aperitif wird Ihnen selbstverständlich auch noch gereicht.«

Ein Page trug ihnen die Reisetaschen aufs Zimmer, und Peter drückte ihm ein kleines Trinkgeld in die Hand.

Die Prozedur war die gleiche wie beim letzten Mal, nur das Hotel ein anderes. Alle paar Monate fuhren sie zu zweit aufs Land, in eine möglichst abgeschiedene Umgebung, wo keiner sie kannte. Sie mieteten sich als Ehepaar in einem gediegenen Hotel ein und verbrachten ein paar gemeinsame Tage, mit gepflegtem Essen, Wanderungen in der Umgebung, entspannten Gesprächen – und etlichen intimen Stunden im Bett. Inge wusste, dass dieser Teil für Peter unabdingbar dazugehörte. Einmal hatte sie ihre Periode gehabt, und er war maßlos enttäuscht gewesen, dass sich nichts abgespielt hatte. Ihr war einfach nicht danach gewesen, nicht mal nach Knutschen, und sie hatte es ihm klipp und klar gesagt. Beim nächsten Mal hatte er vorher gefragt, wann sie ihre Tage bekäme. Aus Rücksicht, war die Begründung gewesen. Und Inge hatte sich im Stillen gefragt, auf wen.

Galant half Peter ihr aus dem Mantel und hängte ihn an den Haken, dann streifte er seine Jacke ab.

Inge wollte das Kleid aus ihrer Reisetasche nehmen, das sie extra für die Silvesterfeier eingepackt hatte, doch Peter trat von hinten an sie heran und schlang beide Arme um sie. Er schob mit dem Kinn ihr Haar zur Seite und küsste ihren Nacken.

»Mmh, du riechst gut!« Er drängte sich mit dem Unterleib gegen sie. »Merkst du, wie sehr ich dich vermisst habe, Liebling?«

Sie entwand sich seiner Umarmung, schnappte sich das Kleid und ging ins Bad. »Ich hab Hunger!«, erklärte sie.

»Den hab ich auch. Aber du bist mir wichtiger.« Er lächelte sie werbend an und trat ihr in den Weg. »Es muss ja nicht lange dauern! Auf die zehn Minuten kommt es doch jetzt auch nicht mehr an!«

Über seine Schulter hinweg sah ihr aus dem Badezimmerspiegel ihr entnervtes Gesicht entgegen, und automatisch bemühte sie sich um eine freundlichere Miene. Er hatte sich mit allem so angestrengt. Ein schönes Hotel herausgesucht. Seinem Vater den Wagen abgeschwatzt. Stundenlang bei diesem Wetter und den schlechten Straßenverhältnissen am Steuer gesessen. Und am Ende würde er auch noch alles bezahlen.

Streng genommen stammte das Geld zwar von seinem Vater, denn er selbst verdiente ja noch nichts, aber seit sie in der Buchhandlung ausgelernt hatte, waren ihre Mittel nicht mehr ganz so begrenzt wie früher. In den letzten zwei Jahren hatte sie einiges zurücklegen können. Allerdings musste sie sich auch eingestehen, dass sie nicht die geringste Lust verspürte, auch nur einen winzigen Bruchteil ihres Ersparten für diese Wochenendausflüge zu opfern. Dass sie *überhaupt* regelmäßig mitfuhr, war schon das Äußerste, das sie in dieser Hinsicht beizusteuern bereit war.

Vielleicht kam daher ja auch ihre Scheu, ihn abzuweisen. Sie wollte im Moment nicht mit ihm ins Bett, sondern zu diesem Silvesterdinner. Ihr war schon ganz schwindlig vor lauter Hunger, seit dem Frühstück hatte sie keinen Bissen zu sich genommen. Unterwegs hatte Peter während einer Toilettenpause vorgeschlagen, in einem Gasthaus eine Kleinigkeit zu essen, aber da war es nicht mehr weit gewesen, und Inge hatte sich nicht den Appetit auf das Dinner verderben wollen, schließlich war es im Preis enthalten. Jetzt ärgerte sie sich darüber, denn sie hätte sich denken können, dass es zu dieser Situation kommen würde.

Sie wusste schon vorher, dass es ihr nicht besonders gefallen würde. Es würde keine zehn Minuten in Anspruch nehmen, sondern höchstens drei, so war es immer, wenn sie sich so lange nicht gesehen hatten. Beim zweiten Mal dauerte es dann länger, sodass sie ebenfalls etwas davon hatte, aber dazu würde es erst später kommen, nach dem Dinner und der anschließenden Feier. Im Augenblick ging es nur um ihn und seine Befriedigung, und wenn Inge ihm diesen schnellen Akt jetzt verwehrte, weil sie lieber essen gehen wollte, würde den ganzen restlichen Abend der unausgesprochene Vorwurf zwischen ihnen stehen, dass er ihr gleichgültig sei.

Stumm ließ sie zu, dass er sie zum Bett drängte.

»Himmel, bist du schön«, sagte er schwer atmend. »Ich kann nicht warten! Du ahnst ja nicht, wie sehr ich dich brauche!«

Hastig zog er ihr das Nötigste aus, er selbst entledigte sich nur seiner Hose. Sie konnte ihn gerade noch dazu bringen, eines der von ihm mitgebrachten Kondome überzustreifen, ehe er sie in Besitz nahm.

Er lag auf ihr und stieß in sie, das Gesicht in ihrem Haar vergraben.

Sie konzentrierte sich und spürte, wie ihre Lust erwachte. Gerade als sie ihn auffordern wollte, sich Zeit zu lassen, keuchte er: »Ich liebe dich!«

Gegen ihren Willen erlosch der Anflug von Begierde, der sie eben noch erfüllt hatte. Sobald er diese drei Worte sagte, dauerte es nur noch wenige Sekunden bis zu seinem Höhepunkt.

»Ich liebe dich auch«, murmelte sie, gerade laut genug, dass er es hören konnte. Wenn sie versäumte, es zu sagen, würde er hinterher fragen, ob alles zwischen ihnen beiden in Ordnung sei. Womöglich würde er wieder eine Grundsatzdiskussion über die Tiefe ihrer Gefühle in Gang bringen. Das war schon öfter vorgekommen, und es gehörte zu der Art von Gesprächen, denen Inge lieber aus dem Weg ging.

Sie lag still und umarmte ihn, während er nach einigen weiteren Stößen zum Orgasmus kam und dann einen Moment lang erschlafft auf ihr liegen blieb, bevor er sich zur Seite rollte. Seine abgehackten Atemzüge wurden rasch leiser. Inge setzte sich auf und betrachtete ihn ungläubig.

»Peter?«

Als er nicht antwortete, rüttelte sie ihn an der Schulter.

»Peter! Ich habe *Hunger*! Du kannst jetzt nicht schlafen!«

Er öffnete mühsam ein Auge. »Nur fünf Minuten, ja?«

Sie stand auf. »Dann gehe ich schon mal vor.«

Er wurde schlagartig wach. »Das ist nicht dein Ernst.«

»Mein voller. Mir ist schon ganz schlecht vor Hunger.«

Ihr ärgerlicher Tonfall war ihm offenbar nicht entgangen.

Reumütig richtete er sich auf. »Tut mir leid. Ich bin wohl ziemlich egoistisch, oder?« Eilig stieg er ebenfalls aus dem

Bett und suchte seine Sachen zusammen. Doch seine gute Laune kehrte dabei schnell zurück.

»Fast hätte ich es vergessen!«, rief er. »Bitte sehr, hier ist es – zu Weihnachten und zum Geburtstag zusammen!« Mit einer beschwingten Verbeugung überreichte er ihr eine in Geschenkpapier verpackte kleine Schachtel.

Zum Geburtstag hatte er ihr bereits telefonisch gratuliert, aber über die Feiertage und am darauffolgenden Wochenende hatten sie sich nicht treffen können, weil Peter mit seinen Eltern in einem noblen Schweizer Skiort Urlaub gemacht hatte.

Zögernd wickelte sie das Papier ab. Zum Vorschein kam eine Schmuckschatulle. Inge klappte sie auf und betrachtete mit großen Augen die erlesene einreihige Perlenkette, die bestimmt ein Vermögen gekostet hatte. Sie bedankte sich mit allem Überschwang, den sie aufbringen konnte, und als Peter ihr im Bad die Kette umlegte, lächelte sie ihn im Spiegel an. Gleichzeitig fragte sie sich beklommen, warum sie sich nicht aufrichtiger über dieses wirklich schöne Geschenk freuen konnte.

Beim Anziehen machte er ihr Komplimente über das neue Kleid.

»Sieh dich nur an!«, sagte er bewundernd. »Du könntest ein Mannequin sein! Oder ein Filmstar!«

»Das könnte ich nicht, denn es sind Berufe, die man erst erlernen muss«, wehrte sie ab. »Davon abgesehen bin ich lieber Buchhändlerin, das liegt mir mehr, auch wenn's vielleicht nicht ganz so viel Geld einbringt.«

»Na ja, wenn wir erst verheiratet sind, ist das sowieso Schnee von gestern.«

»Was willst du damit sagen?«

»Dass du nicht länger arbeiten gehen musst. Ich hatte gestern noch mal ein Gespräch mit Vater. Eigentlich wollte ich es dir erst heute Nacht erzählen, bei einem Glas Schampus.

Als große Neujahrsüberraschung. Aber so lange kann ich nicht warten.« In seinen Zügen zeigte sich plötzlich erwartungsvolle Aufregung, und sein Lächeln wurde breiter. »Ich werde nach meiner Approbation sofort als gleichberechtigter Mitinhaber aufgenommen, und spätestens in einem Jahr übernehme ich den Laden ganz!« Freudestrahlend blickte er Inge an. »Die Apotheke gehört dann mir, mit allem Drum und Dran!«

»Dein Vater will aufhören?«, fragte Inge erstaunt.

Peter zuckte mit den Schultern. »Er ist fast sechzig, sein Rücken macht ihm seit Jahren zu schaffen. Geld hat er sowieso wie Heu. Die Mietshäuser, die Aktien und Sparguthaben – davon können meine Eltern hundert Jahre leben, wenn's sein muss.« Er grinste Inge an. »Du machst also eine fabelhafte Partie. Als meine Ehefrau kannst du tun und lassen, was du möchtest.«

»Auch arbeiten?«, erkundigte sich Inge. Es war nicht witzig gemeint, aber Peter fasste es so auf.

»Für die tüchtige Hausfrau gibt's immer was zu tun«, scherzte er.

»Na klar«, gab sie zurück. »Am liebsten im Spitzenschürzchen und ohne was drunter.«

Er warf den Kopf zurück und lachte, doch ihr eigenes Lächeln fiel eher gezwungen aus, denn sie hatte es nicht gesagt, um ihn zu erheitern.

Er schien es zu merken. Etwas ernster fuhr er fort: »Selbstverständlich kannst du nach der Hochzeit weiterhin arbeiten gehen, Liebling. Da mache ich dir keinerlei Vorschriften. Ich weiß doch, wie sehr du diesen ganzen Bücherkram magst. Deswegen wird bei uns der Haussegen bestimmt nicht schief hängen. Wenn dann unser erstes Kind unterwegs ist, kannst du ja immer noch aufhören. Du sollst nur wissen, dass du nicht arbeiten *musst*.« Er küsste sie auf die Schläfe und bot ihr den Arm, um sie zum Speisesaal zu führen. Inge schluckte alle

Erwiderungen herunter, die ihr auf der Zunge lagen. Es war sinnlos, mit ihm über dieses Thema zu debattieren. Es würde nur wieder damit enden, dass er ihr vorwarf, ihn nicht genug zu lieben.

Während sie sich am Büfett bedienten, spürte sie die bewundernden Blicke, die sie von allen Seiten streiften. Peter und sie waren das, was man gemeinhin als schönes Paar bezeichnete. Er trug ein teures weißes Dinnerjackett, das seine athletische Figur betonte, und sie selbst war mit ihrem tief ausgeschnittenen Satinkleid und den hochhackigen Pumps gleichsam das perfekte weibliche Gegenstück. Das Haar hatte sie zu einem eleganten Knoten hochgesteckt, damit die Perlenkette besser zur Geltung kam. In der verspiegelten Wand hinter der mit zahlreichen Delikatessen beladenen Büfett-Theke konnte sie sehen, wie die Leute in ihrer Umgebung sie beobachteten. Meist rasch und verstohlen, aber manche starrten auch ungehemmt. Der eine oder andere fragte sich bestimmt, ob sie wirklich ein Ehepaar waren. Peter trug seinen Ring immer noch an der linken Hand. Doch mit einem Mal war es ihr völlig gleichgültig. Sollten doch alle denken, was sie wollten!

Inge setzte sich mit ihm an einen schön dekorierten Zweiertisch und genoss das wirklich vorzügliche Essen. Sie tranken Wein und Champagner, und als eine Combo für stimmungsvolle Musik sorgte, gingen sie zusammen auf die Tanzfläche. Sie lachten über kleine Anekdoten, die sie sich gegenseitig erzählten, und wenn die Band langsamere Lieder spielte, schmiegte Inge sich beim Tanzen eng in seine Arme und gab sich ganz dem Gefühl von Nähe und Vertrautheit hin, das sie dabei empfand. Als sie anschließend zum Tisch zurückgingen, hielten sie sich bei den Händen wie frisch verliebte Teenager. Peter lächelte sie glücklich an, und sie lächelte zurück.

Ja, sie passten gut zusammen, nicht nur äußerlich, das sagte jeder, der sie kannte. Sie waren schon so lange ein Paar, fast sieben Jahre, und dass sie nicht längst verheiratet waren, lag allein an den Umständen. Peter musste erst die Ausbildung abschließen, und sie selbst hatte sich um ihre Geschwister kümmern müssen. Doch demnächst würde er das Examen ablegen, und nun war auch Hanna wieder da; sicherlich würden sie und Johannes bald heiraten, dann hatte Jakob alle Betreuung, die er brauchte. Bärbel war mittlerweile auch alt genug, um allein zurechtzukommen, und Oma Mine hatte durch Karl eine zuverlässige Unterstützung in Haus und Garten. Somit wäre sie selbst demnächst frei für eine eigene Zukunft.

Frei …

Wieso war der Gedanke an diese Freiheit auf einmal so bedrückend?

»Woran denkst du?« Peter schenkte ihr Champagner nach. Er hatte eine ganze Flasche an ihren Tisch bringen lassen, und es war gerade noch genug drin, um auf das neue Jahr anzustoßen, das gleich beginnen würde.

»An nichts Besonderes.«

Im Hintergrund fing jemand an, von zehn rückwärts zu zählen, und sofort fielen mehrere der Gäste mit ein. Alle standen auf, die Gläser erhoben. Ein paar Leute hatten wie zum Beweis ihrer Fröhlichkeit alberne kleine Papphüte aufgesetzt, und einige der Angestellten standen mit Tabletts voller frisch gefüllter Champagnerkelche bereit.

»Drei, zwei eins!«, rief Peter, während er lächelnd Inges Blick festhielt.

Die Kapelle spielte einen Tusch. Hinter ihnen warfen die Leute Luftschlangen und Konfetti, und irgendwer stimmte *Auld Lang Syne* an, vermutlich ein Amerikaner oder Brite auf Urlaub.

»Frohes neues Jahr, mein Schatz! Ich liebe dich mehr als alles auf der Welt!«

Während Peter sich vorbeugte, um sie zu küssen, blieb sie ihm die Antwort auf seine Liebeserklärung schuldig. Sie erwiderte den Kuss, aber gleichzeitig wurde ihr zum ersten Mal richtig bewusst, dass das, was sie beide verband, vielleicht doch nicht genug war.

Kapitel 3

»Frohes neues Jahr!« Johannes küsste Hanna, und neben ihnen umarmten sich Stan und seine Frau Renate, so gut es eben ging – jeder der beiden hatte einen der knapp einjährigen Zwillinge auf dem Arm. Die Kleinen waren vom Krachen der Böller wach geworden und hatten sich nicht beruhigen lassen. Im Laufställchen wollten sie erst recht nicht sein, der Versuch, sie dort hineinzusetzen, hatte sofort zu ohrenbetäubendem Geschrei geführt.

Den Erwachsenen blieb gerade noch genug Zeit, auf das neue Jahr anzustoßen. Danach befasste Stan sich mit seinem Sohn Michael, und Renate drückte den kleinen Jens ihrer Schwägerin Hanna in die Arme, damit sie schnell in der Küche zwei Fläschchen zubereiten konnte. Sie wirkte gestresst, war aber sichtlich darum bemüht, sich nichts anmerken zu lassen. Ihr Bauch unter der Umstandsbluse war schon wieder deutlich gerundet, und Johannes fragte sich, wie das mit drei Kleinkindern demnächst klappen sollte. Er selbst hatte damals schon mit nur einem Baby oft das Gefühl gehabt, an seine persönlichen Grenzen zu stoßen. Und dabei hatte er nicht mal all die vielen Windeln und Spucktücher waschen müssen, darum hatten Inge und Mine sich gekümmert. Zum Ausgleich hatte er die Nachtschichten mit dem Baby übernommen, damit Inge nach der täglichen Plackerei wenigstens durchschlafen konnte. Oft war er am nächsten Morgen so erschöpft gewesen, dass er kaum noch geradeaus schauen konnte.

Hanna ließ den quengelnden Jens auf ihrer Hüfte wippen, während Stan mit Michael Segelflugzeug spielte. Der Kleine quietschte vor Vergnügen, was seinen Bruder dazu brachte, noch lauter zu jammern.

Hanna reichte Johannes das Baby. »Hier, nimm du ihn mal. Ich glaube, er will auch ein Flugzeug sein, das kannst du besser als ich.«

Johannes schwenkte Jens durch die Luft und erntete fröhliches Kreischen. Als er nach einer Weile den Eindruck hatte, dass es reichte, trug er das Kind ein bisschen herum, die Wange dicht neben dem flaumigen Köpfchen. Der Kleine fühlte sich so zart und leicht an, und schon spürte sich Johannes von einer Woge sentimentaler Erinnerungen erfasst. Wie schnell diese Zeit mit Jakob vergangen war! Die aufreibenden ersten Wochen und Monate schienen sich rückblickend zu einer endlosen Reihe von Bildern und Empfindungen verdichtet zu haben. Das anhaltende Geschrei, wenn der Kleine Hunger oder Blähungen gehabt hatte. Die ständig zu wechselnden Windeln, die manchmal schon wieder trieften, kaum dass man sie dem Kind angelegt hatte. Die Angst, wenn das Baby sich heiß anfühlte und das Fieberthermometer in furchterregende Höhen schoss.

Die ersten Zähne, später die ersten Worte und die ersten Schritte.

Jakob war dreizehn Monate alt gewesen. Johannes war von der Arbeit heimgekommen, und Inge hatte ihn strahlend empfangen, den Kleinen auf dem Arm.

»Und jetzt zeigst du Johannes mal, was du kannst!«

Sie hatte in der einen Ecke des Zimmers gekniet, er selbst in der anderen, und Jakob war auf seinen wackligen kleinen Beinen von einem zum anderen gelaufen. Das fast schmerzhafte Gefühl überwältigenden Glücks hallte noch in Johannes nach, wenn er daran zurückdachte. Es war rasch wieder verflogen und lange nicht zurückgekehrt, jedenfalls nicht in dieser Intensität, doch heute wusste er, dass er in jenen Tagen begonnen hatte, die Trauer um Katharina zu überwinden. Nur ganz langsam und Stück für Stück, aber verbunden mit der Gewissheit, dass sie es so gewollt hätte. Seine Liebe zu ihrem gemeinsamen Kind hatte ihm geholfen, wieder Freude am Leben zu empfinden.

Renate kehrte mit den Fläschchen aus der Küche zurück und nahm Johannes das Baby ab. Gleich darauf kehrte Stille ein – die Kleinen tranken ihre Fläschchen, eins in Stans Armen, das andere bei Renate. Draußen krachten immer noch vereinzelte Böller, aber der Lärm hielt sich in Grenzen.

»Ich gehe mal rüber und sehe nach dem Rechten.« Johannes erhob sich von seinem Sessel.

»Soll ich mitgehen?«, fragte Hanna.

»Nicht nötig. Wenn alles in Ordnung ist, komme ich sofort zurück.«

Mines Haus befand sich schräg gegenüber, es waren nur ein paar Schritte. Seine Großmutter und sein Onkel Karl saßen am Küchentisch und tranken Sekt, und zu Johannes' Überraschung waren sie nicht allein – Bärbel war bei ihnen, und mit am Tisch saß auch der Nachbarsjunge Klaus Rabe, ihr Spielkamerad aus Kindertagen. Die beiden waren früher ständig zusammen losgezogen und hatten die Gegend unsicher gemacht.

Johannes war erleichtert, dass Bärbel zu Hause war. Sie hatte zwar erklärt, dass sie nicht vorhätte, wegzugehen, aber bei ihr wusste man nie genau, ob sie sich tatsächlich an ihre Ankündigungen hielt.

Auch sie und Klaus hatten ein Glas Sekt vor sich stehen. Als Johannes die Küche betrat und allen ein gutes neues Jahr wünschte, sah sie ihn ein wenig spöttisch an.

»Na, bist du froh, dass du meinetwegen nicht die Feuerwehr rufen musst?«

Er quittierte die provokante Bemerkung nur mit einem

nachsichtigen Grinsen. Von ihr ließ er sich nicht so leicht aus der Reserve locken. Er war schließlich auch mal siebzehn gewesen.

»Hat Jakob die ganze Zeit ruhig geschlafen?«, erkundigte er sich.

»Wie ein Stein«, sagte Bärbel. »Ich hab gerade erst nach ihm gesehen.«

»Willsse einen mittrinken oder gehsse wieder rüber?«, fragte Mine.

»Ich hab versprochen, dass ich gleich zurückkomme.« Trotzdem ließ sich Johannes von seiner Großmutter einen Schluck Sekt einschenken und stieß mit allen aufs neue Jahr an, bevor er zurück zu Stans Haus ging.

*

Mine blickte ihrem Enkel schweigend nach. Johannes hatte nicht den Eindruck gemacht, als sei er gut aufgelegt. Jedenfalls nicht so, als hätten sie da drüben bei Stan eine ordentliche Feier. Aber wie denn auch, mit den beiden plärrenden Kindern. Stans Zwillinge brüllten so laut, dass man es über die Straße hörte, sogar durch die geschlossenen Fenster.

Und Stans Schwester Hanna, die neulich nach Monaten mal wieder hier aufgekreuzt war, hatte bisher auch keinen richtig fröhlichen Eindruck gemacht. Streng genommen sahen sie und Johannes meistens aus wie sieben Tage Regenwetter, und das, obwohl eigentlich alles in Ordnung hätte sein können. Zumindest sollte man das annehmen. Aber manche Menschen konnten einfach nichts mit dem Glück anfangen, das sich ihnen bot. Andere hätten es wohl gern mit beiden Händen ergriffen, wenn ihnen nicht das Schicksal einen Strich durch die Rechnung gemacht hätte. So wie damals bei Katharina und Johannes.

Das mit den beiden, das war eine ganz große Liebe gewesen. Aber Katharina war gestorben und hatte nicht nur ein Baby, sondern auch ein einziges Chaos hinterlassen.

Vor allem einen ganzen Berg von Schuldgefühlen. Jeder hatte sich auf seine Weise für ihren Tod verantwortlich gefühlt. Johannes, weil er nicht gemerkt hatte, dass mit ihrer Schwangerschaft irgendwas nicht stimmte. Karl, weil er nicht schon vorher darauf bestanden hatte, dass sie sich von ihm scheiden ließ, um Johannes heiraten zu können – als hätte das die Eklampsie verhindert, die sie umgebracht hatte.

Inge hatte sich schuldig gefühlt, weil sie Katharina kurz vor ihrem Tod mit hässlichen Vorwürfen überhäuft hatte. Und sogar Bärbel hatte an Schuldgefühlen gelitten. In ihrer kindlichen Naivität hatte sie geglaubt, durch ihren häufigen Ungehorsam das Unglück mit verursacht zu haben. Wochenlang war sie mit schneeweißem Gesicht herumgelaufen, hatte keinen Menschen an sich herangelassen, keine Träne vergossen. Weil große Mädchen nicht weinten. Das hatte sie mit starrem Blick erklärt, als Mine sie irgendwann darauf angesprochen hatte.

Alle glaubten, aus irgendwelchen Gründen an Katharinas Tod schuld zu sein. Auch Mine fühlte sich nicht frei davon. Hätte sie Katharina nur diesen Zettel gelassen, mit der Telefonnummer der Engelmacherin … Katharina hatte sich die Nummer besorgt, nebenan bei Elfriede Rabe, die kurz vorher abgetrieben hatte. Hätte Mine es Katharina nicht ausgeredet, hätte sie vielleicht dasselbe getan und könnte noch leben.

Aber dann gäbe es natürlich auch Jakob nicht.

Wenn jemand Mine heute gefragt hätte, wer ihr mehr am Herzen lag, Katharina oder der Kleine, so war es ohne jede Frage das Kind. Ihren Urenkel liebte sie mit solcher Kraft, dass ihr manchmal richtiggehend das Herz davon wehtat – auch wenn sie natürlich ganz genau wusste, dass die Hauptursache für diesen Schmerz ihr Alter war. Mit fünfundsiebzig machte man nun mal keine großen Sprünge mehr. Die Knochen waren morsch, die Hände steif, die Beine wurden immer lahmer, der Rücken piesackte einen von früh bis spät. Und das verdammte Herz stolperte und brannte, wenn sie sich zu sehr aufregte. Also versuchte sie meist, möglichst nur an die guten Zeiten zu denken, so wie auch in dieser Silvesternacht. Und gerade jetzt lebte sie wirklich in einer guten Zeit! Immerhin hatte sie schon wieder ein Jahr überstanden, und die ganze Familie war gesund. Früher war das alles andere als selbstverständlich gewesen, sie musste ja nur an die beiden verfluchten Kriege denken. Den Hunger, das Leid, die verlorenen, dunklen Jahre.

Mine verdrängte die lästigen Erinnerungen an damals und schenkte sich und Karl etwas Sekt nach. Bärbel und Klaus hatten noch welchen. Klaus hatte bisher sowieso nur an seinem Glas genippt. Mine nahm es einigermaßen überrascht zur Kenntnis, denn normalerweise waren die Rabes ganz versessen auf alkoholische Getränke, vor allem, wenn man ihnen einen ausgab. Elfriede kam oft rüber, um ein Gläschen von Mines Aufgesetztem zu schnorren. Ihr Mann Fritz war ein veritabler Säufer, der mehr in der Kneipe herumhing als sonst wo. Auch Manfred, ihr Ältester, ließ sich da immer öfter blicken. Und sogar den fünfzehnjährigen Wolfgang hatte Mine schon mit der Bierflasche in der Hand gesehen.

Die meisten Bergleute tranken. Die einen mehr, die anderen weniger, aber Bier und Schnaps gehörte für die Männer dazu. Die Arbeit auf dem Pütt war hart und machte viele von ihnen kaputt, da spielte es kaum eine Rolle, wenn manche sich zusätzlich die Leber mit der Sauferei ruinierten. Trotzdem gab es natürlich eine feste Grenze, und die verlief zwischen Arbeitszeit und Feierabend. Fing einer erst damit an, auch regelmäßig während der Schicht zu saufen, war er über kurz oder lang erledigt. Bei Fritz Rabe konnte man es nicht ganz genau sagen, schließlich durfte er es nicht offen zugeben, doch Mine war sich ziemlich sicher, dass er besagte Grenze längst überschritten hatte. Wo auch immer man ihm über den Weg lief – er zog regelmäßig eine Schnapsfahne hinter sich her.

Vielleicht empfand Klaus das als abschreckendes Beispiel. Der Junge war sowieso anders als der Rest der Familie. In mancher Hinsicht erinnerte er Mine an Johannes. Es fiel ihr nicht weiter schwer, sich vorzustellen, dass ihr Enkel im Alter von sechzehn so ähnlich gewesen war wie Klaus Rabe, und zuweilen nagte es an ihr, dass sie den Johannes von damals nicht kennengelernt hatte. Sicher, sein Vater hatte ihn von ihr ferngehalten, er hatte die primitive Essener Verwandtschaft seiner Frau verachtet. Es fiel hauptsächlich in seine Verantwortung, dass sie den Jungen über so viele Jahre nicht zu Gesicht bekommen hatte. Außerdem lag Hannover ja nicht gerade um die Ecke.

Trotzdem hätte Mine, wenn sie es wirklich gewollt hätte, den Kontakt halten und vertiefen können. Sie hätte nach Mathildes Tod ja nicht unbedingt zulassen müssen, dass ihr das einzige Kind ihrer Tochter entfremdet wurde.

Doch wie so vieles gehörte auch das zu einer Vergangenheit, die sich nicht ändern ließ. All das war nun mal so geschehen, und keiner konnte es rückgängig machen, folglich verschwendete Mine die meiste Zeit über keine Gedanken darauf, mögliche Versäumnisse zu bedauern oder gar zu bereuen.

Aber gelegentlich tat sie es eben doch, und sie konnte es genauso wenig verhindern, wie sie die verflossenen Jahre zurückholen konnte. Also ergab sie sich auch in dieser Silvesternacht mehr oder weniger resigniert den sentimentalen Anwandlungen. Doch sie ließ nicht zu, dass sie davon schwermütig wurde. Eher hielt sie es mit dem Spruch, den schon ihr Mann Jupp für solche nutzlosen Rückschauen auf Lager gehabt hatte. *Hätte, hätte, Driet* im Bette.*

---

* Siehe Glossar am Ende des Romans

»Woran denkst du, Oma Mine?«, wollte Bärbel wissen.

Mine stand vom Küchenstuhl auf und versuchte, das Knacken in ihren Knien ebenso zu ignorieren wie den Schmerz in den Hüften. »Ich denk gerade da dran, dat noch wat von dem Ärpelschlot über is. Und drei Bockwürste. Wie isset mit euch, wollt ihr noch wat??«

»Ich bin leider satt, Mutter«, sagte Karl. Er hatte die Brille abgenommen und rieb sich die rot geränderten Augen. Normalerweise war er um diese Uhrzeit längst im Bett.

»Ich auch, Oma Mine.« Bärbel hob bedauernd die Schultern.

»Ich sag nicht Nein, Frau Wagner«, erklärte Klaus. »Für Ihren Kartoffelsalat würde ich kilometerweit laufen, den darf man nicht umkommen lassen!«

Er gab sich erkennbar Mühe, in Bärbels Beisein nicht allzu gefräßig zu wirken, doch Mine hatte schon vorher gemerkt, wie sehnsüchtig er die Schüssel taxiert hatte, die sie nach dem Abendessen abgedeckt und zur Seite gestellt hatte. Verdenken konnte man es dem Jungen nicht. Der Kartoffelsalat von seiner Mutter war unter aller Kanone. Er bestand nur aus Pellkartoffeln und Mayonnaise aus dem Glas. Keine sauren Gurken, keine Eier, keine Zwiebeln, keine Petersilie, keine obligatorische Prise Zucker – nichts, was den richtigen Geschmack reinbrachte.

Mine lud Klaus den Teller voll und legte eine Bockwurst an den Rand. »Lass et dir schmecken, Jung. Kannsse auch noch mehr von haben, wenne wills. Is noch reichlich inne Schüssel.« Das offene Senfglas stellte sie direkt neben den Teller auf den Tisch und schenkte ihm bei der Gelegenheit auch gleich noch etwas Sekt nach.

Klaus benutzte auf manierliche Weise Messer und Gabel, es sah genauso aus wie bei Bärbel, wenn sie aß. Wahrscheinlich hatte er es sich bei ihr abgeguckt. Seine Eltern hatten es ihm bestimmt nicht gezeigt, denn Mine hatte sie noch nie so essen sehen. Aufrecht sitzend, den Mund nicht überm Teller. Die Ellbogen nicht aufgestützt, sondern dicht an der Seite.

Mine achtete meist darauf, es ebenso zu machen. Sie hatte die Tischsitten von ihrer Mutter übernommen, die vor ihrer Ehe im feinen Haushalt eines Fabrikanten das Kochen und Servieren gelernt hatte. Zu Hause hatten sie es damit nicht immer so genau gehalten, aber ihre Mutter hatte es ihnen immerhin vorgemacht, und sie hatte besonderen Wert darauf gelegt, dass bei Tisch keiner schmatzte oder mit offenem Mund kaute. Oder gar rülpste oder das Messer ableckte. Genauso hatte Mine es später auch ihren eigenen Kindern beigebracht. Sie hatte auf unerfindliche Weise schon damals gewusst, dass es wichtig für Karl und Mathilde war. So wichtig wie die bessere Bildung. Wenigstens hatten alle beide dadurch ein gutes Leben in gehobenen Verhältnissen gehabt, zumindest eine Zeit lang. Bis bei Mathilde die verfluchte Leukämie dazwischengekommen war. Und bei Karl der Krieg, der sein Hirn in Brei verwandelt hatte.

»Wat habt ihr zwei euch eigentlich für dat neue Jahr vorgenommen, wat wünscht ihr euch?«, wandte sie sich jetzt an Bärbel und Klaus, in dem Bemühen, eine ungezwungene Unterhaltung in Gang zu bringen. Eigentlich hätte sie die jungen Leute bereits rauswerfen und ins Bett gehen können, Mitternacht war lange vorbei, und sie war mindestens so müde wie Karl. Aber Bärbel und Klaus wirkten noch hellwach, und Mine spürte, wie gern die beiden hier zusammensaßen. Hier bei ihr, in ihrer kleinen, nach Ofenrauch und Bockwürstchen riechenden Küche. Ihre Küche war immer schon der heimeligste Raum im ganzen Haus gewesen. Der Ort, an dem sich alle wie eine Gemeinschaft fühlten. Als Teil der Familie.

»Ich will mir einen Plattenspieler zulegen«, sagte Klaus nach kurzem Nachdenken.

Bärbel zog die Nase kraus. »Das ist kein richtiger Neujahrswunsch.«

Klaus grinste. »Wieso nicht? Ich will schon lange einen Plattenspieler.«

»Du weißt genau, was ich meine! Was wünschst du dir für dein Leben? Welche Veränderungen hättest du gern?«

Er wurde ernst. »Ich wünsche mir, dass alles besser wird.«

»In welcher Beziehung?«, hakte Bärbel nach.

»In jeder«, erklärte er ruhig. Wie um weiteren Fragen vorzubeugen, fragte er Mine: »Und was wünschen Sie sich, Frau Wagner?«

»Gesundheit«, erwiderte Mine prompt, denn das war genau das, woran es im Alter mit jedem neuen Jahr stetig bergab ging. »Und wat is mit dir, Kind?«, fügte sie an ihre Enkelin gerichtet hinzu.

Bärbel zuckte mit den Schultern. »Ich will einfach was Neues erleben. Irgendwohin verreisen vielleicht. Wir sind noch nie verreist. Andere Leute fahren überallhin. Wir höchstens mal an den Baldeneysee oder zur Gruga.« Sie lächelte schief, was ihre Worte scherzhaft wirken ließ, aber Mine spürte, wie ernst es dem Mädchen war.

»Dann wünschen wir uns dat doch einfach mal alle«, fasste sie es zusammen. »Ein besseres Leben. Gesundheit. Und eine Reise. Und in einem Jahr treffen wir uns wieder und gucken, ob et geklappt hat.«

Sie stieß mit Karl und den jungen Leuten an und dachte bei sich, dass es wirklich großartig wäre, wenn wenigstens ein Teil dieser Wünsche sich erfüllte.

*

Bei Johannes' Rückkehr hatten Stan und Renate zusammengesunken in ihren Sesseln gesessen. Sie wirkten, als würden sie jeden Moment einschlafen, und auch Hanna sah müde aus.

»Komm, lass uns ein Stück spazieren gehen«, bat sie ihn. »Ich brauche ein bisschen frische Luft.«

Johannes hatte nichts dagegen. Er ging noch mal zurück zu Mines Haus und holte sich Mantel und Hut, und dann schlenderte er gemeinsam mit Hanna durch die nächtlichen Straßen von Fischlaken. In den meisten der kleinen Siedlungshäuser wurde noch gefeiert; hier und da drang Musik ins Freie, und vor manchen Türen hatten sich Grüppchen von Nachbarn versammelt, die ihnen fröhlich zuprosteten. An einer Ecke stand ein halbes Dutzend angetrunkener Jugendlicher, die unter lautem Johlen ihre letzten Böller auf der Straße zündeten. Unter ihnen befanden sich auch die Brüder von Klaus, der achtzehnjährige Manfred und der fünfzehnjährige Wolfgang. Sie grölten Johannes und Hanna ausgelassene Neujahrsgrüße entgegen, die Johannes gutmütig erwiderte.

»Die hauen ja ziemlich auf den Putz«, kommentierte Hanna das Geschehen. »Ich überlege immer, ob ich in dem Alter auch so war wie die Halbstarken heute.«

»Und, warst du's?«, fragte Johannes belustigt.

»*Ich* doch nicht«, gab sie im Brustton der Überzeugung zurück.

Er lachte und schlang beim Weitergehen den Arm um sie.

Ebenfalls lächelnd blickte sie ihn von der Seite an. »Du weißt, dass wir irgendwann mal über unsere Zukunft reden müssen, oder?«

Seine Heiterkeit verflog schlagartig. Natürlich wusste er es, und es hatte ihm nicht gerade wenig Kopfzerbrechen bereitet. Wenn es nach ihm gegangen wäre, müsste sich eigentlich nichts ändern. Für ihn war es gut so, wie es gerade war. Hanna war zwar ein wichtiger Mensch in seinem Leben, aber sie stand nicht an erster Stelle. Für ihn drehte sich alles um Jakob. Das Wohlergehen seines Sohnes war der Dreh- und Angelpunkt in seinem Leben, und das wusste Hanna.

Es war lange gut gegangen mit ihnen beiden – Hanna hatte bei ihrem Bruder Stan gelebt, und gleich gegenüber hatte Johannes seinen festen Platz im Haus von Oma Mine. Sein kleiner Sohn, seine betagte Großmutter, sein kriegsversehrter Onkel, Katharinas Töchter – sie alle waren seine Familie, für die er sich verantwortlich fühlte.

Vor drei Jahren hatte es mit ihm und Hanna angefangen. Sie hatte den ersten Schritt gemacht, aber in der Folge hatte er ziemlich schnell um ihre Hand angehalten. Er wollte keine Heimlichkeiten, und es war ihm als perfekte Lösung erschienen, dass sie als seine Frau zu ihm ins Haus seiner Großmutter zog. Allerdings entsprach das nicht im Geringsten ihren Vorstellungen, und er konnte es ihr nicht mal verübeln. Mit den Mädchen verstand sie sich blendend, und auch Jakob hatte sie von Anfang an ins Herz geschlossen. Doch mit Mine stand sie mehr oder weniger auf Kriegsfuß, und vermutlich würde sich daran nichts mehr ändern.

Auch Katharina hatte mit Mine immer ihre Schwierigkeiten gehabt, aber anders als Hanna war ihr nichts anderes übrig geblieben, als damit zurechtzukommen.

Für Hanna kam das nicht infrage, das hatte sie sofort klargestellt. Trotzdem hatten sie und Johannes eine harmonische Beziehung geführt, bis es zu einer einschneidenden Umwälzung gekommen war – ihr Bruder Stan hatte sich Hals über Kopf in die zwölf Jahre jüngere Renate verliebt. Die beiden hatten praktisch über Nacht geheiratet. Danach hatte es nicht lange gedauert, bis die Zwillinge auf die Welt gekommen waren, und mittlerweile war schon wieder neuer Nachwuchs unterwegs.

Hanna mochte Renate, und die beiden kleinen Jungen

liebte sie abgöttisch, aber ihr gewohnter familiärer Alltag stand seither Kopf. Nichts war mehr wie vorher, und darunter litt auch ihre Beziehung zu Johannes. Hanna hatte sich eine Wohnung in Düsseldorf genommen und war die Woche über meist dortgeblieben, und selbst an ihren freien Tagen war ihr nur noch selten danach zumute, sich im Haus ihres Bruders aufzuhalten, wo sie sich mehr und mehr wie ein nützliches, aber zugleich auch überflüssiges Anhängsel vorkam. Johannes wiederum war an die nähere Umgebung von Essen gebunden, weil er so viel Zeit wie möglich mit Jakob verbringen wollte.

Es war ein Dilemma, das sie bisher nicht hatten lösen können. Irgendwann im Sommer war es darüber zum offenen Streit gekommen. Hanna hatte schließlich angekündigt, sich für eine Weile von ihm zu trennen.

»Damit wir beide Zeit zum Überlegen haben«, hatte sie gemeint.

Ein paar Wochen später war Johannes dann zu ihr gefahren, um die Sache zu klären. Sie hatten miteinander geschlafen, woraufhin er gehofft hatte, dass nun alles wieder im Lot wäre, aber sie hatte ihn mit den Worten weggeschickt, dass sie noch nicht so weit sei und dass es für eine gemeinsame Zukunft zuerst eine grundlegende Änderung in ihrer beider Leben geben müsse.

Danach hatte er lange nichts von ihr gehört und sich bereits mehr oder weniger darauf eingestellt, dass sie die Verlobung lösen würde, doch Mitte Dezember war sie auf einmal wiederaufgetaucht. Sie hatte die restliche Adventszeit und die Weihnachtstage bei Stan und Renate verbracht, und Johannes und sie hatten sich fast täglich getroffen, wenn auch meist nur im Kreis ihrer Familien. Einmal waren Stan und Renate mit den Kindern für einen ganzen Tag bei Renates Eltern gewesen, was Johannes und Hanna ein paar Stunden zu zweit verschafft hatte. Doch die unausweichliche Aussprache hatten sie weiter vor sich hergeschoben.

Bis jetzt.

»Ich habe mir gedacht, dass der Beginn eines neuen Jahres ein guter Zeitpunkt zum Reden ist«, fuhr Hanna fort. »Du weißt schon. Neues Jahr, neues Glück. Ein schönes Motto. Findest du nicht auch?«

»Sicher«, stimmte er zu, aber es klang reserviert, fast so, als wüsste er jetzt schon, dass ihre Vorschläge ihm nicht gefallen würden.

Falls sie seine Vorbehalte spürte, ließ sie es sich nicht anmerken. »Ich will nicht um den heißen Brei herumreden und sage dir deshalb gleich, was mir vorschwebt«, erklärte sie frei heraus. »Wir sollten von hier wegziehen.«

Er nickte langsam. Das Thema war nicht neu zwischen ihnen. Sie hatten bloß noch nie so konkret darüber gesprochen. Während ihrer Trennung auf Probe hatte er selbst bereits überlegt, wie er es angehen könnte, mit Jakob und Hanna einen eigenen Hausstand zu gründen. Bisher hatte er den Plan nicht weiterverfolgt, denn nachdem Hanna nach Düsseldorf gezogen war, hatte sich das Ganze vorerst erledigt.

Johannes spann den Gedanken fort. Ein Haus irgendwo ganz in der Nähe, von wo aus sie es beide nicht weit zu ihren Familien hätten, am besten hier in Fischlaken, eventuell auch in Heidhausen, Heisingen, Kupferdreh oder Werden. Notfalls auch am Nordrand von Velbert, da waren in den letzten Jahren ebenso wie hier in Fischlaken neue Wohnsiedlungen entstanden.

Doch Hanna schwebte offenbar etwas anderes vor. »Du weißt, dass ich den Kohlenpott hasse und mich schon lange nach Paris zurücksehne. Die Jahre dort waren die besten meines Lebens. Warte«, fiel sie ihm ins Wort, bevor er Einwände erheben konnte. »Mir ist klar, dass das für dich nicht infrage kommt. Du beherrschst die Sprache nicht und hast im Gegensatz zu mir keine Freunde dort.« Sie holte Luft. »Deshalb habe ich mir was anderes überlegt. Johannes, was hältst du davon, wenn wir nach Amerika auswandern?«

Er sah sie verblüfft an. »Amerika?«, wiederholte er, nur um überhaupt etwas zu sagen.

Hanna nickte eifrig. »Die haben eine jährliche Einwanderungsquote für Deutsche, und es gibt noch viele freie Plätze. In den USA werden ständig fähige Handwerker gesucht. Du hättest gute Karten, denn du beherrschst auf dem Bau buchstäblich alles. Johannes, ich weiß, dass du recht gern Gewerkschafter bist, aber die praktische Arbeit liegt dir mindestens genauso im Blut. Außerdem sprichst du Englisch, und ich selbst kann mich auch ganz gut verständigen. Überleg doch mal, es wäre ein Neuanfang! Für uns als Familie! Nur du, Jakob und ich. Wir müssen es bloß wollen.«

Johannes ließ ihre Worte in sich nachklingen. Auch er hatte nach seiner Kriegsgefangenschaft manchmal vom Land der unbegrenzten Möglichkeiten geträumt, und er hatte sich mehr als einmal vorgestellt, dort mit Katharina und den Mädchen ein neues Leben anzufangen. Doch die Umstände waren nicht mehr dieselben wie damals. Er wollte es Hanna erklären, aber sie fiel ihm sofort ins Wort.

»Bevor wir es zerreden, solltest du die Idee vielleicht noch von einer anderen Warte aus betrachten.«

»Worauf willst du hinaus?« Er blieb bei der nächsten Laterne stehen, um sie ansehen zu können. Im Hintergrund ragten wie stumme Mahnmale die Bäume auf, die den Friedhof abschirmten. Ein kurzer Stich durchfuhr ihn, und er fragte sich, wieso sie ausgerechnet in diese Richtung spaziert waren. Das letzte Mal war er mit Jakob an Allerseelen hier gewesen und hatte eine Kerze auf Katharinas Grab gestellt.

»... an Inges Leben denken«, sagte Hanna.

»Verzeih, was meinst du?«

Zum Glück merkte Hanna nicht, dass er mit seinen Gedanken woanders gewesen war.

»Solange du nicht mit Jakob wegziehst, wird Inge kein eigenes Leben führen können«, erklärte sie ruhig.

»Was willst du damit sagen?«

»Johannes, sie hält ihren Verlobten schon seit Jahren hin, weil sie sich dir und Jakob gegenüber verpflichtet fühlt! Peter macht im Frühjahr sein Examen, aber ich gehe jede Wette ein, dass sie ihn weiter warten lässt. Womöglich sogar so lange, bis er sich eine andere sucht. Irgendwann wird sie dasitzen und sich fragen, wo verdammt noch mal ihre Jugend geblieben ist. Was hat sie nicht schon alles für dich aufgegeben! Sie hat die Schule hingeschmissen, obwohl sie eine herausragende Schülerin war! Sie geht nur halbtags arbeiten, um auch ja rechtzeitig zu Hause zu sein, wenn Jakob aus der Schule kommt!« Hanna ereiferte sich bei ihren Ausführungen, ihr war anzusehen, wie ernst es ihr war. »Wenn du einfach alles so weiterlaufen lässt, nimmst du ihr jede Chance auf ein eigenes Glück! Glaubst du nicht, dass sie irgendwann selbst gern Kinder hätte? Und einen Ehemann wie Peter, der ihr was Besseres bieten kann als Dusche und Klo im Keller und ein Klappsofa neben dem rußigen Ofen im Wohnzimmer?« Mit eindringlicher Betonung fuhr sie fort: »Johannes, du kennst sie doch! Inge würde niemals von zu Hause weggehen, solange Jakob sie braucht!«

Mit wachsender Beklommenheit erfasste er die Bedeutung ihrer Worte, und schließlich musste er sich eingestehen, dass sie recht hatte. Aus dieser Sicht hatte er es tatsächlich noch nie betrachtet.

Natürlich war er sich darüber im Klaren, dass Inge nach Katharinas Tod viele persönliche Opfer gebracht hatte, so wie alle in der Familie, er selbst eingeschlossen. Aber das war lange her. Die Zeiten hatten sich zum Besseren gewandelt.

Trotzdem hatte er sich bislang der Erkenntnis verschlossen, dass Inge in ihrem Alter schon längst hätte flügge sein sollen. Johannes wusste, dass Peter sie nicht nur einmal inständig gebeten hatte, seine Ehefrau zu werden und zu ihm nach Münster zu ziehen. Daraus wäre mitnichten eine ärmliche Studentenehe geworden, denn Peters Vater war ein großzügiger Geldgeber, und Inge hätte in Münster mit Leichtigkeit eine neue Stelle gefunden.

Hanna beobachtete ihn von der Seite, ebenso stumm wie er. Johannes brach das Schweigen zuerst.

Seine Stimme klang belegt. »Du hast verflucht noch mal recht.«

Hanna atmete aus. Mit bewegter Miene nahm sie seine Hände in ihre. »Das ist eins der Dinge, die ich an dir liebe«, sagte sie leise.

»Was denn?« Er lachte in bitterem Sarkasmus auf. »Dass man mir manche Wahrheiten erst mit dem Holzhammer einbläuen muss?«

Sie schüttelte den Kopf. »Nein. Dass du dir anhörst, was andere Menschen zu sagen haben. Und dass du ohne zu zögern ein Versäumnis zugeben kannst.«

»Das heißt aber nicht, dass ich nach Amerika auswandern will«, stellte er vorsorglich klar. »Deshalb sollten wir uns für unsere künftigen Pläne ein bisschen mehr in Richtung Heimat orientieren.«

Sie lächelte ein wenig bedauernd. »Ich vermute, damit meinst du nicht Paris, oder?«

»Nein, tut mir leid.« Er erwiderte ihr Lächeln, doch seine Worte ließen keinen Zweifel daran, wie ernst es ihm war. »Ich will auf jeden Fall in der Gegend bleiben.«

Kapitel 4

Die erst vor wenigen Jahren neu erbaute Volksschule wirkte hell und modern, ganz im Gegensatz zu der Schule, die Inge nach dem Krieg besucht hatte. Sie erinnerte sich nur zu gut an die heillos überfüllten Klassen, mit Lehrern, von denen einige eher Zuchtmeister als Pädagogen gewesen waren. Wegen der Bombenschäden war nicht genug Platz für alle da gewesen, weshalb die Klassen aufgeteilt worden waren – die einen mussten an den geraden, die anderen an den ungeraden Wochentagen zum Unterricht erscheinen. Trotzdem hatte dort manchmal das reinste Chaos geherrscht. Die Lehrer hatten oft wütend herumgebrüllt und mit Ohrfeigen, Kopfnüssen und zuweilen auch Stockschlägen für Disziplin gesorgt.

Jakob hatte sich zu Hause zu dem Thema bedeckt gehalten, also hatte Inge ihn gefragt, ob er in der Schule schon einmal geschlagen worden sei. Er war in Tränen ausgebrochen und hatte dann widerstrebend berichtet, dass seine Klassenlehrerin Fräulein Moosbach ihn geohrfeigt hatte. Offenbar nicht nur einmal, und meist verbunden mit der Aufforderung, endlich still zu sitzen.

Inge hatte ohnehin vorgehabt, in der Schule vorzusprechen, doch dann war der blaue Brief eingetroffen, der alles beschleunigt hatte. Sie hatte um einen schnellstmöglichen Termin nachgesucht.

Der Unterricht war bereits vorbei, Schule und Pausenhof lagen verlassen in der trüben Wintersonne, und als Inge den Gang zu den Lehrerzimmern entlangschritt, herrschte eine für ein Schulgebäude ungewohnte Ruhe.

Die vereinbarte Besprechung fand in Jakobs Klassenzimmer statt. Die Lehrerin, die sie auf ihr Klopfen hin mit einem herrisch klingenden *Herein* zum Eintreten aufforderte, war Inge unbekannt. Jakob hatte erzählt, dass sie neu in der Schule war. Sie hatte eine andere Lehrkraft ersetzt, die kürzlich geheiratet und mit dem Unterrichten aufgehört hatte. Ihre Nachfolgerin war um die vierzig und strotzte nur so von selbstgefälliger Überheblichkeit.

»Moosbach«, stellte sie sich Inge vor. Sie war stark übergewichtig und saß mit einem Wurstbrot in der Hand hinterm Lehrerpult. Mit nachlässiger Gebärde deutete sie auf die Erstklässlertische. »Nehmen Sie Platz.«

Notgedrungen setzte Inge sich auf einen der kleinen Stühle. Sie drückte die Knie zusammen und hielt ihre Handtasche wie einen Schutzschild vor sich.

»Haben Sie den Brief bekommen?«, fragte die Lehrerin Inge, bevor sie abermals in ihr Brot biss.

Inge schluckte. »Gewiss. Deshalb bin ich hier. Wobei – ich hatte sowieso herkommen wollen.«

»Aha, dann haben Sie wohl schon selbst bemerkt, dass Ihr Sohn Lernschwierigkeiten hat.« Die Lehrerin sprach mit vollem Mund und kaute geräuschvoll, hielt es aber offenbar für ausreichend, sich die Hand davorzuhalten.

»Er ist nicht mein Sohn, sondern mein kleiner Bruder«, korrigierte Inge. »Und ich kann mir nicht vorstellen, dass er Lernschwierigkeiten hat. Er ist sehr klug.«

Fräulein Moosbach runzelte die Stirn. »Sie sind nur die Schwester? Ich hatte den Brief an Jakobs Eltern gerichtet, die Eheleute Karl Wagner.«

»Ja, das ist mein Vater. Meine Mutter lebt nicht mehr.«

»Mein Beileid.« Die Lehrerin blätterte in ihren Unterlagen. »Ich sehe aber, dass Ihr Vater um den Termin gebeten hatte.«

Natürlich hatte er das. Karl unterschrieb alles, was man ihm vorlegte. So war es am einfachsten.

»Er ist Bergmann und hat Schichtdienst«, erklärte Inge. Das entsprach sogar der Wahrheit. Karl war tatsächlich diesen Nachmittag auf dem Pütt, auch wenn das, was er dort machte, nicht viel mit der Tätigkeit eines richtigen Bergmanns zu tun hatte. Er arbeitete auch nicht etwa auf Pörtingsiepen, sondern in der Nähe bei der Kleinzeche Hermann, wo man ihn mit mehr oder weniger anspruchslosen, untergeordneten Aufgaben beschäftigte.

»Deshalb hat er mich gebeten, das für ihn zu regeln«, fuhr Inge fort. »Ich bin großjährig und habe Vollmacht.« Das war der Spruch, den sie sich zurechtgelegt hatte, und wenn irgendwer die besagte, von Karl ausgestellte Vollmacht hätte sehen wollen, hätte Inge sie aus ihrer Handtasche gezogen. Doch Jakobs Lehrerin gab sich mit ihrer Zusicherung zufrieden. Ihr schien daran gelegen, das Gespräch so kurz wie möglich zu halten.

Inge brachte ihr Anliegen auf den Punkt. »In dem Brief schreiben Sie, dass Jakobs Versetzung gefährdet ist. Wegen unzureichender Leistungen im Unterricht. Das kann unmöglich sein.«

Die Lehrerin musterte Inge von oben herab. »So? Was verstehen Sie denn davon? Sind Sie vom Fach?«

»Nein, das bin ich nicht. Aber ich kenne Jakob schon sehr viel länger als Sie. Und ich weiß, dass er mit Abstand das intelligenteste Kind ist, mit dem ich je zu tun hatte.« Inge ließ wohlweislich unerwähnt, dass sie bisher wenig mit anderen Kindern zu tun gehabt hatte. Das ging diese Schnepfe nichts an. Außerdem war sie sich ihrer Sache hundertprozentig sicher. Sogar ein Laie hätte sofort bemerkt, dass Jakob anderen Kindern in seinem Alter weit voraus war.

»Er konnte bereits lesen und schreiben, als er in die Schule kam«, führte sie aus. »Und im Rechnen ist er noch weiter! Wo, um Himmels willen, sollen da die Lernschwierigkeiten herkommen?«

Fräulein Moosbach richtete ihre feiste Gestalt auf dem Stuhl auf, sodass sie Inge noch mehr überragte. »Nachdem wir ja schon festgestellt haben, dass Sie keine ausgebildete Fachkraft sind, will ich es Ihnen gern erklären!« Ihre Stimme bebte vor Entrüstung. »Ein guter Schüler muss weit mehr leisten als Lesen, Schreiben und Rechnen! Er muss sich im Unterricht konzentrieren und still sitzen können! Er darf nicht einfach den Kopf auf den Tisch legen und einschlafen! Er darf nicht die ganze Zeit aus dem Fenster starren, obwohl man ihn auffordert, zur Tafel zu sehen! Er muss die rechte Hand zum Schreiben benutzen und darf dabei nicht dauernd den Griffel abbrechen!«

»Jakob ist Linkshänder, das war er schon immer!«, unterbrach Inge die Tirade. »Sie zwingen ihn, mit rechts zu schreiben?« Fassungslos starrte sie ihr Gegenüber an. Das durfte doch alles nicht wahr sein!

»Linkshänder bleiben in ihren schulischen Leistungen oft zurück, deshalb müssen sie beizeiten auf rechts umgewöhnt werden«, dozierte Fräulein Moosbach in belehrendem Tonfall. »Das ist wissenschaftlich erwiesen.« Sie lehnte sich zurück und betrachtete Inge wie ein seltenes und sehr abstoßendes Insekt. Die Abneigung stand ihr ins Gesicht geschrieben. »In Anbetracht des grauenhaften Schriftbildes ist die Leistung Ihres Bruders im Schreiben leider mangelhaft.« Herablassend setzte sie hinzu: »Ich könnte auch ein Ungenügend geben, das möchte ich nur klarstellen. Als Akademikerin bin ich sehr wohl in der Lage, das zu beurteilen. Und was Jakobs angebliche Fähigkeit zum Lesen angeht, so kann das kaum in die Bewertung einfließen, weil er sich nie meldet und ständig nur herumzappelt, wenn jemand dran ist. Außerdem lesen wir bis jetzt höchstens einzelne Wörter, und das können die meisten anderen Kinder schon genauso gut.«

»Was ist mit Rechnen?«, platzte Inge heraus. »Wollen Sie etwa behaupten, dazu wäre Jakob ebenfalls nicht in der Lage?«

Fräulein Moosbach zuckte mit ihren dicklichen Schultern. »Das unterrichte ich nicht. Dafür ist Herr Jung zuständig.«

»Kann ich den auch mal sprechen?«

»Vorhin war er noch da. Sie können ja nachsehen.«

»Wo?«

»Na, hier in der Schule.«

Inge erhob sich von dem erniedrigend kleinen Kinderstuhl. »Ich werde das alles mit meinem Vater besprechen. Auch die Tatsache, dass Sie meinen Bruder schlagen. Jakob hat uns berichtet, dass Sie ihn geohrfeigt haben. Zu Hause wird er nicht geschlagen. Niemals!«, hob sie mit lauter Stimme hervor. »Ich glaube nicht, dass mein Vater ein solches Vorgehen gegen seinen Sohn gutheißt.« Sie versuchte, es möglichst drohend klingen zu lassen und hoffte, damit etwas bei dieser Person zu bewirken. Doch die Mühe hätte sie sich auch sparen können.

»Eine Ohrfeige hat noch keinem geschadet«, schnarrte die Lehrerin. »Das gehört zu den erlaubten Zuchtmitteln im Unterricht. Manchmal hilft eben nichts anderes.«

Inge hatte gute Lust, der Frau ebenfalls eine runterzuhauen, nur um ihr zu demonstrieren, wie es sich anfühlte, geschlagen zu werden. Davon abgesehen hatte sie keine Lust, das Thema zu vertiefen, denn es war von trauriger Offensichtlichkeit, dass sie hier gegen Wände redete.

»Auf Wiedersehen«, sagte sie daher nur kühl. Ohne sich umzusehen ging sie zur Tür und verließ den Klassenraum.

*

Den erwähnten Herrn Jung musste sie gar nicht erst lange suchen. Ein Mann sprach sie auf dem Gang an.

»Frau Wagner?«

Inge wandte sich zu ihm um. »Ja, bitte?«

»Ich hatte gehört, dass Sie heute zur Besprechung bei Fräulein Moosbach erscheinen sollten. Wegen Jakob.« Der Lehrer, ein junger Mann Mitte zwanzig, musterte sie mit zusammengezogenen Brauen. »Sie können aber doch unmöglich seine Mutter sein, oder?«

Inge lächelte unwillkürlich. »Ich bin seine große Schwester. *Fräulein* Wagner. Und Sie sind vermutlich der Rechenlehrer. Herr Jung, oder?«

Er erwiderte ihr Lächeln und reichte ihr die Hand. Sein Händedruck war fest und angenehm. »Matthias Jung. Lehrer für Rechnen, Musik und Turnen.« Er deutete auf eine offen stehende Tür. »Wollen wir da reingehen?«

Inge begleitete ihn in das leere Klassenzimmer.

»Bitte setzen Sie sich doch!«

Wie schon zuvor nahm sie an einem der niedrigen Kinderpulte Platz. Anders als seine ältere Kollegin verschanzte er sich jedoch nicht hinter dem Lehrerschreibtisch, sondern zog sich einen der Schülerstühle heran, sodass sie einander auf Augenhöhe gegenübersaßen.

Er hatte ein anziehendes, freundliches Gesicht. Sein Haar war leicht verstrubbelt, als hätte er sich nur flüchtig gekämmt, und wenn er lächelte, bildeten sich Grübchen in seinen Wangen. Inge fand ihn auf Anhieb sympathisch.

»Ich hoffe, Sie haben eine bessere Meinung über Jakob als Fräulein Moosbach«, eröffnete sie spontan das Gespräch. »Sie meinte nämlich, Jakob hätte eine Lernbehinderung. Ich bin aus allen Wolken gefallen.«

Seine Miene wurde ernst. »Das kann ich sehr gut nachvollziehen.«

»Was genau? Dass ich aus allen Wolken gefallen bin oder das, was Ihre Kollegin von Jakob hält?« Inge meinte ihre Frage nur halb im Scherz, und auch die Antwort des jungen Lehrers fiel eher ernst als flapsig aus.

»Tatsächlich beides. Lassen Sie es mich kurz erläutern«, fügte er rasch hinzu, bevor Inge Einwände erheben konnte. »Fräulein Moosbach hat gewiss gute Gründe, die sie zu ihrer Meinung veranlasst haben. Denn Jakob ist anders als die übrigen Kinder in der Klasse. Im Unterricht ist er chronisch unterfordert, wodurch es ihm schwerfällt, sich zu konzentrieren. Mit anderen Worten: Er langweilt sich und wird deshalb zappelig. Stundenlanges Stillsitzen ist schwierig genug für einen lebhaften kleinen Jungen. Aber alles, was der Lehrer vorträgt, längst zu wissen und *trotzdem* still zu sitzen – das würde wohl jedes siebenjährige Kind überfordern. Hinzu kommt Jakobs Linkshändigkeit. Mit links schreibt er für sein Alter sehr gut. Mit rechts natürlich nicht. Und schon steht er als unfähiger, lernunwilliger Außenseiter da. Als problematisch erweist sich dabei auch die Größe der Klasse. Bei über vierzig Schülern ist es für eine Lehrkraft sehr mühselig, sich gezielt um ein einzelnes Kind zu kümmern.« Freimütig schloss er: »Das gilt erst recht für so manchen Quereinsteiger.«

»Quereinsteiger?«

»Quereinsteiger, Neulehrer – es gibt diverse Bezeichnungen dafür, und nicht alle sind schmeichelhaft. Ich meine damit Unterrichtskräfte, die nach Kriegsende in Schnellkursen zu Lehrern ausgebildet wurden.«

»Trifft das etwa auch auf Fräulein Moosbach zu?«, fragte Inge überrascht.

Matthias Jung hob vielsagend die Schultern. »Sie ist bei Weitem nicht die Einzige. Die Schülerzahlen steigen rapide, und durch den Krieg sind sowieso sehr viele Lehrer weggefallen. Aus diesem Grund erteilen heutzutage viele Menschen Unterricht, die sich nicht durch eine herkömmliche Lehramtsausbildung qualifiziert haben.«

»Aber sie sagte, sie sei Akademikerin!«

Matthias Jung hob bezeichnend die Brauen. »Wie ich hörte, hat sie früher mal das eine oder andere Semester Völkerkunde studiert.«

Inge konnte nur mit Mühe ihren Zorn unterdrücken.

»Und wie verhält sich Jakob bei Ihnen im Unterricht?«, wollte sie wissen.

»Völlig anders«, erklärte der junge Lehrer sachlich. »Ich lasse ihn linkshändig schreiben. Er sitzt still und arbeitet konzentriert und fleißig. Während die anderen Schüler in der Klasse die Zahlen zwischen eins und zwanzig lernen und sich anstrengen, sie fehlerfrei niederzuschreiben, beschäftige ich Jakob mit Algebra.«

»So weit ist er schon?«, fragte Inge ungläubig.

»Gewiss. Er macht rasante Fortschritte. Wussten Sie nicht, dass er bereits Gleichungen lösen kann?«

Inge schüttelte stumm den Kopf.

»Was haben Sie ihm denn bisher zu Hause beigebracht?«

»Addieren und Subtrahieren kann er schon länger. Vor ein paar Monaten habe ich dann mit ihm das kleine Einmaleins eingeübt, das hat er schnell begriffen. Wir haben auch schon mit dem großen Einmaleins angefangen.«

»Wie sind Sie dabei vorgegangen?«

»Ich hab's ihm aufgeschrieben, und er hat es auswendig gelernt. Er kann sich Dinge unglaublich gut merken.«

Matthias Jung lachte. »Jakobs mathematische Begabung hat nicht viel mit Gedächtnisleistung zu tun. Die mag ihm dabei helfen, aber nur am Rande. Er verfügt über ein sehr komplexes und tiefgreifendes Verständnis von der Mathematik. Ich glaube, dass er in spätestens zwei Jahren kaum noch was bei mir lernen kann. Und ich war schon immer ziemlich gut in Mathe.«

Inge war fassungslos. Sie hatte gewusst, dass Jakob begabt war. Aber dass er so weit über dem Durchschnitt lag – wie hatte ihr das entgehen können?

Ihr fielen die unverständlichen, zuweilen von Buchstaben und Symbolen durchsetzten Zahlenfolgen ein, die sie manchmal auf Jakobs Schiefertafel fand, bevor er sie wieder wegwischte und durch andere ersetzte. Sie hatte es für kindliches Gekritzel gehalten.

»Ich hätte das selbst erkennen müssen«, stellte sie bedrückt fest.

»Jemandem, der sich nicht gezielt für das Fach interessiert, fällt es vielleicht nicht sofort auf«, erklärte Matthias Jung. »Dasselbe gilt übrigens für Jakobs musikalische Fähigkeiten.«

Inge blickte den Lehrer ungläubig an. »Sie meinen, da ist er auch schon weiter als die anderen?«

»Nicht unbedingt weiter, sondern deutlich begabter. Der Kleine hat das absolute Gehör. Er singt jederzeit den Kammerton ohne Vorgabe, ebenso Melodien nach einmaligem Anhören. Haben Sie schon daran gedacht, ihn ein Instrument erlernen zu lassen?«

Inge nickte zögernd. »Sein Va… Sein Cousin spielte früher Klavier. Wir dachten, Jakob könnte vielleicht irgendwann auch mal … Leider haben wir zu Hause kein Instrument. Unsere finanziellen Mittel …« Sie stockte verlegen.

»Es muss nicht gleich ein Klavier sein. Eine Blockflöte wäre für den Anfang auch schon sehr gut.«

»Die schaffen wir auf alle Fälle sofort an«, erklärte Inge mit Nachdruck. »Vielen Dank für Ihren nützlichen Hinweis!« Unsicher blickte sie den jungen Lehrer an. »Aber was wird denn jetzt aus Jakob? Ich meine, in den anderen Fächern? Besteht ernsthaft die Gefahr, dass er wegen seiner Schwierigkeiten das Schuljahr wiederholen muss?«

»Nicht, solange ich bei der Klassenkonferenz ein Wörtchen mitzureden habe.« Matthias Jungs Antwort klang entschlossen, aber Inge hörte auch einen Hauch von Resignation heraus, und sie ahnte, dass es mit seiner untergeordneten Stellung in der Schulhierarchie zusammenhing. Er war neu im Beruf. Seine Meinung würde womöglich nicht so stark ins Gewicht fallen wie die der älteren Kollegin, die schon deutlich länger als er unterrichtete, Schmalspurausbildung hin oder her.

»Jakob kann flüssig lesen und schreiben, sogar schon lange Wörter«, hob Inge hervor. »Vielleicht sollte man das auf der nächsten Lehrerkonferenz mal hervorheben, statt auf seiner Linkshändigkeit herumzureiten.«

»Glauben Sie mir, ich werde mich für Ihren Bruder einsetzen«, beteuerte Matthias Jung. »Sie können sich auf mich verlassen.«

»Das ist sehr freundlich von Ihnen.« Inge dachte kurz nach. »Falls es im Unterricht bei Fräulein Moosbach weitere Probleme gibt und Sie es erfahren – würden Sie sich bitte bei mir melden? Wir haben ein Telefon zu Hause, Sie können mich jederzeit anrufen.«

»Gern!« Er notierte sich die Telefonnummer, und als er Inge anschließend aus dem Schulgebäude begleitete, war ihr ein wenig leichter ums Herz.

Am Ausgang hielt er ihre Hand etwas länger als nötig. »Dürfte ich Sie auch so mal anrufen? Ich meine, unabhängig von irgendwelchen Unterrichtsfächern?«

»Natürlich«, sagte Inge. Erst im nächsten Sekundenbruchteil wurde ihr klar, worauf er hinauswollte. »Allerdings bin ich verlobt«, fügte sie unbeholfen hinzu.

Seine Enttäuschung war nicht zu übersehen, aber dann

grinste er sie an. »Gut, dass Sie mir das vor meinem Heiratsantrag sagen«, flachste er.

Inge musste lachen, und während sie vom Portal zur Straße ging, winkte sie ihm zum Abschied zu.

*

Bärbel siedete innerlich vor Wut, als der Geschichtslehrer sich wieder einmal lang und breit darüber ausließ, wie unbarmherzig die Siegermächte mit Deutschland nach dem Ende des Ersten Weltkriegs umgegangen waren und wie armselig unzulänglich die Bemühungen der Weimarer Republik sich gegenüber dem zupackenden Tatendrang der Nationalsozialisten ausnahmen. Die Begeisterung leuchtete förmlich aus seinen Augen, als er beschrieb, wie es unter der umsichtigen und vorausschauenden Führung von Adolf Hitler mit Deutschland wieder aufwärtsgegangen war. Wie Hitler mit dem Bau der Autobahnen für Arbeit gesorgt hatte. Es klang fast so, als sei es nur einer Verkettung unglücklicher Umstände geschuldet, dass all diese Bemühungen durch den Krieg wieder zunichtegemacht worden waren.

Bärbel platzte der Kragen. »Herr Blenschart«, unterbrach sie sein Loblied auf die Nazidiktatur. »Haben Sie wirklich gerade Adolf Hitler als umsichtig und vorausschauend bezeichnet? Wie kommt es dann, dass er einen Krieg mit Abermillionen Toten angezettelt hat, den Deutschland am Ende auch noch verloren hat?«

Der ältliche, fast schon gebrechliche Lehrer fuhr zusammen, doch seine Antwort kam wie aus der Pistole geschossen. »Der Führer hat den Krieg nicht angezettelt!«, blaffte er Bärbel an.

Neben ihr flüsterte ihre Freundin Hella: »Sei lieber still, das gibt sonst nur wieder Ärger!«

Doch Bärbel war nicht mehr zu bremsen. »Wie können Sie das behaupten! Ist Hitler etwa nicht in Polen eingefallen?«

»Mit dieser Präventivmaßnahme ist der Führer nur den Roten zuvorgekommen! Und ohne die Einmischung der Amerikaner hätte Deutschland gewonnen! Dann würde hier noch Zucht und Ordnung herrschen!« Der Geschichtslehrer starrte Bärbel zornig an. »Und im Übrigen – was erlaubst du dir eigentlich, Fräuleinchen!? Quasselst einfach dazwischen, ohne dich zu melden! Wo sind wir denn hier? Was ist das für ein Benehmen? Aber das kennt man ja nun schon von dir! Immer mit der großen Klappe vorneweg!« Er war so aufgebracht, dass seine Stimme zitterte. Spucke spritzte aus seinem Mund, während er die anklagenden Worte hervorstieß. »Noch eine derartige Entgleisung, und es gibt wieder einen Eintrag im Klassenbuch! Und eine Mitteilung an die Schulleitung!«

Diese Drohung dämpfte Bärbels Widerspruchsgeist immerhin so weit, dass sie den Mund hielt. Einen Eintrag hatte sie in diesem Schulhalbjahr schon kassiert. Doch sie hatte sich unmöglich ständig dieses braune Gewäsch anhören können, ohne dagegen aufzumucken! Der Kerl war widerlich, ein unverbesserlicher alter Nazi! Obwohl längst pensioniert und quasi schon mit einem Fuß im Grab, hatte ihn die Schulbehörde vor ein paar Jahren wieder ausgegraben und zum Unterrichten ans Lyzeum zurückgeholt. Bärbel hegte den Verdacht, dass man wegen des allseits herrschenden Lehrermangels seine Entnazifizierung nur halbherzig geprüft hatte. Oder er hatte sich, wie so viele seines Schlags, den für den Schuldienst benötigten Persilschein erschlichen und erschwindelt. Anders ließ es sich nicht erklären, dass er hier stehen und sich in Lobeshymnen auf den Massenmörder Hitler ergehen konnte. Aber vielleicht glaubte er auch einfach nur, dass eine Klasse voller junger Mädchen dämlich genug sei, seiner Schönfärberei zu glauben. Und er war nicht der Einzige, der so dachte.

»Beim Adolf war nicht alles nur schlecht«, so hörte man es immer wieder, auch von anderen Leuten, und die waren keineswegs allesamt ehemalige Parteigänger. Ständig wurde über die Autobahnen geschwafelt, die man Hitler verdanke. Als wären die eine ausreichende Entschuldigung für das Böse. Für die unzähligen Kriegstoten oder gar für die Auslöschung von Millionen Juden. Für die verbrannte Erde, die Vertreibung, den Hunger. Und für die Angst.

Bärbel verschränkte die Finger unter ihrem Pult, damit niemand sah, wie ihre Hände zitterten. Sie war noch klein gewesen, als ihre Mutter mit ihr und Inge aus Berlin in den Westen zu Oma Mine geflohen war, und sie konnte sich nur bruchstückhaft an jene Zeit erinnern. Doch es waren ebendiese Bruchstücke, die ihr Inneres zerrissen, wenn sie versuchte, die verbliebenen Eindrücke zu sortieren. Die Russen, die ihre Mutter hinter einer halb zerfallenen Mauer vergewaltigt hatten, immer wieder, während sie selbst mit Inge nur ein paar Meter entfernt auf einem Schutthaufen gehockt und darauf gewartet hatte, dass es endlich aufhörte. Ganz leise, weil ihre Mutter sie zuvor beschworen hatte, still zu sein und bloß nicht zu weinen. Erst im Laufe der Jahre hatte Bärbel begriffen, was da überhaupt passiert war. Ihre Mutter hatte nie darüber gesprochen. Jedenfalls nicht mit ihr.

All das hatte der Führer, umsichtig und vorausschauend wie er war, nicht mehr miterleben müssen. Er hatte es vorgezogen, sich umzubringen statt sich zu verantworten.

»Da hast du noch mal Glück gehabt«, murmelte Hella. »Aber bloß bis zum nächsten Mal.«

Bärbel zuckte nur mit den Schultern und blickte herausfordernd in die Runde. Die anderen Mädchen in der Klasse grinsten, teils bewundernd, teils schadenfroh, je nachdem, wie sie zu Bärbel standen. Ein paar von denen waren Zicken, die ihr den Ärger gönnten – hauptsächlich diejenigen, die es sich zur Lebensaufgabe gemacht hatten, über sie und ihre Familie herzuziehen.

In den beiden folgenden Schulstunden verflog Bärbels Ärger, denn sie hatten Sportunterricht bei Fräulein Brinckmann. Die Lehrerin war neu an der Schule und bei allen Mädchen beliebt. Ihre Vorgängerin war eine Art bessere Drillmeisterin gewesen und hatte das Geräteturnen zum Maß aller Dinge erhoben, während Fräulein Brinckmann die Klasse auch mit anderen, an Mädchenschulen noch weitgehend unbekannten Sportarten vertraut machte – etwa mit Handball oder Volleyball, und das machte einen Heidenspaß.

Nach dem Unterricht zog Bärbel die verschwitzten Sportsachen aus und wusch sich flüchtig. Dabei trödelte sie absichtlich herum, genauso wie Hella, denn sie wollten sich beide nach der Schule noch mit der Clique treffen.

Vor dem Spiegel des Umkleideraums schminkte sich Bärbel ausgiebig im Stil von Audrey Hepburn – schwarzer, seitlich verlängerter Lidstrich, nachgezogene Brauen, Wimperntusche, dezenter Lippenstift. Von allem nicht zu viel, denn es sollte mädchenhaft aussehen, nicht aufgedonnert.

Ihre Frisur trug sie schon lange wie Audrey – kurze Ponyfransen, den Rest hochgesteckt oder zum Pferdeschwanz gebunden. Zeitweilig hatte sie sogar daran gedacht, ihr blondes Haar dunkel zu färben, um ihrem modischen Idol noch mehr zu gleichen. Sie hatte sich genüsslich ausgemalt, wie sich die Klassenzicken und der größte Teil der Lehrerschaft das Maul darüber zerreißen würden. Letztlich war der Plan jedoch, wie so viele ausgefallene Ideen, am Geld gescheitert. Das bisschen, das sie zur Verfügung hatte, war ihr für solche Eskapaden dann doch zu schade. Lieber gab sie es fürs Kino aus. Aktuell lief *Vertigo* von Hitchcock, der sollte sehr gut sein. Aber auch die Vorschau von *Die Katze auf dem heißen Blechdach* mit Liz Taylor war schon auf großen Anklang gestoßen. Einen der beiden Filme wollte sich Bärbel auf alle Fälle anschauen, auch wenn ihr monatliches Budget damit fast aufgebraucht war.

Hella stand neben ihr und machte sich ebenfalls zurecht. Sie frisierte ihr schulterlanges Haar, bis sie wie ihre Lieblingsschauspielerin Karin Baal aussah. Ihre Ähnlichkeit mit der Darstellerin war tatsächlich verblüffend, Hella war sogar schon von wildfremden Leuten darauf angesprochen worden. Seither pflegte sie diesen Stil noch mehr.

Beide Mädchen zogen die langen Baumwollstrümpfe aus und holten stattdessen die mitgebrachten Perlonstrümpfe aus der Schultasche. Sie rollten sie auf und streiften sie sich über die Beine, so vorsichtig wie nur möglich, damit es keine gezogenen Fäden oder Laufmaschen gab. Schals und Wintermützen stopften sie zu den ungeliebten Alltagsstrümpfen in die Tasche. Bärbel wäre am liebsten auch noch ohne Mantel losmarschiert, denn der, den sie in diesem Winter tragen musste, war alles andere als schick. Inge hatte ihn im vorigen Monat auf irgendeinem Basar erstanden und behauptet, er wäre genau richtig. Tatsächlich passte er einigermaßen, aber das war auch schon das Einzige, was an dem Mantel stimmte. Er war von einem unangenehmen Grün und hatte zudem diverse Mottenlöcher. Inge hatte sie auf der Nähmaschine ausgebessert, aber wenn man genau hinschaute, sah man die Stellen noch.

Für Jakob und Johannes hatte Inge im Herbst neue Mäntel genäht, und als Bärbel gefragt hatte, wieso *sie* keinen bekäme, hatte Inge nur knapp erwidert, dass sie unmöglich jedes Jahr für alle Familienmitglieder neue Mäntel aus dem Hut zaubern könne. Sie selbst trage ja schließlich auch schon seit drei Jahren denselben Wintermantel, und der war nicht mal neu, sondern hatte früher ihrer Mutter gehört. Inge hatte nur den Saum ausgelassen und die Knöpfe ausgewechselt, und vermutlich würde sie auch die nächsten drei Jahre noch damit herumlaufen.

Zu Weihnachten hatte es dann immerhin ein neues Kleid gegeben, über das Bärbel sich wie verrückt gefreut hatte – ein wunderbares Teil aus weichem kariertem Stoff. Aber ein schicker Mantel wäre ihr trotzdem lieber gewesen.

Inge hatte ihr nicht zum ersten Mal angeboten, ihr das Zuschneiden und den Umgang mit der Nähmaschine beizubringen, schließlich sei das keine Hexerei. Aber für Bärbel war schon der Handarbeitsunterricht in der Volksschule immer die reinste Folter gewesen. Sie hatte keine gerade Naht hinbekommen. Ihre gehäkelten Topflappen waren allesamt krumm und schief geraten, und beim Stricken der obligatorischen Socken waren ihr fortwährend Maschen heruntergefallen. Wenn nicht zu Hause ihre Mutter und nach deren Tod Inge für Schadensbegrenzung gesorgt hätten, wäre keins dieser Stücke überhaupt je fertig geworden.

Bärbel bewunderte ihre Schwester für deren Nähkünste, doch sie selbst verspürte eine fast schon körperliche Abneigung, wenn sie Nadel und Faden zur Hand nehmen musste, um Strümpfe zu stopfen, Knöpfe anzunähen oder Wäsche zu flicken – lauter Arbeiten, die in unerfreulicher Regelmäßigkeit anfielen. Oma Mine, die das früher oft erledigt hatte, konnte sich wegen der Arthrose in ihren Händen nicht mehr damit befassen, und Inge hatte sowieso schon genug um die Ohren. Bärbel wusste, dass es nicht zu viel verlangt war, wenn sie diesen lästigen Kram übernahm, schließlich musste man dafür weder schneidern können noch sonstige besondere Qualifikationen mitbringen. Sogar Johannes, der den ganzen Tag beruflich unterwegs war, stopfte hin und wieder seine Socken selbst; er hatte es in der Gefangenschaft gelernt, genauso wie viele andere nützliche Dinge.

Bärbel und Hella waren gerade mit dem Umziehen fertig, als Fräulein Brinckmann den Kopf zur Tür hereinsteckte.

»Du liebe Zeit, ihr seid ja immer noch da! Die Schule ist

aus, Mädels! Ich muss gleich hier abschließen! Hübsch machen könnt ihr euch auch daheim.« Es klang streng, doch in ihren Augen funkelte es schalkhaft, und ihre nächste Bemerkung ließ erkennen, dass sie die Lage richtig deutete. »Zieht euch wenigstens auf dem Weg zu eurem Treffen noch die Schals an. Und auch die Mäntel solltet ihr lieber zulassen, bis die Jungs in Sichtweite sind. Kein Grund, sich vorher die Blase zu verkühlen. Es ist wirklich lausig kalt draußen.«

Bärbel und Hella befolgten errötend und mit unterdrücktem Kichern den Ratschlag ihrer Lieblingslehrerin. Eilig verließen sie den Umkleideraum, damit Fräulein Brinckmann hinter ihnen abschließen konnte. Die beiden Mädchen winkten der jungen Frau fröhlich zu, bevor sie das Schulgebäude verließen. Zu Hause erzählte Bärbel vor solchen Treffen immer, dass sie nach der Schule mit zu Hella ging, um gemeinsam die Hausaufgaben zu machen oder für eine Klassenarbeit zu lernen, und Hella flunkerte ihrer Mutter das Gleiche vor. Bis jetzt war die Schwindelei nicht herausgekommen. Allerdings übertrieben sie es auch nicht und gingen meist nur einmal die Woche hin, jedenfalls im Winter. Wenn es so kalt war wie jetzt, hielt sich der Spaß bei diesen Treffen ohnehin in Grenzen.

Sie trafen sich mit den anderen an der Ruhr auf Höhe der Brehminsel. Ein halbes Dutzend Jungs und Mädchen waren schon da. Nicht alle gingen noch zur Schule. Manche waren schon in der Lehre, so wie die Nachbarsjungen Manfred und Klaus Rabe, die beide im Bergbau arbeiteten. Unter der Woche konnten sie nur kommen, wenn sie Frühschicht hatten.

Als Bärbel und Hella eintrafen, war bei den anderen nichts von der sonst vorherrschenden guten Laune zu spüren. Alle wirkten niedergeschlagen, ja sogar erschüttert. Eins der Mädchen weinte. Manfred Rabe, von allen nur Manni genannt, stand neben seinem Moped, das Kofferradio in der Rechten. Auch er wirkte betroffen, ebenso Klaus, der mit verschränkten Armen neben ihm stand. Bedrückt blickte er Bärbel entgegen.

»Was ist passiert?«, fragte sie erschrocken.

»Sie haben es vorhin im Radio gebracht«, antwortete er. »Buddy Holly ist tot. Mit dem Flugzeug abgestürzt.«

»Nein, oder?« Bärbel sah ihn fassungslos an. Für viele ihrer Freunde war Buddy Holly *der* Star des Rock 'n' Roll, sogar noch vor Elvis!

Manni drehte am Lautstärkeregler des Radios, und die schnellen Rhythmen von *Oh boy!* schallten über den Uferweg.

Die Jugendlichen standen einfach nur da und hörten zu. Auch Hella hatte angefangen zu weinen. Zwischendurch hob sie den Kopf und blickte Bärbel an. »Ist mein Make-up verschmiert?«, wollte sie schluchzend wissen.

Bärbel nickte nur stumm. Ihr war ebenfalls zum Heulen zumute, aber im Gegensatz zu den anderen Mädchen hatte sie sich unter Kontrolle. Als Kind hatte sie die Tränen manchmal nicht zurückhalten können. Beispielsweise damals, als Klaus beim Herumklettern auf der brennenden Kohlehalde fast gestorben wäre. Doch mittlerweile war sie alt genug, um sich zu beherrschen. Vielleicht hing es damit zusammen, dass sie ihre Mutter niemals hatte weinen sehen. Nicht mal auf der Flucht, an jenem furchtbaren Tag. Tapfere Mädchen weinten nicht. Auch nicht, wenn ein Lieblingssänger starb.

Manni hatte Radio Luxemburg eingestellt, da brachten sie nachmittags ab zwei immer die besten Hits. Es wurde ein weiterer Song von Buddy Holly gespielt. *Peggy Sue.*

Manni drehte das Radio lauter und stellte es neben sich auf den Boden, dann ließ er den Motor seines Mopeds aufheulen.

»Hört auf zu flennen, ihr Hühner«, sagte er grob. »Dat hätte der ganz sicher nich gewollt! Der hätte gewollt, dat ihr tanzt! Der Buddy, der is vielleicht tot. Aber nich dem seine Musik!«

Dass er ins Plattdeutsche verfiel, war ein Zeichen dafür, wie sehr der Tod des Sängers auch ihn mitnahm. Sonst achtete er genau wie Klaus penibel darauf, im Kreis der Clique möglichst Hochdeutsch zu sprechen. Niemand sollte sich bloß wegen seiner Ausdrucksweise einbilden können, was Besseres zu sein als er.

Hella wich erschrocken zur Seite, als Manni mit durchdrehenden Reifen losbrauste. Er vollführte seine angeberischen Kunststückchen, fuhr Achten und Kreise, immer dicht um die anderen herum. Manchmal so nah, dass der eine oder andere hastig wegspringen musste, um nicht gestreift zu werden. In die aufheulenden Motorengeräusche mischte sich die laute Radiomusik.

»Er hat recht«, rief Hella, einen trotzigen Ausdruck im verheulten Gesicht. »Buddys Songs werden ewig leben.« Mit ausgestreckten Armen ging sie auf einen der Jungs zu und fing an, mit ihm Rock 'n' Roll zu tanzen. Sie weinte immer noch, doch ihre Schritte kamen fehlerfrei, und mit einem Mal warf sie den Kopf in den Nacken und lachte unter Tränen.

Bärbel ließ sich von dieser Lebendigkeit anstecken.

»Komm«, sagte sie zu Klaus. »Tanz mit mir!«

»Ich weiß nicht …«

»Komm schon!« Sie griff nach seiner Hand und erschrak kurz, weil seine Finger sich so kalt anfühlten, und erst da fiel ihr auf, dass er für die winterliche Witterung viel zu dünn angezogen war. Er trug seine heiß geliebte Lederjacke, die er sich vor zwei Jahren mühevoll zusammengespart hatte, und darunter eins der beiden guten Hemden, die er besaß. Keinen Pullover, denn dann hätte die Jacke nicht mehr richtig gepasst. Er war in der letzten Zeit in den Schultern um einiges breiter geworden.

Sie ließ sich von ihm durch die Luft wirbeln und lachte, als ihr dabei der blöde Mantel um die Ohren flog.

Danach hob die allgemeine Stimmung sich deutlich, und sie hörten weiter Musik aus dem Radio. Jemand ließ eine Bierflasche kreisen, und auch Bärbel nahm einen kleinen Schluck – nicht, weil es ihr schmeckte, sondern weil sie dazugehören wollte. Hinterher würde sie einfach ein Kaugummi kauen, dann fiel es zu Hause nicht auf. Als reihum Zigaretten angesteckt wurden, lehnte sie jedoch dankend ab, denn der Geschmack und der Geruch waren ihr zuwider. Obwohl sie es ein paarmal probiert hatte, konnte sie sich nicht ans Rauchen gewöhnen.

Zwei andere Jungs stießen zu der Gruppe dazu, sie kamen auf ihren Mopeds angeknattert, was Manni sofort dazu anstachelte, wieder seine lärmenden Runden zu drehen und gemeinsam mit den beiden Neuankömmlingen im Zickzack über den Uferweg zu brettern.

Wenn sie so weitermachten, würde es sicher bald Ärger geben. Ein paar Anwohner im Umkreis hatten sich neulich schon mal bei der Polizei beschwert, über die Horden von Halbstarken, die sich hier nach der Schule trafen. Doch wo hätten sie sich sonst treffen sollen? In den Kneipen waren sie nicht willkommen, außerdem hätte bei den meisten das Geld dafür gar nicht gereicht. Die nächste Milchbar war weit weg, dazu musste man erst in die Innenstadt fahren, und vielen war es da zu lahm. Einige trafen sich am Wochenende in der *Strunzhütte*, da gab es auch Tanzveranstaltungen, aber die Musik, die dort gespielt wurde, hatte wenig mit dem zu tun, was gerade in Bärbels Clique angesagt war. Der Rock 'n' Roll war den meisten Erwachsenen immer noch suspekt. *Negermusik*, so wurde er von denen genannt, die ihn mit dem Jazz in einen Topf warfen und ihm gefährliche Tendenzen unterstellten.

Bärbel wurde es langsam zu laut. Außerdem fror sie inzwischen erbärmlich. Ihre Beine fühlten sich in den dünnen Strümpfen an wie zwei Eisklötze. Sie hatte den Mantel wieder zugeknöpft und sogar ihren Schal umgelegt, aber das half nicht viel.

»Ich geh dann mal«, sagte sie zu Hella. Die nickte nur und unterhielt sich weiter mit einem der Gymnasiasten.

»Soll ich dich nach Hause bringen?«, fragte Klaus sie.

Bärbel schüttelte den Kopf. »Nicht nötig. Ich fahr mit dem Bus.«

Auf dem Weg zur Bushaltestelle würde sie sich schnell in einer Hofeinfahrt mit einem Papiertaschentuch und etwas Nivea das Make-up abwischen, und wenn sie dann zu Hause eintraf, würde keiner was von ihrem Abstecher merken.

Sie hatte sich bereits ein paar Schritte von der Gruppe entfernt, als Manni plötzlich mit seinem Moped so dicht an ihr vorbeifuhr, dass sie erschrocken stehen blieb.

»Was soll das?«, rief sie ärgerlich.

Mit quietschenden Bremsen kam er unmittelbar vor ihr zum Stehen und grinste sie breit an. »Du kannst doch nicht einfach gehen, ohne dich richtig von mir zu verabschieden, Süße!«

Und ehe sie sich's versah, beugte er sich vor, umfasste mit einer Hand ihren Kopf und drückte fest seinen Mund auf ihren.

Sie riss sich sofort los und wich zurück, doch das schien ihn nicht weiter zu stören. Lachend blickte er in die Runde und nahm zufrieden das beifällige, anzügliche Grölen der anderen Jungen zur Kenntnis. Nur sein Bruder Klaus stand schweigend da, die Hände zu Fäusten geballt und einen Ausdruck mörderischer Wut im Gesicht.

Bärbel hätte Manni am liebsten eine geknallt, doch er kurvte schon wieder mit durchgedrücktem Gashebel in der Gegend herum.

Zornig setzte sie ihren Heimweg fort, ohne zurückzublicken. Gleichzeitig schwor sie sich jedoch, Manni bei nächster Gelegenheit ordentlich die Meinung zu geigen. In der letzten Zeit benahm er sich unmöglich! Seit er das Moped hatte, kam er sich anscheinend vor wie Elvis höchstpersönlich. Mit pfundweise Pomade im Haar und dem plärrenden Radio auf der Schulter lümmelte er in seiner Freizeit lieber an allen möglichen Treffpunkten herum, statt seiner Mutter im Haus oder im Garten zu helfen, so wie Klaus es oft tat.

Tief in Gedanken versunken, blickte sie erst an der nächsten Ecke wieder auf – und wäre vor Schreck fast über ihre eigenen Füße gestolpert, denn dort stand ihr Geschichtslehrer Herr Blenschart und starrte sie in heller Empörung an. Ihr war sofort klar, dass er den Kuss beobachtet hatte. Und als wäre das noch nicht genug, sah er jetzt auch noch aus nächster Nähe, dass sie Perlonstrümpfe trug und Schminke im Gesicht hatte.

Mit gesenktem Kopf und einer gemurmelten Begrüßung eilte sie an ihm vorbei. Er zischte irgendetwas vor sich hin, wobei sie die Worte *schlimmes Ende* herauszuhören glaubte.

Abermals ging sie weiter, ohne zurückzuschauen. Hinter einer Litfaßsäule wischte sie sich hastig das Make-up ab. Ein paar Passanten sahen es, doch das war ihr egal, denn sie kannte keinen einzigen von ihnen. Außerdem hatte es angefangen zu nieseln, weshalb die Leute ihre Schirme aufspannten und kaum Notiz von ihr nahmen. Sie musste nicht damit rechnen, dass jemand sie zu Hause verpetzte. Trotzdem rumorte es in ihrem Inneren, denn sie ahnte, dass der widerwärtige alte Blenschart noch Ärger machen würde. Wenn er es richtig darauf anlegte, konnte er tatsächlich dafür sorgen, dass sie von der Schule flog.

Sie horchte in sich hinein. Eigentlich sollte sie Angst davor haben. Aber da war nichts. Nicht mal eine Spur von Sorge.

Es war ihr im Grunde völlig gleichgültig.

Kapitel 5

Klaus Rabe hatte die ganze zweite Februarwoche über im Streckenvortrieb gearbeitet, hauptsächlich beim Leitungsausbau, aber zwischendurch hatte auch immer wieder das Förderband verrückt gespielt. Außerdem war die halbe Frühschicht wegen Grippe ausgefallen, sodass alle beim Abtransport der Kohle mit anpacken mussten, um die festgelegten Fördermengen zu schaffen. Sogar der Aufsichtshauer hatte zwischendurch zur Schippe gegriffen und eigenhändig die Loren zum Beladen rangiert.

Momentan herrschte immer noch Not am Mann, Klaus musste weiterhin mit ran. Als Lehrling hatte er sowieso nicht viel zu melden. Während er sich unter Tage bei dreißig Grad abrackerte und schwitzte, stellte er sich vor, diese Arbeit noch die nächsten fünfzig Jahre bis zur Rente am Hals zu haben. Falls er überhaupt so lange lebte. Meist machte ja vorher die Lunge schlapp.

Manchmal malte er sich aus, was aus ihm hätte werden können, wenn er seine Lehre woanders gemacht hätte. Irgendwo, nur nicht auf dem Pütt. Doch hier war er nun mal, tief unter der Erde, und er konnte nichts dagegen ausrichten. Als er mit vierzehn nach der Volksschule auf Pörtingsiepen angemeldet worden war – *angelegt*, so hieß es in der Bergwerkssprache –, hatte kein Mensch ihn gefragt, was er werden wollte.

»Du gehs auch auffe Zeche«, hatte seine Mutter bestimmt, und sein Vater hatte dazu genickt. Dass er als angehender Bergmann auch einen anderen Beruf erlernen konnte als bloß Kohle zu hauen, hatte man ihm erst beim Einstellungsgespräch erzählt: Schlosser, Elektriker, Zimmermann – das alles konnte man auf der Zeche werden, und dabei hatte man wenigstens die Chance, während der Arbeit auch mal das Tageslicht zu sehen. Klaus hatte sich entschieden, Starkstromelektriker zu werden. Aber dafür musste er trotzdem meist mit runter in den Schacht, und nach Schichtende war er genauso über und über von Kohlenstaub verschmiert wie die anderen.

Von Anfang an war alles auf Pörtingsiepen hinausgelaufen, schließlich konnte man da zu Fuß hin, schon deshalb kam nichts anderes infrage. Da hatte schon sein Urgroßvater gearbeitet sowie nach ihm sein Großvater und dann sein Vater, von diversen Onkeln und Vettern ganz abgesehen. Und nun auch er selbst und seine Brüder. Die Rabe-Männer waren seit Generationen Bergleute, der Pütt bestimmte ihr Leben und das ihrer Familien.

Klaus war immer gut in der Schule mitgekommen, besser als Manni und auch besser als Wolfi, sein jüngerer Bruder. Auf seinem Abschlusszeugnis von der Volksschule standen fast nur Einsen, aber davon konnte sich keiner was kaufen. Jedenfalls nicht er. Seine Eltern hätten ihn so oder so auf die Zeche geschickt, auch wenn die Zeiten im Steinkohlenbergbau längst nicht mehr so rosig waren wie noch vor vier oder fünf Jahren. Immer öfter gab es Feierschichten, bei manchen Zechen wurde schon auf Halde gefördert. Aus dem Ausland wurde in rauen Mengen Steinkohle importiert, die viel billiger war als die deutsche. In den Privathaushalten schrumpfte der Kohlebedarf rapide – immer mehr Leute warfen ihren alten Kohleofen raus und schafften sich Ölheizungen an. Das würde auf lange Sicht besonders Pörtingsiepen treffen, weil da in erster Linie für den Hausbrand gefördert wurde.

Klaus hatte sich darüber mit dem Nachbarn Johannes Schlüter unterhalten, der als örtlicher Bergbaugewerkschafter die ganze Entwicklung der letzten Jahre genauestens verfolgt hatte. Die Gewerkschaften kämpften schon lange darum, die Wochenarbeitszeit zu senken, von sechs Arbeitstagen auf fünf, natürlich bei vollem Lohnausgleich. Überall hingen große Plakate mit dem Werbespruch, den inzwischen jeder kannte.

Samstags gehört Vati mir.

Dieses Jahr, so hatte Johannes gemeint, könnte es damit im Bergbau endlich klappen.

Von freien Samstagen träumte Klaus schon lange. Was man da alles unternehmen konnte! Eine Fünftagewoche käme ihm auch deshalb gerade recht, weil in ein paar Monaten seine Lehre endete; damit fielen auch die bequemen Berufsschultage flach, was eine volle Schicht zusätzlich pro Woche bedeutete.

Immerhin würde er als ausgelernter Knappe endlich ordentlich verdienen. Er hatte schon allerhand Pläne, was er sich von dem zusätzlichen Geld kaufen wollte. Natürlich würde er dabei nicht über die Stränge schlagen, denn solange er noch zu Hause wohnte, durfte er nur ein Viertel von seinem Lohn behalten. Das hatten seine Eltern schon bei Manni so festgelegt, und Klaus fand diese Aufteilung völlig in Ordnung. Andere Kumpel mussten mehr abliefern, manche sogar die ganze Lohntüte, nur gegen ein schmales Taschengeld. Ihm würde auf alle Fälle genug übrig bleiben, um sich auch mal Dinge zu gönnen, für die es momentan nur selten reichte.

Zum Beispiel Bärbel ins Kino oder auf eine Cola einzuladen. Nur sie beide, ohne die anderen im Schlepptau. Und vor allem ohne Manni, der ständig den dicken Maxe markierte, sobald Bärbel in Sichtweite kam. Wenn Klaus an den Kuss zurückdachte, den sein Bruder ihr aufgezwungen hatte, überkam ihn immer noch siedender Zorn. Manchmal erfüllte ihn regelrechter Hass, dann konnte er kaum den Drang unterdrücken, Manni mit den Fäusten zur Rechenschaft zu ziehen. Doch bislang hatte er sich zusammengerissen. Nicht etwa, weil er

Angst hatte, bei einer Prügelei mit seinem Bruder den Kürzeren zu ziehen; in den letzten beiden Jahren war er enorm gewachsen, und obwohl er noch keine siebzehn war, hatte er Manni an Größe und Kraft bereits überrundet. Das Fußballtraining in der Jugendmannschaft von Rot-Weiß tat ein Übriges – als Mittelstürmer war er hart im Nehmen. So schnell legte ihn keiner aufs Kreuz, schon gar nicht sein Bruder, der seine Freizeit lieber auf dem Moped verbrachte als auf dem Sportplatz.

Nach außen hin, vor allem in der Clique, barst Manni geradezu vor Selbstbewusstsein und guter Laune. Andauernd wollte er das Sagen haben und versuchte zu bestimmen, welche Musik sie hörten und in welche Filme sie gingen.

Vor den Mädchen spielte er sich regelmäßig als lässiger Weiberheld auf. Ab und zu schleppte er auf einer Tanzveranstaltung oder auf der Kirmes eine ab und knutschte mit ihr herum, aber etwas Festes hatte sich daraus noch nicht ergeben.

»Für ein Girl allein bin ich wohl zu schade«, hatte er im Kreis der anderen einmal mit süffisantem Grinsen angemerkt, und das war einer jener Momente gewesen, in denen Klaus seinem Bruder gern die Nase gebrochen hätte.

Zu Hause war Manni oft ganz anders. Manchmal saß er einfach nur da, hörte leise Musik und grübelte. Es kam aber auch vor, dass er aus nichtigem Anlass übermäßig gereizt reagierte. Dann brüllte er herum, vor allem, wenn er das Gefühl hatte, man wollte ihn verspotten. Wehe, man machte sich darüber lustig, wie lange er vorm Spiegel brauchte, oder darüber, wie viel Sorgfalt er seiner Haartolle zukommen ließ. Da verstand er keinen Spaß.

Auch Klaus kämmte sich eine Tolle, fast alle Jungs taten das, aber das geschah eher nebenbei, wenn er sich sowieso gerade fertigmachen musste. Deswegen lief er aber bestimmt nicht ständig mit dem Kamm in der Hosentasche herum, und wenn die Frisur nicht mehr richtig saß, war es auch nicht weiter schlimm. Ihm lag mehr daran, anständig angezogen zu sein, vor allem dann, wenn Bärbel dabei war.

Beim letzten Treffen an der Ruhr war es saukalt gewesen, er hatte sich den Arsch abgefroren, weil er ohne Pulli losgezogen war. Aber der hatte ein Riesenloch, mitten auf der Brust, wo es jeder sofort sah, und weil die Lederjacke mittlerweile zum Zuknöpfen zu eng war, hatte er das Malheur nicht kaschieren können. Der alte Wintermantel kam für die Cliquentreffen nicht infrage, der hing ihm um den Körper wie ein Sack, und erschwerend kam hinzu, dass ihm die Ärmel viel zu kurz waren. Eigentlich hätte er dringend einen neuen gebraucht, aber das war gerade nicht drin. Zuerst musste der neue Herd abgestottert werden. Immerhin bestanden gute Aussichten, dass es diesmal klappte, nachdem ihnen der erste Elektroherd vom Gerichtsvollzieher weggepfändet worden war. Obwohl es schon über sieben Jahre her war, erinnerte sich Klaus noch genau daran, wie seine Mutter damals geheult hatte – die hohen Raten hatten ihnen das Genick gebrochen, sein Vater hatte zu viel vom Lohn versoffen.

Das tat er immer noch, vielleicht sogar noch mehr als früher, aber jetzt verdienten sie in der Familie zu viert, Manni sogar schon vollen Lohn, ebenso wie demnächst er selbst. Und in einem guten Jahr war dann auch Wolfi so weit, sie lagen ja alle im Alter nicht weit auseinander. Nach und nach würden sie schon auf einen grünen Zweig kommen, irgendwie.

»Buttern!« Der Ausruf kam vom Schichtleiter und war das Zeichen für die schon sehnlich erwartete Pause.

Klaus setzte sich mit ein paar Kumpel aus seiner Schicht auf einen Stapel Stempelholz und packte seine Frühstücksbrote aus. Er verzehrte sie mit großem Appetit und hätte hinterher gut und gerne dieselbe Menge noch einmal verdrücken können. Man konnte seiner Mutter ja viel nachsagen, und manch einer tat genau das nur zu gern, etwa, dass Elfriede Rabe als Hausfrau und Köchin eine wandelnde Katastrophe war. Das traf vermutlich sogar zu, denn vom Putzen hielt sie nicht viel, und das, was sie kochte, schmeckte selten so gut, dass man mehr davon wollte.

Aber von Stullen verstand sie was. Da schmierte sie ordentlich was drauf. Zwar keine Butter, die war zu teuer und kam höchstens zum Sonntagsfrühstück auf den Tisch. Doch dafür waren die Brote immer dick belegt. Manchmal gab es auch ein oder zwei hart gekochte Eier und saure Gurken dazu, und für die Frühschicht machte sie ihren Männern regelmäßig zusätzlich einen Henkelmann zurecht. Meist war Gemüseeintopf darin, angedickt mit Mehlschwitze und ein paar Stücken Mettwurst oder Räucherspeck. Das füllte zuverlässig den Magen. Nur geschmacklich riss es einen nicht vom Hocker.

Klaus beneidete Bärbel um das ausnahmslos leckere Essen von Oma Mine. Für deren Kartoffelsalat konnte man wirklich alles stehen und liegen lassen. Ebenso wie für die köstlichen französischen Gerichte, die Hanna Morgenstern manchmal mit den Wagners teilte. Dann setzten sich alle in Mines Küche an den Tisch und aßen sich an dem feinsten Essen satt, und wenn er an solchen Tagen zufällig selber drüben war und auch eine Portion abstaubte, konnte er von Glück sagen.

Seine Kumpel und er waren gerade mit dem Frühstück fertig und hatten sich wieder an die Arbeit gemacht, da tauchte der Steiger auf und rief Klaus beim Namen.

Klaus drehte sich überrascht zu Stan Kowalski um. Im ersten Augenblick befürchtete er, irgendwas falsch gemacht zu haben. Warum sonst sollte der oberste Steiger vom Pütt hier auf der Strecke erscheinen und ihn persönlich zur Rede stellen? Es konnte nur an der neuen Schaltanlage liegen, die sie vor ein paar Tagen installiert hatten. Die Arbeiten waren aufwendig und kniffelig gewesen, und der Elektrohauer, der als

Klaus' unmittelbarer Vorgesetzter für die Montage verantwortlich war, hatte die ganze Zeit nur unterdrückt vor sich hin geflucht. Er war nicht mehr der Jüngste und arbeitete bereits zielstrebig auf die Rente hin. Mit komplizierteren technischen Neuerungen stand er schon seit einer Weile auf Kriegsfuß.

»Verdammte Hacke, wer soll mit diesem neumodischen Scheiß eigentlich noch klarkommen?«, hatte er sich ereifert. »Die Herren Ingenieure sollten dat mal selber versuchen!« Schließlich hatte er Klaus die Gezähekiste mit dem Werkzeug hingeschoben. »Hier, mach du dat mal. Ich hab die Brille in der Kaue liegen lassen. Und du has bessere Augen als ich.«

Klaus hatte vorsorglich zuerst eingehend die Schaltpläne studiert und sich dann an die Arbeit gemacht. Dabei hatte er sein Bestes gegeben und die Sache – zumindest seiner Ansicht nach – ganz gut gedeichselt. Seither lief eigentlich alles problemlos, der Saft kam überall dort an, wo er hinsollte.

Bis jetzt …

Er räusperte sich, um den Kloß loszuwerden, der ihm auf einmal im Hals steckte. »Is wat, Chef?«, fragte er.

»Es hat einen Unfall gegeben, Klaus«, sagte Stan Kowalski mit ernster Miene. »Dein Vater wurde verletzt.«

*

Als Inge an diesem Tag von der Arbeit nach Hause kam, hörte sie schon an der Haustür das Schluchzen von Elfriede Rabe. Die Nachbarin saß bei Oma Mine in der Küche und heulte Rotz und Wasser, es schallte durchs ganze Haus. Inge widerstand der Versuchung, sich sofort nach oben in ihr Zimmer zu flüchten, denn Jakob saß neben Elfriede und bekam das ganze Theater mit. Sie konnte sich jetzt nicht einfach verdrücken, ohne ihn mit nach oben zu nehmen.

Außerdem stand die Küchentür sperrangelweit offen, Elfriede hatte sie hereinkommen sehen, und wenn Inge sich nicht wenigstens aus Höflichkeit nach dem Grund des Tränenausbruchs erkundigte, würde es wieder nur heißen, dass sie die Nase ganz schön weit oben trug für eine, die sich bereits seit Ewigkeiten bei der armen alten Oma durchschnorrte.

Solche Sprüche kursierten in der Nachbarschaft, seit sie damals mit ihrer Mutter und Bärbel hier eingezogen war. Es interessierte niemanden, dass in Wahrheit sie und Johannes für den weitaus größten Teil aller Haushaltskosten aufkamen. Mine konnte schon seit Jahren fast ihre gesamte Rente zur Seite legen, aber immer noch sah es für die Leute so aus, als müsste sie ihre Enkel permanent von ihrem schmalen Witweneinkommen mit durchfüttern.

Inge hängte ihren Mantel an die Garderobe im Flur und bemühte sich beim Betreten der Küche um eine teilnahmsvolle Miene.

»Tag zusammen! Jakob, geh doch schon mal hoch. Ich komme gleich nach.«

Jakob wirkte erleichtert. Er reagierte sofort auf Inges Aufforderung und schlüpfte von der Küchenbank, den Ranzen unterm Arm. Eilig lief er nach oben. Inge wäre ihm gern direkt gefolgt, aber sie wollte die Nachbarin nicht vor den Kopf stoßen und ergab sich daher in das Unvermeidliche.

»Elfriede, was ist geschehen?«

Halb und halb rechnete sie mit dem gewohnten Lamento über Fritz Rabes häufige Kneipentouren. Oder darüber, dass er Elfriede wieder geschlagen hatte, was regelmäßig vorkam und Inge jedes Mal in Rage versetzte. Doch dann bemerkte sie den ernsten Gesichtsausdruck ihrer Großmutter.

»Der Fritz hatte heute Morgen en Arbeitsunfall«, sagte Mine. »Liegt mit ne schwere Gehirnerschütterung inne Klinik. Is noch nich wieder bei sich.«

»Das tut mir leid«, sagte Inge ehrlich betroffen.

Elfriede heulte abermals laut auf, als hätte ihr Mann schon das Zeitliche gesegnet. »Die wissen noch nich, ob er wieder beikommt!«

»Bestimmt geht es ihm bald wieder besser«, sagte Inge tröstend. Hilfe suchend sah sie ihre Großmutter an.

Mine zuckte fatalistisch die Achseln. »Dem Fritz sein Kopp hält wat aus«, pflichtete sie Inge bei.

»Et wäre besser für alle, wenne tot wäre«, stieß Elfriede unerwartet grimmig hervor. »Dann gäbet wenigstens Witwenrente vonne Knappschaft! So gibt et gar nix! Bloß en Rausschmiss!«

Mine stellte die naheliegende Frage. »War er etwa besoffen?«

Die Nachbarin nickte schniefend, dann zog sie ein schon mehrfach benutztes Taschentuch aus ihrer Kittelschürze und schnäuzte sich geräuschvoll die Nase. »Die Kumpels haben dem Klausi alles erzählt. Der Fahrsteiger hat dem Fritz heute vor der Schicht extra noch mal gesagt, dat dat endlich aufhören muss mit der Sauferei und dat er ihm dat getz zum allerletzten Mal erklären tät. Und wenn irgendwat deswegen passieren würde, wär sofort Schicht im Schacht, dat täte er dem Fritz nackend inne Hand schwören.« Elfriede schnaubte erneut das Taschentuch voll, ehe sie mit versagender Stimme fortfuhr: »Und getz isset so weit. Auch weil dat mit dem Willi passiert is.«

Das erforderte weitere Erklärungen, und im Nachtrag erfuhren Inge und Mine, dass einer von Fritz Rabes Schichtkollegen bei dem Unfall so schwer verletzt worden war, dass ihm der Fuß amputiert werden musste. Und nein, es hätte nicht jedem passieren können, es lag allein an Fritz und seinem besoffenen Zustand, dass der Stempel schief stand und weggebrochen war.

»Dat war nur dem Fritz seine Schuld, der hat dat vermasselt, und die anderen auffe Schicht haben dat genau gesehen, da gibt et kein Vertun«, erklärte Elfriede, mittlerweile wieder etwas gefasster. Sie steckte das zerknüllte Taschentuch wieder weg und schielte zum Küchenbord über der Anrichte.

Mine deutete den Blick richtig und stellte die Flasche mit dem Aufgesetzten auf den Tisch. »Getz trinksse erst mal en Schlücksken auf den Schreck. Nützt ja nix, wenne dich verrückt machs. Außerdem hasse ja noch die Jungs. Dat wird alles wieder!«

Inge wiederum betrachtete sehnsüchtig die Pfanne auf dem Herd. Dort wurden über kleinem Feuer eine aufgerollte Bratwurstschnecke sowie eine große Portion Sauerkraut warmgehalten. Im Topf daneben dampfte frischer Kartoffelbrei vor sich hin, garniert mit reichlich gerösteten Zwiebeln. Ihr lief das Wasser im Mund zusammen, und ihr Magen meldete sich knurrend. Normalerweise hätte sich Inge den Teller vollgeladen und gleich hier unten in der Küche zu Mittag gegessen, aber dann hätte sie sich weiterhin Elfriedes Klagen anhören müssen, und danach stand ihr wirklich nicht der Sinn. Lieber wartete sie noch die halbe Stunde, bis die Nachbarin wieder abgezogen war, länger würde es hoffentlich nicht dauern. Also nutzte sie die Gelegenheit, mit einer gemurmelten Entschuldigung nach oben zu verschwinden.

»Kommt der Herr Rabe jetzt in die Hölle?«, platzte Jakob heraus, als sie in ihre winzige Küche kam. Er saß auf der Eckbank, die Schiefertafel vor sich auf dem kleinen Esstisch. Hier machte er immer seine Hausaufgaben, wenn sie daheim war. Den Griffel hielt er mit der Rechten, in einer Schreibhaltung, die absolut verkrampft und unnatürlich wirkte. Die Buchstabenreihen auf der Tafel waren entsprechend unregelmäßig und schief.

Inge setzte sich neben ihn und fuhr ihm liebevoll durchs Haar. »Natürlich kommt er nicht in die Hölle. Er ist bloß krank. Bestimmt erholt er sich bald wieder.«

»Und wenn er doch stirbt?«

»Das wird er nicht«, behauptete Inge aufs Geratewohl.

»Aber es wär besser für alle!«

»Das ist Unfug«, widersprach Inge. Rigoros schüttelte sie den Kopf. »Frau Rabe weiß manchmal nicht, was sie redet.«

»Weil sie sich zu viel Aufgesetzten in den Hals kippt?«

Inge verkniff sich bei dieser eindeutig nach Oma Mine klingenden Bemerkung ein Grinsen. Um den Kleinen abzulenken, deutete sie auf die Tafel. »Sind das deine Hausaufgaben? Sieht nicht sehr ordentlich aus, oder? Wieso schreibst du hier zu Hause nicht mit links?«

»Weil ich immer nur das schöne Händchen nehmen soll. Fräulein Moosbach hat's gesagt. Aber wahrscheinlich werde ich sowieso nicht versetzt.« Jakob verzog kummervoll das Gesicht, seine Unterlippe zitterte bedenklich. »Kann sein, dass ich auf die Sonderschule muss, wo die ganzen Idiotenkinder hingehen.«

»*Das* hat sie gesagt?«

Er nickte stumm, und Inge wurde von glühendem Zorn erfasst. Diese Kanaille! Irgendwas musste geschehen, so konnte es nicht weitergehen! Es kostete sie Mühe, vor dem Kind nicht die Beherrschung zu verlieren.

»Mach dir keine Sorgen«, sagte sie betont sanft. »Das wird sich alles regeln.« Sie deutete auf seine ungelenke Krakelei. »Wisch das wieder weg und schreib es neu. Und zwar mit links. Falls Fräulein Moosbach deswegen schimpft, sagst du ihr einfach, ich hätte es dir befohlen.« Sie beugte sich vor und gab dem Kleinen einen Kuss auf die Wange. Ihr Herz weitete sich vor Liebe, als sie sein zögerndes Lächeln sah, und sie freute sich schon auf sein Gesicht, wenn Johannes ihm später die Blockflöte mitbrachte. Sie hatte mit ihm über die Einschätzung des Lehrers zu Jakobs musikalischer Begabung gesprochen, woraufhin Johannes auf der Stelle beschlossen hatte, dem Jungen eine Flöte zu besorgen – eine richtig gute, keine von den billigen, wie er betont hatte. Heute wollte er eine kaufen.

Wenn es nach ihm gegangen wäre, hätten sie auch gleich ein Klavier für Jakob angeschafft.

»Es muss ja kein neues sein«, hatte er gemeint, aber Inge hatte abgewinkt. Auch wenn sie in dem sowieso schon ziemlich vollgestellten Haus irgendwo eine Ecke dafür hätten freiräumen können, so lag der Preis für ein halbwegs brauchbares Klavier doch weit jenseits dessen, was sie sich momentan leisten konnten. Sie hatte sich schon umgehört.

»Es ist nicht drin« war ihre sachliche Erklärung gewesen. »Jedenfalls vorläufig nicht. Vielleicht nächstes Jahr.«

»Ich hab die letzten Jahre was gespart«, hatte er widersprochen. »Es würde sicher für ein gebrauchtes Klavier reichen!«

»Mag sein. Aber dann hättest du nichts mehr auf der hohen Kante, wenn du demnächst heiratest und einen eigenen Hausstand gründest. Dafür wirst du jeden Pfennig brauchen.«

Das hatte ihn verstummen lassen, auch wenn er dabei ungewöhnlich frustriert gewirkt hatte.

Wenigstens hatte es ihm nicht die Freude über Jakobs mathematisches Talent verdorben. Ihm war anzusehen, dass er vor Stolz über diese ungewöhnliche Begabung seines Sohnes fast platzte. Es war wieder einer jener Augenblicke gewesen, in denen es Inge ins Herz schnitt, dass er nicht vor aller Welt der Vater des Kleinen sein konnte.

Sie wusste, dass er vorhatte, diesen Zustand zu ändern. Er hatte bereits im Januar mit ihr über seine Pläne gesprochen. Um Jakob offiziell zu seinem Sohn zu machen, waren mehrere Verfahrensschritte nötig. Zuerst musste Karl seine Vaterschaft gerichtlich anfechten, damit Johannes sich als leiblicher Vater und Vormund bestätigen lassen konnte. Sobald er mit Hanna verheiratet war, konnte er Jakob dann zu sich nehmen.

Doch bisher hatten die beiden sich ja nicht mal auf einen gemeinsamen Wohnort einigen können.

Inge fand, dass sich eine derartige Entscheidung nicht unbedingt monatelang hinziehen müsse, aber sie wusste auch, dass gerade sie sich kein Urteil darüber erlauben durfte. Schließlich hatte sie selbst es bis zu diesem Tag nicht geschafft, endlich einen Hochzeitstermin ins Auge zu fassen.

Sie befahl sich, nicht länger daran zu denken, und machte sich daran, die anstehenden Arbeiten im Haushalt zu erledigen. Kochen musste sie zum Glück nicht, unten gab es genug Essen für die ganze Familie. Oma Mine war immer darauf bedacht, alle satt zu bekommen, besonders die Männer, wenn sie ausgehungert von der Arbeit heimkamen.

Während Jakob sich seinen Hausaufgaben widmete, ging Inge in den Keller, um eine Schütte Kohlen zu holen. Im Laufe des Vormittags war der Ofen ausgegangen. Es war bitter kalt draußen, da kühlten die Räume immer schnell aus.

Als das Feuer kräftig brannte, holte sie einen Lappen und wischte im Wohnzimmer Staub. Wie immer lohnte es sich – nach dem Putzen war der Lappen dunkel. Sogar im Winter drang der Kohlenstaub durch alle Ritzen von draußen herein und sammelte sich auf den Möbeln.

Bärbels Zimmer nebenan sparte sie aus, darum konnte sich ihre Schwester selbst kümmern, auch wenn das in aller Regel nur selten passierte. Inge hatte sich angewöhnt, das Chaos zu akzeptieren, sowie umgekehrt auch Bärbel sich damit abfand, dass direkt neben ihrem Bett die Nähmaschine stand.

Zugegeben, in deren Zimmer konnte man sich kaum drehen und wenden, weil sich dort außerdem auch noch der große Kleiderschrank befand, in dem sie und Inge ihre Sachen aufbewahrten. Aber irgendwann demnächst – bestimmt noch dieses Jahr – würde sich Bärbel nach Herzenslust mit ihrem ganzen Kram ausbreiten können. Spätestens dann, wenn

Inge heiratete und Johannes mit Jakob fortzog, um mit Hanna zusammenzuleben. Dann würden auf einen Schlag mehrere Räume frei.

Wer wohl zuerst heiratet, er oder ich?, dachte Inge. Sie fragte sich, woher schon wieder die plötzliche Beklommenheit kam. Es war ein ähnliches Gefühl wie in der Silvesternacht. Seither hatte sie gehofft, dass es von allein besser werden würde. Dass sie sich bei dem Gedanken an ihre Hochzeit endlich richtig freuen könnte. Doch in all den Wochen, die seither verstrichen waren, hatte sich in dieser Richtung nicht viel getan. Alles war unverändert. Nur mit dem Unterschied, dass Peter sie immer häufiger drängte, es endlich in Angriff zu nehmen. Im April war er in Münster fertig. Bis dahin sollte ein Termin für die Hochzeit stehen. Sie musste sich bald entscheiden. Sehr bald.

In diesem Augenblick merkte sie, dass sie innerlich schon wieder das leidige Thema durchkaute, obwohl sie es sich doch gerade erst verboten hatte. Verärgert über sich selbst ging sie nach oben in Jakobs Zimmer, um dort aufzuräumen und das Bett zu machen.

Der Raum war liebevoll eingerichtet, mit einem von Johannes eigenhändig gezimmerten Jugendbett, eingebauten Schrankfächern unter den Schrägen und einem selbst gemalten Dschungel mit wilden Tieren an der Innenseite der Tür. Die Deckenlampe, ebenfalls Marke Eigenbau, war in Form eines Propellerflugzeugs gestaltet. Ein kleiner Elektroofen sorgte für behagliche Wärme.

Das dahinterliegende Zimmer war über eine Durchgangstür zu erreichen und gehörte Johannes. Es war winzig und sehr spartanisch eingerichtet. Außer einem Bett gab es nur einen schmalen Wandschrank und ein Bücherregal. Eine auf Holzböcken montierte Platte vor dem Giebelfenster diente als Schreibtisch.

Inge lüftete das Zimmer nur kurz durch. Ums Saubermachen kümmerte sich Johannes immer selbst.

Abschließend fegte sie noch die Treppen. Auch hierbei gab es eine reichliche Ausbeute an dunklem Staub, das Zeug lagerte sich überall im Haus ab, egal wie oft man putzte.

Feucht aufwischen und bohnern würden sie wie üblich erst am Samstag, da kam Bärbel früher aus der Schule und konnte mithelfen.

Der Gedanke an ihre Schwester rief schwaches Unbehagen bei Inge hervor. In der letzten Zeit merkte sie immer deutlicher, dass Bärbel Probleme in der Schule hatte. Die Noten hatten sich zwar nicht wesentlich verschlechtert, das letzte Zeugnis war wie immer glänzend ausgefallen – nur nicht im Fach Geschichte, da hatte es seltsamerweise bloß für eine Vier gereicht. Ebenso bei den Kopfnoten – in *Betragen* hatte es nur eine Drei minus gegeben, und darüber hinaus war ein Eintrag im Klassenbuch vermerkt worden. Über den Grund hatte Bärbel sich nicht näher auslassen wollen, ihr zufolge lag es an dem »idiotischen Geschichtslehrer«. Mit dieser Auskunft hatte Inge sich zufriedengeben müssen.

Sie hatte mit sich gehadert, ob sie Johannes bitten sollte, Bärbel mal ins Gebet zu nehmen, doch dafür hätte ihre Schwester sie garantiert erst recht mit Verachtung gestraft. Sie schien sich von niemandem mehr etwas sagen zu lassen.

Inge verstaute die Putzsachen, warf den verdreckten Staublappen zur Schmutzwäsche und peilte dann die Lage in Mines Küche. Mittlerweile hatte sie einen Bärenhunger. Erleichtert sah sie, dass Elfriede gegangen war. Dafür war inzwischen Bärbel von der Schule heimgekommen. Sie saß bereits am Tisch und vertilgte eine große Portion Sauerkraut mit Bratwurst und Kartoffelbrei. Dabei las sie in einer aufgeschlagenen Illustrierten.

»Du bist spät dran«, bemerkte Inge, während sie sich etwas

von dem Essen auf einen Teller lud und sich zu ihrer Schwester an den Tisch setzte. Sie waren allein in der Küche, Mine hatte sich zu ihrem obligatorischen Mittagsschläfchen zurückgezogen. »Warst du wieder bei Hella zum Aufgaben machen?«

Von Bärbel kam keine Antwort, sie schien völlig in ihrer Lektüre versunken.

»Ich hab dich was gefragt«, sagte Inge betont freundlich.

Bärbel blickte auf. »Nein, ich war nicht bei Hella. Da gehe ich später noch hin. Ich hab mich vorhin noch eine Weile mit Klaus unterhalten.«

»Habt ihr über Fritz gesprochen? Ich hab's schon erfahren. Elfriede war vorhin hier. Sie war völlig fertig mit den Nerven. Wie geht es Klaus nach der ganzen Sache?«

»Was glaubst du denn? Beschissen natürlich.«

Inge war pikiert. »Musst du solche Worte verwenden?«

»Warum denn nicht, wenn's doch hundertprozentig passt?« Bärbel sah Inge herausfordernd an. »Was willst du mir eigentlich noch alles vorschreiben? Musst du mich pausenlos gängeln? Darf ich denn *gar nichts* selbst entscheiden? Nicht mal mehr über die Wörter, die ich benutze?«

Inge verkniff sich eine Antwort. Bärbel würde bloß wieder einen Streit vom Zaun brechen.

Sie fragte sich, wann aus ihrer zwar eigensinnigen, aber sonst immer fröhlichen kleinen Schwester ein derartig verbiesterter Teenager geworden war. Schweigend verzehrte sie ihre Mahlzeit und stand anschließend auf, um ihren Teller und das benutzte Besteck abzuwaschen.

Bärbels nächste Bemerkung klang versöhnlich, offenbar spürte sie, dass sie zu weit gegangen war. Sie deutete auf einen Artikel in der Illustrierten. »Hast du das schon gelesen? In der Schweiz haben sie über die Einführung des Frauenwahlrechts abgestimmt.«

»Hatten die da noch keins?« Inge war überrascht. Sie hätte nicht gedacht, dass es in Europa noch ein Land gab, das derart rückschrittlich war.

»Anscheinend nicht«, antwortete Bärbel. »Sonst hätten sie ja keine Volksabstimmung gebraucht.«

»Wie ist es ausgegangen?«

»Zwei Drittel waren dagegen. Klar, es haben ja auch nur Männer drüber abgestimmt. Auf diese Weise kriegen die Frauen da nie ein Wahlrecht. Oh, und das hier ist der Gipfel, hör dir das an!« Mit sichtlicher Entrüstung las Bärbel einen Absatz aus dem Artikel vor. »Das Abstimmungsresultat erfüllt uns mit Stolz und Freude auf die unverbildete politische Klugheit unserer Männer.« Ärger und Unverständnis klangen aus ihrer Stimme. »Und jetzt rate mal, wer diesen Schwachsinn von sich gegeben hat!«

»Ich ahne es. Irgendwelche Frauen.«

»Das Frauenkomitee gegen das Frauenstimmrecht«, bestätigte Bärbel. »Hier steht, sie bedanken sich ausdrücklich bei den Männern dafür, dass die es ablehnen, ihre seit Jahrhunderten bewährte Demokratie unnötigen Experimenten auszusetzen!«

Inge konnte es kaum fassen. »Gab es sonst keine öffentlichen Reaktionen von Frauen?«

Bärbel überflog den Artikel bis zum Ende. »Doch. Ein paar Dutzend Gymnasiallehrerinnen sind in Streik getreten. Doch das bringt denen bestimmt auch keine besseren Rechte.«

Verächtlich schüttelte sie den Kopf. »Aber die haben Frauen ja sowieso nicht. Nicht mal hier bei uns. Wusstest du, dass Frauen eine Erlaubnis von ihren Ehemännern brauchen, wenn sie arbeiten gehen wollen?«

Inge nickte. Natürlich wusste sie das, sie hatte ja neulich erst mit Peter darüber gesprochen. Diese Beschränkung war eine Schande!

»Und hast du auch gewusst, dass in Westdeutschland die Frauen bei gleicher Arbeit im Durchschnitt rund ein Drittel weniger verdienen als Männer?«, fuhr Bärbel fort.

Auch darüber war Inge im Bilde, auch wenn sie selbst nicht davon betroffen war. Agathe bezahlte sie und ihre Kollegin Brigitte überdurchschnittlich gut.

»Es ist prima, dass du dich für solche Dinge interessierst«, meinte sie. »Je mehr Frauen für ihre Rechte einstehen, desto eher wird sich in der Politik was ändern.«

Bärbel machte aus ihrer Empörung keinen Hehl. »Aber müssten da nicht zuerst die Gewerkschaften viel mehr tun?«

»Dasselbe hab ich Johannes auch schon gefragt. Er sagt, dass es bei den Tarifverträgen noch viele dicke Bretter zu bohren gibt.«

»Wenigstens unternimmt er was«, sagte Bärbel. »Wir Frauen sollten auch was tun! Gegen dieses Unrecht muss man doch aufstehen!«

Inge unterdrückte bei dem kämpferischen, fast wütenden Tonfall ihrer Schwester ein Seufzen. Bärbel hatte auf gewisse Weise recht, aber sie musste noch lernen, dass sich manche Probleme nicht über Nacht lösen ließen.

»Auf jeden Fall ist es gut, dass du deine Meinung vertrittst«, sagte sie. »Davon solltest du dich nicht abbringen lassen. Und später im Beruf hast du ja vielleicht sogar Möglichkeiten, auf bessere Rechte zu pochen.« Um das Thema abzuschließen, deutete sie auf Bärbels Teller, der noch halb voll war. »Bist du satt? Dann sollte der Rest wieder in die Pfanne.«

»Nee, lass mal, ich esse es gleich noch auf. Wollte das hier nur erst zu Ende lesen. Hinterher gehe ich dann gleich zu Hella. Wir schreiben nächste Woche eine Englischarbeit und müssen noch lernen.«

»In Ordnung. Dann bis später.«

Oben war Jakob in der Zwischenzeit mit seinen Hausaufgaben fertig geworden, einschließlich des mathematischen Teils, für den Matthias Jung ihm extra einen Bogen Millimeterpapier mitgegeben hatte. Es handelte sich um geometrische Aufgaben, unter anderem die Flächenberechnung eines Dreiecks. Inge musste schlucken, als sie die exakte Zeichnung und die penibel aneinandergereihten Lösungsschritte sah.

Er hätte sich wahrscheinlich gern noch länger in seine Zahlen vertieft, aber Inge fand, dass es für heute reichte. Kleine Jungs in seinem Alter brauchten viel Bewegung und frische Luft, auch im Winter, also schickte sie ihn zum Spielen vors Haus. Um diese Uhrzeit waren fast alle Kinder aus der Nachbarschaft draußen.

Anschließend nahm sie sich das Buch vor, das sie aus dem Laden mit nach Hause genommen hatte. Es handelte sich um eines der Leseexemplare, die von den Verlagen bereits mehrere Monate vor dem Erscheinungstermin bereitgestellt wurden, damit Buchhändler und Feuilletonisten sich frühzeitig eine Meinung bilden und den Titel später dem Lesepublikum empfehlen konnten.

Dieses Buch, so hatte der Verlagsvertreter ihr voller Stolz erklärt, habe schon im Vorjahr einen Preis gewonnen und man verkaufe bereits die Übersetzungsrechte ins Ausland, obwohl es offiziell erst zur Buchmesse herauskommen sollte.

Interessiert vertiefte Inge sich in den Erstlingsroman des jungen Schriftstellers. Schon nach wenigen Seiten wusste sie, dass sie ein literarisches Juwel vor sich hatte. Der Autor hieß Günter Grass, und das Buch trug den Titel *Die Blechtrommel.* Inge las wie gebannt und hörte erst auf, als ihr kleiner Bruder völlig verdreckt vom Spielen nach Hause kam und sie mit der Frage bestürmte, wann es Abendbrot gebe.

»Zuerst geht es unter die Dusche, junger Mann«, erklärte sie, immer noch beflügelt von der Lektüre. Sie brannte darauf, das Buch weiterzulesen. Danach musste sie es unbedingt sofort Johannes geben. Sicher würde er auch begeistert sein. Doch wie auch immer sein Urteil ausfiele, sie war jedenfalls schon jetzt auf seine Meinung gespannt.

Bei diesem Gedanken machte Inge sich zum ersten Mal bewusst, dass sie ihn bald viel seltener sehen würde, weil sie dann ja nicht mehr unter einem Dach lebten. Ob sie sich künftig überhaupt noch über Bücher austauschen konnten? Bestimmt nicht mehr im selben Maße wie bisher. Wie denn auch, wenn er, wie es sich gehörte, seine Freizeit mit seiner Frau verbrachte. So wie sie selbst dann bei Peter wäre.

Es würde sie nicht mehr geben, diese Abendstunden mit Johannes, in denen sie zuerst Jakob zu Bett brachten und sich danach noch zusammen ins Wohnzimmer setzten, wo sie Radio hörten, manchmal auch ein Glas Wein tranken und dabei über Gott und die Welt redeten. Häufig saßen sie auch einfach nur schweigend da und lasen, jeder in sein aktuelles Lieblingsbuch vertieft. Gelegentlich kamen Bärbel und Karl dazu, dann würfelten sie eine Runde oder spielten Karten, während im Hintergrund das Radio lief und der Ofen bullerte.

Das alles würde bald vorbei sein.

»Kann ich nicht schon vorher was zu essen haben?«, wollte Jakob wissen. Quengelnd trat ihr kleiner Bruder von einem Fuß auf den anderen.

Inge merkte, dass sie die ganze Zeit nur vor ihm gestanden und gedankenverloren in die Luft gestarrt hatte. Sie gab dem Kleinen ein Stück Fleischwurst gegen den größten Hunger und kommandierte ihn dann hinunter in den Keller, um ihm beim Duschen zu helfen.

Kapitel 6

An diesem Abend ging Johannes nach dem Essen rüber zu Stan und Renate, weil Hanna ihren Besuch angekündigt hatte. Sie hatte die ganze Woche in Düsseldorf verbracht und freute sich auf einen gemeinsamen Abend, wie sie ihm am Telefon versichert hatte. Johannes war gleichwohl ein gewisser Unterton nicht entgangen, und er ahnte, dass sie die Gelegenheit nutzen wollte, endlich alle noch offenen Fragen rund um ihre gemeinsame Zukunft zu klären. Bei ihrem letzten Treffen hatte er ihr versprochen, sich nach einer Wohnung oder einem Haus umzuschauen, und tatsächlich war er fest entschlossen gewesen, alles zügig voranzutreiben. Doch das Ergebnis seiner Bemühungen nahm sich unerwartet kläglich aus, und er war froh, dass er ihr die schlechte Nachricht schon am Telefon erzählt hatte.

Anscheinend hatte sie auch mit Stan und Renate über das Problem gesprochen, denn nachdem er Hanna zur Begrüßung geküsst und Stan und Renate einen guten Abend gewünscht hatte, brachte Stan sofort die Rede darauf.

»Schwierig, die Sache mit der Wohnung, oder? Soll ich mich vielleicht auch mal umhören?«

»Kannst du gern tun«, sagte Johannes.

»Gibt's denn hier im Umkreis wirklich so wenige schöne Wohnungen?«, fragte Renate. Sie meinte es sicher gut, aber ihre überflüssige Frage ging ihm auf die Nerven.

»Keine, die infrage kommen«, sagte er nur knapp.

Im Immobilienteil der Zeitung war er lediglich auf zwei freie Wohnungen gestoßen, die in vertretbarer Nähe lagen und halbwegs in sein Budget passten. Beide befanden sich in rettungslos heruntergekommenen Mietskasernen, bei denen er sich überwinden musste, sie überhaupt zu betreten. In der einen hatten in den Ecken noch die Reste von Rattengift gelegen.

Bei den Einfamilienhäusern sah es ähnlich düster aus – es gab schlichtweg keine, jedenfalls nicht in der näheren Umgebung. Er hatte sogar extra ein Essener Maklerbüro aufgesucht und sich nach weiteren Möglichkeiten erkundigt, woraufhin man ihm erläutert hatte, dass es durchaus Objekte auf dem Immobilienmarkt gebe und alles nur eine Frage der finanziellen Mittel sei.

Als ob er das nicht selbst wüsste.

Blieb noch der Hausbau als Alternative, doch dieser Weg war ebenfalls mit beträchtlichen Hindernissen gespickt. Die Baugrundstücke in den neuen Siedlungen wurden von den Gemeinden vergeben, und anscheinend waren die Wartelisten endlos lang. Zudem bekamen Familien den Vorzug – ein weiteres persönliches Handicap, denn vorerst hatte Johannes ja weder Frau noch Kind vorzuweisen, jedenfalls nicht offiziell.

Stan schien zu merken, dass Johannes keine große Lust hatte, das Thema weiter auszuwalzen.

»Was gibt's sonst Neues?«, erkundigte er sich, womit er Johannes Gelegenheit gab, von Jakobs musikalischer Begabung zu erzählen. Der Kleine hatte sich sehr über die Flöte gefreut, auch wenn er zunächst nicht viel mit dem Instrument hatte anfangen können. Mehr als ein paar misstönende Versuche hatte es bisher nicht gegeben, doch Johannes war überzeugt davon, dass sich das rasch ändern würde. Er hatte beschlossen, Jakob so schnell wie möglich das Notenlesen beizubringen. Und ein Klavier würde er, verflucht noch mal, auch in nicht allzu ferner Zukunft anschaffen!

Der gemeinsame Abend mit Hanna, Stan und Renate gestaltete sich in der Folge als unerwartet unterhaltsame Abwechslung. Stan hatte Anfang des Monats einen Fernseher gekauft und freute sich, Johannes das Gerät in allen Einzelheiten vorzuführen. Er hatte schon immer ein besonderes Faible für den technischen Fortschritt im Haushalt gehabt. Ob Telefon, Kühlschrank, Elektroherd oder Staubsauger – stets hatte Stan in der Siedlung zu den Ersten gehört, die sich die neuesten Geräte zulegten.

Allerdings war er auch einer der Wenigen, die es sich leisten konnten, und wenn für eine größere Anschaffung nicht genug Bares da war, wurde eben ein Ratenkauf getätigt, das gab sein Gehalt problemlos her. Im Laufe der Jahre war er die Karriereleiter im Bergbau weiter emporgestiegen, mittlerweile war er der ranghöchste Steiger bei einer der größten Zechen im Revier. Wahrscheinlich würde er über kurz oder lang auch noch in die Geschäftsleitung aufrücken, obwohl er das im Gespräch meist von sich wies und erklärte, ohne Grubenluft garantiert einzugehen.

Der neue Fernseher war ein Gerät der Marke Körting vom Versandhaus Neckermann und kam gleich beim Abendprogramm zum Einsatz. Bei Bier und Häppchen schauten sie sich die erste Folge eines Sechsteilers an, der die schwierige, entbehrungsreiche Flucht eines Kriegsgefangenen in Russland schilderte. Die Verfilmung trug denselben Titel wie die literarische Vorlage von Josef Martin Bauer: *So weit die Füße tragen*.

Johannes hatte das Buch bereits im Erscheinungsjahr gelesen. An manchen Stellen hatte er seine Zweifel am dargestellten historischen Hintergrund nicht unterdrücken können; schließlich hatte er selbst etliche Jahre in russischen Lagern zugebracht, teilweise auch in Sibirien, wo das Buch hauptsächlich spielte, und damals wie heute hätte er schwören mögen, dass jede Flucht von dort aussichtslos sein musste.

Trotzdem hatte der Roman ihm sehr gefallen, und das galt

erst recht für den Film. Der Regisseur Fritz Umgelter hatte die Geschichte packend in Szene gesetzt, und Johannes saß die ganze Zeit nur stumm mit der offenen Bierflasche in der Hand da und verfolgte gebannt die Szenen auf dem Bildschirm. Erst beim Abspann fiel ihm auf, dass er noch keinen Schluck getrunken hatte. Sein nächster Gedanke war: Schade, dass Inge das nicht gesehen hat!

Die anderen waren ebenso beeindruckt wie er.

»Was für ein Film!«, sagte Stan mit rauer Stimme. »Ich bin schon gespannt auf den nächsten Teil.«

Renate nahm seine Hand. »Wie gut, dass du nicht in Gefangenschaft geraten bist! Was für ein grausames, unmenschliches Schicksal!«

»Ja, das kann man wohl sagen. So viel Glück wie ich hatten nicht alle. Johannes kann ein Lied davon singen.« Stan räusperte sich, dann warf er Johannes einen Blick von der Seite zu. »Wie sieht's aus, bist du auch für die nächsten Teile zu haben oder reicht dir schon der erste?«

Johannes nahm einen tiefen Zug aus seiner Bierflasche. »Natürlich sehe ich's mir weiter mit euch an, wenn ich darf. Es ist wirklich spannend.«

»Obwohl du die ganze Handlung schon in allen Einzelheiten kennst?«, fragte Hanna. Als Erklärung für die anderen setzte sie hinzu: »Er hat natürlich vorher den Roman gelesen.«

»Ach was, es gibt ein Buch dazu?«, meinte Renate erstaunt. »Das wusste ich gar nicht!«

»Stand im Vorspann«, bemerkte Hanna. »War sehr erfolgreich. Es gab auch schon ein Hörspiel dazu.« Es klang weder belehrend noch herablassend, wurde aber offensichtlich so aufgefasst. Renate presste die Lippen zusammen und stand vom Sofa auf, die Hand ins Kreuz gedrückt. Ihr Achtmonatsbauch wölbte sich unter der Umstandsbluse wie eine große Kugel. »Ich gehe mal eben nach den Jungs sehen.«

Stan warf seiner Schwester einen Blick zu, als wollte er sagen: *Musste das sein?* Hanna griff nach einem der Käsespießchen, die Renate dekorativ auf einem Teller angerichtet hatte, schichtweise mit Pumpernickel und Weintrauben garniert.

Stan erhob sich ebenfalls. »Ich hol mal frisches Bier.« Doch statt nach nebenan in die Küche zu gehen, folgte er Renate die Treppe hinauf.

»Da hab ich wohl gerade was Verkehrtes gesagt«, merkte Hanna düster an.

»Ich denke, sie hat's einfach in den falschen Hals bekommen«, meinte Johannes. »Nicht alle Leute haben Zeit, Radio zu hören oder Bücher zu lesen. Oder sie besitzen überhaupt kein Radio und keine Bücher.«

»Tja, ganz recht, zum Beispiel Renate. Jedenfalls hatte sie beides nicht, ehe sie Stan kennenlernte. Und weil ich das ganz genau weiß, hätte ich die Klappe halten sollen. Aber ich hab's trotzdem gesagt. Mit voller Absicht.«

»Warum?«, fragte Johannes überrascht.

»Keine Ahnung. Vielleicht, weil sie mir mit ihrer Hausmütterchen-Art manchmal auf die Nerven geht.« Entnervt schüttelte Hanna den Kopf. »Himmel, hörst du mich reden? Ich war doch selber jahrelang die perfekte und biedere Hausfrau, die ihr ganzes Glück im Kochtopf fand! Und ich hab das verdammte Buch nicht mal selber gelesen! Wie kann ich da so gemein sein?«

»So schlimm war's auch wieder nicht. Renate bekommt bald ein Kind, da sind Frauen immer besonders sensibel.«

»Ja, ganz genau, deshalb hätte ich erst recht aufpassen sollen, was ich sage!« Zornig stach Hanna mit dem leeren Käsespießchen in die Sessellehne. Das dünne Stäbchen brach mitten durch, was sie zusätzlich aufzubringen schien. Mit einem unterdrückten Fluch warf sie die Bruchstücke vor sich auf den Tisch.

»Was ist denn los?«, fragte er sie leise.

Sie zuckte nur schweigend mit den Schultern.

Aufmerksam blickte er sie an. Hanna wirkte ein wenig müde, sie hatte leichte Ringe unter den Augen. Vermutlich hatte sie in den letzten Tagen zu lange gearbeitet. Er wusste, dass sie oft bis in die Nacht hinein aufblieb und alle möglichen in der Kunsthandlung anfallenden Aufgaben erledigte, von der Präsentations- und Einkaufsplanung über die Bestandskontrolle bis hin zur Buchhaltung. Es wurde immer mehr statt weniger, obwohl sie und ihre Teilhaberin Verena gerade erst eine Bürohilfe eingestellt hatten.

»Du mutest dir zu viel zu«, stellte er fest. »Ein paar Tage Urlaub täten dir gut.«

»Ich hatte erst zum Jahreswechsel welchen, da war ich fast drei Wochen hier. Schon vergessen?«

»Das war keine richtige Erholung für dich.« Spontan schlug er vor: »Lass uns übers Wochenende zusammen wegfahren!« Er griff nach ihrer Hand und zog sie vom Sessel hoch, um sie in die Arme nehmen zu können. »Nur du und ich! Wir hatten so lange keine Zeit für uns beide.«

Einige Augenblicke stand sie still da, den Kopf an seine Schulter gelegt, und er atmete den Geruch ihres Haars ein. Sie benutzte ein spezielles Shampoo, er hatte den Namen vergessen, aber es roch gut.

Dann löste sie sich aus seinen Armen, denn ihr Bruder kam mit dem Bier zurück.

»Renate lässt sich entschuldigen. Sie war hundemüde und hat sich hingelegt.«

Hanna nickte, als hätte sie es nicht anders erwartet.

»Ich denke, ich fahre jetzt wohl besser mal nach Hause«, erklärte sie in neutralem Gesprächston.

»Was meinst du damit?« Stan runzelte die Stirn. »Das hier *ist* dein Zuhause.«

»Wirklich? Für mich fühlt es sich nicht mehr so an.«

»Wie kannst du das sagen? Es ist nach wie vor dein Haus. Wir haben es gemeinsam von Onkel Jakub geerbt und stehen immer noch beide zu gleichen Teilen als Eigentümer im Grundbuch.«

»Na ja, mein Zimmer ist jetzt ein Näh- und Bügelzimmer, und ab nächsten Monat wird's wohl ein Kinderzimmer sein, denn bei drei Kindern werdet ihr auf alle Fälle noch eins brauchen.«

Stan war rot geworden. »Wir hatten das mit dir besprochen, und du hattest nichts dagegen.«

»Ich weiß. Hab ich ja auch nicht. Ich wollte es einfach nur erwähnt haben, nachdem du darauf bestanden hast, dass das hier auch mein Zuhause ist.«

Das schien Stan nicht auf sich sitzen lassen zu wollen. »Du weißt, dass du hier immer willkommen bist! Nur ein Wort von dir, und das Zimmer wird für dich wieder komplett leer geräumt. Wir kommen auch so klar. Notfalls plane ich einen Anbau, auch darüber hatten wir schon gesprochen, falls du dich erinnerst.«

»Wenn es hier um zusätzliche freie Zimmer geht – einen Anbau können wir auch bei Mine machen«, mischte sich Johannes ein. Ein wenig erstaunt hatte er der Unterhaltung zugehört. So kannte er Hanna und Stan gar nicht, die zwei waren sonst immer ein Herz und eine Seele, und wenn es überhaupt mal eine Meinungsverschiedenheit gab, wurde das auf eine eher humorvolle Art ausgetragen.

Hanna hob die Hand. »Ich will nicht über irgendwelche Anbauten reden, sondern einfach nur nach Hause. Nach *Düsseldorf*«, fügte sie hinzu, ehe Stan ihr erneut widersprechen konnte. »Da hab ich wenigstens meine Ruhe. Mir fehlt ehrlich gesagt ein bisschen Schlaf.«

Stan seufzte ergeben. »Ich kann nichts dran ändern, dass

die Kinder jede Nacht quengeln. Sie kriegen Zähne. Für Renate und mich ist das auch nicht gerade ein Spaziergang, ich bin manchmal tagsüber auf der Arbeit so müde, dass ich im Stehen einschlafen könnte.«

»Tja, und damit mir das nicht auch passiert, schlafe ich die Woche über lieber in meinem Düsseldorfer Bett.« Hier blitzte wieder Hannas trockener Humor durch.

Stan schien es ihr nicht übel zu nehmen, seine Antwort klang ähnlich launig wie die Bemerkung seiner Schwester. »Na schön, Reisende soll man nicht aufhalten. Aber wehe, du kommst nächste Woche nicht zum Geburtstag der Jungs!«

Hanna schüttelte den Kopf. »Als ob ich mir den ersten Geburtstag meiner Patenkinder entgehen ließe«, sagte sie mit weicher Stimme. »Schließlich hab ich schon die Geschenke besorgt.« Sie umarmte ihren Bruder zum Abschied. An Johannes gewandt, fuhr sie leichthin fort: »Begleitest du mich noch zum Auto?«

Er nickte bedrückt und wartete im Hausflur, während sie in aller Eile ihre Sachen zusammenpackte. Stan hatte sich wieder ins Schlafzimmer zurückgezogen. Seine Loyalitäten waren klar verteilt. Früher war Hanna der Mittelpunkt seines Lebens gewesen. Heute standen seine Frau und seine Kinder für ihn an erster Stelle.

Johannes nahm Hanna den Koffer ab und trug ihn zu ihrem Wagen. In den letzten zwei Jahren hatte sie mit der Kunsthandlung stetig wachsende Umsätze erzielt. Schließlich hatte das Geld für die Anschaffung eines guten Gebrauchtwagens gereicht. Sie fuhr einen gediegenen Opel, und einmal hatte sie scherzhaft gemeint, wenn sie jetzt noch eine Sechszimmerwohnung zur Verfügung hätte, wäre es fast so wie damals in Paris, bloß ohne Eiffelturm.

Das war allerdings von ihr nicht bloß so dahingesagt, wie ihre nächsten Worte ihm gezeigt hatten. »Düsseldorf ist auf jeden Fall näher an Paris, nicht nur geografisch. Die Leute haben da einen ganz anderen Sinn für Stil und Kultur. Und sie haben mehr im Portemonnaie. Die Kö ist nicht die Champs Élysées, aber sie kann sich wirklich sehen lassen. Und es gibt in Düsseldorf nicht mal halb so viel Kohlenstaub wie hier.«

Johannes hatte diesen Wink mit dem Zaunpfahl durchaus verstanden. Hanna wünschte sich insgeheim, dass er seine Zelte in Essen abbrach und mit Jakob zu ihr nach Düsseldorf kam. Dort würden sie sich dann gemeinsam eine größere Wohnung suchen, und er könnte sich nach einer anderen Stelle umtun, schließlich gab es überall Gewerkschaftsniederlassungen, er würde ganz sicher einen neuen Posten finden. Zumindest war das ihre Vorstellung von einem gemeinsamen Leben, wenn schon ein Auswandern nach Amerika für ihn nicht infrage kam.

In dem Zusammenhang hatte sie sich vermutlich auch schon überlegt, wie die Betreuung von Jakob zu handhaben sei, denn einmal hatte sie gesprächsweise eingeworfen, dass es überall Frauen auf Arbeitssuche gebe, darunter auch viele, die sich aufs Saubermachen und Kinderhüten verstanden.

In ihren Augen schien auch die Bezahlung all dessen kein Problem zu sein, denn die Kunsthandlung warf inzwischen einiges ab. Hanna hatte deutlich mehr zur Verfügung als er, sie würden auch ohne sein Gehalt über die Runden kommen. Doch was das anging, konnte er nicht aus seiner Haut, auch wenn er sich bewusst war, dass sein altmodischer Stolz ein frustrierendes Hindernis darstellte. Er wollte selbst für alles aufkommen, so wie es sich für einen Familienvater gehörte. Die Sorge, dass er dazu nicht in der Lage sein könnte, hielt ihn davon ab, sich in eine Situation abseits seiner finanziellen Möglichkeiten zu manövrieren. Er wollte nicht in einer Sechszimmerwohnung leben, die hauptsächlich von Hannas Einkünften bezahlt wurde, und erst recht nicht würde er auf gut Glück nach Düsseldorf ziehen, ohne Jakob in liebevoller Betreuung zu wissen.

Noch hatte Hanna ihm seine Vorbehalte nicht offen vorgeworfen, aber er spürte, wie sehr es ihre Beziehung belastete. Dennoch hoffte er inständig, dass sie dieses Problem gemeinsam überwanden. Es musste sich doch ein vernünftiger Konsens finden lassen! Mittlerweile war er sogar bereit, in anderen Entfernungskategorien zu denken. Irgendwas zwischen Düsseldorf und Essen, von beiden Seiten einigermaßen rasch zu erreichen ... Vielleicht Heiligenhaus.

Er wollte ihr gerade vorschlagen, sich auch dort mal nach einer Wohnung umzuschauen, als sie ihm mit einer Äußerung zuvorkam, die ihn bis ins Mark traf.

»Ich werde wieder für eine Weile wegbleiben«, informierte sie ihn. Es klang sachlich, beinahe kühl. Er konnte ihr Gesicht nicht genau sehen, die nächste Laterne war zu weit weg, doch er kannte sie lange genug, um zu wissen, dass ihre Miene in diesem Moment undurchdringlich war.

»Was soll das heißen?«, entfuhr es ihm, obwohl er die Antwort bereits ahnte.

»Ich fühle mich wie auf der Wartebank, wenn ich hier bin«, erklärte sie. »Unter der Woche in Düsseldorf ist alles in Ordnung, da habe ich meine Arbeit, und nach Feierabend kann ich alles Mögliche mit Verena unternehmen. Oder mich einfach aufs Sofa legen und ein Buch lesen. Wenn *du* dort wärst und wir zusammen in Düsseldorf leben würden, könnten wir beide was unternehmen. Wir könnten ins Kino oder was trinken gehen. Zusammen kochen. Oder einfach nur gemeinsam Zeit verbringen. Mit Jakob natürlich. Wir hätten nicht nur die Wochenenden für uns, sondern auch die Abende unter der Woche. Ab und zu könnten wir herfahren und Stan besuchen. Und gleichzeitig deine Oma und Karl und die Mädchen, da müssen wir ja nur über die Straße.«

Johannes fühlte sich in die Enge getrieben.

»Wie soll das denn gehen?«, fragte er. »Ich muss täglich zur Arbeit. Hier in Essen. Und hier im Ruhrgebiet sind auch meine Einsatzorte, wenn ich für die Gewerkschaft unterwegs bin.« Er sprach den Gedanken aus, der ihm kurz vor ihrem Gespräch in den Sinn gekommen war. »Was würdest du als Kompromiss von Heiligenhaus halten? Von da aus wäre alles gut erreichbar. Für dich deine Arbeit in Düsseldorf, für mich meine in Essen.«

»Hast du überhaupt schon ein einziges Mal geschaut, ob es in Düsseldorf eine Stelle für dich gäbe?«, wollte sie wissen.

Johannes musste zugeben, dass er sich darüber noch keine großen Gedanken gemacht hatte. Stumm schüttelte er den Kopf. Dann meinte er: »Hast du denn umgekehrt überlegt, in Essen eine Kunsthandlung zu eröffnen?« Es klang eine Spur herausfordernd. Doch zu seinem Erstaunen nickte sie.

»Natürlich habe ich das in Erwägung gezogen. Und es ganz schnell wieder vergessen. Der Markt ist hier sozusagen dicht. Eine weitere Kunsthandlung könnte nicht überleben. Während Verena und ich in Düsseldorf problemlos expandieren könnten. Tatsächlich planen wir gerade, einen zweiten Laden zu eröffnen, mit einer angeschlossenen Galerie für Ausstellungen und Vernissagen mit ausgewählten Künstlern.«

Schweigend hörte Johannes ihr zu. Er musste tief durchatmen, ehe er ihr antworten konnte. »Es wäre einfach zu weit weg, Hanna. Von Mine, von den Mädchen … Bärbel ist doch gerade erst siebzehn, sie ist in einem sehr schwierigen Alter.«

»Und wann wäre sie alt genug, um für sich selbst Verantwortung zu übernehmen? Mit dreiundzwanzig, so wie Inge?« Es klang gereizt, beinahe anklagend. »Johannes, wir sollten aufhören, uns was vorzumachen. Ich liebe und brauche dich, aber ich kann für dich nicht meine Arbeit aufgeben. Das täte ich nicht mal, wenn wir verheiratet wären und ein Kind zusammen hätten.«

»Wir *hätten* ein Kind zusammen«, erwiderte er ruhig. »Jakob ist mein Sohn, und wenn wir heiraten, wäre er auch deiner.«

»Das stelle ich ja gar nicht in Abrede!« Ihre Stimme bebte vor unterdrückten Emotionen. »Es geht einfach darum, wer von uns beiden zurücksteckt und seine Interessen hintanstellt, damit wir uns ein gemeinsames Leben aufbauen können. Du willst unbedingt hierbleiben. Ich will weg. Wenn schon nicht nach Paris oder Amerika, dann wenigstens nach Düsseldorf, wo ich die besten beruflichen Perspektiven habe. Heiligenhaus ist ein Kaff, da gibt es nichts, es ist kaum weniger öde als Fischlaken. Für mich war das hier immer nur eine Zwischenstation, Johannes.

»Für mich nicht«, sagte er ruhig. »Ich bin hier zu Hause.«

»Da hast du es. Wie sollen wir da auf einen gemeinsamen Nenner kommen? Ich möchte bei meinen Zukunftsplänen keine Abstriche machen, und du scheinst es auch nicht zu wollen. Also sollten wir es doch vielleicht am besten ganz sein lassen.«

Auf diese Äußerung folgte sekundenlanges, lastendes Schweigen.

»Du willst die Verlobung auflösen«, stellte Johannes mit schleppender Stimme fest. Sein Magen zog sich zu einem schmerzenden Knoten zusammen.

»Das habe ich nicht gesagt. Es liegt in deiner Hand.«

»Für mich klingt das nach Erpressung.«

»Wenn du es so auffasst, kann ich es nicht ändern.«

Er umfasste ihr Kinn und hob es an, um ihr Gesicht besser sehen zu können. Im Licht der entfernten Laterne schimmerten ihre Augen dunkel, ihr Mund zitterte.

»Johannes, wenn nicht ich es wäre, sondern *sie* – wie würdest du dann entscheiden? Warte, sag nichts. Ich kenne die Antwort schon. Mit Katharina wärst du bis ans Ende der Welt gezogen. Ein Wort von ihr, und du hättest alles stehen und liegen lassen. Deine Arbeit aufgegeben, dein Zuhause, und nichts hätte dich davon abhalten können. So wäre es doch gewesen, oder? Und das hat nur mit einer Sache zu tun. Damit, dass du sie viel mehr geliebt hast als mich.«

»Was soll ich dir denn darauf um Himmels willen antworten?«, fragte er. Es klang hilflos und wütend.

Hanna sah ihn eindringlich an. »Sag mir einfach, dass es nicht wahr ist, dann kann ich vielleicht noch auf eine gemeinsame Zukunft hoffen!«

Er schwieg, und das war auch eine Antwort.

Sie schloss den Wagen auf und stieg ein.

»Hanna, so rede doch mit mir! Was erwartest du denn von mir? Dass ich alles opfere, was mir lieb und teuer ist?«

»Ja, vielleicht erwarte ich genau das«, sagte sie durch die offene Fahrertür zu ihm. »Weil ich nämlich sonst niemals wissen werde, ob ich wirklich wichtig für dich bin.«

»Mein Gott, du *bist* mir wichtig!«, rief er. »Lass mich doch nicht schon wieder so stehen! Einfach abzuhauen ist keine Lösung! Wir haben es ja gar nicht ernsthaft miteinander versucht! Wenn wir beide es nur wirklich wollen … Hanna!« Er hielt die Tür fest.

»Lass mich fahren. Für heute reicht es mir. Ich will jetzt nicht mehr drüber reden.«

»Also war's das jetzt endgültig mit uns?«

Sie zögerte und blickte auf den Ring an ihrer Linken, aber nur für einen kurzen Moment. Dann zog sie gegen seinen Widerstand mit einem Ruck die Autotür zu und startete den Wagen.

Johannes blieb mit hängenden Armen am Straßenrand stehen und sah dem davonbrausenden Wagen nach.

TEIL 2

Kapitel 7

Inge wurde von einem Poltern geweckt. Sie setzte sich auf und lauschte in die Dunkelheit. Die Geräusche kamen aus dem Treppenhaus, jemand war auf dem Weg nach oben. Dann hörte sie das unterdrückte Fluchen und wusste, dass es Johannes war. Sie hatte sich bereits vor dem Zubettgehen gefragt, wo er blieb, und da sein Auto ebenso wie das von Hanna die ganze Zeit draußen vor dem Haus gestanden hatte, war sie davon ausgegangen, dass die beiden noch ein paar gemeinsame Stunden verbringen wollten. Seit Hannas letztem Besuch waren schon wieder fast zwei Wochen verstrichen, und als sie am Nachmittag auf einen schnellen Kaffee rübergekommen war, hatte sie sich auf Inges Frage, wie lange sie diesmal bleiben werde, nicht genau festlegen wollen.

»Vielleicht bis morgen, vielleicht bis übermorgen. Aber am Samstag muss ich auf alle Fälle wieder in Düsseldorf sein, da bekommen wir eine Lieferung wertvoller Lithografien. Ich kann Verena unmöglich die ganze Arbeit allein machen lassen.«

Sie hatte abgekämpft und mutlos gewirkt, und Inge hätte sie gern getröstet und ihr Unterstützung angeboten. Doch letztlich hatte sie sich nicht getraut, Hanna auf ihre Schwierigkeiten anzusprechen, denn sie wusste nur zu gut, dass Johannes ein Teil davon war. Die beiden schienen mit ihren Zukunftsplänen einfach auf keinen grünen Zweig zu kommen. Jedenfalls war es nur zu offensichtlich, dass dieses ganze Hin und Her Hanna nicht guttat, und für Johannes galt dasselbe.

Das Poltern auf der Treppe wurde lauter, und erneut war

ein Fluch zu hören. Johannes würde noch das ganze Haus aufwecken!

Inge stand auf und ging durch die Küche hinaus ins Treppenhaus, um nachzusehen, was los war. Im Flur war es stockdunkel.

»Meine Güte, du siehst ja überhaupt nichts!« Sie drehte den Lichtschalter, doch es passierte nichts.

»Ist kaputt«, sagte Johannes mit vernehmlichem Nuscheln in der Stimme. »Muss unbedingt ne neue Birne einschrauben. Im Keller ist noch eine.«

»Darum kümmern wir uns morgen. Jetzt bring ich dich erst mal ins Bett. Warte kurz.« Inge holte ihre Taschenlampe aus dem Küchenschrank, damit man sich wenigstens halbwegs orientieren konnte. Johannes lehnte mit gesenktem Kopf an der Wand des Flurs. Sein Schlips saß schief, die oberen Knöpfe seines Hemdes standen offen. Er war von einer Wolke aus Alkoholdunst umgeben, allem Anschein nach hatte er ganz schön gebechert.

»Komm, ich helf dir, du kannst ja kaum noch stehen!«

»Ich hab wohl einen z-zu viel gehoben«, lallte er, als sie sich seinen Arm um die Schultern legte, damit er sich auf sie stützen konnte.

»Sag bloß!« Halb zog, halb schleppte sie ihn den Flur entlang zur Treppe nach oben. Es war ein hartes Stück Arbeit, ihn die Stufen hinaufzubugsieren, ohne dabei die Taschenlampe fallen zu lassen. Er rutschte mehrmals aus, was beinahe dazu führte, dass sie zusammen die Treppe hinunterstürzten. Einmal konnte sie ihn gerade noch packen und festhalten.

»Verflucht«, schimpfte er, nachdem er ein weiteres Mal gestolpert war und sich den Kopf gestoßen hatte.

»Pst, du musst leise sein!«, flüsterte sie. »Sonst weckst du noch Jakob auf!«

Das veranlasste ihn, sich zusammenzureißen. Dennoch

kostete es sie einige Anstrengung, ihn ohne Stürze oder Zusammenstöße mit Möbeln und Wänden durch Jakobs Zimmer in seines zu schleusen. Sie half ihm, Krawatte und Sakko abzulegen, und als er sich danach ins Bett fallen ließ, zog sie ihm auch rasch noch die Schuhe aus.

»Ich muss mir noch die Zähne putzen.«

»Das kannst du morgen früh nachholen.«

»Man muss vorm Schlafengehen putzen. W-weißt du, dass ich das *immer* gemacht hab? Sogar bei den Russen. Auch wenn ich dafür jahrelang bloß dieselbe alte Zahnbürste hatte. D-die haben einem sonst ja alles weggenommen. Wirklich alles. Sogar das Foto von meiner Mutter. Aber nicht die Zahnbürste. Die durfte ich behalten. Ich habe immer vorm Schlafengehen geputzt. Immer.« Er lachte, es klang blechern. »Auch wenn's manchmal den ganzen Tag lang überhaupt nichts zu essen gab.«

»Ja, ich weiß.« Seine Gewohnheiten waren ihr fast so vertraut wie ihre eigenen, das penible Zähneputzen war eine davon. Ob morgens oder abends – er ließ es nie ausfallen, kein einziges Mal.

»Ich will m-mir die Zähne putzen«, beharrte er nuschelnd.

Sie seufzte ergeben. »Na gut. Aber du bleibst hier und bewegst dich nicht von der Stelle. Ich bin gleich zurück.« Beinahe geräuschlos eilte sie nach unten, füllte am Spülstein seinen Zahnputzbecher, gab einen Klecks Zahnpasta auf die Zahnbürste und ging anschließend wieder zurück nach oben. »Hier hast du. Aber bitte leise!«

Er saß auf der Bettkante und putzte sich trotz seiner Trunkenheit akribisch die Zähne, und als er fertig war, reichte sie ihm den Becher.

Sie hatte erwartet, dass er zum Ausspülen einen Mundvoll Wasser nehmen und es wieder zurück in den Becher spucken würde, doch stattdessen trank er alles in einem Zug leer.

»War so durstig«, murmelte er.

»Leg dich hin und schlaf«, sagte sie leise. Sie wollte ihn zudecken, doch er hielt ihre Hand fest.

»Hanna hat mich verlassen. Diesmal endgültig.«

»Ach, Johannes, sicher renkt sich das wieder ein. Irgendwie werdet ihr euch schon wieder zusammenraufen!«

»Sie sagt, dafür reicht die Liebe nicht.«

»Das hat sie bestimmt nicht so gemeint! Jeder weiß doch, wie sehr sie dich liebt!«

»Ich rede ja auch nicht von ihrer Liebe. Sondern von meiner. Sie denkt, ich liebe sie nicht genug. Jedenfalls nicht so wie Katharina.«

Inge hielt erschrocken die Luft an und wollte ihm ihre Hand entziehen, doch Johannes ließ sie nicht los.

»Woran merkt man denn, ob man genug liebt?«, fragte er, aber er schien nicht mit ihr zu sprechen. Sein Blick hatte sich nach innen gewandt. »Erkennt man es an seinem Herzschlag, der einem bei ihrem Anblick die Brust zerreißt? An der Hitze, wenn man ihre Haut spürt? An dem Verlangen, das einen umbringt, wenn man sie nicht endlich küssen kann?«

Mit einem Mal sah er sie direkt an.

»Hat dir eigentlich schon jemand gesagt, wie unglaublich schön du bist? Dass du eine einzige wandelnde Versuchung bist? Aber bestimmt hast du das schon oft gehört.« Seine Stimme klang rau und ein wenig undeutlich.

Sie wollte ihm ihre Hand entziehen, aber sie konnte es nicht. Wie gebannt erwiderte sie seinen Blick. Ihr Herz begann zu rasen, während sie reglos neben seinem Bett stand und auf ihn hinabsah.

Seine Augen schienen seltsam verhangen, das tiefe Blau seiner Iris beschattet von den Wimpernbögen. Auf Wangen und Kinn zeigte sich Bartschatten, der sein Gesicht ungewohnt dunkel wirken ließ. Unwillkürlich entsann sich Inge, wie sie ihn damals in den ersten Monaten nach seiner Ankunft wahrgenommen hatte. Wie ein Romanheld war er ihr vorgekommen, eine Mischung aus Rhett Butler und Ashley Wilkes, bis sie nach einer Weile nur noch seine ureigenen, prägnanten Gesichtszüge vor sich gesehen hatte, so nah und vertraut und doch auf geheimnisvolle Weise fremd. Aus unerfindlichen Gründen war es ihr nie gelungen, ihn als Cousin zu betrachten, im Gegenteil – immer wieder war ihr in den Sinn gekommen, dass sie in Wahrheit ja nicht mit ihm verwandt war. Er war zwar der Neffe ihres Vaters, aber da Karl nicht ihr leiblicher Vater war, gab es keinerlei Blutsbande zwischen ihr und Johannes. Sie wusste bis heute nicht, warum der Gedanke so häufig auftauchte, wiederkehrend und zuweilen lästig wie eine Fliege, die sich nicht verscheuchen ließ.

Doch in dieser Nacht in seinem Schlafzimmer, seine Hand fest um die ihre geschlossen, überkam sie plötzlich eine Ahnung, und diese Ahnung verwandelte sich innerhalb eines einzigen Augenblicks in eine von jähem Entsetzen begleitete Gewissheit, als sie erkannte, welches Geheimnis sich in ihrem Unterbewusstsein verborgen gehalten hatte. Tief vergraben und versteckt, nicht nur vor ihrer Umwelt, sondern auch vor ihr selbst.

Im nächsten Moment zog er sie zu sich herunter aufs Bett. Sie verlor das Gleichgewicht und fiel halb auf, halb neben ihn, und ehe sie noch einen klaren Gedanken fassen konnte, legte er seine Hand in ihren Nacken und presste seinen Mund auf ihre Lippen. Sie hätte sich wehren und ihn von sich stoßen müssen, auf der Stelle und ohne nachzudenken, doch etwas in ihr wollte, dass sie das Gegenteil tat, und diese Macht in ihrem Inneren war stärker als alles andere. Begierig öffnete sie die Lippen und erwiderte seinen Kuss, bedenkenlos und so leidenschaftlich, wie sie es bisher nicht gekannt hatte. Sie fühlte sich von Empfindungen durchflutet, die sie in dieser Intensität noch nie erlebt hatte, und als seine Hand an ihrem Körper herabfuhr und die Konturen ihrer Brüste und Schenkel nachzeichnete, stieß sie ein keuchendes Geräusch aus. Von Verlangen erfüllt, bog sie sich ihm entgegen. Sein Kuss wurde drängender, seine Berührungen intimer, und sie wollte es so sehr, dass sie ein Bein um seine Hüfte schlang, um ihm näherzukommen.

Aber als er ihr Nachthemd hochschob und seine Hand sich tastend zwischen ihre Beine vorwagte, kam sie schlagartig zu sich. Schockiert über ihr schamloses Verhalten entwand sie sich abrupt seiner Umarmung und stieg aus dem Bett. Mit fliegenden Fingern zerrte sie ihr hochgerutschtes Nachthemd über die Knie, dann drehte sie sich ohne ein weiteres Wort um und rannte aus dem Zimmer.

Sie hastete die Treppe hinunter und flüchtete sich in ihre Küche. Mit angehaltenem Atem stand sie da und horchte durch die angelehnte Tür in Richtung Treppe. Die Sekunden verstrichen in lähmender Stille. Dann hörte sie das Knarren der Stufen, er kam zu ihr herunter. Hastig drückte sie die Tür zu und verschloss sie. Mit dem uralten, klemmenden Riegel, den sie noch nie benutzt hatte. Theoretisch hätte sich Johannes trotzdem leicht Zutritt verschaffen können, über Bärbels Zimmer, das ebenfalls vom Flur aus betreten werden konnte – alle Räume hier oben waren Durchgangszimmer. Doch er blieb vor der verschlossenen Küchentür stehen und klopfte leise an.

»Inge«, sagte er. Er sprach mit gesenkter Stimme, sie konnte es kaum verstehen. »Bitte verzeih mir! Ich bin betrunken und habe völlig den Kopf verloren! Das hätte niemals passieren dürfen!«

Sie gab keine Antwort. Draußen vor der Tür herrschte Stille. Sie wartete und lauschte, und das Herz hämmerte ihr so laut in den Ohren, dass sie fast das erneute Knarzen der Treppenstufen überhört hätte. Er ging wieder nach oben.

Sie streckte sich auf dem Klappsofa im Wohnzimmer aus, obwohl sie wusste, dass sie kein Auge zubekommen würde.

Was hatte sie nur getan? Nichts würde je wieder so sein wie vorher. Nie wieder.

*

Irgendwann musste sie doch eingeschlafen sein, denn sie erinnerte sich beim Aufwachen an beängstigende Träume, in denen sie mit eiskalten Füßen vor jemandem weggerannt war.

Die frierenden Füße waren indessen real, denn im Laufe der Nacht war der Ofen ausgegangen. In der eisigen Luft des Zimmers kondensierte ihr Atem, und am liebsten hätte sie sich unter der Decke verkrochen und wäre nie mehr aufgestanden.

Doch wie immer war sie als Erste auf den Beinen und brachte das Ofenfeuer in Gang, damit man es in der Wohnung aushalten konnte, ohne vor Kälte zu bibbern. Als es langsam wärmer wurde, weckte sie Bärbel und Jakob, worauf die gewohnte morgendliche Routine einsetzte: Die beiden wuschen sich nacheinander am Spülstein im Flur, während sich Inge, schon fertig angezogen und zurechtgemacht, ums Frühstück kümmerte. Dabei bemühte sie sich nach Kräften, nicht an die letzte Nacht zu denken.

Stattdessen machte sie das Radio an, holte die Tageszeitung und die Milch rein, kochte für sich und ihre Geschwister Haferbrei und packte ihnen Pausenbrote für die Schule ein. Danach blieben ihnen noch ein paar Minuten für ein hastiges gemeinsames Frühstück, bevor Jakob und Bärbel sich auf den Weg machen mussten. Inge ging meist etwas später aus dem Haus, denn die Buchhandlung öffnete erst um neun. Es reichte, wenn sie eine Viertelstunde vorher dort eintraf.

Das Duschen verschob sie regelmäßig auf den frühen Abend, weil sie sonst unmöglich alle rechtzeitig fertig geworden wären. Außerdem fuhrwerkte um diese Uhrzeit häufig schon Mine im Waschkeller herum, wo sich auch die Dusche befand. Sie erledigte ihre Arbeit gern früh am Tage, vom Sortieren der Wäsche über das Einweichen von Karls Grubenkleidung bis hin zum Plätten der Hemden und Handtücher.

Inge setzte sich mit einer Tasse Muckefuck an den Küchentisch und blätterte flüchtig die Tageszeitung durch, während Bärbel sich vor dem Spiegel das Haar bürstete und dabei gefühlvoll das Lied mitsang, das gerade im Radio lief. »Para bailar la Bamba, se necesita una poca de gracia«, trällerte sie. »Una poca de gracia pa' mi pa' ti ...« Dabei tänzelte sie im Takt der Musik vor dem Spiegel hin und her, die Haarbürste wie ein Mikrofon vor dem Mund.

Inge fragte sich, woher Bärbel den spanischen Text kannte, doch dann fiel ihr der Name des Sängers wieder ein, den der Radioansager vorhin genannt hatte – Ritchie Valens. Hieß so nicht der Musiker, der neulich zusammen mit Buddy Holly bei einem Flugzeugabsturz ums Leben gekommen war? Inge wusste, dass Bärbel die Lieder dieser Sänger besonders liebte, so wie die meisten anderen Teenager, und dazu gehörte wohl auch, die Texte auswendig zu lernen, um sie mitsingen zu können.

Inge konnte es nur recht sein, für sie war es immer ein Genuss, Bärbel beim Singen zuzuhören.

Häufig fragte sie sich, von wem ihre Schwester wohl die ungewöhnlich schöne Stimme geerbt hatte. Von Karl und Katharina sicher nicht, Inge hatte die beiden früher oft genug singen gehört. Bärbels Stimme reichte hingegen mühelos über zwei Oktaven, sie war melodisch und tief, ein weicher Alt, und wenn man sie singen hörte, fühlte es sich an wie Samt auf der Haut. Das war jedenfalls das Bild, das Inge dabei in den Sinn kam. Bärbel hatte schon als kleines Kind alle möglichen Schlager im Radio mitgesungen, und sie war auch von jeher im Schulchor gewesen.

Vielleicht, so überlegte Inge, hatte diese Begabung bei der Vererbung ja eine Generation übersprungen. Katharinas Mutter hatte angeblich ebenfalls eine sehr schöne Stimme besessen. Womöglich erklärte sich daher auch Jakobs musikalisches Talent, denn Johannes hatte gemeint, dass er selbst keineswegs ein übermäßig begabter Musiker sei. Er habe zwar Klavierspielen erlernt und verfüge über ein halbwegs ausgeprägtes Rhythmusgefühl, aber weder könne er nach einmaligem Hören Melodien nachsingen noch auf Anhieb den Kammerton treffen.

Ob sie wohl jemals Gelegenheit haben würde, ihn am Klavier zu erleben?

Das lenkte ihre Gedanken unweigerlich auf den Kuss von letzter Nacht. Um Gottes willen, wie sollte sie Johannes denn nachher nur gegenübertreten? Normalerweise war er um diese Zeit bereits auf, er verschlief praktisch nie. Bestimmt war er längst wach und wartete bloß darauf, dass Bärbel und Jakob aus dem Haus waren, damit er ungestört mit ihr reden und sich erneut bei ihr entschuldigen konnte. Ob sie heute einfach früher aufbrechen sollte, um dem peinlichen Gespräch aus dem Weg zu gehen? Nein, das war Blödsinn, damit würde sie das Unvermeidliche ja nur hinausschieben. Besser, sie brachte es gleich hinter sich.

Doch damit wäre die Sache noch lange nicht erledigt, das war ihr schon jetzt klar.

Himmel, dieser Kuss … Er hatte etwas bei ihr ausgelöst, das sie immer noch nicht unter Kontrolle hatte. Allein bei der Erinnerung daran fingen ihre Knie an zu zittern. Die Hitze seines Mundes, seine Berührungen …

Hastig stand sie vom Tisch auf. »Hopp, hopp, den Ranzen

auf den Rücken und los!«, sagte sie zu Jakob, der immer noch bei ihr in der Küche stand. »Die Schule wartet nicht!«

»Ja, sofort«, sagte er, doch es klang nicht besonders enthusiastisch. Gedankenverloren kratzte er über das mit Eisblumen bedeckte Gaubenfenster. Mit seinem warmen Atem hauchte er Löcher in den milchigen Überzug, so ähnlich, wie sie und Bärbel es auch getan hatten, als sie klein gewesen waren.

Sobald die Zimmer richtig durchgeheizt waren, würde das Eis von allein abtauen und in tropfenden Rinnsalen von den Scheiben in die Rillen laufen, die eigens dafür in der Fensterbank eingelassen waren. Inge hatte dort meist ein zusammengerolltes altes Handtuch zum Aufsaugen des Schmelzwassers liegen, damit das Holz nicht allzu rissig wurde.

Bärbel war mittlerweile gegangen, für Jakob wurde es ebenfalls höchste Zeit. Inge verstaute das Pausenbrot in seinem Ranzen und begleitete den Jungen dann die Treppe hinunter bis zur Haustür, wo sie ihm einen Kuss auf die Wange drückte und ihm zum Abschied sanft übers Haar strich.

»Sei schön brav, mein Kleiner. Und auf dem Weg zur Schule nicht trödeln, sonst kommst du zu spät!«

Er nickte folgsam, und sie wusste, dass er sich Mühe geben würde, die Anweisung zu befolgen, auch wenn es unterwegs für einen siebenjährigen Jungen viele interessante Ablenkungen gab. Ob es in der Gegend parkende Autos waren oder diverse Baustellen mit Baggern, Kränen und Lastern – zu schauen gab es an jeder Ecke etwas. Der Siedlungsbereich von Fischlaken war in den vergangenen Jahren gewachsen, ganze Straßenzüge waren neu entstanden, Folge des Aufschwungs bei der Steinkohleförderung nach dem Krieg.

Als man seinerzeit die Grundstücke unter den Bewerbern verteilt hatte, war Johannes noch nicht mit Hanna zusammen gewesen, sonst hätte er sich bestimmt auch für ein Stück Bauland gemeldet. Dann wären die beiden vielleicht längst verheiratet und könnten einen eigenen Hausstand führen.

Inge fragte sich, warum diese Vorstellung auf einmal ihre Missbilligung weckte, und sie erschrak nicht wenig über dieses Gefühl. Was war nur los mit ihr? Sonst hatte sie immer mit Wohlwollen auf die Beziehung der beiden geblickt. Es war völlig ausgeschlossen, dass der Kuss von gestern Abend ihre Einstellung derart grundlegend verändert hatte! Johannes und Hanna – das war seit Jahren ausgemachte Sache! Die zwei gehörten zusammen, daran hatte es bisher nach Inges Empfinden nie einen Zweifel gegeben! Ebenso klar war, dass der Kuss überhaupt nichts zu bedeuten hatte. Johannes war sturzbetrunken gewesen, er hatte gar nicht gewusst, was er da tat.

Sie war so tief in Gedanken versunken, dass sie auf dem Weg zurück nach oben fast in ihn hineingelaufen wäre. Er stand vor ihrer Küchentür, fertig angezogen, frisch rasiert, das Haar noch feucht. Sein Gesicht war ernst. An seinem Kinn klebten zwei blutgetränkte Fetzchen von einem Papiertaschentuch. Offensichtlich hatte er sich beim Rasieren geschnitten, was ihm sonst selten passierte, denn er hatte eine sehr ruhige Hand.

»Können wir kurz reden?«, fragte er.

Sie nickte zögernd und bat ihn mit einer Kopfbewegung in ihre Küche. Ihr Herz klopfte heftig, und sie verfluchte sich selbst für ihre unkontrollierte Reaktion auf sein Erscheinen. »Hast du schon Kaffee getrunken?«, fragte sie, getrieben von dem Bedürfnis, ihm den Rücken zuzuwenden, damit er ihr Gesicht nicht sah. Wenn sie an der Anrichte hantierte und sich um den Kaffee kümmerte, musste sie Johannes nicht anschauen.

»Ich hatte unten bei Oma Mine schon eine Tasse, nehme aber gern noch eine.«

»Gut. Setz dich doch.« Ihre Hände zitterten, als sie auf der kleinen Arbeitsplatte neben dem Herd etwas von dem Getreidekaffee in eine Tasse gab. Unbeholfen setzte sie anschließend den Wasserkessel auf und wartete mit gesenktem Kopf, bis es anfing zu kochen.

Johannes räusperte sich. Er war neben dem Tisch stehen geblieben, und als sie sich endlich widerstrebend zu ihm umwandte, sah sie, dass er tiefrot angelaufen war.

»Du musst dich nicht extra noch mal entschuldigen«, sagte sie hastig. »Ich hab's gestern Abend schon gehört.«

Er nickte und schluckte dabei schwer. »Ich war zwar besoffen, aber das habe ich noch mitgekriegt. Trotzdem – ich kann nicht einfach so tun, als wäre es nicht passiert.«

Ich auch nicht, dachte sie, und spürte, wie auch sie glühend rot wurde. Wenn *er* sich schon so für seine Entgleisung schämte, was sollte denn dann sie selbst erst sagen? Schließlich hatte sie den Kuss voller Inbrunst erwidert, und anders als Johannes war sie dabei nicht im Geringsten betrunken gewesen, sondern hellwach und bei klarem Verstand. Oder nein, vielmehr anscheinend *nicht* bei Verstand, aber das wollte sie jetzt nicht weiter vertiefen, nicht mal gedanklich.

»Wir sollten keine Staatsaffäre daraus machen«, sagte sie. Es klang ein wenig schroff. »Außer uns weiß es keiner, und dabei wird es auch bleiben. Wir haken es einfach ab und reden nicht mehr drüber.«

»Inge, ich habe mir die halbe Nacht den Kopf zerbrochen, warum …«

Sie hob die Hand, um ihn zu unterbrechen. »Das liegt doch auf der Hand.«

Er wirkte verwirrt und völlig durcheinander. »Was meinst du damit?«

»Meine Ähnlichkeit mit Mama. Du warst schwer betrunken, es war ziemlich dunkel, und da dachtest du einfach für einen Moment, dass …« Sie brach ab. Zu ihrer Erleichterung ertönte in diesem Moment das durchdringende Pfeifen des Wasserkessels, ein willkommener Grund, den Satz nicht beenden zu müssen.

Sie goss Wasser in die Kaffeetasse und stellte sie auf den Küchentisch. »Bitte sehr«, sagte sie mit abgewandtem Gesicht.

»Inge …« Johannes griff nach ihrer Hand, doch sie zog sie rasch weg, sodass es bei einer flüchtigen Berührung blieb. Der kurze Kontakt mit seinen Fingern schien eine sengende Spur auf ihrer Haut zu hinterlassen.

»Lass es uns einfach vergessen!«, entfuhr es ihr. Mühsam beherrscht schloss sie: »Wir beide haben für einen Moment den Kopf verloren, so was kann schon mal passieren. Wir sagen es keinem, dann ist alles in Ordnung.«

»Es war ganz allein meine Schuld«, widersprach er. »Wenn ich nicht damit angefangen hätte …«

»Das ist doch jetzt egal.«

»Aber ich hätte nicht …«

»Hör auf, ich will nicht mehr drüber reden.« Fast verzweifelt setzte sie hinzu: »Liebe Güte, wie spät es schon ist, ich muss ja zur Arbeit!« Sie sagte es aufs Geratewohl und ohne auf die Uhr zu schauen, und im nächsten Augenblick flüchtete sie auch schon nach nebenan ins Wohnzimmer, wo sie bereits ihr Bettzeug weggeräumt und das Sofa zusammengeklappt hatte. Sie schnappte sich ihre Handtasche und warf dabei versehentlich eines der Leseexemplare herunter, die sie aus der Buchhandlung mitgebracht hatte. Hastig hob sie es auf und legte es zurück auf den Tisch. Ihre Absicht, das Buch baldmöglichst an Johannes weiterzureichen, schien ihr plötzlich bedeutungslos, ein Vorhaben aus einer anderen Welt, einer anderen Zeit.

Ohne sich noch einmal zu ihm umzudrehen, eilte sie durch das Zimmer ihrer Schwester hinaus in den schmalen Flur und von dort die Treppe hinab. Unten sah sie durch Mines offene Küchentür ihren Vater und ihre Großmutter am Tisch sitzen. Karl hatte Spätschicht, er musste erst am Nachmittag zur Zeche. Beide hatten Holzbrettchen vor sich liegen und waren emsig mit dem Kleinschneiden von Essensresten und Küchenabfällen beschäftigt, darunter Käserinde, Speckschwarte und Gemüseschalen – selbst hergestelltes Futter für die Hühner im Stall hinterm Haus.

Mit einem kurzen Morgengruß nahm Inge ihren Mantel von der Garderobe im unteren Flur, wickelte sich ihren Schal um den Hals und hängte sich die Tasche über die Schulter, ehe sie fluchtartig das Haus verließ. Bevor sie die Haustür hinter sich zuzog, riskierte sie einen letzten Blick nach oben, doch von Johannes war nichts mehr zu sehen.

*

Er stand oben im Flur und lauschte dem Geräusch der zufallenden Haustür nach. An dem Muckefuck hatte er nur genippt, er befürchtete, sich sonst übergeben zu müssen. Schon die eine Tasse unten bei Mine hatte seinen Magen rebellieren lassen. Er konnte sich nicht erinnern, je einen so schlimmen Kater gehabt zu haben.

Vorsichtig rieb er sich die Schläfen und verfluchte die Kopfschmerzen, die ihm die gestrige Sauferei beschert hatte. Wie viel Uhr war es wohl gewesen, als er endlich den Rückzug aus der Kneipe angetreten hatte? Auf alle Fälle nach der Sperrstunde, der Wirt hatte alle anderen schon rausgeworfen. Johannes hatte nur deshalb länger bleiben können, weil er zu der Zeit gerade auf dem Pissoir gewesen war und der Wirt ihm anschließend noch einen letzten Kurzen genehmigt hatte. Sie kannten sich gut, und der Wirt schätzte ihn sozusagen als Stammkunden. Nicht etwa, weil Johannes sich so oft am Tresen herumtrieb – es kam höchst selten vor, dass er mehr als zwei Pils trank –, sondern weil er regelmäßig den Versammlungsraum für lokale Gewerkschaftssitzungen buchte.

Folglich hatte er mit dem Wirt noch einen getrunken, vielleicht auch zwei oder drei, und sie hatten über Fußball und Politik geredet, oder besser gesagt: Der Wirt hatte zugehört, und Johannes hatte mehr oder weniger redselig herumschwadroniert, so wie die meisten Betrunkenen es taten. Er wusste nicht mehr ganz genau, was er alles erzählt hatte, aber ganz sicher war es nicht sonderlich unterhaltsam gewesen, weshalb es nicht weiter verwunderlich war, dass der Wirt irgendwann erklärt hatte, nun müsse aber endlich Schluss sein.

Danach war Johannes mit ziemlicher Schlagseite nach Hause gewankt und hatte sich angestrengt, im Flur und auf der Treppe nicht allzu viel Krach zu veranstalten, doch dann hatte auf einmal Inge dagestanden. Schön wie ein Engel und so begehrenswert in ihrem halb durchsichtigen Nachthemd, dass er schon bei ihrem Auftauchen kaum die Hände bei sich behalten konnte. Und dann dieser Kuss …

Johannes hatte immer noch Schwierigkeiten damit, es in aller Konsequenz zu begreifen, doch als er heute früh nach bleiernem, aber viel zu kurzem Schlaf erwacht war, hatte er nicht lange gebraucht, um sich ein paar Dinge klarzumachen.

Wann zum Teufel hatte er angefangen, mehr in ihr zu sehen als die angeheiratete kleine Cousine? Wann war aus dem ernsthaften, kulturbeflissenen jungen Mädchen diese unwiderstehliche Frau geworden?

Ganz offenkundig spätestens letzte Nacht.

Das war allerdings nur ein Teil der Wahrheit. Der andere bestand darin, dass es schon früher begonnen haben musste. Er wusste bloß nicht so genau, wann, denn niemals hatte er solche Anwandlungen bewusst an sich herangelassen. Nicht mal im Traum wäre er auf die Idee gekommen, sich als Mann für sie zu interessieren. Ihr körperliches Erscheinungsbild hatte er, so attraktiv es unbestreitbar war, immer nur aus der Distanz als vermeintlich objektiver Betrachter wahrgenommen, etwa so, wie man auch hübsche Mannequins auf den Titelblättern der Modezeitschriften bewunderte, oder reizvolle Schauspielerinnen im Film.

In Gedanken ging er weiter zurück und versuchte, sich an Momente zu erinnern, in denen er vielleicht mehr in ihr gesehen hatte, aber ihm fiel kein konkretes Ereignis ein, an dem er es hätte festmachen können. Außer vielleicht damals, an jenem Tag, als sie ihre Verlobung verkündet hatte. Sie hatte beim Abendessen den Ring an ihrem Finger präsentiert und dabei gestrahlt wie die Sonne, und alle hatten ihr gratuliert, er selbst als Erster.

Die Freude dieses Abends haftete noch in seinem Gedächtnis. Aber ebenso der Stich, den Inges Neuigkeit ihm versetzt hatte. Es war wie ein kurzer Hieb in den Magen gewesen, gefolgt von einem dumpfen Widerwillen, den er jedoch auf der Stelle unterdrückt hatte. Im Nachhinein hatte er sein Missfallen darauf geschoben, dass Inge nun bald heiraten und ausziehen werde, was automatisch die Frage nach sich zog, wie es künftig zu Hause ohne ihre Hilfe weitergehen sollte. Doch fast im selben Atemzug hatte sie erklärt, vor Peters Examen auf keinen Fall heiraten zu wollen, womit seine Bedenken erst einmal ausgeräumt waren.

Aber das Unbehagen war geblieben, und danach hatte es seltsamerweise keine drei Wochen gedauert, bis er mit Hanna zusammengekommen war. Katharina war zu jener Zeit fast vier Jahre tot gewesen, und Hanna hatte ihn schon seit einer ganzen Weile spüren lassen, dass sie mehr wollte. Es war die Art gewesen, wie sie ihn angesehen hatte, manchmal auch eine zufällig wirkende Berührung …

Irgendwann war er darauf eingegangen, und als er wenig später mit einem Verlobungsring bei ihr aufgekreuzt war, hatte sie spontan Ja gesagt.

Johannes horchte in sich hinein und versuchte zu ergründen, welche Emotionen ihn damals beherrscht hatten. Gewiss keine Liebe, jedenfalls nicht die Art von überwältigendem Gefühl, das er für Katharina empfunden hatte. In dem Punkt trafen Hannas Vorwürfe leider zu, und er respektierte sie viel zu sehr, um ihr etwas vorzulügen – zumal sie es ohnehin nicht geglaubt hätte. Trotzdem hatte er die Beziehung mit ihr nie bereut.

Im Bett war es von Anfang an gut gelaufen, sie hatten viele angenehme und erfüllte Stunden miteinander verbracht. Auch sonst harmonierten sie in fast allen Bereichen. Sie hörten einander zu, wenn sie von ihrer jeweiligen Arbeit erzählten, sie mochten dieselben Filme und liebten beide die französische Küche. Manchmal schien Hannas Geschmack ihm ein bisschen zu extravagant, vor allem in der Kunst und der Mode, doch das störte ihn nicht weiter, sowie auch sie umgekehrt gut damit zurechtkam, dass er sich beruflich dem Kampf gegen das unternehmerische Establishment verschrieben hatte – genau die Art von Leuten, aus denen sich ihre zahlende Kundschaft größtenteils zusammensetzte.

Hanna war humorvoll, tolerant und liebenswert, und er konnte sich glücklich schätzen, dass sie ihn ausgewählt hatte. Der Altersunterschied hatte ihn nie gestört, nicht mal ansatzweise, genauso wenig wie damals bei Katharina. Er mochte und schätzte Hanna und genoss die Zeit mit ihr.

Aber es war nun mal nicht dasselbe wie früher mit Katharina. Und auch nicht dasselbe wie jetzt auf einmal mit Inge.

Sosehr ihn diese neuen Gefühle auch verstörten und beschämten – er konnte sich nicht dagegen wehren, sie hatten ihn überrollt wie eine Naturgewalt. Fast so wie damals, als ihn unter Tage die Steinlawine erwischt hatte. Unaufhaltsam, unvorbereitet, urplötzlich.

Mit ihrer Annahme, er habe sie nur geküsst, weil er sie in jenem Moment mit Katharina verwechselt habe, hätte Inge gar nicht falscher liegen können.

Viele betonten zwar die vermeintliche Ähnlichkeit zwischen Mutter und Tochter, aber das zeigte nur, dass diese Leute Inge gar nicht wirklich kannten. Jedenfalls nicht so wie er. Katharina war völlig anders gewesen, nicht nur äußerlich.

Geradlinig, selbstbewusst und unbeugsam – so war sie stets ihrer Vision von einer besseren Zukunft gefolgt.

Nicht, dass Inge weniger tatkräftig und diszipliniert gewesen wäre, im Gegenteil – manchmal erschien sie Johannes wie der Inbegriff aufopferungsvollen Pflichtbewusstseins, unerschütterlich in ihrer Bereitschaft, die eigenen Bedürfnisse denen ihrer Familie unterzuordnen. Doch von ihrer ganzen Art her war sie deutlich introvertierter und weniger impulsiv als Katharina. Und obwohl sie genauso lange zur Schule gegangen war wie ihre Mutter, war Inge um einiges gebildeter, denn sie war schon immer ein regelrechter Bücherwurm gewesen. Johannes kannte keinen Menschen, der so viel und ausdauernd las wie sie. Wann auch immer sie ein paar freie Minuten hatte, steckte sie ihre Nase in ein Buch, es musste stets ein Stapel in Reichweite liegen …

Das Radio lief noch, Inge hatte aufgrund ihres überstürzten Aufbruchs vergessen, es auszumachen. Die Zeitansage des Nachrichtensprechers riss ihn aus seinen Gedanken, und er stieß einen saftigen Fluch aus – wegen seiner anhaltenden Grübelei würde er sich nun verspäten.

Doch als er kurz darauf im Auto saß und zur Arbeit fuhr, dachte er immer noch an sie. Und mit einem Mal erkannte er, dass sein Leben gerade im Begriff war, gründlich den Bach runterzugehen.

Kapitel 8

Inge war den ganzen Tag über nervös gewesen, schon bei der Arbeit hatte sie sich schlecht konzentrieren können, und später zu Hause hatte sich ihre Unruhe sogar noch gesteigert. Sie hatte Jakob wie jeden Mittag zum Spielen rausgeschickt und Bärbel gebeten, die Wäsche aufzuhängen, bevor sie mit dem Bus in die Innenstadt gefahren war, und hier lief sie nun seit zwei Stunden mehr oder weniger ziellos herum und versuchte, sich mental auf die Begegnung mit Peter vorzubereiten. Sie wollten sich um vier im Overbeck treffen.

Sie hatte ihn Anfang Februar das letzte Mal gesehen, er steckte bis über beide Ohren in seinen Examensvorbereitungen. Zwischendurch hatte er sie regelmäßig angerufen, dann stand sie jedes Mal unten im Flur vor dem Apparat, der an der Wand angebracht war, drei Schritte neben Mines offener Küchentür. Den Hörer fest ans Ohr gedrückt, sprach sie mit ihm und spielte ihm eine heile Welt vor. Sie berichtete, was sie gerade so tat – meist aufräumen, putzen oder nähen –, und ließ sich von ihm erzählen, wie es momentan in Münster lief. Er paukte offenbar von früh bis spät und schaffte es nur noch selten vor die Tür. Daher konnte er es kaum erwarten, endlich mal wieder nach Hause zu kommen, wenigstens noch ein einziges Mal, bevor es mit den Prüfungen losging.

Und jetzt war er auf einmal da und wollte über Ostern bleiben. Am Morgen hatte er sie von Münster aus in der Buchhandlung angerufen und sein Kommen angekündigt.

»Mir fällt hier die Decke auf den Kopf, ich muss mal raus. Du fehlst mir so! Soll ich dich von der Arbeit abholen? Wenn ich richtig auf die Tube drücke, kann ich es bis Mittag schaffen.«

»Nein, wir treffen uns lieber nachmittags in der Stadt, ich muss da heute noch dringend ein paar Sachen erledigen.«

Das war ihm auch recht, er meinte, so könne er vorher noch bei seinen Eltern reinschauen und seine Dreckwäsche dort abladen. Dann hatte er ihr am Telefon seine Liebe beteuert, und sie war erleichtert gewesen, dass es in diesem Moment an der Haustür geklingelt und sie damit einen Grund gehabt hatte, das Gespräch ohne eine Antwort rasch zu beenden.

Und nun lief sie schon seit einer Weile durch die Essener Innenstadt und konnte während ihrer Besorgungen an nichts anderes denken als den verfluchten Kuss. Es war sechs Wochen her, sie hätte es längst vergessen sollen, so wie Johannes es auch getan hatte. Er verhielt sich so, als sei gar nichts passiert, abgesehen davon, dass er ihr in letzter Zeit aus dem Weg ging. Doch das konnte ihr nur recht sein, denn so ließen sich peinliche Situationen am ehesten vermeiden. Je seltener sie einander begegneten, desto besser ließ sich das Vorgefallene verdrängen.

Sie musste diese Nacht aus dem Kopf kriegen, möglichst schnell und endgültig. Der Kuss hatte schließlich keinerlei Bedeutung gehabt, weder für Johannes noch für sie selbst.

Und während sie ihre Einkäufe tätigte, kristallisierte sich in ihr allmählich die Erkenntnis heraus, dass es nur einen vernünftigen Weg gab, die Zukunft in die richtige Bahn zu lenken: Sie musste endlich heiraten und ausziehen. Nur so würde sie diese verdammte innere Unruhe und die verstörenden Gedanken loswerden. Mit Peter konnte sie das schaffen. Ein neues Leben an der Seite des Mannes, der sie schon seit so vielen Jahren aufrichtig liebte – das war die einzige Lösung. Und außerdem war es das, was alle Welt von ihr erwartete.

Und überhaupt – wie lange wollte sie es denn noch hinausschieben? Bis Jakob erwachsen war und sie nicht mehr brauchte? Nein, die richtige Zeit war genau jetzt. Peter kam in wenigen Wochen endgültig zurück nach Essen, und dann musste der Termin für die Hochzeit stehen. Sie hatte es ihm fest versprochen.

Der Juni wäre ein passender Monat zum Heiraten. Da war das Wetter meist warm und sonnig, alles grünte und blühte, und sie konnten im Garten von Peters Eltern feiern, so wie er es sich wünschte. Mit Sekt und Kanapees und diversen Gästen aus der Essener Hautevolee, die sie nur flüchtig kannte, aber natürlich auch mit ihren gemeinsamen Freunden und den Menschen, die sie selbst liebte und mochte. Bärbel, Jakob, Mine und Karl, Hanna, Johannes, Stan und Renate, Agathe und Brigitte …

Es würde ganz sicher ein wundervolles Fest werden!

Gedankenversunken klapperte sie die unterschiedlichen Geschäfte ab, von Cramer und Meermann über Loosen bis hin zu Boecker. Sie kaufte Nähzeug und Stoff im Sonderangebot bei Friedrich Arens und schlenderte zum Abschluss ihres Einkaufsbummels durch die Feinkostabteilung von Althoff, wo sie überlegte, welcher Champagner und welche Arten von Delikatessen zu einem Hochzeitsempfang passten. Sie selbst hätte hier ganz sicher nichts bestellt, aber Peters Eltern bestanden darauf, die Feier auszurichten und alle Kosten zu tragen. Von daher spielte es keine Rolle, jedenfalls hatte Peter das mehrfach betont, und falls sie selbst keine Lust hätte, Getränke und Speisen auszuwählen, würde seine Mutter das nur zu gern übernehmen.

Das Warenangebot erschlug einen förmlich. In den letzten Jahren hatte es sich immer mehr erweitert. Es gab Dinge zu kaufen, von denen man in den ersten Jahren nach dem Krieg nur hatte träumen können, auch wenn das meiste, was hier auf

Tischen und in Regalen im Überfluss bereitstand, immer noch viel zu teuer war.

Ein Blick auf ihre Armbanduhr entlockte ihr einen unterdrückten Fluch – sie war spät dran! Peter wartete sicher schon auf sie!

Das Café Overbeck war wie immer gut besucht. Die Leute gönnten sich nach ihren Einkäufen in der Essener Innenstadt gern ein Stück leckere Torte oder echten Bohnenkaffee, auch wenn es für die allermeisten ein besonderes Ereignis blieb. Peter, dessen Eltern zu den begüterten Essener Bürgern zählten, hatte Inge schon in ihrer Jugend gelegentlich hierher ausgeführt, und auch heute gingen sie immer noch gern in das traditionsreiche und edel eingerichtete Café in der Kettwiger Straße.

Tatsächlich war Peter schon da, als sie eintraf. Er winkte ihr zu, und sie eilte an seinen Tisch.

»Tut mir leid, ich bin zu spät«, entschuldigte sie sich.

»Ach, die paar Minuten!« Er stand auf und half ihr aus dem Mantel, den er der Bedienung reichte. Die Einkaufstüten nahm er ihr ebenfalls ab und deponierte sie auf dem Boden neben dem Tisch. Anschließend küsste er Inge kurz, aber nachdrücklich auf die Lippen, bevor er ihr den Stuhl zurechtrückte. Wie unabsichtlich ließ er seine Hand über ihren Nacken und ihren Rücken gleiten, ehe sie Platz nahm. Er beugte sich zu ihr herunter und streichelte mit den Fingerknöcheln ihre Wange und ihren Hals.

»Ich habe dich so unendlich vermisst, Liebling!«, flüsterte er ihr ins Ohr.

Sie nickte und lächelte peinlich berührt, denn sie fühlte sich wie auf dem Präsentierteller. Die Leute an den Nachbartischen starrten herüber, als würden sie begierig auf weitere intime Berührungen warten.

Immer noch verlegen gab sie bei der Servierdame ihre Bestellung auf. Sie hatte Schwierigkeiten, Peter in die Augen zu schauen, obwohl sie seine sehnsüchtigen Blicke auf sich spürte.

Er saß ihr gegenüber und nahm ihre Hände in seine.

»Ich streiche schon die Tage im Kalender durch«, sagte er. »Das verdammte Examen. Gut, dass ich es jetzt bald in der Tasche habe. Noch länger ohne dich, und ich hätte das ganze Studium hingeschmissen.«

»Ach, Unsinn, das ist nur der Prüfungsdruck, der macht dich fertig«, wehrte sie ab.

Die Bedienung brachte den Kakao, den Inge sich bestellt hatte, und dazu ein Stück Käsekuchen. Widerstrebend ließ Peter ihre Hände los, damit sie essen und trinken konnte. Er selbst hatte ein halb aufgegessenes Stück Apfelkuchen vor sich stehen und daneben ein Kännchen Kaffee. Er schenkte sich nach und rührte Milch und Zucker hinein, während er Inge liebevoll betrachtete.

Fast verzweifelt fragte sie sich, warum sie sich plötzlich so in die Enge getrieben fühlte, doch als er im nächsten Moment die erwartete Frage stellte, wusste sie es.

»Hast du dir schon einen Termin überlegt?«, erkundigte er sich.

Ja, Juni wäre nicht schlecht – das hätte sie ihm jetzt antworten müssen. Immerhin hatte sie doch gerade erst während ihres Einkaufs entschieden, ihn nicht länger hinzuhalten, sondern sich endlich festzulegen.

Stattdessen begann sie herumzustottern. »Peter, ich … Wenn zwei Menschen heiraten, dann sollten sie sich hundertprozentig sicher sein … Ich meine, dann darf doch keiner von beiden auch nur im Geringsten … Es wäre einfach falsch, wenn Zweifel bestehen oder Bedenken …«

»Was redest du denn da?«, fiel er ihr ins Wort. Entgeistert blickte er sie an.

Sie merkte, dass sie rot anlief, und ohne nachzudenken

platzte sie heraus: »Ich habe einfach nicht mehr das Gefühl, dass wir wirklich zusammengehören. Es wäre ein Fehler, dich unter dieser Prämisse zu heiraten.«

Während sie selbst errötet war, wurde er hingegen kreidebleich. Schweigend starrte er sie an, dann holte er mühsam Luft.

»Irgendwer hat es dir erzählt, oder? War *sie* es? Hat Diana dich angerufen? Verflucht, ich werde ihr den Hals umdrehen!« Beschwörend griff er nach Inges Händen und hielt sie fest. »Es ist vorbei, glaub mir! Ich habe Schluss gemacht, vor zwei Wochen schon! Und so lange lief es ja auch gar nicht – die paar Monate! Sie hat mir überhaupt nichts bedeutet, ganz egal, was sie behauptet!«

Inge brauchte einige Sekunden, um zu begreifen, was er da erzählte.

»Du hattest eine Affäre«, stellte sie fest. Es klang eher erstaunt als erschrocken. Sie horchte in sich hinein und versuchte, ihre Gefühle zu ergründen. Natürlich war sie bestürzt und gekränkt, nie hätte sie erwartet, dass er sie betrog. Aber sie verspürte auch einen Hauch von Erleichterung, denn plötzlich war dadurch alles ganz einfach. Die Wahrheit verlor auf einen Schlag ihren Schrecken. Die plötzliche Einsicht war ganz banal: In Wirklichkeit hatte sie nie einen Termin festlegen wollen, ebenso wenig, wie sie diese Heirat wollte. Schon lange hatte sie einen Rückzieher machen wollen, sich aber nicht getraut, weil sie unfähig gewesen war, es sich einzugestehen.

Sie verwünschte sich rückblickend für ihr Zaudern und ihre Unentschlossenheit. Wie lange sie diese Beziehung aufrechterhalten hatte, obwohl längst absehbar gewesen war, dass sie ihn nicht genug liebte! Welche Steine sie sich selbst in den Weg gelegt hatte, nur weil sie die Augen vor der Wahrheit verschlossen hatte!

Sie konnte sich lediglich zugutehalten, dass sie ihn nicht hatte verletzen wollen.

Sanft, aber entschieden entzog sie ihm ihre Hände.

»Du hast es gar nicht gewusst!« Sein fassungsloser Gesichtsausdruck ließ erkennen, wie schockiert er über sein spontanes Geständnis war. Er hätte es ihr einfach verschweigen können, sie hätte es nie herausgefunden. Stattdessen hatte er ihr auf dem Silbertablett das Schwert dargeboten, mit dem sie ihrer Beziehung den Todesstoß versetzen konnte, ohne Rechtfertigung, ohne schlechtes Gewissen.

»Inge, du musst mir glauben, dass sie mir völlig gleichgültig war!«

»Warum hast du denn dann überhaupt was mit ihr angefangen?« Sie konnte sich die Frage nicht verkneifen, obwohl es letztlich keine Rolle mehr spielte.

Er fuhr sich in einer hilflosen Geste durchs Haar. »Weil ich so verdammt einsam war! Die ganze Zeit in Münster, Tag und Nacht immer nur pauken … Ich war so allein! Himmel, ich bin doch auch nur ein Mann! Es tut mir wahnsinnig leid, Liebling!«

»Peter …«

Er ließ sie nicht zu Wort kommen. »Du musst meine Entschuldigung annehmen! Ich schwöre bei allem, was mir heilig ist, dass ich mich in Zukunft besser benehme! So was wird nie wieder vorkommen, darauf hast du mein Wort! Wenn wir erst verheiratet sind, gibt es dafür ja auch keinen Grund mehr«, schloss er.

»Peter, ich kann dich nicht heiraten.« Ihre Stimme klang nüchtern, obwohl es ihr ins Herz schnitt, ihn so aufgewühlt zu sehen.

»Nur wegen diesem einen Ausrutscher?«, begehrte er auf. »Das kann nicht dein Ernst sein! Mein Herz gehört allein dir, Inge! Es hat dir schon immer gehört, seit dem allerersten Tag!«

Sie spürte, wie ihr die Tränen kamen, denn sie musste an damals denken, jenes Jahr, in dem sie fünfzehn gewesen war. Er hatte ein Herz für sie in einen Baum geritzt, und dazu die Anfangsbuchstaben ihrer Vornamen, und dann hatte er sie zum ersten Mal geküsst. Später, als sie dann richtig miteinander gegangen waren, hatte er ihr gestanden, dass er sie schon an diesem Tag wie verrückt geliebt hatte.

»Du bist die eine für mich«, schloss er leise. »Es wird nie eine andere geben.«

Es schnürte ihr die Kehle zu, denn sie ahnte, dass er auf gewisse Weise die Wahrheit sagte. Die Affäre war in seinen Augen offenbar tatsächlich bedeutungslos, eine Bagatelle, nicht weiter wichtig. So schnell vergessen, wie er sie begonnen hatte.

Aber galt für besagte Diana dasselbe? Vielleicht hatte sie sich viel mehr davon versprochen. Ganz sicher sogar, denn sonst wäre er ja gar nicht erst auf die Idee gekommen, dass sie Inge angerufen haben könnte. Warum hätte sie das tun sollen, wenn ihr Peter genauso gleichgültig war wie sie angeblich ihm?

»Diese Diana«, sagte sie ruhig. »Sie liebt dich, oder?«

»Das bildet sie sich nur ein. Ich sagte doch, sie ist mir völlig egal.«

Daraus ließ sich wiederum nur der Schluss ziehen, dass es Peter nicht weiter störte, mit den Gefühlen einer Frau zu spielen, wenn es zufällig gerade seinen Bedürfnissen entgegenkam. Inge unterdrückte den Impuls, ihm das vorzuhalten. Sie wollte die Diskussion nicht sinnlos verlängern.

»Und im Bett war sie kein Vergleich mit dir!«, beteuerte Peter.

Ihre Miene gefror zu Eis, was ihm nicht entging.

»Bitte verzeih, das war taktlos«, entschuldigte er sich.

»Darauf kommt es jetzt auch nicht mehr an.« Sie zog sich

den Verlobungsring vom Finger und legte ihn vor Peter auf den Tisch. »Es tut mir leid«, sagte sie leise.

Sie hätte die eigentlichen Gründe anführen können. Ihm erklären können, dass es sich für sie nie so angefühlt hatte, als sei er die Liebe ihres Lebens. Die ganzen Jahre über hatte sie geglaubt, das gebe es sowieso nur im Roman oder im Film, diese besondere, himmelstürmende Liebe, und dass das wahre Leben völlig anders sei. Viel zu alltäglich und pragmatisch, um solche Gefühle für eine Frau bereitzuhalten. Wer vom Gegenteil ausging, der hatte zu viele Liebesgeschichten gelesen und irrte sich gründlich.

Doch in diesem Augenblick, als sie Peter den Verlobungsring zurückgab, wusste sie es besser. Dass sie ihn nicht genug liebte, war nur einer der beiden Gründe, warum sie ihn nicht heiraten konnte, und nicht einmal halb so wichtig wie der zweite.

Aber eher hätte sie sich die Zunge abgebissen, als Peter diesen Grund zu verraten. Jede Ehrlichkeit hatte ihre Grenzen.

Als sie vom Tisch aufstand, blickte sie bedauernd und ein wenig traurig auf ihn hinunter. Sie sah sein bestürztes, gequältes Gesicht, und es tat ihr weh, dass sie ihm das antun musste, gerade jetzt, so kurz vor seinem Examen. Doch es ging nicht anders. Sie steckten beide in einer Sackgasse fest, aus der heraus kein Weg mehr in eine gemeinsame Zukunft führte.

»Wiedersehen, Peter«, sagte sie. »Ich wünsche dir alles Gute.« Sie schickte sich an, ihr Portemonnaie aus der Handtasche zu nehmen, um ihm Geld für ihren Kakao und den Käsekuchen dazulassen, schließlich war er nun nicht mehr ihr Verlobter.

»Lass das doch«, sagte er nur. Seine Stimme klang bitter.

Sie nickte und zwang sich zu einem dankbaren Lächeln. Dann nahm sie ihre Einkaufstüten und ging mit raschen Schritten zur Garderobe. Einen Moment lang befürchtete sie, Peter werde ihr folgen und ihr in den Mantel helfen, um so noch eine Gelegenheit herbeizuführen, ihr die Trennung auszureden. Doch als sie flüchtig zurückblickte, saß er bewegungslos am Tisch und sah ihr wie versteinert nach, während sie mit gesenktem Kopf zum Ausgang strebte.

*

Mine bedachte das Huhn mit lauten Verwünschungen, während es flatternd und gackernd über den Hof rannte und dabei immer ein Stück außerhalb ihrer Reichweite blieb.

»Du Pissflitsche! Du Rabenaas! Bleibsse wohl stehn, sonst tritt ich dich inne Fott!«, schrie sie erzürnt. Sie schüttelte die Faust mit dem Beil, als könnte sie so das Huhn dazu bewegen, endlich innezuhalten und sich fangen zu lassen, doch es dachte gar nicht daran. Wahrscheinlich wusste es genau, was ihm blühte. Schließlich hatte sie es vorhin schon in den Fingern gehabt, ihre Arthrose hatte ihr nur leider einen Strich durch die Rechnung gemacht. Das Biest war ihr entwischt.

Eigentlich hätte Karl das Huhn schlachten können, er hatte starke Arme und eine ruhige Hand. Aber er brachte es genauso wenig fertig wie die Mädchen. Johannes hatte weniger Probleme damit, er hatte schon diverse Hühner für Mine geschlachtet, doch er war noch nicht von der Arbeit zurück. Bestimmt würde es wieder später werden. In der letzten Zeit war er viel unterwegs, öfter als sonst.

Das Huhn sprang vom Hof den Abhang hinunter und flüchtete sich in den Garten. Mine wollte ihm nachsetzen, spürte jedoch auf einmal ein Stechen in der Herzgegend und ließ es sein. Sie setzte sich auf einen der Stühle, die Karl mitsamt dem Gartentisch in der vergangenen Woche aus dem Schuppen geholt hatte. Inzwischen war der Frühling eingekehrt, Ostern stand vor der Tür, und die Tage wurden sonniger und wärmer. Mine hielt sich nun wieder häufiger im Freien auf, da, wo sie ihrem Garten am nächsten war.

Tief durchatmend drückte sie die Hand gegen ihren Brustkorb, an die Stelle, wo ihr Herz stolpernd und stockend nach dem richtigen Takt suchte. Der Arzt hatte ihr gesagt, dass sie wohl einen Infarkt erlitten hatte, an jenem Tag vor drei Wochen, als sich ihr linker Arm plötzlich taub angefühlt und bis in die Schulter hinauf wehgetan hatte. Sie hatte schlecht Luft bekommen und Übelkeit verspürt, aber nach einem Glas Aufgesetzten und einem starken Kaffee (richtigem Kaffee, kein Muckefuck) hatte der Schmerz nachgelassen, und am nächsten Tag hatte sie sich fast wieder normal gefühlt. Abgesehen von dem Herzstolpern, das davon zurückgeblieben war, und einer allgemeinen Schwäche, die bei der kleinsten Anstrengung schlimmer wurde.

Deshalb hatte sie sich schließlich dazu aufgerafft, doch noch zum Arzt zu gehen, obwohl es ihr widerstrebte. Denn sobald man sich beim Doktor blicken ließ, entdeckte er garantiert irgendeine Krankheit und verschrieb einen Haufen Tabletten, die man dann ständig schlucken musste.

Und genauso war es in ihrem Fall eingetroffen. Der Arzt hatte ihr ein Mittel aufgeschrieben und ihr außerdem dringend empfohlen, sich zu schonen, damit die alte Pumpe es noch eine Weile machte.

Natürlich hatte er es nicht mit diesen Worten ausgedrückt, der Herr Doktor, dafür war er zu vornehm. Wenn sie gewusst hätte, dass *er* sie behandeln würde, wäre sie wahrscheinlich gar nicht erst hingegangen. Doch ihr eigentlicher Arzt hatte Urlaub, also war sie bei der Vertretung vorstellig geworden, ohne dabei zu ahnen, dass sie ausgerechnet bei Katharinas einstigem Liebhaber landen würde. Mine hatte munkeln hören, dass er die Trennung von ihr nie richtig verkraftet hatte, und erst recht nicht ihren Tod.

Das glaubte Mine unbesehen, denn er war auf der Beerdigung gewesen. Er hatte sich zwar abseitsgehalten, aber Mine hatte von Weitem gesehen, wie er geweint hatte, und da hatte sie gewusst, dass er jener Arzt war, von dem die Leute redeten. Sein Name war ihr jedoch völlig entfallen – sofern sie diesen überhaupt je bewusst gehört hatte –, aber als sie ihm dann in seinem Untersuchungszimmer gegenüberstand, begriff sie, wer er war.

Ihm erging es ebenso, als er ihren Namen und ihre Anschrift auf dem Krankenschein las.

Er hatte es sich nicht anmerken lassen, weder bei der Untersuchung noch beim Ausstellen des Rezepts. Nur ganz am Schluss, nachdem er Mine zum Abschied die Hand gegeben und gute Besserung gewünscht hatte, war er darauf zu sprechen gekommen.

»Ich denke immer noch an Katharina«, hatte er leise erklärt. »Ich kann sie nicht vergessen.«

»Keiner von uns kann das«, hatte sie nur nüchtern erwidert, sogar ganz gegen ihre Gewohnheiten auf Hochdeutsch, aber sie hatte nicht verhindern können, dass ihre Stimme dabei zitterte. Katharina war keine Frau gewesen, die man einfach vergaß.

Mine rieb sich die Herzgegend und dachte an den Besuch beim Arzt. Herzinfarkt. Das konnte sich jederzeit wiederholen, und dann wahrscheinlich mit bösem Ausgang, so hatte der Doktor es ihr erklärt. Mine hatte es den anderen nicht erzählt, warum auch. Die hätten sich nur verrückt gemacht, und das wollte sie nicht. Es sollte einfach so weitergehen wie bisher, so war es ihr am liebsten. Sie hatte keine Angst vor dem Tod, schließlich war sie alt, und keiner würde denken, dass sie vor ihrer Zeit gestorben wäre, wenn es sie demnächst erwischte. Sie hatte ihr Leben gelebt, und die letzten Jahre waren nicht mal die schlechtesten gewesen. Sie war umgeben von Leuten, die einander mochten und sich gegenseitig schätzten, was wollte eine alte Frau mehr?

Aber die Kinder würden mit der Zeit alle aus dem Haus

gehen. Und was würde dann aus Karl werden, wenn sie nicht mehr da war? Wer würde sich um ihn kümmern? Das war das Einzige, was ihr wirklich Sorgen bereitete.

»Soll ich dat Huhn mal für Sie einfangen?«, fragte jemand über den Zaun. Es war Klaus Rabe, der Nachbarsjunge. Er trug die verschlissenen alten Sachen, die er immer zur Gartenarbeit anhatte.

»Dat wär nett«, sagte Mine. »Krisse auch wat von ab, wenn et im Kochpott is.«

»Ich tät et auch so.«

»Dat weiß ich. Kriss trotzdem wat.«

Er grinste und sprang mit einem Satz über den hüfthohen Zaun, bevor er dem entflohenen Huhn nachjagte.

»Ja, renn du nur, ich krich dich doch!« hörte sie ihn rufen, und sie musste sich ein Lachen verbeißen. Von allen Rabes mochte sie Klaus am liebsten, der Junge war schwer in Ordnung. Irgendwas mussten Elfriede und Fritz als Eltern doch richtig gemacht haben.

In der letzten Zeit sah Mine ihn häufiger hier draußen, denn zu dieser Jahreszeit gab es auf den Beeten jede Menge zu tun. Elfriede hatte sich immer schon mit der Gartenarbeit schwergetan, und Fritz war die meiste Zeit auch nicht dazu aufgelegt, ganz zu schweigen davon, dass er regelmäßig zu besoffen dafür war. Also blieb vieles an Klaus hängen, obwohl der mit seiner Arbeit auf dem Pütt schon genug am Hals hatte. Seine beiden Brüder packten zwar ab und zu mit an, aber Klaus erledigte von allen das meiste.

Er hatte sich das Huhn geschnappt und brachte es zurück. Mine stand mit der Axt in der Hand bereit und deutete auf den Hackklotz in der Ecke des Hofs, auf dem schon unzählige Hühner ihr Leben verloren hatten.

»Wär gut, wenne das Biest für mich festhalten könntest«, sagte sie.

Er schaute ein wenig skeptisch drein, und sie konnte es ihm nicht übel nehmen. Die Axt war scharf, und wer nicht hundertprozentig sicher mit dem Ding umgehen konnte, schlug auch schon mal daneben. Dumm, wenn da zufällig gerade eine Hand im Weg war.

»Lassen Sie mich dat machen«, meinte er, und sie reichte ihm bereitwillig die Axt. Fachmännisch legte er sich das Huhn auf dem Hackklotz zurecht. Mit der Linken hielt er die Flügel zusammen und drückte den zappelnden Körper des Huhns gleichzeitig gegen die Unterlage, während er mit der Axt ausholte und dem Tier mit einem gut gezielten Hieb den Kopf abschlug.

Das Blut spritzte hoch und traf ihn ins Gesicht. Damit hatte er offenbar nicht gerechnet und ließ das Huhn los. Es fiel zuckend auf den Boden, aber statt einfach tot liegen zu bleiben, lief es im wahrsten Sinne des Wortes kopflos über den Hof, während das Blut weiterhin aus dem offenen Hals spritzte. Mine grauste es bei dem Anblick, obwohl sie es schon oft genug gesehen hatte. Sie wusste, dass das bloß letzte Reflexe waren, trotzdem sah es so aus, als würde das Huhn noch leben und sich weigern, den Löffel abzugeben.

»Tut mir leid, et is mir ausse Hand gerutscht.« Klaus schaute dem hilflos herumflatternden Huhn betreten nach, während er sich mit dem Ärmel das Gesicht abwischte.

Mine zuckte nur mit den Schultern, denn sie wusste ja, dass es nach ein paar Augenblicken vorbei war. Die Sauerei würde sie später von Karl mit dem Gartenschlauch wegspritzen lassen.

Aber wenn Klaus schon mal da war und noch die Axt in der Hand hielt …

»Da wär noch en Hahn, der weg muss«, sagte sie. »Krisse auch wat von mit.«

Er grinste wieder, und sie fand, dass er ein verdammt gut

aussehender Bursche war. Bestimmt würde er den Mädchen mal den Kopf verdrehen, wenn er ein paar Jahre älter war. Falls er bis dahin aufgehört hatte, Bärbel anzuschmachten. Doch was das anging, machte Mine sich nichts vor. Er war rettungslos in die Kleine verschossen, das würde nicht so schnell aufhören, vor allem nicht, wenn Bärbel ständig mit ihm durch die Gegend zog.

»Welcher Hahn isset denn?«, wollte Klaus wissen. Er ließ den Blick über das Gehege vor dem Hühnerstall gleiten. »Der rotbraune da?«

Mine nickte. »Jau. Der geht mich zu oft auffe Hühner inne letzte Zeit.«

Klaus errötete leicht, er war in einem Alter, in dem man bei solchen Bemerkungen noch leicht verlegen wurde, obwohl es ganz normal war, junge Hähne zu schlachten, wenn sie anfingen, den ausgewachsenen Konkurrenz zu machen.

Klaus holte den protestierend krähenden Hahn aus der Schar der pickenden Hühner und machte kurzen Prozess mit ihm. Diesmal hielt er das Tier nach dem Köpfen an den Krallen hoch, bis das Zucken aufhörte und der Blutstrom versiegte.

Mine schaute zufrieden zu.

»Dat hasse gut gemacht«, lobte sie den Nachbarsjungen.

Von dem Huhn würde sie Suppe kochen, und den Hahn wollte sie im Bräter zubereiten, das würde an Ostern ein leckeres Festessen geben.

Da ertönte von oben ein abgrundtiefes Seufzen. Mine hob den Kopf. Im offenen Küchenfenster der oberen Etage stand Jakob. Der Kleine war kreidebleich. Offensichtlich hatte er alles mit angesehen. Bisher hatten sie es immer vermieden, die Hühner zu schlachten, wenn er in der Nähe war. Einmal, da war er vier gewesen, hatte er es zufällig mitbekommen und wochenlang unter Albträumen gelitten, obwohl Johannes und Inge sich alle Mühe gegeben hatten, ihm die Notwendigkeit des Vorgangs zu erklären. Wenn man Fleisch auf dem Teller haben wollte, mussten dafür Tiere sterben, anders ging es nicht. Daraufhin hatte er sich geweigert, weiterhin Fleisch und Wurst zu sich zu nehmen. Nicht sehr lange, dafür aß er es zu gern, aber das Ganze hatte ihm für eine Weile ziemlich zugesetzt.

Hinter Jakob tauchte Inge im Küchenfenster auf und sah die Bescherung. Das viele Blut auf den Steinplatten des Hofs, die geköpften Vögel, den besudelten Hackklotz.

Sie warf Mine einen anklagenden Blick zu und zog Jakob vom Fenster weg.

»Dat hätte der Kleine wohl nicht mitkriegen sollen«, bemerkte Klaus.

»Von nix kommt nix«, sagte Mine lapidar. Das Leben war nun mal kein Sonntagsspaziergang. Sie bückte sich nach den toten Tieren, dann ging sie in die Waschküche und erhitzte in dem großen Kessel einen Eimer voll Wasser, um das Federvieh fürs Rupfen einzuweichen.

Kapitel 9

Johannes kam an diesem Tag früher von der Arbeit nach Hause – eine Ausnahme, denn in der letzten Zeit hatte er viel zu tun. Nicht, dass ihn das sonderlich gestört hätte, im Gegenteil. Seit Hannas Rückzug nach Düsseldorf und dem unverzeihlichen Debakel mit Inge flüchtete er sich in alle nur erdenklichen Aktivitäten, weil es ihm half, die privaten Schwierigkeiten zumindest zeitweilig zu verdrängen.

Bei alledem musste er jedoch auch darauf achten, dass sein Sohn nicht zu kurz kam.

»Ich hab dir was mitgebracht«, sagte er, als er am späten Nachmittag von der Arbeit kam und den Kleinen an Mines Küchentisch fand, wo er mithilfe eines angespitzten Bleistifts und eines Geodreiecks säuberliche Linien auf Millimeterpapier zog.

»Klaus hat ein Huhn und einen Hahn ermordet«, sagte Jakob ohne aufzublicken. »Mit dem Beil. Das Huhn ist hinterher auf dem Hof rumgeflogen. Ganz ohne Kopf.«

»Du muss dat dem Jung noch mal erklären«, meinte Mine entschuldigend.

Johannes verzog das Gesicht. »Hatten wir nicht ausgemacht …«

»Ich hab nich mitgekriegt, dat er oben vonne Küche aus zugekuckt hat«, unterbrach sie ihn entnervt.

»Was hast du mir mitgebracht?«, wollte Jakob wissen.

Johannes reichte ihm das verpackte Geschenk. »Bitte sehr.«

»Ist das zu Ostern?«

»Ja.«

»Aber Ostern ist erst am Sonntag.«

»Du darfst es schon im Voraus haben.«

Der Kleine riss die Verpackung ab und betrachtete den Gegenstand interessiert. »Da sind Zahlen drauf. Was ist das?«

»Ein Rechenschieber.«

Sofort waren Huhn und Hahn vergessen, und die nächste halbe Stunde verbrachte Johannes damit, seinem Sohn den Umgang mit dem Gerät zu erklären. Jakob war Feuer und Flamme und strahlte über das ganze Gesicht.

Im Stillen beglückwünschte sich Johannes zu der Idee. Der Rechenschieber kam wesentlich besser an als die Blockflöte. Der Junge mochte ein überdurchschnittliches musikalisches Talent besitzen, aber die Mathematik reizte ihn eindeutig mehr.

So gesehen war es letztlich wohl auch gut, dass Johannes nicht überstürzt ein Klavier gekauft hatte, womöglich sogar noch auf Pump.

Nach einer Weile erklärte er, dass es nun genug sei mit dem Rechnen.

»Wir gehen noch mal raus, die Hühner füttern«, schlug er vor.

Jakob nahm es lustlos zur Kenntnis, er wäre ohne Frage lieber hiergeblieben und hätte sich mit seinem neuen Spielzeug beschäftigt. Doch Johannes achtete ebenso wie Inge darauf, dass der Junge oft genug an die frische Luft kam, sei es zum Fußballspielen auf den Bolzplatz oder auch einfach nur in den Garten.

Gemeinsam fütterten sie die Hühner. Jakob streute jedem einzelnen eine sehr großzügig bemessene Menge hin.

»Damit sie ein gutes Leben haben«, meinte er, und dazu bemühte er sich um einen tapferen Gesichtsausdruck, obwohl ihm ganz offenkundig zum Heulen zumute war. Johannes setzte seinem Sohn bei dieser Gelegenheit noch einmal behutsam auseinander, dass Hühner Nutztiere waren. Sie waren dazu da, um Eier zu legen und irgendwann in der Pfanne zu landen. Jakob strengte sich erkennbar an, es zu begreifen, aber sein butterweiches Herz machte es ihm schwer. Johannes fühlte mit ihm.

Er ging wieder mit ihm nach oben und rief bei Hanna in Düsseldorf an. Sie telefonierten in lockeren Abständen, meist zwei- oder dreimal die Woche, doch die Gespräche blieben belanglos, weil sie alle Probleme sorgfältig außen vor ließen und nur über unverfängliche Alltagsthemen plauderten. Johannes berichtete von den Tarifverhandlungen, den Delegiertentreffen und seinem letzten Termin auf dem Pütt.

Er war seit Längerem wieder mal unter Tage gewesen, um sich ein Bild von den derzeitigen Arbeitsbedingungen zu machen. Als Gewerkschafter musste er immer auf dem neuesten Stand sein. In den vergangenen Jahren hatte sich viel getan, gerade im Arbeitsschutz. Die Kumpel waren mit Selbstrettern ausgestattet und die Warnsysteme verbessert worden.

Er erzählte Hanna davon, obwohl er ahnte, dass es sie nur am Rande interessierte, so wie er sich im Anschluss mehr oder weniger nur aus Höflichkeit anhörte, was sie von der aktuellen Ausstellung in der Galerie zu berichten wusste. Sie hatte gerade mehrere Radierungen von einem preisgekrönten Künstler in der Präsentation, doch kaum hatte sie dessen Namen erwähnt, war er Johannes auch schon wieder entfallen. Mehr Aufmerksamkeit weckte sie hingegen mit ihrer Beschreibung des neuen Beleuchtungssystems, das sie im Ausstellungsraum hatte installieren lassen. Solche technischen Details hatten Johannes immer schon interessiert.

»Das musst du dir unbedingt mal ansehen, es würde dir bestimmt gefallen«, sagte sie.

Johannes fragte sich unwillkürlich, ob sie das ernst meinte oder es nur so dahingesagt hatte.

»Das würde ich sehr gern«, erwiderte er spontan. »Warum nicht gleich morgen?«

»Aber morgen ist Karfreitag«, sagte sie zögernd.

»Eben. Dein Laden ist geschlossen, ich habe frei. Und übermorgen muss ich auch nicht arbeiten. Was ist, soll ich kommen?«

Er hatte eigentlich nicht vorgehabt, sie zu fragen. *Sie* war diejenige, die Distanz brauchte, also wäre es an ihr gewesen, den ersten Schritt zu tun. Es sollte auf keinen Fall so aussehen, als wollte er ihr nachlaufen, denn er ahnte, dass er damit nur auf Ablehnung stoßen würde. Und doch sehnte er sich nach ihr, nach der vertrauten Zuneigung, nach der Normalität einer tröstlichen Zweisamkeit, die ihm so schmerzlich fehlte. Er wollte einfach wieder das Gefühl haben, dass alles im Lot war. Dass sein Leben nicht länger Kopf stand und seine Gedanken nicht mehr ständig um verbotene Gefühle kreisten. Er wollte zurückhaben, was Hanna und ihn verbunden hatte, auch wenn er nicht mehr genau wusste, ob es reichte.

»Na gut, warum nicht«, sagte sie. »Komm ruhig. Ich koch uns was Schönes.«

»Ich freu mich«, erwiderte er, und das stimmte in diesem Augenblick tatsächlich. »Ich hab dich vermisst«, fügte er leise hinzu.

»Ich dich auch«, erwiderte sie ebenso leise.

Etwas in seinem Inneren, das sich vorher wie ein harter Knoten angefühlt hatte, begann sich aufzulösen, und zum ersten Mal seit Wochen verspürte er die zaghafte Hoffnung, dass sich alles wieder in Ordnung bringen ließ.

Aber dann kam Inge vom Einkaufen nach Hause, während er noch unten im Flur telefonierte. Sie sah ihn dort stehen und wollte gleich nach oben eilen, ohne ihren Mantel auszuziehen, doch Jakob saß in Mines Küche und rief nach ihr. Sie seufzte. Rasch stellte sie die Einkäufe am Fuß der Treppe ab, zog ihren

Mantel aus und hängte ihn an die Garderobe. Und in diesem Moment fiel Johannes' Blick auf ihre Hand. Seine Augen weiteten sich ungläubig. Sie trug keinen Verlobungsring mehr! Fast hätte er den Hörer fallen lassen. Forschend sah er ihr ins Gesicht und erkannte, dass sie geweint hatte. Sie wandte den Kopf zur Seite und eilte wortlos in die Küche.

»War das Inge?«, wollte Hanna wissen. »Bitte grüß sie doch ganz herzlich von mir! Und alle anderen auch!«

»Mach ich«, murmelte Johannes.

»Gut. Dann bis morgen!«

Als er einhängte, hatte er Mühe, gegen die quälende Ungewissheit anzukämpfen, die plötzlich sein gesamtes Denken ausfüllte. Warum trug Inge den Ring nicht mehr? Und wieso hatte sie geweint?

Eigentlich hätte er jetzt rauf in sein Zimmer gehen müssen, denn die unausgesprochene Vereinbarung zwischen ihnen besagte, dass sie einander möglichst mieden. Er hätte sich auch zu Karl setzen können, der freute sich immer über Gesellschaft. Hauptsache, Inge fühlte sich nicht belästigt oder bedrängt.

Aber in diesem Moment konnte er nicht anders und folgte ihr in Mines Küche. Jakob saß dort am Tisch und hielt seinen neuen Rechenschieber in der Hand.

»Schau mal, Inge!«, sagte er voller Stolz. »Damit kann man ganz toll rechnen!« Und schon schickte er sich an, ihr vorzuführen, wie man es machte.

»Das ist ja großartig!«, sagte sie, doch es klang leicht gezwungen. »Ich weiß schon, wie es funktioniert. Wir haben früher in der Schule auch mit dem Rechenschieber gerechnet. Wo hast du diesen denn her?«

»Von mir«, sagte Johannes. »Ich dachte, daran hat er sicher mehr Spaß als an der Blockflöte.«

Sie wandte sich zu ihm um, und bestürzt merkte er, dass ihr

Anblick ihm völlig die Fassung raubte. Sie standen viel zu dicht beieinander. Mines Küche war winzig, man konnte nicht wirklich auf Abstand gehen. Johannes holte tief Luft und befürchtete dabei, dass man ihm anmerkte, wie verstörend er die Situation fand. Abermals streifte sein Blick Inges Hand, und in einer Geste, die halb verstohlen, halb trotzig wirkte, verschränkte sie die Arme so, dass man ihre Hände nicht sehen konnte.

»Wollt ihr wat essen?«, fragte Mine.

»Aber kein Huhn«, sagte Jakob vorsorglich.

»Ich hab noch keinen großen Hunger«, meinte Johannes, obwohl ihm schon längst der Magen knurrte. Aus dem Topf, der auf dem Herd vor sich hin dampfte, roch es verlockend nach frisch gekochtem Gemüse mit Mettwurst.

»Ich hab schon in der Stadt gegessen«, sagte Inge.

»Wat Richtiges oder bloß Kuchen?«, wollte Mine wissen.

»Bratwurst vom Imbiss«, behauptete Inge, und Johannes wusste genau, dass sie log.

»Ich will auch Bratwurst«, erklärte Jakob.

Mine blickte ihn strafend an.

»Ich *möchte* Bratwurst«, korrigierte der Kleine.

»Et gibt Wirsing durchenander«, belehrte Mine ihn. An Inge und Johannes gewandt, fügte sie hinzu: »Da is auch en anständiges Stück Mettwurst drin.« Ihr Blick befahl ihnen unmissverständlich, das von ihr zubereitete Essen besser nicht zu verschmähen.

»Na gut, einen Happen esse ich mit«, sagte Inge.

»Ich auch«, stimmte Johannes zu.

Und so fügte es sich, dass sie zum ersten Mal seit Wochen wieder zusammen eine Mahlzeit einnahmen. Nach einer Weile gesellte sich noch Bärbel dazu, und auch Karl, der bereits vorher gegessen hatte, kam für einen ordentlichen Nachschlag aus seinem Zimmer.

»Das riecht so gut, ich esse auch noch was«, verkündete er.

»Setz dich neben mich, Papa«, sagte Bärbel und rückte ein Stück zur Seite. »Hier ist noch Platz für dich!«

Zusammengequetscht hockten sie zu sechst um den schmalen Küchentisch und verzehrten einträchtig den Eintopf, der wie immer köstlich schmeckte.

Beim Essen erzählte Karl von seinem Arbeitstag. Zuerst hatte er in der Werksküche der Zeche ausgeholfen, dann das Grubenpferd gestriegelt und zum Schluss liegengebliebene Kohlestücke aufgeklaubt. Anschließend hatte er wie immer lange in der Waschkaue geduscht, bevor er sich auf den Heimweg gemacht hatte. Mit Stolz in der Stimme berichtete er, dass der Schichtführer ihn heute ausdrücklich gelobt hatte.

»Der hat mich gefragt, ob ich auch mal was in seinem Garten machen kann. Da hab ich gesagt, na klar, mit Gartenarbeit kenn ich mich aus.«

»Aber nich, datte dann hier nix mehr machen kanns«, stellte Mine sofort klar. »Und natürlich muss der dir dat bezahlen. Hat der davon auch wat gesacht?«

Karl runzelte nachdenklich die Stirn. »Bis jetzt nicht.«

»Ich kann mich mal mit dem unterhalten, wenn du willst«, erklärte Johannes.

»Aber mach dabei nich so'n großen Wind«, sagte Mine.

Johannes nickte, er wusste, was seine Großmutter meinte. Karls Posten als Hilfsarbeiter konnte ganz schnell weg sein, wenn sich jemand von der Gewerkschaft einmischte, denn Karl hatte die Stelle nur über Beziehungen um drei Ecken bekommen – Johannes kannte einen, der wiederum einen kannte, der mit dem Steiger von Zeche Hermann verwandt war, und der hatte Karl schlussendlich die Stelle verschafft. Eigentlich brauchte man dort niemanden wie ihn, von daher war es ein einmaliger Glücksfall für Karl, denn die Arbeit tat ihm gut. Sie stärkte sein Selbstbewusstsein und sorgte dafür, dass er zufrieden und ausgeglichen war.

»Ich mach das ganz inoffiziell«, versicherte Johannes.

»Und nich für mehr als drei, vier Stunden die Woche«, fügte Mine hinzu. »Damit er noch genuch Zeit für unsern Garten hat. Einer muss mir ja hier helfen, wenn ihr alle ausgezogen seid.«

Es klang eher resigniert als vorwurfsvoll. Johannes zog unwillkürlich den Kopf ein, er fühlte sich zusehends unwohl. Doch das war nichts im Vergleich zu der bohrenden Frage, warum Inge den Verlobungsring nicht mehr trug. Es kostete ihn Mühe, nicht ständig zu ihr hinzusehen.

Was zum Teufel war nur los mit ihm? Er hatte sie doch nur ein einziges Mal geküsst! Ob es besser wurde, wenn er Hanna morgen wiedersah? Er hoffte es so sehr! Bis dahin musste er sich einfach zusammenreißen.

Inge räusperte sich und legte ihr Besteck zur Seite.

»Ich habe euch was zu sagen«, kündigte sie an. »Peter und ich sind nicht mehr verlobt. Wir werden nicht heiraten.«

»Ich werd nicht mehr!«, entfuhr es Bärbel. Perplex starrte sie ihre Schwester an. »Seit wann das denn?«

»Seit heute.«

»Und warum?«, hakte Bärbel nach. »Was ist passiert?«

Inge hob betont gleichmütig die Schultern. »Nichts Besonderes. Wir haben einfach gemerkt, dass wir nicht zusammenpassen.«

Karl schien es nicht begreifen zu können. »Aber Kind, ihr wart doch schon so lange verlobt! Wieso hast du das nicht viel früher gemerkt?«

»Manche Dinge werden einem im Leben nun mal erst später klar, Papa.«

»Besser spät als nie«, sagte Mine. Ihr Gesichtsausdruck war unergründlich, doch Johannes meinte in den Tiefen ihrer Augen so etwas wie Erleichterung wahrzunehmen. Möglicherweise hatte sie das, was Inge ihnen eben offenbart hatte, schon kommen sehen. Ganz im Gegensatz zu ihm. Doch er hütete sich, Inge mit all den Fragen zu bestürmen, die ihm plötzlich auf der Seele brannten.

Bärbel war da weniger zurückhaltend. »An wem hat's gelegen?«, wollte sie wissen. »An dir oder an ihm? Nein, nicht an ihm«, beantwortete sie sich ihre Frage gleich darauf selbst. »Der Peter war immer schon verrückt nach dir, das konnte ja ein Blinder sehen. Der würde garantiert keine andere angucken.«

»Woher willst du das wissen?«, gab Inge zurück. Es klang gereizt, und Johannes sah, dass ihre Wangen sich gerötet hatten. Ihre Reaktion gab ihm zu denken, anscheinend hatte Bärbel einen Nerv getroffen.

Bevor weitere Fragen aufkamen, schob sie ihren Stuhl zurück und stand auf. »Es reicht. Ich will nicht mehr darüber reden.« Mit diesen Worten verließ sie Mines Küche.

Die anderen blieben wie vom Donner gerührt sitzen und blickten ihr nach. Mitten in die Stille hinein ertönte Jakobs Kinderstimme.

»Ist Inge jetzt traurig?«, fragte der Kleine zaghaft.

»Ja, das ist sie«, erklärte Johannes.

»Wir sind alle traurig«, sagte Karl. Es klang bekümmert. Er mochte Peter aufrichtig.

»Ich bin nicht traurig, Papa«, widersprach Jakob. »Ich bin froh.«

»Warum das denn?«, wollte Karl erstaunt wissen.

»Wenn die Inge den Peter nicht heiratet, bleibt sie bei uns.«

»Da hasse eindeutig recht, mein Jung.« Mine stand ebenfalls auf. »Wer will noch wat von dem Wirsing? Is auch noch Mettwurst da.«

*

Als Johannes am nächsten Tag nach Düsseldorf fuhr, kreisten seine Gedanken unablässig darum, dass Inge nun wieder frei war.

Aber frei für wen? Gewiss nicht für ihn, denn er war schließlich immer noch mit Hanna verlobt, und er war ganz bestimmt keiner von diesen Schuften, die eine langjährige und wertvolle Beziehung aufs Spiel setzten, nur wegen ein paar verrückter Rosinen im Kopf. Oder wegen einer einzigen Entgleisung im Vollrausch.

Auch Inge hatte ihre Verlobung garantiert nicht wegen dieses einen Kusses gelöst, sondern weil Peter fremdgegangen war. Das wusste Johannes zwar nicht hundertprozentig genau, aber nach Inges schroffer Antwort auf Bärbels Frage war er sich ziemlich sicher. Inge war ein loyaler Mensch und sehr langmütig, doch Untreue würde sie sich nicht bieten lassen. Folglich war es kein Wunder, dass sie Peter den Ring zurückgegeben hatte.

Verflucht, denk endlich an was anderes!, befahl Johannes sich ingrimmig, und schließlich gelang es ihm auch, zumindest von dem Zeitpunkt an, als er in Düsseldorf ankam und den Wagen vor dem Haus parkte, in dem Hanna wohnte.

Sie empfing ihn mit einer innigen Umarmung, doch als er sie zur Begrüßung küssen wollte, drehte sie den Kopf zur Seite, sodass seine Lippen nur flüchtig ihren Mund streiften.

»Komm mit in die Küche, du kannst schon mal den Wein aufmachen! Das Essen ist gleich fertig!«

Er folgte ihr von der kleinen Diele in die Küche, die wie der Rest der Zweieinhalb-Zimmer-Wohnung hell und modern eingerichtet war. Auf dem Herd köchelte ein Ragout, das köstlich duftete.

Johannes entkorkte den Rotwein, den Hanna bereitgestellt hatte. Während sie das Essen umrührte und ihm ab und zu über die Schulter zulächelte, betrachtete er sie. Täuschte er sich, oder hatte sie abgenommen? Sie war immer schon sehr schlank gewesen, aber heute kam sie ihm schmaler vor als sonst.

»Bœuf Bourguignon?«, fragte er mit Blick auf den Herd.

Sie nickte und deutete auf den Backofen. »Dazu gibt's selbst gebackenes Baguette, wie es sich gehört. Als Vorspeise habe ich einen Salat niçoise gemacht.«

»Wunderbar. Ich habe einen Bärenhunger!«

»Prima. Geh uns doch schon mal ein Glas Wein einschenken!«

Der kleine Esstisch im Wohnzimmer war bereits für zwei Personen gedeckt. Hanna hatte alles liebevoll dekoriert, mit frisch gebügelten Damastservietten, silbernen Kerzenhaltern, schönen alten Kristallgläsern und feinem Meißener Porzellan.

Auch auf ihr Äußeres hatte sie einige Mühe verwendet – sie trug ein elegantes Kleid aus dunkelblauer Rohseide und dazu ein mit Silbergarn besticktes Bolerojäckchen. Ihr glattes, kinnlanges Haar schimmerte bronzefarben im Licht der Kerzen, die sie schon angezündet hatte.

Im Vergleich zu Hanna kam sich Johannes weit weniger gut angezogen vor. Mit seiner einfachen Gabardinehose und dem schlichten Freizeithemd machte er nicht viel her.

Eigentlich hätte er gleich zu Beginn erzählen müssen, dass Inge ihre Verlobung mit Peter gelöst hatte, immerhin war das ein wirklich einschneidendes Ereignis, doch aus unerklärlichen Gründen wollte es ihm nicht über die Lippen. Stattdessen berichtete er, dass Jakob sämtlichen Befürchtungen zum Trotz in die zweite Klasse versetzt worden war – schließlich war auch das eine wichtige Neuigkeit.

»Auf dem Zeugnis stand der Vermerk *Trotz großer Bedenken versetzt*«, erzählte Johannes bei der Vorspeise. »Das haben wir wohl nur dem Rechenlehrer zu verdanken.«

»Wieso? Was für Bedenken kann der denn gehabt haben? Der Kleine rechnet doch ganz fabelhaft!«

»Nicht der Rechenlehrer hatte die Bedenken. Sondern die dämliche Klassenlehrerin. Weil Jakob Linkshänder ist und bei ihr im Unterricht angeblich nicht richtig mitmacht. Der Rechenlehrer hat sich für ihn stark gemacht und höchstwahrscheinlich das Schlimmste verhindert. Inge will auf jeden Fall noch mal hingehen und mit dem Rektor über alles reden.«

Hanna runzelte befremdet die Stirn, und Johannes fragte sich unwillkürlich, wann er das letzte Mal mit ihr über Jakobs Probleme in der Schule gesprochen hatte. Oder besser: ob er *überhaupt* je mit ihr darüber gesprochen hatte. Wohl eher nicht, ihrer Miene nach zu urteilen.

Ihre nächste Bemerkung verschaffte ihm Gewissheit.

»Davon wusste ich ja gar nichts«, meinte sie verwundert.

»Dann hab ich wohl vergessen, es zu erwähnen«, antwortete Johannes mit schlechtem Gewissen.

»Hm. Und wieso gehst du nicht selbst zum Rektor?«

»Inge meint, das könnte zu bösem Gerede führen. Mit dem Ergebnis, dass es sich für Jakob negativ auswirkt. Das möchte ich natürlich nicht.«

»Verstehe. Der Junge ist dir ja auch wirklich wie aus dem Gesicht geschnitten.« Hanna verzehrte nachdenklich ein Stück Salatgurke. »Und es stört dich gar nicht, dass du solche Gänge immer Inge überlassen musst?«

»Es macht mich wahnsinnig«, entfuhr es ihm. »Wenn es nach mir ginge, wäre es schon längst offiziell, dass ich Jakobs Vater bin.« Er hätte hinzufügen können, dass das viel leichter möglich wäre, wenn er eine Ehefrau hätte, doch das wusste Hanna ja bereits.

Verdammt, er sollte sie endlich fragen, wie es mit ihnen beiden weiterging! Je länger sie hier am Tisch saßen, desto verzweifelter wurde er. Hanna schien sich innerlich noch weiter von ihm entfernt zu haben, das bildete er sich nicht nur ein. Es war fast, als hätte sie eine unsichtbare Mauer um sich herum hochgezogen. Eine Mauer, mit der sie ihn auf Distanz halten wollte.

Den Hauptgang nahmen sie größtenteils schweigend ein, und dazu tranken sie fast die ganze Flasche Wein.

Das Essen war hervorragend, Hanna konnte wirklich mit den besten Köchen mithalten. Johannes nahm sich zweimal nach.

Zum Dessert gab es Mousse au Chocolat, ein wahrer Gaumenschmaus, bei dem Johannes unwillkürlich an die furchtbaren Jahre seiner Kriegsgefangenschaft denken musste. Damals hatte er sich an den schrecklichen Hungertagen manchmal ausgemalt, die köstlichsten Süßigkeiten zu essen. Er hatte es sich so intensiv vorgestellt, dass er sogar den Geschmack von Schokolade auf der Zunge gehabt hatte. Heute, Jahre später, war es gleichsam umgekehrt – er hatte den wahren Geschmack im Mund und erinnerte sich an die erbärmlich unzulängliche Einbildung von damals. In solchen Momenten musste er aufpassen, dass er sich rückblickend nicht allzu sehr bemitleidete, denn damit war keinem gedient, am allerwenigsten ihm selbst. Es führte zu nichts, außer zu einer bedrückten Stimmung. So wie jetzt.

Doch auch Hanna sah alles andere als glücklich aus.

»Du hast Übernachtungssachen mitgebracht, oder?« Sie deutete durch die offene Wohnzimmertür auf seine Reisetasche, die er im Flur abgestellt hatte.

Johannes nickte leicht verlegen, sein Plan war gewesen, wenigstens für eine Nacht zu bleiben. »Falls es dir nicht passt …«

»Natürlich passt es mir! Aber es wäre mir ehrlich gesagt lieber, wenn du auf dem Sofa schläfst.« Hastig führte sie aus: »Du darfst das nicht falsch verstehen. Ich schlafe einfach nur in der letzten Zeit wahnsinnig schlecht, und morgens werde ich oft mit Migräne wach.«

»Hast du gesundheitliche Probleme?« Johannes musterte sie besorgt.

Sie zuckte mit den Schultern. »Es liegt wohl eher an der Arbeit. Kann sein, dass ich mir zu viel zumute. Ich sollte wahrscheinlich ein wenig kürzertreten.«

»Dann fahre ich selbstverständlich heute Abend wieder. Ich möchte dir auf keinen Fall Umstände bereiten.«

Sie wies auf die fast leere Weinflasche. »Hast du nicht zu viel getrunken?«

Johannes zuckte mit den Schultern. »Eher nicht.«

»Du darfst kein Risiko eingehen. Ohne Führerschein bist du aufgeschmissen.«

Damit hatte sie natürlich recht. Aber er fühlte sich nüchtern genug. »Mit dem, was ich getrunken habe, bin ich auf jeden Fall unter eins Komma fünf Promille.« Um das Gespräch nicht bei diesem Thema versanden zu lassen, fügte er hinzu: »Das Essen war wunderbar. Vielen Dank!«

»Keine Ursache. Du weißt, wie gern ich koche.« Hanna seufzte. »Es tut mir so leid, Johannes. Ich bin nicht gerade eine Stimmungskanone in der letzten Zeit. Mein Leben ist so …« Sie brach ab. »Ach, ich weiß nicht. Ich hatte es mir so schön vorgestellt heute Abend. Dass wir über alles reden können und eine Lösung für uns beide finden. Und jetzt schaffe ich es einfach nicht. Ich habe keine Ahnung, was ich sagen soll.«

Ihm erging es nicht anders. Er drehte das leere Weinglas in seinen Händen und kam zu dem Schluss, dass er besser zu Hause geblieben wäre.

»Wir sind schon ein seltsames Paar«, sagte Hanna. Es klang traurig. »Ich weiß genau, dass ich dich noch lieb habe, aber im Moment … Es fühlt sich alles so aussichtslos an.«

Er rang sich zu der unvermeidlichen Frage durch, die er schon bei ihrem letzten Treffen gestellt hatte. »Willst du unsere Verlobung auflösen? Möchtest du Schluss machen?«

Für einen Augenblick sah sie erschrocken aus, fast wie ertappt. Doch dann schüttelte sie langsam den Kopf.

»Nein, das nicht. Ich glaube nur …« Sie brach ab und wirkte mit einem Mal hilflos.

»*Was* glaubst du?«, fragte er leise.

»Dass wir uns gegenseitig noch mehr Zeit geben müssen. Eine Weile wenigstens. Dann regelt sich vielleicht alles wieder, und es geht weiter wie immer.«

»Wie immer?« Er hob die Brauen.

Sie schien die Ironie hinter seinen Worten zu spüren.

»Ach, verdammt, Johannes! Ich möchte so gern mit dir zusammenleben, und irgendwie werden wir uns da sicher noch einig! Aber im Augenblick habe ich dafür den Kopf nicht frei. Momentan habe ich zu viel um die Ohren … Wie gesagt, ich brauche einfach noch ein bisschen Zeit!«

Beinahe hatte er den Eindruck, als hätte sie ihm noch mehr sagen wollen, sich dann aber entschieden, es lieber für sich zu behalten. Vielleicht, um nicht an Dinge zu rühren, die ungewollt tiefer blicken ließen – so wie er es nicht fertigbrachte, über Inges Trennung von Peter zu sprechen.

Er entschied sich spontan, es doch zu erzählen. Schon allein deshalb, damit Hanna es nicht von anderen erfuhr und sich anschließend fragen musste, wieso er es nicht erwähnt hatte. Es war kaum nachvollziehbar, dass er nicht längst damit herausgerückt war, zumal sie Inge sehr nahestand.

Er setzte an, es ihr zu sagen, verstummte aber sofort wieder. Es war nicht der richtige Zeitpunkt dafür. Das begriff er in der Sekunde, als sie sich erschöpft die Schläfen rieb und er ihre plötzliche Blässe bemerkte.

»Kopfschmerzen?«, fragte er mitfühlend.

Sie nickte stumm, und er erhob sich und ging um den Tisch herum, um ihr die Schultern und den Nacken zu massieren. Das hatte ihr bei Kopfschmerzen sonst immer gutgetan. Doch sie verspannte sich unter seinem Griff und hielt seine Hände fest.

»Lass nur. Ich nehme eine Tablette und lege mich hin.«

»Soll ich … Ich könnte …« Er deutete auf die Teller.

»Nein, das schaff ich schon. Fahr du nur.«

»Auf keinen Fall!« Er bestand darauf, den Tisch abzuräumen und sich um den Abwasch zu kümmern.

Sie verschwand im Bad, und als er etwas später nach ihr sah, hatte sie sich bereits ins Schlafzimmer zurückgezogen. Sie lag im Bett und schlief fest, die Decke bis zum Kinn hochgezogen und das rote Haar wie ein Fächer auf dem Kopfkissen ausgebreitet. Tiefe Zuneigung erfüllte ihn, und einen Moment lang hoffte er wirklich, dass zwischen ihnen alles wieder in Ordnung kommen würde. Doch etwas in ihm sagte ihm, dass es dafür womöglich bereits zu spät war.

Kapitel 10

Klaus fühlte Abneigung in sich aufsteigen, als sein Vater schon wieder den Bergkittel aus dem Schrank holte und ihn an die Wand hängte, um ihn wie eine geheiligte Reliquie anzustarren. Es war immer dasselbe. Fritz setzte sich in den Sessel, glotzte den Bergkittel an und kippte sich dabei einen hinter die Binde. Wer ihn störte, lief Gefahr, sich einen Tritt oder eine Ohrfeige einzuhandeln.

Die Gehirnerschütterung hatte Fritz gut überstanden, die Kündigung jedoch nicht. Man hatte sie ihm noch auf dem Krankenbett persönlich überreicht, und seitdem ging es kontinuierlich mit Fritz bergab. Er soff sich regelrecht um den Verstand, und die Familie konnte sehen, wo sie blieb.

Finanziell kamen sie immerhin noch knapp über die Runden. Doch Manni, der momentan den Löwenanteil zum Haushaltsgeld beisteuerte, hatte letztens schon verkündet, dass er bald abhauen würde, egal wohin, denn das hier würde er nicht länger mitmachen. Klaus konnte es ihm nicht verdenken, wenn er seinen Vater, so wie heute, schon wieder vor dem Bergkittel sitzen und saufen sah.

Fritz hing zusammengesunken in dem abgeschabten Sessel. Im Hintergrund lief das Radio, ein melancholisches Lied von Rudi Schuricke, das die elende Situation auf seltsam passende Art untermalte.

Der Bergkittel hing an der Wand, frisch gebürstet und makellos sauber, als ob Fritz ihn heute noch anziehen wollte, so wie sonst immer, wenn er als Bergmann zu offiziellen Feierlichkeiten erschien. Auf Beerdigungen, Festumzügen, Jubiläen – es gab mehr oder weniger regelmäßig Anlässe, zu denen Bergleute ihn trugen. Verziert mit Goldknöpfen, Schlägel und Eisen war er der Paradehabit der Knappen. Fritz hatte den Kittel, wie man die Jacke im Bergjargon nannte, immer voller Stolz getragen, und dazu den Schachthut mit Federbusch, der weithin zu sehen war. Seine Tracht hatte er stets penibel gepflegt, ganz im Gegensatz zu sich selbst. Das Zähneputzen oder Händewaschen vergaß er oft, aber nie den Bergkittel, der war sein Heiligtum.

Einmal, da war Klaus noch klein gewesen, hatte Manni an einem der zahlreichen goldenen Knöpfe gedreht und so lange daran herumgezwirbelt, bis er ihn plötzlich in der Hand gehabt hatte. Fritz hatte ihn dabei erwischt und ihm die Abreibung seines Lebens verpasst. Wie alt war Manni da gewesen? Auf jeden Fall noch ganz klein. Fünf, höchstens sechs, denn es gehörte zu Klaus' frühesten Erinnerungen – dieser beängstigende Wutanfall seines Vaters, der wie von Sinnen auf seinen Bruder einschlug. Danach hatte es noch oft Schläge gesetzt, aber dieser Vorfall hatte sich am tiefsten in Klaus' Erinnerungen eingegraben, so wie Kohlenstaub, der in eine offene Schramme gerät und die Narbe für immer dunkel färbt.

»Heimat, deine Sterne«, sang Rudi Schuricke mit elegischem Tenor, »die strahlen mir auch am fernen Ort …«

Für Fritz würden sie nicht mehr strahlen, weder die Sterne noch die Knöpfe, egal wie lange er sie auch anstarrte. Für ihn war endgültig Schicht im Schacht.

Klaus, der am Türrahmen des Wohnzimmers lehnte und das Elend kaum noch mit ansehen konnte, ging zu ihm. »Vatter«, sagte er leise, aber entschieden. »Du musst endlich wieder auffe Beine kommen.« Wenn er ihm überhaupt noch gut zureden konnte, dann jetzt, bevor er wieder sturzbetrunken war. Der Flachmann stand momentan noch in der Küche – leer, denn der Schnaps war wieder mal alle. Bis Elfriede mit Nachschub vom Konsum zurückkam, musste Fritz die Nüchternheit ertragen.

»Wat soll dat?«, blaffte er seinen Sohn an. »Willsse mich Vorschriften machen oder wat?«

»Nein, aber so kann dat nich weitergehen. Du musst dir ne Arbeit suchen. Et gibt auch noch andere Zechen. Oder du suchs dir wat inne Fabrik, die brauchen auch ständig Arbeiter. Dat Kohlehauen hat dir sowieso nich mehr gutgetan, du bis schon seit Jahren am Husten.«

»Dat kommt doch nur vonne Kippen«, sagte Fritz, und wie um die Wahrheit dieser Einschätzung zu beweisen, zog er ein zerknautschtes Päckchen Roth-Händle nebst Streichhölzern aus der Hosentasche und zündete sich eine an.

»Du kanns nich immer bloß zu Hause rumsitzen«, sagte Klaus. »Von wat willsse leben, wenn der Manni woanders anlegt?«

»Dat macht der sowieso nich«, behauptete Fritz. »Un wenn doch – du bis ja auch noch da. Du würdes deine Mutter ganz bestimmt nich einfach so im Stich lassen.« Es klang ein wenig weinerlich, aber auch eine Spur berechnend, und Klaus musste gegen den Drang ankämpfen, seinen Vater beim Kragen zu packen und aus dem Sessel zu zerren, um einen Rest von Redlichkeit aus ihm herauszuschütteln.

Früher war Fritz ganz anders gewesen, jedenfalls in Klaus' Erinnerung. Lustiger, humorvoller, die meiste Zeit ganz verträglich. Nur selten war sein cholerisches Temperament mit ihm durchgegangen, und richtig gemein war er so gut wie nie gewesen. Inzwischen war das fast der Normalzustand, ganz abgesehen davon, dass er nun schon nach dem Frühstück mit dem Trinken anfing und erst aufhörte, wenn die Flasche leer war.

»Vatter, ich helf dir. Und ich geh die Woche mit dir aufs Arbeitsamt, wat hältsse davon? Dat Leben geht weiter, du musst endlich aufhören, den ganzen Tag bloß den Kittel anzugucken.« Entschlossen nahm Klaus den Bergkittel vom Wandhaken, um ihn ins elterliche Schlafzimmer zurückzubringen. Doch sein Vater sprang auf wie von der Tarantel gestochen und entriss ihm die Jacke.

»Wat fällt dir ein? Du Sausack!« Fritz holte aus, um ihn zu schlagen, doch Klaus wich ihm mühelos aus, was seinen Vater erst recht in Rage brachte.

Unter wütenden Flüchen drosch er auf Klaus ein, der ein paar Schritte zurückwich und den Bergkittel wie einen Schutzschild vor sich hielt. Die schwere Wolle dämpfte die Hiebe seines Vaters, doch nicht dessen blindwütigen Zorn.

Unseligerweise traf in diesem Moment Elfriede zu Hause ein. Beladen mit ihren Einkäufen und noch schnaufend von der Anstrengung des Fußwegs kam sie ins Wohnzimmer geeilt und erfasste sofort die Lage.

»Fritz, hör sofort damit auf!«, schrie sie in heller Aufregung. Die Röte in ihren Wangen vertiefte sich zu einem ungesunden Violett, während sie nach Luft schnappte und versuchte, sich zwischen Klaus und Fritz zu stellen.

In der nächsten Sekunde wurde sie von einem der in wilder Folge ausgeteilten Boxhiebe ihres Mannes getroffen. Taumelnd wich sie zurück, eine Hand gegen das rechte Ohr gepresst, wo Fritz' harter Schwinger sie erwischt hatte. Das Einkaufsnetz fiel ihr aus der Hand, der Inhalt verteilte sich auf dem Boden. Die mitgebrachte Schnapsflasche zerbrach, und ein stechender Geruch nach billigem Fusel breitete sich im Zimmer aus.

»Du dusselige alte Kuh!«, brüllte Fritz, völlig von Sinnen vor Raserei. Erneut holte er zu einem brutalen Schlag aus, diesmal gegen seine Frau, doch Klaus ging dazwischen. Er kassierte den Treffer, die Faust seines Vaters traf seine Brust. Aber nur ein einziges Mal. Mit beiden Händen schubste er Fritz weg, einmal, zweimal, bis sein Vater in den Sessel fiel. Keuchend vor Wut wollte Fritz sich wieder hochrappeln, doch Klaus drückte ihn mit unnachgiebiger Gewalt zurück ins Polster, grob und ohne Rücksicht darauf, ob er seinem Vater dabei wehtat.

»Das war das letzte Mal«, sagte er. Er sprach leise, aber mit tödlicher Entschlossenheit.

»Wat soll dat heißen?«

»Wenn du das noch ein einziges Mal machst, dann gnade dir Gott.« Klaus sagte es absichtlich auf Hochdeutsch, so wie die Leute sprachen, auf die man hörte. Er wusste, dass sein Vater es hasste, wenn er so redete. *Bisse getz auf einmal wat Besseres?*, fragte Fritz gern bei solchen Gelegenheiten.

»Wenn du Mutter noch mal schlägst, lernst du mich kennen«, verdeutlichte Klaus seine Ankündigung.

Es klang bedrohlich, und Klaus hoffte, dass sein Vater es ernst nahm. So wie bei Manni, der letztes Jahr damit gedroht hatte, Fritz eigenhändig umzubringen, wenn er noch einmal die Hand gegen ihn erhob.

Elfriede weinte laut vor sich hin. Aus ihrem Ohr lief Blut. Tief gebückt sammelte sie die Scherben von der Schnapsflasche ein. Zwischendurch drückte sie sich die Hand in die Herzgegend, als täte es ihr da weh. Ihr Gesicht war immer noch dunkelrot.

»Lass mal, Mutter, ich mach dat schon«, sagte Klaus. Er half ihr auf und führte sie in die Küche. »Setz dich erst mal hin und ruh dich aus.«

Er gab ihr ein Taschentuch, damit sie sich das Blut abwischen konnte, dann holte er Handbesen und Kehrblech und fegte die Scherben zusammen. Die restlichen Einkäufe – bestehend aus ein paar Konservenbüchsen, einer Packung Caro-Kaffee und einem Kilo Brot – trug er in die Küche.

Fritz fluchte unterdessen gotteslästerlich vor sich hin. Er hatte gerade erst gemerkt, dass ihm die brennende Zigarette aus der Hand gefallen und auf dem Bergkittel gelandet war, den Klaus vorhin bei der Rangelei auf den Fußboden geworfen hatte. Der Stoff glomm und qualmte. Mit hastigen Schlägen der flachen Hand versuchte Fritz, den Schaden zu begrenzen. Dabei verbrannte er sich jedoch die Finger und fluchte noch lauter.

Klaus beobachtete das Ganze unbewegt. Irgendwann sagte er kalt: »Aus dem Schnaps wird heute nichts mehr. Ich besorge dir eine Flasche Bier. Aber nur, wenn du dich jetzt sofort zusammenreißt. Und über das Arbeitsamt reden wir nachher auch noch.«

Immerhin brachte das Fritz dazu, den Mund zu halten.

In diesem Moment klingelte es an der Haustür, und Klaus ging öffnen. Draußen stand Bärbel und sah ihn erwartungsvoll an.

»Hast du Zeit?«, fragte sie ihn.

»Für dich immer«, erwiderte er. Eilig holte er seine Jacke, und nachdem er die Haustür hinter sich zugezogen hatte, fühlte er sich, als sei er dem schlimmsten Kerker entronnen.

*

Das Wetter war frühlingshaft, der Mai lag schon in der Luft. Klaus konnte die Lederjacke jetzt auch wieder ohne Pullover darunter anziehen. Während sie den Berg hinunter Richtung Hespertal gingen, betrachtete Bärbel ihn unauffällig von der Seite. Es war ihr alter Weg, den waren sie schon als Kinder immer zusammen gegangen. Rund um die Zechen im Tal gab es etliche überwachsene Abraumhalden und aufgelassene Stollen, wo man gut auf Entdeckungsreisen gehen oder Verstecken spielen konnte.

Und da war natürlich auch noch der Bach, der sich prima zum Bauen von Dämmen eignete. Im Sommer waren sie immer mit nackten Füßen hindurchgewatet und hatten sich gegenseitig nass gespritzt, kreischend vor Vergnügen und so lange, bis sie keinen trockenen Faden mehr am Leib gehabt hatten. Damals waren sie elf oder zwölf gewesen, Bärbel wusste es nicht mehr so genau, aber auf jeden Fall hatte da ihre Mutter schon nicht mehr gelebt – die hatte nämlich früher immer streng verboten, dass sie in den Bach stiegen. Daran hatte sich Bärbel lange Zeit gehalten, auch noch im Sommer nach Katharinas Tod, doch irgendwann fand sie, dass sie die Gefahren selbst einschätzen konnte, ganz abgesehen von der Tatsache, dass der Bach sogar an den tieferen Stellen kaum bis übers Knie reichte.

Mittlerweile gingen sie nicht mehr zum Spielen runter ins Tal, aber die alte Angewohnheit, hin und wieder im Wald spazieren zu gehen, hatten sie beibehalten. Manchmal lud Klaus sie auf eine Cola im Hesperkrug ein, so auch an diesem Tag. Anschließend wollte er direkt zu seiner Spätschicht nach Pörtingsiepen weitergehen.

Bis auf diese Einladung waren seine Gesprächsbeiträge heute sehr spärlich, er wirkte ungewöhnlich still. Als sie ihn vorhin abgeholt hatte, hatte sie Elfriede in der Küche weinen gehört, sicher wieder wegen Fritz. Klaus litt ziemlich unter der Situation.

Bärbel hätte ihn gern unterstützt, ganz egal wie, aber ihr fiel nur wenig ein, womit sie ihn aufheitern könnte. Ganz zu schweigen davon, dass sie ihre eigenen Probleme hatte, auch wenn die sicher nicht so schwerwiegend waren wie die von Klaus. Der arme Kerl war viel schlimmer dran als sie.

Deshalb zögerte sie, ihm von dem Brief zu erzählen, den sie zu Hause abgefangen hatte. Sie hatte schon wieder einen Eintrag im Klassenbuch kassiert, abermals von dem widerwärtigen Blenschart.

Seit Neuestem unterrichtete er die Klasse auch in Erdkunde, und prompt lief es seitdem in diesem Fach bei ihr ähnlich mies wie in Geschichte. Zu Ostern war sie trotz der Fünf, die er ihr verpasst hatte, noch problemlos versetzt worden, denn ihre Hauptfachnoten waren allesamt gut bis sehr gut. Aber er hatte ihr schon angedroht, ihr das nächste Mal eine Sechs zu geben. In Erdkunde *und* Geschichte. Das wäre für sie das endgültige Aus. Wenn sie nicht schon vorher wegen ihres angeblichen schlechten Betragens von der Schule flog.

»Was ist los mit dir?«, fragte Klaus. »Du bist so still.«

»Dasselbe hab ich gerade von dir auch gedacht. Es ist wohl ziemlich schlimm bei euch, oder?«

Er zuckte mit den Schultern. »Jedenfalls ist es nicht besser geworden.«

»Was war vorhin los? Deine Mutter hat wieder geweint.«

»Ich weiß«, sagte er wortkarg.

»Warum gehst du nicht weg von zu Hause?«, platzte sie heraus.

»Wohin denn?«

»Na, irgendwo anders hin. Mit dem, was du demnächst verdienst, kannst du bestimmt auch im Knappenheim oder zur Untermiete wohnen!«

»Ich bin noch minderjährig, schon vergessen? Wenn ich ausziehe, brauche ich die Erlaubnis von meinen Eltern, und die kriege ich nie.«

»Manni hat gesagt, er geht auf alle Fälle weg, und er ist auch erst achtzehn.«

»Der sagt viel, wenn der Tag lang ist.« Klaus blickte sie an. »Eigentlich wollten wir gerade über deine Probleme reden. Was ist passiert?«

»Dieser blöde alte Lehrer will mich jetzt endgültig von der Schule ekeln.«

»Ist nicht wahr!« Ungläubigkeit stand in seiner Miene.

»Doch. Wegen Geschichte und Erdkunde. Und natürlich

wegen Betragen, wie üblich. Der Drecksack bricht mir das Genick.«

»Was hast du denn diesmal zu ihm gesagt?«

»Dass er ein alter Nazi ist.«

»Wirklich? Aber nicht vor der ganzen Klasse, oder?«

»Doch«, räumte sie ein wenig kleinlaut ein.

Klaus pfiff durch die Zähne, und sie wusste nicht genau, ob er damit seine Bewunderung oder seine Bedenken zum Ausdruck bringen wollte.

»In dem Brief steht, dass ich eine Lehrkraft beleidigt habe«, erläuterte sie.

»Was passiert denn jetzt? Fliegst du von der Schule?«

»Keine Ahnung. Vielleicht nicht sofort. Erst mal wird eine Gelegenheit zur Stellungnahme gegeben.«

»Wem? Dir?«

»Nein, meinem Vater natürlich.«

Klaus runzelte zweifelnd die Stirn. »Dem wird dazu bestimmt nicht viel einfallen. Was sagen denn Inge und Johannes zu der ganzen Sache?«

»Bis jetzt noch nichts.« Bärbel holte tief Luft, dann rückte sie mit der Wahrheit heraus. »Ich hab's ihnen noch nicht gezeigt.« Sie nestelte das Schreiben aus ihrer Manteltasche und reichte es ihm.

Er überflog es und sah sie dann ernst an. »Das kannst du unmöglich einfach für dich behalten, Bärbel. Du musst es deiner Schwester geben!«

Vehement schüttelte sie den Kopf. »Die kann auch nichts ändern. Wenn die da aufmarschiert, lachen die doch bloß. Genauso wie bei Jakob.«

»Wieso, was ist denn mit dem?«

»Der hat auch Schwierigkeiten in der Schule.«

»Dein schlauer kleiner Bruder? Niemals!«, widersprach Klaus. »Der rechnet doch sogar schon den Erwachsenen was vor! Neulich hab ich ihn übern Zaun unten bei euch im Hof gesehen, da wollte er deinem Vater erklären, was ein Grenzwert ist.« Klaus schüttelte den Kopf. »Dein Vater meinte, er hätte es früher selber mal gewusst, aber wieder vergessen.«

»Na ja, er hat fast alles vergessen«, erwiderte Bärbel trocken.

»Ich hatte bis dahin noch nie was von Grenzwerten gehört«, gestand Klaus. Es klang auf unbestimmte Weise ärgerlich. »Kam bei uns in der Volksschule nicht vor.«

»Ach, das ist eh nur so ein uninteressanter theoretischer Kram.«

»Habt ihr das denn auf dem Lyzeum in Mathe gemacht?«

Bärbel zuckte mit den Schultern. »Und wenn schon. Das meiste kann man gleich wieder vergessen. Braucht man sowieso nie wieder.«

»Wenn's so überflüssig wäre, müsste es keiner lernen, oder? Jakob war jedenfalls total begeistert davon, das hat man ihm angemerkt. Wenn er jetzt schon den Stoff von der höheren Schule kennt – wie kann er dann auf der Volksschule Schwierigkeiten haben?«

»Weil seine Klassenlehrerin eine blöde Ziege ist und meine Schwester nichts gegen sie ausrichten kann. Es ist wie bei Michael Kohlhaas.«

»Wer ist Michael Kohlhaas?«

Bärbel verfluchte sich, dass sie das als Beispiel erwähnt hatte. Jetzt musste sie es ihm erklären, und er würde sich deswegen wieder schlecht fühlen, weil er sich für dumm und ungebildet hielt. Dabei stimmte das gar nicht!

Es war wirklich unfair, dass Klaus nicht aufs Gymnasium gedurft hatte. Bärbel erinnerte sich noch gut daran, wie er ihr davon erzählt hatte – sein Klassenlehrer von der Volksschule war im vierten Schuljahr zu den Rabes nach Hause gekommen und hatte sich dafür eingesetzt, dass sie Klaus auf die höhere Schule schickten. Der Junge hätte hundertprozentig das

Zeug dazu, hatte er ihnen gesagt, sehr ernst und eindringlich, so jedenfalls hatte Klaus es ihr geschildert, denn er war bei dem Gespräch dabei gewesen.

»Nix da, so wat brauchen wir bei uns nich«, hatte Fritz' Kommentar gelautet. »Davon kricht der Jung bloß en Pinn im Kopp!«

Und außerdem hatten natürlich die Mittel dafür gefehlt, denn Geld war bei den Rabes schon immer Mangelware gewesen, so wie bei den allermeisten Leuten in Fischlaken. Dass von den Kindern aus der Siedlung überhaupt eins aufs Gymnasium durfte, war die absolute Ausnahme, praktisch keiner konnte sich die Schulgebühren leisten.

Bärbel konnte bei diesem Gedankengang nicht umhin, sich klarzumachen, wie privilegiert sie war. Bloß wäre es demnächst vorbei damit, wenn sich nicht ganz schnell was änderte.

Doch es war ja schließlich nicht ihre Schuld, sondern die von dem ollen Blenschart! In einer Aufwallung von Wut zerknüllte sie das Schreiben vom Lyzeum und stopfte es wieder in ihre Manteltasche.

»Von der Schule hab ich sowieso die Nase voll«, erklärte sie, als sie Klaus' Stirnrunzeln bemerkte.

Trotzig kickte sie im Weitergehen einen Stein weg. Wahrscheinlich war jetzt eh alles zu spät, ganz egal, was sie noch unternahm. Mit Inge oder Johannes konnte man in der letzten Zeit sowieso schlecht reden, die beiden hatten genug eigene Sorgen. Inge war seit der Trennung von Peter kaum noch ansprechbar, und Johannes schien nur noch seine Arbeit zu kennen.

Gemeinsam mit Klaus ging Bärbel weiter talwärts, und zwischendurch kürzten sie den Weg ab und stromerten durchs Gebüsch wie früher.

Der Hesperkrug war nur schwach besetzt, denn viele Leute mussten um diese Tageszeit noch arbeiten. Wenn in einer Stunde auf den nahegelegenen Zechen der Schichtwechsel anstand, würde sich die Gaststätte jedoch füllen, dann kehrten etliche Bergleute mit ihren vollen Lohntüten auf dem Weg nach Hause für ein oder zwei Bierchen hier ein.

Zu Bärbels Verdruss war auch Manni in dem Lokal. Er saß mit zwei anderen Jungs an einem der Tische und spielte Skat. Manni traf sich regelmäßig mit ihnen zum Mopedfahren, Bärbel hatte sie schon häufiger zusammen gesehen.

Klaus machte ein missmutiges Gesicht. »Ich hätte mir ja denken können, dass er hier herumhockt.«

»Hat er diese Woche auch Spätschicht?«

Klaus nickte. »Wollen wir wieder gehen?«

Doch Manni hatte sie bereits gesehen. Er sagte was zu seinen beiden Freunden, dann stand er mit süffisantem Lächeln auf und kam näher.

»Da ist ja meine Zuckerpuppe. Lange nicht gesehen, Süße.«

Und ehe Bärbel es verhindern konnte, schlang er lässig einen Arm um sie und zog sie zu sich heran.

Doch diesmal gelang es ihm nicht, sie zu küssen, denn Klaus packte ihn bei der Schulter und riss ihn von Bärbel weg. »Fass sie ja nicht noch mal an, sonst polier ich dir die Fresse!« Mit geballten Fäusten schob er sich schützend vor Bärbel, allem Anschein nach wild entschlossen, seinem Bruder eine Abreibung zu verpassen.

Manni machte jedoch keine Anstalten, seinen Versuch von eben zu wiederholen. Er grinste nur überlegen. »Deine Dresche kannst du dir heute Abend zu Hause abholen«, erklärte er, so laut, dass alle anwesenden Gäste es hören konnten. Die Jungs an Mannis Tisch lachten beifällig.

»Für dat Püppken würd ich mich auch gerne verkloppen lassen«, rief einer der beiden launig herüber. »Der Klausi is doch nix für die. Bei der muss en richtigen Kerl ran.«

Klaus spannte sich an und tat einen Schritt in Richtung Tisch, doch Bärbel hielt ihn am Arm fest.

»Komm, wir verschwinden.«

Klaus gab nach, doch seine Miene ließ unschwer erkennen, was er empfand – Wut verzerrte seine Gesichtszüge. Draußen vor der Gastwirtschaft stieß er einen Fluch aus, der seinen ganzen Hass zum Ausdruck brachte. Dann blieb er abrupt stehen und starrte die drei Mopeds an, die vor dem Hesperkrug abgestellt waren.

»Was hast du vor?«, wollte Bärbel wissen.

»Warte hier, ich geh noch mal kurz rein.« Und schon verschwand er wieder in der Gaststätte. Bärbel folgte ihm mit mulmigen Gefühlen bis zur Eingangstür, doch er hatte offenbar nicht vor, seinen Bruder und dessen Kumpane in eine Schlägerei zu verwickeln, denn er machte sich lediglich an den Jacken zu schaffen, die im Vestibül an der Garderobe hingen. Mit einem triumphierenden Lächeln hielt er schließlich einen Zündschlüssel hoch.

»Der ist von Mannis Moped. Dann kann er nachher gucken, wie er von hier wegkommt«, sagte er zufrieden.

»Ich hab eine Idee«, meinte Bärbel spontan. »Lass uns doch ein Stück damit fahren!«

»Ach, ich weiß nicht … Der bringt mich um, die Kiste ist ihm heilig.«

»Komm schon, sei kein Frosch!« Erwartungsvoll sah sie ihn an. »Du kannst doch fahren, oder?« Die Frage war überflüssig, sie wusste genau, dass er es konnte, denn sie hatte schon einige Male mitbekommen, dass Klaus hinterm Lenker und Manni auf dem Sozius gesessen hatte. »Nur ein bisschen weiter ins Tal runter«, ermunterte sie ihn. »Bis zur Zeche. Da lässt du es auf dem Parkplatz bei den anderen Mopeds stehen. Den Schlüssel kannst du ihm ja gleich auf der Arbeit zurückgeben.« Einschränkend schloss sie: »Obwohl er's nicht verdient hat, der Blödmann.«

Klaus schien nicht völlig überzeugt von der Idee, aber

dann gab er sich einen Ruck und startete die Maschine. Bärbel setzte sich hinter ihn und schlang die Arme um ihn. Beim Losfahren blickte sie zurück und sah erschrocken, wie Manni aus der Gaststätte trat. Anscheinend hatte er Lunte gerochen. Jedenfalls stimmte er sofort ein wildes Geschrei an und kam ihnen hinterhergerannt.

»Schnell, gib Gas!«, rief Bärbel.

Klaus drehte auf, und mit aufheulendem Motor schoss die Maschine vorwärts. Bärbel warf lachend den Kopf zurück, als sie Mannis Wutgebrüll hinter sich hörte.

Dem hatten sie es gezeigt!

Sie fuhren wie geplant in Richtung Pörtingsiepen, doch ein ganzes Stück davor bog Klaus seitlich auf einen Trampelpfad in den Wald ab. Langsam und vorsichtig fuhr er weiter, bis die Straße nicht mehr zu sehen war.

Er hielt an, und sie stiegen beide ab. Bärbel wandte lauschend den Kopf und hörte das entfernte Knattern eines Mopeds – nein, von zweien. Natürlich hatte Manni sofort seine Freunde eingespannt, um mit ihrer Hilfe seinen Bruder zu verfolgen.

»Das war wirklich schlau von dir, hier reinzufahren«, sagte sie zu Klaus. »Hier finden die uns nie!«

Er starrte mit gesenktem Kopf zu Boden. In seinem Gesicht arbeitete es, es wirkte fast, als hätte er Schmerzen.

»Was ist los?«

Er räusperte sich und lief rot an. »Ich bin nicht wegen Manni abgebogen. Ich wollte mal kurz mit dir allein sein.«

»Warum denn?«, fragte sie, und dann blickte er auf und sah ihr direkt in die Augen. Da wusste sie, warum.

»Du willst mich küssen«, platzte sie heraus.

Er nickte mit feuerroten Wangen.

»Nur weil Manni es auch wollte? Oder einfach bloß so?«

»Weil *ich* es möchte. Schon lange.«

»Dann tu's doch!«, forderte sie ihn ohne nachzudenken auf.

Er trat von einem Fuß auf den anderen. »Ich weiß nicht, wie es geht.« Abermals starrte er auf den Boden. »Und außerdem sind wir … Freunde. Von klein auf.«

»Das ist doch kein Grund, wieso wir uns nicht mal küssen können«, widersprach sie. Sie trat dicht an ihn heran. »Mach ruhig.«

»Hast du schon viele Jungs geküsst?«

»Zwei«, informierte sie ihn.

»Mit oder ohne Manni?«

»Ohne natürlich. Der zählt nicht.«

»Und die anderen? Kenn ich die?«

Sie hob die Schultern. »Keine Ahnung, ich glaub nicht. Hab beide ewig nicht gesehen. Ist aber auch unwichtig. Ich fand's mit denen nicht so besonders. Doch wenn du möchtest, zeig ich dir, wie's geht. Wir können ja üben. Und wenn du dann irgendwann ein Mädchen findest, mit dem du gehen willst, weißt du, wie man's macht.« Sie lachte, aber es klang unsicher und rau.

Er beugte sich vor und drückte vorsichtig seine Lippen auf ihren Mund. Zwei, drei Sekunden lang blieben seine Lippen auf ihren liegen. Bärbel hielt unwillkürlich den Atem an, genauso wie er, und dann wich er ruckartig zurück und holte tief Luft.

»Das war noch nicht hundertprozentig, oder?«, fragte er mit belegter Stimme.

Diesmal war sie diejenige, die den Anfang machte. Sie legte ihre Hände an seine Wangen und zog ihn zu sich heran. Er musste den Kopf zu ihr herunterbeugen, und zum ersten Mal wurde ihr richtig bewusst, dass er viel größer war als sie. Vor knapp zwei Jahren waren sie noch etwa gleich groß gewesen, doch dann war er auf einmal in die Höhe geschossen und überragte sie jetzt fast um Haupteslänge.

Er küsste sie abermals, diesmal mit offenen Lippen. Sie ließ ihn ihre Zungenspitze spüren, und nach einer kurzen Schrecksekunde machte er mit. Ein unterdrücktes Stöhnen entwich ihm, als er beide Arme um sie schlang und sie fest an sich zog, während sie beide den Kuss vertieften. Sie spürte, dass er zitterte, und ihr selbst erging es nicht anders. Nach wenigen Augenblicken wusste sie, dass die Küsse, die sie vorher erhalten hatte, mit diesem hier in nichts zu vergleichen waren. Sie verlor jedes Empfinden für Raum und Zeit, fühlte nur noch die Hitze seines Mundes und das Toben ihres Herzschlags, und als er schließlich nach einer kleinen Ewigkeit den Kopf hob und sie losließ, hatte sie weiche Knie.

»Das war … richtig gut für den Anfang«, brachte sie mit krächzender Stimme hervor. Sie atmete durch und versuchte, ihren hämmernden Herzschlag unter Kontrolle zu bringen.

»Ehrlich?« Seine Wangen waren immer noch rot vor Verlegenheit, vielleicht aber auch vor Erregung. Er schluckte hart. »Wollen wir es noch mal versuchen?«

Sie nickte stumm.

Er zog sie abermals in seine Arme und küsste sie, diesmal noch intensiver als zuvor. Dann wurde er kühner – seine Hände glitten über ihren Rücken und anschließend nach vorn in ihren offenen Mantel. Er streichelte ihre Taille, und einmal berührten seine Finger sogar ihre Brust. Abrupt riss er die Hand weg, als hätte er sich verbrannt.

Seine Lippen lösten sich von ihren, und während sie einander schwer atmend anblickten, ertönte in der Nähe das Rattern der Hespertalbahn, begleitet vom Schnaufen und Pfeifen der Dampflok, ehe der Zug am nahegelegenen Bahnhof von Pörtingsiepen anhielt.

Unwillkürlich sah Bärbel auf ihre Armbanduhr.

»Deine Schicht fängt bald an.«

Klaus nickte verlegen.

»Ich komm noch mit bis zur Zeche.« Sie deutete auf das Moped. »Fahren wir, oder willst du es lieber hier stehen lassen?«

Er dachte einen Moment nach, dann grinste er. »Wir fahren. Jetzt ist es auch egal.«

»Und wenn Manni da schon auf dich wartet? Der wird dich garantiert direkt vermöbeln!«

»Nein, das traut er sich nicht.«

»Wie kommst du denn darauf? Er hat's dir doch eben erst ausdrücklich angedroht!«

»Das passiert schon nicht, keine Sorge.«

Bärbel blickte ihn skeptisch an. »Hast du etwa vergessen, wie oft er dich in deinem Leben schon verdroschen hat?«

»Das letzte Mal ist schon eine ganze Weile her«, meinte Klaus nur. Es klang ungewohnt selbstbewusst.

Er startete den Motor. »Ich bring dich schnell noch nach Hause, dann musst du nicht den ganzen Berg rauflaufen.«

»Schaffst du es denn dann rechtzeitig zur Schicht?«

»Das passt schon.« Er lachte leise. »Ich hab ja gerade ausnahmsweise einen fahrbaren Untersatz.«

»Stimmt.« Bärbel kicherte, dann kam ihr ein Gedanke. »Wenn du mich heimbringst, kannst du auch noch schnell deinen Henkelmann von zu Hause mitnehmen. Du hast ja gar nichts zu essen dabei.«

»Ich glaub nicht, dass meine Mutter was gekocht hat. Die ist heute nicht so gut in Schuss.«

»Heißt das, du kriegst den ganzen Tag nichts zu essen?«

»Ach, irgendwer wird schon 'ne Stulle für mich übrig haben. Na los, steig auf.«

Bärbel nahm hinter ihm auf dem Moped Platz und legte die Arme um ihn. Er fuhr los, und sie hielt sich an ihm fest, die Wange an seinen Rücken geschmiegt, damit der Fahrtwind ihr nicht das Haar ins Gesicht wirbelte.

Und weil sie so seinen Herzschlag hören konnte.

Kapitel 11

Inge rief sich vor ihrem Gespräch mit dem Schulrektor noch einmal sämtliche Argumente in Erinnerung. Vorher hatte sie sich extra alles aufgeschrieben, und um ganz sicherzugehen, dass sie aus lauter Nervosität nicht die Hälfte wieder vergaß, ging sie die Liste vor dem Termin noch einmal mit Agathe durch und machte einen Probelauf. Ihrer Chefin fiel dabei selbstverständlich die Rolle des Rektors zu.

»Nun, Fräulein Wagner, Sie können unmöglich erwarten, dass wir Ihren Bruder einfach eine Klasse überspringen lassen! Wie stellen Sie sich das vor?«

Inge verbiss sich ein Lachen, denn Agathe spielte den konservativen Schulleiter mit solcher Verve, dass man fast glaubte, sie könne das Amt selbst bekleiden.

»Herr Rektor, schauen Sie, die Sache ist die: Jakob ist nicht wie die anderen Kinder. Er ist in seiner geistigen Entwicklung wesentlich weiter! Sicherlich haben Sie bereits von seinem Rechenlehrer gehört, dass er schon den Stoff beherrscht, den andere Schüler erst in der Mittelstufe des Gymnasiums durchnehmen! Und er kann flüssig lesen und schreiben – vorausgesetzt, er darf zum Schreiben die linke Hand benutzen. Man sollte ihn nicht auf rechts umerziehen!«

»Und warum nicht, Fräulein Wagner? Ganze Generationen von Schülern sind schon auf rechts umerzogen worden, und ich wüsste keinen, dem das geschadet hätte! Nehmen Sie nur mich!«

»Was?«, entfuhr es Inge. Irritiert musterte sie ihre Chefin. »Stimmt das wirklich?«

Agathe wedelte mit der Hand – der rechten. »Nein, das ist nur spontan improvisiert. Was würdest du entgegnen, wenn er mit so einem Argument kommt? Rasch, nicht lange überlegen!«

Inge durchforstete ihr Gehirn nach einer passenden Erwiderung. »Mist, mir fällt nichts ein! Was soll ich denn sagen? Hast du eine Idee?«

»Na sicher. Du musst sagen, dass nicht jeder Mensch eine so exzellente Anpassungsfähigkeit und pragmatische Lebenstüchtigkeit mitbringt wie er. Also wie der Rektor. Sondern dass manche Kinder eben viel sensibler und introvertierter sind und sich besser entwickeln, wenn man den Rahmen ein bisschen weiter steckt. Wenn man ihnen ein schulisches Umfeld bietet, in welchem die Lernfreude eher angeregt als unterdrückt wird. Was bei Jakob ganz zweifelsfrei der Fall ist, wenn man ihn die nächsthöhere Klasse besuchen ließe, wo die Kinder im Stoff schon weiter sind.«

»Oh Mann«, seufzte Inge, während sie ihren Mantel überstreifte. Sie wollte direkt vom Laden aus zur Schule gehen. »So wie du könnte ich das niemals ausdrücken. Willst du nicht an meiner Stelle hingehen?«

»Du schaffst das schon.«

»Nicht mit diesen eleganten Formulierungen.«

»Deine Formulierungen sind völlig in Ordnung.«

Inge wünschte, es wäre wirklich so, doch sie ahnte, dass ihr im entscheidenden Moment garantiert nicht die richtigen Worte einfallen würden. Sie fühlte sich viel zu jung. Und obendrein rettungslos unzulänglich. Für jemanden, der nur Mittlere Reife hatte, konnte sie vielleicht noch recht gebildet daherreden, aber verglichen mit Agathe war sie in dieser Hinsicht ein Niemand. Ein derartiges Vokabular und eine solche Redegewandtheit konnte man sich nur durch eine wissenschaftliche Ausbildung an einer Universität aneignen. Ein

Studium – das war es, was letztlich in Sachen höherer Bildung das Zünglein an der Waage darstellte.

Inge kämpfte das Gefühl von Bitterkeit nieder, das sich bei diesen Gedanken in ihr breitmachen wollte. Sie hatte einen guten, ordentlichen Beruf, und sie war für ihre Verhältnisse weit gekommen. Welchen Sinn hatte es, verpassten Chancen hinterherzujammern?

Doch eines wollte sie auf jeden Fall – ihrem kleinen Bruder ebendiese Chancen offenhalten und ihm dabei helfen, schnurstracks den Weg zu gehen, der für sie viel zu früh aufgehört hatte. Dafür würde sie mit aller Kraft einstehen.

Agathe sortierte einen Stapel neu angekommener Bücher im Wandregal ein. »Mach dich nicht verrückt, Inge. Du wirst das Kind schon schaukeln.«

»Ja«, stimmte Inge fast trotzig zu. »Das werde ich!«

Ihre Kollegin Brigitte kam aus dem Lager in den Verkaufsraum. »Geht's jetzt los?«, wollte sie voller Anteilnahme wissen.

Inge nickte. »Wünsch mir Glück!«

»Natürlich!« Doch in Brigittes Miene zeigte sich ein Hauch von Skepsis. Ihrer Ansicht nach hatten Frauen es bei solchen amtlichen Terminen immer viel schwerer als Männer.

Auch in diesem Moment hielt sie nicht mit ihrer Meinung hinterm Berg. »Und du willst wirklich nicht deinen Cousin mitnehmen? Als Gewerkschafter kann er bestimmt sehr gut argumentieren! Für die Rechte all derer streiten, die nicht selbst die Stimme erheben können!«

Agathe schüttelte schmunzelnd den Kopf. »Meine Güte, Brigitte! Inge zieht doch nicht in den Klassenkampf!«

»Er ist gar nicht mein Cousin«, sagte Inge mechanisch. Sie wusste selbst nicht, warum sie dies bei jeder Gelegenheit richtigstellen musste. Es war schon fast zwanghaft, aber sie konnte nicht anders.

»Ist er nicht der Neffe deines Vaters?«, fragte Brigitte. »Ich erinnere mich, dass du es mal erwähntest.«

»Ja, aber ich bin kein leibliches Kind meines Vaters, deshalb sind wir eigentlich nicht verwandt.«

»Ach so. Hm, stimmt. Aber er ist doch bei der Gewerkschaft, oder? So jemand hat keine Angst vor großen Tieren, schon gar nicht vor einem einfachen Schulrektor. Er wäre dir sicher eine Hilfe!«

Agathe mischte sich ein. »Lass Inge nur machen. Sie kann das auch allein sehr gut. Inge, wir drücken dir ganz fest die Daumen!«

»Ja, selbstverständlich tun wir das!«, pflichtete Brigitte ihrer Tante bei.

Mit diesen aufmunternden Wünschen versehen machte sich Inge auf den Weg zur Schule. Unterwegs betete sie im Geiste abermals alles herunter, was sie sich zurechtgelegt hatte, damit Jakob die Klasse überspringen durfte.

Dabei hatte das Schuljahr nach den Osterferien schon schlecht angefangen – erst vorige Woche hatte die Moosbach mit roter Tinte einen Vermerk in sein Hausaufgabenheft geschrieben.

Jakob muss seine Hausaufgaben selbst machen!

Von Inge befragt, was das zu bedeuten habe, war Jakob in sich zusammengesunken und hatte mit dünner Stimme erwidert:

»Sie denkt, dass *du* mir die Hausaufgaben gemacht hast. Weil die Schrift so ordentlich aussieht.«

»Hast du ihr gesagt, dass du zu Hause mit der linken Hand schreiben darfst?«

Jakob hatte nur mutlos mit den Schultern gezuckt.

Inge hatte Mühe, ihren Zorn herunterzuschlucken, als sie an diese Unterhaltung zurückdachte. Ihr nächster Schritt war gewesen, sich umgehend einen Besprechungstermin beim Rektor geben zu lassen.

Bei Inges Eintreffen führte die Sekretärin gerade ein längeres Telefonat. Als sie nach ein paar Minuten endlich auflegte, waren Inges Nerven zum Zerreißen gespannt, und für einen Moment wünschte sie sich, jetzt wirklich Johannes an ihrer Seite zu haben. Doch dem hatte sie noch gar nichts von dem gemeinen Vermerk erzählt. Am Ende hätte er womöglich darauf bestanden, die Sache selbst in die Hand zu nehmen, ganz egal, welche Mutmaßungen und Gerüchte er damit provozierte.

Du kriegst das hin!, beschwor sie sich, als sie endlich in das Büro des Rektors geführt wurde.

Der gab ihr immerhin mit freundlichem Lächeln die Hand und bat sie, auf dem Besucherstuhl vor seinem Schreibtisch Platz zu nehmen. Ihre aufkeimende Zuversicht verflog allerdings sofort wieder, denn er gab ihr überhaupt keine Gelegenheit, ihre Argumente vorzubringen.

Er rückte seine Brille zurecht und betrachtete sie mit väterlicher Herablassung. »Fräulein Wagner, wenn ich richtig informiert bin, sind Sie die Schwester von Jakob. Darf ich fragen, warum *Sie* diesen Termin wahrnehmen, nicht Ihr Vater? Zweifellos ist er der Erziehungsberechtigte, nicht wahr?« Er zog einen aufgeschlagenen Aktenordner zu sich heran. »Hier ist zumindest eingetragen, dass er es ist. Nach meinem Wissensstand hat er auch das Zeugnis unterzeichnet, jedenfalls ist hier nichts Gegenteiliges vermerkt.« Sein Blick wurde bohrend. »Also, warum sitzen Sie hier vor mir, und nicht er selbst?«

»Ich habe Vollmacht …« Sie wollte das Schreiben aus ihrer Handtasche ziehen, das sie wie beim letzten Mal extra vorher eingesteckt hatte, in der Hoffnung, es nicht zu benötigen. Doch der Rektor winkte ab.

»Das Sorgerecht lässt sich nicht durch eine einfache Vollmacht auf Dritte übertragen. Ich frage mich, wie Sie darauf kommen, dass dies möglich sein soll. Außerdem denke ich nicht, dass es in einer so wichtigen Angelegenheit förderlich ist, nur mit der Schwester statt mit dem Vater zu sprechen. Sie sind doch selber kaum dem Schulalter entwachsen.«

»Ich bin dreiundzwanzig«, widersprach Inge. Sie versuchte, sich ihre wachsende Panik nicht anmerken zu lassen.

»Nun, auch wenn Sie doppelt so alt wären – es spielt nicht die geringste Rolle. Sie haben nicht die elterliche Gewalt inne. Wenn hier schulische Angelegenheiten zu klären sind, die Ihren Bruder betreffen, sollte sich Ihr Vater schon selbst herbequemen.«

»Aber er kann nicht!«

»Warum nicht?«

»Weil er ... Er ist kriegsversehrt!«

»Hm, hier in der Akte habe ich stehen, dass er Bergmann ist. Auf Zeche Hermann. Wenn er trotz seiner Kriegsverletzung auf der Zeche arbeiten kann, sollte es ihm doch wohl auch möglich sein, sich zu einer Besprechung mit mir hierher in die Schule zu begeben.«

»Aber Sie verstehen nicht! Die Verletzung ... Es ist sein Kopf!«

»Sie meinen, er ist geistig eingeschränkt?«

Inge nickte stumm. Hoffentlich sah er jetzt endlich ein, dass *sie* für Jakob zuständig war!

Doch zu ihrem Entsetzen kam alles ganz anders.

»Wollen Sie damit sagen, dass Ihr Vater durch die Kriegsverletzung so minderbemittelt ist, dass er sich nicht selbst um die Belange seines Sohnes kümmern kann? Ist dieser Umstand den Behörden bekannt?« Der Rektor blätterte in der Akte herum. »Ich sehe nichts dergleichen.«

»Keine Ahnung, ob es bekannt ist«, sagte Inge, in dem verzweifelten Bemühen, ihn von dieser fatalen Fährte wegzulotsen. »Es war ja auch bisher immer völlig egal. Alles hat bestens geklappt. Meine Großmutter und mein … Cousin und ich, wir haben uns von Anfang an gut um Jakob gekümmert.«

»Cousin? Großmutter? Mir scheint, hier liegen schwere Versäumnisse vor«, murmelte der Rektor, immer noch in der Akte blätternd, als ließe sich dort eine Erklärung für die befremdliche Familiensituation finden. Als er endlich wieder aufblickte, wies sein Gesicht einen Ausdruck geschäftsmäßiger Strenge auf. »Es ist unumgänglich, dass ich den Fall weiterleite.«

»Weiterleiten? Wohin denn?«

»Ans Schulamt natürlich. Und ans Vormundschaftsgericht.«

Inge schluckte. Beklommenheit hatte sie erfasst.

»Das Vormundschaftsgericht?«, wiederholte sie bestürzt. »Warum das denn?«

»Nun, es ist offenkundig, dass hier womöglich ein Amtsvormund bestellt werden muss, da die einzige erziehungsberechtigte Person allem Anschein nach nicht in der Lage ist, Elternpflichten wahrzunehmen. Das sind Pflichten, die man nicht einfach an andere abtreten kann.« Seine Stimme hatte einen gewichtigen Tonfall angenommen, er sprach wie ein Dozent, der eine Vorlesung hält.

Inge wollte Einwände erheben, aber ihr fehlten die Worte. In ihrem Kopf herrschte gähnende Leere. Und auch wenn ihr noch etwas eingefallen wäre – er hätte sie vermutlich nicht mehr angehört, denn für ihn war das Gespräch an dieser Stelle beendet. Er klappte die Akte zu und stand auf. Mit einer endgültigen Geste reichte er ihr über den Schreibtisch hinweg die Hand. »Auf Wiedersehen, Fräulein Wagner.«

»Auf Wieder…« Sie brach ab. »Aber was soll denn jetzt werden? Wie geht es weiter?«

»Sie werden in dieser Angelegenheit zweifellos bald eine behördliche Mitteilung erhalten. Bis dahin müssen Sie sich schon gedulden. Nichts für ungut.« Mit diesen Worten komplimentierte er sie aus seinem Büro, indem er sie beim Ellbogen fasste und zur Tür geleitete.

Wie betäubt ließ sie sich aus dem Zimmer schieben und zuckte zusammen, als im selben Moment das Telefon der Sekretärin schrillte. Gleichzeitig fiel die Tür zum Büro des Rektors zu. Damit war der gefürchtete Termin vorüber – und alles noch viel schlimmer als vorher.

*

Wie in Trance ging Inge hinaus auf den Flur. Sie hatte das untrügliche Gefühl, gerade alles falsch gemacht zu haben, was man nur falsch machen konnte. An welcher Stelle der Unterhaltung war es passiert? Welchen Fehler hatte sie begangen? Und vor allem – welche Konsequenzen waren nun zu befürchten?

Zumindest eine Sache war allerdings jetzt schon klar – die Hoffnung, dass Jakob ein Schuljahr überspringen konnte, hatte sich vorhin ein für alle Mal zerschlagen.

Niedergeschmettert ging sie zum Ausgang. Wie bei ihrem letzten Besuch war die Schule menschenleer. Die Kinder waren nach dem Unterricht heimgegangen, und die meisten Lehrkräfte vermutlich auch. Das hier war kein Ort, an dem man sich gern länger als nötig aufhielt. Die ganze Umgebung schien abweisende Kälte zu verströmen, obwohl alles hell und modern gestaltet war, kein Vergleich zu der tristen und altertümlichen Volksschule, die Inge nach dem Krieg besucht hatte.

Unwillkürlich wurde sie von einem Frösteln erfasst und ging schneller, um das Gebäude so rasch wie möglich zu verlassen.

Als sie den Ausgang erreicht hatte, ertönte hinter ihr eine Männerstimme.

»Fräulein Wagner!«

Sie drehte sich zu Jakobs Rechenlehrer um, erfreut, ihn zu sehen. Matthias Jung hatte sie kurz nach der Erteilung der Zeugnisse angerufen und ihr seine Bemühungen um Jakobs Versetzung geschildert. Sie hatte sich inständig bei ihm bedankt.

»Guten Tag, Herr Jung!« Herzlich erwiderte sie seinen Händedruck. »Was für ein Zufall, dass ich Sie hier schon wieder treffe!«

Er lächelte sie strahlend an. »Kein Zufall, wenn ich ehrlich sein soll. Ich hatte von der Sekretärin gehört, dass Sie heute beim Rektor vorstellig werden wollten. Deshalb bin ich nach dem Unterricht noch eine Weile hiergeblieben und habe die letzte Klassenarbeit im Lehrerzimmer korrigiert statt zu Hause. Immer mit einem Ohr auf den Flur hinaus.« Er deutete zu einer offen stehenden Tür. Fragend blickte er dann Inge an. »Ging es um Jakob? Ihren Plan, ihn eine Klasse überspringen zu lassen? Wie lief das Gespräch denn?«

Mutlos ließ Inge die Schultern hängen. »Alles andere als gut. Ich glaube, ich hab's gründlich vermasselt.«

»Wirklich?«, fragte er betroffen. »Wollen Sie mir davon erzählen? Wir können auch rausgehen, wenn Ihnen das lieber ist. Ich war sowieso gerade fertig. Warten Sie, ich hole nur rasch meine Sachen.«

Inge nickte bloß. Er eilte ins Lehrerzimmer und kam kurz darauf mit Jacke und Aktenmappe zurück. Höflich hielt er Inge beim Rausgehen die Tür auf.

Sie berichtete von ihrem Gespräch mit dem Rektor. Matthias Jung ließ ab und zu einen Ausruf der Entrüstung hören, ehe er kopfschüttelnd das Ergebnis der Unterredung kommentierte. »Das ist ja wirklich ein dicker Hund! Eine Eingabe beim Vormundschaftsgericht! Was soll denn dabei herauskommen?«

»Ich habe auch keine Ahnung, was ich davon halten soll«,

gab Inge zu. »Außer, dass es sich ziemlich übel angehört hat. Hatten Sie schon mal mit einem solchen Fall zu tun?«

»Nein, leider nicht. Aber ich werde mich mal umhören, vielleicht erfahre ich ja mehr darüber. Sobald ich Näheres weiß, gebe ich Ihnen Bescheid.«

»Vielen Dank, Herr Jung! Sie können mich jederzeit anrufen, wenn Sie etwas herausgefunden haben!«

»Ach bitte, lassen Sie doch die förmliche Anrede weg und nennen Sie mich Matthias. Ich komme mir ja sonst vor wie mein eigener Opa.«

»Meinetwegen. Ich bin Inge.«

»Ich weiß. Ähm, wollen wir uns nicht auch einfach duzen?« Sein Lächeln bekam etwas Lausbübisches. »Ich glaube, ich darf es als Erster anbieten, weil ich älter bin.«

»Das ist die Frage«, erwiderte Inge scherzhaft. Das kleine Geplänkel begann ihr Spaß zu machen. »Sie ... du siehst aus, als wärst du gerade erst volljährig geworden.«

»Du liebe Zeit, niemals! Wir können ja wetten, dass ich älter bin als du.«

»Um was denn?«

Seine Antwort kam wie aus der Pistole geschossen. »Um einen Kinobesuch.«

Inge musste sich ein Grinsen verkneifen. »Ich bin dreiundzwanzig.«

»Ich vierundzwanzig!«, rief er aus, sichtlich begeistert vom Ausgang dieser Wette.

»Dann schulde ich dir jetzt wohl eine Kinokarte«, sagte Inge trocken.

»Nein, Unsinn!«, widersprach er sofort. »Einen Kino*besuch*. Zusammen mit mir. Ich lade dich selbstverständlich dazu ein. Was meinst du?« Zögernd und mit fragendem Blick fügte er hinzu: »Falls dein Verlobter was dagegen hat ... Es wäre natürlich rein freundschaftlich!«

»Ich bin nicht mehr verlobt.«

Er wirkte verblüfft. »Ach. Seit wann das denn?«

»Seit Kurzem.«

»Hm. Ich könnte nicht sagen, dass mir das leidtäte.«

Mit zwiespältigen Gefühlen nahm sie seine Äußerung zur Kenntnis. Sie hatte durchaus Lust, ins Kino zu gehen, das hatte sie eigentlich immer, aber er würde sich nach ihrem Geständnis nun wahrscheinlich Hoffnungen auf mehr machen. »Vielleicht wäre es doch keine so gute Idee«, bemerkte sie. »Die Trennung von meinem Verlobten – das ist alles noch ziemlich frisch.«

Doch das ließ er nicht gelten. »Was ist gegen einen freundschaftlichen Kinobesuch einzuwenden? Vor allem, wenn es ein absolut seriöser Film mit Freddy Quinn ist?«

Sie musste lachen. »Läuft gerade einer mit ihm? Bist du etwa ein Fan?«

»Nicht so richtig«, gab er zu. »Aber für dich könnte ich es werden.«

»Nicht nötig. Mir reicht er schon im Radio.«

»Dann suche ich eben einen anderen Film raus. Wie wär's mit der Abendvorstellung am nächsten Donnerstag? Freitag ist Feiertag, das würde prima passen.«

Sie war immer noch nicht sicher, ob es wirklich eine gute Idee war, mit ihm ins Kino zu gehen. Doch ein Rückzieher hätte jetzt wohl kindisch gewirkt, nachdem sie sich ja spaßeshalber bereits auf die Wette eingelassen hatte, wohlwissend, was dabei herauskommen würde. Sie konnte nur hoffen, dass sie damit keinen Fehler beging.

*

Am Donnerstagvormittag rief Matthias Inge in der Buchhandlung an. Er tat ein wenig geheimnisvoll und erklärte mit vergnügter Stimme, es hätte sich eine kleine Planänderung ergeben, der Kinobesuch werde daher auf einen anderen Tag verschoben, aber er erwarte sie zur vereinbarten Uhrzeit an der Bushaltestelle *Am Schwarzen*.

Inge wusste nicht recht, was sie davon halten sollte. Sie forderte ihn in scherzhaftem Ton auf, mit seinen Plänen herauszurücken, doch er blieb standhaft.

»Frag nur, aber es ist sinnlos! Ich verrate nichts, sonst wäre es ja keine Überraschung mehr! Meine Lippen bleiben fest versiegelt!«

»Jemand Nettes?«, fragte ihre Kollegin Brigitte, nachdem Inge aufgelegt hatte. Sie streckte den Kopf ins Hinterzimmer, das sie als Büro und Aufenthaltsraum nutzten.

»Ja, er ist nett, aber nicht so, wie du denkst.«

»Sondern?«, fragte Brigitte augenzwinkernd.

Inge hatte keine Lust, nähere Erklärungen abzugeben, doch sie wollte auch nicht unfreundlich sein. Brigitte war ausgesprochen empfindlich und konnte jede ablehnende Reaktion als tiefe Kränkung auffassen. Es war schon vorgekommen, dass sie heulend auf dem Klo verschwunden und eine Stunde nicht wieder zum Vorschein gekommen war, nur weil Agathe sie für eine falsche Bestellung getadelt hatte.

»Es ist einfach nur ein Bekannter, und nein, daraus wird wirklich nichts Ernstes werden.«

»Aber du willst mit ihm ausgehen!«

»Na und? Kann eine Frau nicht einfach mit einem Mann ausgehen, ohne dass alle Welt dahinter gleich irgendwas vermutet?«

»Glaubst du das wirklich?«

»Ja, allerdings!«, erwiderte Inge mit wachsendem Unmut.

Brigitte reagierte eingeschnappt – sie sagte kein Wort mehr.

Agathe, die kurz darauf von einer Besorgung aus der Stadt zurückkehrte, bemerkte die angespannte Stimmung.

»Was ist euch denn für eine Laus über die Leber gelaufen?«, wollte sie wissen.

Brigitte hüllte sich in vielsagendes Schweigen, aber Inge sprang nach einem Moment des Zögerns über ihren Schatten.

»Ich war vielleicht ein bisschen schroff. Tut mir leid, Brigitte.«

Zum Glück wollte Agathe nicht wissen, worum es ging. Doch Brigitte sorgte zu Inges Verärgerung mit ihrer nächsten Bemerkung dafür, dass es Agathe nicht verborgen blieb.

»Schon gut, ich nehm's dir nicht übel«, sagte sie mit einem tapferen Lächeln zu Inge. »Du hast dich ja erst vor Kurzem entlobt, und es ist doch absolut verständlich, dass du da nicht gleich wieder was Festes willst.« In entsagungsvollem Ton fügte sie hinzu: »Junge Frauen wie du dürfen ruhig auch so mal ein bisschen Spaß haben!«

In dem Moment kam zum Glück ein Kunde in den Laden, der bedient werden musste. Inge war froh über die Ablenkung, denn sonst wäre ihr wahrscheinlich doch noch eine zornige Bemerkung herausgerutscht, Entschuldigung hin oder her.

Mit gemischten Gefühlen, aber auch einem Hauch von Abenteuerlust machte sich Inge nachmittags nach der Arbeit für das Treffen mit Matthias Jung zurecht. Sie duschte ausgiebig und zog sich schick an, denn sie freute sich über die Gelegenheit, noch einmal das neue Kleid zu tragen, das sie sich zu Ostern genäht hatte.

Als sie sich anschließend im Spiegel begutachtete, fragte sie sich unwillkürlich, was wohl ihre Mutter zu dem Kleid gesagt hätte. Katharina war beim Schneidern eine Perfektionistin gewesen, nicht der kleinste Nähfehler war ihrem scharfen Blick entgangen. Inge hatte damals so manche Naht wieder auftrennen müssen. Aber dieses Kleid hier hätte Katharina sicher gefallen. Es war aus feinem türkisfarbenem Baumwollbatist, mit tailliertem Oberteil und glockenförmigem Rock. Bei jedem Schritt schwang es elegant um die Knie und lenkte den Blick auf die hübschen Schuhe – weiche Pumps aus hellem Ziegenleder, die Inge sich vor zwei Wochen in einem ungewohnten Anfall von Verschwendungssucht gegönnt hatte. Sie hatte ganz einfach das Gefühl gehabt, dringend etwas Neues zu brauchen. Die Trennung von Peter hatte ihr zwar letztendlich eine Last von der Seele genommen, sie aber zugleich auch in anhaltende Traurigkeit gestürzt, aus der sie nur langsam wieder herausfand. Auch wenn es schon über einen Monat her war – so leicht steckte man so etwas nicht weg.

Für ihn galt das vermutlich erst recht, schließlich hatte *sie* die Verlobung beendet. Sie mochte gar nicht daran denken, wie ihm in der letzten Zeit zumute gewesen war.

Wenigstens hatte er jetzt sein Examen in der Tasche. Über ein paar Ecken hatte sie gehört, dass alles gut geklappt hatte. Das half ihm bestimmt, schnell über sie hinwegzukommen.

Manchmal, wenn das Telefon klingelte, befürchtete sie, es könne Peter sein, in der Absicht, sie zurückzugewinnen. Doch es war jedes Mal jemand anderes, und im Laufe der Wochen war es ihr gelungen, immer weniger an ihn zu denken. Bestimmt hatte er die bestandene Prüfung gebührend gefeiert und war danach zur Erholung irgendwohin in Urlaub gefahren, vielleicht in den Süden, nach Italien. Um diese Jahreszeit fuhren die Leute, die es sich leisten konnten, gern dorthin, und Peter hatte schon öfter davon gesprochen, wie schön es dort sei.

Sie war so tief in Gedanken versunken, dass sie erst aufblickte, als sie die Bushaltestelle erreichte. Matthias Jung stand bereits dort und wartete auf sie. Er strahlte sie an und streckte ihr zur Begrüßung die Hand hin.

»Ich freu mich!«, sagte er.

Inge erwiderte seinen Händedruck und nahm einigermaßen überrascht zur Kenntnis, dass er unter seinem Trenchcoat einen guten Anzug trug, mit weißem Hemd und seidenem Schlips.

Fragend blickte sie ihn an. »Ich hoffe, ich bin passend angezogen für das, was du vorhast!«

Er musterte sie bewundernd und hielt ihre Hand einen Moment länger als nötig. »Du bist *perfekt* angezogen. Aber das bist du ja sowieso immer.«

Inge lächelte. »Wie willst du das beurteilen? Du siehst mich doch heute erst zum dritten Mal.«

Er zwinkerte ihr schalkhaft zu. »Einmal hat mir schon gereicht. Der erste Blick ist immer entscheidend. Du nähst deine Sachen selbst, oder?«

Sie sah an sich hinab. Über dem Kleid trug sie einen leichten Mantel, der offen stand – und den sie ebenfalls selbst geschneidert hatte. »Sieht man das so deutlich? Eigentlich dachte ich, dass ich es ganz gut hingekriegt habe.« Sie sagte es nur halb im Scherz, denn im Vergleich zu Katharina fühlte sie sich an der Nähmaschine insgeheim immer noch ein wenig stümperhaft. Oder zumindest wie jemand, der noch sehr viel zu lernen hatte.

»Ich sagte doch, es ist perfekt. Schöner geht es nicht.«

»Aha, verstehst du etwa neben Mathe auch was von Mode?«

»Ich nicht, aber meine Schwester. Sie ist gelernte Änderungsschneiderin bei Cramer und Meermann.«

»Wirklich?«, fragte Inge interessiert. »Da kaufe ich oft Stoff und Nähsachen. Wie sieht sie denn aus?«

»Klein, brünette Locken, Brille. Vom Sehen her kennst du sie bestimmt. Sie wohnt mit ihrem Mann in Werden. Ab und zu kauft sie was bei euch in der Buchhandlung, und im Kaufhaus hat sie dich auch schon mal gesehen. Sie sagt, sie würde viel drum geben, wenigstens ab und zu solche traumhaften Kleider wie deine als Konfektionsware zu haben.«

Dieses Lob ließ sie erröten. »Du hast mit ihr über mich gesprochen?«

»Na ja, der Essener Süden ist ein einziges Dorf, das weißt du doch. Jeder kennt jeden, oder zumindest beinahe. Oh, da kommt der Bus!«

Sie stiegen ein, und er tat weiterhin geheimnisvoll und gab auch auf Inges wiederholte Nachfrage, wohin es denn nun gehen sollte, nichts preis.

»Das wird nicht verraten«, erklärte er mit gespielter Strenge.

Doch sie hatte längst eine Ahnung, und als sie in Rüttenscheid ausstiegen, wusste sie Bescheid. Er wollte mit ihr in die Grugahalle!

»Das glaube ich jetzt nicht!«, rief sie aus, während sie auf das neu erbaute, futuristisch anmutende Gebäude zugingen. Vor dem Eingang drängten sich bereits scharenweise die Besucher. »Du hast wirklich Karten bekommen? Ich habe gehört, dass die an einem einzigen Tag ausverkauft waren!«

»Ja, ich hatte Glück und war einer der Ersten.«

Inge konnte es kaum fassen. Schon seit Wochen war die heutige Musikpreisverleihung in aller Munde. Nach den Essener Jazztagen, die in der vorletzten Woche hier stattgefunden hatten, war sie *das* Ereignis in der Musikbranche.

Sie bahnten sich den Weg zur Garderobe und gaben ihre Mäntel ab. Voller Vorfreude hängte Inge sich bei Matthias ein, während eine Platzanweiserin ihnen die Richtung wies. Die Halle fasste gut und gern siebentausend Besucher und war voll besetzt. Staunend ließ Inge ihre Blicke umherschweifen. Auf den vorderen Rängen tummelte sich allerlei Prominenz aus Film und Fernsehen.

Auch der Moderator war kein Unbekannter – es war Camillo Felgen, Chefsprecher von Radio Luxemburg und Initiator des begehrten Preises, der jährlich den erfolgreichsten Schlagersängern verliehen wurde.

Die Veranstaltung war unterhaltsam und abwechslungsreich. Das Orchester spielte die aktuellen Hits, und die glanzvollen Auftritte von Stars wie Rex Gildo, Ted Herold und Tommy Kent rissen das Publikum zu stürmischem Beifall hin. Die Preisverleihung bildete den Höhepunkt der Show. Der Bronzene Löwe ging an die Nilsen Brothers, den Silbernen Löwen erhielt Conny Froboess für *I love you, Baby*, und der Goldene Löwe wurde unter dem Jubel der Zuschauer dem jungen Sänger Peter Kraus überreicht, bei dessen Song *Sugar Baby* es das Publikum kaum auf den Sitzen hielt.

Inge applaudierte begeistert und wandte sich an Matthias. »Schade, dass meine Schwester nicht hier ist! Das hätte ihr so gut gefallen!« Sie sprach mit erhobener Stimme, um den Geräuschpegel zu übertönen.

»Ist sie ein Fan von Peter Kraus?«

»Nein, ich glaube, sie mag eher die amerikanischen Rock-'n'-Roll-Sänger. Aber die Lieder von Conny hat sie schon als Kind ständig nachgesungen. Sie hat eine sehr gute Stimme. Also meine Schwester Bärbel.«

»Das ist ja verrückt«, meinte er verdutzt. »Meine Schwester heißt auch Bärbel! Eigentlich Barbara, aber so nennt sie keiner.« Trocken fügte er hinzu: »Nur singen kann sie leider überhaupt nicht.«

Inge lachte, sein Sinn für Humor lag ihr. In aufgeräumter Stimmung verließen sie nach dem Ende der Show die Halle, und als Matthias sie anschließend noch in ein nahe gelegenes Lokal zum Abendessen einlud, stimmte sie ohne große Bedenken zu. Auf dem Weg dorthin hängte sie sich wie schon zuvor in der Halle bei ihm ein, weil die hochhackigen neuen

Schuhe sich nicht unbedingt als asphalttauglich erwiesen – die Innensohle war zu glatt, sie rutschte mit ihren nylonbestrumpften Füßen darin hin und her. Einmal knickte sie um, doch es ging glimpflich aus, denn Matthias stützte sie sofort, und Inge musste herzhaft lachen, als er danach einen Witz über Schuhe zum Besten gab.

»Probiert eine Frau im Laden Schuhe an, ein Paar nach dem anderen, keines passt. Als es doch endlich klappt, sagt sie zum Verkäufer: ›Wunderbar, die nehm ich!‹ Darauf der Verkäufer: ›Gnä' Frau, Sie stehen in den Schuhkartons!‹«

In dem Restaurant gab es trotz der fortgeschrittenen Stunde noch warmes Essen. Inge hatte Hunger, denn sie hatte nach der Arbeit nur schnell eine Kleinigkeit bei Oma Mine gegessen. Sie bestellten Jägerschnitzel mit Bratkartoffeln und dazu jeder ein Glas Wein. Inge fühlte sich in Matthias' Gesellschaft wohl, sie konnte sich mit ihm ungezwungen über alle möglichen Themen unterhalten. Die gemeinsame Zeit verging im Nu, es gab nicht einen Moment der Langeweile.

»Holen wir das mit dem Kino nach?«, fragte er, als sie später gemeinsam das Lokal verließen und zur Haltestelle gingen. Sie mussten sich sputen, weil sie sonst den letzten Bus verpasst hätten.

»Warum nicht«, antwortete Inge, ein wenig atemlos vom schnellen Gehen. »Solange es rein freundschaftlich bleibt.«

»Aber immer doch.« Er lachte sie an und sah dabei unverschämt gut aus. Doch sie hoffte inständig, dass er sich nicht zu viel von der nächsten Verabredung versprach. So weit war sie noch nicht. Noch lange nicht.

Aber eines Tages … Irgendwann vielleicht. Dann musste sie es zumindest versuchen. Schon deshalb, um endlich den verfluchten Kuss von Johannes aus dem Kopf zu kriegen.

»Es war wirklich ein schöner Abend«, sagte sie. »Vielen Dank dafür!«

»Nicht doch, *ich* habe zu danken! Es hat mir einen Riesenspaß gemacht!« Er warf einen Blick auf seine Uhr. »Der Bus hat anscheinend Verspätung. Umso besser, dann können wir noch ein bisschen reden.«

Inge hatte nichts dagegen. Doch dann erstarrte sie. Soeben kam ein Paar um die Ecke spaziert, das sie kannte. Es waren Peters Eltern!

Sie wandte den Kopf zur Seite, in der Hoffnung, dass die zwei sie nicht bemerkten, aber Peters Mutter hatte sie bereits erspäht und zog ihren Mann in Richtung der Haltestelle.

»Inge! Na so was! Was machst du denn hier? Wir haben dich ja schon seit Ewigkeiten nicht mehr gesehen!«

Inge gab den beiden pflichtschuldigst die Hand und stellte ihnen Matthias vor. »Das ist Herr Jung, der Lehrer meines kleinen Bruders.«

»Angenehm«, sagte Peters Vater, doch sein Gesichtsausdruck besagte das Gegenteil. Er musterte Matthias mit unverkennbarem Argwohn.

Inge blickte peinlich berührt zu Boden und fragte sich, wo der blöde Bus nur blieb.

»Schade, dass Peter noch nicht wieder da ist«, erzählte seine Mutter. »Gestern hat er aus Florenz angerufen, er hat sich den Fuß verstaucht und muss deshalb noch ein paar Tage länger bleiben, bis er wieder Auto fahren kann. Aber das weißt du ja sicher schon. Und sobald er wieder da ist, könnt ihr endlich das Organisatorische in Angriff nehmen, nicht wahr? Sonst wird es mit der Zeit wirklich zu knapp. Ich finde übrigens, dass der erste August ein wunderbarer Hochzeitstermin ist!«

Inge brachte keinen Ton heraus. Sie bemühte sich um eine verbindliche Miene, während sich ihre Gedanken überschlugen. Um Himmels willen, Peters Eltern hatten noch gar keine Ahnung davon, dass aus der Hochzeit nichts werden würde!

Schlimmer noch – er hatte ihnen offenbar auch noch vorgegaukelt, dass es schon einen Termin gab!

»Da kommt der Bus«, stieß sie erleichtert hervor. »Auf Wiedersehen, schönen Abend noch!«, rief sie Peters Eltern über die Schulter hinweg zu, bevor sie hastig einstieg. Die beiden sahen ihr in einer Mischung aus Befremden und Erstaunen nach.

Matthias setzte sich neben Inge und betrachtete sie fragend. »Er hat es ihnen überhaupt nicht erzählt, oder? Dass es vorbei ist.«

Der Schaffner kam zum Abkassieren, und Inge nutzte den Moment, um sich für eine Antwort zu sammeln.

»Nein«, sagte sie einsilbig.

»Und was machst du jetzt?«

Sie dachte kurz nach. »Nichts«, erklärte sie dann.

Matthias nickte. »Du hast recht. Schließlich sind es seine Eltern, nicht deine.«

Das quittierte sie mit Schweigen.

»Bitte verzeih«, sagte er nach einer Weile. »Ich wollte mich nicht einmischen.«

»Schon gut.«

Die restliche Rückfahrt über sprachen sie nicht viel. Matthias bestand darauf, sie bis nach Hause zu begleiten, bevor er selbst den Heimweg antrat. Vor Mines Siedlungshäuschen gab er ihr die Hand.

»Diese Sache mit dem Vormundschaftsgericht – ich versuche baldmöglichst rauszufinden, was da auf euch zukommt, versprochen«, meinte er.

Inge nickte stumm, von plötzlicher Niedergeschlagenheit erfüllt.

»Verflucht, ich hätte das jetzt nicht mehr erwähnen sollen, oder?«, entfuhr es ihm. »Damit habe ich dir endgültig den Abend ruiniert!«

»Das war er bereits«, gab sie zurück. »Aber vorher war's wirklich sehr schön.« Sie bemühte sich, ihm zum Abschied wenigstens noch ein Lächeln zu schenken, aber es gelang ihr nicht, also drehte sie sich rasch um und ging zur Haustür. Sie schloss auf und ging hinein, ohne zurückzublicken.

Kapitel 12

Der Maifeiertag war für Johannes im wahrsten Sinne des Wortes ein Tag der Arbeit – die Vorbereitungen für die Kundgebung und den Umzug liefen schon seit Wochen auf Hochtouren. Gewerkschafter, Bergleute und Arbeiter – am ersten Mai kamen sie alle zusammen. In diesem Jahr gab es zudem etwas ganz Besonderes zu feiern. Schon einen Monat zuvor hatten sich die Tarifpartner auf die neue Arbeitszeitregelung geeinigt, doch erst ab heute trat sie in Kraft: die Fünftagewoche im Steinkohlenbergbau, ein Meilenstein erfolgreichen Arbeitskampfes.

Johannes nahm als verantwortlicher Ortsgruppenleiter an der Veranstaltung in der Innenstadt teil. Inmitten des lärmenden Gedränges blickte er zu den Transparenten und Fahnen auf, die von den Bergarbeitern durch die Straßen getragen wurden. Er stimmte in die Parolen und Lieder ein, schüttelte unzählige Hände, klopfte auf Schultern, redete mit vielen Kumpeln, die heute an diesem Umzug teilnahmen, und freute sich aus tiefstem Herzen über das, was sie alle zusammen erreicht hatten. Jeder Einzelne hatte als Gewerkschaftsmitglied dazu beigetragen, war Teil der langjährigen Anstrengungen gewesen.

Auch Stan war mit von der Partie. Er trug den Bergkittel voller Stolz, und als er Johannes zwischendurch ansah, leuchteten seine Augen.

»Weißt du noch?«, fragte er. »Damals, dein Anfang in der Gewerkschaft? Du bist weit gekommen, Junge. Sieh dich nur um! Dafür hast du gekämpft, und jetzt ist es wahr geworden!«

Johannes nickte gedankenverloren. Er erinnerte sich noch genau an den Beginn seines beruflichen Werdegangs. Zuerst hatte er vor Kohle geschuftet, als Spätheimkehrer und ehemaliger Kriegsgefangener. Stan hatte ihm den Weg geebnet, ihn als Hauer eingestellt und dafür gesorgt, dass er Fuß fasste. Und Stan war es auch gewesen, der ihn zu seinen ersten Ortsgruppenversammlungen mitgenommen und sein Interesse für die Arbeit eines Gewerkschafters geweckt hatte.

Und nachdem er nach dem Grubenunglück wegen der Beinverletzung nicht mehr unter Tage arbeiten konnte, hatte Johannes, abermals mit Stans Unterstützung und nach entsprechender Schulung, als hauptamtlicher Gewerkschaftssekretär weitergemacht. Zunächst hatte er nur Beiträge eingesammelt und bei der Mitgliederverwaltung geholfen, doch dann war er rasch aufgestiegen. Mittlerweile führte er Verhandlungen, leitete Versammlungen, erstellte Informationsschriften und Vorschläge für Tarifänderungen. Nebenher hatte er sich ständig in neue Gebiete des kollektiven Arbeitsrechts eingearbeitet. Seine Kenntnisse im Streikwesen hatten ihn zu einem gefragten Gesprächspartner auch auf überregionaler Ebene gemacht.

Johannes war zufrieden mit dem, was er erreicht hatte. Nach Lage der Dinge war es wohl das Beste, was er beruflich aus sich hatte machen können. Er fuhr einen Dienstwagen, hatte ein Büro mit Schreibkraft und ging im Anzug zur Arbeit statt im dreckigen Grubenzeug. Die Gewerkschaft sorgte gut für ihre Leute.

»Trinken wir noch ein Bier zusammen?«, fragte Stan, als der Umzug sich dem Ende zuneigte.

»Natürlich«, stimmte Johannes zu.

»Geht's auch bei mir zu Hause?« Stan grinste ein wenig schief. »Sonst krieg ich am Ende wieder Ärger mit Renate.«

Johannes lächelte mitfühlend. »Ist wohl immer noch ein bisschen viel mit den drei Kleinen, oder?«

»Was dachtest du denn?«, brummte Stan.

Seine Frau hatte kurz vor Ostern wieder einen kleinen Jungen bekommen, und seitdem litten sie beide unter chronischem Schlafmangel, wodurch tagsüber oft der Haussegen schiefhing. Stan hatte bereits seinen kompletten Jahresurlaub aufgebraucht, aber trotzdem kam Renate, wie er Johannes im Vertrauen erzählt hatte, nervlich auf keinen grünen Zweig.

»Ich schwöre dir, es gibt nichts Schlimmeres als den Moment, wenn sich der Wind dreht und du feststellst, dass mindestens hundert Windeltücher auf der Wäscheleine voll von Kohlenstaub sind«, sagte Stan. »Renate versucht jeden Tag, die Zwillinge ans Töpfchen zu gewöhnen, doch die beiden hassen es wie die Pest. Sie fangen schon an zu brüllen, wenn sie die Dinger nur sehen.«

»Sie sind noch viel zu klein«, meinte Johannes. »Jakob wollte erst mit drei auf den Topf.«

»Der Himmel verschone mich davor«, stöhnte Stan. »Bis dahin dauert es bei den Zwillingen ja noch fast zwei Jahre! Drei kleine Ärsche in Windeln, wie soll ein Mensch das aushalten!«

Johannes lachte. »Da musst du wohl durch.«

Sie verabschiedeten sich noch von ein paar Kumpeln und Gewerkschaftsleuten, dann gingen sie zusammen zu Stans Wagen, den er in der Nähe geparkt hatte.

Auf der Fahrt nach Fischlaken sprach Stan ein anderes Thema an, das ihm auf der Seele brannte. Er druckste eine Weile herum, offensichtlich fiel es ihm schwer, darüber zu reden.

»Wann hast du eigentlich das letzte Mal was von Hanna gehört?«, wollte er schließlich wissen.

»Vorige Woche«, erwiderte Johannes reserviert. »Am Telefon.«

»Also seid ihr noch in Verbindung«, stellte Stan fest.

Johannes zuckte mit den Schultern. Genau genommen

war er es gewesen, der sie in regelmäßigen Abständen angerufen hatte. Die Gespräche waren immer kürzer geworden, und beim letzten Mal hatte Hanna erklärt, sie habe leider gerade keine Zeit, weil sie noch so viel erledigen müsse. Sie hatte sich erschöpft und bedrückt angehört, aber zugleich auch abweisend. Johannes war drauf und dran gewesen, endlich einen Schlussstrich zu ziehen. Sie selbst brachte es ja offenbar nicht fertig, obwohl es für sie allem Anschein nach längst vorbei war. Doch er hatte zu ihrem erneuten Versuch, ihn abzuwimmeln, nichts gesagt, denn es kam für ihn nicht infrage, am Telefon Schluss zu machen. Und erst recht wollte er nicht mit Stan darüber sprechen, das war einfach zu privat.

Aber Stan schien in dem Punkt seine eigenen Vorstellungen zu haben. »Sie will nicht mehr, oder?«

Erneut zuckte Johannes mit den Schultern, auch dieses Mal, ohne etwas zu erwidern.

»Ich möchte mich auf keinen Fall in eure Beziehung einmischen«, sagte Stan.

»Dann tu's auch nicht.«

»Ich mach mir aber Sorgen. Sie hat sich seit der Geburt des Kleinen nicht mehr hier blicken lassen. Ein kurzer Besuch bei Renate auf der Wöchnerinnenstation im Krankenhaus, mit Blumenstrauß und Sekt, und schon war sie wieder weg. Sie ist nicht mal zu uns nach Hause gekommen, um die Zwillinge zu sehen, und dabei ist sie ihre Patentante.«

»Vielleicht wollte sie mir bloß nicht über den Weg laufen.« Johannes bereute diese impulsive Bemerkung sofort, doch er konnte sie nicht rückgängig machen.

»Du glaubst ernsthaft, sie hält sich deinetwegen fern?« Stan schüttelte den Kopf. »So ist meine Schwester nicht. Wenn sie dich nicht mehr will, sagt sie es dir. Offen ins Gesicht und ohne Rücksicht auf Verluste.«

Er sagte es mit großer Bestimmtheit, aber Johannes war alles andere als überzeugt. Stan ließ völlig außer Acht, dass Hanna sich vielleicht noch in einem Entscheidungsprozess befand. Darüber nachdachte, ob sie Johannes in den Wind schießen sollte oder nicht. Mit anderen Worten: Womöglich musste sie sich erst noch endgültig darüber klar werden, was sie wirklich wollte.

Oder wen.

Dieser Gedanke war ihm schon vor einer ganzen Weile gekommen, aber nicht mal bei vorgehaltener Pistole hätte er es ausgesprochen, schon gar nicht gegenüber Stan. Doch die Möglichkeit ließ sich nicht von der Hand weisen – vielleicht gab es neuerdings einen anderen Mann in Hannas Leben. Vielleicht benahm sie sich deshalb in der letzten Zeit so, als säße sie zwischen allen Stühlen.

Johannes konnte sich das nagende Gefühl, dass sie etwas vor ihm verbarg, anders kaum erklären.

Stan merkte, dass Johannes sich nicht länger mit dem Thema befassen wollte, er lenkte das Gespräch in eine andere Richtung.

»Hast du eigentlich schon was für Fritz Rabe aufgetan?«, erkundigte er sich bei Johannes.

»Er könnte auf Hannibal in Bochum anlegen, da suchen sie noch Hauer. Ich hab's ihm dieser Tage gesagt, aber er will nichts davon wissen.«

»Er säuft immer noch, oder?«

»Wie ein Loch«, bekräftigte Johannes. »Elfriede und die Jungs können einem leidtun. Elfriede sieht nicht gut aus, sie sagt, sie kriegt kaum noch Luft.«

»Ich weiß. Sie war schon ein paarmal bei Renate. Das Gebrüll von den Kleinen stört sie anscheinend weniger als die Zustände bei ihr zu Hause. Was will man da noch machen.« Stan seufzte resigniert. Dann wechselte er erneut das Thema. »Sag mal, stimmt es, dass Inge nicht mehr verlobt ist? Was war denn da los?«

»Keine Ahnung«, sagte Johannes wahrheitsgemäß. »Sie hat sich nicht näher darüber ausgelassen.«

»Verrückte Welt«, meinte Stan. »Ich hätte geschworen, dass die beiden zusammen alt werden, so lange, wie die schon miteinander gehen. *Gegangen* sind«, verbesserte er sich. Dann schloss er nachdenklich: »Wahrscheinlich hat er sich in Münster eine andere angelacht, das wird's wohl gewesen sein.«

Auch in dem Punkt war sich Johannes nicht mehr so sicher, ob das wirklich zutraf. Er hatte Inge gestern Abend in der Stadt gesehen, zusammen mit einem jungen Mann. Einem *gut aussehenden* jungen Mann. Sie hatten miteinander gelacht und sich bestens unterhalten, bevor sie das Lokal betreten hatten, das Johannes nur eine halbe Minute zuvor verlassen hatte.

Mit einigen Gewerkschaftskollegen hatte er dort eine letzte Vorbesprechung für die anstehende Maikundgebung abgehalten. Nach diesem Treffen hatte er gerade auf dem angrenzenden Parkplatz in seinen Wagen steigen wollen, als Inge mit ihrem Begleiter aufgetaucht war.

Johannes hatte wie gelähmt dagestanden und sie angestarrt, statt einfach hinüberzugehen und ihr einen guten Abend zu wünschen. Oder sich wenigstens durch einen kurzen Zuruf bemerkbar zu machen. Aber er hatte keinen Ton herausgebracht, war dazu einfach nicht in der Lage gewesen. Den restlichen Abend hatte er sich den Kopf zerbrochen, mit wem sie da wohl ausgegangen war, in ihrem wunderschönen neuen Kleid und mit einem vergnügten Ausdruck im Gesicht. Und er hatte sich gefragt, ob dieser Bursche womöglich der wahre Grund dafür war, dass sie Peter den Laufpass gegeben hatte.

Aber natürlich würde er auch darüber kein Wort verlieren, egal zu wem.

»Vielleicht will Inge ja auch noch rüberkommen und ein Bier mit uns trinken«, überlegte Stan.

»Nein, bestimmt nicht«, sagte Johannes. Es klang brüsk, und obwohl er unbeweglich geradeaus schaute, entging ihm nicht, dass Stan irritiert war. »Sie macht sich nicht viel aus Bier«, fügte er hinzu, als ob ausgerechnet das eine triftige Begründung wäre, Inge außen vor zu lassen.

»Wir haben auch Apfelsaft, Sekt und Wein«, merkte Stan lakonisch an.

»Dann können wir sie ja fragen«, meinte Johannes bemüht sachlich.

Doch dazu kam es nicht, und auch aus dem Bier wurde nichts, denn als sie bei Stan zu Hause eintrafen, empfing Renate sie mit besorgter Miene. Der kleine Jens hatte Fieber, und sie war schon seit Stunden damit beschäftigt, ihm abwechselnd Wadenwickel anzulegen und Kamillentee einzuflößen. Im Hintergrund schrie das Baby, und auch der kleine Michael jammerte unablässig und wollte auf den Arm.

»Er kriegt's sicher auch noch«, stöhnte Renate. Sie drückte Stan das Baby in die Arme und kümmerte sich wieder um die Zwillinge.

Stan nahm das Ganze mit Galgenhumor. »Immerhin ist morgen Samstag, da gehört Vati nach dem neuen Tarifrecht dir«, sagte er zu seinem Jüngsten. In Richtung seiner Zwillingssöhne setzte er trocken hinzu: »Euch beiden natürlich auch.«

»Soll ich euch irgendwas besorgen?«, erkundigte sich Johannes.

»Nein danke, wir haben hier alles, was wir brauchen«, sagte Renate, und Stan rief Johannes in komischer Verzweiflung hinterher: »Für ein Bier haben wir ja zum Glück auch noch den Sonntag.«

*

Gegenüber brannte nur im Obergeschoss noch Licht. In der unteren Etage war bereits alles dunkel; wie üblich waren Mine und Karl früh zu Bett gegangen. Johannes bemühte sich, beim Betreten des Hauses leise zu sein, ebenso auf der Treppe nach oben, auch wenn er nicht verhindern konnte, dass sie ein wenig knarzte. Die Tür zu Bärbels Zimmer stand einen Spaltbreit offen; auch bei ihr war es dunkel. Johannes erinnerte sich, dass sie angekündigt hatte, heute bei ihrer Freundin Hella übernachten zu wollen. Als er die Treppe zum Dachgeschoss emporsteigen wollte, hörte er ein Geräusch aus Jakobs Zimmer, und noch bevor er oben war, vernahm er Inges Stimme.

»Es war nur ein Traum, mein Schatz. Da ist wirklich nichts unter deinem Bett. Schlaf weiter.«

»Passt du auf mich auf, Inge?«, fragte Jakob. Es klang verzagt. »Falls das Ungeheuer doch wiederkommt?«

»Natürlich. Ich bleibe bei dir und verjage alle Gespenster und bösen Geister. Keiner kann dir was tun! Du weißt doch, wie sehr ich dich liebhabe, oder? Bis zum Himmel und zurück. Das sind mindestens eine Million Kilometer.«

»Ich hab dich zwei Millionen Kilometer lieb«, gab Jakob schläfrig zurück.

»Ich dich zehn.«

»Und ich dich unendlich!«

Dieses Ritual ähnelte jenem, das es einst zwischen Katharina und ihren Töchtern gegeben hatte. Johannes wurde von wehmütigen Erinnerungen erfasst. Er hatte ein- oder zweimal mitbekommen, wie Katharina etwas in der Art zu Bärbel gesagt hatte. Inge war damals schon zu groß dafür gewesen, aber sicherlich hatte sie als kleines Mädchen auf die gleiche Weise mit ihrer Mutter geredet.

Ihre Stimme senkte sich zu einem beruhigenden Murmeln, und Johannes glaubte förmlich vor sich zu sehen, wie sie seinem Sohn zärtlich über die Stirn strich, so wie sie es schon immer bei ihm getan hatte.

Bis vor Kurzem war Jakob nachts noch regelmäßig aufgewacht und im Dunkeln unbemerkt die Treppe hinuntergeschlichen, um sich in Inges Bett zu verkriechen und an sie geschmiegt weiterzuschlafen. Hin und wieder hatte er sich auch zu Johannes geflüchtet, wenn die Albträume ihn hochschrecken ließen, doch meist hatte er bei Inge Schutz und Wärme gesucht.

In diesem Augenblick, da Johannes allein und schweigend auf der Treppe stand und nach oben lauschte, begriff er zum ersten Mal in aller Tragweite, wie eng das Verhältnis zwischen Inge und seinem Sohn wirklich war. Sie waren nicht einfach bloß Geschwister, genauer gesagt Halbgeschwister, sondern genauso stark miteinander verbunden wie Mutter und Kind. Inge hing mit einer so kompromisslosen Liebe an Jakob, dass sie jederzeit ihr Leben für ihn gegeben hätte. Er war so sehr ihr Kind wie ein eigenes, sobald sie eines bekäme. Und der Kleine liebte Inge ebenso innig – ganz so, als wäre sie seine Mutter. Nichts und niemand würde die zwei je trennen können.

Doch genau das hatte Johannes vorgehabt! Es traf ihn wie ein Schlag, als er sich das vor Augen führte. Nach seinen Planungen hätte Hanna die Rolle übernehmen sollen, die jetzt Inge innehatte.

In gewisser Weise hatte Hanna recht gehabt, als sie ihm vorgehalten hatte, Inge werde sich kein eigenes Leben aufbauen können, solange sie sich um Jakob kümmern müsse. Aber in einem Punkt hatte Hanna sich geirrt: Inge tat das nicht allein aus Pflichterfüllung oder aus ihrem Verantwortungsgefühl für Jakob heraus. Sondern hauptsächlich für sich selbst. Weil es ihr das Herz zerreißen würde, wenn sie ihn hergeben müsste. Ganz zu schweigen davon, was es bei Jakob anrichten würde.

Allein bei dem Gedanken schnürte es Johannes die Kehle zu.

Aber dann war auf einmal alles ganz einfach, die logische Schlussfolgerung ergab sich wie von selbst.

Erstaunen erfüllte ihn, weil er es nicht schon viel früher begriffen hatte. Die Entscheidung, um die er die ganze Zeit gerungen hatte, drängte sich ihm geradezu auf. Er konnte Hanna nicht heiraten! Nicht, wenn sie nicht bereit war, zu ihm zu ziehen. Hierher. Damit Jakob und Inge zusammenbleiben konnten.

Wenn das im Umkehrschluss bedeutete, dass er und Hanna sich endgültig trennen mussten, dann ließ sich das eben nicht ändern. Solange ihre Bedingung darin bestand, dass er hier auszog, mussten sie einander gehen lassen.

Eine tiefe Entschlossenheit trat an die Stelle der inneren Zerrissenheit, die ihn die ganzen letzten Wochen über gequält hatte. Er wusste, dass die endgültige Trennung wehtun würde, ihm und auch Hanna, doch ebenso wusste er, dass er es aushalten konnte, denn in diesem Punkt musste er nicht nur für sich selbst entscheiden, sondern auch für seinen Sohn. Und natürlich für Inge.

Sie würde Peter nicht heiraten, würde nicht ausziehen, sondern bei Jakob bleiben. Weil sie das Kind über alles liebte und weil es für den Kleinen das Beste war. Dieser Zustand durfte nicht angetastet werden!

Ein anderer Aspekt kam Johannes in den Sinn. War vielleicht sogar Jakob der eigentliche – möglicherweise unbewusste – Grund, warum sie gleichsam in letzter Minute vor der Hochzeit zurückgeschreckt war?

Doch bevor er dieser Überlegung nachgehen konnte, wurde er jäh in seinen Gedanken unterbrochen. Am Ende der Treppe tauchte Inge auf. Bei Johannes' Anblick verharrte sie auf der obersten Stufe.

»Was tust du denn hier? Bist du schon lange da?«

»Ich wollte nicht stören. Ist er wieder eingeschlafen?«

Sie nickte und kam die Treppe herunter. Johannes trat zur Seite und machte ihr Platz, aber anstatt nach oben in sein Zimmer zu gehen, folgte er ihr die restlichen Stufen hinunter.

»Kann ich kurz mit dir sprechen?«, fragte er betont höflich.

Sie nickte zögernd, und er ging hinter ihr her in die kleine Küche, wo sie auf die Eckbank deutete.

»Setz dich doch. Magst du eine Tasse Tee?«

»Sehr gern, danke.«

Stumm sah er ihr zu, wie sie den Wasserkessel aufsetzte. Anders als Mine hatte sie hier oben keinen großen Kohleherd zum Kochen und Backen, sondern nur eine elektrische Kochplatte, auf der gerade mal zwei Töpfe Platz fanden. Genau wie früher Katharina hielt Inge nicht viel von der Küchenarbeit, und wenn sie überhaupt kochte, dann meist nur schnelle und einfache Gerichte. Wie alle hier im Haus wusste sie es zu würdigen, von Mine beköstigt zu werden.

Inge goss den Tee auf und stellte zwei dampfende Henkeltassen auf den Tisch, bevor sie sich zu ihm setzte. Schweigend bedienten sich beide an der Zuckerdose und rührten ihren Tee um.

Johannes suchte nach den richtigen Worten. Er hatte zwar eine Vorstellung davon, was er ihr sagen wollte, doch anscheinend fehlte ihm die Fähigkeit, es treffend auszudrücken. Er räusperte sich und setzte mehrmals an, ehe er endlich einen Satz herausbrachte.

»Ich werde dir Jakob nicht wegnehmen, Inge«, sagte er. Niemals«, fügte er eindringlich hinzu.

Sie blickte ihn nach dieser Äußerung bloß an. Ihre Miene war undurchdringlich, er vermochte nicht zu sagen, was ihr durch den Kopf ging. Ihre Antwort fiel allerdings reserviert aus, fast abweisend.

»Was genau willst du mir damit sagen?«, wollte sie wissen.

»Dass ich Hanna nicht heiraten werde, wenn es dazu führt, dass Jakob hier ausziehen müsste.«

»Mit anderen Worten, du würdest sie nur dann heiraten, wenn sie hier einzieht? Was sie bekanntlich um keinen Preis will? Heißt das im Endeffekt, dass du sie gar nicht heiratest?«

»So sieht's aus«, stimmte er zu.

Noch immer ließ ihr Gesicht keinerlei Regung erkennen. »Ist das der Stand der Dinge zwischen euch? Habt ihr das so besprochen?«

»Noch nicht ausdrücklich. Aber ja, das ist die Lage. Sie will nicht hier einziehen, und ich will nicht ausziehen, denn dann müsste ich Jakob mitnehmen. Denn er ist mein Sohn und gehört zu mir. Doch das hieße, ihn dir wegzunehmen. Und ich habe begriffen, dass das nicht geht.«

»Hättest du das nicht zuerst Hanna klarmachen müssen, bevor du es mir erzählst?«

Betroffen erwiderte er ihren Blick. Sie hatte recht, und es beschämte ihn zutiefst. Er konnte sich selbst keinen Reim darauf machen, warum er dem Drang, es ihr mitzuteilen, so unüberlegt nachgegeben hatte. Vielleicht deshalb, weil es von so elementarer Bedeutung für sie beide und für Jakob war, dass er damit keinen Moment länger hatte warten können?

Egal, jetzt hatte er es ihr gesagt, und es ließ sich nicht mehr rückgängig machen.

Mit Hanna würde er gleich morgen darüber sprechen. Sofort nach der Arbeit würde er nach Düsseldorf fahren und es ihr in einer letzten persönlichen Aussprache mitteilen. Er wollte endlich klare Verhältnisse.

»Es ist mir vorhin selbst erst richtig bewusst geworden«, sagte er. »Und ich hatte einfach das Gefühl, es dir sofort sagen zu müssen. Weil ich zu wissen glaube, wie unendlich viel es dir bedeutet, wenn Jakob hierbleibt. Ist es denn nicht so?«

Er musterte Inge forschend, doch sie entzog sich seinem Blick, indem sie ihr Gesicht halb hinter ihrer Teetasse verbarg.

»Und was wäre, wenn ich selbst irgendwann heiraten und ausziehen möchte?«, fragte sie leise. »Wirst du mich dann hassen, weil du um meinetwillen auf ein eigenes Familienglück verzichtet hast?«

Er runzelte die Stirn. »Warum? *Ihr* seid meine Familie! Vor allem Jakob. Ich möchte, dass er glücklich ist. Sein Wohl steht für mich an erster Stelle.«

»Sicher«, sagte sie. Es klang ein wenig steif. »So geht es mir auch.«

»Wolltest du deswegen Peter nicht mehr heiraten?« Er platzte mit der unbedachten Frage heraus, ehe er sich zurückhalten konnte.

Inge reagierte mit unverhohlenem Ärger. »Meine Gründe gehen dich überhaupt nichts an.«

Er merkte, dass er rot wurde. »Natürlich«, sagte er verlegen. »Es tut mir leid, dass ich dich gefragt habe, das steht mir nicht zu.«

Trotzdem zog er seine Schlüsse aus ihrer Antwort. Offenbar war zwischen ihr und Peter etwas vorgefallen, das zur Trennung geführt hatte. Johannes hätte es nur zu gern erfahren, doch weitere indiskrete Fragen verkniff er sich lieber. Es war ihre Privatsache. Genauso wie der Mann, mit dem er sie gestern Abend in der Stadt gesehen hatte.

Er trank seine Tasse leer und stand auf. »Zeit zum Schlafengehen. Danke für den Tee.« Bei der Küchentür blieb er stehen und wandte sich noch mal um. »Ach so, eine Sache noch – wie war es in der Schule? Hattest du nicht diese Woche den Termin beim Rektor?«

Inge war ebenfalls aufgestanden, um die Tassen wegzuräumen. Bei seiner Frage verzog sie unangenehm berührt das Gesicht.

»Es war schrecklich.«

Alarmiert sah Johannes sie an. »Was meinst du mit *schrecklich*?«

Sie holte tief Luft, und dann berichtete sie ihm sichtlich aufgewühlt von ihrem Gespräch in der Schule.

Konsterniert hörte Johannes sich alles an, fragte hier und da nach und ließ sich einzelne Teile der Unterredung genauer schildern, vor allem die Stelle, bei der es um die amtliche Vormundschaft ging.

»Warum hast du mir das nicht schon längst erzählt?« Er konnte nicht verhindern, dass seine Stimme bei dieser Frage lauter wurde. Eine Mischung aus Zorn und Verständnislosigkeit hatte sich seiner bemächtigt. »Findest du nicht, dass mich das genauso viel angeht wie dich? Oder sogar noch mehr? Jakob ist immerhin mein *Sohn*!«

Inge ließ sich von seinem Ärger nicht einschüchtern. Sie reckte kämpferisch das Kinn. »Wie oft willst du mir das eigentlich noch unter die Nase reiben? Du vergisst andauernd, dass Jakob offiziell und vor aller Welt nur *einen* Vater hat, und das ist zufällig Papa! Wenn du glaubst, du könntest in Jakobs schulischen Angelegenheiten mehr Einfluss nehmen als ich, bist du auf dem falschen Dampfer!« Unversöhnlich starrte sie ihn an.

»Da irrst du dich aber gewaltig! Als Jakobs wirklicher Vater könnte ich überall seine Interessen vertreten. Auch und vor allem in der Schule! Wozu du ja ganz offensichtlich nicht in der Lage bist!«

Damit hatte er sie empfindlich getroffen. Ihr Gesicht wurde blass. Sie schien etwas erwidern zu wollen, doch dann presste sie die Lippen zusammen und schwieg.

Er erkannte, dass er einen Schritt zu weit gegangen war, zumal sein Einwand auf tönernen Füßen stand – soeben war ihm siedend heiß wieder eingefallen, was ihm der Anwalt, den er wegen der Fragen zu seiner Vaterschaft konsultiert hatte, haarklein erklärt hatte: Selbst wenn er es schaffen sollte, anstelle von Karl als leiblicher Vater anerkannt und eingetragen zu werden, so eröffnete ihm das noch lange nicht das persönliche Sorgerecht. Dafür waren weitere amtliche Prozeduren nötig.

Der Anwalt hatte die Gesetzeslage mit sarkastischer Sachlichkeit zusammengefasst: *Zahlvater, das werden Sie vielleicht ganz schnell, aber mehr auch nicht. Zu sagen haben Sie dadurch rein gar nichts. Denn Sie sind nun mal kein ehelicher Vater, da beißt die Maus keinen Faden ab.*

Mit schlechtem Gewissen beeilte sich Johannes, seine letzte Bemerkung abzuschwächen. »Bitte vergiss das, Inge, ich hab's nicht so gemeint. Davon abgesehen – ich weiß doch, dass du für Jakob immer dein Bestes gibst!«

Doch damit schien er nicht bei ihr punkten zu können.

»Ich muss jetzt schlafen, es ist spät«, sagte sie nur, und es klang nicht nur wie ein Rauswurf, sondern war offenkundig auch einer. Brüsk drehte sie sich von ihm weg und ging hinüber ins Wohnzimmer, das ihr zugleich als Schlafzimmer diente. Durch die offene Verbindungstür war zu sehen, dass das Sofa schon zum Schlafen ausgeklappt war.

»Inge, es tut mir leid, ich wollte nicht …«

Er konnte den Satz nicht beenden, denn Inge machte ihm einfach die Tür vor der Nase zu. Für diesen Abend war ihre Unterhaltung damit wohl beendet.

*

Sie war wirklich wütend, so wütend wie schon lange nicht mehr.

»Was glaubt er eigentlich, wer er ist?«, murmelte sie vor sich hin, während sie aus ihren Sachen schlüpfte und sich fürs Zubettgehen fertigmachte. »Wer hat sich denn immer um alles gekümmert, von früh bis spät?«

Klar, Johannes hatte auch viele Aufgaben übernommen, zumindest in seiner Freizeit. Keiner konnte ihm vorwerfen, nicht mit rührender Hingabe alles erledigt zu haben, was mit der Betreuung seines Sohnes zusammenhing, vom Wechseln der Windeln über das Füttern bis hin zum Spazierenfahren. Doch der Löwenanteil war in den ersten Jahren eindeutig ihr zugefallen, sie war rund um die Uhr zu Hause und für Jakob und Bärbel da gewesen, während Johannes beruflich eingespannt war. Erst mit Beginn ihrer Buchhandelslehre hatte sie wenigstens halbe Tage abseits von Kinderbetreuung und Haushalt zubringen können, wobei sie allerdings auch heute noch manchmal ein schlechtes Gewissen deswegen hatte. Jakob war damals noch so klein gewesen, und oft hatte er geweint, wenn sie ging. Er hatte in seinem Laufställchen in Karls Zimmer gestanden und mit jammervoller Miene die Ärmchen nach ihr ausgestreckt. Wenigstens war Karl damals noch daheim gewesen und hatte sich während Inges Abwesenheit gemeinsam mit Mine um den Kleinen kümmern können, sonst hätte es nie und nimmer geklappt.

Doch wie oft war Inge hin- und hergerissen gewesen zwischen ihrem Bedürfnis, bei Jakob zu sein, und ihrem Wunsch nach einer qualifizierten Berufsausbildung! Voller Bitterkeit dachte sie daran, dass Männer sich diesem Dilemma so gut wie nie stellen mussten. Für einen Mann war es selbstverständlich, zur Arbeit zu gehen, während die Frau sich um das Wohlergehen der Kinder sowie den Haushalt zu kümmern hatte. Und hegte eine Frau dennoch den Wunsch, sich auch außerhalb der eigenen vier Wände zu beweisen, war es allein ihre Sache, derartige Ambitionen gefälligst mit ihren häuslichen Pflichten unter einen Hut zu bringen.

Inge zog ihr Nachthemd an, putzte sich vor dem Spülstein

im Flur die Zähne – und erschrak heftig, als unerwartet Johannes hinter ihr auftauchte. Sie hatte ihn nicht kommen hören.

Im Spiegel über dem Waschbecken sah sie sein besorgtes Gesicht.

»Ist Jakob bei dir?«, fragte er.

Sie schüttelte den Kopf, den Mund voller Zahnpasta.

»Oben ist er nicht«, erklärte Johannes.

»Hast du überall nachgesehen?«

»Ja, sogar unterm Bett und im Schrank. Er ist definitiv nicht dort.«

Hastig sah Inge in ihrer Wohnung nach. Sie durchkämmte rasch alle Zimmer, fand ihn aber auch nicht.

Das war der Moment, in dem sie Angst bekam. Sie blickte auf die offene Küchentür und zog voller Entsetzen den naheliegenden Schluss. »Er muss unsere Unterhaltung mit angehört haben! Und dann ist er weggelaufen!«

»Das kannst du nicht wissen. Vielleicht ist er unten bei Mine oder Karl«, meinte Johannes. »Ich gehe schnell nachschauen.«

Er ging nach unten, während Inge sich in fliegender Hast wieder anzog. Der Kleine war schon einmal verschwunden, letzten Sommer. Sie und Bärbel hatten sich spätabends lautstark gezankt, wegen irgendeiner Lappalie. Johannes war nicht da gewesen, er hatte mit Hanna das Wochenende auswärts verbracht, und so hatte niemand mitbekommen, dass Jakob aufgewacht und die Treppe vom Dachgeschoss heruntergekommen war. Auch Inge hatte es erst bemerkt, als sie vorm Schlafengehen noch einmal hinaufgegangen war, um nach ihm zu sehen.

Sie und Bärbel hatten ihren Zwist augenblicklich begraben und gemeinsam nach dem Jungen gesucht. Glücklicherweise war es draußen noch ziemlich hell gewesen, und so hatten sie ihn kurz darauf entdeckt, hinterm Hühnerstall, den Kopf auf den angewinkelten Knien und in tiefem Schlaf versunken.

Johannes kam zurück. »Er ist nicht unten. Und im Keller auch nicht.«

»Ich sagte doch, er ist weggelaufen. Ist nicht das erste Mal.«

»Nicht das erste Mal?«, echote Johannes. »Wieso weiß ich davon nichts?«

Inge strich sich mit trotziger Gebärde das Haar aus der Stirn. »Weil du nicht da warst. Und weil es nichts geändert hätte, wenn ich's dir erzählt hätte. Außerdem ist er nur bis zum Hühnerstall gekommen.«

Ohne seine Antwort abzuwarten, eilte sie zurück in ihr Zimmer, um sich noch einen Pulli zu holen. Johannes war bereits vorausgeeilt und suchte den Garten ab. Die von ihm mitgenommene Taschenlampe zerteilte die nächtliche Dunkelheit mit geisterhaftem Lichtstrahl.

»Beim Hühnerstall ist er nicht«, informierte er Inge knapp.

Karl und Mine gesellten sich zu ihnen. Beide hatten sich angezogen und trugen ebenfalls Taschenlampen.

Eilig schritten sie den Garten ab und riefen mit gedämpften Stimmen immer wieder Jakobs Namen. Sie leuchteten die Gemüsebeete bis in die letzten Winkel aus, und unten auf der Obstwiese richteten sie die Taschenlampe auf jeden einzelnen der vielen Bäume.

»Mein Gott, seht nur«, entfuhr es Inge, als der Lichtstrahl über den Gartenzaun am unteren Ende des Grundstücks glitt. Das Törchen dort stand weit offen.

»Dat hab ich ganz sicher nich aufgelassen«, erklärte Mine.

Links von ihnen war ein Geräusch zu hören, es kam aus dem Nachbargarten. Mit einer Taschenlampe in der Hand tauchte Klaus Rabe am Zaun auf.

»Ach, ihr seid's«, sagte er. »Ich hab vom Haus aus das Licht gesehen und mich gewundert. Sucht ihr was? Kann ich helfen?«

»Das wäre nett«, sagte Inge mit mühsam erzwungener Ruhe. »Wir halten Ausschau nach Jakob. Er ist verschwunden.« Sie deutete in die nächtliche Dunkelheit jenseits des offenen Gartentors. »Er muss irgendwo da draußen sein.«

»Wie lange ist er schon weg?«

Inge überschlug die Zeitspanne, die sie mit Johannes in der Küche verbracht hatte. Jakob musste gleich nach dem Einschlafen wieder aufgewacht sein. Dann hatte er vermutlich aufgeschnappt, worüber sie und Johannes sich unterhalten hatten, und war sofort losmarschiert.

»Höchstens eine Viertelstunde«, antwortete sie.

»Eher zehn Minuten«, warf Johannes ein.

»Dann kann er nicht weit sein«, meinte Klaus. »Bestimmt hat er sich irgendwo ganz in der Nähe versteckt.«

Klaus fragte ebenso wenig wie Mine oder Karl nach den Gründen für Jakobs Verschwinden, und Inge war froh, dass sie es ihnen jetzt nicht groß erklären musste.

»Soll ich meinen Brüdern noch Bescheid sagen? Die sind beide zu Hause und können mitsuchen. Wenn wir uns alle aufteilen, geht's vielleicht schneller.«

Klaus eilte zurück zum Haus seiner Eltern und kam kurze Zeit später mit Wolfgang und Manfred zurück. Alle drei hatten Taschenlampen bei sich.

»Ist der kleine Racker mal wieder abgehauen?«, fragte Wolfgang, und Inge sah, wie Johannes bei dieser launigen Bemerkung die Zähne zusammenbiss. Doch er sagte kein Wort, und auch sie selbst nickte nur stumm.

Rasch stimmten sie sich ab, wie sie sich für die Suche aufteilen und wann sie wieder hier zusammentreffen wollten, und gleich darauf schwärmten sie alle in unterschiedlichen Richtungen aus. Johannes und Inge zogen gemeinsam los. Inge hatte sich ebenfalls eine Taschenlampe geholt, und während sie den Trampelpfad hinunter ins Tal nahmen, leuchteten sie jeweils seitlich in die angrenzenden Büsche und riefen immer wieder Jakobs Namen.

Abseits der Wohnsiedlung war die Umgebung stockfinster. Bäume und Sträucher behinderten zusätzlich die Sicht, und sämtliche Versuche, die Dunkelheit mit den Taschenlampen zu durchdringen, waren zwecklos.

»So finden wir ihn nie!«, entfuhr es Inge, nachdem sie eine gefühlte Ewigkeit lang die Umgebung durchstreift hatten. Verzweiflung klang aus ihrer Stimme. Mittlerweile waren sie fast unten im Tal angelangt und konnten die Beleuchtung der nahe gelegenen Großzeche Pörtingsiepen sehen. »Oh Gott, wenn er bis zum See gelaufen und ins Wasser gefallen ist …«

»So weit ist er in der kurzen Zeit bestimmt nicht gekommen, und außerdem kann er gut schwimmen«, sagte Johannes sofort. Doch Inge hörte die Besorgnis in seiner Stimme, und sie ahnte, dass er sich in diesem Moment genau wie sie selbst an jenen Sommertag vor fast acht Jahren erinnerte. Damals wäre Bärbel um ein Haar ertrunken. Sie war viel zu weit hinausgeschwommen, auf ihre unbekümmerte und leichtsinnige Art. Gefahr war immer schon ein Fremdwort für sie gewesen. Johannes und Peter hatten sie buchstäblich in letzter Sekunde gerettet.

Im vergangenen Sommer hatte Johannes Jakob das Schwimmen beigebracht und dem Kleinen dabei immer wieder eingeschärft, unter keinen Umständen allein ins Wasser zu gehen. Hoffentlich hatte Jakob das nicht vergessen!

Gleich darauf versuchte sich Inge damit zu beruhigen, dass Johannes zweifellos recht hatte – so weit konnte Jakob in der kurzen Zeit nicht gekommen sein, schon gar nicht im Dunkeln.

Doch je länger sie und Johannes die Gegend absuchten,

desto stärker wurde ihre Angst. Irgendwann hielt sie es nicht mehr aus.

»Johannes, das reicht. Wir gehen jetzt sofort zurück und rufen die Polizei, die müssen mit Suchhunden herkommen!« Sie hatte schon häufiger gehört, dass vermisste Personen auf diese Weise schneller gefunden wurden. Entschlossen bereitete sie sich darauf vor, etwaige Einwände zu entkräften. Aber Johannes schien gar keine erheben zu wollen. Er nickte nur stumm.

Es hatte angefangen zu regnen, zuerst leicht, dann immer stärker. Schließlich prasselte es nur so vom Himmel herunter. Sie gingen schneller, stemmten sich gegen den peitschenden Wind und die Regenböen. Inge wischte sich mit dem Unterarm übers Gesicht. Sie biss die Zähne zusammen. Nein, sie würde jetzt nicht anfangen zu heulen! Doch noch während sie diesen Vorsatz fasste, begann sie auch schon zu weinen. Die Tränen vermischten sich mit dem Regen, der Regen ging unvermittelt in ein Gewitter über – am Nachthimmel zuckte ein Blitz auf, gefolgt von einem krachenden Donnerschlag.

Inge schluchzte auf. Um Gottes willen, wo war Jakob nur?

Johannes, der vor ihr ging, drehte sich zu ihr um. Er keuchte vor Anstrengung, genauso wie sie, denn es ging an dieser Stelle steil bergauf. Sie wechselten verzweifelte Blicke.

Dann ertönte in der Ferne ein Geräusch, das Inge erst bei genauerem Hinhören als Rufen erkannte. Es kam aus Richtung der Häuser. Sie blieb stehen und lauschte gegen den Wind. Das war Klaus!

»Inge! Johannes! Hierher! Wir haben ihn gefunden!«

Johannes eilte mit langen Sätzen voraus, der Lichtstrahl seiner Taschenlampe huschte in der Dunkelheit hin und her. Inge versuchte vergeblich, mit ihm Schritt zu halten.

Schwer atmend rannte sie hinter ihm her, das Gesicht nass vom Regen und ihren Tränen, und als sie ihn endlich eingeholt hatte, stand er bereits oben beim Gartentor und hielt den Jungen auf dem Arm. Klaus hatte die Taschenlampe auf den Boden gerichtet. »Es geht ihm gut. Er war bei uns im Hühnerstall. Da hätte ich gleich draufkommen können. Er verträgt sich gut mit unserem Hahn, der ist nicht so ein Hackbiest wie eurer.«

»Jakob«, stammelte Inge nur. »Jakob!« Sie schlang ihre Arme gleichzeitig um Johannes und um das Kind, weil das die einzige Möglichkeit war, den Jungen an sich zu drücken. Sie vergrub ihr Gesicht in Jakobs nassem Haar und spürte gleichzeitig unter ihren Handflächen den rasenden Herzschlag von Johannes.

Mine und Karl tauchten aus der Dunkelheit auf, mit schlammigen Schuhen und triefenden Haaren.

»Gott sei's getrommelt und gepfiffen«, sagte Mine außer Atem, aber voller Inbrunst. Sie presste sich die Hand in die Herzgegend und holte keuchend Luft.

»Ich hab's dir doch gesagt«, meinte Karl nur. »Auf dich hört der liebe Gott.«

»Dat wär mal wat«, widersprach Mine, doch ihr faltiges Gesicht zeigte strahlende Erleichterung.

»Ich danke dir«, sagte Inge mit bewegter Stimme zu Klaus. »Du ahnst nicht, wie sehr.«

»Ja, vielen Dank, Klaus«, stimmte Johannes zu. »Dafür schulden wir dir was!«

Klaus hob verlegen die Schultern. »Hab ich gern gemacht. Na, dann will ich mal meine Brüder zurückholen. Sonst suchen die noch das halbe Hespertal ab.«

Doch in dem Moment kamen Wolfgang und Manfred auch schon angetrabt, durchnässt und erschöpft wie sie alle.

»Wo war der kleine Scheißer denn?«, fragte Wolfgang, aber Inge hörte die Antwort nicht mehr, denn sie war bereits mit Johannes und Jakob auf dem Weg zum Haus. Er trug den

Kleinen in seinen Armen wie eine kostbare Last, seine Stirn an der des Jungen, und murmelte ihm beruhigende Worte zu.

In diesem Moment konnte sie nur daran denken, dass ihr Leben ohne Jakob jeden Sinn verlieren würde.

Ich werde dir Jakob nicht wegnehmen, Inge. Niemals. Wie lange war es her, dass Johannes das zu ihr gesagt hatte? Eine Stunde, zwei? Es hätten ebenso gut Jahre sein können, so stark empfand sie die Veränderung ihrer eigenen Wahrnehmung. Es war fast wie eine Erleuchtung, denn erst jetzt begriff sie richtig, was er damit hatte ausdrücken wollen – er hatte viel umfassender als sie verstanden, wie sehr sie Jakob brauchte. Mehr als alles andere in ihrem Leben.

Und noch etwas erkannte sie in diesem Augenblick. Unter der Oberfläche ihrer Gedanken hatte es schon die ganze Zeit geschlummert, als diffuse Ahnung, wie ein Bild hinter einem Vorhang. Doch jetzt *wusste* sie es plötzlich, ohne jeden Zweifel und mit traumwandlerischer Sicherheit. Es war ein Gefühl, für das sie sich verfluchte und hasste und das sie am liebsten aus ihrem Kopf und ihrem Herzen herausgerissen hätte, im selben Moment, als es ihr bewusst geworden war. Aber nun war es zu spät, sie hatte den Vorhang entfernt und die Wahrheit ans Licht gelassen. Damit musste sie fortan fertigwerden, es verbergen, unter allen Umständen, auch wenn sie nicht wusste, wie. Sie hatte sich nicht vorgestellt, dass die Liebe sich so anfühlen würde. So unausweichlich, so schmerzhaft, so verflucht aussichtslos.

TEIL 3

Kapitel 13

Johannes machte keine großen Umstände – er zog Jakob gleich in der Waschküche den feuchten Schlafanzug aus und stellte ihn direkt unter die Dusche. Der Junge war ganz ausgekühlt, das Allerwichtigste war jetzt, dass er sich rasch aufwärmen konnte. Schlotternd stand Jakob da und ließ das warme Wasser auf sich herabprasseln, die Augen geschlossen und die Arme um den Oberkörper geschlungen.

»Ist es zu heiß?«, fragte Johannes.

Jakob schüttelte den Kopf.

»Geht's wieder?«, wollte Johannes nach einer Weile wissen.

Ein Nicken war die Antwort. Johannes drehte das Wasser ab und hüllte den Kleinen in ein Badelaken. Dann trug er ihn nach oben und machte kurz im Erdgeschoss Halt, wo Mine und Karl in der Küche saßen. Die Sorge über das Verschwinden und die Aufregung der Suchaktion waren ihnen immer noch anzusehen. In der Eile hatte sich Karl das Hemd falsch zugeknöpft, und Mine hatte sich nur eine Strickjacke über das wadenlange Nachthemd gezogen. Ihre mageren Unterschenkel waren von blauen Adern durchzogen, die Füße steckten in den abgeschabten Pantoffeln, die sie auch schon getragen hatte, als Johannes damals nach seiner Rückkehr aus der Gefangenschaft hier eingezogen war.

In der kleinen Küche dampfte es vor Feuchtigkeit, Mine hatte den Ofen angemacht.

»Alles wieder in Ordnung, geht's dem Kind gut?«, erkundigte sich Karl. Als Johannes die Frage bejahte, verklärte sich Karls Miene vor Freude. Er kam gar nicht auf die Idee, dass es ungelöste Probleme geben könnte. Wenn jemand ihm versicherte, dass alles gut sei, dann glaubte er es unbesehen.

Mine hingegen warf Johannes einen Blick zu, dem er die Aufforderung entnahm, schleunigst wieder alles ins Lot zu bringen.

Oben wartete bereits Inge mit einem frischen Schlafanzug und einer warmen Decke für Jakob. Sie hatte heißen Kakao gemacht, den der Junge in kleinen Schlucken trank, nachdem sie ihn angezogen, gekämmt und in die Decke gewickelt hatte.

Schweigend saßen sie anschließend zu dritt um den kleinen Küchentisch. Johannes betrachtete seinen Sohn, und das Herz strömte ihm über vor Liebe. Das sauber gescheitelte Haar, das kindliche Gesicht mit den Grübchen in den Wangen – wo waren nur die Jahre hin, wie hatte die Zeit so schnell vergehen können? Es kam Johannes vor, als sei der Junge eben erst ein Baby gewesen, glucksend und satt an seiner Schulter liegend, den flaumweichen Kopf direkt neben seinem Ohr. Johannes hatte noch den Duft des Öls in der Nase, mit dem Inge den Kleinen nach dem Baden eingerieben hatte, und er glaubte immer noch die Ärmchen um seinen Hals zu spüren.

Schließlich strich er dem Jungen übers Haar und räusperte sich. »Warum bist du weggelaufen?«

Jakob stellte seine Kakaotasse ab und dachte einen Moment nach, bevor er antwortete. »Ihr habt euch gestritten. Das war meine Schuld. Weil ich schlecht in der Schule bin.«

Inge schlang den Arm um ihn und zog ihn fest an ihre Seite. »Liebling, nicht doch! Es lag überhaupt nicht an dir! Du hast alles richtig gemacht und bist an gar nichts schuld, das schwöre ich dir hoch und heilig! Und wir ... wir haben es nicht so gemeint! Manchmal streiten Erwachsene sich eben. Und dann vertragen sie sich wieder. So wie ich und Johannes. Stimmt doch, oder, Johannes?«

»Natürlich«, stimmte Johannes sofort zu. »Wir waren überhaupt nicht böse aufeinander. Es war nur eine dumme und überflüssige Auseinandersetzung. Bei großen Leuten kommt das ab und zu vor, es hat gar nichts zu bedeuten. Und natürlich hat Inge vollkommen recht – du bist an überhaupt nichts schuld. Kein bisschen.«

Jakob reagierte mit Schweigen. Er blickte mit gesenkten Lidern auf seine Tasse.

»Bist du wirklich mein Vater?«, wollte er dann mit zittrigem Stimmchen wissen.

Die unerwartete Frage verschlug Johannes den Atem. Auch das hatte der Kleine also mitbekommen, während er vor der angelehnten Küchentür gestanden und gelauscht hatte. Aber natürlich, was sonst, schließlich hatten sowohl Inge als auch er selbst es mehrfach während ihrer Unterhaltung erwähnt. Jakob hätte schon taub sein müssen, um ausgerechnet dieses Detail zu überhören.

Johannes wechselte einen langen Blick mit Inge, und schließlich nickte sie unmerklich.

»Ja«, sagte er mit fester Stimme. »Ich bin wirklich dein Vater.«

»Nicht Papa?«

»Karl ist offiziell dein Vater, weil er der Ehemann von deiner Mutter war. Aber dein richtiger Vater bin ich.«

»Was bedeutet *offiziell*?«

»Amtlich. Es steht so auf dem Papier, nämlich in deiner Geburtsurkunde.«

»Warum stehst du nicht drin?«

Hilfe suchend sah Johannes Inge an. Wie sollte er es dem Jungen nur erklären?

Tiefe Dankbarkeit erfüllte ihn, als sie dieses schwierige Unterfangen auf sich nahm. Sie erzählte von ihrer eigenen Kindheit, offenbarte dem Jungen, welche Zwänge das Leben manchmal mit sich brachte. Und sie verriet ihm auch, dass sie in Wahrheit ebenfalls nicht Karls leibliche Tochter war, sondern einen anderen Erzeuger hatte. Einen, den sie allerdings nicht kannte, weil er nichts von ihr hatte wissen wollen. Und sie verschwieg dem Kleinen auch nicht, dass die Leute jahrelang deswegen mit dem Finger auf sie gezeigt hatten.

»Viele Menschen haben schlecht über mich geredet, und das alles nur wegen der Moral«, erklärte sie leise. »Das war sehr schlimm für mich, und ich möchte nicht, dass es dir ebenso ergeht.«

»Ist Moral denn böse?«

»Normalerweise nicht. Aber manchmal kann sie gemein sein. Und ungerecht. Wenn du größer bist, wirst du es verstehen.«

»Da habe ich es aber besser als du«, sagte Jakob mit kindlicher Naivität zu Johannes. »Ich habe zwei Väter, einen offiziellen und einen richtigen, und ich habe alle beide lieb.«

»Und sie dich auch!«, fügte Johannes hinzu.

»Was meinst du, kannst du die Sache mit den beiden Vätern für dich behalten?«, wollte Inge von dem Kind wissen. »Vor allem in der Schule? Niemand soll schlecht über dich reden!«

Jakob nickte bereitwillig. »Ich sag's keinem, Ehrenwort!«

Er trank seinen Kakao aus und ließ sich anschließend ohne zu murren von Inge und Johannes zu Bett bringen. Johannes trug den Kleinen die Treppe hoch und legte ihn hin. Dann deckte er ihn sanft zu und stopfte die Decke um ihn fest. Jakob schaute schläfrig blinzelnd zu der Flugzeuglampe hoch, die Augen fielen ihm bereits zu.

»Betet ihr noch mal mit mir?«, murmelte er.

»Natürlich, mein Kleiner.« Inge setzte sich zu ihm auf die Bettkante. Johannes stellte sich dicht neben sie und strich ihm übers Haar. Gemeinsam mit Inge und Jakob sprach er das Nachtgebet, das ebenso zum Einschlafritual des Jungen gehörte wie das sorgfältige Zudecken und der Kuss auf die Stirn.

»Abends, wenn ich schlafen geh, vierzehn Englein um mich stehn, zwei zu meiner Rechten, zwei zu meiner Linken, zwei zu meinem Kopfe, zwei zu meinen Füßen, zwei die mich decken, zwei die mich wecken, zwei die mich weisen, ins Himmelsparadeisen.«

Es war das Nachtgebet, das Johannes aus seiner Kindheit kannte. Seine Mutter hatte es immer mit ihm gesprochen. Und Inge kannte es von Karl, dem Bruder von Johannes' Mutter, und die beiden hatten es wiederum von Mine gelernt. Es war wie ein Kreis, der sich von zwei Seiten her schloss, hier am Bett von Mines Urenkel.

»Gute Nacht, mein Junge«, flüsterte Johannes, doch Jakob war bereits eingeschlafen. Schon während des Gebets war er verstummt.

Inge küsste das Kind liebevoll auf die Stirn und stand auf.

»Wir müssen hier irgendwas an der Tür anbringen«, sagte sie.

»Was meinst du?«, fragte Johannes.

»Ein Glöckchen, eine Schelle, keine Ahnung. Etwas, das wir hören, wenn er aufsteht und runterkommt.«

»Gute Idee«, sagte Johannes. »Ich kümmere mich darum. Gleich morgen überlege ich mir was.« Er warf einen Blick auf seine Armbanduhr. »Oder vielmehr: heute. Es ist gerade Mitternacht.«

In diesem Augenblick schlug die Uhr unten in Karls Zimmer zwölfmal. Es war ein gedämpftes Läuten, das keiner im Haus mehr bewusst wahrnahm, weil es so oft zu hören war. Die Schläge der Uhr zeigten die vollen Stunden an, bei Tag ebenso wie bei Nacht, und es fiel ihnen immer nur dann auf, wenn es plötzlich fehlte, weil die Uhr stehen geblieben war.

Doch das kam so gut wie nie vor. Mine zog sie regelmäßig

auf, daher tickte das Ding schon so lange vor sich hin, wie Johannes zurückdenken konnte, jedenfalls bezogen auf die Zeit, die er hier bereits lebte.

»Ich würde gern noch einen Schluck trinken«, sagte er. Er hätte müde sein sollen, zumindest erschöpft, doch er fühlte sich seltsam aufgekratzt. Inge schien es ebenso zu ergehen, ihre Wangen waren tief gerötet von der Suche an der frischen Luft, und das regenfeuchte Haar fiel ihr in unordentlichen Strähnen auf die Schultern. Ihre Augen waren im Licht der Kinderzimmerlampe von einem unwirklich hellen und strahlenden Blau.

»Tee?«, fragte sie.

»Lieber was Stärkeres, falls du was dahast.«

»Schauen wir mal.«

*

Bevor sie zusammen nach unten gingen, zog Inge sorgfältig die Tür zu Jakobs Zimmer zu. Die Lampe ließ sie brennen, für den Fall, dass er noch einmal aufwachte. So würde er wenigstens keine Angst vor der Dunkelheit bekommen.

In der Anrichte fand sie noch eine halb volle Flasche Cognac. Ende Dezember, einen Tag vor Jakobs Geburtstag, hatten sie damit auf ihren Dreiundzwanzigsten angestoßen. Und neulich erst hatten sie die Flasche wieder hervorgeholt, um ein Gläschen auf Johannes' Wohl zu leeren – er war Mitte April vierunddreißig Jahre alt geworden.

Zehneinhalb Jahre, dachte Inge. Er ist über zehn Jahre älter als ich.

Sie hatte keine Ahnung, wieso ihr das ausgerechnet jetzt in den Sinn kam, während sie vorsichtig etwas von der goldklaren Flüssigkeit in die hauchdünnen Cognacschwenker füllte, die ihrer Mutter gehört hatten. Gab es eigentlich irgendwen, der nicht diese feinwandigen, mit zarten Gravuren verzierten Gläser besaß? Man durfte sie nicht zu fest anfassen, sonst zerbrachen sie einem zwischen den Fingern. Eines der sechs Gläser war Inge vor vielen Jahren zu Bruch gegangen, beim Abwaschen. Katharina hatte dazu nur gleichmütig mit den Schultern gezuckt, sie hatte nicht viel auf solche Besitztümer gegeben. Wenn sie überhaupt auf etwas stolz gewesen war, dann auf ihre schönen Kleider. Oder die ihrer Töchter. Oder auf die Sachen, die sie für Johannes gemacht hatte. Ein Hemd zum Beispiel, und auch einen Pullover. Blau war er gewesen, dieser Pullover, Inge erinnerte sich noch ganz genau. Er hatte darin ausgesehen wie ein Filmheld, so strahlend und attraktiv.

Rhett Butler war siebzehn Jahre älter gewesen als Scarlett. So richtig bewusst wurde einem das jedoch erst am Ende des Buchs.

Wie alt bist du, meine Liebe? Das wolltest du mir nie verraten.

Als hätte er es tatsächlich nicht gewusst, in all den vielen Jahren nicht, zu keinem Zeitpunkt, was Inge schon damals völlig absurd gefunden hatte, eine der Stellen in dem Buch, die ihr seltsam vorgekommen waren, sosehr sie den Roman auch liebte.

Achtundzwanzig, hatte Scarlett in ihr Taschentuch gemurmelt, und auch sie schien es nicht seltsam zu finden, dass sich Rhett vorher nie dafür interessiert hatte.

Zwei Seiten später, kurz vor dem tränenreichen Schluss, erwähnte dann Rhett beiläufig sein eigenes Alter, fünfundvierzig, und Inge erinnerte sich noch genau, wie erschrocken sie damals deswegen gewesen war, meine Güte, *so* alt! Wie konnte Scarlett ihn lieben!

Die sieben Jahre, die zwischen Katharina und Johannes gelegen hatten, waren seinerzeit für Inge schon verstörend gewesen, ein kaum überbrückbarer Abstand!

Doch ob siebzehn Jahre oder sieben, die Liebe ließ sich nicht nach Altersabständen einteilen, man begriff es in letzter Konsequenz, sobald man selbst erwachsen und davon betroffen war.

Irgendwann ließ es sich eben nicht mehr leugnen, sosehr man sich auch dagegen zu wehren versuchte.

»Mir brauchst du nicht so viel einzuschenken«, meldete sich Johannes, und Inge hätte vor Schreck fast die Flasche fallen lassen. Sie war so tief in Gedanken gewesen, dass sie beide Gläser abwechselnd immer weiter gefüllt hatte.

»Ich hab nicht aufgepasst«, sagte sie entschuldigend, während sie Johannes einen ziemlich vollen Schwenker reichte. »Wir trinken, so viel wir mögen, und was übrig bleibt, schütte ich später einfach mit einem Trichter wieder in die Flasche zurück.«

Sie machte das Radio an, dann schob sie ihr Bettzeug zur Seite und setzte sich auf das aufgeklappte Sofa. Johannes nahm auf dem abgeschabten Ohrensessel Platz. Schweigend tranken sie und hörten der Musik zu. Ein Song von Harry Belafonte wurde gespielt. *Island in the Sun* war auch eines von Bärbels Lieblingsliedern, sie sang und tanzte dazu vor dem Spiegel, mit der emaillierten Waschschüssel als Trommel, und ihre Stimme klang dabei so, wie man sich einen karibischen Strand in der Sonne vorstellte.

Anscheinend wiesen alle in ihrer Familie ein besonderes Talent auf – Bärbel konnte singen, Katharina hatte hervorragend getanzt und genäht, Jakob war in der Mathematik begabt. Nur sie selbst war langweiliger Durchschnitt.

»Woran denkst du?«, fragte Johannes.

»An alles Mögliche«, antwortete sie und dachte dabei: *Hauptsache, nicht immer nur an dich.*

Sie nahm einen viel zu großen Schluck von dem Cognac. Der Alkohol brannte ihr in der Kehle, und sie musste husten.

»Ich wollte mich noch mal entschuldigen«, sagte Johannes. »Es war einfach unfair von mir.«

Sie musste kurz überlegen, was genau er meinte, ihr Gespräch erschien ihr unter dem Eindruck der Ereignisse bereits ewig her zu sein.

»Zum Streiten gehören immer zwei«, entgegnete sie nur. »Ich hatte daran genauso meinen Anteil wie du.«

»Also vergeben und vergessen?«

Sie nickte stumm, und für einen Moment versanken ihre Blicke ineinander. Inge registrierte, dass sich eine Strähne über seiner Stirn zu einer Locke gekringelt hatte, wie immer, wenn sein Haar feucht wurde. Im Gegensatz zum hellen Farbton seines Haars war der Bartschatten auf seinen Wangen dunkler. Wie es wohl aussehen würde, wenn er sich länger nicht rasierte? Er hatte die Jacke ausgezogen, und das Hemd spannte sich über seinen breiten Schultern. Sie wusste, wie er unbekleidet aussah, denn sie hatte ihn schon oft in Badehose gesehen. Jahrelang hatte sie sich nichts weiter dabei gedacht, auch wenn sie schon früher bemerkt hatte, wie makellos sein Körper war – fast wie auf den Abbildungen römischer Götterstatuen in ihrem alten Lateinbuch. Doch erst in der letzten Zeit hatte sie angefangen, beschämt zur Seite zu blicken, wenn er vom Duschen aus dem Keller kam, nur mit einem Handtuch um die Hüften, das Haar noch feucht und mit dieser eigensinnigen Locke in der Stirn.

Wann hatte es begonnen? Wann war in ihr das Bewusstsein erwacht, dass sie etwas Verbotenes tat, wenn sie ihn betrachtete?

Sie schloss die Augen und lauschte der Radiomusik, ein anderes Lied wurde gespielt, sie hörte es zum ersten Mal. Es war melancholisch, fast traurig. *They ask me how I knew my true love was true, I, of course replied, something here inside cannot be denied…*

Nein, es ließ sich wirklich nicht mehr leugnen. Verdammt sollte sie sein, aber sie konnte sich nicht dagegen wehren.

Sie spürte, wie Tränen unter ihren geschlossenen Lidern hervortraten und über ihre Wangen liefen. *All who love are blind, when your heart's on fire, you must realize, smoke gets in your eyes …*

»Inge, um Himmel willen, was hast du denn?« Johannes' Stimme klang bestürzt. Er stellte sein Glas auf dem Couchtisch ab und setzte sich neben sie. »Ist es wegen Jakob? Es ist doch alles gut ausgegangen!« Ein wenig unbeholfen legte er den Arm um sie und strich ihr übers Haar. »Wein doch nicht! Was immer es auch ist – ich bringe es in Ordnung.«

Seine Berührungen brachten sie zum Erschauern. Sie öffnete die Augen und wandte ihm ihr Gesicht zu.

»Du bist der Letzte, der das in Ordnung bringen kann, Johannes.«

»Wieso sagst du das?«

Ihre Antwort bestand aus Schweigen.

Einen Augenblick wirkte er irritiert, fast verstört, doch dann schien er zu begreifen, was sie gemeint hatte. In der schwachen Beleuchtung der Stehlampe, die das Zimmer kaum erhellte, wirkten seine Augen geheimnisvoll und unergründlich, so tiefblau wie das Meer, das sie nie gesehen hatte und nur von Plakaten oder Beschreibungen in Romanen kannte. Sein Blick hatte mit einem Mal etwas Dunkles, Bezwingendes, es war wie eine fremde Verheißung, der sie sich nicht entziehen konnte. Sie wusste nicht, wer von ihnen beiden sich zuerst vorbeugte, wer wessen Mund suchte, doch als ihre Lippen sich zum Kuss trafen, geschah es mit absoluter beiderseitiger Hingabe. Es gab keine Bedenken, kein schlechtes Gewissen. Das würde später kommen, ganz sicher. Aber für diesen Moment war es richtig. Binnen Sekunden waren sie in eine leidenschaftliche Umarmung verstrickt, sanken ausgestreckt auf das Klappsofa und zogen sich gegenseitig die hinderliche Kleidung vom Körper. Sie liebkosten und entdeckten einander, Johannes streichelte ihre Brüste, kniete sich zwischen ihre Schenkel und küsste sie da unten, eine für sie gänzlich neue Erfahrung. Schon nach wenigen Augenblicken glaubte sie, vor Lust ohnmächtig zu werden. Und als er schließlich in sie eindrang, kam sie nur Sekunden später zum Höhepunkt, auf eine so intensive und erfüllende Art, wie sie es bis dahin noch nie erlebt hatte. Unmittelbar darauf zog er sich aus ihr zurück und ergoss sich stöhnend auf ihrem Bauch.

»Es tut mir leid«, stieß er außer Atem hervor. »Ich hätte nicht … Das war nicht …« Er brach schwer atmend ab und fluchte unterdrückt vor sich hin.

Sie war bereits aufgesprungen und rannte nach nebenan in Bärbels Zimmer, wo der Wäscheschrank stand. Hastig holte sie ein Handtuch heraus und wischte sich mit fahrigen Bewegungen ab.

Auf einmal stand er in der Tür, groß und nackt und schön wie ein griechischer Gott, und sofort konnte sie an nichts anderes denken als an die Lust, die er ihr geschenkt hatte. Trotzdem hielt sie instinktiv das Handtuch vor sich. Sie hatte ihn die intimsten Stellen ihres Körpers erforschen lassen, doch jetzt schämte sie sich vor ihm, schämte sich für die lüsterne Hemmungslosigkeit, mit der sie sich ihm dargeboten hatte. Sie hatte ihn ja förmlich dazu aufgefordert, es mit ihr zu treiben!

Er kam zu ihr und zog das Handtuch zur Seite.

»Tu das nicht«, sagte er leise. »Es gibt keinen Grund, sich zu schämen. Nicht für dich und nicht für mich. Hörst du? Nichts von dem, was gerade passiert ist, war falsch. Nichts.« Er betonte es auf eine Weise, die keinen Widerspruch zuließ, und sie spürte, wie sich ihr Entsetzen legte.

»Aber du hast …«

»Geflucht?« Er nickte grimmig. »Und du denkst natürlich sofort, die Reue hätte mich übermannt, oder?«

Das konnte sie schlecht abstreiten.

»Komm mal her.« Er nahm ihr das Handtuch weg und zog sie in seine Arme. Er umschlang sie sanft, aber zugleich nachdrücklich, und unwillkürlich schmiegte sie sich an ihn, um ihm noch näher zu kommen. Sie atmete seinen Geruch ein und legte ihre Wange an seine Schulter.

Als er dann sprach, war es, als könnte sie seine Worte auf zweifache Weise hören, einmal als sanftes Vibrieren auf ihrer Haut und einmal als leise Stimme in ihrem Ohr.

»Ich habe das so sehr gewollt, dass ich darüber fast wahnsinnig geworden bin«, murmelte er. »Die ganze Zeit schon. Seit … Seit dem Kuss. Ich bin verrückt nach dir. Hast du das denn gar nicht bemerkt?«

Schweigend schüttelte sie den Kopf.

Er seufzte tief. »Das Fluchen vorhin … Na ja, genau genommen war *doch* etwas falsch. Ich dämlicher Idiot hätte an die Verhütung denken müssen. Vorher, nicht hinterher.«

»Ach so. Deswegen.«

»Ja. *Nur* deswegen.«

»Ich hätte ja selber dran denken können.«

»Es ist Sache des Mannes.«

Sie bog den Kopf zurück. »Ist das dein Ernst?«, fragte sie leicht spöttisch.

Er wirkte etwas verlegen, nickte aber.

Sie hätte ihm erklären können, dass das bestimmt nicht für alle intimen Beziehungen galt, beispielsweise nicht für die einzige andere, die sie bisher gehabt hatte. Da war *sie* diejenige gewesen, die immer darauf hatte achten müssen, sonst wäre sie unweigerlich über kurz oder lang schwanger geworden. Dann hätte sie Peter längst heiraten müssen, ob sie nun wollte oder nicht.

»Beim nächsten Mal denken wir einfach beide dran.« Er sagte es mit der allergrößten Selbstverständlichkeit, als gebe es für ihn nicht den geringsten Zweifel, dass das, was gerade passiert war, sich auf jeden Fall wiederholen würde. »Aber zuerst schaffe ich klare Verhältnisse. Gleich morgen fahre ich zu Hanna nach Düsseldorf und mache reinen Tisch. Sicher ist sie froh, wenn ich ihr die Entscheidung abnehme.«

Darüber zerbrach sich Inge nicht groß den Kopf, denn aus ihrer Sicht hatte sich die Beziehung zwischen den beiden längst totgelaufen. Hanna hatte Johannes seit Monaten auf Distanz gehalten, zuletzt immer strikter, und es war offensichtlich, dass sie an einer gemeinsamen Zukunft mit ihm kein Interesse mehr hatte. Nein, die wahren Probleme lagen woanders.

»Wie sollen wir uns denn jetzt verhalten?«, fragte sie. »Wir können doch nicht einfach … Ich meine …« Sie hielt inne, weil ihr nicht die passenden Worte einfielen. Das kam so gut wie nie bei ihr vor, was sie als Zeichen wertete, wie tief ihre Unsicherheit war.

Er hob die Hand und strich ihr zärtlich das Haar aus dem Gesicht. »Vielleicht lassen wir uns erst mal für eine Weile nach außen hin nichts anmerken. Ich will zuallererst mit Hanna reden, gleich morgen. Und dann sehen wir weiter. Wir überlegen uns gemeinsam, wann und wie wir es allen sagen. Was denkst du?«

»So machen wir es«, stimmte sie zu, erleichtert, weil er genauso darüber dachte wie sie. »Wir müssen ja nichts überstürzen.«

Insgeheim dachte sie jedoch mit einem mulmigen Gefühl an die Zukunft. Er war verrückt nach ihr, gut und schön, und ihr erging es umgekehrt nicht anders. Doch gehörten sie auch zusammen? Von Liebe hatte er nicht gesprochen. Würde das, was sie zueinander hinzog, auf Dauer reichen? Und was würden die anderen sagen, wenn es herauskam? Sicher würden sich die Leute die Mäuler zerreißen! Das, was sie als uneheliches Kind mitgemacht hatte, wäre ein Klacks dagegen! Ob Johannes und sie das Gerede aushalten konnten? Und wenn vielleicht sie selbst es aushielt, nicht aber er?

Fragen über Fragen, und alle schienen sich zu einer undurchdringlichen Mauer zu verbinden, hinter der die Aussichten düster waren.

»Zerbrich dir jetzt nicht den Kopf darüber«, sagte Johannes mitten in ihre Gedanken hinein. Er streichelte erneut ihr Haar, ehe er eine Stelle aus ihrem Lieblingsroman zitierte. »Morgen ist schließlich auch noch ein Tag.«

Dann umschlang er sie mit beiden Armen. Sein nackter Körper verströmte Hitze. Seine warme Haut rieb sich an ihrer, und obwohl der Ofen im Laufe der letzten Stunde ausgegangen war, wurde ihr heiß.

»Ja«, sagte sie atemlos, »verschieben wir es auf morgen.«

»Nicht das hier«, widersprach er, während er sie liebkoste. »Die Nacht ist noch jung.«

Sein Mund fand ihre Lippen zu einem leidenschaftlichen Kuss, und all ihre Sorgen verloren sich in der Hitze des Augenblicks.

*

Mine weichte Karls Grubenzeug wie immer vor dem Waschen gründlich ein. Sie rührte mit dem Holzstab die trübe, schwarzgraue Lauge um und fragte sich, wie die neumodischen Waschmaschinen, von denen man in der letzten Zeit ständig hörte, diesen Dreck ohne Vorbehandlung aus den Sachen bekamen.

Angeblich klappte es, wie ihr schon mehrere Leute erzählt hatten, die sich eines dieser vollautomatischen Geräte angeschafft hatten. Man steckte die schmutzige Wäsche durch eine Art Bullauge hinein und holte sie am Ende sauber und fertig geschleudert wieder heraus. Nur zum Trocknen aufhängen musste man sie noch selber, doch es war auch schon davon die Rede gewesen, dass es sogar dafür bald Geräte geben würde.

Am Ende würde noch jemand Kleidung erfinden, die gar nicht erst schmutzig wurde. Allerdings ganz sicher nicht mehr zu ihren Lebzeiten, und wenn doch, wären solche Klamotten garantiert viel zu teuer für sie. So wie die neuen Waschmaschinen, die sogar im Sonderangebot immer noch ein Vermögen kosteten. Jemand aus der Nachbarschaft war neulich für die Anschaffung extra nach Köln gefahren, weil dort ein Laden die Constructa für über dreihundert Mark billiger verkaufte als üblich, doch die Leute hatten trotzdem noch mehr als zwölfhundert Mark für das Gerät berappen müssen. Eine Menge Geld, mit dem man auch was Besseres anfangen konnte. Zum Beispiel sparen.

Bärbel kam in die Waschküche.

»Ich wollt mal eben duschen, Oma Mine, was dagegen?«

»Mach nur.«

Unbefangen zog das Mädchen sich das Nachthemd aus und warf es in den Wäschekorb zu der anderen Schmutzwäsche. Darunter trug sie nur einen Schlüpfer, der ebenfalls umgehend in den Korb flog.

»Dat hasse doch erst einmal angehabt«, sagte Mine tadelnd.

»Ich zieh lieber jeden Tag frische Wäsche an.« Bärbel grinste. »Ich häng dir auch nach der Schule ein paar Körbe voll auf die Leine, versprochen.«

»Ich brauch auch jemand, der mit inne Beete geht. Et müssen endlich Netze auffe Erdbeeren, sonst fressen die Vögel alles weg.«

»Was ist mit Johannes?«

»Der muss heute noch weg, der kann nich. Inge arbeitet heute auch wieder den ganzen Tag. Und Karl macht dem Schichtleiter sein Garten.« Sie machte keinen Hehl aus ihrem Grimm. Eigentlich hätte Karl höchstens einmal die Woche bei dem Mann aushelfen sollen, doch in der letzten Zeit ging er ständig hin. Er bekam ein paar Mark dafür und freute sich wie ein kleines Kind über den Zusatzverdienst, und sie wollte ihm das nicht vermiesen. Aber lästig war es trotzdem, denn hier machte der Garten sich auch nicht von allein.

»Na gut, ich helf dir.« Bärbel verschwand hinter der Duschwand und drehte das Wasser auf. Sie juchzte kurz auf, weil es zuerst kalt herauskam, doch gleich darauf stieg der warme Dampf über der gefliesten Trennwand auf und füllte die Waschküche. Mine steckte die eingeweichte Wäsche in die Maschine und ging wieder nach oben. Karl war schon zur Arbeit gegangen, und auch Johannes war bereits aus dem Haus – er wollte heute zeitig anfangen, um eher aufhören zu können. Er hatte ziemlich rote Ohren gehabt, heute früh in ihrer Küche, als er zum Frühstücken runtergekommen war. Genau wie an den drei Tagen davor. Sie konnte nur hoffen, dass es heute endlich klappte mit dem, was er noch erledigen musste. Er war schon vorgestern weggefahren, *zu einem wichtigen Auswärtstermin*, wie er es genannt hatte. Hinterher war er mit einem langen Gesicht wiedergekommen und hatte gemeint, er müsse da noch mal hin, der Termin wäre ausgefallen. Mine hatte ihn nicht gefragt, was er vorhatte und wohin er wollte – sie wusste es auch so.

Es betraf genau dieselbe Sache, wegen der auch Inge seit Anfang der Woche länger arbeitete – sie wollte möglichst niemandem hier zu Hause über den Weg laufen, jedenfalls nicht öfter als nötig. So lange nicht, bis alles geklärt war.

Doch an diesem Morgen war sie noch hier. Gerade als Mine von der Kellertreppe in den Flur trat, kam Inge zusammen mit Jakob die Treppe herunter und verabschiedete den Jungen an der Haustür.

»Mit Gott, mein Kleiner!« Sie gab dem Kind einen Kuss auf die Wange und prüfte anschließend noch kurz den Sitz des Ranzens. Sie rückte den außen hängenden Bändel zurecht, an dem Schwämmchen und Läppchen für die Schiefertafel befestigt waren, dann bückte sie sich und zog ihm die Kniestrümpfe noch einmal stramm.

»Bis dann, mach's gut!« Sie blickte Jakob nach, wie er über den Kiesweg vorm Haus zur Straße trottete und dann weiter in Richtung Schule marschierte. Die ganze Zeit sah sie sich nicht nach Mine um, obwohl sie genau mitbekommen hatte, dass sie vor der offenen Küchentür wartete.

Schließlich konnte sie es nicht länger hinauszögern und drehte sich widerstrebend zu Mine um.

»Guten Morgen, Oma Mine. Ich hatte dich gar nicht gesehen!«

Mine schenkte der kleinen Flunkerei keine Beachtung. Sie war fest entschlossen, die Gelegenheit zu einem kurzen Gespräch zu nutzen.

»Zeit für en Käffken?«, fragte sie.

»Ach, danke, aber ich muss gleich los, ich bin schon spät dran.«

»Fünf Minuten hasse noch«, sagte Mine kategorisch. »Ich muss wat mit dir besprechen.«

Inge rang sichtlich mit sich, ging dann jedoch, wenn auch unwillig, mit ihr in die Küche. »Aber wirklich nur fünf Minuten!«

»Ich mach et kurz, keine Sorge.« Mine goss ihr eine Tasse Muckefuck ein und stellte sie zusammen mit der Dosenmilch und der Zuckerdose auf den Küchentisch. Inge setzte sich auf die äußerste Kante der Bank, als wollte sie gleich wieder aufspringen. Nervös gab sie Milch und Zucker in den Ersatzkaffee und rührte schnell um. Vorsichtig trank sie anschließend einen Schluck.

Mine redete wie immer nicht um den heißen Brei herum.

»Ich weiß, wat los ist«, erklärte sie unumwunden. »Dat mit dir und Johannes.«

Inge wurde feuerrot, und die Hand, mit der sie die Kaffeetasse hielt, zitterte leicht. Mit einem Ruck stellte sie den Henkelbecher ab. Ihre Lippen bewegten sich, sie schien etwas sagen zu wollen, brachte aber keinen Laut heraus. Schließlich stieß sie hervor: »Das geht dich überhaupt nichts an! Es ist allein unsere Sache!«

Mine zuckte die Achseln. »Et is mein Haus, oder nich? Und wenn zwei Leute et unter meinem Dach treiben, is dat wohl auch meine Angelegenheit.«

Es kam Mine so vor, als würde sie die Diskussion nicht zum ersten Mal führen, und tatsächlich war es ja auch eine Art Wiederholung – vor knapp acht Jahren hatte es ein ähnliches Gespräch gegeben, nur ein paar Schritte von hier, gleich drüben auf dem Flur. Mitten in der Nacht hatte sie Johannes und Katharina zur Rede gestellt, hatte ihnen befohlen, aufzuhören. Ein Fehler, wie sie heute wusste. Aber damals war es ihr richtig erschienen. Genauso wie das, was sie jetzt Inge mitzuteilen hatte.

»Ich wollte dir bloß sagen, dat dat in Ordnung is. Also dat mit euch beide.«

»Was?« Inge blickte sie verdattert an. »Ist das dein Ernst?«

»Ja sicher, sonst würde ich dat nich sagen. Doch et passt mich nich, wenn dat bloß en Krösken is mit euch zwei, dat geht *nich*.«

»Was soll das schon wieder heißen?«

»Wat wohl? Ihr müsst heiraten, damit dat ne anständige Sache wird.«

Inge richtete sich mit ungläubiger Miene auf. »Da hast du wohl deine Meinung im Vergleich zu früher um hundertachtzig Grad geändert, was?« Aufgewühlt schüttelte sie den Kopf.

»Bei Mama warst du damals nicht so drauf versessen, dass sie und Johannes heiraten! Aber klar, damals ging's für dich ja nur um Papa, für den musste alles schön aufrechterhalten werden! Das Glück von Mama und Johannes war dir doch völlig egal!«

»Ja«, sagte Mine einfach, obwohl es nicht stimmte. Außerdem war sie am Ende dann doch einverstanden gewesen, zumal Karl Katharina unbedingt hatte freigeben wollen. Doch da war es bereits zu spät gewesen, Katharina war in derselben Nacht gestorben.

»Diesmal wäre ja auch bloß Hanna die Leidtragende«, fuhr Inge mit bitterem Sarkasmus fort. »Und natürlich schert es dich einen Dreck, wenn sich die Leute die Mäuler über sie zerreißen, weil Johannes sie nicht mehr will!«

»Die Madame hatte ihre Chance«, erklärte Mine gelassen. »Und et ist wohl eher umgekehrt – *sie* will Johannes nich mehr. Wenne schlau bis, schnappse dich den Jung. Besser getz wie später.«

Inge stand abrupt auf. Sie war blass, ihre Miene versteinert. »Bitte hör auf, dich einzumischen!«

Mine zuckte gleichmütig mit den Schultern. »Meinetwegen. Hauptsache ihr wisst, wie ich da drüber denke. Und dat et mich freuen würde, wenn aus euch zwei wat wird.«

»Das kann ich mir vorstellen!«, entfuhr es Inge. »Für dich wären damit bestimmt eine Menge Probleme auf einen Schlag gelöst! Keiner von uns würde ausziehen, es würden alle schön hierbleiben und so weitermachen wie immer! Ist es das, was du willst?«

»Ja«, sagte Mine ungerührt. »Ja, genau dat will ich.«

Inge schnaubte fassungslos. Ohne ein weiteres Wort verließ sie die Küche und rannte die Treppe hoch.

Mine runzelte die Stirn – nicht etwa, weil die Reaktion ihrer Enkelin sie allzu sehr aus der Ruhe gebracht hätte, sondern weil die Dose mit dem Muckefuck schon wieder fast leer war und sie nicht dran gedacht hatte, beim letzten Einkauf neuen mitzunehmen.

Doch dafür war Inges Tasse noch voll, das musste man ja nicht umkommen lassen.

Mine nahm den Henkelbecher und trank daraus, während sie überlegte, was sie heute kochen sollte. Sie entschied sich für Spinat mit Bratkartoffeln und Spiegeleiern. Das mochte vor allem Jakob besonders gern.

Ohne Eile trank sie die Tasse leer und ging anschließend hinaus in den Garten, um sich mit frischen Zutaten einzudecken.

Kapitel 14

Inge hatte während der Arbeit Mühe, sich zu konzentrieren. Die Anspannung der letzten Tage nahm ihr die Luft zum Atmen, am liebsten hätte sie alles stehen und liegen lassen und wäre selbst nach Düsseldorf gefahren, um mit Hanna zu reden.

Johannes hatte Hanna vorgestern nicht angetroffen und deshalb gestern zunächst bei ihr angerufen, um sein Kommen anzukündigen. Er hatte keine Lust, ein weiteres Mal umsonst hinzufahren. Doch Hanna war nicht drangegangen, also hatte er es in der Galerie versucht. Hannas Mitinhaberin Verena hatte abgehoben und Johannes mitgeteilt, dass Hanna unterwegs sei, auf einer Geschäftsreise, aber morgen sei sie auf alle Fälle wieder da.

Folglich würde Johannes heute nach der Arbeit erneut nach Düsseldorf fahren, um dann endlich reinen Tisch zu machen. Inge fühlte sich furchtbar bei dem Gedanken. Anfangs hatte sie die endgültige Trennung der beiden noch als vernünftig und konsequent betrachtet – schließlich hatte Hanna ihn ja wirklich seit Monaten links liegen lassen –, doch in den letzten Tagen empfand sie die ganze Situation zusehends als bedrückend. Wie würde Hanna das Ganze aufnehmen? Würde sie wirklich so gleichgültig reagieren, wie Johannes glaubte?

Er vermutete, dass Hanna sich in einen anderen Mann verliebt hatte und dass sie diesen neuen Gefühlen vielleicht noch nicht genug traute, um ihre Verlobung mit ihm zu lösen. Inge hielt das für wenig wahrscheinlich. Hanna war nicht die Art von Frau, die Schwierigkeiten damit gehabt hätte, sich zwischen zwei Männern zu entscheiden. Sie hatte schon immer sehr genau gewusst, was sie wollte.

Der einzige Grund, warum sie Johannes noch nicht geheiratet hatte, bestand aus Inges Sicht darin, dass sie nicht bereit war, ihr freies und selbstständiges Leben in Düsseldorf aufzugeben. Hanna liebte ihre Arbeit, sie ging förmlich darin auf. Inge erinnerte sich noch gut an die Zeit, als Hanna die Kunsthandlung eröffnet und die Galerie aufgebaut hatte – so strahlend und voller Begeisterung hatte sie Hanna noch nie erlebt, sie war wie ausgewechselt gewesen. Inge hatte ihr geholfen, Möbel für ihre kleine Wohnung auszusuchen, hatte ihr Vorhänge für die Fenster genäht und die schöne Ausstattung der Kunsthandlung bewundert.

In der Woche ihres Umzugs waren sie auch einmal zusammen aus gewesen, in der Düsseldorfer Altstadt, wo sich Kneipe an Kneipe reihte. Anders als im Ruhrgebiet tranken die Leute dort kein Pils, sondern dunkleres Bier, das sich *Alt* nannte. Sie hatte mit Hanna einen vergnügten Abend verbracht, sie hatten Altbier getrunken, viel geredet und gelacht und einfach die Zeit genossen. Hanna hatte förmlich geleuchtet vor Freude über das neue Geschäft und die hübsche Wohnung. In Fischlaken war sie nie richtig heimisch geworden, und zum ersten Mal, seit Inge Hanna kannte, hatte sie den Eindruck gehabt, dass Hanna einen Platz im Leben gefunden hatte, an dem sie glücklich sein konnte.

Die Verbindung mit Johannes hätte vielleicht die Krönung dieses Glücks sein können. Doch dafür hätte er die Wurzeln, die er selbst schon vor Jahren im Pott geschlagen hatte, kappen und sein Leben nach Hannas Bedürfnissen ausrichten müssen. Er hätte wegziehen und Jakob aus seiner vertrauten familiären Umgebung herausreißen müssen.

Das ganze Hin und Her war Inge nicht verborgen geblieben. Hanna war eine starke Persönlichkeit, sie würde das, wofür sie so hart und lange gekämpft hatte, nicht einfach aufgeben, und niemand, nicht einmal die größte Liebe ihres Lebens, hätte sie dazu bewegen können, mit Mine in einem Haushalt zu leben und sich den dort herrschenden Regeln unterzuordnen. Genau das hatte auch Katharina, deren Charakterstärke nicht minder ausgeprägt gewesen war, die meiste Zeit über nur mit zusammengebissenen Zähnen ertragen, und hätten die damaligen Umstände sie nicht zum Bleiben gezwungen, hätte sie bestimmt frühzeitig ihre Zelte in Essen wieder abgebrochen. Sie hatte das Ruhrgebiet bis zum Schluss gehasst, und Hanna erging es ebenso, doch der Mangel an Alternativen hatte sie beide dort festgehalten.

Mechanisch räumte Inge diverse Bücher in die Regale, bediente zwischendurch mehrere Kunden und sortierte anschließend Kassenbelege für die Buchhaltung. Als wäre die nagende Ungewissheit wegen Hanna nicht schon belastend genug, musste sie sich jetzt auch noch damit auseinandersetzen, dass Oma Mine Bescheid wusste. Nicht nur das – sie legte Wert auf eine Heirat! Als wäre das die Lösung aller Probleme und der fest vorgezeichnete Weg für sie alle. Ob auch mal irgendwer fragte, was sie selbst darüber dachte? Ob ein Hausfrauendasein der einzig erstrebenswerte Daseinszweck für eine junge Frau war, die sich vielleicht mehr vom Leben erhoffte? Beispielsweise eigenverantwortlich ein Geschäft zu führen, so wie Hanna. Oder wie Agathe.

In diesem Moment betrat Agathe von Stetten den Laden. Sie hatte in den letzten Tagen mehrere unaufschiebbare Termine gehabt und war froh, dass Inge auch an den Nachmittagen die Stellung für sie halten konnte. Ihre Nichte Brigitte, die eigentlich den ganzen Tag über anwesend sein sollte, war zurzeit wegen eines entzündeten Weisheitszahnes krankgeschrieben. Inge kam die Nachmittagsvertretung für Agathe allerdings entgegen, so musste sie wenigstens nicht zu Hause die neugierigen Blicke von Mine aushalten.

Wie zum Teufel hatte ihre Großmutter es nur herausgefunden? Hatte sie vielleicht irgendetwas gehört in jener Nacht? Sie und Johannes waren so leise wie möglich gewesen, aber das Haus war extrem hellhörig, und sie hatten sich stundenlang geliebt …

Inge zuckte leicht zusammen, Agathe hatte mit ihr gesprochen, doch sie hatte überhaupt nicht hingehört.

»Tut mir leid, ich war in Gedanken«, antwortete sie verlegen.

»Ich sagte, dass du jetzt gern heimgehen kannst, wenn du möchtest, ich hab alles Wichtige erledigt.«

»Ach, ich hab's nicht eilig«, wehrte Inge ab. »Ein paar Dinge gibt's hier schon noch zu tun.«

»Wie du möchtest. Wir können es als Überstunden gutschreiben.«

»Das ist nicht nötig«, protestierte Inge. »Ich mach es doch gern.«

»Das weiß ich.« Lachfältchen erschienen in Agathes Augenwinkeln, und plötzlich wirkte sie trotz ihrer Jahre so jung und unbeschwert wie lange nicht mehr. Sie hatte eine neue Frisur, kürzer und flotter, ohne die starre Dauerwelle, die man sonst an ihr kannte. Und sie hatte Lippenstift aufgelegt, einen dezenten Farbton zwar, aber doch deutlich erkennbar. Die bernsteinfarbene Bluse betonte den warmen Braunton ihrer Augen, und ihre ganze Haltung verströmte einen Optimismus, der ansteckend wirkte.

»Du siehst heute gut aus«, meinte Inge. Es war ihr herausgerutscht, ganz unbeabsichtigt und spontan, und sie spürte, wie sie rot wurde. »Ich meine, du siehst natürlich *immer* gut aus«, fuhr sie rasch fort. »Aber heute besonders.«

Agathe lächelte. »Danke für das nette Kompliment, ich

weiß es zu schätzen.« Sie schien kurz nachzudenken, dann sagte sie unvermittelt: »Ich plane, mich aufs Altenteil zurückzuziehen, Inge.«

»Wie bitte?« Inge traute ihren Ohren nicht. »Du bist doch erst …« Sie fing an zu rechnen.

Agathe kam ihr zuvor. »Fast siebenundsechzig. Zeit, um sich zur Ruhe zu setzen. Eigentlich hatte ich es schon vorletztes Jahr geplant. Dann letztes Jahr. Aber irgendwas kam mir immer dazwischen. Diesmal nicht. Ein paar Dinge gibt es noch im Leben, die ich mir abseits der Arbeit vorgenommen habe, und es ist an der Zeit, sie anzugehen.«

»Aber was wird dann aus dem Laden?« Inges Frage klang erschrocken, fast panisch.

»Darüber müssen wir noch reden. Ausführlich und in Ruhe.«

Inge nickte ein wenig mühsam. Eigentlich bedurfte es keiner weiteren Erklärungen, denn es war klar, wie es ablaufen würde. Brigitte war Agathes Nichte, sie würde als Inhaberin nachrücken. Das war im Buchhandel genauso wie in anderen Läden. Die Firma ging auf die Kinder über, und wenn es keine Kinder gab, dann eben auf die sonstigen nahen Verwandten, wenn die sowieso schon mit im Geschäft waren.

»Ich weiß nicht, was du gerade denkst, Inge, aber als ich sagte, dass wir über die Geschäftsnachfolge reden müssen, dachte ich an dich.«

»Was? Aber Brigitte …«

»Brigitte ist keine Geschäftsfrau und wird nie eine werden. Sie ist wichtig für den Laden, aber du bist wichtiger.«

Inge suchte nach Worten, doch Agathe winkte ab.

»Wir müssen uns nicht jetzt darüber unterhalten. Ich wollte einfach nur, dass du schon mal Bescheid weißt. Die Geschäftsübergabe möchte ich gern spätestens zum Jahresende durchgeführt haben. Bis dahin bleibt also noch Zeit, alles genau zu überlegen. Mein Steuerberater wird demnächst eine Kalkulation aufsetzen, damit wir eine Vorstellung bekommen, über welche Summe wir sprechen müssen.«

»Ich habe ein bisschen was gespart, aber das ist unterm Strich lachhaft«, stellte Inge klar.

»Mir ist durchaus bewusst, dass du mir die Buchhandlung nicht aus dem Stand abkaufen kannst. Aber ich bin sehr zuversichtlich, dass alles im Rahmen des Machbaren und Möglichen ist. Die Lage für Firmenkredite ist gerade sehr gut, viel besser als in den Vorjahren, ich habe mich schon erkundigt. Es wäre eine lohnenswerte Investition für dich. Vorausgesetzt, du möchtest es überhaupt.«

»Natürlich!«, entfuhr es Inge.

Agathes Lächeln vertiefte sich. »Das dachte ich mir. Aber es besteht kein Grund für dich, diese Entscheidung zu überstürzen. Du hast lange genug Zeit, dir alles gründlich durch den Kopf gehen zu lassen. Sieh dir erst mal die Zahlen von meinem Steuerberater an, dann schauen wir weiter.«

Inge war wie elektrisiert von dieser unverhofften Chance. Den Laden zu führen traute sie sich auf alle Fälle zu, sie hatte phasenweise sowieso schon viel in Eigenregie erledigt. Einmal war Agathe sechs Wochen lang in Kur gewesen, ein anderes Mal für fast zwei Monate zu Besuch bei Freunden in Frankreich, und Inge hatte in ihrer Abwesenheit alles perfekt am Laufen gehalten.

Nach der Arbeit trat sie daher beschwingt den Heimweg an. Ein Mann kam ihr entgegen, er trug einen schicken hellen Sommeranzug und einen dazu passenden Hut. Er mochte Ende vierzig sein und sah auf unaufdringliche Art gut aus. Inge hatte das vage Gefühl, ihn von irgendwoher zu kennen, aber erst, als er abrupt stehen blieb und sie anstarrte, fiel es ihr wieder ein. Er war auf der Beerdigung ihrer Mutter gewesen. Mit gesenktem Kopf hatte er dagestanden, sich abseitsgehalten, ziemlich weit von den übrigen Trauergästen entfernt, und bevor die Beileidsbekundungen der anderen einsetzten, war er auch schon wieder verschwunden. Inge hatte sich an jenem Tag einen Moment lang gefragt, wer er wohl war, hatte ihn aber schnell wieder vergessen, denn die unermessliche Trauer hatte alles, was in diesen Tagen nebensächlich war, vollkommen überlagert.

Sie wollte bereits weitergehen, vorbei an dem wartenden Mann, der wie vom Donner gerührt dastand und sie mit großen Augen betrachtete. Doch dann blieb sie unwillkürlich stehen. Er war so blass geworden, als hätte er einen Geist erblickt.

»Das ist doch nicht möglich!«, stieß er hervor.

»Wie bitte?«, fragte sie befremdet.

Er nahm den Hut ab und verbeugte sich kurz. »Es tut mir leid«, stammelte er. »Ich … ich habe Sie verwechselt. Mit jemandem, der schon lange nicht mehr lebt.«

»Viele Leute sagen, dass ich meiner Mutter gleiche«, meinte Inge zurückhaltend. »Sie hieß Katharina Wagner. Ich sah Sie auf ihrer Beerdigung. Kannten Sie sie?«

»Sie sind ihr Ebenbild«, sagte er anstelle einer Antwort mit belegter Stimme.

»Waren Sie näher mit ihr bekannt?«, wollte Inge wissen.

Der Mann atmete tief durch, dann schüttelte er mit einem gezwungenen Lächeln den Kopf. »Ich bin Arzt, sie war eine Patientin von mir. Wir kannten uns nur flüchtig.«

Inge glaubte ihm nicht, doch bevor sie ihm weitere Fragen stellen konnte, hob er mit einer grüßenden Geste den Hut und setzte ihn wieder auf. »Entschuldigen Sie, dass ich Sie aufgehalten habe. Guten Tag!« Und mit diesen Worten ging er davon, ohne sich umzudrehen.

Inge blickte ihm nach, ehe sie ihren Weg ebenfalls zögernd fortsetzte. Ob er wirklich nur der Arzt ihrer Mutter gewesen war, oder doch vielleicht mehr? Katharina war in den Jahren nach dem Krieg hin und wieder ausgegangen, auch an den Abenden, und oft war sie anschließend mit Schokolade oder Zigaretten zurückgekommen. Nicht für sich selbst, sondern zum Tauschen. Sie hatte dafür was zu essen besorgt, oder auch Stoffe zum Nähen. Die Leute hatten darüber getratscht, natürlich, sie taten nichts lieber als das. Es hieß allgemein, Katharina würde sich den Tommys an den Hals werfen, oder auch anderen Kerlen, ganz egal welchen, Hauptsache, sie rückten irgendwas Brauchbares dafür raus.

Wann hatte sie diesen Arzt wohl kennengelernt? Inge dachte intensiv nach, doch ihre Erinnerungen an jene Zeit zerflossen wie Wachs an einer Kerze. Katharina hatte sich immer schick angezogen, wenn sie in der Stadt zu tun hatte, auch wenn sie nur einkaufen ging. Sie hatte stets so ausgesehen, dass alle Leute sich nach ihr umdrehten.

Sie sind ihr Ebenbild.

Inge fragte sich, wieso diese Worte des Mannes sie plötzlich mit einer solchen Unruhe erfüllten, ja beinahe mit Panik. Es gab überhaupt keinen Grund dafür, denn das alles war lange her und Teil einer Vergangenheit, die sich sowieso nicht mehr ändern ließ.

Doch dann erkannte sie mit einem Mal die tieferliegende Bedeutung seiner Äußerung. Eine Bedeutung, die nicht ihre Mutter betraf, sondern sie selbst. Sie selbst und Johannes. Natürlich, es lag an der Ähnlichkeit! Das war es, was ihn zu ihr hinzog und ihn dazu brachte, sie zu begehren!

Der Gedanke war nicht neu. Sie hatte es schon in der Nacht des Kusses instinktiv vermutet. Fragte sich nur, wieso sie diese Tatsache seitdem so beharrlich verdrängt hatte. Warum zog sie nicht endlich ernsthaft in Betracht, dass sie vielleicht nur der Aufguss seiner einstigen großen Liebe war?

Ein Gefühl verzweifelten Elends überkam sie. Den restlichen Heimweg legte sie statt mit dem Bus zu Fuß zurück. Niedergeschmettert und verloren wünschte sie sich, niemals zu Hause anzukommen.

*

Während der Arbeit rief Johannes vorsorglich noch einmal in der Galerie an. Hannas Kollegin Verena hob ab und begrüßte ihn mit reservierter Höflichkeit.

»Ja, Hanna ist wieder da«, informierte sie ihn auf seine Frage hin.

»Kann ich sie bitte sprechen?«

»Sie ist zu Hause. Hast du es da schon versucht?«

»Nein, noch nicht. Um diese Tageszeit ist sie sonst doch immer bei der Arbeit, oder? Na egal, ich probier's. Vielen Dank. Tschüs, Verena.«

Johannes wählte die Nummer von Hannas Wohnung. Er ließ es endlos lange läuten und wollte schon wieder auflegen, als sie doch noch dranging und sich mit müder Stimme meldete.

»Hanna, ich bin's«, sagte er erleichtert. »Endlich erreiche ich dich! Was ist los? Bist du krank? Ich würde sehr gern mit dir reden.«

»Du redest doch gerade mit mir.«

»Nein, ich meine, persönlich. Kann ich vorbeikommen? Heute noch?«

Sie zögerte, und er versuchte sich vorzustellen, was sie wohl dachte. Suchte sie nach einer neuen Ausrede, um ihn nicht sehen zu müssen? Hatte sie womöglich bereits eine andere Verabredung? Oder war der Betreffende sogar gerade bei ihr?

»Bist du anderweitig beschäftigt?«, fragte er sie unverblümt, und obwohl es ihm massiv gegen den Strich ging, das geplante Gespräch am Telefon zu führen, war er in diesem Augenblick fest entschlossen, die Verlobung hier und jetzt zu beenden. Er hatte es satt, sich noch länger hinhalten zu lassen.

Doch zu seinem Erstaunen versuchte sie nichts dergleichen.

»Nein, ich habe jede Menge Zeit. Komm ruhig, Johannes. Ich mach uns eine Flasche Rotwein auf.«

Verdutzt stimmte er zu und verabschiedete sich von ihr.

Während der Fahrt legte er sich alle möglichen Formulierungen für die anstehende Aussprache zurecht, doch als er in Düsseldorf ankam und an ihrer Tür klingelte, war sein Kopf gähnend leer.

»Johannes! Schön, dass du da bist!«

Hanna ließ ihn ein und küsste ihn flüchtig auf die Wange. Sie sah noch schmaler aus als beim letzten Mal, fast zerbrechlich. Das mattblaue Twinset betonte ihre ätherische Blässe, und mit dem wie immer perfekten Make-up hatte sie etwas von der zeitlosen Schönheit einer Greta Garbo. Ihr rotes Haar schimmerte im Licht der Kerzen, die auf dem kleinen Esstisch brannten. In einer Kristallkaraffe leuchtete dunkelrot der bereits dekantierte Rotwein, und auf einer Platte waren appetitlich belegte Weißbrotschnittchen angerichtet.

»Ich habe uns ein paar Kanapees gemacht«, sagte sie. »Als Grundlage für den Wein.«

Ehe er protestieren konnte, schenkte sie bereits zwei Gläser voll und reichte ihm eines.

»Ich weiß, dass es ein Fehler ist, aber ich habe dich so unendlich vermisst!«, flüsterte sie. »Du ahnst nicht, wie sehr du mir gefehlt hast!« Sie nahm ihm das Glas weg, ehe er davon trinken konnte, und stellte es auf dem Tisch ab. Dann trat sie zu ihm und warf sich mit einem verzweifelt klingenden Aufschluchzen in seine Arme. »Ach, Johannes!«

Unwillkürlich drückte er sie an sich. Gleichzeitig rang er nach Worten. Das lief hier gerade alles völlig falsch!

Ihr Schluchzen wurde lauter. Es war ein regelrechter Heulkrampf, ihr ganzer Körper zitterte. Johannes war zutiefst erschrocken.

»Hanna, du meine Güte! Was ist denn los? Was hast du?«

Sie konnte nicht antworten. Bebend und weinend lag sie in seinen Armen, und er konnte nichts weiter tun, als sie zu halten und ihr tröstend über den Rücken zu streichen. Was um Himmels willen war geschehen? Hatte sie die Beziehung zu dem anderen Mann beendet und war deswegen so außer sich? Wollte sie einen Neuanfang?

Er war davon überzeugt, dass nur das der Grund für ihren Nervenzusammenbruch sein konnte. Ihre Antwort traf ihn daher mit ungeahnter Wucht.

»Ich werde sterben, Johannes.«

Der Schock war so heftig, dass ihm die Luft wegblieb.

»Was sagst du da?« Starr vor Schreck ließ er sie los. »Hanna, wie meinst du das?«

Sie blickte zu ihm auf. Ihr Make-up war verschmiert vom Weinen. Die Wimperntusche hatte sich aufgelöst und bildete schwarze Ringe um ihre Augen, der Lippenstift zog eine rote Spur um ihren Mund.

»Ich habe Krebs, Johannes. Die Ärzte geben mir nicht mehr lange.«

Er schüttelte den Kopf, wollte es nicht wahrhaben. »Wie kannst du so was wissen? Hast du … warst du …«

Stammelnd suchte er nach der richtigen Frage. Hanna gebot ihm Einhalt.

»Ich war bei mehreren Ärzten, habe unterschiedliche Meinungen eingeholt. Sie sagen alle dasselbe.« Ihre Tränen waren versiegt, mit dem Handrücken rieb sie sich die Wangen trocken. »Tut mir leid, dass ich dich vollgeheult habe. Ich wollte es dir eigentlich schonend beibringen, bei einem guten Glas Wein. Und selber auch welchen dabei trinken, damit ich die Nerven behalte.«

»Wie lange weißt du es schon?«

»Du meinst von der Krankheit? Seit drei Monaten. Dass es keine Heilung mehr gibt – erst seit ein paar Tagen.«

Er rechnete zurück. Ihre vielen Ausweichmanöver, ihr permanentes Bemühen, ihn fernzuhalten.

»Warum hast du mir nichts davon gesagt?« Er war wie versteinert vor Entsetzen. »Ich hätte dir beistehen können!«

»Ach, Johannes.« Sie setzte sich an den Tisch und trank aus ihrem Weinglas, als wäre es Wasser. Schließlich blickte sie ihn an. »Du hattest wegen mir doch die ganze Zeit schon genug Sorgen. Die verkorkste Situation mit uns beiden – das hat dich sowieso viel zu sehr belastet. Wenn ich die Krankheit dann noch obendrauf gepackt hätte ... Nein, so egoistisch wollte ich nicht sein.«

»Aber das hat doch mit Egoismus nichts zu tun! Du hättest dich mir anvertrauen müssen!«

»Und was hättest du dann getan?« Sie lächelte bitter. »Wärst du dann zu mir nach Düsseldorf gezogen?« Sie trank erneut von dem Wein. »Vermutlich ja«, fuhr sie leise fort. »Um mich nicht hängen zu lassen. Aber sieh mal, Johannes – genau das wollte ich nicht. Mit Schwäche habe ich noch nie punkten können. Und ich will es auch jetzt nicht.« Mit einem langen Zug trank sie ihr Glas vollständig leer. »Auf der anderen Seite habe ich eine Scheiß-Angst, allein zu sterben. Deshalb sag ich dir jetzt die Wahrheit, wie es um mich steht. In der Hoffnung, dass du mir die Hand hältst, wenn es zu Ende geht.«

Er musste gegen die aufsteigenden Tränen ankämpfen und setzte sich zu ihr an den Tisch. »Mein Gott, Hanna! Was ... Ich meine, welche Art von Krebs ist es denn? Vielleicht kann man ja doch noch ...«

»Nein, die Zeit der Hoffnung ist vorbei.« Sie nahm sich ein mit Camembert belegtes Kanapee und drehte es zwischen ihren Händen. Sie hatte es liebevoll dekoriert, mit einer halben Weintraube und Walnussstückchen. »Zuerst hab ich wirklich geglaubt, die Ärzte würden mich wieder hinkriegen. Hab mich sogar operieren lassen.« Sie legte sich die Hand auf den Unterleib. »Deshalb habe ich mich die ganze Zeit so rar gemacht. Aber ich wusste von vornherein, dass die Chancen nicht rosig sind, es war schon vor der Operation weit fortgeschritten. Vorige Woche war ich dann wieder in der Klinik, für neue Untersuchungen. Und da hat man es mir gesagt. Es hat sich ausgebreitet und ist schon in der Lunge. Man kann nichts mehr machen, und ich hab mich damit abgefunden.«

Von Mitgefühl und Kummer überwältigt sah er sie schweigend an. Sein Inneres wollte aufbegehren, er verspürte den Drang, auf sie einzureden, ihre Einstellung zu ändern. Sie sollte kämpfen, dann gab es auch wieder Hoffnung! Zugleich war ihm klar, dass das nur hohle Phrasen gewesen wären. Ein erbarmungswürdiger Versuch, die Augen vor der Realität zu verschließen, statt sie gemeinsam mit ihr zu ertragen und das Unausweichliche anzuerkennen. *Das* war es, was sie jetzt von ihm erwartete. Sie brauchte niemanden, der ihr einzureden versuchte, dass alles wieder gut werden würde. Denn das wäre eine Lüge. Sie brauchte jemanden, der das Schlimme mit ihr zusammen aushielt.

Und er würde dieser Jemand sein, das stand für ihn außer Frage. Nie wäre ihm in den Sinn gekommen, in dieser Situation eine andere Entscheidung zu treffen. Sanft nahm er ihr das Kanapee weg und ergriff ihre Hände. Über seine nächsten Worte musste er nicht nachdenken, denn sie kamen aus tiefstem Herzen.

»Egal was in der nächsten Zeit auf dich zukommt – ich bin an deiner Seite. Noch bist du nicht tot, verstanden? Wir sitzen hier beide am Tisch, direkt vor diesen fabelhaften Kanapees, und solange wir nicht mindestens die Hälfte von den Dingern aufgegessen haben, wird hier nicht mehr übers Sterben geredet, klar!?« Er wollte es scherzhaft klingen lassen, wenigstens ein bisschen, doch es kam fast ruppig heraus.

Trotzdem reagierte Hanna wie gewünscht – sie nahm seine Bemerkung mit Humor. Mit dem ihr eigenen schiefen Lächeln griff sie nach dem halben Schnittchen, das er ihr gerade aus der Hand genommen hatte, und biss davon ab. Mit Tränen in den Augen nickte sie ihm zu.

»Versuch eins mit Räucherlachs«, sagte sie. »Die sind wirklich lecker.«

*

Inge hatte den ganzen Abend voller Unruhe auf ihn gewartet, hatte ständig nach draußen gelauscht, ob nicht endlich der Motor seines Wagens zu hören war. Irgendwann waren ihr die Augen zugefallen, und sie war zu Bett gegangen. Jakob hatte sich wieder einmal zu ihr geschlichen. Wie eine kleine Napfschnecke klebte er an ihrem Rücken, sie spürte seinen warmen Atem an ihrer Schulter. Normalerweise störte es sie kein bisschen, wenn er so dicht neben ihr lag, doch in dieser Nacht hinderte sie jedes Rascheln und jeder Luftzug am Einschlafen. Obwohl sie todmüde war, kam sie nicht zur Ruhe.

Wo blieb Johannes nur? Wie lange konnte das Gespräch mit Hanna denn überhaupt dauern? Oder war er unterwegs in einen Unfall verwickelt worden?

Handfeste Ängste ergriffen Besitz von ihr und machten den Schlaf erst recht unmöglich.

Als von draußen endlich das langersehnte Motorengeräusch zu hören war, gefolgt vom Zuklappen einer Autotür, stieg sie eilig aus dem Bett und warf sich ihren Morgenmantel über. Ohne das Licht anzuschalten, setzte sie sich in die Küche und wartete auf ihn. Mit angehaltenem Atem lauschte sie, wie er unten die Haustür aufschloss. Das Knarren der Treppenstufen unter seinen Schritten, als er im Dunkeln nach oben kam.

Vor der halb offenen Küchentür blieb er stehen.

»Ich bin wach«, sagte sie leise.

Sie hörte sein Seufzen. Es klang abgehackt, fast wie ein Schluchzen, und da wusste sie, dass alles ganz anders gelaufen war als geplant. Auf schreckliche Weise anders.

Er kam zu ihr in die dunkle Küche und setzte sich neben sie auf die Eckbank.

Er hatte die Tür zum Gang offen gelassen; durch das Flurfenster, das zur Straße wies, war der matte Widerschein von Laternenlicht zu sehen. Wie fahler Dunst modellierte es die Umrisse im Raum – die Anrichte, den Hängeschrank mit dem Porzellan, den Tisch, an dem sie beide saßen. Johannes starrte stumm auf die gegenüberliegende Wand.

Sie wollte ihn packen und schütteln, ihn anschreien, ihr endlich alles zu sagen, doch da fing er von sich aus an zu sprechen.

»Hanna hat Krebs im Endstadium«, sagte er, so leise und tonlos, dass sie es kaum verstand.

Inge hielt vor Entsetzen die Luft an, sie brachte kein Wort heraus.

»Ich konnte es nicht«, murmelte er. »Ich hab's nicht über mich gebracht, mit ihr Schluss zu machen. Ich habe nichts von uns beiden erzählt. Es ging nicht.« Er wandte ihr sein Gesicht zu, und trotz der Dunkelheit um sie herum erkannte sie seine abgrundtiefe Verzweiflung. »Ich kann sie in dieser furchtbaren Not doch nicht alleinlassen!«

»Nein, nein!«, stammelte Inge. »Natürlich kannst du das nicht! Ich … Aber wie … Seit wann …?«

»Schon seit Monaten, aber sie hat es bis heute für sich behalten, weil sie niemandem zur Last fallen wollte. Sie hat es keiner Menschenseele gesagt, auch nicht ihrem Bruder.«

Er schüttelte den Kopf, als könnte er es immer noch nicht fassen. »Sie stirbt, Inge. Hanna stirbt!« Er stützte den Kopf auf, und am Zucken seiner Schultern erkannte sie, dass er weinte.

Sie selbst kämpfte ebenfalls mit den Tränen – und verlor. Schluchzend vergrub sie das Gesicht in den Händen. Es fühlte sich an, als würde ihr Inneres entzweigerissen, doch sie wusste nicht, was mehr wehtat – der bevorstehende Verlust der mütterlichen Freundin, die sie über die Jahre so sehr ins Herz geschlossen hatte, oder das abrupte Ende ihrer gerade erst begonnenen Liebesbeziehung mit Johannes.

Zu ihrer grenzenlosen Beschämung schmerzte sie der Verzicht auf Johannes mehr. Mit schonungsloser Ehrlichkeit stellte sie sich dieser Wahrheit. Doch mit derselben inneren Klarheit wusste sie auch, dass es für sie beide in dieser Situation nur eine Lösung gab, und sie teilte es ihm mit, ohne auch nur einen einzigen Moment zu zaudern.

»Hanna … sie ist für mich einer der liebsten Menschen auf der Welt. Und wenn sie dich jetzt braucht …« Sie hielt inne, dann fuhr sie entschlossen fort: »Das mit uns – das geht nicht mehr.«

Er akzeptierte es mit einem stummen Nicken, was sie nicht weiter verwunderte. Sie kannte ihn zu gut – alles andere wäre für ihn genauso unredlich gewesen wie für sie selbst.

In einer spontanen Geste hob er die Hand, als wollte er ihr übers Haar streichen, doch im nächsten Moment zuckte er zurück. Keine Berührungen mehr, keine verfängliche Nähe. Nichts, was sie beide in Versuchung führen könnte.

Inge stand auf, um den Abstand zu ihm zu vergrößern.

»Das Glöckchen … es funktioniert übrigens«, sagte sie mit bemühter Sachlichkeit.

Er legte den Kopf schräg, und an seiner Haltung erkannte sie, dass er in Gedanken meilenweit weg war und gar nicht wusste, wovon sie redete. »Ach so«, meinte er dann mit rauer Stimme. »Das Glöckchen.«

Er hatte wie versprochen eins an Jakobs Zimmertür angebracht, damit der Kleine nachts nicht mehr unbemerkt durchs Haus geistern konnte.

Abrupt stand er auf und trat aus der Küche in den Flur.

»Gute Nacht, Inge.«

»Gute Nacht«, flüsterte sie, und als er nach oben ging, presste sie sich beide Hände fest auf den Mund, damit niemand ihr Schluchzen hörte.

Kapitel 15

»Hoch mit dir, Schlafmütze!«, rief Inge von nebenan.

Bärbel vergrub widerwillig das Gesicht im Kopfkissen und zog sich die Decke über die Ohren. Sie hatte keine Lust aufzustehen. Der Gedanke an die Schule brachte sie dazu, sich noch tiefer ins Kissen zu kuscheln.

»Jetzt aber raus aus den Federn!« Inge kam zu ihr ins Zimmer, geradezu ekelhaft wach und frisch. Emsig fing sie an, um das Bett herum aufzuräumen. »Nun mach schon! Du kommst zu spät zur Schule!«

»Die erste Stunde fällt heute aus«, log Bärbel.

Inge achtete nicht auf sie. »Himmel, wie es hier wieder aussieht! Kannst du nicht einfach abends deine Sachen zusammenlegen, bevor du ins Bett gehst?« Sie sammelte ein paar zerlesene *BRAVO*-Hefte ein und legte sie ordentlich auf einen Stapel.

Ärgerlich setzte Bärbel sich auf. Sie hatte die Hefte extra liegen lassen, weil sie noch den Star-Schnitt von Brigitte Bardot ausschneiden wollte. Sie wusste zwar noch nicht, ob sie es sich wirklich aufhängen wollte – Brigitte Bardot war eigentlich nicht so ihr Fall –, aber die Vorstellung von einem lebensgroßen Bild an der Wand, so ähnlich wie in den Kinofoyers, hatte schon was.

»Lass mein Zeug gefälligst liegen! Ich kann das selber aufräumen!«

»Dann tu es auch! Hier sieht es ja aus wie bei Hempels unterm Sofa!«

Mit Inges Laune stand es definitiv nicht zum Besten. Sie

hatte sich regelrecht in ihre Aufräumaktion hineingesteigert. »Der Mantel kann auch endlich mal in den Schrank, dafür ist es jetzt längst zu warm, den ziehst du vorm Herbst sowieso nicht mehr an!« Inge nahm den Mantel, den Bärbel irgendwann, nachdem sie ihn das letzte Mal angehabt hatte, achtlos über eine Stuhllehne geworfen hatte. Sie strich ihn glatt und suchte im Schrank vergeblich nach einem freien Kleiderbügel.

»Verdammt, was ist das für ein Chaos!«, schimpfte sie. Bärbel schwang die Beine aus dem Bett und strich sich das zerzauste Haar aus der Stirn, ehe sie sich endlich hochbequemte. Ihr Ärger nahm überhand, sie hatte es satt, mal wieder als Blitzableiter für Inges miese Laune herzuhalten.

Mit einem Ruck riss sie ihrer Schwester den Mantel aus der Hand. »Ich hab doch gesagt, dass ich das selber wegräume!«

Bei der abrupten Bewegung flatterte der zusammengeknüllte Brief von der Schule aus der Manteltasche und segelte zu Boden. Genau vor Inges Füße, die in den eleganten himmelblauen Bommelpantoffeln steckten – ein Geburtstagsgeschenk von Hanna und Johannes. Bärbel bückte sich hastig, aber Inge war schneller. Sie stellte einen Fuß auf den Brief und schnappte ihn sich, bevor Bärbel ihn in Sicherheit bringen konnte.

Mit entgeisterter Miene überflog Inge den Inhalt und starrte Bärbel an. »Der Brief ist vom letzten Monat!«

Bärbel zuckte nur die Achseln. Sie wandte sich ab und suchte sich Sachen zum Anziehen zusammen, die sie zum Duschen in den Keller mitnehmen wollte.

»So lange schleppst du diese Nachricht schon durch die Gegend?«, erkundigte sich Inge mit eisiger Stimme.

»Scheint so«, entgegnete Bärbel mit gespieltem Gleichmut.

»Der Brief war an Papa gerichtet! Du hast ihn unterschlagen!«

»Als hätte Papa groß was damit anfangen können«, gab

Bärbel zurück. Sie machte keinen Hehl aus ihrem Zorn. »Und bevor du jetzt behauptest, ich hätte ihn dir zeigen müssen – vergiss es! Denn was du in solchen Dingen zu melden hast, sieht man ja momentan bei Jakob. Nämlich nichts.«

»Verflucht noch mal, du kannst deshalb von der Schule fliegen!«, rief Inge. Ihr Gesicht war blass und aufgewühlt. »Ist dir das denn wirklich so egal? Willst du all deine Chancen einfach so wegwerfen?«

Unter den anklagenden Blicken ihrer Schwester zog Bärbel unwillkürlich den Kopf ein, doch dann reckte sie sich. »Nur weil *du* so gern Abi gemacht hättest, kannst du nicht von dir auf andere schließen! Ich *hasse* die Scheißschule! Die können mich mal am Arsch lecken!«

Inge sah sich unwillkürlich um, doch Jakob war schon unterwegs zur Schule und konnte die streng verbotenen Schimpfwörter nicht hören. Dafür kam auf einmal Johannes die Treppe hoch. Er war zum Kaffeetrinken unten gewesen und hatte anscheinend mitbekommen, was hier oben los war.

»Gibt's einen Grund für euren Streit?« Er stand in der offenen Tür zu Bärbels Zimmer, groß und gut aussehend wie immer, mit glatt rasierten Wangen, perfekt gebügeltem Hemdkragen und sorgfältig gebürstetem Jackett. Bereit für seine Arbeit im Büro.

Bei seinem gepflegten Anblick flammte Bärbels Ärger erneut auf. Dabei wusste sie selbst nicht, warum es sie auf einmal störte, dass er was aus sich gemacht hatte. Vom einfachen, kohleverschmierten Hauer unter Tage hatte er es zum allseits anerkannten Gewerkschafter gebracht. Nicht ohne Grund, nein, sondern weil er Abitur hatte und belesen, wortgewandt und gebildet war. Im Gegensatz zu Klaus, der bloß die Volksschule besucht hatte und wahrscheinlich auch in dreißig Jahren noch Kohlenstaub würde atmen müssen. Nur weil er das Pech hatte, zufällig in der falschen Familie auf die Welt gekommen zu sein. Anders als sie selbst. *Sie* hätte alle Chancen gehabt, Inge sah das völlig richtig. Sie hatte ihre Chancen weggeworfen.

Ohnmächtig schaute sie zu, wie ihre Schwester den zerknitterten Brief an Johannes weiterreichte, der ihn mit unbewegter Miene las, bevor er Bärbel prüfend ansah.

»Womit hast du besagte Lehrkraft beleidigt? Was genau hast du gesagt?«

»Dass er ein alter Nazi ist und nichts begriffen hat.« Bärbel erwiderte trotzig seinen überraschten Blick. »Ich hab nur gesagt, wie es ist.«

»Gab's einen Grund dafür?«

Bärbel nickte zögernd.

»Erzähl mir davon.«

»Es ist immer dasselbe«, brach es aus ihr heraus. »Er quasselt im Unterricht dauernd von den guten alten Zeiten unter dem Führer. Dem er mal persönlich die Hand geschüttelt hat, das vergisst er dabei nie zu erwähnen. Ich war so frech zu behaupten, dass Hitler eigentlich kein richtiger Arier war, mit seiner hässlichen Visage und den dunklen Haaren, worauf er mir fast an die Gurgel gegangen ist.« Bärbel warf sich in Positur und äffte den Lehrer nach. »Hitler war *sehr wohl* arisch, denn er war langschädelig!«

»Langschädelig«, wiederholte Johannes konsterniert.

Bärbel nickte grimmig. »Keine Ahnung, was er damit meinte, aber als Nächstes erklärte er vor der ganzen Klasse, dass ich von minderer Auffassungsgabe, verdorbenem Charakter und bodenloser Renitenz sei, nicht wert, ein Lyzeum zu besuchen. Und da bin ich dann aufgestanden und hab das mit dem alten Nazi gesagt.« Sie zeigte auf den Brief. »Dafür gab's dann den hier.«

Erneut studierte Johannes den Brief. »Die Frist zur Stellungnahme ist schon verstrichen.«

Bärbel zuckte stumm mit den Achseln.

»Wenn du willst, setze ich in Karls Namen eine Antwort auf«, schlug er sachlich vor.

»Aber die Frist ist doch abgelaufen, du hast es selbst gesagt!«

»Dafür denk ich mir einen guten Grund aus.«

Bärbel nickte zögernd. »Danke«, sagte sie vorsichtig.

»Verdient hast du das nicht«, erklärte Inge. »Sich eine Meinung über jemanden zu bilden und sie ihm ins Gesicht zu sagen, das sind zwei Paar Schuhe. Vor allem, wenn es eine Beleidigung gegenüber einem Lehrer ist!«

Darauf ging Bärbel nicht ein. Sie warf ihrer Schwester nur einen grollenden Blick zu, dann ging sie hinunter in den Keller, um zu duschen.

*

Klaus kam an diesem Morgen nicht zur Ruhe. Seit er von der Nachtschicht zurück war, hörte der Streit im Haus nicht auf. Seine Eltern schrien sich ununterbrochen an, und zwischendurch brüllte auch Manni herum, der im Zimmer nebenan schlief. Unter wüsten Drohungen hatte er verlangt, dass der Radau endlich aufhörte, sonst würde es was setzen. Doch letztlich war er im Bett geblieben, denn wie Klaus war er erledigt von der Nachtschicht unter Tage und wollte bloß noch schlafen.

Dann ertönte unten ein dumpfes Geräusch, wie von einem Sturz, gefolgt vom schrillen Aufschrei seiner Mutter. Klaus sprang sofort aus dem Bett und rannte nach unten. Elfriede lag in der Küche auf dem Fußboden und hielt sich die Wange. Sie versuchte, aufzustehen, kam aber nicht hoch. Schwerfällig und von ihren Fettmassen behindert rollte sie sich auf den Bauch und stemmte sich auf die Knie, schluchzend und zitternd und restlos am Ende, wie so häufig in der letzten Zeit. Klaus half ihr auf und stellte ihr den Stuhl hin, damit sie sich setzen konnte.

Kraftlos wischte sie sich mit dem Handrücken das Gesicht ab. »Kannsse mich mal dat Fläschken Frauengold geben?«, fragte sie mit tränenerstickter Stimme.

»Gleich.«

Von seinem Vater war nichts zu sehen, wie üblich war Fritz' Wut verraucht, nachdem er seine Frau geschlagen hatte. Klaus ging hinüber ins Wohnzimmer, wo Fritz in seinem abgeschabten Lieblingssessel hing und ins Leere stierte. Er war noch in der Unterwäsche, das gerippte Hemd vom häufigen Waschen labberig und vergraut, die Hose um den Eingriff herum fleckig und ausgeleiert.

Von hilflosem Zorn erfüllt, ballte Klaus die Fäuste und widerstand dem Drang, Gewalt anzuwenden. Dabei hätte Fritz vielleicht längst damit aufgehört, Elfriede zu schlagen, wenn Klaus ihm die angedrohte Abreibung verpasst hätte. Doch natürlich hatte er es nicht fertiggebracht, die Hand gegen seinen Vater zu erheben. Eine unüberwindliche Schranke hatte ihn daran gehindert, vielleicht die katholische Erziehung. Das vierte Gebot war ihm häufig in den Sinn gekommen in der letzten Zeit. In gewisser Weise war es widersprüchlich und ungerecht: Eltern durften ihre Kinder schlagen, so oft es ihnen beliebte, weder das Gesetz noch Gottes Gebote untersagten es. Aber umgekehrt war es eine Todsünde, in der Rangfolge sogar noch vor dem Gebot, nicht zu töten. Wie konnte das sein?

Klaus setzte an, seinem Vater zu erklären, dass er damit aufhören musste. Sofort und für immer. Weil sonst alles kaputtgehen würde, was ihnen noch geblieben war.

Er brachte nur ein einziges Wort heraus, und darin klang seine ganze Hoffnungslosigkeit mit.

»Vatter …«

Er hätte nicht erwartet, seinen Vater überhaupt zu erreichen, Worte und Bitten bewirkten bei Fritz schon lange nichts mehr. Vorige Woche war er bei der Firma rausgeflogen, wo ein Bekannter von Stan ihn als Hauswart untergebracht hatte, und seither hatte er sich noch tiefer in sein Schneckenhaus aus Suff und Einsamkeit zurückgezogen. Doch etwas an der Art, wie Klaus ihn gerade angesprochen hatte, ließ ihn aufblicken. Aus trüben, rot unterlaufenen Augen sah er seinen Sohn an und deutete wortlos Richtung Elternschlafzimmer.

Klaus ging hinüber und sah sich um. Auf dem Fußboden und dem ungemachten Bett waren in wilder Unordnung Fetzen aus dunklem Stoff verteilt. Hier und da blinkte etwas Goldenes – ziselierte Knöpfe, die Klaus bekannt vorkamen. Auf dem Nachttisch seiner Mutter lag ihre Schere, die große, scharfe aus ihrem Nähkästchen.

Elfriede hatte den Bergkittel zerschnitten.

Er ging zurück in die Küche, wo seine Mutter immer noch trostlos weinend auf dem Stuhl saß. Ihr Gesicht war mit Rotz beschmiert, und ihr Doppelkinn wabbelte, als sie sich ihm zuwandte und ihn hoffnungsvoll anblickte. Klaus legte ihr sanft die Hand auf die Schulter.

»Geht's wieder, Mama?«

»Ich brauch bloß en Schlücksken Frauengold und meine Tabletten. Lass nur, ich kann et mir selber holen.« Ihr kleingeblümter Haushaltskittel spannte sich, als sie einen Versuch unternahm, aufzustehen. Klaus hinderte sie daran.

»Mama, es ist noch zu früh zum Trinken.«

»Ich trink dat doch nich!«, widersprach sie entrüstet. »Dat Frauengold is Medizin! Dat nehm ich ein!«

Klaus bezweifelte ernsthaft den gesundheitlichen Nutzen des Nerventonikums, von dem Elfriede neuerdings fast so viel konsumierte wie Fritz von seinem Klaren. Und was das Preludin zur Reduzierung ihrer Fettsucht betraf, so hatte er erst recht Bedenken. Seine Mutter zeigte immer häufiger Ausfallerscheinungen, seit sie das Zeug einnahm. Falls sie davon überhaupt Gewicht verloren hatte, dann sicher nicht so viel, dass es irgendwem aufgefallen wäre. Dafür ließ sie häufig das Essen anbrennen, vergaß die Wäsche aufzuhängen oder die Eier aus dem Hühnerstall zu holen. Auch sonst benahm sie sich in der letzten Zeit sehr seltsam, auf eine ganz ungewohnte und völlig unberechenbare Art – wie vorhin beim Zerschneiden des Bergkittels. Außerdem schluckte sie deutlich mehr von den Pillen als die vorschriftsmäßige Menge, und Klaus hatte keine Ahnung, wie sie ihren Hausarzt dazu brachte, ihr den benötigten Nachschub zu verordnen. Vielleicht besorgte sie es sich auch woanders, so verrückt, wie sie nach dem Zeug offenbar war. Klaus hatte schon versucht, mit ihr darüber zu reden, doch es war sinnlos. So ähnlich wie bei seinem Vater mit dem Alkohol.

Klaus gab es auf und ging zurück nach oben in sein Zimmer. Irgendwann musste er schließlich schlafen.

Er hatte sich kaum im Bett ausgestreckt, als von unten abermals ein dumpfer Schlag ertönte, wie von einem zu Boden gefallenen Körper, gefolgt vom durchdringenden Geschrei seines Vaters. Schon wieder.

»Verdammte Scheiße!«, schrie Manni aus dem Zimmer nebenan. »Kann das nicht *endlich* mal aufhören?«

Klaus war von tödlicher Entschlossenheit erfüllt, als er aufsprang und nach unten rannte. Diesmal würde er es wahr machen! Noch einmal würde er seinen Vater nicht damit durchkommen lassen!

*

Die Kellertür zum Hof stand offen. Oma Mine war draußen und fütterte die Hühner.

Bärbel legte sich in der Waschküche die Kleidung zurecht, die sie nach dem Duschen anziehen wollte – lauter frische Sachen. Sie hielt nichts davon, tagelang dasselbe Zeug anzuziehen, besonders nicht die Unterwäsche. Man roch es sofort. Es gab nichts Ekligeres als den Geruch von altem Schweiß, und auch, wenn die meisten Leute sich wenig daran zu stören schienen – sie selbst würde bis zuletzt für ihr Recht kämpfen, täglich nach dem Duschen in frisch gewaschene Wäsche zu schlüpfen.

Während sie ihr Haar unter der Badehaube verstaute, dachte sie wieder an den dämlichen Brief von der Schule und fragte sich, ob es Schicksal war, dass er Inge in die Hände gefallen war, oder genauer: in die Hände von Johannes, der sich jetzt darum kümmern wollte. Allerdings glaubte sie nicht so recht daran, dass er mit seiner Stellungnahme die Wogen noch glätten konnte, denn diesmal war der olle Blenschart wirklich außer sich gewesen, er hatte vor Zorn ganz blaue Lippen bekommen und nicht mehr richtig atmen können. Für einen Moment hatte sie gedacht – nein, eigentlich *gehofft*! –, er würde tot umfallen, aber dann hatte er sich gefangen und sich wieder so weit gesammelt, dass er Bärbel den nun sicheren Schulverweis in Aussicht stellen konnte. Diesmal, so hatte er angekündigt, würde alles ganz offiziell ablaufen. Mit Brief und Siegel, so hatte er es ausgedrückt. Seine Augen hatten dabei geradezu fanatisch gefunkelt, als hätte er nur auf diesen speziellen Moment gewartet. Und vielleicht hatte er das ja auch.

Bärbel zog sich nackt aus und ging unter die Dusche, und während das warme Wasser auf sie herabrauschte, begann sie zu singen. Das tat sie oft, wenn sie auf andere Gedanken kommen wollte, es half fast immer.

»Jimmy Brown, das war ein Seemann«, schmetterte sie. »Und das Herz war ihm so schwer!« Sie spielte Luftgitarre unter der Dusche und bog den Kopf zurück, um gegen den

Wasserstrahl anzusingen, das machte Spaß und veränderte auf lustige Weise ihre Stimme, bis sie beinahe so klang wie bei Freddy Quinn. »Doch es blieben ihm zwei Freunde, die Gitarre und das Meer!«

»Juanita, Anita, Juanita, Anita …« Sie beendete das Lied mit dem Refrain und drehte das Wasser ab. In die einsetzende Stille hinein ertönte Männergeschrei, es kam von nebenan. Fritz brüllte mal wieder herum, aber vielleicht war es auch Manni, der klang fast genauso, wenn er zornig wurde. Drüben gab es immer Anlass zum Streit, es reichte der kleinste Anlass. Bei den Rabes lagen die Nerven blank. Fritz war immer noch arbeitslos, oder schon wieder, je nach Betrachtungsweise. Er hatte vorübergehend einen Posten als Hauswart gehabt, aber da war er schon nach einer Woche wieder gefeuert worden, wegen Trunkenheit am Arbeitsplatz. Aus diesem Sumpf würde er wohl nie wieder rauskommen.

Um Elfriede stand es auch nicht besonders, sie hatte Herzprobleme, und der Arzt hatte ihr Appetitzügler verschrieben, damit sie von ihrem enormen Übergewicht runterkam. »Das viele Fett drückt Ihnen die Luft ab«, hatte der Arzt ihr gesagt, Bärbel hatte neulich mitbekommen, wie Elfriede es Oma Mine bei einem Gläschen Aufgesetzten erzählt hatte.

Kaum zu glauben, dass Elfriede Rabe früher mal eine richtig hübsche Frau gewesen war, Klaus hatte ihr das Hochzeitsfoto seiner Eltern gezeigt. Darauf hatte auch sein Vater noch gut ausgesehen, *en starzen Kerl* war er in seiner Jugend gewesen, auch das erwähnte Elfriede oft, doch jetzt war er nur noch *en ollen Suffkopp*, der sie schlug, wenn ihm der Sprit ausging.

Bärbel nahm die Badehaube ab und schüttelte ihr Haar aus, danach rubbelte sie sich mit dem Handtuch trocken und zog sich rasch an. Auf einem Bein hüpfend, schob sie gerade das andere Bein in den frischen Schlüpfer, als es oben an der

Haustür Sturm klingelte. Eilig streifte sie sich die restliche Kleidung über und rannte die Treppe hoch.

Johannes hatte schon aufgemacht. Klaus stand in der Haustür. Er trug nur seine Jeans, keine Schuhe, kein Hemd. Sein Haar war verstrubbelt, aber Bärbel hatte im ersten Moment nur Augen für seinen nackten Oberkörper. Hatte er immer schon so viele Muskeln gehabt?

Dann erst bemerkte sie seine Panik.

»Ich ruf den Rettungswagen«, sagte Johannes. Er stürzte zum Telefon, hob ab und wählte.

»Was ist passiert?«, wollte Bärbel von Klaus wissen.

»Meine Mutter«, stieß er nur hervor, dann wandte er sich ab und rannte zurück nach nebenan.

»Hier Schlüter in Fischlaken«, hörte Bärbel Johannes hastig sagen. Er nannte die genaue Adresse. »Sie müssen sofort kommen, unsere Nachbarin ist zusammengebrochen, sie hat wahrscheinlich einen Herzanfall.«

Inge kam die Treppe herunter und fragte, was passiert sei, doch Bärbel hörte nicht mehr, was Johannes zu ihr sagte, denn sie lief Klaus hinterher. Durch die offene Tür stürmte sie ins Haus der Rabes, wo sich in der Küche Fritz, Manni und Klaus um die auf dem Fußboden liegende Elfriede drängten.

»Ich war dat nich!«, rief Fritz ein ums andere Mal. »Ich war dat nicht! Ich war dat nich!«

»Halt die Klappe, Vatter, sons hau ich dir gleich noch eine rein!«, brüllte Manni. Einen Hieb hatte er Fritz wohl schon verpasst, auf dessen rechter Wange prangte jedenfalls ein feuerroter Abdruck.

Klaus rüttelte seine Mutter an der Schulter. »Mama! Mama! Komm zu dir!«

Elfriede regte sich nicht. Ihr Gesicht war kreideweiß, bis auf die bläulich getönten Lippen. Ihre Augen waren bis auf einen Spalt geschlossen, ihr Mund stand offen, als hätte sie vergeblich versucht, Luft zu holen und dann ihre Bemühungen einfach eingestellt. Ihre Brust hob und senkte sich nicht, jedenfalls nicht so, dass man es bei all den Fettschichten hätte erkennen können.

Bärbel eilte zum Spülstein und tränkte eines der dort hängenden Küchenhandtücher in kaltem Wasser. Sie reichte es Klaus. »Hier, versuch das mal!«

Sie wusste nicht, wie sie darauf kam, aber kaltes Wasser machte einen sofort hellwach, das erlebte sie selbst jeden Tag, wenn sie die Dusche andrehte und es zuerst eisig herausschoss, bevor es nach und nach richtig heiß wurde.

Klaus nahm das triefende Handtuch und rieb Elfriedes Gesicht damit ab. Manni riss es ihm aus der Hand.

»So doch nich, du Döskopp!« Er klatschte seiner Mutter das Handtuch fest ins Gesicht. »Mama! Aufwachen! Verflucht, wach auf!« Manni schluchzte es fast, sein Atem kam abgehackt.

»Vielleicht isse tot«, sagte Fritz. Es klang eher erstaunt als panisch.

Manni verpasste ihm einen Boxhieb gegen die Brust. »Halt's Maul, oder *du* bist gleich tot!«

Fritz taumelte mit einem Wehlaut zurück. Er stützte sich an der Küchenanrichte ab und bemerkte eine dort stehende Flasche – Elfriedes Nerventonikum. Hastig griff er danach.

»Versuch dat mal! Vielleicht hilft ihr dat!«

Eifrig reichte er Klaus die Flasche, der sie anstarrte und dann wutentbrannt an die Wand warf. Sie landete auf dem Fußboden, blieb aber erstaunlicherweise heil.

Bärbel stand verzweifelt da und wünschte sich, irgendwas tun zu können.

Johannes kam ins Haus geeilt. »Der Rettungswagen ist unterwegs! Inge wartet vorn an der Ecke, damit sie gleich das richtige Haus finden.« Mit Bestimmtheit schob er Klaus und

Manni zur Seite und hockte sich neben Elfriede. Er legte zwei Finger an ihren Hals, fand aber keinen Puls. Er versuchte es an ihrem Handgelenk, nichts. Dann legte er sein Ohr an ihre Brust und schloss für einen Moment die Augen. Frustriert schüttelte er schließlich den Kopf.

»Sie is einfach umgefallen«, sagte Fritz weinerlich. »Ich war dat nich.«

Manni warf ihm einen mörderischen Blick zu.

Johannes blickte auf. »Habt ihr hier im Haus einen Handspiegel?«

»Ich hab einen.« Manni stürmte aus der Küche und trampelte mit Riesenschritten die Treppe hoch.

Während er oben war, herrschte in der Küche Totenstille, kein Laut war zu hören. Es dauerte nur ein paar Sekunden, bis Manni die Treppe wieder runterkam, aber Bärbel erschien es wie eine Ewigkeit. Er reichte Johannes den Spiegel, billiger Schund, wie man ihn auf der Kirmes gewinnen konnte, doch er war ganz abgegriffen, als hätte Manni ihn schon oft benutzt.

Johannes hielt Elfriede den Spiegel vor Mund und Nase und beobachtete aufmerksam, ob die kleine Fläche sich beschlug.

»Sie atmet«, verkündete er anschließend. »Also ist sie noch am Leben.«

Bärbel schluchzte erleichtert auf. Von Emotionen überwältigt, flüchtete sie sich in Klaus' Arme. Er hielt sie fest und drückte ihren Kopf an seine nackte Brust. Sie konnte riechen, dass er vor Kurzem in der Kaue geduscht hatte. Er duftete nach Bergmannsseife und Rasierschaum und nach etwas anderem, Unbestimmtem, das auf verwirrende Weise ihre Sinne weckte. Am liebsten hätte sie ihn geküsst, so wie vergangenen Monat auf ihrem letzten gemeinsamen Spaziergang. Erschrocken über sich selbst ließ sie ihn los. Wie konnte sie in dieser Situation nur an so was denken?

Draußen erklang das durchdringende Heulen des Martinshorns.

*

In der letzten Maiwoche erfuhr Inge zufällig von Stans Frau Renate, dass Hanna nach Fischlaken zurückkehren wollte. Zusammen mit Karl stach Inge gerade Unkraut im Vorgarten aus, als Stans Frau mit den drei Kleinen vom Einkaufen zurückkam und auf einen kurzen Schwatz stehen blieb. Sie machte einen erschöpften Eindruck, und auf Inges Frage, wie es ihr so gehe, seufzte sie abgrundtief.

»Ich weiß gar nicht, wo mir der Kopf steht«, meinte sie. »Stan muss unbedingt noch das Zimmer leer räumen, sonst kann ich ja überhaupt nichts vorbereiten!«

»Was denn vorbereiten?«

»Na, das Bett und alles. Ich muss waschen, kochen, putzen und … Hanna kommt schon morgen!«

Inge rang sich eine Antwort ab. »Das wusste ich gar nicht.« Ihre Stimme klang rau.

»Wir auch nicht, sie hat sich ja ewig nicht blicken lassen, und am Telefon war angeblich immer alles prima. Aber gestern hat sie Stan angerufen und gefragt, ob es uns recht wäre, wenn sie noch mal für ein paar Tage herkommt, und Stan hat natürlich sofort Ja gesagt.« Renate senkte die Stimme. »Sie ist krank.«

Inge stellte sich unwissend. »Hanna?«

Renate nickte, einen mitleidsvollen Ausdruck im Gesicht. »Sie hat Krebs. Man kann wohl nichts mehr machen.«

»Das ist ja furchtbar!« Es fiel Inge nicht schwer, ihre ganzen Gefühle in diese Bemerkung zu legen, denn sie war nach wie vor voller Kummer über die Nachricht, dass Hanna sterben würde. Sie empfand es zudem als Belastung, mit niemandem darüber sprechen zu können, nicht einmal mit Johannes. Er verbrachte seine freien Tage jetzt durchweg in Düsseldorf, und auch abends fuhr er oft noch dorthin.

Es gab kaum Gelegenheiten, ihn unter vier Augen zu sprechen, denn sie gingen sich nun wieder mehr oder weniger aus dem Weg. Wenn Inge ihn zwischendurch überhaupt mal allein antraf und sich nach Hanna erkundigte, zuckte er nur stumm die Achseln oder gab trostlos klingende Antworten, etwa: »Es ist wieder schlimmer geworden« oder »Sie braucht bald stärkere Medikamente gegen die Schmerzen«. Einmal, das war letzte Woche gewesen, hatte er berichtet, dass jetzt täglich eine Krankenpflegerin zu Hanna nach Hause kam, weil sie es kaum noch ohne fremde Hilfe ins Bad schaffte; er könne ja schließlich nicht immer dort sein. Erst da hatte Inge richtig begriffen, worin seine gemeinsame Zeit mit Hanna wirklich bestand, und sie hatte sich für ihre Eifersucht geschämt.

In ihrer überbordenden Fantasie hatte sie sich ausgemalt, wie er abends mit Hanna in deren Wohnung die köstlichsten, von Hanna liebevoll zubereiteten Mahlzeiten zu sich nahm, in ihrem Bett schlief und sie in den Armen hielt, sie vielleicht küsste oder noch mehr tat, um ihr die letzte Zeit ihres Lebens so schön wie möglich zu machen.

Wie unglaublich dumm sie doch war!

Karl hatte ihrer Unterhaltung mit Renate zugehört. Neugierig gesellte er sich zu ihnen.

»Warum geht Hanna nicht zum Arzt, wenn sie krank ist?«, fragte er in seiner arglosen Naivität.

»Da war sie schon, Papa«, sagte Inge.

»Hat sie denn keine Medizin bekommen?«

»Die hilft nicht mehr«, erklärte Renate. Das Mitleid in ihrer Miene vertiefte sich, doch diesmal galt es Inge, die in ihren Augen eine Heldin war, weil sie ihr ganzes Leben für die Familie opferte. Für den mutterlosen kleinen Bruder, die widerborstige jüngere Schwester, den kriegsversehrten Vater, die herrschsüchtige Großmutter. Nicht zu vergessen den Cousin Johannes, der das Haus als bequeme Bleibe nutzte und sich dort bekochen und seine schmutzigen Hemden waschen ließ.

Renate würde Inge dergleichen natürlich niemals offen ins Gesicht sagen, aber gegenüber Hanna hatte sie ihre diesbezüglichen Ansichten schon häufiger freimütig geäußert. Hanna wiederum hatte es augenzwinkernd Inge weitererzählt, und sie hatten sich gemeinsam vor Lachen darüber ausgeschüttet.

Der kleine Michael hopste auf dem Sitzbrett herum, das Stan quer über den Kinderwagen montiert hatte.

»Runter!«, verlangte er.

Sein Zwillingsbruder Jens, der auf dem anderen Brett stand, das Stan mit der hinteren Achse des Kinderwagens verschraubt hatte, stieg schon mal vorausschauend ab. Renate hob Michael von dem Sitzbrett und setzte ihn auf dem Asphalt ab. Aus dem Wagen ertönte ein unwilliges Krähen – der jüngste Spross der Familie hatte anscheinend auch keine Lust mehr, bloß still den Ausgang der Unterhaltung abzuwarten.

Die Zwillinge, die erst seit Kurzem laufen konnten, erkundeten neugierig die Umgebung, und Renate hob das greinende Baby aus dem Kinderwagen. Sie legte es sich über die Schulter und tätschelte ihm den Rücken. Über der anderen Schulter trug sie ihre schwere Einkaufstasche. Sie sah aus, als würde sie gleich unter der schweren Last zusammenbrechen.

Inge fragte sich verwundert, wann und wie Renate es schaffen wollte, für Hannas anstehenden Besuch noch das Zimmer durchzuputzen und das Bett zu beziehen, geschweige denn, etwas Besonderes zu kochen, mit dem sie ihre Schwägerin beeindrucken konnte – obwohl es Hanna vermutlich schnurzegal war. Auf Stan würde Renate dabei kaum zählen können, der war den ganzen Tag auf dem Pütt und abends oft noch auf

Versammlungen, weil er nach wie vor in der Gewerkschaft aktiv war. Nur ehrenamtlich, aber trotzdem kostete es Zeit. Zu allem Überfluss engagierte er sich neuerdings auch in der Politik. Von Johannes hatte Inge erfahren, dass Stan bei der nächsten Kommunalwahl als Stadtrat für die SPD kandidieren wollte – noch ein Ehrenamt, das außer Zeitverlust nichts einbrachte. Und Renate saß derweil mit drei kleinen Kindern zu Hause und musste alles allein auf die Reihe kriegen.

»Ob ich die Gardinen noch waschen sollte?«, überlegte Renate. Dann schrie sie unvermittelt: »Nein, steck das *nicht* in den Mund, Michi! Das ist *bäh*!« Ihre nächste Ermahnung fiel sogar noch lauter aus. »Jens, wehe, du machst jetzt Kacki in die Hose, dann gibt's was hinter die Löffel!« An Inge gewandt, fügte sie hinzu: »Ich lasse jetzt bei beiden tagsüber stundenweise die Windeln weg, irgendwann müssen sie es ja lernen. Ich weiß, eigentlich ist es noch zu früh, aber sie sollen wenigstens schon mal ein *Gefühl* dafür kriegen.«

Inge konnte ein leises Schaudern nicht unterdrücken. Sie erinnerte sich noch zu gut an die Zeit, als Jakob klein gewesen war. An die unruhigen Nächte, die vollen Windeln, die Erschöpfung. All das hatte Renate in dreifacher Ausführung, ohne die Aussicht, auf absehbare Zeit wieder in ihrem erlernten Beruf als Stenotypistin zu arbeiten. Sie war auf ewig in dieser Tretmühle gefangen!

Aber Hauptsache, sie endete nicht wie Elfriede, die ebenfalls drei Söhne innerhalb kürzester Zeit bekommen hatte und jetzt, mit gerade mal Ende dreißig, den Tiefpunkt ihres Lebens erreicht hatte. Rettungslos übergewichtig, herzkrank, mit einem arbeitslosen Säufer als Ehemann und ohne jede Chance, jemals noch etwas anderes aus ihrem Leben zu machen.

Sie hatte nach ihrem Herzanfall fast zwei Wochen im Krankenhaus gelegen, ehe sie vor ein paar Tagen bleich und geschwächt wieder heimgekommen war. Den Juni über, so hatte sie es Mine zwischenzeitlich berichtet, würde sie erst mal schön in Kur fahren, die Knappschaft hatte es bereits bewilligt.

»Soll ich das Baby vielleicht mal halten?«, fragte Karl.

Der Kleine hatte wieder angefangen zu quengeln, er zappelte unruhig auf Renates Schulter herum.

»Keine Sorge«, sagte Inge zu Renate. »Papa hat Jakob auch immer rumgetragen.«

»Und dich und Bärbel auch«, fügte Karl stolz hinzu. »Weil ich ja euer Vater bin.«

»Stimmt«, sagte Inge. Sie lächelte Karl an und streichelte liebevoll seine Hand. Unwillkürlich fragte sie sich, wie es wohl wäre, wenn er eines Tages nicht mehr da war. Schnell verdrängte sie den bedrückenden Gedanken, er war schließlich erst Mitte fünfzig!

»Von mir aus kannst du ihn gern mal nehmen«, sagte Renate. Bereitwillig reichte sie ihm das Kind. Karl strahlte und wanderte mit dem Baby im Vorgarten herum.

»Meinst du, er könnte vielleicht mal für ein oder zwei Stunden mit dem Kinderwagen spazieren gehen?«, fragte Renate hoffnungsvoll, aber dann verzog sie das Gesicht, denn soeben erschien Mine auf der Bildfläche und erfasste mit scharfem Blick das Geschehen.

»Wat wird dat denn hier?«, fragte sie Karl. »Hasse getz auf einmal nix mehr zu tun, oder wat?«

Inge war froh, dass sie Renate nicht groß erklären musste, wieso Karls freie Zeit begrenzt war. Mine vertrat den Standpunkt, dass es in Haus und Garten immer genug zu tun gab, und so war es schließlich auch. Sie ärgerte sich ohnehin schon regelmäßig darüber, dass Karl neben der Arbeit im Pütt noch bei anderen Leuten den Garten machte, und sie würde ihm was husten, wenn er jetzt noch das Baby von Nachbarn spazieren fahren sollte.

»Na, dann geh ich mal wieder«, sagte Renate resigniert, während sie sich ihren Jüngsten von Karl zurückgeben ließ.

Mine ging wieder ins Haus zurück, und Inge machte sich ebenso wie Karl wieder ans Unkrautjäten.

Kapitel 16

An Fronleichnam machte sich Johannes gleich nach der Kirche fertig, um wie geplant nach Düsseldorf zu fahren. Vor seinem Aufbruch ging er zu Mine in die Küche, für eine schnelle Tasse Kaffee und um wenigstens noch ein Viertelstündchen mit Jakob zu verbringen. Sein Sohn war in den letzten Wochen viel zu kurz gekommen, Johannes hatte schon ein richtig schlechtes Gewissen. Doch im Moment ging es einfach nicht anders, Hanna brauchte ihn. Sie schaffte es nicht mal mehr, alleine zum Arzt zu gehen. Johannes hatte sich darum gekümmert, dass der Hausarzt regelmäßig vorbeischaute, und er hatte auch die Pflegerin organisiert. Hanna brauchte mittlerweile auch schon Hilfe beim Anziehen und bei der Körperpflege, sogar für die einfachsten Handgriffe war sie zu schwach. Der Arzt hatte sie in die Klinik einweisen wollen, doch das hatte Hanna rundheraus abgelehnt. Sie wollte auf keinen Fall im Krankenhaus sterben, früher hätten die Leute das ja schließlich auch immer zu Hause hingekriegt.

Die ganze Situation war für Johannes nur schwer zu ertragen. Er litt mit Hanna, musste tagtäglich mitansehen, wie sie immer mehr verfiel und alle Kraft verlor.

Er hätte nicht gedacht, dass die Krankheit so schnell voranschreiten würde. Zuletzt hatte der Arzt ihm im Vertrauen gesagt, dass man nunmehr nur noch in Wochen rechnen könne. Johannes hatte das zum Anlass genommen, Hanna zu fragen, ob sie nach all der Zeit, die sie nicht in Fischlaken gewesen war, nicht wieder einmal ihren Bruder besuchen wolle. Sie hatte die unausgesprochene Botschaft hinter dieser Frage sofort verstanden – es war gut möglich, dass sie Stan vielleicht sonst nicht mehr wiedersah.

Die ganze Zeit hatte sie nicht gewollt, dass ihr Bruder von ihrer Krankheit erfuhr, und Johannes hatte sich ihrem Wunsch wider besseres Wissen gefügt. Wann auch immer Stan ihn zwischendurch gefragt hatte, ob bei Hanna alles in Ordnung sei – Johannes hatte es bejaht. Einmal hatte Stan daraufhin gemeint, wie froh er sei, dass seine Schwester und Johannes sich wieder zusammengerauft hätten.

Darauf hatte Johannes nichts erwidert, und seither war ihm in der Gegenwart des Freundes nur noch elend zumute gewesen, denn er ahnte, dass Stan ihn hassen würde, sobald die Wahrheit ans Licht kam.

Wenigstens hatte Hanna nach Johannes' letzter Unterredung mit dem Arzt endlich ein Einsehen gehabt und ihren Bruder angerufen. Johannes war dabei gewesen, hatte in Düsseldorf neben ihr auf der Couch gesessen und das raue Schluchzen seines Freundes durchs Telefon gehört. Er hatte Hanna tröstend umarmt, als auch sie angefangen hatte zu weinen. Stan hatte ihr Vorhaltungen gemacht, weil sie ihm die Krankheit verheimlicht hatte. Und dann hatten die beiden auf einmal begonnen, Polnisch miteinander zu sprechen, die gemeinsame Sprache ihrer Kindheit, und dabei hatten sie die ganze Zeit geweint.

Es hatte Johannes das Herz zerrissen, noch nie im Leben war er sich so hilflos vorgekommen. Verschlimmert wurde das Ganze dadurch, dass auch er ein Geheimnis hütete, weil er ihr um nichts in der Welt zusätzliches Leid zufügen wollte – er liebte eine andere Frau.

Jakob, der neben ihm saß, zupfte ihn am Ärmel. »Johannes, bist du traurig? Ist es, weil Hanna krank ist?«

»Woher weißt du das?«

»Papa hat's erzählt. Er weiß es von Renate.«

Johannes nickte. »Es stimmt. Hanna ist sehr krank. Ich

hole sie heute in Düsseldorf ab, weil sie Stan und Renate besuchen möchte.«

»Muss sie sterben? Papa hat gesagt, die Medizin hilft nicht mehr und sie hat nicht mehr lange.«

Mine, die am Herd stand und den Eintopf umrührte, den es heute Mittag geben sollte, blickte über die Schulter.

»Irgendwann kommen wir alle unter de Erde, mein Jung.«

»Ich will nicht unter die Erde, Oma Mine«, erklärte Jakob sofort entschieden. »Ich will wie die Indianer beerdigt werden.«.

»Wie werden die denn beerdigt?«

»Auf einem Holzgestell an der frischen Luft. Können wir so was für mich im Garten aufbauen, wenn ich sterbe?«

»Bis dahin dauert et noch mindestens hundert Jahre.« Mine holte ein Schriftstück aus dem Hängeschrank und legte es neben Johannes' Kaffeetasse.

»Da, dat kannsse dich mal begucken. Is vom Gericht.«

Johannes hatte damit gerechnet, dass irgendwann eine amtliche Verfügung eintreffen würde, doch nachdem so lange nichts geschehen war, hatte er die Sache einigermaßen erfolgreich verdrängt. Schließlich hatte er momentan genug andere Sorgen.

Beim Lesen des Schreibens wuchs seine Beklommenheit. Es war sogar noch schlimmer, als er es nach Inges Bericht über ihr Gespräch mit dem Volksschulrektor befürchtet hatte. Karls Fähigkeit, die elterliche Sorge auszuüben, wurde in Zweifel gezogen. Die Anordnung einer Amtsvormundschaft stand im Raum. Das Gericht hatte zu Informationszwecken sogar Unterlagen der Knappschaft angefordert, auf die es Bezug nahm – amtsärztliche Gutachten zu Karls Kriegsverletzung und der daraus resultierenden Einschränkung seiner geistigen Fähigkeiten. Die Behörde hatte gründliche Vorarbeit geleistet. Vermutlich hatte sich das Ganze dadurch länger hingezogen.

Das in gestelztem Amtsdeutsch gehaltene Schreiben ordnete weiterführende Untersuchungen an. Eine persönliche

Anhörung von Karl war anberaumt. Immerhin, keiner konnte sie vor vollendete Tatsachen stellen. Das rechtliche Gehör war, wie Johannes bei seiner Arbeit als Gewerkschafter gelernt hatte, eines der ehernen Prinzipien im Grundgesetz des neuen deutschen Rechtsstaats, Artikel hundertdrei Absatz eins.

Der Anhörungstermin war erst im August, für Johannes Grund genug, erst mal aufzuatmen. Bis dahin würde sich schon irgendwas ergeben.

»Hat Inge das schon gesehen?«, fragte er Mine.

»Noch nich.« Zu Jakob sagte sie: »Geh mal eben innen Keller un hol mich en paar Kartoffeln. Kriss dann auch en Klümpken.«

Der Junge sprang auf und flitzte in den Keller. Mines selbst gemachten Karamellbonbons konnte er nicht widerstehen.

Mine setzte sich zu Johannes an den Tisch. Ein sorgenvoller Ausdruck ließ ihr Gesicht noch knittriger aussehen als sonst. »Amtsvormund – heißt dat, jemand anders hätte dann über dat Kind zu bestimmen? Weil der Karl kein richtigen Vatter für ihn sein kann?«

»Dazu kommt es nicht«, sagte Johannes im Brustton der Überzeugung. »Darüber musst du dir wirklich keine Sorgen machen, Oma Mine.«

Er wünschte, dass er das wirklich mit unumstößlicher Sicherheit hätte versprechen können, doch das konnte er nicht. Aber Mine ließ sich so leicht nichts vormachen. Sie musterte ihn eindringlich, dann sagte sie leise: »Wir müssen dat hinkriegen, Jung. Dat weisse, oder?«

Johannes nickte langsam. »Ja, das weiß ich«, antwortete er mit fester Stimme. »Zusammen schaffen wir das. Ganz bestimmt!«

*

Inge saß kerzengerade auf dem Stuhl und blickte sich entschlossen im Spiegel der Frisierkommode an.

»Wirklich? *So* kurz?«, vergewisserte sich ihre Friseurin Angelika mit entgeistertem Gesichtsausdruck. Sie betrachtete den Zeitungsausschnitt, den Inge ihr gereicht hatte. Darauf war ein Foto der jungen Schauspielerin Jean Seberg abgebildet.

»Ja«, sagte Inge mit Bestimmtheit.

»Nich vielleicht en kleines bisken länger?«

»Nein. Genau so.«

»Aber dat schöne Haar!«, jammerte Angelika.

»Wenn ich es wieder länger haben will, lass ich es einfach wachsen.«

»Dat dauert mindestens zwei Jahre!«

»Das ist mir egal. Schneid es ab.«

Angelika wusch ihr das Haar über einer Schüssel und nahm nach dem Auskämmen die Schere zur Hand, wenn auch nur unter Protest. Bei jedem Schnitt seufzte sie gequält. Mehrmals gab sie zu bedenken, welch eine Verschwendung es doch sei, so herrliches Haar einer dämlichen Mode zu opfern, zumal Kurzhaarschnitte wie dieser überhaupt nicht *en vogue* seien, außer bei den Franzosen, die von schicken Frisuren rein gar nichts verstünden.

Inge verkniff sich die Zwischenfrage, wieso Angelika einen französischen Ausdruck für etwas benutzte, von dem die Franzosen angeblich keine Ahnung hatten. Angelika war eine treue Seele, die einzige Freundin aus Volksschultagen, mit der sie noch näheren Kontakt hatte, und obwohl sie Inge seit Jahren damit in den Ohren lag, sich doch endlich mal eine Dauerwelle, eine Tönung oder wenigstens eine Hochsteckfrisur mit Sechserlocken zu gönnen, hätte Inge sich nie woanders die Haare machen lassen.

Gerne ging sie auch nach Feierabend oder an Angelikas freien Tagen zu ihr nach Hause, so wie heute, das kostete ein bisschen weniger und ging genauso schnell. Meist hatte Angelika nicht viel bei ihr zu tun – Waschen, Schneiden, Legen. Die Lockenwickler und die lange Sitzung unter der Trockenhaube hätte Inge sich gern gespart, aber das nahm sie Angelika zuliebe auf sich, ebenso wie das zeitraubende Ritual des Frisierens. Mit Stielkamm und einer Menge Haarspray verwandelte Angelika sie jedes Mal in ein Wesen mit üppig onduliertem Haar, sodass sie am Ende aussah wie ein Titelmodell auf einer Friseurzeitschrift oder einem Modemagazin.

Auf dem Heimweg blieb Inge dann regelmäßig an unauffälliger Stelle stehen und kämmte sich energisch sämtliche Wellen und aufgeplusterten Stellen aus, bis alles wieder glatt herunterhing – eine lästige Prozedur, bloß dafür, dass ihr Haar gleichmäßig auf Schulterlänge gehalten wurde.

Doch damit war jetzt Schluss. Sie würde nie wieder wie ihre Mutter aussehen, weder auf den ersten Blick noch auf den zweiten. Sollten die Leute sie doch stattdessen mit Jean Seberg verwechseln, dagegen hatte sie nicht das Geringste einzuwenden!

Aufmerksam verfolgte sie im Spiegel, wie eine blonde Strähne nach der anderen zu Boden segelte, bis die richtige Länge erreicht war. Anschließend dünnte Angelika das Haar mit einem Effilierer fransig aus, und zu guter Letzt rasierte sie Inge noch vorsichtig ein bisschen Flaum aus der Nackenpartie.

»Fertig«, sagte Angelika. Sie betrachtete Inge von allen Seiten und wirkte überrascht. »Hasse Töne, dat sieht richtig schön aus! Wenn eine so wat tragen kann, dann du!«

Aus Gewohnheit griff sie nach dem Stielkamm, doch dann hielt sie ratlos inne, denn diesmal gab es nichts zu toupieren oder frisieren, dafür war das Haar einfach zu kurz. Inge nahm ihr den Kamm weg und strich sich damit resolut über den Kopf, zwei-, dreimal, und schon war sie fertig.

»Kannsse mir dat Foto ausse Zeitung mal dalassen?«, fragte

Angelika. »Nur für den Fall, dat noch mehr Kundinnen dat so haben wollen wie du. Ich kann mir vorstellen, dat da einige kommen, wenn die dich mit deine neue Frisur gesehen haben.«

»Klar.« Inge gefiel der Gedanke, vielleicht einen Trend zu setzen, aber sie bezweifelte, dass die Frauen im näheren Umkreis sich zu einer Männerfrisur durchringen konnten. Es gab in ganz Fischlaken ja kaum eine ohne Dauerwelle. Manche ließen ja sogar zum Einkaufen die Lockenwickler drin, alles akkurat mit umgebundenen Nylontüchern kaschiert und am Kopf fixiert.

»Hasse schon gehört, die Schwester vom Stan kommt heute wieder nach Hause«, erzählte Angelika, während Inge sie für den Haarschnitt bezahlte.

Inge nickte stumm und rundete den Betrag mit einem ordentlichen Trinkgeld auf.

»Dat Renate hat erzählt, dat die Krebs hat. Aber dat weisse sicher auch schon, oder? Tut mir echt leid, dat war ja immer so ne gute Freundin von deine Mutter. Ganz furchtbar is dat. Die is doch noch jung! Und war immer so ne Hübsche, mit die roten Haare! Aber da stecksse nich drin, so wat kann ganz schnell gehen. Hasse ja bei Elfriede Rabe gesehen. Wobei, die hat ja noch mal Glück gehabt. Aber bloß bis zum nächsten Mal, dat sach ich dir.«

Inge versuchte, den Klatsch an sich abperlen zu lassen, und brachte die Unterhaltung mit ein paar nichtssagenden Bemerkungen zum Ende.

Auf dem Heimweg strich sie sich immer wieder mit der Hand über die Ohren und den Hals, weil es so ein ungewohntes Gefühl war, dort nicht mehr das vertraute, allgegenwärtige Kitzeln ihrer Haare zu spüren. Für eine Weile kam sie sich fast nackt vor, als hätte sie plötzlich vor aller Welt einen Zug ihres Wesens enthüllt, den sie vorher selbst nicht gekannt hatte.

Unterwegs begegnete sie Leuten aus ihrer Nachbarschaft. Zuerst lief sie den Czervinskis über den Weg, die erst an ihr vorbeiliefen und dann abrupt stehen blieben, um sich erstaunt zu ihr umzudrehen, und als Nächstes dem einäugigen Herrn Brüggemann, der sich tatsächlich die schwarze Augenklappe ein Stück weit herunterzog, als könnte ihm die zum Vorschein kommende Narbenwüste helfen, sie besser zu erkennen.

»Bis du dat etwa, Inge?«, fragte er ungläubig. »Wat hasse mit deine Haare gemacht?«

»Ab«, entgegnete sie nur lakonisch, ehe sie mit einem zufriedenen Grinsen weiterging. Auch wenn es sich eigentümlich und ungewohnt anfühlte – sie bereute den neuen Haarschnitt keine Sekunde. Mit einem Mal kam sie sich vor wie neugeboren. Selbstständiger, freier, mutiger. Wie eine Frau, die alles schaffen konnte, vielleicht sogar die Übernahme einer Buchhandlung.

Zu Hause musste sie feststellen, dass Johannes schon nach Düsseldorf aufgebrochen war, um Hanna abzuholen, und bei dem Gedanken daran war der Anflug von guter Laune, der sie vorhin noch beflügelt hatte, augenblicklich verschwunden. Sie sah der Begegnung mit Hanna voller Bangigkeit entgegen. Heute Morgen hatte sie kurz mit Johannes darüber gesprochen. Bärbel und Jakob hatten noch geschlafen, es war einer jener seltenen Momente gewesen, in denen sie ungestört miteinander reden konnten. Johannes hatte ihr erzählt, wie sehr Hanna sich durch die Krankheit verändert hatte, damit Inge nicht erschrak, wenn sie sie das nächste Mal sah.

Inge war fest entschlossen, Hanna so bald wie möglich zu besuchen. Ihre Gefühle für Johannes würden sie nicht daran hindern, Hanna in den Arm zu nehmen und sie zu trösten – soweit sie es denn überhaupt zuließ. Johannes hatte gemeint, dass Hanna sich immer noch erbittert dagegen sträubte, hilflos und schwach zu erscheinen, und das, obwohl sie sich kaum noch alleine die Zähne putzen konnte. Er hatte sich nicht in weiteren Einzelheiten ergangen, dafür war die Zeit zu knapp gewesen, doch Inge hatte es auch gar nicht genauer wissen wollen.

Der Rest der Familie hatte sich bei Mine in der Küche versammelt. Bärbel riss die Augen auf, als sie Inges neue Frisur sah. »Wahnsinn! Das sieht ja klasse aus! Mensch, Schwesterherz! Dass du dich das getraut hast!« Sie war voller Bewunderung, als hätte sie so eine Veränderung bei allen anderen Leuten für möglich gehalten, aber unter keinen Umständen bei Inge.

Auch Karl war angetan von ihrer Erscheinung. »Das sieht sehr hübsch aus, mein Kind. Doch egal, wie du die Haare hast – du bist immer schön!«

Jakob blickte von seinem Rechenschieber auf.

»Du hast ja fast dieselbe Frisur wie ich!«, sagte er erstaunt.

»Ja, und dat ist nich verkehrt«, kommentierte Mine mit pragmatischer Gelassenheit. »Denn getz kann se genau wie du den Kopp jeden Tach mit em nassen Waschlappen sauber halten.« Sie winkte Inge auf den Flur hinaus und zog die Küchentür hinter sich zu.

»Da, der Johannes sacht, datte dich dat auch schon mal bekucken solls.«

Inge nahm den mit Stempeln versehenen Brief entgegen, den Mine ihr reichte. Zögernd faltete sie ihn auseinander. Zuerst dachte sie, er käme vom Lyzeum. Johannes hatte die geforderte Stellungnahme zu Bärbels Fehlverhalten eingereicht, gespickt mit Argumenten, die Bärbels Verhalten entschuldigten. Auch für die verpasste Frist hatte er gute Gründe angeführt, eine Verkettung unglücklicher Umstände, bestehend aus Krankheit und Arbeitsüberlastung, und anschließend hatte Karl alles wie immer und ohne zu fragen unterschrieben. Seither warteten sie auf eine Reaktion vonseiten des Lyzeums. Inge hatte sich von Bärbel hoch und heilig versprechen lassen, sich ab sofort mustergültig zu benehmen, damit die ganze Mühe nicht umsonst gewesen war.

Doch dieses Schriftstück hier stammte nicht von der Schule, sondern vom Vormundschaftsgericht.

Eine eisige Klammer legte sich um ihr Herz, als sie den Beschluss las.

»Was hat Johannes denn dazu gesagt?«, fragte sie mit belegter Stimme.

»Dat wir dat hinkriegen.«

Inge nickte mühsam. Klar, dass er so was zu Mine sagte. Blieb bloß die Frage, wie das funktionieren sollte – Karl vor Gericht!

Die Angst, dass für Jakob und womöglich auch für Bärbel ein Amtsvormund eingesetzt wurde, drückte ihr die Luft ab. Irgendein Fremder, der künftig alle Entscheidungen über deren weiteres Leben bis zur Volljährigkeit traf! So jemand würde sich im Konfliktfall wohl kaum den Wünschen der Familie fügen, sondern den einfachen Weg gehen. Zum Beispiel genau die Anordnungen treffen, wie sie die jeweilige Lehranstalt empfahl. Sonderschule für Jakob. Schulverweis für Bärbel.

Mine nahm ihr den Brief wieder ab.

»Du siehs wirklich gut aus mit kurze Haare.« Das war eine ungewöhnliche Bemerkung, von Mine war selten ein Lob zu hören, geschweige denn ein Kompliment. »Dat solltesse getz immer so tragen.«

Inge überlegte kurz, ob Mine ihr damit etwas Bestimmtes sagen wollte, doch sie hinterfragte es nicht weiter, denn es gab genug andere Dinge, über die sie jetzt nachdenken musste.

Sie bedankte sich höflich und ging nach oben, um das Geschenk vorzubereiten, das sie Hanna mitbringen wollte.

*

Inge besuchte Hanna ein paar Tage später, am letzten Sonntag im Mai. Der Himmel hatte sich passend zu ihrer Stimmung zugezogen, die Sonne verbarg sich hinter dicken Wolkenschichten, und ab und zu ging ein Schauer nieder. Mine äußerte sich zufrieden über das Wetter, der Garten brauchte Regen, aber Inge hätte sich am liebsten für den Rest des Tages im Bett verkrochen.

Doch sie hatte Hanna ihren Besuch angekündigt, über Renate, die gemeint hatte, es könnten unmöglich alle auf einmal kommen, das würde Hanna nicht verkraften. Also mussten sie sich aufteilen: zuerst Inge, dann Bärbel, dann vielleicht Karl mit Jakob, aber nur wenn es sein müsse, und Mine solle lieber ganz wegbleiben, schließlich seien sie und Hanna einander nie so ganz grün gewesen. Renate hatte die gesamte Koordinierung und Organisation von Hannas Sterben übernommen, mitsamt der Krankenpflege, der Arztbesuche und der Überwachung der Medikamenteneinnahme. Irgendwie hatte sie es geschafft, alles unter einen Hut zu bringen – die Kinder, den Haushalt, Hanna. Es gab sogar jeden Tag was Vernünftiges zu essen, wie sie bei Begegnungen mit Nachbarn gern betonte.

Dass alles wie am Schnürchen lief, war allerdings auch das Verdienst von Stan und Johannes. Johannes hatte Urlaub genommen, und Stan, dessen Jahresurlaub schon aufgebraucht war, hatte sich kurzerhand krankschreiben lassen. Die beiden übernahmen das Einkaufen, kümmerten sich um die Kleinen und halfen bei der Wäsche. Renate schaffte es jedoch irgendwie, das Ganze so aussehen zu lassen, als hinge alles allein an ihr – möglicherweise kam es ihr aber auch tatsächlich so vor, denn Johannes hatte gemeint, dass die psychische Belastung für Stan enorm sei.

»Er steht völlig neben sich, kann das kaum ertragen.«

»Und Hanna?«, hatte Inge ihn gefragt. »Wie erträgt *sie* es denn?«

»Mit Haltung.«

»Bist du nachher auch da, wenn ich rübergehe?«

»Nein, heute Nachmittag will ich mich um Jakob kümmern, ich habe ihn viel zu lange vernachlässigt. Zwischendurch bringe ich noch Elfriede zum Bahnhof, sie fährt ja heute in die Kur. Ich schau dann später wieder bei Hanna vorbei. Momentan ist sie bei Stan und Renate in guten Händen.«

Inge hatte ein Tuch für Hanna genäht, aus echter chinesischer Seide. Sie hatte ein Reststück dafür gekauft, stark herabgesetzt, aber immer noch sündhaft teuer. Die Farbe war gewagt, es war ein ins Orange changierendes Rot, womöglich biss es sich mit Hannas Haar, aber Inge war relativ sicher, dass es harmonierte, also war sie das Risiko eingegangen. Aus dem verbleibenden Stoffrest hatte sie einen kleinen Beutel genäht, als originelle Geschenkverpackung und zur Aufbewahrung.

Als sie zu Stan und Renate hinüberging, nahm sie einen Schirm mit, denn es hatte schon wieder angefangen zu regnen.

Im Vorgarten blühten Hortensien und Rosen, eine einzige bunte Pracht. Renate hatte ein Händchen dafür, alles wirkte sauber und gepflegt, genauso wie damals, als Hanna noch hier gelebt hatte. Inge versuchte, die bedrückenden Gedanken zu verdrängen und ein fröhliches Gesicht aufzusetzen. Doch als Renate sie einließ und zu Hanna ins Wohnzimmer führte, konnte Inge ihr Erschrecken kaum verbergen.

Obwohl Johannes sie darauf vorbereitet hatte, traf Hannas Anblick sie wie ein Schlag. Die Freundin war bleich wie ein Gespenst und bis auf die Knochen abgemagert. Die großen Augen lagen tief in den Höhlen, und das straff zurückgekämmte Haar hatte jeden Glanz verloren.

»Inge«, sagte sie leise, aber mit einem sanften Lächeln im Gesicht. »Wie schön, dass du kommst!«

Sie saß in einem der Sessel, die sie früher selbst angeschafft hatte, die dünnen Arme auf den Lehnen, den Kopf müde zurückgelegt. Inge eilte zu ihr. Es kostete sie übermenschliche Anstrengung, nicht in Tränen auszubrechen. Vorsichtig nahm sie Hannas Hand, wollte sich erkundigen, wie es ihr ging. Es gelang ihr gerade noch, die absurde Frage zu unterdrücken.

»Du siehst zauberhaft aus«, bemerkte Hanna liebevoll. »Johannes hat mir erzählt, dass du dein Haar jetzt kurz trägst und dass es dir steht, aber das trifft es nicht – es sieht *ravissant* aus! Ah, und ich bin so froh, dass du heute an der Reihe bist! Gestern waren die Czervinskis da, ich weiß nicht, was Renate geritten hat, die herzubitten. Da wäre mir sogar Mine lieber gewesen, aber Renate meinte, die kommt nicht. Morgen ist Verena dran, übermorgen Bärbel. Weiter reicht der Terminkalender noch nicht, Renate will wohl nur Tage verplanen, an denen ich noch lebe.«

Inge lachte unter Tränen. Egal, wie es um Hanna stand – ihren trockenen Humor hatte sie nicht verloren!

Sie legte Hanna den kleinen Beutel mit dem Seidentuch auf den Schoß. »Hier, für dich.«

Mit kraftlosen Bewegungen packte Hanna das Tuch aus und hielt es gegen das Licht. »Das ist ja wunderbar! Vielen Dank, du Liebe!« Unbeholfen versuchte sie, es sich umzulegen. Inge half ihr dabei und drapierte es um Hannas Schultern. Es harmonierte perfekt mit dem roten Haar und schien sogar ein bisschen Farbe in die blassen Wangen zu zaubern. Hanna strich mit den Händen über den feinen Stoff. »Ein exquisites Stück! Ich freue mich sehr!« Mit gedämpfter Stimme fügte sie hinzu: »Ich will, dass du es zurückbekommst, wenn ich nicht mehr da bin. An Renate würde es nicht besonders aussehen.«

Inge zog sich den anderen der beiden Sessel heran und setzte sich dicht neben Hanna. »Hast du Schmerzen?«

Hanna schüttelte den Kopf. »Ich habe sehr gute Tabletten. Johannes hat sich darum gekümmert. Es ist ziemlich starkes Zeug, und es macht glaube ich sogar ein bisschen glücklich.

Du brauchst dich nicht um mich zu sorgen. Ich habe keine Angst, denn dort, wo ich hingehe, warten andere auf mich. Meine Eltern. Alphonse.« Ihre Stimme wurde rau. »Deine Mutter.«

Inge nickte schweigend. Sie konnte nicht sprechen, ihr Hals war wie zugeschnürt.

Renate kam ins Zimmer und brachte ein Tablett mit Kaffee und Kuchen, ganz die untadlige Gastgeberin.

Jetzt erst fiel Inge die ungewohnte Stille im Haus auf. »Wo sind denn Stan und die Kinder?«

»Bei meiner Mutter«, sagte Renate. »Wenn Besuch für Hanna kommt, soll hier Ruhe herrschen. Oh, was für ein wunderhübsches Tuch! Hast du das selbst genäht, Inge?«

»Ja«, versetzte Hanna an Inges Stelle. »Und im Falle meines Todes erhält sie es sofort wieder zurück.«

Ein Anflug von Empörung zeigte sich in Renates Miene, sie hatte die gehässige kleine Spitze verstanden. Einen Moment lang schien es, als wollte sie mit einer ärgerlichen Erwiderung herausplatzen, doch stattdessen zog sie sich schweigend zurück.

Hanna seufzte. »Ich weiß, das war gemein von mir. Aber sie nervt. Die ganze Zeit versucht sie, so beschissen edel und perfekt zu sein. Stellt Blumen ins Zimmer, packt mir eine Wärmflasche ins Kreuz, kocht Hühnersuppe und zwingt Stan, mit den Kindern woanders hinzugehen, und zwischendurch versorgt sie mich noch mit spannender Lektüre.« Sie deutete auf eine aufgeschlagene Zeitung mit einem Artikel über einen erfolgreichen Weltraumflug der US-Army, mit zwei Affen an Bord der Rakete. »Sie tut alles, damit ich hier in Ruhe und Frieden sterben kann und die Leute sie dafür würdigen.« Hanna seufzte abermals. »Ich würde sofort wieder abhauen, wenn ich könnte, ehrlich. Aber dafür ist es zu spät. Ich kann ja nicht mal mehr aufstehen. Stan und Johannes müssen mich hin- und hertragen, immer zwischen Bett und Sessel und Toilette und wieder zurück. Sie kämmen mich, wischen mir den Hintern ab und halten mir die Schüssel hin, wenn ich kotzen muss. *Merde*, ich bin eine verfluchte Leiche, die bloß noch nicht richtig tot ist.«

Das viele Reden strengte sie sichtlich an, sie musste innehalten, um Luft zu holen. Inge konnte das schwache Rasseln in Hannas Lunge hören, und beklommen stellte sie sich vor, wie der Krebs dort das Gewebe zerfraß, Stück für Stück, bis irgendwann die Atmung versagte. Sie hatte sich in der Buchhandlung ein medizinisches Fachbuch bestellt, weil sie wissen wollte, woran man starb, wenn der Krebs den Körper besiegte. Oft war es in solchen Fällen die Lunge, die zuerst ihre Funktion einbüßte, weil sie irgendwann nicht mehr genug Sauerstoff aufnehmen konnte, um die Blutversorgung aufrechtzuerhalten. In der Folge hörten auch die anderen Organe auf zu arbeiten, und ganz zum Schluss dann das Herz.

Erneut nahm sie Hannas Hand. »Wenn ich irgendwas tun kann …«

»Ja. Du kannst hier bei mir sein. Und mir was erzählen.«

»Was denn?«

»Zum Beispiel was von dir. Von deinen Träumen, deinen Plänen.«

Dankbar für die Anregung berichtete Inge von dem Angebot ihrer Chefin, die Buchhandlung zu übernehmen.

Hanna nickte versonnen. »Das sind gute Zukunftspläne! Lass sie dir von niemandem ruinieren!«

»Nein, das habe ich nicht vor.«

»Vergiss das nicht. Auch nicht, wenn du irgendwann denkst, es nicht mehr in der Hand zu haben.«

»Was meinst du damit?«

»Die Liebe, *chérie*. Sie kann einem dazwischenkommen.«

Inge spürte, wie sie errötete.

Hanna nickte wissend. »Es ist Johannes, *hein*?« Ihr französischer Akzent, sonst kaum noch wahrzunehmen, wurde mit einem Mal stärker. »Immer ist er es. Bei Katharina. Bei mir. Und nun auch bei dir. Kein Wunder, denn er ist genau der Mann, von dem viele Frauen träumen. So edelmütig, so stark. Ein Ritter, ein Held. Sie schenken ihm ihr Herz und verlieren dabei ihr eigenes Leben.«

»Da … da ist nichts«, stammelte Inge. »Es war nur einmal, aber dann … wir haben es sofort wieder beendet! Ich wollte ihn dir nicht wegnehmen, das musst du mir glauben! Zu der Zeit war ich sicher, dass das mit euch längst vorbei war!« Von plötzlichem Trotz erfüllt hob sie den Kopf. »Und ich werde seinetwegen ganz sicher nicht meine Pläne aufgeben! Diesen Fehler mache ich garantiert nicht!«

»Bravo«, sagte Hanna trocken. »Auch wenn du's nicht wahrhaben willst – du hast viel von deiner Mutter.«

Inge wollte aufbegehren, entschied dann aber, lieber keine Debatte daraus zu machen.

»Bist du denn gar nicht böse auf mich?«, fragte sie leise.

Hanna schüttelte den Kopf. »Warum sollte ich? Wenn überhaupt, müsste ich auf Johannes sauer sein, aber das bin ich nicht. Ich weiß, dass er kurz davorstand, unsere Beziehung zu beenden. Genau wie ich. Du hast völlig recht mit dem, was du gerade gesagt hast – zwischen uns hat zu viel nicht mehr gepasst. Und dann kam noch die Krankheit dazu. Aber plötzlich hatte ich furchtbare Angst, die letzten Wochen allein durchstehen zu müssen. Also hab ich beide Hände nach ihm ausgestreckt und ihn festgehalten. Irgendwie jämmerlich, ich hab meinen Stolz und meine Prinzipien verraten, aber ich konnte nicht anders.«

»Wusstest du da schon, dass er und ich …« Inge konnte den Satz nicht beenden und verstummte verlegen.

Hanna schüttelte den Kopf. »Das kam erst später. Die

Art, wie er manchmal von dir sprach … Doch solche Dinge wollte ich nicht mehr an mich ranlassen, dafür ging's mir zu schlecht.«

»Wie gesagt, es ist vorbei«, versicherte Inge mit fester Stimme. »Keiner von uns beiden wollte dich hintergehen!«

»Das weiß ich doch, Kind. Ich hab euch beide so lieb.« Hanna flüsterte nur noch schläfrig. Ihre Lider sanken herab.

Als hätte Renate eine Uhr für die maximal verträgliche Besuchszeit gestellt, betrat sie geschäftig das Zimmer.

»Du hast ja den Kaffee gar nicht getrunken«, sagte sie zu Inge. »Es ist echter Bohnenkaffee!«

»Tut mir leid.« Inge nahm rasch ein paar Schlucke, obwohl sie kalten Kaffee hasste. Den Kuchen ließ sie stehen. Sie wandte sich wieder Hanna zu, um sich zu verabschieden, doch die schlief bereits. Mit einem letzten langen Blick nahm Inge ihr Bild in sich auf, das schöne, bleiche Gesicht, das rote Haar, das leuchtende Seidentuch.

Dann bedankte sie sich bei Renate und verließ leise das Zimmer.

Kapitel 17

Im Laufe des Nachmittags klarte der Himmel auf, hin und wieder ließ sich sogar die Sonne blicken. Manni wollte mit dem Moped runter zum See fahren, ein paar Freunde treffen. Er stand vor dem Spiegel und kämmte sich das Haar mit viel Pomade zu der üblichen Tolle. Mindestens ein Dutzend Mal zog er alles mit dem Kamm nach, bis die Frisur endlich die richtige Form aufwies.

Sein jüngster Bruder Wolfgang lag faul im Bett und blätterte in einem Sigurd-Comic, und Klaus saß an der auf Böcken liegenden Sperrholzplatte, die ihm als Schreibtisch diente. Er versuchte, aus der Formelsammlung schlau zu werden, die Jakob ihm geliehen hatte. Der Knirps kannte alles schon auswendig und brauchte sie nicht mehr.

Klaus wollte ganz bestimmt kein Mathematiker werden, aber es wurmte ihn, dass er so wenig wusste, deshalb wollte er zumindest die Sache mit der Trigonometrie kapieren, da konnte Bärbel ihm noch so oft erzählen, dass kein Mensch das später im Leben brauchte.

»Es geht ganz leicht«, hatte Jakob eifrig beteuert, aber Klaus hatte da so seine Zweifel. In der Schule hatte er gelernt, einfache geometrische Flächen und Körper zu berechnen, doch bis zu solchen Sachen wie Sinus, Cosinus und Tangens waren sie nicht gekommen. Manchmal hatte er beim Betrachten der Formeln und Zeichnungen den Eindruck, dass es eigentlich gar nicht so schwer war, aber dann tauchten wieder neue, kompliziertere Funktionen auf, die er nie zuvor gesehen hatte. Wenn man ihm das alles in der Schule beigebracht hätte, wäre er damit sofort klargekommen, davon war er überzeugt.

Unten herrschte angenehme Stille, wie so häufig in der letzten Zeit. Seit seine Mutter aus dem Krankenhaus zurück war, schien sich das Verhältnis zwischen seinen Eltern verbessert zu haben. Man hörte kaum noch Geschrei, und Fritz trank deutlich weniger als vorher, meist nur noch Bier. Es war fast, als hätte er mit dem Bergkittel auch einen Teil seiner unkontrollierten Wut verloren. Er hatte sogar angekündigt, sich wieder nach Arbeit umsehen zu wollen.

Elfriede kochte nun auch regelmäßiger, und manchmal schmeckte ihr Essen sogar. Wenn sie in Kur war, würden sie sich hier selbst versorgen müssen, aber daran war Klaus mittlerweile gewohnt, ebenso wie seine Brüder und sein Vater. Sie würden sich einfach Stullen schmieren. Und mit der Wäsche würden sie auch zurechtkommen, inzwischen konnten sie notgedrungen alle mit der Waschmaschine umgehen, auch wenn das Bügeln noch nicht besonders gut klappte.

Manni klemmte sich sein Transistorradio unter den Arm und ging nach unten. Von einem seltsamen Gefühl der Unruhe erfüllt, stand Klaus auf und folgte ihm.

»Wo gehsse hin?«, wollte Wolfi wissen.

»Nur mal eben gucken, ob Mama schon fertig ist.«

Elfriede hatte ihren Koffer für die Kur schon am Vortag gepackt. Sie saß im Wohnzimmer auf der Couch und sortierte alte Illustrierte. Ab und zu riss sie ein ungelöstes Kreuzworträtsel heraus und legte es zur Seite.

»Die nehm ich nachher mit inne Kur«, sagte sie zu Klaus, als er den Kopf durch die Tür streckte. »Dann wird mich dat da nich so langweilig.«

»Ich frach mich sowieso, watte da den ganzen Tach lang machen sollst«, meinte Fritz.

»Fasten«, kam es lakonisch von Manni, der sich gerade nebenan in der Küche ein Leberwurstbrot schmierte.

»Und Gymnastik«, sagte Elfriede. »Wenn ich wiederkomm, bin ich rank und schlank wie ne Tanne.« Sie lachte gutmütig, und ihr Mann lachte mit.

Er saß in seinem Sessel und schnitzte an einem Stück Holz herum. Früher hatte er das öfter gemacht und war stolz auf die Ergebnisse gewesen, obwohl sie in den Augen eines Kunstkenners wohl kaum was hermachten – es handelte sich um recht grob geratene, naive Heiligen- und Tiergestalten, wie man sie gut für eine Weihnachtskrippe verwenden konnte. Als kleiner Junge hatte Klaus diese Figuren geliebt, es hatte immer zu den schönsten Augenblicken in der Weihnachtszeit gehört, wenn seine Eltern die Krippe im Wohnzimmer aufbauten und das ganze Sammelsurium der Holzfiguren seines Vaters dazustellten. Dann gab es Plätzchen und Früchtepunsch, und in der Ecke bullerte der Ofen und verbreitete heimelige Wärme. Manchmal, wenn die Verzweiflung über sein beschissenes Leben ihn zu überwältigen drohte, kehrte Klaus in Gedanken zu diesen Momenten zurück, flüchtete sich in die tröstlichen Erinnerungen seiner Kindheit.

Fritz fabrizierte mit seiner Schnitzerei eine Menge Späne, die neben ihm auf dem Sessel und auf dem Fußboden landeten, doch Elfriede kritisierte es mit keinem Wort. Vielleicht war es ihr auch egal, weil sie ohnehin gleich wegfahren würde. Johannes wollte sie abholen und zum Bahnhof bringen. Klaus hatte schon überlegt, ob er mitfahren sollte, dann könnte er auf der Rückfahrt noch mit Johannes reden. Inzwischen hatte er die Ausbildung zum Elektrohauer erfolgreich abgeschlossen. Dennoch hatte er das Gefühl, keinen Schritt weitergekommen zu sein. In der Lohntüte hatte er jetzt zwar mehr Geld, aber das, was er wollte und brauchte, konnte er sich davon nicht kaufen. Johannes kannte sich aus, vielleicht hatte er ja eine Idee, wie man als Facharbeiter vom Pütt wegkam. Klaus wollte unbedingt was Neues finden, bevor er – so wie unzählige andere – hinausgeworfen wurde.

In diesen Tagen schmissen viele Bergleute freiwillig die Brocken hin und suchten sich eine andere Arbeit, die nicht so dreckig und gefährlich und unsicher war. Jeder Kumpel musste aktuell mit der Kündigung rechnen. Zehntausende hatten innerhalb kürzester Zeit ihren Job verloren, Fünftagewoche und Feierschichten hin oder her. Im Zechenwesen griff die Flaute weiter um sich. Jeder konnte sehen, wohin der Zug ging, und Klaus wollte keiner von den Aussortierten sein, denen man aus heiterem Himmel den Stuhl vor die Tür setzte.

Elfriede stemmte sich von der Couch hoch. Sie hatte ihr Sonntagskleid angezogen, das einzige gute, das ihr noch passte.

»Ich mach mir auch en Bütterken, dann hab ich wat für auffe Fahrt«, meinte sie.

Fritz legte sein Schnitzmesser und das Holzstück zur Seite. »Wenne schon dabei bis, kannsse mir auch eins machen.«

Er folgte seiner Frau in die Küche. Auch er hatte sich ausnahmsweise ordentlich angezogen. Am Morgen war er nach langer Zeit sogar mal wieder mit seiner Frau in der Kirche gewesen. Doch anders als an den üblichen Sonntagen hatte er heute den Frühschoppen ausfallen lassen.

Ein ungewohntes Gefühl von Hoffnung erfüllte Klaus. So einträchtig und friedlich hatte er seine Eltern seit einer Ewigkeit nicht mehr erlebt. Vielleicht geschahen ja noch Zeichen und Wunder, und es würde alles gut werden. Elfriede würde gesund und erholt und mindestens zehn Kilo leichter aus der Kur zurückkehren, sein Vater würde eine neue Stelle finden und dem Alkohol abschwören, und dann würden sie alle miteinander ganz von vorn anfangen. Wie eine richtige Familie.

»Ich nehm auch ne Stulle«, sagte Klaus. Er setzte sich zu Manni an den Küchentisch. Sein Bruder, schon fertig für seine

Tour zum Baldeneysee, aß dort sein Brot und las die Sportseite der Zeitung vom Vortag.

Elfriede schnitt zwei Scheiben Brot ab, dann legte sie das Messer weg und rieb sich die linke Schulter.

»Wat is?«, fragte Fritz.

»Dat tut mich da auf einmal so weh. Ich glaub, ich hab mich verlegen.«

»Lass mal gucken.« Er trat zu seiner Frau und strich ihr über die schmerzende Schulter. »Ich kümmer mich um die Bütterkes, setz du dich mal wieder.« Dann machte er sich daran, weitere Brotscheiben abzuschneiden.

»Mir is schwindelig«, sagte Elfriede, und dann brach sie zusammen.

Fritz konnte gerade noch das Messer zur Seite legen und sie auffangen.

Klaus und Manni sprangen beide gleichzeitig auf.

Sie halfen Fritz, Elfriede zur Couch zu schleppen, doch als sie sie dort hinlegten und ihr ins Gesicht sahen, wusste Klaus, dass diesmal jede Hilfe zu spät kommen würde. Ihre Augen waren weit aufgerissen, der Blick gebrochen.

Manni holte den lächerlichen kleinen Handspiegel und hielt ihn seiner Mutter vor den Mund, so wie es Johannes vor ein paar Wochen gemacht hatte. Sie warteten. Endlose, bange Sekunden. Doch diesmal beschlug sich das Glas nicht.

»Mama!«, brüllte Manni, der es nicht wahrhaben wollte. Er schüttelte seine Mutter. »Mama, wach auf!«

Fritz ging mit unsicheren Schritten zu seinem Sessel und ließ sich hineinfallen.

Klaus fasste seinen Bruder bei der Schulter und hielt ihn davon ab, seine verzweifelten, sinnlosen Bemühungen fortzusetzen. »Hör auf, Manni.«

Manni stieß ihn weg. »Lauf endlich rüber zu den Wagners, die sollen einen Krankenwagen rufen!«, schrie er außer sich.

Klaus liefen die Tränen übers Gesicht. Ja, er würde rübergehen. In der Hoffnung, dass Johannes zu Hause war. Der würde schon wissen, was zu tun war.

Drüben machte Bärbel ihm die Haustür auf. Sie sah ihn an und wusste sofort, was geschehen war. Entsetzt schlug sie die Hände vor den Mund.

Johannes kam dazu und rief sofort den Rettungsdienst an, doch der wenig später eintreffende Notarzt konnte nur noch das feststellen, was ohnehin klar war.

Elfriede war tot.

*

Die Junisonne zeichnete blitzende Kringel auf die Wasseroberfläche der Ruhr. Inge, die in dieser Woche ganztags in der Buchhandlung arbeitete, nutzte ihre Mittagspause für einen kurzen Spaziergang in Richtung Stauwehr. Es ging aufs Wochenende zu, und das schöne Wetter lockte viele Menschen, die an diesem Freitag nicht arbeiten mussten, ins Freie. Überall waren Spaziergänger und Radfahrer zu sehen. Bootsverleih und Strandbäder waren geöffnet, es lag ein Hauch von Ferienstimmung in der Luft, obwohl der Sommer gerade erst angefangen hatte. Ein wolkenlos blauer Himmel spannte sich über der einladenden Szenerie.

Inge hatte sich aus der Buchhandlung Lesefutter mitgenommen, den neuen Roman von James Jones. Sie setzte sich auf eine Bank und begann zu schmökern. Schon nach wenigen Seiten stellte sie fest, dass das Buch nicht an seinen Welterfolg *Verdammt in alle Ewigkeit* heranreichte, und sie klappte es mit einem vagen Gefühl von Enttäuschung wieder zu. Trotzdem nahm sie sich vor, es zu Hause weiterzulesen. Manchmal war es auch eine Frage der jeweiligen Stimmung, ob ein Buch zu fesseln vermochte, und nicht immer tat es der Lektüre gut, wenn man hohe Erwartungen damit verknüpfte. Wer viel erwartete, konnte leichter enttäuscht werden.

Doch der Wunsch, sich wenigstens für ein paar Stunden in eine andere Welt zu flüchten und sich auf diese Weise von der bitteren Realität abzulenken, war für Inge selten so stark zu spüren gewesen wie in diesen Tagen.

Ihre Angst wurde immer schlimmer, wenn sie an den Gerichtstermin im August dachte. Johannes hatte die Idee gehabt, dass man mit Karl bestimmte Antworten einüben könnte, auf Fragen, die der Richter ihm wahrscheinlich stellen würde. Als Gewerkschaftssekretär verfügte Johannes über einige Prozesserfahrung, zwar nur in der Arbeitsgerichtsbarkeit, aber immerhin. Er hatte sich zudem ausführlich beraten lassen, von demselben Anwalt, den er schon zur Klärung seiner Vaterschaftsfragen aufgesucht hatte. Johannes wollte, dass Karl optimal vorbereitet war. Doch im Grunde lief alles darauf hinaus, dass nicht vorherzusagen war, wie es ausgehen würde. Unabhängig von den Prozessregeln gab es einfach zu viele Unwägbarkeiten. *Vor Gericht und auf hoher See ist man in Gottes Hand.* Dieser Spruch war Inge in den Sinn gekommen, als Johannes ihr von dem Gespräch mit dem Anwalt berichtet hatte.

Er hatte sogar erwogen, seine eigene Vaterschaft offiziell zu machen, schließlich hatte er das sowieso vorgehabt, und vielleicht half es jetzt, Karl aus der Schusslinie zu nehmen. Doch davon hatte der Anwalt ihm dringend abgeraten, mit der Begründung, dass das zum aktuellen Zeitpunkt erst recht zur Einsetzung eines Amtsvormunds führen würde. *Nicht zuletzt auch wegen der Verhältnisse innerhalb der Familie*, so hatte der Anwalt sich ausgedrückt, Johannes hatte es Inge gegenüber wortgetreu wiedergegeben. Es war völlig klar, was damit gemeint war. Ein Sodom und Gomorrha zwischenmenschlicher Verstrickungen, alles unter einem Dach. Kein Richter würde dergleichen gutheißen, nicht, wenn es um das Wohl eines unschuldigen kleinen Kindes ging.

Auch die schulischen Probleme von Jakob und Bärbel waren nach wie vor ungelöst und belasteten Inge sehr. Jakobs Klassenlehrerin schrieb immer häufiger mit roter Tinte gehässige Ermahnungen wegen seines miserablen Schriftbildes in sein Hausaufgabenheft, und auch Bärbel hatte bereits angekündigt, dass sie sich demnächst auf einen blauen Brief einstellen müssten, wegen Geschichte und Erdkunde, da stehe sie mittlerweile zwischen einer Fünf und einer Sechs.

Meist war Bärbel seit Elfriedes Tod still und in sich gekehrt, und einmal hatte Inge sie durch die geschlossene Zimmertür weinen gehört. Ob es nun wegen der Schule war oder weil ihr bester Freund seine Mutter verloren hatte – das Schluchzen hatte Inge ins Herz geschnitten. Gern wäre sie zu ihrer kleinen Schwester gegangen, um sie zu trösten, doch sie wusste, dass Bärbel in diesen Momenten lieber allein sein wollte. Sie hasste es, vor anderen zu weinen.

Fritz hatte wieder angefangen zu trinken, aber herumbrüllen hörte man ihn nicht mehr. Die Rabe-Jungs gingen seit der Beisetzung weiterhin zur Arbeit, jeden Tag aufs Neue, blass und mit verstörten Gesichtern. Aber auch pünktlich und gewissenhaft, sogar meist mit Henkelmann, denn in der Nachbarschaft fanden sich genug mitleidige Frauen, die für sie mitkochten, wenigstens für die erste schwere Zeit. Sie hatten sich sogar untereinander abgesprochen, wer wann an der Reihe war, damit sich alles ordentlich verteilte. Sie brachten Eintöpfe und Aufläufe, ab und zu auch ein Stück Braten und sogar Kuchen. Mine, die sich ebenfalls an dieser Notversorgung beteiligte, hatte auf ihre trockene Art gemeint, dass Elfriedes Mann und ihre Söhne wahrscheinlich ihr Lebtag noch nicht so gut gegessen hätten.

Klaus kam seit dem Tod seiner Mutter häufiger rüber, er

suchte Bärbels Nähe. Und Bärbel war sichtlich froh darüber, auch sie schien seine Gesellschaft als willkommene Abwechslung zu empfinden. Meist saßen sie zusammen in der Küche oder unten im Hof, oder sie halfen Mine auf den Beeten. Manchmal gingen sie auch rüber in den Garten der Rabes und sorgten dort für etwas Ordnung.

Manni sah man in seiner Freizeit meist auf dem Moped herumkurven. Mit dem Kofferradio im Gepäck brauste er los, irgendwohin, um sich mit Freunden zu treffen. Wolfi, der jüngste der drei Brüder, ließ sich nur selten blicken. Früher war er häufig zum Sport gegangen, er war ja wie Klaus im Fußballverein, aber seit Elfriedes Tod kapselte er sich immer mehr ab. Johannes hatte schon angekündigt, sich um ihn kümmern zu wollen. »Demnächst nehme ich ihn und Jakob mal zu einem Spiel von Rot-Weiß mit, da kommt er vielleicht auf andere Gedanken.«

Seit der vergangenen Woche sah Inge Johannes wieder häufiger, denn Hanna war zwischenzeitlich entgegen ihrem ursprünglichen Wunsch ins Krankenhaus eingeliefert worden, die häusliche Pflege war an ihre Grenzen gestoßen. Sie selbst hatte es letztlich so entschieden, weil sie ihrem Bruder nicht länger zur Last fallen wollte. Indessen hatte sie Inge bei deren letztem Besuch einen weiteren Grund anvertraut. »Es geht mir gegen den Strich, dass Renate diejenige sein soll, die mir beim Sterben die Hand hält und sich hinterher von allen Leuten dafür feiern lässt.«

Johannes hatte ihr versprechen müssen, ihr die Leute vom Hals zu halten. Sie konnte ohnehin nur noch selten Besuch empfangen, und sie wollte nicht, dass die Menschen, die sie liebte, bei ihrem Anblick in Tränen ausbrachen und damit alles noch schlimmer machten. Von ihren drei kleinen Neffen hatte sie sich bereits verabschiedet, und sie hatte auch Stan gebeten, nicht mehr zu kommen. Doch er ließ sich nicht davon abhalten, zu den täglichen Besuchszeiten wenigstens für ein paar Minuten bei ihr zu sitzen.

Abwechselnd gingen auch Inge und Johannes zu ihr und gaben ihr das Gefühl, nicht allein zu sein. Sprechen konnte Hanna kaum noch, zumeist stand sie unter dem Einfluss betäubender Medikamente. Man musste nun täglich mit dem Ende rechnen.

Ein Tropfen fiel auf das Buch in Inges Hand, und absurderweise glaubte sie im ersten Moment, es hätte angefangen zu regnen, doch dann merkte sie, dass sie weinte. Hastig holte sie ein Taschentuch aus ihrer Handtasche und tupfte sich die Augen trocken.

»Ist das Buch so schlecht?«, fragte eine ihr wohlbekannte Männerstimme.

Sie blickte verdattert auf. »Peter!«

Er war mit dem Fahrrad unterwegs und hatte bei ihr angehalten. Gegen die Sonne blinzelnd betrachtete sie ihn. Er sah gut aus, braun gebrannt, kurze Hose, weißes Polohemd. Auf dem Gepäckträger klemmte eine Sporttasche. Wahrscheinlich wollte er zum Schwimmtraining.

Er blickte sie unverwandt an. »Ich hab gehört, dass du die Haare jetzt kurz trägst, aber ich hätte nicht gedacht, dass es dir so gut steht.«

Sie strich sich über die seidigen Fransen. Mittlerweile hatte sie sich so sehr an die praktische und pflegeleichte Frisur gewöhnt, dass sie entschieden hatte, es nie wieder anders zu tragen.

»Du siehst wirklich unglaublich hübsch aus«, entfuhr es ihm. Seine Stimme klang belegt.

Sie nickte zurückhaltend. »Danke.«

»Du hast geweint«, stellte er fest. »Aber sicher nicht wegen des Buchs, oder? Was ist passiert?«

»Ich bin einfach nur traurig. Hanna Morgenstern liegt im Sterben.«

»Die frühere Freundin deiner Mutter? Gott, das tut mir leid. Ihr habt euch immer nahegestanden, nicht wahr? Kannst du sie denn noch besuchen? Liegt sie hier in Werden im Krankenhaus?«

Sie bejahte. Dann wechselte sie schnell das Thema. »Wie geht es dir, Peter?«

»Gut.« Er atmete tief durch. »Darf ich mich für einen Moment zu dir setzen? Dann musst du nicht ständig in die Sonne starren.«

Sie rutschte ein wenig zur Seite, und er stellte sein Rad neben der Bank ab und setzte sich neben sie. Nicht zu nah, er wahrte einen beruhigenden Abstand.

»Ich führe jetzt die Apotheke in eigener Regie«, sagte er. »Früher als geplant, aber es läuft großartig. Und du? Arbeitest du noch in der Buchhandlung?«

»Wie eh und je«, bestätigte sie.

»Ich habe gehört, dass deine Chefin sich zur Ruhe setzen will.«

»Woher weißt du das?« Inge sah ihn überrascht an.

»Keine Ahnung. Irgendwer hat es in der Apotheke erwähnt.«

Inge fühlte sich unwillkürlich an Matthias Jungs zutreffende Beschreibung des Essener Südens erinnert – ein einziges großes Dorf. Klatsch und Tratsch blühten hier so ergiebig wie die Blumen in den Vorgärten. Wer es wohl herumerzählt hatte? Agathe sicher nicht. Inge tippte auf Brigitte. Agathe hatte ihre Nichte selbstverständlich mittlerweile ebenfalls in ihre Pläne eingeweiht, und Brigitte hatte es erstaunlich gelassen aufgenommen. Sie hatte überhaupt keinen Ehrgeiz, die Buchhandlung zu leiten, und war froh, keine Verantwortung tragen zu müssen. Wenn es nach ihr ging, konnte für sie alles so weiterlaufen wie immer.

»Käme es für dich denn infrage, die Buchhandlung zu übernehmen?«, erkundigte sich Peter.

»Das klärt sich demnächst«, antwortete Inge. »Agathes Steuerberater arbeitet gerade was aus. Ich schaue mir dann an, ob ich es stemmen kann.«

Peter nahm es schweigend zur Kenntnis. Eine Weile saßen sie stumm nebeneinander, dann platzte er unvermittelt heraus: »Ich könnte dich dabei unterstützen, Inge.«

»Inwiefern?«, wollte sie befremdet wissen.

»Eine finanzielle Hilfe bei der Übernahme.«

»Kommt nicht infrage«, sagte sie sofort.

»Es muss ja nicht geschenkt sein. Aber vielleicht ein zinsloser Kredit? Nur zur Überbrückung, bis sich alles eingespielt und amortisiert hat. So habe ich es mit meinem Vater auch geregelt, es war ganz einfach. Ich habe die Apotheke komplett neu eingerichtet, alles modernisiert. Mein Vater hat ein zinsloses Darlehen beigesteuert, mit dem ich die Arbeiten finanzieren konnte, und nach den Berechnungen meines Steuerberaters habe ich es bis zum Jahresende wieder raus. Dank der Modernisierung habe ich deutlich mehr Kundschaft, und ich habe jetzt schon genug flüssig, um mir eine Finanzspritze für deine Geschäftsübernahme leisten zu können.«

»Peter, das ist ein wirklich nettes und großzügiges Angebot, aber nein danke. Ich will kein Geld von dir, weder geschenkt noch geliehen.«

Er schien Einwände erheben zu wollen, besann sich dann aber und nickte nur langsam.

Abermals entstand Schweigen zwischen ihnen. Als Peter schließlich wieder sprach, klang seine Stimme traurig, fast verzweifelt. »Inge, ich vermisse dich so sehr! Das Leben ohne dich ist nicht mehr dasselbe. Du fehlst mir jeden Tag. Ich dachte, ich käme besser damit klar und könnte dich irgendwann vergessen, aber als ich dich gerade wiedergesehen habe … Das hat mir den Boden unter den Füßen weggezogen.« Er schluckte heftig. »Denkst du denn nicht manchmal an früher? An unsere gemeinsame Zeit?«

»Natürlich denk ich daran. Glaubst du, ich kann diese Jahre mit dir einfach vergessen? Wir sind ja praktisch zusammen erwachsen geworden. Aber für uns beide hat irgendwann ein neuer Lebensabschnitt begonnen. Wir sind unterschiedliche Wege gegangen.«

»Das muss doch nicht heißen, dass wir nicht wieder zusammenfinden können! Auf einem gemeinsamen Weg!«

»Nein«, sagte sie leise. »Es tut mir leid, Peter.«

»Du liebst einen anderen, oder?«

Sie bemühte sich um einen ausdruckslosen Gesichtsausdruck, doch er ließ sich nicht täuschen.

»Wer ist es? Seit wann trefft ihr euch?«

»Bitte, Peter, mach es uns doch nicht unnötig schwer.«

»Geht das schon lange?«

»Peter, hör auf damit!«, versetzte sie ungehalten. Sie stand abrupt auf und hängte sich ihre Tasche über die Schulter. »Was immer du dir auch gerade vorstellen magst – es ist nicht wahr. Und selbst wenn, ginge es dich nichts mehr an. Mach's gut, Peter.« Sie wandte sich ab und ging davon.

Er stieg auf sein Rad und folgte ihr. »Es tut mir leid, Inge. Ich wollte dir nicht zu nahe treten. Bitte sei nicht sauer auf mich.«

»Ich bin nicht sauer. Es ist einfach nur vorbei.«

»Ich hab's kapiert. Ich möchte bloß nicht, dass wir jetzt so auseinandergehen. So … unversöhnlich.«

Sie erwiderte seinen flehenden Blick.

»Was genau erwartest du denn von mir, Peter?«

»Dass wir Freunde bleiben können, irgendwie. Auch wenn wir uns nicht mehr treffen und vielleicht nur alle Jubeljahre mal zufällig sehen. Dass wir dann, wenn wir einander über den Weg laufen, nicht wie zwei Unbekannte aneinander vorübergehen und so tun, als hätte es das mit uns beiden nie gegeben. Dass wir uns nicht gegenseitig aus unserem Leben ausradieren. Wenn du mir das versprechen kannst, dann lass ich dich gehen und versuche, einen Strich unter alles zu ziehen.«

Fast hätte sie wieder angefangen zu weinen, denn seine Worte gingen ihr nahe. »Ich werde dich nie vergessen, Peter. Und ich kann dir versprechen, dass ich nie wortlos an dir vorübergehen werde, wenn wir uns irgendwo begegnen. Wenn ich an dem Baum vorbeikomme, in den du unser Herz geschnitzt hast, werde ich jedes Mal an dich denken und mich daran erinnern, wie es mit uns war. Du wirst immer ein Teil von meinem Leben sein, egal wie lange alles her ist.« Mit brennenden Augen warf sie ihm einen letzten langen Blick zu, ehe sie sich abwandte und rasch weiterging. Nach einer Weile schaute sie zurück, und da winkte er ihr kurz zu, als hätte er auf diesen Moment gewartet, dann stieg er aufs Rad und fuhr in der entgegengesetzten Richtung davon.

Kapitel 18

Einige Tage später meldete sich Matthias Jung bei Inge. Das letzte Mal lag schon eine Weile zurück, vor ein paar Wochen hatte er angerufen, nachdem er wie versprochen einiges über das vom Rektor angedrohte Vormundschaftsverfahren herausgefunden hatte. Doch alles, was er ihr dazu erzählte, hatte zu jener Zeit auch schon Johannes in Erfahrung gebracht. Trotzdem war sie dankbar für Matthias' Anteilnahme.

Inge freute sich, seine Stimme zu hören, und als er vorschlug, endlich den aufgeschobenen Kinobesuch nachzuholen – hundertprozentig freundschaftlich natürlich, wie er extra betonte –, brachte er sie zum Lachen. Sie musste nicht lange überlegen. Im Kino war sie ewig nicht mehr gewesen, sie hatte schon fast Entzugserscheinungen.

Sie trafen sich wieder an der Bushaltestelle, um gemeinsam in die Stadt zu fahren. Der Plan war, die Sonntagnachmittagsvorstellung zu besuchen, um vielleicht hinterher noch ein Eis essen zu können oder ein Stück spazieren zu gehen.

Es lief eine musikalische Komödie, nett und harmlos, aber genau das, was Inge momentan brauchte. Einzig der Filmtitel brachte sie vorübergehend aus der Fassung, er lautete *Alle lieben Peter*. Auch die Handlung war ganz auf den Hauptdarsteller Peter Kraus zugeschnitten, es wurde viel gesungen und unbekümmert herumgeblödelt, aber Inge ließ sich gern von der heiteren Stimmung des Films einfangen.

Nach der Vorstellung bummelten sie durch die Stadt. Es war nicht viel los, weil Sonntag war, aber die Cafés und Eisdielen waren gut besucht.

»Wollen wir ins Overbeck gehen?«, fragte Matthias.

»Lieber in einen Eissalon«, sagte Inge. Im Overbeck würde sie nur wieder an Peter denken müssen. Dorthin hatte er sie damals das erste Mal ausgeführt. Und dort hatte sie ihm auch den Ring zurückgegeben.

Sie gingen in eine relativ neue Eisdiele, die laut Karte original italienisches Eis anbot. Inge bestellte sich Cassata, eine sahnige, mit kandierten Früchten angereicherte Köstlichkeit, und Matthias entschied sich für ein Erdbeereis.

Sie löffelten genüsslich ihr Eis und unterhielten sich über alles Mögliche. Er erzählte von seiner Schwester Barbara, die bei Cramer und Meermann befördert worden war und jetzt eine ganze Abteilung unter sich hatte.

»Das ist ja großartig!«, sagte Inge. »Da kann sie wirklich stolz auf sich sein!«

»Ist sie auch. Allerdings muss sie bald aufhören, sie bekommt im Oktober ein Baby.«

»Will sie denn danach weiterarbeiten?«

»Ich glaube nicht. Sie muss sich doch dann um das Kind kümmern. Ihr Mann verdient gut, er ist Polier am Bau, sie muss nicht arbeiten.«

»Und wenn sie möchte?«

»Na, dann dürfte sie es. Denke ich mal. Mein Schwager ist kein Haustyrann. Aber wer passt dann auf das Kind auf? Unsere Mutter bestimmt nicht, die hat genug damit zu tun, meine Oma zu pflegen, die hat schweres Rheuma. Und die Mutter meines Schwagers lebt nicht mehr.« Matthias hob die Schultern. »Also nicht die besten Voraussetzungen für eine berufliche Karriere. Da hast du es eindeutig besser.«

Sie berichtete von ihren Plänen, die Buchhandlung zu übernehmen, doch zugleich verlieh sie ihrer Sorge Ausdruck, dass Jakob dann vielleicht zu kurz käme. Als Inhaberin würde sie nicht einfach wie bisher um die Mittagszeit heimgehen können, sondern musste bis Geschäftsschluss und teilweise sogar darüber hinaus arbeiten.

»Er ist doch noch so klein«, meinte sie. »Und dann die ganzen Probleme in der Schule …« Seufzend schüttelte sie den Kopf. Sie hatte eigentlich nicht davon anfangen wollen, es verdarb ihnen beiden nur die Stimmung.

Doch Matthias schien nur darauf gewartet zu haben, dass sie das Thema anschnitt.

»Ich wollte eigentlich schon eher darauf zu sprechen kommen«, sagte er. »Ich hab's mir nur verkniffen, weil ich dir nicht schon wieder die Laune ruinieren wollte.«

»Aus demselben Grund hab ich es mir auch verkniffen«, gestand Inge. Sie lachte ein wenig kläglich und schob ihr Eisschälchen zur Seite, obwohl sie erst halb aufgegessen hatte. Sie hatte jeden Appetit verloren.

Matthias blickte sie mitfühlend an. »Was gibt es denn Neues?«, fragte er behutsam. »Habt ihr schon was vom Vormundschaftsgericht gehört?«

Sie erzählte von dem Schreiben und dem anberaumten Gerichtstermin, der wie ein Damoklesschwert über der Familie hing, und Matthias hörte ihr mit ernster Miene zu.

»Das klingt wirklich nicht besonders hoffnungsvoll. Aber vielleicht solltest du nicht alles nur schwarzsehen. Es können immer wieder Dinge geschehen, die alles zum Guten wenden.«

»Welche denn zum Beispiel?«

»Nun, es könnte da zufällig einen netten und hilfsbereiten Junglehrer geben, der einen guten Draht zum zuständigen Schulamt hat.«

»Was meinst du damit?«

»Ein Onkel von mir ist neulich dorthin versetzt worden. Vorher war er beim Kultusministerium in Düsseldorf tätig, als Fachreferent. Vor Kurzem ist er als stellvertretender Leiter ans hiesige Schulamt gewechselt. Sein Vorgesetzter geht diesen

Sommer in Rente, dann übernimmt mein Onkel seinen Posten.«

Inges Aufregung wuchs. »Und was bedeutet das? Ich meine, für Jakob!«

»Als ich von der Versetzung meines Onkels ans Schulamt erfuhr, habe ich ihm von dem Fall erzählt, damit er sich ein Bild machen kann. Er wollte nichts versprechen, aber er hat mir zugesichert, ein Auge auf die Sache zu haben, soweit es in seinen Zuständigkeitsbereich fällt.«

»Heißt das, er könnte eine Amtsvormundschaft verhindern?«, fragte Inge, von jäher Hoffnung erfüllt.

»Nein, leider nicht. Er kann nur schulische Belange beurteilen. Also beispielsweise die Frage, wie es mit Jakob in der Schule weitergeht. Natürlich nur im Rahmen seiner amtlichen Befugnisse. Er kann also nicht etwa einfach Fräulein Moosbach rauswerfen. Oder gar den Rektor.«

»Verstehe.« Inge versuchte, sich ihre Enttäuschung nicht anmerken zu lassen.

»Aber er könnte denen im Zweifel ganz schön auf die Finger klopfen«, fuhr Matthias mit einem Augenzwinkern fort.

Sofort fühlte Inge sich ein wenig besser. Ihr kam ein spontaner Gedanke.

»Ist er auch für das Lyzeum zuständig?«, fragte sie.

»Sicher. Wieso?«

Sie erzählte ihm von Bärbels Problemen in der Schule.

Matthias reagierte voller Mitgefühl. »Meine Güte, das arme Mädchen!«

»Na ja, sie hat es sich natürlich in gewisser Weise selbst zuzuschreiben. Wenn sie nicht so vorlaut wäre, hätte sie den ganzen Ärger nicht.«

»Für mich klingt es eher so, als wäre deine Schwester jemand, der für seine Meinung offen einsteht und es nicht erträgt, wenn man die Wahrheit verbiegt. Oder dass Menschen, die für das Leid von Millionen verantwortlich sind, jede Verantwortung ablehnen. Schlimmer noch – dass sie diejenigen in den Himmel loben, die es verursacht haben.«

Inge war betroffen. Unter der Prämisse hatte sie es noch nicht betrachtet. Sicher, Bärbel hatte eine große Klappe und sollte manchmal besser nachdenken, bevor sie davon Gebrauch machte. Aber wo sie ein Unrecht sah, hatte sie den Mut, mit dem Finger darauf zu zeigen. Und das war eine großartige Eigenschaft, die nicht bestraft werden durfte.

»Ich wollte dir nicht meine Ansicht dazu aufdrängen«, meinte Matthias. »Tut mir leid, wenn ich da zu forsch war.«

»Nein, es stimmt, Bärbel ist genau so, wie du sagst. Sie handelt stets nach ihrem Herzen, und das ist auch richtig so. Sie ist vielleicht ein bisschen zu störrisch und frech, aber das ändert nichts an der Tatsache, dass dieser Lehrer ein alter Nazi ist. Darf so jemand denn überhaupt unterrichten?«

»Eine Menge von denen sind wieder an den Schulen«, sagte Matthias. »Aber für den Einzelnen kann damit auch ganz schnell wieder Schluss sein, wenn herauskommt, dass er nationalsozialistisches Gedankengut verbreitet. Ich unterhalte mich mal mit meinem Onkel darüber und frage ihn, was er dazu denkt.«

»Glaubst du, wir können auf der Basis irgendwas unternehmen?«

»Mag sein, aber ich höre schon den Amtsschimmel wiehern. Man müsste wahrscheinlich eindeutig nachweisen können, was genau vor der Klasse geäußert wurde, am besten noch mit Wortlaut, Datum und Uhrzeit. Und bei der Überprüfung der Notengebung wird es noch schwieriger, vor allem in den überwiegend mündlichen Fächern.«

Inge nickte resigniert und vertiefte das Thema nicht weiter.

Stattdessen aß sie ihr Eis doch noch auf, und hinterher beschlossen sie, eine Runde im Grugapark spazieren zu gehen.

Der Park mit seinen Tiergehegen und den zahlreichen Freizeitattraktionen hatte viele Menschen angelockt, vor allem Familien mit Kindern, doch er war so weitläufig, dass nur vereinzelt Gedränge herrschte. Inge und Matthias schlenderten durch die bunt blühende Gartenlandschaft und genossen die sommerliche Wärme dieses Spätnachmittags. Die Stimmung zwischen ihnen war locker und angenehm, und Inge spürte die wachsende Zuneigung, die sie miteinander verband. Sie war froh, ihn zum Freund zu haben.

Einmal warf er ihr einen verstohlenen Blick von der Seite zu, den sie lächelnd erwiderte. Wie aus einer stillen Übereinkunft heraus nahm er ihre Hand und drückte sie kurz, ließ sie dann aber gleich wieder los.

Vor ihnen auf dem Weg spielten ein paar Kinder Fangen. Eines davon rannte Inge versehentlich fast um, sie musste ausweichen und geriet ins Stolpern. Matthias konnte sie gerade noch auffangen. Auf einmal standen sie eng umschlungen da, was er einen Moment länger als nötig auszukosten schien. Ihre Blicke trafen sich und versanken für die Dauer eines Herzschlags ineinander. Nach einer atemlosen Sekunde trat er einen Schritt zurück und sah Inge grinsend an.

»Das war knapp«, sagte er. »Obwohl du heute nur halb so hohe Absätze trägst wie beim letzten Mal.«

Inge lachte über die scherzhafte Bemerkung, doch eine Spur von Unsicherheit hatte sie erfasst. Der Moment war nicht ohne gewesen, ein Hauch übermütiger Erregung war im Spiel gewesen, auf beiden Seiten, das war ihr nicht entgangen. Doch trotz einer gewissen Verlegenheit schämte Inge sich nicht dafür. Es war Sommer, ringsumher blühten unzählige Blumen, und sie war jung. Nur jemand aus Stein hätte in dieser Situation nichts gespürt. Zudem war es nur ein kurzer Augenblick gewesen, ganz sicher nichts, was sich wiederholen würde. Ihr Leben war auch so schon kompliziert genug, und die kleine Gefühlsaufwallung von vorhin war nicht annähernd so intensiv gewesen wie das, was sie bei Johannes empfand. In dem Punkt brauchte sie sich nichts vorzumachen. Sie mochte Matthias aufrichtig und war sehr gern mit ihm zusammen, mehr aber auch nicht.

Für den Rest des Spaziergangs wahrte sie einen ausreichenden Abstand und gab ihm so zu verstehen, dass er den einen Moment der Nähe nicht überbewerten sollte. Er begriff es auch ohne Worte und war wie vorher – humorvoll, unterhaltsam, ein guter Freund.

Sie fuhren zusammen mit dem Bus zurück, und wie beim letzten Mal brachte er sie nach Hause, wo er sich mit Handschlag und einer angedeuteten Verbeugung verabschiedete, ganz der wohlerzogene Kavalier.

»Ich hoffe, wir wiederholen das bald«, sagte er.

»Warum nicht?«, erwiderte sie. Und das meinte sie wirklich so. Der Nachmittag mit ihm hatte ihr gutgetan, sie hatte sich lange nicht so unbeschwert und zufrieden gefühlt.

»Dann rufe ich bald mal wieder an«, sagte er. »Und du kannst mich natürlich ebenfalls jederzeit anrufen.« Erneut machte er einen kurzen Diener. »Ob Kino oder Schulprobleme – stets zu Ihren Diensten!«

Wie es sich gehörte, wartete er, bis sie die Tür aufgeschlossen hatte. Sie winkte ihm noch kurz zu und sah ihm nach, als er mit beschwingten Schritten davonging.

*

»Wat war dat denn für einen?«, fragte Mine. Sie kam aus Karls Zimmer. Anscheinend hatte sie dort vom Fenster aus beobachtet, wie Inge sich von Matthias verabschiedet hatte.

Inge riss sich zusammen. »Niemand, den du kennst«, gab sie bemüht höflich zurück.

»Ich muss mal wat mit dir besprechen.«

»Nicht schon wieder, Oma Mine!«

»Nee, nich dat. Wat anderes.« Mine ging voraus in die Küche. »Willsse Kaffee? Richtigen Bohnenkaffee? Und wat von dem Kuchen?«

Inge konnte nicht widerstehen. Mine hatte *Waddische Appeltat* gebacken, einen gedeckten Apfelkuchen, der köstlich schmeckte. Es waren nur noch zwei Stücke da.

»Ich will keinem was wegessen.«

»Sind alle schon versorgt. Eine Hälfte hab ich den Rabes rübergebracht, der Rest is hier aufgefuttert worden. Die zwei letzten Stücksken sind für dich und Johannes, der is noch inne Klinik bei Hanna. Nur die Sahne is alle.«

»Brauch ich nicht.«

Mine legte ein Stück Kuchen auf einen Teller und stellte ihn vor Inge auf den Küchentisch, dann brühte sie frischen Kaffee auf und schenkte zwei Tassen voll, bevor sie sich zu Inge setzte.

»Ich hab gehört, datt deine Chefin sich zur Ruhe setzen will und dat du den Laden übernehmen kanns«, eröffnete sie ohne Umschweife das Gespräch.

Anscheinend wusste es wirklich schon halb Essen.

»Die Übernahme ist noch nicht ausgemacht«, stellte Inge klar. »Agathes Steuerberater hat mir schon eine kurze Aufstellung gemacht, aber ich muss mir das alles noch genau ausrechnen lassen. Also die regelmäßigen Einkünfte, die das Geschäft abwirft, abzüglich des von mir zu zahlenden Abstands für die Übernahme und der laufenden Miete für die Geschäftsräume. Agathe gehört ja auch das Haus, in dem der Laden sich befindet. Und von irgendwas muss sie schließlich im Alter leben. Sie bekommt zwar eine Rente von ihrer früheren Arbeit, aber das ist wohl nicht die Welt. Die Frage ist deshalb, wie viel mir überhaupt bleibt, wenn ich die ganzen Kosten gegenrechne. Auf jeden Fall weniger als das, was Agathe momentan erwirtschaftet, denn sie muss ja keine Gewerbemiete zahlen, und den Laden führt sie schuldenfrei. Das wäre bei mir anders, ich müsste einen Firmenkredit aufnehmen, dadurch fallen weitere Kosten an, wegen der Zinsen. Ich habe mich schon nach den Konditionen erkundigt. Es könnte eng werden, so viel steht fest.«

»Hast du nich wat gespart?«

»Doch, aber nur knapp tausend Mark, das würde im Leben nicht reichen.«

»Ich hab auch wat auffe Seite gepackt.« Mine stand wieder auf und ging nach nebenan in ihr Schlafzimmer. Dort rumorte sie kurz im Kleiderschrank herum und kam dann zurück in die Küche.

»Da, dat is für dich.«

Sprachlos stellte Inge die Kaffeetasse weg und betrachtete das Sparbuch.

»Nimm et«, forderte Mine sie auf.

Zögernd ergriff Inge das Sparbuch und schlug es auf. Sie hielt die Luft an. »Dreitausend Mark! Oma Mine, das ist ja ein Vermögen! Wie konntest du so viel zur Seite legen!«

»Als der Krieg aus war, hatte ich keinen Pfennig, aber als dann die Währungsreform kam, hab ich direkt angefangen zu sparen. Und seit Johannes verdient, hatte ich immer ordentlich wat von meine Rente übrig, dat hab ich auch alles gespart. Und auch dat ganze Geld von alle Gemüseverkäufe. Für dich, für Bärbel und für Jakob. Ihr solltet dat eigentlich erst kriegen, wenn ich sterbe. Aber du brauchs dat getz dringender, also krisse deins heute schon. Bärbel und Jakob müssen noch en bissken warten, aber bestimmt nich mehr lange.« Mine lachte glucksend und trank einen Schluck Kaffee.

»Aber was ist mit Johannes und Papa? Gucken die dann

nicht in die Röhre? Oder hast du für die beiden etwa auch Sparbücher angelegt?«

Mine schüttelte den Kopf. »Ich bin ja nich Goldmarie. Die zwei sind sowieso meine Erben. Sie kriegen dat Haus, jeder die Hälfte. Karl is mein Sohn und Johannes dat einzige Kind von Mathilde. Die Sparbücher für euch Kinder sind Vermächtnisse.« Mine bemühte sich, den Fachausdruck korrekt auszusprechen.

»Bist du sicher, dass das so seine Richtigkeit hat?«

Mine nickte entschieden. »Hat mich der vonne Sparkasse erklärt, der hat da viel Ahnung von. Ich hab extra ein Testament gemacht, da steht alles drin.«

»Aber dir ist schon klar, dass ich viel arbeiten muss, wenn ich den Laden übernehme, oder? Ich bin dann voll berufstätig, den ganzen Tag außer Haus.«

»Noch bin ich ja da und kann mich um die Blagen kümmern«, sagte Mine. »Oder schmeckt dich etwa nich mehr, wat ich koche?«

»Aber du wolltest doch unbedingt, dass ich Johannes heirate!«, entfuhr es Inge.

»Dat will ich immer noch, weil ich denke, dat ihr gut zusammenpasst und weil et praktisch für alle wär. Aber dat heißt ja nich, dat du kein Laden haben kannst. Guck dich dat Angelika an, dat hat ein Frisiersalon. Oder dat Hanna mit ihre Galerie in Düsseldorf. Und deine Mutter hätt heute ein Modesalon, wennse nich gestorben wär. Frauen können dat genauso gut wie Männer. Sie haben et bloß schwerer.«

Verwundert nahm Inge Mines Erklärungen zur Kenntnis. Diese modernen Ansichten hätte sie ihrer Großmutter gar nicht zugetraut!

»Der Mann vorhin – das war übrigens Jakobs Rechenlehrer«, platzte sie verlegen heraus. »Wir sind nur Freunde.«

»Dat hab ich mich schon gedacht.«

»Wirklich? Wieso?«

»So wat seh ich. Nu tu mal wacker dat Sparbuch weg, muss Bärbel ja nicht gleich mitkriegen.«

»Danke, Oma Mine«, sagte Inge leise, während sie das Sparbuch in ihrer Handtasche verstaute. »Ich danke dir von Herzen!«

»Nix zu danken. Du machs dat schon. Und getz ess endlich dein Kuchen.«

*

Zwei Tage später starb Hanna. Obwohl sie alle damit gerechnet hatten, war es für Johannes ein harter Schlag. Zusammen mit Stan und Inge fuhr er zum Krankenhaus, um ein letztes Mal Abschied zu nehmen. Hanna war in der Nacht gestorben. Man hatte den Leichnam in einen abgeschiedenen Nebenraum der Station gebracht, wo ihn später der Bestatter abholen würde. Die Schwestern hatten der Toten ein frisches Hemd angezogen und ihr das Haar gekämmt, und jemand hatte ihr über dem weißen Laken, das sie bis zum Hals bedeckte, die Hände vor der Brust gefaltet, sodass es aussah, als sei sie in ein letztes Gebet vertieft. Die Vorhänge waren vor die Fenster gezogen, es drang nur wenig Helligkeit herein. Im matten Dämmerlicht schien es, als würde Hanna schlafen.

Zu dritt standen sie an der Bahre. Stan brach beim Anblick seiner toten Schwester in raues Schluchzen aus, und auch Inge begann zu weinen.

Johannes legte den Arm um sie, er konnte ihr Leid kaum ertragen, es setzte ihm schlimmer zu als der Anblick von Hannas Leichnam. Er selbst empfand den Verlust ebenfalls als zutiefst schmerzlich, aber nicht der Anblick der Toten brachte ihn zum Weinen, sondern die Erinnerungen an Ereignisse oder Dinge, die untrennbar mit Hanna verbunden waren.

Das mochte ein Geschenk sein, mit dem sie ihm einmal eine Freude bereitet hatte, etwa ein Buch oder ein Schlips, so wie er auch noch jahrelang beim Anblick des blauen Pullovers, den Katharina ihm einst gestrickt hatte, einen Kloß im Hals gehabt hatte. Vielleicht würde er auch weinen müssen, wenn er später zusammen mit Stan nach Düsseldorf fuhr, um bei der Haushaltsauflösung zu helfen, und wenn er dabei ihre persönlichen Dinge in Händen hielt – Briefe, die er ihr geschrieben hatte, ihre Lieblingsdecke, die Pralinen, von denen sie immer welche im Haus gehabt hatte. Gut möglich, dass ihm auch die Tränen kamen, wenn er den Verlobungsring für immer wegpackte. Bis zum Ende hatte er ihn nicht abgelegt, sei es nun aus alter Verbundenheit oder aus dem Bemühen heraus, ihr auf diese Weise seine Loyalität zu zeigen. Er hatte sich elend dabei gefühlt und sich häufig mit Selbstvorwürfen herumgeschlagen. Der Ring hätte ein Unterpfand von Liebe sein sollen, doch das, was er einst symbolisiert hatte, gehörte längst der Vergangenheit an. Die Schuld dafür musste er zweifellos bei sich selbst suchen, wenigstens zum Teil. Denn er war derjenige, der ihr damals den Antrag gemacht hatte, in der Annahme, seine Liebe würde ausreichen. Doch er hatte sich geirrt.

Hanna hatte ihren Ring schon länger nicht mehr getragen, ihre Finger waren durch die Krankheit irgendwann zu dünn gewesen, er war ständig abgerutscht.

Inge hatte aufgehört zu weinen, also ließ er sie los und ging hinüber zu seinem immer noch bitterlich vor sich hin schluchzenden Freund, um ihm den Arm um die Schultern zu legen. Eine Weile standen sie in schweigender Eintracht da, dann fand Johannes, es sei nun an der Zeit zu gehen. Stan ließ sich widerspruchslos hinausführen, nach draußen in die Sonne. Auf dem Weg zu Johannes' Wagen putzte er sich die Nase und rieb sich die Augen trocken.

»Meine Güte, was sie wohl dazu sagen würde, wenn sie mich hier flennen sehen könnte?«

»Vermutlich würde sie drüber lachen«, sagte Johannes.

»Sie würde *ganz sicher* drüber lachen«, bekräftigte Stan. »Und sie würde wollen, dass wir jetzt einen auf ihr Wohl trinken. Mitten am helllichten Tag, ohne Rücksicht auf Verluste. Wie ist es, seid ihr dabei?«

Das waren sie. Natürlich waren sie das. Sie fuhren zum Hesperkrug, denn es war Sommer, und sie wollten draußen im Grünen sitzen. Im Schatten von alten Eichen und Kastanien tranken sie Bier und Klaren und dachten an früher.

»Damals nach dem Krieg waren wir hier manchmal mit Mama in einer Theatervorstellung für Kinder«, erzählte Inge leise und voller Melancholie. »Ein- oder zweimal ging Hanna auch mit. Mama war so unendlich glücklich, endlich eine Freundin zu haben.«

Johannes musste an Katharina und Hanna denken, die beiden Frauen, die er geliebt hatte und die jetzt tot waren, und dann dachte er an die Frau, der jetzt sein Herz gehörte, so fest und unverrückbar, als wäre es nie anders gewesen. Sie saß hier mit ihm am Tisch, so lebendig wie der junge Sommer, und die jähe Furcht, auch sie noch zu verlieren, packte ihn wie mit eisernen Krallen. Vielleicht haftete ihm ja ein geheimer Fluch an, der Verderben über die Frauen brachte, die er liebte. Auch das Mädchen, das er vor dem Krieg geliebt hatte, war gestorben.

Sein Verstand sagte ihm, dass es bloß Zufall war, dass er aufhören sollte, sich irgendwelchen Blödsinn einzureden. Und doch war da diese blinde Angst, dass er das Schicksal vielleicht ein weiteres Mal herausforderte.

Zugleich war er von Empfindungen erfüllt, die seine Ängste in die Schranken wiesen, so wie ein Sonnenaufgang auch die finsterste Nacht zum Verschwinden brachte.

Er suchte Inges Blick, und endlich sah sie ihn an, ihr Gesicht halb im Schatten, halb in der Sonne, die Augen so klar wie der See an einem windstillen, sommerhellen Tag. Das hier war ganz sicher nicht die passende Zeit, um über eine gemeinsame Zukunft mit ihr nachzudenken, schließlich kamen sie gerade erst von Hannas Totenbett. Und doch konnte Johannes nichts gegen dieses Gefühl von Hoffnung ausrichten. Es hatte längst von ihm Besitz ergriffen, zuerst zaghaft, dann immer stärker, bis es schließlich sein Denken beherrschte und jegliche Furcht bedeutungslos erscheinen ließ.

*

In der nachfolgenden Woche hatte Johannes viel zu tun. Für Hannas Beisetzung konnte er sich nur stundenweise freinehmen, da sich die Arbeit in seinem Büro türmte. In der letzten Zeit war vieles liegen geblieben, weil er sich so häufig um Hanna gekümmert hatte, und das musste er nun aufarbeiten, während gleichzeitig immer neue Aufgaben hinzukamen. Für eine Aktion des Internationalen Bundes Freier Gewerkschaften verfasste er eine Rede, die der örtliche Delegierte der IG Bergbau mit nach Berlin nahm, wo in diesen Tagen große Demonstrationen für den Weltfrieden stattfanden. Viele Millionen organisierter Arbeiter der freien Welt wollten ein Zeichen der Solidarität mit Westberlin setzen, der vom Kommunismus bedrohten Enklave hinter dem Eisernen Vorhang. Die Angst vor einem von Russland ausgehenden Atomkrieg war nicht nur ungebrochen, sondern stärker denn je, überall schossen Friedensbewegungen aus dem Boden. Die Wiederaufrüstung der Bundesrepublik stieß auf erbitterten Widerstand in der Bevölkerung.

Doch hier im Revier gab es auch massiven Protest ganz anderer Art. Unter den Bergleuten ging die Furcht vor dem Verlust der Arbeitsplätze um, Massenentlassungen waren an der Tagesordnung. Manch einer witzelte schon darüber, dass der Kohleabbau bald vom Stellenabbau übertroffen werde. Allerdings nahmen es die Wenigsten mit Humor. Es kam immer wieder zu wütenden Demonstrationen, Johannes war auch schon auf einigen gewesen. Mehrfach hatte er Kumpel gesehen, deren Zorn sich in spontanen Aktionen entlud. Sie zogen in Gruppen mit ihren selbst bemalten Transparenten durch die Straßen und brüllten kämpferische Parolen, als würde das helfen, die Verhältnisse zu ändern. Ihre Wut richtete sich gegen alle, denen sie die Schuld für ihre Misere gaben, vornehmlich Politiker, aber auch Betriebsräte und Gewerkschafter, weil die sich ihrer Meinung nach nicht genug ins Zeug legten, um das Zechensterben aufzuhalten.

Manche Anlagen standen noch gut da, waren voll ausgelastet, doch zur selben Zeit machten andere dicht. Fünftagewoche, Feierschichten und neue Einfuhrzölle reichten nicht aus, um das zu verhindern.

In der gesamten Bundesrepublik entwickelte sich der Arbeitsmarkt in eine erfreuliche Richtung, die Bundesanstalt für Arbeit hatte eine Statistik veröffentlicht, wonach erstmals seit Beginn der Erhebungen vor zehn Jahren die Anzahl der offenen Stellen diejenigen der Arbeitslosen überstieg. Es ging wahrlich überall aufwärts. Nur nicht im Steinkohlenbergbau, mit dem ging's bergab.

Johannes gab sich keinen Illusionen hin. Es mochte noch viele Jahre dauern, bis die letzte Zeche aufgeben musste, doch der Prozess des Niedergangs hatte eingesetzt und war nicht mehr umzukehren. Wenn der Staat nicht stärker eingriff, war das Revier nicht zu retten. Es war inzwischen Teil seiner Arbeit, auch diesen Aspekt mit zu durchdenken und Lösungen anzustreben. Die Interessenverbände der Bergleute mussten die Bundesregierung längerfristig auf ihre Seite bringen, um die Zukunft der Kumpel zu sichern und die Stellen im Ruhrpott zu erhalten. Subventionen in großem Stil mussten her. Anders ging es nicht.

Doch das war größtenteils noch Theorie. Den Kumpeln vor Ort ging es logischerweise nicht schnell genug, ihnen saß die Angst im Nacken, dass die nächste Schicht auf dem Pütt vielleicht ihre letzte war.

Johannes arbeitete viel und hart in diesen Tagen und kam oft erst spät nach Hause. Inge sah er meist nur flüchtig, und das war vielleicht auch besser so.

Dann gab es eine Zäsur in seinem gewohnten Arbeitsablauf, die für ihn unerwartet kam – man trug ihm den Posten eines Bezirksstellenleiters an. Allerdings nicht in Essen, sondern in Dortmund, was jeden Tag mindestens eine zusätzliche Stunde Fahrtzeit und vor allem noch mehr Arbeit bedeutet hätte. Doch es war mit einem erfreulichen Gehaltszuwachs verbunden, und ihm bot sich dadurch die Chance auf einen weiteren Aufstieg.

Johannes war hin- und hergerissen. Er machte sich bewusst, dass er das nicht ohne Inge entscheiden durfte, schließlich konnte er nicht einfach von ihr erwarten, dass sie ihm zu Hause in noch größerem Umfang den Rücken freihielt als bereits jetzt. Also bat er sich Bedenkzeit aus.

Auf der nächsten Ortsgruppenversammlung hielt Johannes einen Vortrag über Neuerungen im Arbeitsrecht, angestrebte Änderungen im Tarifvertrag und eine etwaige Umstrukturierung bei der Einziehung von Beiträgen. Wie üblich tagte die Ortsgruppe im Hinterzimmer einer Kneipe. Gestärkt mit Bier und Schnitzel redeten sich die Vertrauensmänner die Köpfe heiß, nachdem Johannes seinen Vortrag beendet hatte.

Ein rauer Ton bestimmte die Debatte, doch Johannes setzte sich betont sachlich mit allen Vorhaltungen auseinander. Als hauptamtlicher Gewerkschafter fühlte er sich den ehrenamtlichen gegenüber in der Pflicht, und so war es ja auch gedacht – schließlich wurde er dafür bezahlt, dass er mit aller Energie für die Rechte der Kumpel kämpfte und nicht tatenlos zusah, wie die Arbeitsplätze den Bach runtergingen. Dafür zahlte jeder einzelne Kumpel seinen Mitgliedsbeitrag, abgeknapst vom sauer verdienten Lohn.

Stan, ebenfalls seit vielen Jahren Mitglied der Ortsgruppe, war an diesem Abend nicht anwesend. Eins von den Kleinen war mal wieder krank, und Renate hatte darauf bestanden, dass er zu Hause blieb. Sein mäßigender und beruhigender Einfluss fehlte in der heutigen Besprechung, wie Johannes schon nach kurzer Zeit feststellen musste.

»Wir müssen denen mal richtig inne Fresse hauen!«, schrie einer der Versammlungsteilnehmer, ein Fahrhauer von Carl Funke. Er hieb die Faust auf den Tisch, und dann zeigte er auf Johannes. »Dat gilt auch für dich! Wenn ihr Beamte dauernd bloß auf euerm Hintern sitzt und Manifeste schreibt, tut sich nie wat! Dann sitzen wir am Ende alle auffe Straße!«

Beamte lautete unter den Arbeitern die Bezeichnung für die Angestellten, es verdeutlichte die Bruchlinie zwischen den Berufsgruppen, die sich schlimmstenfalls zu einem Graben auswachsen konnte.

»Genau!«, rief ein anderer Kumpel. »Wat tut ihr da oben denn eigentlich die ganze Zeit für uns? Wat is euer Plan?««

Da war sie, die gefürchtete Trennlinie, das *Ihr da oben, wir hier unten* – symbolhaft verstärkt durch das passende Bild der tief unter der Erde schuftenden Kumpel, im Gegensatz zu denjenigen mit den sauberen Hemden in den sonnigen Büros.

»Wir müssen nach Bonn«, sagte Johannes.

»Wie meinst du dat?«

»Dass wir hier vor Ort nicht genug bewegen mit unseren Protesten. Wir müssen uns direkt bei der Bundesregierung Gehör verschaffen. Und die sitzt nun mal in Bonn.«

»Und wat genau stellsse dich dabei vor? Wie wollen wir dat machen?«

Jetzt waren sie wieder auf derselben Seite, zogen am selben Strang.

»Ist bis jetzt nur so eine Idee«, sagte Johannes. »Das muss zuerst alles ganz genau durchdacht und vorbereitet werden.«

Die Männer beugten sich interessiert vor. Der Fahrhauer von Carl Funke rief nach der Bedienung und bestellte für alle eine neue Runde Pils, dann sagte er zu Johannes: »Na los, erzähl mal!«

*

Ein paar Tage später ergab es sich endlich, dass er mit Inge über das Stellenangebot sprechen konnte. Sie hängte gerade im Garten die trockene Wäsche ab, als er von der Arbeit kam. Rasch brachte er seine Aktentasche ins Haus, begrüßte Mine und ging gleich wieder nach draußen, um Inge mit der restlichen Wäsche zu helfen. Jakob tollte auf der Wiese herum und versuchte, einen Schmetterling zu fangen. Johannes schnappte sich den Kleinen, herzte ihn liebevoll und versprach, am Wochenende mit ihm gemeinsam ein Schmetterlingsnetz zu bauen.

»Damit fängst du sie viel schneller«, erklärte er seinem Sohn.

»Dann musst du ihm aber auch sagen, was du dann mit den gefangenen Schmetterlingen vorhast«, rief Inge, während sie ein Bettlaken zusammenlegte und in den Korb packte.

»Oh«, meinte Johannes leicht betreten.

»Was macht man denn mit den gefangenen Schmetterlingen?«, fragte Jakob arglos.

»Ach, nichts, man lässt sie sofort wieder frei«, zog sich Johannes aus der Affäre. Er nahm ein paar Hemden von der

Leine, faltete sie oberflächlich zusammen und legte sie zu den übrigen Sachen in den Korb. Aus den Augenwinkeln sah er zu Inge hinüber. Sie trug ein ärmelloses Sommerkleid, das sie schon im letzten Jahr häufig während der Arbeit im Haushalt und im Garten angehabt hatte. Es war mit pastellfarbenen Streublumen bedruckt und vorn durchgeknöpft, fast wie ein Kittel. Anders als ihre übrigen Kleider war es nicht auf Taille geschnitten, sondern saß relativ locker, doch das schien ihre weiblichen Formen unter dem Stoff eher hervorzuheben als zu verbergen. Je nachdem, wie sie sich bewegte, zeichneten sich immer andere Rundungen ab, mal der Busen, mal die Hüfte, mal ihr sanft geschwungener Hintern. Johannes schämte sich, weil er nicht aufhören konnte, ihren Körper zu betrachten, fast kam er sich vor wie ein Spanner. Rasch lenkte er seinen Blick wieder auf ihr Gesicht, doch das zog ihn erst recht in Bann. Das kurze Haar betonte nicht nur ihren zarten, perfekten Hals und die hübschen Ohrmuscheln, sondern vor allem die ausdrucksvollen hellen Augen, in denen man förmlich ertrinken konnte.

Ihm fielen ein paar Wäscheklammern aus der Hand, weil er beim Abhängen eines seiner Unterhemden nicht aufgepasst hatte.

In Inges Wangen war ein Hauch von Röte gestiegen, ihr war wohl nicht entgangen, dass er sie beobachtete. Sofort zwang er sich, seine Aufmerksamkeit auf die Handtücher zu richten, die noch auf der Leine hingen. Allerdings war der Wäschekorb voll, sie würden nicht mehr hineinpassen.

»Ich geh noch einen Korb holen«, sagte er hastig. Im Vorbeigehen fuhr er seinem Sohn durchs Haar. Jakob hatte seine Bemühungen um den Schmetterling eingestellt und stocherte fasziniert in einem Maulwurfshügel herum, sicher in der Hoffnung, dass sich der Bewohner aus seinem Bau traute. Wenn der Kleine gewusst hätte, dass Mine den unliebsamen

Nagern regelmäßig mit Gift auf den Pelz rückte, wäre er gewiss entsetzt gewesen.

Inge folgte ihm in die Waschküche. »Ich muss dir was erzählen.«

»Ich dir auch«, erwiderte er.

»Dann fang du an.«

»Nein, lieber du, denn ich weiß nicht, ob dir meine Neuigkeit gefällt.«

»Na gut«, sagte Inge, dann erklärte sie unvermittelt: »Oma Mine hat mir ein Sparbuch geschenkt, mit dreitausend Mark. Bei ihrem Tod sollen Bärbel und Jakob auch eins bekommen.«

»Ich weiß.«

Sie schien erstaunt. »Und du hast nichts dagegen?«

»Warum sollte ich?«

»Weil es von deinem Erbe abgeht. Von Rechts wegen müsstet ihr alles bekommen, du und Papa.«

»Aber so entspricht es Oma Mines letztem Willen, und der allein ist entscheidend.«

Inge wirkte erleichtert. »Das meinte sie auch. Ich wollte nur sichergehen, dass es für dich in Ordnung ist.«

»Dachtest du etwa, es würde mir nicht passen?«, fragte er irritiert.

»Keine Ahnung. Nein, eigentlich nicht«, fügte sie sofort hinzu.

»Na, das will ich aber auch hoffen.« Lächelnd fuhr er fort: »Was hättest du denn gemacht, wenn ich Einspruch erhoben hätte?«

Sie grinste vergnügt. »Das hätte dir nicht mehr viel genutzt, denn das Geld ist schon so gut wie weg.«

»Darf ich fragen wofür? Oder ist das noch geheim?«

»Nein, es hat sowieso schon dic Runde gemacht. Meine Chefin hört noch vor dem Jahresende auf. Ich will die Buchhandlung übernehmen.«

»Wirklich?« Johannes war perplex.

»Ja, stell dir vor! Ist das nicht großartig?« Inges Augen leuchteten. »Das Geld ist quasi ein Geschenk des Himmels, so spare ich mir den teuren Firmenkredit und kann die übrigen laufenden Kosten problemlos tragen. Ich hab alles genau ausrechnen lassen. Nun muss ich Agathes Angebot nur noch annehmen.« Sie strahlte ihn an. »Jetzt du. Was sind deine Neuigkeiten?«

»Ich habe auch ein Angebot bekommen. Für einen Posten als Bezirksstellenleiter.«

»Aber das ist ja großartig!« Inge schien sich aufrichtig für ihn zu freuen. Dann runzelte sie die Stirn. »Wieso denkst du, dass mir diese Neuigkeit nicht gefällt?«

»Die Stelle ist in Dortmund. Ich werde sie nicht annehmen.«

»Bist du dir da sicher?«, fragte sie zweifelnd.

»Ganz sicher.« Er antwortete ohne zu zögern.

Inge betrachtete ihn ungläubig. »Aber es wäre deine große Chance! Du könntest aufsteigen und Karriere machen! Eine *richtige* Karriere, vielleicht sogar bis zum Landesvorstand!«

»Kann sein«, räumte er ein. »Die Frage ist allerdings, ob ich das will. Und ich will es nicht. Jedenfalls jetzt noch nicht. In ein paar Jahren, wenn Jakob alt genug ist, kommen sie ganz bestimmt wieder auf mich zu. Dann sage ich vielleicht *Ja*.«

»Wenn es meine Pläne mit der Buchhandlung nicht gäbe – hättest du die Stelle dann angenommen?«

»Ich weiß es nicht«, sagte er ehrlich. »Es hätte für uns beide eine größere Belastung bedeutet, besonders aber für dich. Zu Hause hätte das meiste an dir gehangen. Oma Mine wird ja auch nicht jünger.«

»Letztlich verzichtest du also meinetwegen auf deine Karriere«, stellte sie fest.

»Nein«, widersprach er sofort. »Ich tue es für mich. Weil ich einen zu hohen Preis für diese Art von Erfolg zahlen müsste. Und weil ich viel von ausgleichender Gerechtigkeit halte. Erkennst du denn nicht, dass in Wahrheit du diejenige bist, die Verzicht geübt hat? Du hast die Schule verlassen, hast jahrelang pausiert, hast deinen Beruf um Jakobs willen nur halbtags ausgeübt. Inge, *du* hast zurückgesteckt, nicht ich. Es ist höchste Zeit, dass du aufholst, und du hast dafür in jeder nur erdenklichen Hinsicht meine Unterstützung. Übernimm diese Buchhandlung! Es wäre unverzeihlich, es nicht zu tun. Ach, und hab ich dir schon gesagt, dass ich dich liebe?«

Mit weit aufgerissenen Augen starrte sie ihn an und schüttelte stumm den Kopf.

»Ich liebe dich wie verrückt«, bekannte er. »So, jetzt hab ich's gesagt.«

»Es ist noch zu früh.« Sie brachte es mit krächzender Stimme hervor. »Hanna ist erst … Wir können nicht …«

»Ich weiß«, unterbrach er sie. »Deshalb sag ich's dir aus sicherem Abstand, mit diesem großen, vollen Wäschekorb zwischen uns. Du sollst es nur schon mal wissen. Weil ich Sorge habe, dass der sympathisch aussehende Bursche von neulich dich mir sonst wegschnappt.«

Inge lachte und weinte gleichzeitig. »Das wird nicht passieren.«

Er betrachtete sie, und sein Herz strömte über vor Liebe.

»Heiratest du mich?«, fragte er sie zärtlich.

Sie nickte unter Tränen.

Er ließ sie nicht aus den Augen. »Ich bin so froh.«

»Ich auch. Aber ich muss dich warnen. Ich habe nicht vor, dir eine treusorgende und sich unterordnende Ehefrau zu sein.«

»So eine will ich auch nicht. Ich will dich. Genauso wie du bist. Eigenständig und stark.« Er hielt inne. »Ich habe noch keinen Ring für dich«, sagte er dann.

»Das ist egal, ich brauche keinen.«

»Doch, du bekommst einen.«

»Aber nicht jetzt. Wir warten einfach noch ein bisschen. Es läuft uns nicht weg. Ich liebe dich übrigens auch.«

Von Glücksgefühlen überwältigt hielt Johannes die Luft an und wünschte sich, dass dieser Moment nie vergehen möge.

Sie sahen einander unverwandt an, und in ihrem Blick lag ein stilles Versprechen für die Zukunft.

TEIL 4

Kapitel 19

Wie immer im Sommer hatte Mine jeden Tag im Garten zu tun. Oft sah man sie gebückt in einem der Beete stehen, jäten und pflücken und hacken. Sie zupfte verdorrte Stängel weg, schnitt die Gewächse in Form oder erntete frisches Obst und Gemüse, bevor es faulig werden konnte. Gemeinsam mit Bärbel und Klaus machte sie einmal in der Woche alle Gartenerzeugnisse für den Verkauf auf dem Markt fertig, soweit sie sie nicht für die Familie verwertete. Die Erträge aus dem Garten der Rabes wurden regelmäßig dazugelegt, so kam wenigstens nichts um, und das Geld aus dem Verkauf teilten sie sich hinterher. Mine ließ es sich nicht nehmen, immer noch selbst mit auf den Markt zu gehen, sich neben die vollen Schubkarren und Kisten zu stellen und alles mit durchdringender Stimme anzupreisen. Bärbel fand ihr Marktfrauengeschrei lustig und hörte sich alles genau an, und Mine freute sich im Stillen, dass es dem Mädchen nicht peinlich war, eine Marktfrau als Oma zu haben.

Sie erinnerte sich an eine Begegnung in ihren jungen Jahren, da war sie noch keine zwanzig gewesen. Auch damals hatte sie schon selbst gezogenes Gemüse auf dem Markt feilgeboten. Einer ihrer früheren Lehrer von der Volksschule war an ihren Stand gekommen und hatte sie angesprochen.

»Bist du nicht die Wilhelmine aus Fischlaken?«

Sie hatte genickt und dabei an ihre Schulzeit zurückgedacht. Er war ein sehr guter Lehrer gewesen, alle Kinder hatten ihn geliebt. In ihrem Abschlussjahr hatte er zu ihr gesagt, dass er hoffe, ihre Eltern würden sie eine Ausbildung machen lassen, denn sie sei ein heller Kopf, viel klüger als die meisten anderen. Diese Worte hatte sie niemals vergessen, daher war es kein Wunder, dass sie ihren alten Lehrer am Marktstand sofort wiedererkannt hatte.

Doch sie hatte damals zu Hause mit anpacken müssen und keine Zeit gehabt, einen Beruf zu erlernen.

»Ich nehm mal zwei Pfund Kartoffeln«, hatte der Lehrer zu ihr gesagt.

Sie hatte ihm stumm welche abgewogen, mit der alten verschrammten Waage und den Gewichten, die so blankgewetzt waren, dass man die eingeprägten Ziffern nicht mehr erkennen konnte.

»Finden Sie et schlimm, dat ich bloß ne Marktfrau geworden bin?« Die Frage war ihr herausgerutscht, bevor sie darüber nachdenken konnte.

Er hatte sie mit seinem gütigen, herzerwärmenden Lächeln angesehen, mit dem er schon früher eine ganze Horde wilder kleiner Jungs und Mädchen in eifrige Schüler verwandelt hatte.

»Mine, ich bin sicher, dass du von allen Marktfrauen weit und breit die beste bist«, hatte er gesagt. »Und stell dir nur vor, es gäbe keine Marktfrauen – dann wären wir doch alle arm dran.«

Auch diese Worte hatte sie verinnerlicht, und sie rief sie sich in Erinnerung, jedes Mal, wenn ihr in den Sinn kam, was alles aus ihr hätte werden können. Wenn ihre Eltern nicht bitterarm und zu Hause nicht so viele Mäuler zu stopfen gewesen wären. Dann hätte sie vielleicht auch geschneidert wie Katharina oder Bücher verkauft wie Inge oder das Lyzeum besucht wie Bärbel.

Aber wie Jupp schon immer gesagt hatte – *hätte, hätte, Driet im Bette.* Die Zeiten waren nun mal andere gewesen. Sie hatte Jupp geheiratet und war Mutter geworden, hatte später seine Eltern pflegen müssen. Und kaum waren sie aus dem Gröbsten raus gewesen, war die einzige Tochter gestorben.

Mit Mathildes Tod war ein Teil von Mine zerbrochen, unwiederbringlich verloren, bis der Krieg dafür gesorgt hatte, dass sie Mathildes Kind unter ihre Fittiche nehmen konnte. Das Schicksal hatte sich am Ende als gnädig erwiesen, indem es ihr Johannes gebracht hatte. Und auch Karl war noch da, ein anderer Karl zwar als früher, aber wenn irgend möglich, liebte sie ihn noch mehr.

Sie hatte Jakob und die Mädchen bei sich, so viele wunderbare Menschen in ihrem kleinen Haus, und wenn jemand sie gefragt hätte, was sie sich vom Leben noch wünschte, so hätte sie geantwortet: nichts.

Während sie im Gemüsebeet herumwerkelte, kletterte Karl unter Johannes' Aufsicht in die Kirschbäume und pflückte die reifen Früchte von den Zweigen. Später würden sie sich auf dem Hof zusammen an den Tisch setzen und alles entsteinen, und dann würde sie den großen Kessel erhitzen und das Obst gläserweise einkochen.

Sie hörte das Glucksen und Scharren der Hühner und erinnerte sich, dass sie noch eine der älteren Hennen zum Schlachten aussuchen musste. Am Sonntag wollte sie mal wieder Hühnersuppe kochen.

Mit dem kleinen Messer, das sie immer zum Jäten benutzte, stach sie den vereinzelt wuchernden Löwenzahn aus. *Kettenplösch*, so hatte ihre Großmutter den immer genannt, das sagten manche im Bergischen Land dazu. Kein anderes Unkraut verbreitete sich mit solcher Hartnäckigkeit, höchstens vielleicht Giersch, doch der ließ sich leichter ausmerzen. Der Löwenzahn kam immer wieder, ganz egal, wie oft man ihn ausrupfte.

Mit einem Mal fühlte sich ihr rechtes Bein seltsam steif an. Sie richtete sich auf und verlagerte ein wenig ihr Gewicht, doch es wurde nicht besser. Es waren nicht die üblichen Arthrosebeschwerden, die kannte sie, das waren lästige Schmerzen, vor allem nach einem langen Arbeitstag, oder auch frühmorgens nach dem Aufstehen. Ihr Bein tat jedoch nicht weh, sie verspürte eher eine seltsame Taubheit, als wäre es eingeschlafen.

Dann fiel ihr das Messer aus der rechten Hand. Es war ihren Fingern entglitten, einfach so, sie hatte es losgelassen, ohne es zu merken. Und dann war auf einmal ihre ganze rechte Seite von einer Art Lähmung befallen. Sie konnte sich nicht mehr aufrecht halten und fiel um, mitten ins Kohlrabi-Beet. Hilflos lag sie auf dem Rücken und starrte in den Himmel. Sie versuchte, nach Johannes zu rufen, aber aus ihrem Mund drang nur ein schwaches Ächzen.

Es kam ihr vor, als hätte sie ewig dort gelegen, ohne die Möglichkeit, sich bemerkbar zu machen oder sich hochzurappeln. Sie wusste nicht, ob Stunden oder Minuten vergangen waren, bis man sie schließlich fand.

»Mein Gott!«, hörte sie Johannes erschrocken ausrufen. »Oma Mine!« Dann kam er in ihr Blickfeld, in seiner verdreckten, verschwitzten Gartenkluft. Er hob sie auf seine Arme und trug sie ins Haus. Über sich sah sie nur den auf und ab schwankenden Himmel und sein ernstes, schönes Gesicht.

Er sah wirklich aus wie Jupp in seinen jungen Jahren, und es erfüllte sie mit stiller Genugtuung, dass er kaum seinem Vater ähnelte, der die Verwandtschaft aus dem Kohlenpott immer links liegen gelassen hatte, weil sie ihm zu armselig gewesen war. Wer wollte schon eine Marktfrau als Schwiegermutter. Doch jetzt war der feine Herr tot, wen störte es da noch, was er über sie gedacht hatte. Zwei Meter unter der Erde waren sowieso alle gleich.

Das war ihr letzter Gedanke, ehe alles um sie herum dunkel wurde.

*

Bärbel lauschte auf das Läuten der alten Uhr in Karls Zimmer.

Schon halb zwei, höchste Zeit fürs Mittagessen. Oma Mine hatte bis eben geschlafen, jetzt hatte sie sicher Hunger.

Mine saß aufrecht in ihrem Bett, ein paar Kissen im Rücken, und schaute durchs Fenster in den Garten. Johannes und Karl hatten ihr Bett so umgestellt, dass sie freie Sicht nach draußen hatte.

»Möchtest du jetzt essen, Oma?«, fragte Bärbel sie.

Mine gab einen Laut von sich, den man für ein *Ja* halten konnte, und Bärbel machte sich daran, ihr etwas von dem Eintopf aufzuwärmen, den Inge tags zuvor gekocht hatte. Sie hatte eine riesige Menge davon gemacht, so wie immer. Meist reichte es für mehrere Tage. Es schmeckte nicht wie Oma Mines Essen, egal wie viel Mühe Inge sich gab, aber schlecht war es auch nicht.

Inge hatte aus der Buchhandlung extra ein Kochbuch mitgebracht. Sie bereitete alles streng nach Rezept zu, immer auf Vorrat. Es musste jedes Mal für drei Tage reichen.

Ihr Argument dafür war einleuchtend: einmal kochen, dreimal essen. Weitere wichtige Kriterien bestanden darin, dass es gesund sein musste, satt machte und – portionsweise umgefüllt in Schüsselchen und kleine Deckeltöpfe – gut in den Kühlschrank passte, damit es sich bis zum übernächsten Tag hielt.

Folglich gab es meist entweder Linsen- oder Erbsen- oder Gemüseeintopf, mal mit, mal ohne Mettwurst oder Räucherspeck, je nachdem, ob Inge es schaffte, zwischendurch einzukaufen. Gelegentlich brachte Johannes für sonntags gutes Fleisch mit, doch das hätte er sich auch sparen können, denn Inge konnte es nicht richtig zubereiten. Einmal hatte es ledriges, schuhsohlenartiges Kotelett gegeben, ein anderes Mal eine zähe Roulade, von der nur die Füllung halbwegs genießbar gewesen war. Mine war beim Kauen doch tatsächlich das

Gebiss herausgefallen. Johannes hatte es vom Boden aufgehoben und aufmunternd gemeint, dass es beim nächsten Mal bestimmt besser schmecken würde, worauf Inge frustriert aufgestanden und wortlos aus der Küche marschiert war.

Bärbel wärmte für Mine einen Teller von dem Möhreneintopf von gestern auf, immer auf kleiner Flamme, damit nichts anbrannte. Sie fragte sich, wieso sie und Inge eigentlich nicht richtig kochen konnten. Aus irgendwelchen Gründen hatte sie immer angenommen, es könne nicht so schwer sein. Bei Oma Mine ging es meist wie von allein, Bärbel hatte sie noch nie auch nur einen einzigen Blick in ein Kochbuch werfen sehen. Mine stand einfach nur am Herd, gab Speck oder Schmalz in die Pfannen und Töpfe, warf in einer nicht näher bestimmten Reihenfolge klein geschnibbelte Zutaten dazu, und schon begann es im ganzen Haus köstlich zu duften. Manchmal schnitt sie auch erst während des Schmorens weitere Zutaten klein, oder sie verquirlte noch rasch ein paar Eier, etwa, um sie kurz vor dem Servieren über die fertigen Bratkartoffeln zu gießen.

Bärbel entsann sich, dass ihre Mutter nur selten gekocht hatte, und wenn, dann meist nur einfache, leicht zuzubereitende Gerichte – Milchreis mit Kompott, Stampfkartoffeln mit Milch und Butter, Apfelpfannkuchen, Nudeln mit einer Soße aus Schinken und Sahne. Wichtig war dabei immer gewesen, dass es nicht zu streng roch, denn von der winzigen Küche durften keine Essensdünste in ihr Schlaf- und Nähzimmer hinüberziehen – der Raum, der jetzt Bärbels Reich war. Katharina hatte es gehasst, wenn die Stoffe für ihre Auftragsarbeiten nach geschmorten Zwiebeln, Reibekuchen oder Bratfisch stanken. Deshalb hatte es die herzhaften, würzigen Gerichte, die Bärbel so liebte, immer nur unten bei Oma Mine gegeben.

Der Gemüseeintopf, den Inge am Vortag gekocht hatte,

hätte jedenfalls viel besser geschmeckt, wenn man eine ordentliche Ladung Röstzwiebeln darübergehäuft hätte, so wie Mine es immer machte. Bärbel zog kurz in Betracht, welche zuzubereiten, nahm dann aber davon Abstand, denn sie hatte es noch nie versucht und daher keine Ahnung, wie viel Zeit dafür zu veranschlagen war. Allein für das Schälen und Kleinschneiden der Zwiebeln hätte sie vermutlich ewig gebraucht.

Bärbel gab das Gemüse auf einen Teller, probierte kurz, ob es nicht zu heiß war, und trug es ins Schlafzimmer. Mithilfe eines ausklappbaren Tabletts baute sie eine Art Tisch vor Mines Brust auf. Sie band ihrer Großmutter ein Lätzchen in Form eines Küchenhandtuchs um und vergewisserte sich, dass das Gebiss an Ort und Stelle war.

»Kann's losgehen, Oma?«

Mine nickte, und Bärbel fing an, sie mit einem Löffel zu füttern, genau so, wie sie es früher bei ihrem kleinen Bruder getan hatte. Nach jedem Bissen wartete sie geduldig, bis Mine gekaut und geschluckt hatte, was bei dem kleingestampften Gemüse zum Glück nicht weiter schwierig war. In der ersten Zeit hatte Mine sich noch häufig verschluckt, weil manche ihrer Reflexe sich erst wieder richtig einspielen mussten. Bärbel hatte ihr auf den Rücken geklopft, ihr Wasser eingeflößt und dann weitergemacht. Ganz so, wie Mine es wollte.

Die alte Frau hatte einen eisernen Willen, sie war fest entschlossen, sich wieder zu erholen, und dabei hatte sie schon erstaunliche Fortschritte gemacht, jedenfalls war das die Ansicht von Mines Hausarzt, der regelmäßig vorbeischaute. Bei einem seiner Besuche hatten sie nebenher erfahren, dass Mine bereits vor Monaten auch einen Herzinfarkt erlitten hatte. So gesehen hatte sie gleich in doppelter Hinsicht unfassbares Glück gehabt.

Tatsächlich hatte vor drei Wochen keiner von ihnen geglaubt, dass sie den Schlaganfall überleben würde. Sie war minutenlang ohne Besinnung gewesen, und als sie endlich wieder zu sich gekommen war, hatte sie außer ihrem Sohn niemanden wiedererkannt.

»Mir ging's mit meinem Loch im Kopf genauso, und das sogar jahrelang«, hatte Karl nur tröstend zu Inge und Bärbel gesagt, als sie beide heulend neben Mines Bett gestanden hatten. »Und guckt mal, was ich heute wieder alles kann!«

Zum Glück ging es bei Mine wesentlich schneller, sie erinnerte sich rasch, wer sie alle waren. Und sie übte verbissen jeden Tag, um ihre rechte Körperhälfte wieder unter Kontrolle zu bekommen. Der Arzt hatte ihnen gezeigt, welche Übungen sie mit ihr machen sollten, und Mine bestand darauf, alles mindestens dreimal so oft durchzuexerzieren, wie vom Arzt empfohlen. Mit der linken Hand hätte sie auch bereits selbstständig essen können, doch ihre Finger waren zittrig und schwach und schmerzten von der Arthrose, und sie wollte außerdem keine Sauerei im Bett veranstalten.

Dennoch ließ sie in ihren Bemühungen nicht nach. Jeden Tag mussten Karl oder Johannes sie mindestens einmal aus dem Bett heben und auf die Füße stellen, und sie gab erst Ruhe, wenn sie für ein paar Sekunden ohne fremde Hilfe gestanden hatte.

Das Sprechen funktionierte leider noch nicht annähernd so gut, wie sie es wollte, sie brachte nur unverständliche Laute hervor. Anfangs hatte ihr Mundwinkel schief herabgehangen, es hatte zum Fürchten ausgesehen, doch das hatte sich inzwischen zurückgebildet. Geistig war sie wieder völlig klar, aber die Sprache schien ihr komplett abhandengekommen zu sein. Manchmal hörte Bärbel sie von nebenan das Alphabet aufsagen oder von eins bis zehn zählen, doch man brauchte schon viel Fantasie, um das Gestammel zu verstehen.

Johannes hatte ihr einen Block mit einem daran befestigten Bleistift griffbereit neben das Bett gelegt, damit sie ihre

Wünsche aufschreiben konnte. Es kam selten vor, dass Mine davon Gebrauch machte. Sie wollte lieber sprechen, egal wie schwer es ihr fiel, und sie konnte sehr ärgerlich werden, wenn man sie nicht gleich verstand.

Mine hatte das ganze Gemüse aufgegessen.

»Noch mehr, Oma?«

Mine schüttelte den Kopf.

»Musst du mal auf den Topf?«

Ein weiteres Kopfschütteln und ein Grunzlaut, den Bärbel als *später* identifizierte.

»Was zu trinken?«

Ein Nicken. Bärbel holte ein Glas Wasser aus der Küche und führte es ihrer Großmutter vorsichtig an die Lippen, doch Mine überraschte sie damit, dass sie ihr das Glas mit der Linken abnahm und es selbst festhielt. Mit äußerster Entschlossenheit umklammerte sie es und trank einige Schlucke, ehe sie sich entkräftet wieder gegen die Kissen lehnte.

»Das klappt ja schon wunderbar!« Erfreut strich Bärbel ihrer Großmutter über das wirre weiße Haar. Dabei fiel ihr auf, dass es eigentlich mal wieder gewaschen werden müsste. Einer von ihnen – meist Karl – wusch Mine regelmäßig mit dem Waschlappen und zog ihr frische Wäsche an, doch das Haar kämmten sie ihr immer bloß.

»Oma, würdest du vielleicht gern mal wieder baden?«, fragte Bärbel. »Papa könnte dir hier die Wanne aufstellen und dich reinheben. Das würde dir sicher guttun! Ich wasch dir dann auch die Haare. Was meinst du?«

Mine zögerte, dann nickte sie. Sie lallte ein unverständliches Wort. Bärbel überlegte kurz, was es bedeuten sollte, dann riet sie: »Samstag?«

Mine nickte, und Bärbel grinste. Samstag war seit Menschengedenken Mines Badetag, ein anderer Wochentag kam für sie nicht infrage.

»Weißt du, Oma, eigentlich hätte ich nichts dagegen, mich weiter um dich zu kümmern. Also nicht bloß wie jetzt in den Sommerferien, sondern auch danach. Ich meine, Inge hat ja damals auch mit der Schule aufgehört …«

Mine legte Bärbel einen Finger auf die Lippen. Zusätzlich schüttelte sie heftig den Kopf.

»Schon gut, es war ja nur so eine Idee.«

Insgeheim hatte Bärbel jedoch schon häufiger darüber nachgedacht. Wenn erst die Schule wieder anfing, würden sie sich wegen der Pflege was überlegen müssen. Übernächste Woche war es schon so weit, und bis dahin würde Mine ganz sicher nicht auf die Beine kommen.

Mine ergriff unbeholfen den Block und schrieb mit der Linken vier krakelige Buchstaben. *Karl.*

»Was ist mit Papa? Du meinst, *er* soll dich pflegen, damit ich weiter zur Schule gehen kann? Aber dann müsste er auf der Zeche aufhören!«

Mine nickte.

»Ob ihm das passt? Hm, wahrscheinlich schon, wenn du es ihm erklärst. Aber wie gesagt, sobald du mich brauchst – ich bin bereit.«

Mine schrieb ein weiteres Wort, das sie mit drei Ausrufezeichen versah. *Schule!!!*

»Ja, schon gut.«

Es sei denn, sie werfen mich raus. Bärbel wünschte sich inständig, dass darüber endlich Klarheit herrschte. Doch sie hatten immer noch keine Nachricht vom Lyzeum. Nach der von Johannes verfassten Eingabe hatte sich die Sache aus irgendwelchen internen Gründen weiter hingezogen. In der letzten Woche vor den Sommerferien hatte Johannes erneut die Initiative ergriffen und unter Karls Namen in der Schule angerufen. Im Sekretariat hatte man ihm recht kurz angebunden mitgeteilt, dass die Entscheidung unmittelbar nach den Sommerferien bekannt gegeben werde, und so lange könne man dazu keinerlei Auskunft erteilen.

Mit anderen Worten, es konnte gut sein, dass alles vergeblich gewesen war und schon am ersten Schultag nach den Ferien der Schulverweis im Briefkasten lag.

Inge hatte von irgendeinem Bekannten erzählt, der wiederum jemanden im Schulamt kannte, aber darauf setzte Bärbel keine große Hoffnung. Selbst wenn man sie wider Erwarten nicht von der Schule warf, würde sie wegen der beiden miesen Noten vom Blenschart im nächsten Frühjahr auf jeden Fall hängen bleiben. Und den ollen Nazi dann höchstwahrscheinlich im neuen Schuljahr gleich wieder am Hals haben. Wie man es auch drehte und wendete – es war ein Trauerspiel.

Sie wollte einfach nicht mehr dran denken.

Hastig wechselte sie das Thema. »Soll ich dir was vorsingen, Oma?«

Mine grunzte ein *Ja*.

»Was Bestimmtes? Oder ist es dir egal?«

Mine brachte weitere Geräusche hervor, doch diesmal konnte Bärbel nicht erraten, was sie meinte.

Ungeduldig griff Mine nach dem Schreibblock und notierte ein Wort.

»Röslein«, las Bärbel. »Sah ein Knab ein Röslein stehn?«

Mine nickte.

»Ach Oma, schon wieder? Das ist so traurig. Willst du nicht lieber was Fröhliches hören?«

Mine zeigte auf den Schreibblock, und Bärbel seufzte. Dann schloss sie die Augen und begann zu singen.

*

Die Augustsonne brannte heiß auf die Liegewiese herab. Im gesamten Freibad herrschte lärmendes Gewimmel. Wer nicht im Wasser war, hatte es sich auf Handtüchern, Decken und Klappliegestühlen bequem gemacht. Der Sprungturm war umlagert von waghalsigen Jungs, die ihre Künste vorführen wollten, und vor dem abgeteilten Nichtschwimmerbecken drängten sich auf der Treppe, die zur Rutsche hinaufführte, Scharen von Kindern.

Bärbel, Klaus und die anderen aus der Clique hatten sich auch diesmal wieder im Strandbad Baldeney getroffen, das war größer als das am gegenüberliegenden Ufer befindliche Strandbad Scheppen, und es war deutlich mehr los. So viel weiter war der Weg dorthin nicht. Von Fischlaken aus konnte man mit dem Fährdienst der Weißen Flotte rüberfahren, oder man radelte in Werden über die Brücke und ein Stück weit den See entlang.

Das ausgelassene Kreischen der Kinder war weithin zu hören, untermalt vom beständigen Stimmengewirr der Menschen am Ufer des Sees. Vom Sprungturm tönte unaufhörlich das abgehackte Knattern der Sprungbretter herüber, wenn die ganz Mutigen mehrmals auf und ab hüpften, um genug Schwung für einen Kopfsprung oder gar Salto zu nehmen, gefolgt vom lauten Platschen bei der Landung.

Rund um Bärbels Clique wurden die Geräusche der Umgebung zwischendurch immer wieder von der Musik aus Mannis Kofferradio übertönt, jedenfalls wenn ein Lied gespielt wurde, das ihm hörenswert erschien. Dann drehte er den Lautstärkeregler voll auf, bis die anderen Leute sich beschwerten und damit drohten, den Bademeister zu rufen.

Sie tranken Bier und Cola, mitgebracht von den Jungs, die genug Taschengeld hatten oder schon selbst Geld verdienten, so wie Klaus und Manni. Zum Ausgleich hatten Bärbel und Hella an der Bude für alle Brause und Lakritz geholt. So konnten sie demonstrieren, dass sie sich nicht von den Jungs freihalten lassen wollten, bloß weil sie Mädchen waren.

Sie waren zu acht – vier Mädchen und vier Jungs, was allerdings reiner Zufall war. Mal kamen mehr, mal weniger aus der Clique mit, die zudem kein fester Freundeskreis war, sondern eher ein loser Verbund von Teenagern, die in der gleichen Gegend wohnten und ähnliche Interessen hatten. Richtig befreundet war Bärbel nur mit Klaus und Hella, die anderen kannte sie zum Teil gar nicht näher. Abgesehen von Manni, auf den sie aber auch gut hätte verzichten können, denn wie immer gebärdete er sich wie der King persönlich. Seit seine Mutter tot war, schien er noch großkotziger geworden zu sein.

Von den Jungs, mit denen er sich sonst immer zum Skat oder Motorradfahren traf, war nur einer mit ins Strandbad gekommen, ein eher stiller Oberschüler, der in Heisingen wohnte und Jochen hieß. Mehr wusste auch Klaus nicht über ihn, obwohl Jochen manchmal zu den Rabes nach Hause kam und dort mit Manni Tischtennis spielte.

Die Platte, die sie dafür benutzten, war Marke Eigenbau, Johannes hatte sie vor ein paar Wochen gemeinsam mit Klaus und Wolfi zusammengezimmert.

Sie hatten die Platte grün gestrichen, mit weißen Linien versehen und ein Netz darübergespannt, so wie bei einer richtigen Turnierplatte. Sogar mit Scharnieren war sie versehen, sodass man sie zusammenklappen und bei schlechtem Wetter ins Haus holen konnte. Johannes hatte Schläger und Bälle besorgt, und seitdem wurde regelmäßig bei den Rabes im Hof Tischtennis gespielt.

Manni schraubte eine Flasche mit Sonnenöl auf und rieb sich den Oberkörper ein. Er war gut gebaut, mit breiten Schultern, schmalen Hüften und langen Beinen, ganz ähnlich wie Klaus, der im Vergleich zu seinem Bruder allerdings etwas stämmiger war, weil er regelmäßig Fußball spielte und die ganze Gartenarbeit am Hals hatte.

Manni merkte, dass Bärbel ihn beobachtet hatte, und grinste ihr anzüglich zu. Hastig drehte sie den Kopf zur anderen Seite. Sie lag auf dem Bauch, direkt neben Hella, sie teilten sich eine Decke. Daneben hatte Klaus sein Handtuch ausgebreitet und las in einem Buch. Erstaunt sah Bärbel, dass es sich um eine Formelsammlung mit Beispielrechnungen und Zeichnungen handelte.

Etwas Warmes tropfte auf ihren Rücken, und als Nächstes glitt eine Hand von ihren Schulterblättern hinunter bis zu ihrem Po.

Bärbel wandte ruckartig den Kopf. Manni hatte sie mit Sonnenöl beträufelt und verrieb es auf ihrem Rücken, er versuchte sogar, ihre Bikinihose ein Stück runterzuschieben.

»Mensch, was soll denn das?« Hastig wich sie ihm aus und setzte sich auf.

»Ich dachte, ich bring dich ein bisschen in Stimmung«, sagte er dreist grinsend. »Vielleicht hast du dann ja Lust, was für uns zu singen. Wie wär's mit *Am Tag, als der Regen kam*? Wenn du's deiner Oma vorsingen kannst, wieso nicht auch uns? Na komm, Zuckerpuppe, stell dich nicht an. Oder brauchst du ein Mikrofon?« Er hielt sich die Flasche mit dem Sonnenöl wie ein Mikrofon vor den Mund und intonierte mit übertriebenem Schmachtgehabe den Hit von Dalida.

»Am Tag, als der Regen kam, lang ersehnt, heiß erfleht …«

Klaus war wütend aufgesprungen und schlug Manni die Flasche aus der Hand. Der nächste Hieb traf seinen Bruder an der Brust. Manni taumelte zurück, dann fing er sich und ging auf Klaus los. Die beiden schlugen erbittert aufeinander ein. Manni schrie triumphierend auf, als er einen Treffer in Klaus' Gesicht landete, doch Klaus kämpfte mit hassverzerrter Miene weiter, obwohl ihm das Blut aus der Nase strömte. Er verpasste seinem Bruder einen Schwinger in den Magen, worauf Manni sich zusammenkrümmte und japsend nach Luft schnappte. Nur einen Sekundenbruchteil später kassierte er einen weiteren Boxhieb, diesmal in die Rippen. Ächzend torkelte er zurück und hielt sich die Seite.

Mittlerweile war für jeden leicht zu erkennen, wer die Oberhand behalten würde.

»Klaus, hör auf!«, schrie Bärbel. Aus den Augenwinkeln sah sie, dass Jochen ebenfalls aufgestanden war. In seinem Gesicht zeigte sich eine Mischung aus Wut und Entsetzen. Mit geballten Fäusten beobachtete er die Schlägerei und tat einen raschen Schritt vorwärts, es schien, als wollte er sich ebenfalls in den Kampf stürzen.

Doch bereits im nächsten Moment fand die Auseinandersetzung ein abruptes Ende. Der Bademeister erschien auf der Bildfläche und trennte die Kampfhähne mit martialischem Gebrüll. Aber dabei ließ er es nicht bewenden: Die ganze Clique musste sofort die Sachen packen und das Strandbad verlassen.

Klaus stieg in seine Nietenhose und zog die Sandalen an, dann schnappte er sich sein restliches Zeug und marschierte mit Riesenschritten zum Ausgang. Die anderen folgten, allerdings widerwillig und maulend. Sie debattierten über die Ursache des Platzverweises und wollten nicht einsehen, dass sie für diesen Streit unter Brüdern büßen sollten, wobei sie sich nicht einig waren, wer die Hauptschuld trug – Klaus oder doch eher Manni, weil der seine Finger nicht von hübschen Mädels lassen konnte und damit letztlich den Ärger verursacht hatte. Die Mehrzahl neigte indessen dazu, Klaus für den Rauswurf verantwortlich zu machen, schließlich hatte er als Erster zugeschlagen.

Manni hielt sich bei dieser Diskussion bedeckt. Obwohl er deutlich mehr Schläge eingesteckt hatte und somit unterm

Strich den Kürzeren gezogen hatte, wirkte er auf eigenartige Weise zufrieden, fast wie ein Sieger. Sein Blick ging zu Jochen, der mit niedergeschlagener Miene den Kopf schüttelte, als könnte er der ganzen Sache wenig abgewinnen.

Manni schien sich nicht daran zu stören. Er kämmte sich das Haar zu einer frischen Tolle und kontrollierte mithilfe des Handspiegels den Sitz seiner Frisur. Bärbel erinnerte sich mit einem leisen Schaudern daran, zu welchem anderen Anlass der Spiegel bereits zum Einsatz gekommen war.

Die Mitglieder der Clique entschieden, auf die gegenüberliegende Seite des Sees zu wechseln, ins Strandbad Scheppen. Das schöne Wetter musste unbedingt noch ausgenutzt werden.

Hella wandte sich fragend an Bärbel. »Wollen wir auch mit?«

Bärbel schüttelte den Kopf und sandte einen grollenden Blick zu Manni hinüber. Der hatte wieder sein Radio angestellt und war anscheinend trotz des Platzverweises bester Laune. Der Bademeister, der sich wieder auf seinen Posten begeben hatte, warf ihm bereits warnende Blicke zu, doch Manni ignorierte ihn. Betont lässig schlenderte er über die Liegewiese Richtung Ausgang.

Bärbel zog sich eilig fertig an, dann stopfte sie rasch ihr Zeug in die Badetasche und rannte Klaus hinterher. Dabei schlug sie um Manni einen weiten Bogen.

Unterdessen schloss Hella zu ihr auf. »He, warte auf mich! Renn doch nicht so!«

Bärbel ging schnurstracks weiter. Sie blickte nicht zurück.

»Was machen wir jetzt?«, fragte Hella, während sie mit umgehängter Tasche neben Bärbel herlief und ihre Bluse zuknöpfte. »Fahren wir in die Stadt? Ich hab noch fünf Mark, Feriengeld von meinem Opa, die können wir auf den Kopf hauen. Wie wär's mit Eis essen?«

»Lieber nicht.« Bärbel war die Lust auf weitere Unternehmungen mit der Clique vergangen. Gemeinsam mit Hella ging sie zum Anleger der Weißen Flotte, wo Klaus stand und auf das nächste Schiff wartete. Er hatte sich das Hemd übergestreift und notdürftig das Gesicht abgewischt, doch er sah immer noch wüst aus. Sein Haar war rettungslos zerzaust, die Nase mit Blutresten verschmiert.

Seine Miene war in heillosem Zorn erstarrt, sein ganzer Körper angespannt. Bärbel hoffte inständig, dass Manni so schlau war, für die nächsten paar Stunden auf Abstand zu bleiben. Zum Glück war er mit dem Moped da und musste nicht die Fähre nehmen. Auch die anderen würden über die Brücke zurückfahren – Jochen bei Manni auf dem Sozius, die übrigen mit ihren Fahrrädern.

Bärbel und Hella besaßen keine Räder. Klaus nannte zwar einen uralten Drahtesel sein Eigen, hatte sich aber den beiden Mädchen angeschlossen und war mit ihnen zu Fuß zum See runtergegangen, zumal er das Rad den größten Teil des Heimwegs sowieso nur hätte schieben müssen. Vom See aus ging es bis zur Siedlung überwiegend steil bergauf.

Zu dritt warteten sie auf die Ankunft des Schiffs. Hella bestritt fast die gesamte Unterhaltung allein. Unentwegt plapperte sie über irgendwelche Belanglosigkeiten – die Hitliste in der neuen BRAVO, die Frisur von Brigitte Bardot, den fabelhaft aussehenden Paul Newman.

»Ich finde, er hat wirklich viel Ähnlichkeit mit deinem Cousin Johannes«, meinte Hella. »Dieses blonde Haar und die unglaublich blauen Augen … Wenn dein Cousin nicht schon so alt wäre, könnte er glatt mein Typ sein, jetzt, wo seine Verlobte gestorben ist. Stimmt es eigentlich, dass sie sieben Jahre älter war als er? Unfassbar, oder?«

Endlich kam das Schiff, eine willkommene Unterbrechung des unaufhörlichen Geschnatters, das jedoch sogleich wieder einsetzte, kaum dass sie es sich auf einer der Bänke an Bord bequem gemacht hatten. Bärbel stand kurz davor, Hella zu befehlen, die Klappe zu halten. Aber dann begriff sie, dass die Freundin nur deswegen ohne Punkt und Komma drauflos schwätzte, weil sie die angespannte Atmosphäre nicht ertrug. Klaus sah immer noch aus, als wollte er jemanden ermorden. Wäre Manni jetzt hier gewesen, hätte Klaus ihn garantiert längst über die Reling geworfen.

»Was machen wir denn jetzt?«, wollte Hella wissen, als sie endlich das Hardenbergufer erreicht hatten. Unschlüssig und ein wenig sehnsüchtig blickte sie in Richtung des Strandbads Scheppen. »Wollt ihr nicht doch noch ein bisschen mit schwimmen gehen? Das Wetter ist gerade so einmalig! Wer weiß, ob wir uns in diesen Sommerferien alle noch mal im Freibad treffen können!«

»Geh du nur«, meinte Bärbel. Ein Blick in Klaus' finsteres Gesicht zeigte ihr, dass man ihn besser von Manni fernhielt. Auf keinen Fall wollte sie sich ohne ihn mit den anderen treffen, schon gar nicht im Beisein von Manni. Auch wenn sie sonst immer eine Menge Spaß in der Clique hatten – es war ihm mal wieder gelungen, ihnen die Freude daran gründlich zu verderben.

Hella lächelte ihnen bemüht fröhlich zu. »Na gut, Leute, ich geh dann mal. Macht's gut, bis die Tage!« Mit Schwung warf sie sich ihre Tasche über die Schulter und spazierte davon.

Bärbel blickte Klaus vorsichtig von der Seite an. »Gehen wir nach Hause? Inge ist bestimmt froh, wenn ich sie bei Oma Mine ablöse oder mich um die Wäsche kümmere.«

»Hast du nicht gesagt, dass heute dein erster wirklich freier Ferientag in diesem Sommer ist?«, fragte er brüsk zurück.

Sie zuckte mit den Schultern. »Wir könnten auch was im Garten machen. Birnen pflücken zum Beispiel, es sind schon ganz viele reif. Und hinterher vielleicht ein bisschen Tischtennis spielen.«

Klaus gab keine Antwort. Er nahm ihr die Tasche ab, die sie sich, wie schon auf dem Hinweg, gern von ihm tragen ließ. Es war sehr heiß, und er hatte nur ein Handtuch und ein Buch in seinem Rucksack, während ihre Badetasche schon wegen der mitgebrachten Decke deutlich schwerer war.

»Oder wir gehen noch kurz zum Bach und kühlen uns die Füße ab«, fuhr Bärbel mit ihren Überlegungen fort. »Nach Hause können wir dann hinterher ja immer noch.«

»Meinetwegen.«

Mit einem Mal sah er nicht mehr ganz so verbiestert aus, und darüber war sie froh. Wenn sie irgendwie dazu beitragen konnte, dass sein maßloser Zorn verrauchte, war schon viel gewonnen.

Bärbel ahnte, dass dieser Zorn nicht allein auf Mannis Konto ging. In Klaus hatte sich seit dem Tod seiner Mutter einfach zu viel angestaut. Von allen Rabe-Brüdern hatte er wohl am meisten an Elfriede gehangen, und umgekehrt war er ihr Lieblingskind gewesen. Bärbel hatte immer schon den Eindruck gehabt, dass Elfriede ihren mittleren Sohn den beiden anderen vorzog.

Jetzt waren ihm nur noch sein versoffener Vater und die beiden Brüder geblieben, wobei ihn mit Manni und Wolfi kaum mehr verband als das Haus, in dem sie wohnten, und der Pütt, wo sie ihr Geld verdienten. Doch auch diese Gemeinsamkeiten schienen bereits in Auflösung begriffen. Klaus wollte weg von Pörtingsiepen, er suchte woanders nach einer Stelle und hatte schon mit Johannes darüber geredet, wo man am besten was fand. Auch Manni war auf dem Sprung, jedenfalls hatte er das neulich mal wieder anklingen lassen.

»In dieser Drecksbude werde ich ganz sicher nicht alt!«, hatte er im Brustton der Überzeugung erklärt.

Bärbel wusste nicht, ob er damit die Zeche oder sein Zuhause meinte – möglicherweise beides. Das Haus der Rabes, schon zu Elfriedes Lebzeiten wenig anheimelnd, wirkte von außen und innen zunehmend schäbig, ja sogar verwahrlost, und das galt auch für den Garten. Klaus schaffte neben seinem anstrengenden Schichtdienst kaum das Nötigste, und wenn Bärbel ihm nicht ab und zu bei der Obst- und Gemüseernte geholfen hätte, wäre längst alles verrottet.

Auch sonst mehrten sich die Zeichen des Verfalls. Die Wege waren von Unkraut überwuchert, die Wiese hätte schon vor Wochen gemäht werden müssen, und am Zaun faulten die Latten.

Wolfi kümmerte sich immerhin um die Hühner und die Wäsche, und Manni erledigte die Einkäufe und versuchte sogar hin und wieder, was Essbares auf den Tisch zu bringen, doch all das geschah eher aus Not als aus Überzeugung. Man bemerkte es, sobald man das Haus betrat oder einen kurzen Blick über den Gartenzaun warf.

Fritz, dem eigentlich nach dem Tod seiner Frau die Verantwortung für die Familie zufiel, trug am wenigsten dazu bei, den jämmerlichen Zustand zu verbessern. Außerhalb des Hauses trat er kaum noch in Erscheinung, es sei denn, um im Konsum oder am Kiosk seine Alkoholvorräte aufzufüllen.

Sie wanderten ein Stück die Straße entlang, ehe sie sich seitwärts in die Büsche schlugen. Im Wald war es längst nicht so heiß wie am See, die Luft fühlte sich angenehm frisch an. Das Rauschen und Murmeln des Bachs hatte eine beruhigende Wirkung auf Klaus, Bärbel spürte es, auch ohne ihn anzusehen. Als er sich das nächste Mal zu ihr umwandte, war sein Gesichtsausdruck entspannt, fast sorglos.

Er stellte seinen Rucksack und Bärbels Tasche am Ufer ab, zog sich bis auf die Badehose aus und watete vorsichtig in den Bach. Er beugte sich hinab, schöpfte mit beiden Händen Wasser und wusch sich das Gesicht.

»Ah, das tut gut«, seufzte er.

Spontan zog Bärbel sich ebenfalls aus und folgte Klaus in den Bach, langsam und mit kleinen Schritten, um nicht auf den Steinen auszurutschen. Klaus grinste übermütig und bespritzte sie mit Wasser. Es war eiskalt, viel kälter als der erste morgendliche Strahl aus der Dusche, und sie stieß einen kurzen spitzen Schrei aus.

Klaus lachte, und sie warf den Kopf in den Nacken und lachte aus voller Kehle mit.

Dann blickten sie einander an. Bärbel holte tief Luft, mit einem Mal klopfte ihr Herz spürbar schneller. Er stand bis zu den Knien im Bach, nur zwei Schritte entfernt. Die Tropfen perlten über seinen nackten Oberkörper und durchfeuchteten die Badehose. Da, wo seine Haut nass geworden war, schimmerte sie wie Bronze. Den ganzen bisherigen Sommer über hatte er bei der Arbeit im Garten das Hemd weggelassen, jedenfalls an den heißeren Tagen, was ihm eine gesunde Bräune eingebracht hatte. Das Haar hing ihm in die Stirn und beschattete den oberen Teil seines Gesichts, aber als er es mit einer bedächtigen Handbewegung zur Seite strich, sah sie das Funkeln in seinen Augen, und als ihr Blick erneut über seinen Körper wanderte, bemerkte sie, dass sein Verlangen erwacht war. Er unternahm keinen Versuch, seine Erektion zu verbergen, sondern stand einfach nur da, die Arme locker herabhängend und dieses Strahlen in den Augen.

Vielleicht war es der Wald, der diese Wirkung auf sie beide ausübte. Oder der Bach, der seit ihrer Kindheit immer schon eine beinahe magische Anziehungskraft besessen hatte.

Ihre eigene Begierde ließ ihr den Atem stocken, erneut musste sie tief Luft holen, doch ihr Herz hämmerte immer lauter. Seit jenem einen Mal im Frühjahr hatten sie einander nicht mehr geküsst, sie hatten hinterher so getan, als sei es mehr oder weniger ein Versehen gewesen, oder nur eine Art erster Versuch, den man nicht unbedingt wiederholen sollte.

Ihre Freundschaft war ihnen zu wichtig gewesen, sie hatten wohl beide befürchtet, dass sie das, was sie schon so lange miteinander teilten, durch diese neue Intimität ruinieren könnten. Also hatten sie jenes eine Mal mehr oder weniger vergessen. Nein, korrigierte Bärbel sich sofort in Gedanken, nicht vergessen, wie denn auch. Aber es zumindest verdrängt und aus ihren Gedanken verbannt. Dafür gesorgt, dass es unter all ihren gemeinsamen Erinnerungen in einer Schublade verschwand, die man so bald nicht wieder öffnen musste.

Bis heute.

Er streckte die Hand nach ihr aus und machte einen Schritt auf sie zu. Sie zögerte keine Sekunde, tat ebenfalls einen Schritt nach vorn. Im nächsten Augenblick lag sie in seinen Armen, und trotz des eiskalten Wassers fühlte sie nur noch die Hitze seines Körpers und die ungezügelte Macht ihrer Erregung. Sie küssten einander, bis ihnen die Luft wegblieb und sie das Gleichgewicht verloren. Er fing sie auf und hob sie hoch, trug sie ans Ufer und bettete sie auf das Moos unter den Bäumen. Dort beugte er sich über sie, küsste sie abermals und streifte ihr das Bikinioberteil ab. Seine Hand glitt über ihre Schulter, schloss sich um eine ihrer Brüste, was ihr einen keuchenden Atemzug entlockte.

Sein Blick fing den ihren ein, dunkel und fragend.

Anstelle einer Antwort zog sie ihn zu sich herab und wünschte sich dabei, dass es niemals endete.

Kapitel 20

»Ich gehe aber gerne arbeiten«, sagte Karl zu Inge. »Es macht mir Spaß. Und ich bekomme Geld dafür. Das können wir sehr gut brauchen. Mutter sagt das oft.«

»Ich weiß, Papa. Aber darum geht es momentan nicht.« Inge unterdrückte ein Seufzen. Es war nicht leicht, es ihm beizubringen. Er sah nur den Nutzen, den seine Arbeit für sie alle hatte.

Sie saßen zu dritt in ihrem Zimmer in der oberen Etage, Johannes, Karl und sie. Johannes und sie hatten entschieden, hier mit Karl zu sprechen, denn unten hätte Mine alles mitanhören können. Inge hatte extra das Radio angemacht, damit kein Wort nach unten drang.

»Schau, Oma Mine braucht unbedingt Pflege. Wir können sie nicht mehr allein lassen, auch nicht stundenweise.«

»Aber Bärbel kümmert sich doch immer um sie, wenn wir alle auf der Arbeit sind!«

»Bärbel muss nächste Woche wieder in die Schule.«

»Ach so«, sagte Karl. Es klang betroffen. »Passt dann keiner mehr auf Mutter auf?«

»Nein. Johannes und ich müssen zur Arbeit, Bärbel und Jakob in die Schule. Bleibst also nur du.«

»Aber ich muss auch zur Arbeit«, beharrte er.

Inge seufzte erneut. Sie hatte es sich nicht so schwierig vorgestellt. Irgendwie drehten sie sich im Kreis.

Johannes ging es von einer anderen Seite aus an. »Oma Mine will aber, dass *du* dich um sie kümmerst.«

Karl staunte. »Ich alleine?«

»Nein, natürlich nicht. Nur immer dann, wenn keiner von uns anderen da ist.«

Karl dachte nach. »Abends und nachts seid ihr alle da. Dann könnte ich ja Nachtschichten machen.«

»Nein, Karl«, sagte Johannes geduldig. »Denn dann würdest du schlafen, wenn wir aus dem Haus sind. Deshalb wäre es am besten, wenn du einfach ganz zu Hause bleibst. Denn auch wenn Jakob aus der Schule heimkommt, ist es wichtig, dass jemand hier ist.«

»Ach so«, wiederholte Karl. Es klang hilflos.

Inge wurde von Mitleid übermannt. Sie nahm seine Hände. »Es wäre nicht für ewig, nur für eine Weile.«

Karl fragte nicht, wie lange das genau war, er hatte keine rechte Vorstellung von zeitlichen Abläufen.

»Ich kümmere mich um Mutter und um Jakob«, sagte er zögernd. »Immer, wenn keiner von euch da ist.«

»Genau«, stimmte Inge erleichtert zu. Endlich hatte er es begriffen.

»Aber was ist mit meiner Arbeit auf Hermann?«

Inge verdrehte frustriert die Augen, aber Johannes behielt die Ruhe. »Karl, die kündigen wir einfach.«

»Kriege ich die Stelle denn dann wieder?«

»Natürlich. Ich sorge dafür.«

Das schien Karl zu beruhigen. »Erledigst du das mit der Kündigung? Mit einem Brief?«

»Sicher. Ich regle das, du musst nur unterschreiben.«

»Ich habe auch einen Brief«, teilte Karl Inge zusammenhanglos mit.

»Was für einen Brief, Papa?«

»Ich weiß nicht. Warte, ich hole ihn.« Er stand auf und ging nach unten.

Inge wechselte befremdete Blicke mit Johannes. Wenig später war Karl zurück und reichte ihr einen ungeöffneten

Brief. Er war an ihn gerichtet. Absender war die Volksschule.

Inge riss den Umschlag auf und holte das Anschreiben heraus. Ihre Finger zitterten zu stark, sie konnte es nicht halten und hielt es Johannes hin. Er nahm es und las schweigend. Sein Gesicht verzog sich ungläubig.

Der Briefumschlag entglitt Inges Händen, Karl hob ihn auf und legte ihn vor sie auf den Tisch. Fassungslos starrte sie auf das Kuvert. Die Briefmarke war mit einem Stempel vom letzten Monat versehen – das Schreiben war bereits vor Beginn der Sommerferien aufgegeben worden! Karl trug es seit Wochen mit sich herum, ohne es ihnen zu zeigen!

Fast wäre Inge in hysterisches Kichern ausgebrochen, als sie sich die absurde Parallele zu der von Bärbel verheimlichten Schulmitteilung vor Augen führte.

»Was steht drin?«, platzte sie heraus.

»Dass Jakob nach einem Beschluss der Lehrerkonferenz auf eine Sonderschule wechseln soll«, teilte Johannes ihr mit. Seine Stimme klang gleichmäßig, aber sein aufgewühlter Gesichtsausdruck machte deutlich, dass er um Beherrschung rang. »Wieso konnte dein Lehrerfreund das nicht verhindern? Oder uns wenigstens Bescheid sagen?«

Inge hatte sich aufrecht hingesetzt. Ihre Nackenmuskeln schmerzten vor Anspannung. Matthias Jung hatte sich vor den Sommerferien an eine andere Essener Schule versetzen lassen. An der Konferenz konnte er gar nicht mehr teilgenommen haben, denn sonst hätte er sie sofort angerufen. Sie erklärte es Johannes in knappen Worten und wandte sich dann an Karl.

»Warum hast du uns den Brief nicht gleich gezeigt, Papa?«

»Ich hab's wohl vergessen«, meinte Karl arglos. »Der Postbote gab ihn mir auf meinem Weg zur Arbeit.« Stolz fügte er hinzu: »Ich hab ihn sofort in meine Aktentasche getan. In das

Zeitschriftenfach. In dem anderen Fach habe ich immer den Henkelmann.«

Als ob sie das nicht selbst wüsste! Seit Mines Schlaganfall hatte sie ihm eigenhändig jeden Tag einen Henkelmann fertig gemacht und in der Tasche verstaut. Nach Schichtende hatte sie das leere Behältnis herausgenommen, gespült und am nächsten Tag neu befüllt. Immer wieder, wochenlang. Nur in das schmale vordere Fach hatte sie nie geschaut. Dort steckte sowieso immer nur dieselbe Zeitschrift, eine Illustrierte vom letzten Jahr. Er blätterte gern darin herum, betrachtete die Bilder und las manche der Artikel immer wieder. Es störte ihn nicht im Geringsten, dass er sie fast auswendig kannte, im Gegenteil, es verschaffte ihm ein sicheres und tröstliches Gefühl, die Sätze und Wörter, die er vor sich hatte, entziffern und teilweise sogar verstehen zu können.

Dass er den Brief nicht aufgemacht hatte, verwunderte Inge ebenfalls nicht weiter – Karl war daran gewöhnt, dass andere seine Post öffneten und lasen.

»Was machen wir denn jetzt?«, fragte sie Johannes verzweifelt.

»Keine Ahnung. Ich überlege mir was.«

»Hab ich was falsch gemacht?«, fragte Karl besorgt. Die angespannte Stimmung war ihm offenbar nicht entgangen.

»Nein, es ist alles in Ordnung«, beruhigte Inge ihn.

»Ich kümmere mich um Mutter und Jakob, wenn keiner von euch da ist«, wiederholte er, wie um sich zu vergewissern, dass er es nicht wieder vergessen hatte.

»Ganz genau, Papa. Kannst du jetzt wieder zu Oma Mine runtergehen und nachsehen, ob sie irgendwas braucht?«

Er nickte bereitwillig, klemmte seine Aktentasche unter den Arm und ging nach unten.

Johannes war aufgestanden und marschierte unruhig in

dem engen Zimmer hin und her. »Ich rufe den Anwalt an«, sagte er. »Es *muss* eine Lösung geben.«

Inge erhob sich ebenfalls. »Und ich telefoniere mit Matthias. Vielleicht kann er seinen Onkel beim Schulamt einschalten.«

Johannes nahm es stirnrunzelnd zur Kenntnis, doch dann nickte er langsam. Vermutlich war ihm in dieser Situation jeder Strohhalm recht, auch wenn er in Bezug auf Matthias Jung regelmäßig mit einem Anflug von Eifersucht zu kämpfen hatte. Er gab sich Mühe, es sich nicht anmerken zu lassen, aber Inge kannte ihn zu lange, als dass es ihr hätte entgehen können.

»Es tut mir so leid«, sagte sie beklommen. »Das ist alles nur meine Schuld. Ich hätte den Brief finden müssen. Ich hätte nur ab und zu mal ordentlich seine Tasche ausräumen sollen.«

»Hör auf, dir Vorwürfe zu machen«, widersprach er sofort. »Kein Mensch konnte mit so was rechnen!«

Zweifellos hatte er recht, doch an ihrem Schuldgefühl änderte das nichts. Wenn sie doch nur ein einziges Mal richtig in Karls Tasche geschaut hätte!

Johannes ahnte offenbar, was in ihr vorging.

»Angenommen, du hättest den Brief am selben Tag gefunden, als Karl ihn bekam – was hätte das geändert?«

»Ich weiß es nicht«, räumte sie ein. »Immerhin hätten wir es dann früher gewusst und vielleicht schon irgendwas dagegen unternehmen können.«

»Mag sein. Aber Tatsache ist auch, dass wir dann seit Wochen noch viel schlechter schlafen würden als sowieso schon.«

Sie wusste, dass er damit nicht nur auf Mines Schlaganfall anspielte, sondern auch auf den Termin vor dem Vormundschaftsgericht Ende des Monats. Zwischendurch hatten sie immer wieder versucht, mit Karl ein paar Fragen durchzugehen, doch das Problem war, dass er alles, was sie sich an einem

Tag gemeinsam hatten erarbeiten können, bis zum nächsten Mal wieder vergaß. Manche Dinge konnte er sich einfach nicht lange genug merken, vor allem, wenn er sie lästig und unangenehm fand.

»Noch haben wir ein bisschen Zeit«, sagte Johannes. »Und den Beschluss der Schule können wir mit einem Widerspruch angreifen.«

Inge war auf unbestimmte Weise erleichtert, zumindest ein wenig. »An dir ist wirklich ein Jurist verloren gegangen«, stellte sie fest.

Johannes hob die Schultern und sah ein bisschen verlegen aus. »Ich wollte sogar mal Jura studieren, hab ich dir das schon erzählt? Früher, vor dem Krieg. Na ja, da wurde nichts draus, ich musste mich bekanntlich an der großen Universität des Lebens einschreiben. Mit allen möglichen Fächern und Prüfungen.« Er grinste verhalten.

»Vielleicht kannst du ja irgendwann doch noch studieren«, meinte sie impulsiv.

»Nein, dieser Zug ist längst abgefahren. Weißt du denn nicht, wie alt ich bin?«

»Bist du etwa des Herumstreichens müde?«, fragte sie, unter spontaner Bezugnahme auf ebenjene Stelle aus *Vom Winde verweht*, über die sie noch vor nicht allzu langer Zeit genauer nachgedacht hatte.

Johannes lachte. »Ich bin nicht Rhett, und ich bin noch lange nicht fünfundvierzig, aber auch ich weiß zu schätzen, was in meiner Jugend noch wenig Bedeutung für mich hatte – Familienzusammenhalt, Ehre und Sicherheit.«

Inge war hingerissen. »Oh!«, hauchte sie. Er wusste tatsächlich noch genau, was Rhett in jener Romanszene zu Scarlett gesagt hatte! »Du erinnerst dich an den Dialog!«

Er nickte und zwinkerte ihr zu. »Und dabei habe ich das Buch wahrscheinlich nur halb so oft gelesen wie du.« Im nächsten Moment wurde seine Miene ernst. »Verflucht, es ist so schwer auszuhalten!«

»Mir geht's genauso«, bekannte sie. In einer Mischung aus Resignation und Sorge betrachtete sie den Brief, den Johannes zu dem Kuvert auf den Tisch gelegt hatte.

»Das meinte ich jetzt gerade nicht«, versetzte er. Dann trat er umstandslos auf sie zu und schloss sie in die Arme. »Ich weiß, dass wir noch warten wollten«, murmelte er. »Aber ich fürchte, ich kann's nicht. Lieber ertrage ich alles Gerede und den bösartigsten Klatsch, als mich noch länger von dir fernzuhalten!«

Sie machte gar nicht erst den Versuch, ihm zu widersprechen, geschweige denn, ihn zurückzuweisen. Die Sehnsucht nach seiner Nähe war schon seit einer Weile kaum noch zu ertragen, und sie war glücklich, dass es ihm ebenso erging. Sie beugte den Kopf zurück und versank in seinen Augen, und als er sie küsste, war ihr der Rest der Welt egal.

*

In der ersten Augustwoche ging Karl ein weiteres Schreiben zu – der ursprüngliche Gerichtstermin für die Anhörung wurde um einen Monat verschoben, auf den 28. September. Johannes kannte solche Terminverschiebungen bereits von den Arbeitsgerichten, meist lag es an der Erkrankung oder Überlastung eines Richters. Er empfand diese Verzögerung als unverhoffte Atempause, denn im Moment belastete ihn der drohende Wechsel seines Sohnes auf die Sonderschule schon mehr als genug. Was das anging, wollte er alle nur erdenklichen Rechtsmittel ausschöpfen und nichts dem Zufall überlassen – er hatte von Karl eine anwaltliche Vollmacht eingeholt und in seinem Namen den Rechtsanwalt beauftragt, sich der Sache mit dem gebührenden juristischen Nachdruck anzunehmen. Ihm war völlig gleichgültig, was es kostete. Er würde niemandem erlauben, Jakob seiner Bildungschancen zu berauben.

In diesen Tagen dachte er oft darüber nach, was Inge über das Studieren gesagt hatte – nicht, dass er ernsthaft daran glaubte, diesen Weg noch jemals beschreiten zu können. Aber er hatte den Glanz in ihren Augen gesehen, als sie davon gesprochen hatte, und da hatte er gewusst, dass sie insgeheim selbst davon träumte. Doch für sie war der Besuch einer Universität noch unrealistischer als für ihn, sie hatte ja kein Abitur machen können. Das war das Opfer, das sie für ihn gebracht hatte. Für ihn und seinen Sohn.

Bevor die Schule wieder anfing, nahm er Jakob an seinem freien Samstag mit hinüber zu den Rabes, für eine Runde Tischtennis mit Klaus und Wolfgang. Jakob war mit Begeisterung bei der Sache, zumal die Erwachsenen ihn zwischendurch auch mal gewinnen ließen. Manni war mit dem Moped unterwegs, und Fritz saß mit einer Flasche Bier im Liegestuhl unten auf Wiese. Er hatte es sich unter einem Birnbaum bequem gemacht und ließ sich auch von den zahlreichen Wespen nicht stören, die sich rund um den Baum tummelten und zwischendurch auch versuchten, sich über sein Bier herzumachen. Er wischte sie einfach mit müden Bewegungen beiseite, bevor er die Flasche an den Mund setzte und einen Schluck trank. Auch für den Rest des Tages hatte er schon vorgesorgt – zwischen seinen Füßen stand eine Bierkiste, die noch halb voll war.

Eigentlich hatte sich Johannes vorgenommen, heute mit ihm über eine neue Stelle zu sprechen. In einem Betrieb in Heidhausen wurde ein Pförtner gesucht, das war vielleicht was für Fritz. Von Klaus hatte Johannes erfahren, dass sein Vater kurz vor Elfriedes Tod auf einem guten Weg gewesen sei – an jenem Tag war er das erste Mal seit Langem sogar nüchtern gewesen. Doch schon kurz nach ihrer Beerdigung hatte er sich wieder um den Verstand gesoffen, und seither ließ er sich jeden Tag aufs Neue volllaufen. Allerdings hatte Klaus gemeint, dass es manchmal auch Tage gebe, an denen Fritz sich mit Bier begnügte, obwohl der Schnapsvorrat im Haus noch nicht aufgebraucht war. Vielleicht bestand ja doch noch Hoffnung.

Nach ein paar Tischtennisspielen nahm Johannes gemeinsam mit Klaus und Wolfgang eine Arbeit in Angriff, die schon länger geplant war – die Renovierung des Hauses.

Zusammen mit den beiden Brüdern bereitete Johannes die Wände im Erdgeschoss vor – die alte Tapete musste abgerissen, Löcher zugespachtelt und die Flächen grundiert werden. Jakob half tatkräftig mit. Von nebenan hatte Johannes Spachtel und selbst hergestellte Nagelbürsten mitgebracht, unverzichtbare Utensilien, um festsitzende Tapetenreste von der Wand zu kratzen. An manchen Stellen ging es naturgemäß schwerer als an anderen, und am meisten Spaß machte es dort, wo sich die alten Bahnen fast wie von selbst abziehen ließen. Jakob jubelte jedes Mal, wenn er ein loses Ende erwischte und die Tapete in langen Streifen von der Wand reißen konnte. Auch Wolfgang hatte seinen Spaß, er wirkte so aufgeräumt wie seit Langem nicht. Sogar Fritz ließ sich zwischendurch blicken und steuerte fachmännische, nicht ganz ernst gemeinte Kommentare bei. Allzu betrunken wirkte er noch nicht, aber das würde sich im Laufe des Tages sicher noch ändern. Trotzdem trug seine Anwesenheit zu der lockeren, freundlichen Atmosphäre bei, die an diesem Samstag im Haus der Rabes vorherrschte.

Schade, dass Manni nicht da ist, dachte Johannes. Bestimmt hätte es ihm gutgetan, seine Brüder und seinen Vater so zu erleben, ausnahmsweise nicht feindselig und ungenießbar, sondern einander zugewandt und in bester Wochenendstimmung.

Am frühen Nachmittag gab es eine Pause. Zwischen Leiter, Tapeziertisch und Bergen aus alter Tapete aßen sie Kartoffelsalat und Knackwürstchen, die Inge und Bärbel zubereitet und rübergebracht hatten. Die beiden bewunderten die Fortschritte und bewegten sogar Fritz dazu, das Bier wegzustellen, um mit den anderen zu essen.

Johannes warf immer wieder verstohlene Blicke in Inges Richtung, er konnte es kaum erwarten, sie das nächste Mal allein zu sprechen. Der Ring, den er am Vortag nach der Arbeit besorgt hatte, brannte ihm schon beinahe ein Loch in die Tasche. Diesmal, so hatte er sich geschworen, würde er auf einer schnellen Hochzeit bestehen. Vorausgesetzt, sie zog mit. Wenn es nach ihm ging, hätten sie sofort Nägel mit Köpfen machen können, am besten noch diesen Monat.

Er war so tief in Gedanken versunken, dass ihm fast entgangen wäre, wie Bärbel und Klaus einander anschauten – ganz ähnlich wie er selbst und Inge. Keine Frage, die beiden Teenager verband mehr als nur die alte Kinderfreundschaft. Bestimmt würde es nicht mehr lange dauern, bis sie offiziell miteinander gingen. Ob Bärbel auf diesen Teil des Erwachsenenlebens ausreichend vorbereitet war? War sie über bestimmte Dinge aufgeklärt? Und falls ja, von wem? Von Inge? Der Schule? Oder gar durch die *BRAVO*, diese freizügige Jugendzeitschrift, die alle jungen Leute zu lesen schienen?

Mit einem Mal verspürte Johannes eine wachsende Besorgnis. Wenn er hier seine eigene Unwissenheit mit siebzehn zugrunde legte, war Aufmerksamkeit geboten. Ob er sich mal mit Klaus unterhalten sollte, so von Mann zu Mann? Oder war dem Jungen bereits genügend Verantwortung und Weitsicht zuzutrauen? Ausreichend Grips brachte er auf jeden Fall mit.

Bei diesem Gedanken machte sich Johannes unwillkürlich bewusst, dass Klaus der einzige Rabe-Bruder war, der die Verniedlichung seines Vornamens vollständig abgelegt hatte. Früher hatte alle Welt ihn nur Klausi genannt. Doch irgendwann im Laufe der Jahre war ihm das *i* abhandengekommen, während an Manfred und Wolfgang die Koseform hängen geblieben war. Kaum jemand redete sie mit ihren richtigen Vornamen an, sie waren für alle nur Manni und Wolfi.

Ob Klaus auf andere Weise erwachsen geworden war als die zwei? Lag es daran, dass er insgesamt strebsamer und gescheiter war als seine Brüder, oder war es einfach nur Zufall?

Es klingelte an der Haustür, und Jakob lief voller Eifer hin, um zu öffnen.

Eine fremde Männerstimme war zu hören, und sofort ging Klaus in den Flur, um nachzusehen, wer gekommen war.

»Sind Sie Manfred Rabe?«, hörte Johannes den Besucher fragen. Mit einem unguten Gefühl folgte er Klaus in den Flur und sah zwei Polizisten in der offenen Haustür stehen.

»Nein, ich bin Klaus Rabe. Manfred ist mein Bruder. Er ist nicht da.«

»Wo ist er denn?«, wollte einer der beiden Beamten wissen. Seine Stimme klang streng, fast gebieterisch.

Klaus zuckte mit den Schultern. »Keine Ahnung. Unterwegs. Warum? Was ist denn los?«

Johannes trat vor und nahm Jakob an die Hand. Der Kleine drückte sich verschüchtert an seine Hüfte.

»Meine Herren, ist etwas passiert? Darf ich fragen, in welcher Angelegenheit Sie hier sind?«

»Sind Sie der Vater?« Der Beamte wartete die Antwort gar nicht erst ab, sondern zückte ein amtliches Formular. »Wir haben eine Vorladung zur Vernehmung.« Er präsentierte Johannes das Papier und steckte es dann wieder ein. Johannes hatte nur einen flüchtigen Blick darauf werfen können, doch der hatte schon gereicht. Kälte breitete sich in seinem Inneren aus. Mein Gott, der arme Junge, durchfuhr es ihn.

»Was ist denn mit Manni?«, wollte Klaus wissen.

»Dein Bruder ist ein Hundertfünfundsiebziger«, sagte der andere Polizeibeamte.

Die kalte Herablassung in seiner Stimme erinnerte Johannes an die Männer vom NKWD. Die Verhörspezialisten, für die Gnade und Menschlichkeit Fremdwörter waren und deren einziges Ziel darin bestand, die armseligen, halb verhungerten Kreaturen in den Gefangenenlagern permanent in Angst und Schrecken zu halten.

»Er wurde erwischt«, erklärte der andere Polizist. Mit unverkennbarem Abscheu schüttelte er den Kopf. »Mittendrin, in flagranti.« Zu Johannes sagte er: »Er soll sich melden, aber sofort. Wenn wir ihn erst holen müssen, sieht's bei der Verhandlung noch schlechter für ihn aus, so viel ist sicher. Guten Tag.« Er tippte an seine Schirmmütze, ehe er gemeinsam mit seinem Kollegen das Feld räumte.

Klaus knallte die Haustür hinter ihnen zu und starrte auf den Boden. Er war kreidebleich geworden. Bärbel eilte an seine Seite und legte ihm die Hand auf die Schulter. Beide sagten kein Wort.

»Was ist ein Hundertfünfundsiebziger?«, wollte Jakob wissen.

»Das bedeutet, dass jemand schwul ist«, erklärte Wolfgang ihm leise und mit schockiertem Gesichtsausdruck.

»Was ist schwul?«, fragte Jakob.

Fritz kam aus dem Wohnzimmer und blickte triefäugig in die Runde. »Wat is denn mit dem Manni?«

»Der ist ein Homo, Papa«, informierte Wolfgang ihn.

»Was ist ein Homo?«, wollte Jakob wissen.

Inge ging neben ihm in die Hocke und umarmte ihn. »Mach dir darüber keine Gedanken, mein Kleiner!«

Beklommen blickte sie zu Johannes auf. Er zog sie zu sich hoch und schlang fest den Arm um sie, von dem plötzlichen

Wunsch erfüllt, seine Liebe nicht länger zu verheimlichen, vor niemandem.

Er registrierte Bärbels kurzen Blick, der weit weniger erstaunt wirkte, als er erwartet hatte. Klaus hatte gar nichts mitbekommen, er starrte immer noch ins Leere. Er schien nicht begreifen zu können, was da eben passiert war.

Johannes war voller Mitleid, er hätte Klaus gern getröstet, aber was hätte er sagen sollen? Dass es in Wahrheit gar nicht so schlimm war? Wie konnte er das behaupten, wenn doch das Gesetz es unter Strafe stellte? Ein Gesetz, das in seinen Augen ebenso falsch wie überflüssig war.

Während der Kriegsgefangenschaft hatte er so viele Fälle angeblich widernatürlicher Unzucht erlebt, dass es schon fast zum Alltag gehört hatte. Selbstverständlich wurde es geleugnet und totgeschwiegen, denn es war ja verboten. Von Rechts wegen hätten diese Männer ins Gefängnis gehört – aber da saßen sie ja schon. Alle miteinander, zusammengepfercht auf engstem Raum und unter grausamsten Bedingungen, dicht an dicht, Haut an Haut, und doch jeder für sich allein. Wie geschundene Tiere, auf der Suche nach jedem noch so winzigen Zeichen von Zuneigung und Wärme. Nach einer Umarmung, ein wenig Trost.

Ob es bei denen, die damals in den Lagern zueinandergefunden hatten, nun Liebe oder einfach nur das zutiefst menschliche Bedürfnis nach Nähe oder Sex gewesen war – Johannes hatte sich nie daran gestört. In jenen Jahren hatte er gelernt, dass es unter allen Männern immer eine gewisse Anzahl gab, die schwul war. Und er hielt es weder für widerwärtig noch abnormal. Sondern einfach nur für einen Teil der Natur.

Mit der Zeit hatte er einen Blick dafür bekommen, welche Männer dem eigenen Geschlecht den Vorzug gaben. Auch bei Manfred hatte er es schon vor Jahren vermutet, und Gewissheit hatte er erlangt, als er den Jungen das erste Mal im Beisein von seinem Freund Jochen gesehen hatte. Natürlich hatte er zu keiner Menschenseele ein Wort gesagt.

Was würde nun aus dem armen Burschen werden? Johannes wusste, dass die sogenannte Unzucht mit Männern rigoros verfolgt wurde, Homosexuelle wurden reihenweise ins Gefängnis gesteckt. Aber Manni war erst achtzehn. Sicherlich würde man in dem Prozess, der ihn jetzt unweigerlich erwartete, noch einmal Gnade vor Recht ergehen lassen. Bei jüngeren Tätern konnte das Gericht von Strafe absehen.

Doch die schmachvolle Bloßstellung würde ihn für den Rest seines Lebens verfolgen. Dem Gefängnis würde er vielleicht entgehen, nicht aber der Demütigung und der Schande.

Bedrückt blickte Johannes in die Runde. Zum Tapezieren hatte offenbar niemand mehr Lust, aber die Arbeit musste getan werden. Außer ihm selbst wusste keiner genau, wie es ging, denn bis heute hatten hier noch die uralten Tapeten von Elfriedes Eltern gehangen. Neu zu tapezieren war zwar keine Kunst, aber wenn man es noch nie gemacht hatte, konnte so gut wie alles dabei schiefgehen.

»Wollen wir weitermachen?«, fragte er aufmunternd, doch ringsherum sah er nur betretene Gesichter. Fritz verzog sich wieder in den Garten, und auch Klaus machte Anstalten, das Haus zu verlassen.

»Wo willst du hin?«, fragte Bärbel.

»Manni suchen«, antwortete er knapp.

»Ich komme mit.«

Und schon waren die beiden zur Tür hinaus.

Wolfgang blickte voller Unbehagen zwischen Inge und Johannes hin und her.

»Was ist? Willst du auch mit suchen gehen, oder hilfst du lieber beim Tapezieren?«, fragte Johannes. »Wenn du mitmachst, geht es schneller. Und hinterher beherrschst du es aus dem Effeff. Wer einmal richtig mit Hand angelegt hat, der kann es für immer.«

Wolfgang nickte stumm. Anscheinend war er froh, nicht allein zu sein.

»Ich helfe auch mit«, erklärte Jakob.

»Prima«, sagte Johannes. Er fuhr seinem Sohn durchs Haar. »Du kannst die Grundierung auftragen. Aber vorher basteln wir uns einen Hut.«

»Was für einen Hut?«

»Aus Papier natürlich, wie es sich für richtige Maler und Tapezierer gehört!« Er wandte sich an Inge. »Haben wir noch alte Zeitungen?«

»Jede Menge. Ich geh sie rasch holen.«

»Na, dann wollen wir mal«, sagte Johannes zu Jakob und Wolfgang. »Ich zeige euch jetzt mal, wie man den Kleister anrührt.«

Kapitel 21

»Aber wo willst du ihn denn überhaupt suchen?« Bärbel lief neben Klaus her, der mit Riesenschritten durch die Siedlung marschierte.

»Keine Ahnung. Ich wollte einfach nur raus.« Er ging stur geradeaus und blickte weder nach links noch rechts. Der Schock über das Vorgefallene war ihm immer noch anzusehen.

Sie konnte es selbst kaum fassen. Manni und schwul? Unmöglich!

Sie verlieh ihren Zweifeln Ausdruck. »Ich verstehe das nicht! Es muss ein Irrtum sein! Er ist doch immer so … Ich meine …« Hilflos brach sie ab. Der Manni, der ihr Küsse aufzwang und ihren Hintern befummelte, der sie Zuckerpuppe nannte und vor aller Welt Ansprüche auf sie erhob – der konnte sich doch auf keinen Fall zu Männern hingezogen fühlen!

Aber dann dämmerte ihr die Wahrheit.

»Er hat uns das immer nur vorgespielt, oder? Mich begrapscht und so getan, als wäre er der größte Frauenheld – bloß, damit es keinem auffällt!«

Klaus gab keine Antwort, doch sie wusste, dass er es ebenfalls begriffen hatte.

»Was wird denn jetzt?«, fragte sie. »Ob er ins Gefängnis muss?« In einer ersten Aufwallung dachte sie, dass das vielleicht gar nicht so übel wäre, so, wie er sich die ganze Zeit benommen hatte. Schon allein dafür hatte er Strafe verdient! Es hatte Tage gegeben, da hätte sie ihm den Hals umdrehen können.

Doch dann erkannte sie, dass sie auf diese Weise nur einen unzureichenden Teil des Ganzen betrachtete und dabei vielleicht das Entscheidende übersah.

»Wie verzweifelt er sein muss!«, entfuhr es ihr, als sie plötzlich verstand, dass er sich nur aus einem einzigen Grund so gebärdet hatte: Die Angst vor einer Entdeckung musste ihn schier wahnsinnig gemacht haben. Bei jedem ihrer Cliquentreffen hätte es jemandem auffallen können, vor allem, wenn Mädchen dabei waren, die auf Jungs wirkten wie Honig auf die Bienen, so wie sie und Hella. Bestimmt hatte er geglaubt, dass sie es ihm als Erste anmerken würden, wenn er nichts dagegen unternahm. Also hatte er dafür gesorgt, dass sie gar nicht erst auf die Idee kamen, er könne womöglich nicht wie die anderen Jungs sein.

Mit wem man ihn wohl erwischt hatte? Wahrscheinlich mit Jochen, mit dem war er die ganze letzte Zeit unterwegs gewesen.

»Ob er ihn liebt?«, platzte sie heraus.

Klaus wandte ihr sein blasses Gesicht zu. »Was meinst du?«

»Ich frage mich gerade, ob Manni vielleicht in Jochen verliebt ist«, erklärte sie. »Nun renn doch nicht so!«

Er ging langsamer. »Manni liebt nur einen einzigen Menschen, und zwar sich selbst.«

»Das kannst du nicht wissen. Überleg mal, wie oft er in den letzten Wochen mit Jochen zusammen war! Die beiden haben sich doch fast jeden Tag getroffen!«

»Er war komisch in der letzten Zeit«, räumte Klaus ein. »Stand noch länger vorm Spiegel als sonst, hat sich teures Rasierwasser besorgt und sogar mal ein Buch gelesen. Hatte Jochen ihm mitgebracht. Der geht ja aufs Gymnasium.« Er schüttelte den Kopf, als könnte er es immer noch nicht richtig glauben.

»Warum soll ein Mann keinen anderen Mann lieben dürfen?«, sinnierte Bärbel. »Meinst du, sie küssen sich auch? So wie wir?«

Klaus' eben noch bleiches Gesicht lief rot an, und Bärbel sah ein, dass sich das Thema kaum für eine längere Erörterung eignete. Dafür war die ganze Sache viel zu schrecklich. Nicht etwa, weil sie selbst es schlimm fand – im Gegenteil, sie vermochte plötzlich die wildromantischen, herzklopfenden Verstrickungen nachzuempfinden, in denen sich Manni und Jochen verfangen hatten –, sondern weil die Welt, wie sie nun mal war, dieser Abweichung von der gesellschaftlichen Norm mit Verachtung, ja sogar Hass begegnete.

Sosehr ihr Manni in seiner Art bisher auch gegen den Strich gegangen war – mit einem Mal konnte sie ihn mit anderen Augen sehen, denn jetzt wusste sie ja, dass sein ganzes Benehmen ihr gegenüber nur Täuschung gewesen war.

»Vielleicht ist er in Wahrheit ganz anders«, kleidete sie ihre Mutmaßungen in Worte.

»Willst du damit sagen, er wäre vielleicht gar kein Kotzbrocken?«, fragte Klaus. »Sondern ein netter und höflicher Kerl? Einer, der seinem Vater keine reinhaut und seine Mutter nicht *du alte Fotze* nennt, weil sie sein Hemd aus Versehen beim Bügeln verbrannt hat?« Seine Stimme triefte vor beißendem Sarkasmus.

»*Das* hat er gemacht?«, fragte Bärbel erschrocken.

Klaus hob die Schultern. »Nur weil er schwul ist, wird er nicht plötzlich zu einem anderen Menschen. Kann sein, dass er Jochen liebt. Aber ein Vollidiot ist er trotzdem.«

»Vielleicht benimmt er sich besser, jetzt, wo die Leute über ihn Bescheid wissen.« Bärbel hielt inne und seufzte. »Ach du je, die Leute! Daran hab ich noch gar nicht gedacht. Die Nachbarn und die Kumpel auf der Arbeit werden ihm die Hölle heiß machen! Er wird bestimmt seines Lebens nicht mehr froh! Der Klatsch wird fürchterlich sein, vor allem jetzt, wo auch noch die Polizei hinter ihm her ist!«

»Wahrscheinlich ist er deshalb gestern Abend nicht nach Hause gekommen«, stellte Klaus fest.

»Wie meinst du das?«

»Er hat woanders gepennt. Heute hab ich ihn noch gar nicht gesehen. Ich schätze, er ist irgendwo untergetaucht und traut sich nicht nach Hause. An seiner Stelle wäre ich wohl auch weggeblieben.«

Bärbel erschauderte, sie stellte sich in allen Einzelheiten vor, wie Manni verhaftet wurde. Ob man ihm Handschellen anlegen und ihn wie einen richtigen Verbrecher abführen würde?

Im Weitergehen streckte Klaus mit einer fast beiläufigen Bewegung die Hand nach ihr aus, und Bärbel ergriff sie ohne zu zögern. Sie hatten die Wohnsiedlung hinter sich gelassen und die Felder erreicht. Das Getreide wuchs fast hüfthoch, hier im Gelände sah sie keiner. Hand in Hand gingen sie weiter.

Vor Bärbels innerem Auge entstand ein Bild von Manni und Jochen, die vielleicht auch so spazieren gegangen waren, versteckt vor den Augen der restlichen Welt, innerlich so voller Sehnsucht und unterdrückter Leidenschaft, dass ihnen das Herz davon brannte, so wie jetzt ihr.

Aber falls man sie und Klaus erwischte, würde nichts weiter geschehen. Die Leute würden verständnisvoll lächeln, höchstens ein bisschen schimpfen, weil ja *was passieren konnte*. Klaus war mittlerweile siebzehn, sie selbst bald achtzehn, und jedermann, der darüber zu befinden hatte, würde sofort sagen, dass man ja schließlich selbst auch mal jung gewesen sei.

Nicht so bei Manni. Der wurde für seine Gefühle verhaftet.

»Es ist ungerecht«, entfuhr es ihr.

»Was denn?«

»Das Gesetz.«

»Was ist im Leben schon gerecht?«, gab Klaus lapidar zurück. »Es ist auch ungerecht, dass die Bergleute rausgeschmissen werden. Es ist ungerecht, dass meine Mutter gestorben ist und mein Vater noch lebt. Es ist ungerecht, dass Jakob auf die Sonderschule soll und dass dein beschissener Lehrer dir das Abi verbaut.«

Sofort schaltete sie auf Durchzug, sie wollte nichts von der Schule hören. Die Ferien waren fast zu Ende, und die kurze Zeit, die ihr noch blieb, wollte sie auskosten. Am liebsten allein mit Klaus, so wie neulich im Wald unten am Bach. Beim Gedanken daran stieg Hitze in ihr auf, und unwillkürlich ging ihr Atem schneller.

Es war, als hätte er genau gespürt, wie ihre Stimmung umschlug. Wortlos blieb er stehen und schloss sie in seine Arme, und als er sie küsste, vergaß sie alles andere.

Er nahm sie wieder bei der Hand und zog sie tiefer in das Kornfeld hinein. Die Halme zerknickten und brachen unter ihren Schuhsohlen, sie zogen eine richtige Schneise hinter sich her, der Bauer würde bestimmt einen Tobsuchtsanfall bekommen.

Irgendwann blieben sie stehen, und Klaus umarmte sie erneut. Die Sonne brannte heiß auf ihrer Haut, aber seine Küsse waren heißer, und als sie eng umschlungen inmitten der dicht stehenden Ähren niedersanken, existierte auf der Welt nichts mehr außer ihnen beiden.

*

Zwei Tage später war Manni immer noch nicht wiederaufgetaucht. Auch Jochen war seither nicht nach Hause gekommen. Die Sache ließ sich erwartungsgemäß nicht unter der Decke halten, es verbreitete sich wie ein Lauffeuer, welches durch das Verschwinden der beiden noch zusätzlich angeheizt wurde. Es gab kaum jemanden, der nicht genüsslich über die Jungs herzog und sich in den wildesten Mutmaßungen erging.

Auf dem Weg zu Schule hörte Bärbel zwei Männer aus der Nachbarschaft auf der Straße tratschen.

»Die Homos sind bestimmt zusammen durchgebrannt«, sagte Herr Brüggemann.

»Aber heimlich heiraten können die ja nich«, gab Herr Czervinski zurück, worauf beide in wieherndes Gelächter ausbrachen.

»Dat Pack hätten se unterm Adolf vergast«, erklärte Herr Brüggemann, nachdem beide sich beruhigt hatten. »Wär nich schade drum.«

Bärbel blieb stehen, von plötzlichem Zorn übermannt. »Sie sollten sich was schämen!«

Bei Herrn Brüggemann kam sofort der alte Blockwart durch. »Wat has du denn zu sagen, du naseweises Blach?«, giftete er sie an.

»Auf jeden Fall nicht so einen Scheiß wie Sie! Ihre Ansichten sind zum Kotzen! Und haben Sie sich vielleicht mal überlegt, dass Mannis Familie sich Sorgen um ihn macht?«

Herr Brüggemann reagierte unbeeindruckt. »Warum dat denn? Um den brauch sich keiner zu sorgen, der sitzt bestimmt getz irgendwo inne *warme* Ecke und lässt et sich gut gehn!« Restlos begeistert von seinem primitiven Wortspiel stieß er erneut ein Lachen aus, in das Herr Czervinski lauthals einstimmte.

Bärbel hätte sie gern angeschrien, ihnen ihre Meinung ins Gesicht gebrüllt, auch wenn es nichts änderte. Manche Menschen würden es nie begreifen. Genau wie der olle Blenschart, der an diesem ersten Schultag nach den Ferien sicher schon voller Häme auf sie wartete. Würde er wohl persönlich anwesend sein, wenn man sie heute ins Sekretariat bestellte und ihr den Schulverweis in die Hand drückte? Ganz sicher ließ er sich das nicht entgehen.

Am Vortag hatte es zu Hause eine Auseinandersetzung darüber gegeben, ob sie sich überhaupt noch mal im Lyzeum blicken lassen sollte.

»Die können mir das doch auch mit der Post schicken«, hatte sie lustlos und gereizt gemeint.

»Nein, so läuft das nicht«, hatte Inge widersprochen. »Noch wissen wir nicht, wie sie entschieden haben. Es besteht immer noch die Möglichkeit, dass du auf der Schule bleiben darfst. Du gehst auf alle Fälle hin!«

Bärbel hatte sich gesperrt, aber Inge hatte darauf bestanden, und Johannes hatte ihr beigepflichtet, also hatte Bärbel sich schließlich doch noch gefügt, obwohl sie ahnte, dass sie am Ende die Dumme sein würde. Eine letzte Demütigung, die ihr anscheinend niemand ersparen wollte.

In der ersten Stunde gab es zunächst eine Neuerung – ihre Klasse musste in einen anderen Unterrichtsraum umziehen, was sie lustlos über sich ergehen ließ. Wie immer saß sie neben Hella, möglichst weit hinten, wo man sie nicht direkt sah. Ein Referendar verteilte einen neuen Stundenplan. Bärbel schob das Blatt ungelesen in ihre Schultasche.

»Ist Manni eigentlich wieder da?«, fragte Hella.

Bärbel schüttelte stumm den Kopf. Hella machte den Eindruck, als würde sie gleich vor Neugier platzen, und sicher hätte sie Bärbel mit weiteren Fragen bombardiert, wenn nicht in diesem Moment eine Lehrerin den Klassenraum betreten hätte. Freundlich grüßte sie in die Runde.

»Oh, haben wir in Deutsch wieder die Wiemers?«, freute sich Hella.

Auch die anderen Mädchen strahlten. Frau Wiemers war mit Abstand die beliebteste Lehrerin der Schule, sie hatte die Klasse bis vor zwei Jahren in Deutsch und Musik unterrichtet. Bärbel verband mit ihr die besten Erinnerungen, sie hatte nur Einsen bekommen, und die Fächer hatten ihr außerdem große

Freude bereitet. Genauso wie der Sportunterricht bei Fräulein Brinckmann – wie ihr das fehlen würde!

Ach, wenn sie doch noch auf der Schule hätte bleiben dürfen!

»Bärbel Wagner?« Der Blick von Frau Wiemers glitt suchend über die Klasse. »Ah, da bist du ja. Du möchtest bitte mal ins Sekretariat kommen.«

Bärbel hatte das Gefühl, dass ihr Inneres sich von einem Augenblick auf den anderen in scharfkantiges Eis verwandelte. Mit hängendem Kopf stand sie auf und bedankte sich, bevor sie ohne zurückzublicken den Klassenraum verließ.

Die Sekretärin schickte sie gleich zum Direktor durch. In ihrer Aufregung stolperte Bärbel beim Betreten des Büros, sie konnte sich gerade noch fangen.

Dann ging ihr Blick zu seinem Schreibtisch, und als sie sah, wer dem Direktor gegenübersaß, war sie zuerst sicher, unter einer Halluzination zu leiden.

Ihre Schwester Inge wandte sich zu ihr um. »Da bist du ja.«

»Guten Morgen«, brachte Bärbel stammelnd heraus.

»Guten Morgen, Bärbel.« Der Direktor wies auf den Stuhl neben Inge. »Bitte setz dich.«

Um ein Haar wäre Bärbel mit der naheliegenden Frage herausgeplatzt, was zum Henker Inge hier verloren hatte. Sie konnte es sich gerade noch verkneifen und versuchte, einfach so zu tun, als wäre alles in bester Ordnung.

»Nun, kommen wir also zu der Entscheidung in deiner Disziplinarangelegenheit«, meinte der Direktor geschäftsmäßig. Er zog einen Aktenordner heran und schlug ihn auf. »Während der Ferien haben sich hierzu einige unerwartete Veränderungen ergeben, mit denen vorab nicht zu rechnen war. Die erste und wichtigste dürfte wohl sein, dass Herr Blenschart endgültig in den Ruhestand gegangen ist.«

»Heißt das, er kommt nicht wieder?«, entfuhr es Bärbel.

»Ja, ganz recht«, antwortete der Direktor.

»Aber bestimmt nicht bloß meinetwegen, oder?«

Der Direktor lächelte und sah mit einem Mal weit weniger unnahbar aus als vorher. »Nicht direkt.«

»Und indirekt?«

Inge stieß sie unauffällig mit dem Ellbogen an, doch Bärbel ließ sich nicht beirren. »Sind außer mir etwa noch andere Schülerinnen aus der Rolle gefallen?«

»Das nicht. Aber mittlerweile dürfte es kein Geheimnis mehr sein, dass sich immer mehr Eltern über Herrn Blenschart und seinen Unterrichtsstil beschwert haben.« Er wurde ernst und blickte Bärbel eindringlich an. »Nicht, dass ich dein ausfallendes Benehmen gutheiße, das kann ich nicht.«

»Es tut mir *wirklich* leid!«, brach es aus Bärbel heraus. »Ich hatte mir so fest vorgenommen, den Mund zu halten, aber dann … Dann ist es mir einfach herausgerutscht!«

»Nun, die Wahrheit ist, dass die meisten Schülerinnen und deren Eltern dich für mutig halten. Eine Art Jeanne d'Arc, die unbeirrt gegen den unausrottbaren NS-Revisionismus zu Felde zieht.« Seine Stimme wurde schärfer. »Aber trotzdem gehört es sich nicht für ein junges Mädchen, einen Lehrer vor der ganzen Klasse zu beleidigen. Ganz egal, was er sich hat zuschulden kommen lassen. Es gibt andere Möglichkeiten, dagegen vorzugehen. Etwa die, von der ein gutes Dutzend unter den Eltern tatsächlich Gebrauch gemacht haben.«

»So viele?«, fragte Bärbel perplex, die keine Ahnung hatte, was er mit Revisionismus meinte.

»So viele«, bestätigte er mit undeutbarer Miene. »Er hat ja mehrere Klassen unterrichtet, nicht nur deine.« An Inge gewandt, fuhr er fort: »Im Lichte der Ereignisse musste gehandelt werden, ehe der gute Ruf unserer Schule Schaden nehmen konnte. Herrn Blenschart wurde nahegelegt, zum Ende der Sommerferien zu gehen, und das hat er auch getan.«

»Lief das über das Schulamt?«, erkundigte sich Inge. Sie wurde rot. »Entschuldigen Sie meine Neugier. Es interessiert mich einfach nur.«

Der Direktor lächelte sie an. »Da gibt's nichts zu entschuldigen, Fräulein Wagner. Wenn Sie schon extra in Ihre alte Schule kommen, um Ihrer Schwester wegen eines vermeintlichen Schulverweises beizustehen, dürfen Sie auch die näheren Einzelheiten erfahren. Nein, das Schulamt war nicht involviert, wir haben das hier selbst geregelt.«

»Vermeintlich?«, griff Inge mit zittriger Stimme ein einziges Wort aus seiner Erklärung auf. »Heißt das …«

Das Lächeln des Direktors vertiefte sich. »Bärbel bleibt auf der Schule. Wir belassen es bei einer Ermahnung.«

An dieser Stelle des Gesprächs fing Bärbel an zu heulen, die Anspannung war einfach zu groß gewesen. Ihr summte der Kopf vor seliger Erleichterung, und ihr Schniefen und Schluchzen machten es auch nicht besser. Nur mit halbem Ohr bekam sie mit, was der Direktor sonst noch erklärte, etwa zu der kurzfristigen Änderung des Stundenplans, weil die Fächer vom ollen Blenschart nun von anderen Lehrkräften übernommen wurden. Bis auf Weiteres würde Frau Wiemers die Klasse nicht nur in Deutsch, sondern auch in Geschichte unterrichten, worauf bei Bärbel weitere Freudentränen flossen. Es war ihr peinlich, aber sie konnte nicht aufhören. Erst, als Inge ihr ein Taschentuch reichte, mit dem sie sich die Nase putzen konnte, legte sich ihr Gefühlsaufruhr.

»Ich gehe davon aus, dass deine Noten bald wieder auf dem früheren Niveau sind«, meinte der Direktor. Trocken fügte er hinzu: »Das müssen sie auch, denn anderenfalls könntest du zu Ostern nicht versetzt werden.«

»Ich sorge schon dafür, dass sie es bis zum Abi schafft«, erklärte Inge. Ihre Stimme klang sehr entschlossen.

Der Direktor musterte sie, in seinem Blick lag ein Hauch

von Wehmut, und Bärbel erinnerte sich, dass er früher mal Inges Deutschlehrer gewesen war. Bestimmt hatte er auch zu denen gehört, die es Inge gegönnt hätten, auf der Schule zu bleiben, statt sich für die Familie aufzuopfern.

Mit einem Mal fühlte Bärbel sich von schmerzlicher Zuneigung durchflutet, es fehlte nicht viel, und sie hätte vor den Augen des Direktors die Arme um Inge geschlungen und sie an sich gedrückt.

Das holte sie umgehend nach, als die Unterredung beendet war und sie beide anschließend im Flur standen. Bärbel umarmte Inge fest und bedankte sich.

»Ich hab doch gar nichts gemacht«, wehrte Inge ab.

»Doch. Du warst da.« Bärbel hatte schon wieder Tränen in den Augen. »Du warst *immer* da!«

Inge hob die Schultern, dann blickte sie sich versonnen um. »Immer noch die alte Penne. Genau wie früher. War eine schöne Zeit hier.« Dann sah sie Bärbel an, und in ihren Augen stand ihre bedingungslose Liebe. »Aber zu Hause mit euch war's auch schön. Und wenn ich dich jetzt hier so stehen sehe, dann weiß ich, dass ich's richtig gemacht habe.« Inge lächelte. »Jetzt aber los, sonst verpasst du noch den Rest der Stunde!«

Bärbel lief eilig zurück zu ihrem Klassenraum, und als sie am Ende des Gangs kurz zurückblickte, stand Inge immer noch dort und schaute ihr nach.

*

Klaus hatte in der zweiten Augustwoche Spätschicht, und er überlegte kurz, Bärbel von der Schule abzuholen. Doch eine innere Scheu hielt ihn davon ab. Für sie beide gäbe es dann keinen Weg zurück. Sobald erst alle mitbekamen, dass sie offiziell miteinander gingen, würde man sie nur noch als Pärchen wahrnehmen, und sie würden fortan unter permanenter Beobachtung stehen. Er glaubte schon die vielen Fragen zu hören, die man Bärbel stellen würde.

Wie läuft's mit euch beiden? Wollt ihr euch nicht bald verloben? Bist du sicher, dass ein Junge vom Pütt der Richtige für dich ist? Seid ihr nicht viel zu verschieden?

Und auch er selbst würde sich wohl einiges anhören müssen.

Eine vom Lyzeum? Wat willsse denn mit der? Wie is dat denn so, wenn die Frau schlauer is als man selber? Lässte dich von der Lateinisch beibringen oder lieber Französisch? (Letzteres natürlich von obszönem Gelächter begleitet).

Nein, es war besser, wenn sie es erst mal so weiterlaufen ließen wie bisher. Die Heimlichkeit hatte auch ihren Reiz. Sich mit Bärbel wegzuschleichen, nach außen hin so zu tun, als würden sie zu einem ihrer üblichen, von niemandem sonderlich beachteten Streifzüge aufbrechen, und sie dann im Wald zu küssen, bis sie beide keine Luft mehr bekamen – sein Herz fing schon an zu rasen, wenn er es sich nur vorstellte.

Inzwischen durfte er sich ziemlich viele Freiheiten bei ihr herausnehmen, sie ließ ihn ihren Busen anfassen (auch ohne Kleidung darüber), und auch zwischen den Beinen durfte er sie berühren (leider nur über der Kleidung), und er selbst explodierte regelmäßig in der Hose, auch ohne dass sie viel mehr dafür tun musste, als ihn vorsichtig dort zu betasten. Sie war ebenfalls schon zum Höhepunkt gekommen, er war ganz erschrocken gewesen, als sie sich auf einmal stöhnend und zuckend an ihm festgeklammert hatte. Aber hinterher war er auch von enormem Stolz erfüllt gewesen, fast wie ein erfahrener Liebhaber.

Die Frage war nur, wann sie es wohl mal richtig tun würden, mit allem Drum und Dran. Bärbel hatte gemeint, so weit sei sie noch nicht, und im Grunde war er selbst es auch nicht, denn er befürchtete, die Sache zu ruinieren und es ihr damit für alle Zeiten zu verleiden.

Neulich hatten ein paar Kumpel bei der Frühstückspause von ihrem ersten Mal erzählt. Was für eine Katastrophe es gewesen war, viel zu kurz und obendrein schmerzhaft für das Mädchen. Eigentlich, so hatte einer gemeint, müsste man das Ficken erst mal bei einer Nutte lernen, damit man es bei seinem Mädchen richtig hinkriegte. Auch die Sache mit den Parisern, die durften ja auf keinen Fall kaputtgehen, sonst stand man plötzlich dumm da und musste Knall auf Fall heiraten, ob man wollte oder nicht.

Klaus hatte für alle Fälle schon mal eine Packung Präservative besorgt und trug sie ständig in der Hosentasche mit sich herum. Man konnte ja nie wissen, ob Bärbel nicht eines Tages plötzlich doch so weit war.

Er fand, dass er lange nicht so glücklich gewesen war wie in den letzten Tagen. Sein Vater soff zwar immer noch, aber seltsamerweise störte Klaus sich weit weniger daran als noch in der Woche davor. Fast schien es, als hätte sein Leben von vorn begonnen, nicht nur wegen Bärbel, sondern auch so.

Johannes kannte jemanden bei einer Baufirma, die einen Elektriker suchte. Achtstundentag, kein Schichtdienst, ordentlicher Tariflohn. So viel verdienen wie auf dem Pütt konnte Klaus dort zwar nicht, aber er würde regelmäßig bei Tageslicht arbeiten können. Nie wieder unten im Schacht, nie wieder nachts.

»Überleg's dir in Ruhe«, hatte Johannes gemeint, und genau das tat Klaus gerade. Er wollte sein Leben in die Hand nehmen, weiterkommen, das hatte er sich geschworen. Und der erste Schritt führte weg vom Pütt.

Und noch nie hatte er sich zu Hause so wohl gefühlt. Alles war frisch tapeziert und ungewohnt sauber. Johannes hatte noch ein paar Abende geopfert und sich gemeinsam mit ihm und Wolfi das Dachgeschoss vorgenommen, und abgesehen von dem verschrammten Mobiliar, das noch von Klaus' Großeltern stammte, wirkte das Innere des Hauses jetzt von oben bis unten wie neu.

Vor einigen Tagen hatten Wolfi und er sogar alle Fenster geputzt, wodurch es auf einmal viel heller im Haus gewesen war. Natürlich würde sich bald überall wieder der Kohlenstaub festsetzen, aber an diesem Putztag hatte alles geradezu geblinkt vor Sauberkeit.

Ab und zu spielte er auf dem Hof Tischtennis mit Wolfi, und auch das lief ungewohnt friedlich und harmonisch ab. Niemand kreuzte plötzlich auf, um sie von der Platte zu vertreiben oder ihnen sonst wie die Laune zu verderben.

Mit anderen Worten, Manni war noch nicht wieder zurück. Anscheinend war er wirklich mit Jochen durchgebrannt. Bärbel, die immer schon eine blühende Fantasie gehabt hatte, war auf die Idee gekommen, dass die beiden vielleicht in Italien waren und da Urlaub machten. Klaus hatte entgegnet, dass Manni dann vor seinem Verschwinden sicher mehr eingepackt hätte als nur ein paar Wechselsachen zum Übernachten. Sein Bruder hatte ja nicht mal seine Badehose dabei, die lag ebenso wie sein ganzes anderes Zeug noch in ihrem gemeinsamen Kleiderschrank.

Klaus war davon überzeugt, dass Manni und Jochen sich irgendwo in der Nähe versteckten. Es war ein ungewöhnlich heißer Sommer, und in der Umgebung gab es viele einsame Fleckchen, sie konnten im Freien schlafen oder irgendwo wild zelten.

Den Arbeitsplatz bei der Zeche konnte Manni sich auf jeden Fall abschminken, er hatte schon eine volle Wochenschicht unentschuldigt versäumt, bestimmt kam bald die Kündigung ins Haus geflattert. Aber die war natürlich das kleinere Übel, gemessen daran, dass er polizeilich gesucht wurde und damit rechnen musste, wegen Unzucht in den Bau zu wandern.

Klaus hätte nie gedacht, dass die Abwesenheit seines Bruders eine derart durchschlagende Wirkung auf den familiären Alltag hatte. Es gab auf einmal so gut wie keinen Streit mehr. Anscheinend ließ sich ein Großteil der bisherigen Auseinandersetzungen auf Manni zurückführen. Oder genauer: darauf, dass Klaus nie wirklich gut mit ihm klargekommen war. Zum Streiten gehörten ja bekanntlich immer zwei, er selbst hatte sicher auch seinen Teil dazu beigetragen. Aber trotzdem fühlte sich das Leben ohne seinen älteren Bruder manchmal fast wie eine Erlösung an.

Die Schicht zog sich an diesem Tag endlos hin. Klaus hatte das Gefühl, schon seit einer halben Ewigkeit die Strecke entlangzumarschieren, von einem Schaltkasten zum anderen, von einer Routineüberprüfung zur nächsten, bis es auf einer anderen Sohle wieder von vorn losging.

In der Zeit, als er noch mit seinem Lehrhauer unterwegs gewesen war, hatte er wenigstens jemanden zum Reden gehabt. Jetzt konnte er sich allein um die Elektrik hier unten kümmern, und ihm blieben bloß seine Gedanken und die eintönigen, immer gleichen Kontrollen.

Hier und da tauschte er eine brüchige Sicherung gegen eine neue aus, und zwischendurch war sogar bei einer der Gegensprechanlagen das Mikrofon auszuwechseln, eine willkommene Abwechslung, die nur leider viel zu schnell erledigt war.

Wie immer war es heiß hier unten, wenn auch nicht so glühend heiß wie momentan über Tage, und er hatte Mitleid mit den Kumpeln im Gedinge, die jetzt vor Kohle waren und den Dreck der lärmenden Schrämmaschinen einatmen mussten. Und das nicht mal im übertragenen Sinne, denn nicht alle setzten die verfügbaren Staubmasken auf, sofern sie überhaupt welche bekommen hatten. Manche von den Kumpeln behaupteten, sie könnten einfach nicht richtig durch die Dinger atmen. Möglich war's, aber vielleicht auch nur deshalb, weil ihre Lungen schon nicht mehr voll funktionsfähig waren, ohne dass sie es bisher mitbekommen hatten.

Als er über die Hauptstrecke zurück zum Fahrschacht ging, kam ihm der Steiger entgegen.

»Glückauf«, sagte Klaus, ein wenig erstaunt, Stan Kowalski hier unten im Füllort zu sehen. Hatte der nicht diese Woche Spätschicht? Und er trug auch nicht sein Grubenzeug, sondern bloß den Helm und dazu normale Freizeitkleidung. Und dann sah er Stans Gesicht, ernst und traurig, so wie schon einmal in diesem Jahr, als sein Vater den Unfall gehabt hatte. Vielleicht war ja wieder was passiert, nur diesmal zu Hause. Alles Mögliche kam infrage. Im Suff die Treppe runtergefallen. Herzstillstand, das konnte in jedem Alter passieren, hatte man ja bei seiner Mutter gesehen. Leberversagen, das wäre auch kein Wunder.

Ganz egal, was es war, es lag nahe, dass Stan als guter Nachbar und Kollege persönlich herkam, um Klaus Bescheid zu sagen.

»Ist was mit meinem Vater?«, fragte er, und dabei horchte er für den Bruchteil einer Sekunde in sich hinein, um zu ergründen, wie schlimm die Nachricht ihn treffen würde. Nicht besonders, stellte er fest, und dafür verabscheute er sich selbst mit solcher Inbrunst, dass ihm die Brust davon ganz eng wurde. Wie konnte es sein, dass einem der eigene Vater so egal war?

Stan trat vor ihn hin und legte ihm die Hand auf die Schulter. »Es geht um deinen Bruder Manfred. Er ist tot.«

Kapitel 22

Manni und sein Freund Jochen hatten sich in einem der stillgelegten Stollen im Hespertal versteckt, und dort hatten sie sich auch das Leben genommen. Wie lange sie schon dort lagen, war auf den Tag genau nicht mehr festzustellen, jedenfalls nicht auf den ersten Blick, denn wegen der mörderischen Hitze war die Verwesung ihrer Leichen schon ziemlich weit fortgeschritten. Ein Gerichtsmediziner hatte immerhin zwischenzeitlich die Todesursache ermittelt – sie hatten sich die Pulsadern aufgeschnitten und waren verblutet. Zusammen, einer in den Armen des anderen.

Dass man sie überhaupt gefunden hatte, war reiner Zufall – ein Spaziergänger war über Mannis Moped gestolpert, das ganz in der Nähe des Stollens unter Laub begraben war. Gleich darauf hatte er den Verwesungsgeruch bemerkt und war immer der Nase nach gegangen, bis er schließlich die grausige Entdeckung gemacht hatte.

Klaus hatte irgendwie die Nerven behalten, als er von Stan die Einzelheiten erfuhr, und er hatte es auch geschafft, die nötigen Vorbereitungen für die Beerdigung zu treffen, zum Glück mit Unterstützung von Johannes, der für ihn die Telefonate mit dem Bestattungsunternehmen erledigte und sich nach den Kosten erkundigte. Der Tod war nicht umsonst, sogar für den billigsten Sarg wollten sie einen Haufen Geld, ganz zu schweigen von dem Grab selbst, und da war ein Gedenkstein noch gar nicht dabei.

Manni hatte nichts gespart, nicht einen Pfennig. Schon die Beerdigung ihrer Mutter hatte ein Riesenloch in die Familienkasse gerissen, dafür waren die Lohntüten eines ganzen Monats draufgegangen, seine und Mannis und sogar die von Wolfi, der sowieso nur Lehrgeld verdiente. Die Tapeten hatten auch ordentlich was gekostet, und so schön das Haus innen jetzt auch aussah – es half ihnen nicht dabei, Manni unter die Erde zu bringen.

Eigentlich hätte sich Fritz mit der ganzen Angelegenheit auseinandersetzen müssen, aber er war seit Tagen nicht ansprechbar, außer wenn der Schnaps zur Neige ging. Inzwischen war Klaus fast so weit, dass er seinem Vater am liebsten einen Trichter in den Hals gesteckt und noch mehr Fusel hineingeschüttet hätte, damit es möglichst schnell und für immer ein Ende nahm. Wie lange konnte es denn dauern, bis jemand sich totsoff?

Die Beerdigung fand an einem Samstag im August statt, der später als einer der heißesten Tage des Jahres 1959 in Erinnerung bleiben sollte. Klaus zog seinen guten Anzug an, den er schon zur Beerdigung seiner Mutter getragen hatte. Er wusste bereits jetzt, dass er unter dem dunklen Stoff schwitzen würde wie ein Schwein, und er fragte sich, ob es schicklich wäre, vielleicht das Sakko und die Krawatte wegzulassen. Er putzte seine Sonntagsschuhe, bis sie glänzten, und kämmte sich das Haar mit ungewohnter Sorgfalt. Dabei musste er an seinen Bruder denken. An die Elvistolle, die Manni sich immer so hingebungsvoll übers Gesicht gezaubert hatte.

Klaus biss die Zähne zusammen und schlug die Tür vom Kleiderschrank mit solcher Wucht zu, dass drinnen die Fächer herauskrachten und die Tür wieder aufschwang. Mannis Sachen fielen ihm entgegen, allem voran die Badehose. Die Jeans, die engen Hemden. Er hatte ziemlich viel Zeug besessen, bestimmt doppelt so viel wie Klaus.

Warum war ihm nicht früher aufgefallen, wie wenig Manni eingepackt hatte, als er verschwunden war? Nur ein frisches

Hemd. Mehr hatte er nicht mitgenommen. Das Hemd hatte er zum Sterben angezogen. Auch im Tod hatte er noch gut aussehen wollen.

Klaus lehnte die Stirn gegen den Kleiderschrank.

Warum?, dachte er dumpf. Warum nur?

Johannes hatte ihm erzählt, dass Manni glimpflich davongekommen wäre. Eine kurze Bewährungsstrafe wäre das Schlimmste gewesen, was er hätte befürchten müssen.

Abgesehen natürlich von den schiefen Blicken, dem Getuschel und der Verachtung. Aber er hätte ja auch einfach weggehen können, in eine andere Stadt, das hatte er schließlich sowieso vorgehabt.

Doch das hätte ihm jemand sagen müssen. Jemand hätte ihn beruhigen und zu ihm stehen müssen. Klaus hätte vielleicht dieser Jemand sein können, aber als er das nach dem Gespräch mit Johannes begriffen hatte, war schon alles zu spät gewesen. Da hatte Manni schon in dem Stollen gesessen, allein mit Jochen, dem Jungen, den er liebte.

Klaus schlug so fest gegen den Schrank, dass die Haut über seinen Fingerknöcheln aufplatzte und blutete. Bei dem Krach, den er dabei veranstaltete, hätte er fast das Klingeln überhört. Er ging runter und machte die Haustür auf. Es war der Postbote, er hatte ein amtliches Schreiben dabei, dessen Zustellung bestätigt werden musste.

Klaus unterschrieb das Formular und riss den Brief auf. Er stammte vom Gericht. Ein Beschluss. Wegen Mannis Tod war das gegen ihn laufende Strafverfahren eingestellt worden.

In einer Aufwallung hysterischer Heiterkeit brach Klaus in abgehacktes Gelächter aus. »Da hast du ja noch mal Glück gehabt, großer Bruder!«, stieß er hervor. Und dann fing er an zu weinen.

Wolfi kam aus dem Wohnzimmer. Auch er hatte sich schon für die Beerdigung fein gemacht – dunkler Anzug, weißes Hemd, blank geputzte Schuhe. Doch das Haar war unordentlich, der Blick glasig. Er roch nach Schnaps.

»Hast du gesoffen?«, wollte Klaus wissen. Seine Stimme klang wie ein Peitschenhieb. Er trat auf seinen jüngeren Bruder zu, packte ihn bei den Aufschlägen des Jacketts. »Hast. Du. Was. Getrunken?« Bei jedem Wort schüttelte er Wolfi, bis die Kragennähte rissen.

Wolfi versuchte sich loszureißen, aber Klaus hielt ihn unbarmherzig fest. Er zerrte seinen Bruder rüber zum Sessel seines Vaters.

»Willst du auch so enden? Ist das dein Ziel?«, brüllte er.

Fritz hing sturzbetrunken im Sessel und rührte sich nicht. Aus einem Mundwinkel lief Speichel, er atmete rasselnd und zischend, als hätte er einen Blasebalg in der Lunge. Seine Haut wies einen deutlichen Gelbstich auf.

Ihn aufzuwecken hatte unter diesen Umständen keinen Zweck. Zum Friedhof würde er es heute ganz sicher nicht schaffen. Sein ältester Sohn würde ohne ihn zu Grabe getragen werden.

»Es waren doch nur ein paar Schlucke, weil ich so fertig bin«, sagte Wolfi kläglich.

Klaus schubste ihn gegen die Wand, Wolfi schlug sich hörbar den Kopf an, doch es tat Klaus kein bisschen leid.

»Es fängt immer mit ein paar Schlucken an«, sagte er. Die Tränen liefen ihm übers Gesicht, doch er achtete nicht darauf. Er ging zurück in den Flur und hob den Einstellungsbeschluss auf, der ihm vorhin hinuntergefallen war. Er knüllte ihn zusammen, setzte sich mit angezogenen Knien auf die Treppe und vergrub weinend den Kopf in den Armen.

*

Inge hatte sich ein Tuch um den Kopf gebunden, damit ihr Haar, so kurz es auch war, nicht den Gestank nach Zwiebeln und heißem Bratfett annahm. Außerdem hatte sie alle Fenster im Erdgeschoss aufgerissen, obwohl es draußen sicher genauso warm war wie an Mines altem Kohleherd. Die außergewöhnliche Hitze hatte sich bis in den September gehalten, die Leute sprachen bereits von einem Jahrhundertsommer. Inge hatte das Gefühl, ersticken zu müssen, wenn sie noch weitere Reibekuchen braten musste, aber bis jetzt hatte sie erst einen pro Nase fertig, sie würde also noch eine ganze Weile durchhalten müssen. Die Schüssel mit dem Teig war nicht mal zu einem Drittel geleert.

Zum Glück brauchte sie für die Rabes keine zu machen, heute wollte Renate ihnen was zum Essen rüberbringen. Anderenfalls hätte Inge sicher heute Abend noch hier gestanden.

Lieber hätte sie wieder was auf Vorrat gekocht, das war sinnvoll und sparte Zeit. Oder, wenn es schon unbedingt eine Abwechslung sein musste, irgendwas Einfaches und Schnelles, zum Beispiel Spiegeleier. Die waren innerhalb von Minuten fertig und ließen sich prima auf einer Scheibe Brot essen, praktischer ging's kaum, und gemessen am Arbeitsaufwand schmeckte es wirklich gut. Doch die anderen hatten sich übereinstimmend Reibekuchen gewünscht, besonders Oma Mine, die das Wort so laut und deutlich ausgesprochen hatte, dass der Rest der Familie in Jubel ausgebrochen war. In den letzten Wochen hatte sie erstaunliche Fortschritte gemacht.

Inge wendete die Reibekuchen in der Pfanne und fluchte unterdrückt, als ein paar heiße Ölspritzer sie an der Hand trafen. Trotzdem schienen die Dinger nicht richtig knusprig zu werden, was war da los? Die ersten waren ihr noch perfekt gelungen. Sie schimpfte erneut, wobei sie allerdings achtgab, dass ihr keine allzu derben Ausdrücke entwichen, denn Jakob saß bei ihr in der Küche.

»Verflixt und zugenäht, wieso werden die auf einmal nicht mehr braun?«

»Ich glaube, du musst Kohle nachlegen«, meinte Jakob. Er saß auf der Küchenbank und machte Hausaufgaben. Mit der Linken. Inge nahm es nur beiläufig zur Kenntnis. In dem Punkt gab es keine Debatte mehr. Sie hatten den Kampf aufgenommen. Der Anwalt hatte ein Widerspruchsverfahren angestrengt und eine Anordnung erwirkt, die es vorläufig untersagte, Jakob auf die Sonderschule abzuschieben. Seitdem gab es mit Fräulein Moosbach noch mehr Ärger, sie triezte den Jungen, wo sie nur konnte. Der einzige Trost bestand darin, dass er sie bloß noch dieses Halbjahr ertragen musste. Fräulein Moosbach unterrichtete ausschließlich in den beiden ersten Klassen, ab der dritten würde er andere Lehrer haben. Immer vorausgesetzt, er durfte dort bleiben.

Inge mühte sich mit dem Kohlefach des vorsintflutlichen Herds ab und verkniff sich dabei weitere Flüche. Himmel, wieso stand hier nicht schon längst ein ordentlicher Elektroherd? Damit wäre alles so viel einfacher! Doch bisher hatte Mine sich standhaft geweigert, auf diesen Zug der Zeit aufzuspringen. Sie wollte weiter mit Kohle kochen, die gab's umsonst, weil sie als Witwe eines Bergmanns Anrecht auf ein Deputat hatte. Strom hingegen war teuer, obwohl man ihn weder sehen noch anfassen konnte, in Mines Augen die reinste Bauernfängerei.

Endlich hatte Inge das Feuer wieder in Gang gebracht und widmete sich weiter den Reibekuchen.

Johannes kam in die Küche und streichelte unauffällig ihren Nacken. Er blickte sich kurz zu Jakob um und vergewisserte sich, dass der Junge nicht herüberschaute, dann küsste er Inge kurz, aber leidenschaftlich auf den Mund.

»Mhm, du schmeckst nach Reibekuchen«, flüsterte er an ihren Lippen.

»Und dabei habe ich noch gar keinen gegessen«, beklagte sie sich.

»Soll ich dir helfen?«

»Unbedingt.« Sie drückte ihm sofort den Pfannenwender in die Hand und zog sich erleichtert das Tuch vom Kopf. »Ich hole dann schon mal ein Glas Apfelkompott aus dem Keller.«

Johannes sah ein wenig belämmert aus, anscheinend hatte er nicht damit gerechnet, dass sie sein Hilfsangebot so bereitwillig annehmen würde.

Als sie jedoch mit dem Kompott wieder nach oben kam, hatte er sich ein Geschirrtuch vorgebunden und wendete geschickt eine Ladung Reibekuchen. Sie hätte sich denken können, dass er damit bestens zurechtkam. Es gab kaum etwas, das er nicht binnen kürzester Zeit beherrschte.

Er warf ihr einen Blick über die Schulter zu und lächelte sie an, und in diesem Moment strömte ihr Inneres förmlich über vor Glück. Es war einer jener Augenblicke, die man am liebsten für die Ewigkeit festhalten wollte.

Von nebenan rief Mine etwas herüber, es klang wie *Hunger*, und da mussten sie beide lachen.

*

An einem der darauffolgenden Abende kam er nach einem langen Arbeitstag in ihr Zimmer. Jakob lag bereits oben in seinem Bett und schlief. Bärbel war noch unterwegs, wahrscheinlich wieder mit Klaus. Bei Einbruch der Dunkelheit musste sie zu Hause sein, doch draußen begann es gerade erst zu dämmern.

Inge legte das Buch weg, in dem sie gelesen hatte – den neuen Roman von Françoise Sagan.

»Gutes Buch?«, fragte Johannes, während er sich neben sie setzte.

»Ich weiß noch nicht recht. Es geht um die Liebesgeschichte einer Frau um die vierzig, die eine Romanze mit einem sehr viel jüngeren Mann anfängt.«

»Klingt für mich so, als würde das Thema dich nicht kaltlassen.«

»Wie könnte es das auch!«, brach es aus ihr heraus.

Sein Gesicht nahm einen wachsamen Ausdruck an. »Empfindest du den Altersunterschied zwischen uns als zu groß?«

»Sei nicht albern.«

Johannes runzelte die Stirn. »Ich verstehe. Du meinst damit eher meine vorangegangenen Beziehungen, besonders die zu deiner Mutter. Das ist ein Problem für dich, oder?«

Sie wollte es leugnen, konnte es aber nicht. »Sie war so schön, so vollkommen, so …«

»Sie war meine große Liebe, meinst du das?«

Inge blickte ihn eindringlich an. »War sie es denn?«

»Ja. Und du bist es nicht minder. Aber auf eine andere Art – weil du nicht sie bist. Wenn die Leute behaupten, du seist ihr ähnlich, ist das der größte Quatsch, den ich je gehört habe. Ihr könntet unterschiedlicher nicht sein. Falls du also auch nur im Entferntesten annimmst, ich wollte bei dir bloß meine Erinnerungen aufwärmen, so irrst du dich gründlich.« Er sprach schneller, sein Tonfall wurde drängend, beinahe verzweifelt, als fürchtete er, sie könnte ihm nicht glauben. »Man kann zwei Menschen auf eine ähnliche Weise lieben, innig und von Herzen, aber es ist niemals dasselbe.« Er hielt inne, und ein Anflug von Angst zeigte sich in seinen Zügen. »Das verstehst du doch, oder? Du kannst unmöglich ernsthaft glauben, dass ich …«

Sie legte ihm einen Finger auf die Lippen.

»Ich liebe dich«, sagte sie ruhig.

Ein zitternder Atemzug entwich ihm, er entspannte sich sichtlich. »Himmel, ich dachte schon, du wolltest mir den Laufpass geben!«

»Keine Sorge.« Fast hätte sie über seine absurde Befürchtung gelacht. »Und dem Roman mangelt es meiner Meinung nach an Realitätssinn, denn die Autorin ist gerade mal so alt wie ich. Wie kann sie wissen, wie sich eine Frau um die vierzig fühlt?« Inge blickte ihn an. Ihr war nicht entgangen, wie abgekämpft er aussah. In den letzten Tagen hatte er viel zu tun gehabt – für den Kongress des Deutschen Gewerkschaftsbundes in Stuttgart hatte er im Auftrag der IG Bergbau ein Thesenpapier entwickelt, und nebenher liefen die ganze Zeit die Vorbereitungen für eine geplante Aktion in Bonn, die er als *ganz große Sache für alle Kumpel im Revier* bezeichnet hatte.

Sie hätte ihm die unangenehme Neuigkeit gern erspart, doch es ging nicht anders.

»Heute kam eine Aufforderung vom Schulamt. Jakob muss zu einer amtsärztlichen Untersuchung.« Sie nahm das Anschreiben vom Beistelltischchen, wo sie es griffbereit deponiert hatte. Johannes riss es ihr förmlich aus der Hand und las es hastig.

»Verdammt, an dem Tag habe ich eine wichtige Betriebsversammlung, da kann ich unmöglich fehlen!«

»Du sollst ja auch gar nicht dabei sein. Sondern Papa.« Beim Anblick seiner erschrockenen Miene fügte sie schnell hinzu: »Ich gehe natürlich auch mit. Es wird schon gut gehen. Ich habe mit Matthias Jung gesprochen.«

Als sie das Schreiben heute nach der Arbeit gelesen hatte, war sie ähnlich entsetzt gewesen wie jetzt Johannes. Sofort hatte sie in heller Aufregung Matthias angerufen. Er hatte bereits davon erfahren, Inge war ihm mit ihrem Anruf zuvorgekommen.

Sein Onkel hatte ihm berichtet, dass der Fall zuständigkeitshalber auf seinem Schreibtisch gelandet war.

»Deshalb der Termin beim Amtsarzt«, hatte Matthias erklärt. »Um Jakobs schulische Eignung feststellen zu lassen.

Und mein Onkel meinte auch noch, es könne sinnvoll sein, wenn dein Vater ihn begleitet. Sonst heißt es womöglich am Ende, dass er nicht mal in der Lage ist, mit seinem Sohn zum Arzt zu gehen. Außerdem muss er dort ja nicht groß was sagen, es reicht, wenn er danebensitzt und freundlich lächelt.«

Johannes nickte zögernd, nachdem Inge ihm von dem Telefonat berichtet hatte. »Vielleicht ist es wirklich gut, wenn Karl jetzt ins kalte Wasser springt. In zwei Wochen findet seine Anhörung statt, da muss er erst recht seinen Mann stehen.«

Inge pflichtete ihm bei, doch ein mulmiges Gefühl blieb. Sicherheitshalber übte sie noch einige Male mit Karl, indem sie den Besuch beim Amtsarzt mit ihm und Jakob durchspielte. Sie zog sich sogar eines von Johannes' weißen Hemden als Arztkittel über und ließ Jakob alle Übungen durchexerzieren, an die sie sich noch von seiner damaligen Einschulungsuntersuchung erinnerte. Er musste auf einem Bein hüpfen, eine Linie entlangschreiten, mit der rechten Hand über den Kopf hinweg ans linke Ohr greifen und ein Bild malen. Jakob fertigte auf ihre Anregung hin eine kleine Zeichnung von Jesus Christus an, den man daran erkannte, dass er an einem überdimensionalen Kreuz hing und überall blutete.

»Das hast du schön gemacht, Jakob«, lobte Karl auf Inges Geheiß, genau in dem wohlwollend-väterlichen Ton, den man erwarten konnte.

»Jetzt noch ein paar Rechenaufgaben«, sagte Inge. »Wie viel ist hundertfünfunddreißig mal achtzehn?«

Jakob dachte kurz nach. »Zweitausendvierhundertdreißig.«

Inge hatte es schon vorher ausgerechnet und wusste daher, dass die Antwort stimmte.

»Und was ist die Wurzel aus fünfundzwanzig?«

Diesmal musste Jakob nicht überlegen. »Fünf.«

»Was ist der Cosinus von Pi?«, fragte sie aufs Geratewohl. »Weißt du es auch ohne Rechenschieber?«

»Natürlich, das ist babyleicht. Minus eins.«

»Das hast du schön gemacht, Jakob«, sagte Karl unaufgefordert, und Inge konnte ihm nur zustimmen, wobei es ihr völlig rätselhaft war, wie man den Cosinus von Pi im Kopf bestimmen konnte.

Für den Untersuchungstermin nahm sie sich den Vormittag frei. Bärbel war in der Schule, aber zum Glück fand Klaus sich bereit, für ein paar Stunden bei Mine zu bleiben, er hatte Spätschicht.

Bei dem Arzt ließ man sie eine geschlagene Stunde warten, obwohl außer ihnen keine Menschenseele dort war. Inge befürchtete schon, man könnte sie vergessen haben, doch irgendwann tauchte die Sprechstundenhilfe wieder auf und erklärte, dass der Doktor sich verspäten würde, da er aufgehalten worden sei.

Inge ärgerte sich, dass sie kein Buch mitgenommen hatte. Jakob beschäftigte sich derweil stillvergnügt mit seinem Rechenschieber. Karl hatte seine Aktentasche dabei und blätterte in seiner zerfledderten Illustrierten.

Endlich wurden sie aufgerufen. Der Amtsarzt war ein zerstreut wirkender älterer Herr mit einem krausen Haarkranz rund um die Halbglatze und einer dicken Brille, die ihm eine gewisse Ähnlichkeit mit einem freundlichen Frosch verlieh.

Er schüttelte Inge und Karl die Hand und bat sie, in der am weitesten entfernten Ecke des Raums Platz zu nehmen, während Jakob sich bis auf die Unterhose ausziehen und dann nach einer kurzen körperlichen Untersuchung tatsächlich genau dieselben Übungen vollführen musste wie vor seiner Einschulung. Als er ein Bild malen sollte, erkundigte er sich: »Soll ich wieder einen Jesus malen? Oder was anderes? Ich könnte auch die zwölf Apostel malen.«

»Ach nein, das dauert zu lange«, meinte der Arzt. Er kratzte sich am Kopf. »Wie alt bist du denn?«

»Sieben. Im Dezember werde ich acht.«

»Dann müsstest du doch schon längst in der Schule sein. Wieso bist du noch nicht in der Schule?«

»Er geht in die zweite Klasse«, meldete sich Inge aus dem Hintergrund.

Irritiert musterte der Arzt das vor ihm stehende Kind. »Warum sollte ich dich dann untersuchen?«

»Weil ich nicht auf die Sonderschule will«, erklärte Jakob mit großer Entschiedenheit.

»Ach was.« Jetzt erst griff der Arzt zu den Unterlagen, die ihm die Sprechstundenhilfe hingelegt hatte, und studierte den Inhalt. »Hm, hm«, machte er. »Lernbehindert. Schwer beschulbar. Renitent. Unkonzentriert. Leistungsschwach.« Ratlos hielt er inne. »Seltsam, du machst auf mich einen ganz normalen Eindruck.«

»Jakob ist nicht normal«, warf Karl ein, und Inge erschrak, denn diesen Satz hatten sie nicht eingeübt.

»Mein Sohn ist ein sehr kluger Junge«, fuhr Karl mit sichtlichem Stolz fort. »Viel klüger als alle anderen. Er kann alles. Aber er darf in der Schule nicht mit links schreiben.«

»Ach, ein Linkshänder also? Ich war auch mal einer, ganz früher. Wurde mir aberzogen, hat meine Schrift leider nicht besser gemacht.« Der Arzt winkte Jakob an seinen Schreibtisch und hielt ihm einen Bleistift hin. »Zeichne mal was mit links.«

Jakob beugte sich über das Blatt Papier, das der Arzt ihm hinschob. »Darf ich ein Lineal benutzen?«

Der Arzt blickte suchend auf seinem Schreibtisch herum. »Ich habe leider keins.«

»Das macht nichts. Ich kann meinen Rechenschieber nehmen.« Immer noch nackt bis auf Unterhose und Sandalen holte Jakob sich den Rechenschieber bei Inge ab, die ihn in ihre Handtasche gesteckt hatte, dann flitzte er zurück zum Schreibtisch des Arztes und fing an zu zeichnen.

Verblüfft betrachtete der Arzt das Ergebnis. »Was soll das denn sein?«

»Ein Kreis mit Tangente, Passante und Sekante. Der Kreis ist leider nicht ganz rund, weil ich keinen Zirkel habe.«

Der Arzt lehnte sich perplex zurück. »Du bist erst in der zweiten Klasse und weißt schon, was eine Tangente ist?«

»Eine Gerade, die eine gegebene Kurve in einem bestimmten Punkt berührt. Die Kreistangente steht auf dem zu diesem Punkt gehörenden Berührungsradius.« Eifrig deutete Jakob auf seine Zeichnung.

»Da soll mich doch der Teufel holen«, sagte der Arzt. »Weißt du zufällig auch, was die Ludolf'sche Zahl ist?«

»Die Kreiszahl Pi. Drei komma eins vier eins fünf neun zwei sechs. Soll ich noch mehr Kommastellen aufzählen?«

»Nicht nötig.« Der Arzt wies auf den Rechenschieber. »Mit dem Ding kannst du sicher auch schon umgehen, was?«

Jakob nickte.

»Und was ist mit Lesen und Schreiben? Also Wörter und so weiter?«

»Er kann sehr gut lesen«, erklärte Inge.

»Ich habe den Jungen gefragt.«

»Entschuldigung«, sagte Inge kleinlaut.

Der Arzt schlug ein medizinisches Wörterbuch auf und deutete mit dem Finger auf eine Stelle. »Lies mal diesen Abschnitt da vor.«

»Akromegalie«, las Jakob flüssig und ohne zu stocken. »Riesenwuchs. Übermäßiges Wachstum von Gliedern oder Gliedteilen. Klammer auf. Hand, Finger, Fuß, Zehen, Kopf, Klammer zu, nach Abschluss des allgemeinen Körperwachstums …«

»Das reicht«, unterbrach der Arzt ihn. Er drehte das Blatt mit der Zeichnung um. »Schreib mal was.«

»Mit links?«, vergewisserte sich Jakob schüchtern.

»Ja, sicher.«

»Was denn?«

»Egal. Einfach irgendeinen Satz, der dir gerade in den Sinn kommt.«

Nach kurzem Nachdenken beugte sich Jakob über das Blatt und schrieb etwas.

Der Arzt las es laut vor. »Ich will nicht auf die Sonderschule.« Er nahm die Brille ab und reinigte sie mit einem Zipfel seines Kittels. »Da sollte man denjenigen hinschicken, der diese hirnverbrannte Idee ausgebrütet hat!« An Karl gewandt fügte er hinzu: »Die Sache ist völlig klar. Ich fertige ein Gutachten an, das ganz in Ihrem Sinne ausfallen wird.«

»Was bedeutet das?«, fragte Karl.

Dem Arzt schien seine Naivität nicht weiter aufzufallen. »Ihr Sohn ist außerordentlich begabt und extrem weit für sein Alter. So erklärt sich auch seine Unaufmerksamkeit im Unterricht. Der Stoff des zweiten Schuljahrs wird seinen Fähigkeiten in keiner Weise gerecht.«

Inge jubelte innerlich, und auch Karl schien zu begreifen, dass alles gut gegangen war.

»Das hast du schön gemacht, Jakob!«, sagte er strahlend.

Inge stand hastig auf und half Jakob beim Anziehen.

»Nur aus Neugier«, wollte der Arzt von Karl wissen. »Wie weit ist Ihr Junge denn in der Mathematik bereits?«

»Keine Ahnung«, sagte Karl. Er wandte sich hilflos an Inge.

»Keiner von uns weiß es genau«, erklärte Inge schnell. »Er ist schon so weit, dass leider niemand aus der Familie mehr mitkommt.«

»Na, du selber wirst es aber wissen, oder?«, erkundigte sich der Arzt bei Jakob. »Womit beschäftigst du dich gerade?«

»Mit boolescher Algebra.«

Der Arzt spitzte die Lippen wie zu einem unhörbaren Pfiff. »Das ist Stoff fürs Abitur. Unglaublich!«

»Wir fänden es richtig, wenn er eine Klasse überspringen darf«, platzte Inge heraus. »Umso eher könnte er aufs Gymnasium.«

Der Arzt nickte nachdenklich. »Ein sehr beachtenswerter Gedanke. Ich werde eine Empfehlung in das Gutachten aufnehmen.«

»Vielen Dank, Herr Doktor!«

Als Karl zum Sprechen ansetzte, betete Inge stumm, dass er nicht wieder den dämlichen einstudierten Satz von sich gab, doch er wiederholte einfach nur ihre letzte Bemerkung, und es klang ganz natürlich.

»Vielen Dank, Herr Doktor!«

Der Arzt hörte gar nicht mehr richtig hin, er hatte bereits begonnen, sich Notizen zu machen.

Inge drängte Jakob und Karl zum Aufbruch, und als sie endlich draußen waren, umarmte sie beide gleichzeitig und stieß einen Freudenschrei aus, der bestimmt noch drei Straßen weiter zu hören war.

Kapitel 23

Am Freitag nach der Schule machte Bärbel sich besonders sorgfältig zurecht. Sie zog ihre neue Siebenachtelhose an, die Inge ihr nach einem Schnitt in der *Constanze* genäht hatte, und legte ein dezentes Make-up auf, hauptsächlich Lidstrich, um die Augen zu betonen. Das Haar kämmte sie wie üblich im Stil von Audrey Hepburn, die immer noch ihr modisches Vorbild war, obwohl Bärbel in der letzten Zeit immer häufiger darüber nachdachte, sich eine Frisur wie Inge zuzulegen. Es sah einfach so *gut* aus!

Als Oberteil wählte sie einen luftig geschnittenen Pullover, und als Schuhe kamen nur die flachen Ballerinas infrage, die nicht nur einen grazilen Fuß machten, sondern auch den Vorteil hatten, dass man darin wesentlich besser laufen konnte als mit Pfennigabsätzen.

Zufrieden mit ihrem Erscheinungsbild drehte sie sich vor dem Spiegel im unteren Flur hin und her.

Inge, die in Mines Küche mit der Zubereitung eines Hackbratens kämpfte, warf ihr einen längeren Blick zu.

»Man sieht ziemlich viel von deinen Schultern.«

»Das ist ja auch ein Carmen-Pulli«, erklärte Bärbel. Sie nahm eine theatralische Positur ein, warf den Kopf zurück und streckte in dramatischer Gebärde die Arme aus, während sie die Habañera-Arie aus *Carmen* anstimmte.

»L'amour est un oiseau rebelle, que nul ne peut apprivoiser, et c'est bien en vain qu'on l'appelle, s'il lui convient de refuser …«

Inge machte große Augen. »Seit wann singst du denn Opernarien?«

Bärbel zuckte mit den Schultern. »Gar nicht.«

»Aber es klingt unglaublich!«, meinte Inge. »Du hast eine großartige Stimme!«

»Jaja«, sagte Bärbel leichthin. »Ab sofort übe ich jeden Tag und werde eine Operndiva. Wenn ihr mich nicht vorher umbringt, weil ihr den Krach nicht mehr aushaltet.« Sie fand es eher lustig, wenn die Leute solche Dinge zu ihr sagten, nur weil sie lauter als die meisten anderen singen konnte und dabei auch noch die richtigen Töne traf. Die hatten wahrscheinlich noch nie jemanden wie Maria Callas erlebt. Bärbel hatte sich im Plattenladen eine Aufnahme von ihr angehört, und seitdem wusste sie, was es *wirklich* bedeutete, eine großartige Stimme zu haben. Da konnten ihre Schwester und ihre Musiklehrerin ihr noch so viel erzählen. Ihr reichte es, zum Spaß zu singen. Und ab und zu für Oma Mine. Für die sang sie besonders gern.

Sie hüpfte auf einem Bein und zog sich die rutschenden Söckchen zurecht, dann schnappte sie sich ihre Handtasche.

»Wo willst du überhaupt hin?«, wollte Inge wissen.

»Runter zum Pütt.«

»Was hast du denn da vor?«

»Klaus abholen. Er hat Frühschicht. Kannst du ein bisschen mehr Hackbraten machen? Er mag den so gern. Also den von Oma Mine. Aber du machst ihn ja wie sie, oder?«

Inge verdrehte die Augen. »Sie macht doch immer alles nach Gefühl. Ich richte mich nach dem Rezept.«

»Hauptsache, du machst viel davon«, meinte Bärbel aufmunternd. Der Ehrlichkeit halber fügte sie hinzu: »Wenn du es gut hinkriegst, reicht's aber garantiert keine drei Tage.«

»Na, mal sehen.« Inge sah seufzend auf das aufgeschlagene Kochbuch. Sie nahm die Hände aus der Schüssel mit dem Hackfleisch und betrachtete leicht angeekelt die klebrigen Reste an ihren Fingern. »Ich *hasse* Hackbraten.«

»Sonst hast du ihn immer ganz gern gegessen.«

»Nicht, wenn ich ihn selber machen muss. Ich bin für so was nicht geeignet.«

»Oma Mine«, rief Bärbel ins Nebenzimmer hinüber. »Hast du das gehört? Es wird Zeit, dass du wieder auf die Beine und an den Herd kommst!«

Mine antwortete ihr mit ein paar Grunzlauten, die Bärbel indessen mühelos verstand. Inzwischen besaß sie Übung darin.

»Da kannsse einen drauf lassen«, übersetzte sie es für Inge.

Ihre Schwester betrachtete sie nachdenklich. »Gibt es einen besonderen Anlass, warum du Klaus von der Arbeit abholen willst? Das hast du doch noch nie gemacht, oder?«

Bärbel spürte, wie sie errötete.

»Einmal ist immer das erste Mal«, sagte sie. Sie wollte es fröhlich sagen, aber ihre Stimme klang ernst.

Inge sah aus, als wollte sie zu irgendwelchen Ermahnungen ansetzen, hielt dann aber inne. Sie blickte Bärbel lange und eindringlich an, dann machte sie einen spontanen Schritt auf sie zu, offenbar in der Absicht, sie zu umarmen. Davon nahm sie allerdings sofort wieder Abstand, weil ihre Hände mit Hackfleischteig beschmiert waren.

»Pass auf dich auf«, sagte sie nur.

Bärbel öffnete die Haustür. »Bis später, Oma Mine!«, rief sie, und dann legte sie einen Zahn zu. Sie war spät dran, und bis Pörtingsiepen war es ein ganz schönes Stück, auch wenn es zum Glück nur bergab ging.

Unten vor der Zeche bezog sie Posten am Tor. Sie war nicht die Einzige, die hier wartete. Etliche Frauen hatten sich eingefunden, manche auch mit ihren Kindern. Die ganz kleinen saßen in offenen Kinderwagen, von den größeren kurvten einige auf ihren Rollern herum. Die Frauen trugen zum Teil nicht mal richtige Tageskleider, sondern hatten noch ihren Haushaltskittel an, und dazu Holzpantinen oder offene Schlappen an den Füßen, als hätten sie zu Hause alles stehen und liegen lassen, um rechtzeitig hier zu sein.

Bärbel wusste, dass heute die Lohntüten ausgeteilt wurden – für manche der Bergleute immer noch ein willkommener Anlass, einen Teil des Geldes gleich in die nächste Kneipe zu tragen. Deshalb standen ihre Frauen hier parat. Nicht aus Sehnsucht nach ihren Männern, sondern um sie daran zu hindern, das Haushaltsgeld zu versaufen.

Bärbel fühlte sich unbehaglich unter den neugierigen Blicken, die sie von allen Seiten streiften. Ihr war klar, dass sie unter den wartenden Frauen hervorstach wie ein Paradiesvogel, und ein wenig beklommen fragte sie sich, ob es nicht vielleicht doch eine Schnapsidee war. Doch es war keine spontane Entscheidung gewesen, sie hatte die ganze Woche gründlich darüber nachgedacht. Und sie stand immer noch dazu. Weil sie zu *ihm* stand.

Jetzt allerdings überkamen sie Zweifel. Es machte keinen Spaß, angestarrt zu werden. In diesem Moment wusste sie genau, wie sich ihre Mutter gefühlt haben musste, im Beisein solcher Frauen, die sie *Schickse* genannt und über sie gelästert hatten.

Doch der Impuls, sich den bohrenden Blicken und dem Klatsch zu entziehen und von hier zu verschwinden, verflog so schnell, wie er gekommen war.

Als die Sirene zum Ende der Frühschicht ertönte, lehnte sie sich mit einer Spur von Trotz gegen den Torpfosten und verschränkte die Arme. Sie gehörte hierher, es war ihre Heimat, ihr Tal. Gleich würde ihr Freund von der Arbeit kommen, der ein Kumpel war wie alle anderen auch, und es war verdammt noch mal ihr gutes Recht, hier auf ihn zu warten.

*

Klaus bemerkte sie zuerst gar nicht, schließlich hatte er überhaupt nicht damit gerechnet, dass sie ihn abholte. Und selbst, als er sie unter all den anderen Frauen entdeckt hatte, begriff er zuerst nicht, warum sie da war. Im ersten Moment war er davon überzeugt, dass schon wieder was passiert war. Etwas so Schlimmes, dass man es ihm auch diesmal unbedingt persönlich mitteilen musste, und dafür hatten sie extra Bärbel geschickt, weil sie wussten, dass kein anderer Mensch sich so gut in ihn hineinversetzen konnte.

Mit schleppenden Schritten ging er auf sie zu, den Pöngel mit dem verdreckten Grubenzeug unterm Arm und den leeren Henkelmann mitsamt Kaffeeflasche an einer Kordel über der Schulter. Dann sah er ihr aufgeregtes, strahlendes Gesicht und erkannte, dass wohl doch nichts Schlimmes passiert war, denn in dem Fall hätte sie ihn wohl kaum auf diese Art angelächelt. Blieb nur die Frage, was sie hier wollte.

»Was machst du hier?«, fragte er verwundert.

»Dich abholen.«

»Warum?«

Bärbel runzelte die Stirn. »Darum.«

Klaus verstand ihre Beweggründe immer noch nicht. Aber er war froh, dass er frisch geduscht und sauber war. Er hatte sich in der Waschkaue sogar die Zähne geputzt, was er in der letzten Zeit häufiger tat. Sie hatte ihm erzählt, dass sie selbst es mehrmals täglich machte, eine Angewohnheit, die wohl erklärte, warum ihre Zähne besonders weiß und schön waren.

Sie machte einen Schritt auf ihn zu. »Freust du dich denn gar nicht?«

»Doch, klar«, sagte er, sich verlegen nach allen Seiten umschauend. Und schon passierte genau das, was er in seinen Vorstellungen vorausgesehen hatte – ein paar Kumpel wurden auf sie aufmerksam und machten im Vorbeigehen derart anzügliche Bemerkungen, dass ihm die Ohren heiß wurden.

Bärbel hob den Kopf, auf diese rebellische, aufmüpfige Weise, wie er es nicht anders an ihr kannte. Sie hatte vor nichts und niemandem Angst, so war es immer schon gewesen. Er war der Bedächtige, sie die Waghalsige. Einen Moment lang befürchtete er, sie könnte sich den Kumpeln in den Weg stellen und ihnen die unverschämten Schweinereien um die Ohren hauen. Gewundert hätte es ihn nicht – jemand hatte ihm erzählt, dass sie den alten Brüggemann auf offener Straße angebrüllt hatte, weil der über Manni hergezogen war. Doch sie ließ die Kumpel in Ruhe.

Dicht vor Klaus blieb sie stehen. Als Nächstes beugte sie sich vor und küsste ihn auf den Mund.

Es war nur ein kurzer Kuss, dafür aber nachdrücklich genug, um allen, die sie in diesem Moment beobachteten, eines klarzumachen: Sie war sein Mädchen. Und sie war hergekommen, damit alle es sehen konnten.

Sein Herz hämmerte, und er grinste wie ein Verrückter, weil er es jetzt endlich kapiert hatte. Er schlang beide Arme um sie und küsste sie ebenfalls, diesmal richtig, sodass ihr die Luft wegblieb, und dann schaute er sich abermals um, aber nur kurz, weil er sich sorgte, es vielleicht übertrieben zu haben. Ein paar Pfiffe waren zu hören und weitere ordinäre Zurufe, doch er nahm es so auf, wie es gemeint war, belustigt und gutmütig.

Hand in Hand gingen sie zum Parkplatz, wo er das Moped abgestellt hatte. Er hatte es sozusagen als Erbe von Manni übernommen, und auch wenn der vielleicht nicht damit einverstanden gewesen wäre, konnte er ja nichts mehr dagegen tun.

Ohne sich vorher groß abzusprechen, fuhren er und Bärbel zum Hesperkrug und setzten sich an einen der draußen stehenden Tische. Sie tranken Cola und blinzelten in die Sonne, und als sie nach einer Weile wieder aufbrachen, meinte Bärbel, sie könnten doch vielleicht kurz auf dem Friedhof vorbeischauen.

Bei diesem Vorschlag musste Klaus schlucken. Seit Mannis Beerdigung war er nicht mehr da gewesen, und auch das Grab seiner Mutter hatte er seit ihrer Bestattung kein einziges Mal besucht. Dabei wusste er genau, dass eigentlich jemand aus der Familie nach den Gräbern sehen sollte, und ihm war ebenso klar, dass es außer ihm niemand tun würde. Sein Vater konnte es nicht, und Wolfi war auch mit den Nerven am Ende.

Beim Gedanken an seinen jüngeren Bruder meldete sich sein Gewissen. Er hatte Wolfi dazu gebracht, die Finger vom Schnaps zu lassen, und soweit er es beurteilen konnte, hatte sein Bruder sich daran gehalten, jedenfalls zu Hause. Und dort war er ja auch die meiste Zeit, wenn er nicht gerade arbeiten musste. Vergraben in seinem Zimmer, mit seinen Stapeln von Sigurd-Comics und Mannis Kofferradio am Ohr. Er hockte allein in der Bude, während Klaus rausging und sich mit Bärbel traf.

Ich sollte mal wieder mit ihm Tischtennis spielen, dachte Klaus.

Er fuhr mit Bärbel auf dem Sozius zum Friedhof.

Zu seiner Erleichterung sahen die Gräber weniger ungepflegt aus, als er befürchtet hatte. Jemand hatte die Blumen und Kränze von Mannis Grab weggeräumt und die Erde säuberlich glatt geharkt. Auch die Grabstätte seiner Mutter wirkte ordentlich. Vor das einfache Holzkreuz, auf dem ihr Name stand, hatte sogar jemand eine Pflanzschale mit Heidekraut hingestellt.

Bärbel meinte, es gebe viele Frauen in Fischlaken, die sich der Gräber annahmen, wenn sonst keiner kam und nach dem Rechten sah. Manche, vor allem die älteren, gingen den Sommer über sogar jeden Tag auf den Friedhof, um die Pflanzen zu wässern und das Unkraut auszuzupfen.

Bei ihrer Erklärung entsann sich Klaus der Debatte, die es zu der kirchlichen Beisetzung seines Bruders gegeben hatte. Es war ihm über ein paar Ecken zugetragen worden. Manni war ein gesuchter Sexualstraftäter gewesen, und zu allem Überfluss auch noch ein Selbstmörder. Nicht jedem frommen Gemeindemitglied schmeckte es, dass so einer mit Gottes Segen zu Grabe getragen wurde. Doch der Pfarrer hatte sich nicht beirren lassen. Manni war eines seiner Schäfchen, das er persönlich getauft und zur Heiligen Kommunion geführt hatte. Niemals hätte Gott es gutgeheißen, dem Jungen diese letzte Gnade zu versagen.

Sie gingen auch zum Grab von Bärbels Mutter, Katharina Wagner, und Klaus spürte Bärbels Trauer wie seine eigene. Er griff nach ihrer Hand.

»Vermisst du sie immer noch?«

Sie nickte stumm.

»Ich vermisse meine Mutter auch«, sagte er leise. Und er fragte sich, ob er wohl je die Schreckensbilder jenes unseligen Tages vergessen würde, an dem sie gestorben war. Aber dann kam ihm der Gedanke, dass diese Eindrücke, die er von ihr in Erinnerung behalten würde, vielleicht gar nicht mal so schlimm waren, denn ihr letzter Blick hatte ihrem Mann gegolten. Nicht dem besoffenen Widerling, sondern ihrem Fritz, so wie er früher mal gewesen war, rücksichtsvoll und um ihr Wohl besorgt. Er hatte ihr ein Brot machen wollen und sie aufgefordert, sich auszuruhen.

Klaus biss die Zähne zusammen, er spürte, wie ihm die Tränen kamen. Die Aussicht, hier vor Bärbel heulen zu müssen, war ihm zuwider.

»Lass uns gehen«, sagte er rau.

Sie verließen den Friedhof. Bevor sie auf das Moped stiegen, erzählte er Bärbel unvermittelt, dass er die Stelle bei der Baufirma annehmen und auf dem Pütt aufhören wolle. Sie schien sich darüber zu freuen, und er war drauf und dran, ihr zu sagen, dass er mehr aus sich machen wollte. Vielleicht eine Meisterprüfung, und später irgendwann, wenn er alt genug war, eine eigene Firma. Andere schafften es ja auch, warum nicht er?

Doch er redete nicht darüber, denn woher wollte er wissen, ob er sich nicht zu viel vornahm? Lieber ging er es an, ohne es vorher anzukündigen, dann konnte er keine Erwartungen enttäuschen, wenn nichts daraus wurde.

»Bei uns zu Hause gibt es Hackbraten«, sagte Bärbel. »Willst du mitessen?« Sie lächelte ihn an, auf ihre süße, vertraute Art, und sein Herz überschlug sich, weil er die Sehnsucht nach ihr kaum ertrug.

»Klar will ich.«

Er stieg auf, und sie setzte sich hinter ihn, umschlang ihn mit beiden Armen, und auf einmal war er froh, dass er mit ihr auf den Friedhof gegangen war. Es war fast, als hätten die Toten ihm auf eigentümliche Weise geholfen, nach vorn zu blicken und sich neu zu erfinden.

Er dachte an seine Mutter und daran, dass sein Vater an ihrem Todestag nett zu ihr gewesen war. An seinen Bruder, der in den Armen eines geliebten Menschen gestorben war. Sie waren nicht allein gewesen.

Und das war doch eigentlich die Hauptsache.

Als er mit Bärbel nach Hause fuhr, fühlte er sich auf einmal leichter. Er spürte den Sommerwind im Gesicht und fand das Leben alles in allem gar nicht so übel.

*

Am letzten Samstag im September fuhren Johannes und Stan nach Bonn zu der geplanten Kundgebung, die unter dem Motto »Sicherheit statt Chaos« stand und die Blicke der Öffentlichkeit auf die Kohlekrise und das drohende Zechensterben lenken sollte. Die Gewerkschaft hatte zahlreiche Busse organisiert, mit denen die Bergleute in die Bundeshauptstadt befördert wurden. Die überwiegende Mehrheit der Kumpel reiste jedoch mit Sonderzügen an, die am Kölner Hauptbahnhof endeten. Von dort aus fuhren sie mit Bussen weiter nach Bonn. Um mögliche Behinderungen unterwegs auszuschließen, hatte die Polizei die Autobahn Köln-Bonn extra für den normalen Verkehr gesperrt.

Vereinzelt gab es kommunistische Gruppen, die sich die Großveranstaltung für ihre eigenen Ziele zunutze machen wollten. Bevor sie allerdings haufenweise Flugblätter verteilen und bei dem Demonstrationszug mitmarschieren konnten, wurden sie von Ordnern der IG Bergbau abgefangen und aus den Zügen gewiesen. Dasselbe Schicksal ereilte diverse mitreisende Atomwaffengegner, mitsamt den von ihnen vorbereiteten Transparenten. Die Kundgebung in Bonn sollte den Bergleuten vorbehalten bleiben.

Johannes und Stan waren mit Johannes' Wagen unterwegs, sie wollten unabhängig von den anderen Teilnehmern nach der Veranstaltung heimfahren, denn danach blieb Johannes bis zu dem Termin vorm Vormundschaftsgericht nur noch ein einziger Tag, und den wollte er in Ruhe zu Hause mit der Familie verbringen.

Nachdem nun feststand, dass Jakob nicht auf die Sonderschule abgeschoben werden durfte, hatten sie die noch offene Vormundschaftsangelegenheit als nicht mehr ganz so bedrohlich empfunden, zumal der Anwalt sie bereits beruhigt hatte – solange Karl nicht offiziell entmündigt sei, dürfe ihm das Sorgerecht nicht abgesprochen werden.

Johannes und Inge hatten bereits zaghafte Erleichterung verspürt, aber als wollte ihnen das Schicksal im letzten Moment ein Schnippchen schlagen, war am gestrigen Tag noch eine amtliche Benachrichtigung eingetrudelt: Bei Gericht war ein weiteres Verfahren anhängig, das ausdrücklich auf Karls Entmündigung abzielte. Nun lag wohl wirklich alles allein in Gottes Hand.

Das war der Stand der Dinge, als Johannes mit Stan nach Bonn fuhr.

»Sind da Zuschauer im Gerichtssaal erlaubt?«, wollte Stan wissen. »Ich habe kommende Woche Spätschicht und könnte auch hinkommen, wenn ihr moralische Unterstützung braucht.«

»Karls Anhörung am Montag ist öffentlich, und wir wollen auch alle hingehen«, antwortete Johannes bedrückt. »Aber das Verfahren über die Entmündigung findet unter Ausschluss der Öffentlichkeit statt. Keiner von uns darf mit rein, abgesehen von dem Anwalt, doch der hat mir schon gesagt, dass er da nicht viel machen kann.«

»Gibt es für die Entmündigung auch schon einen Gerichtstermin?«

»Bis jetzt noch nicht, aber nach der Anhörung wird das Gericht sicher ganz schnell einen festsetzen«, meinte Johannes düster.

Eine Weile hingen sie ihren Gedanken nach, bis Stan unvermittelt sagte: »Du und Inge – seid ihr jetzt eigentlich zusammen?«

Johannes spürte, dass er rot wurde. Seine Hände verkrampften sich am Lenkrad. Er wusste selbst, dass er keinen Grund hatte, verlegen zu sein, seine Beziehung zu Inge war nichts, dessen er sich hätte schämen müssen. Doch er hätte sicher besser damit umgehen können, wenn diese Frage nicht ausgerechnet von Stan gekommen wäre. Stan hatte sehr an Hanna gehangen. Ihr Tod lag erst wenige Monate zurück, und als sie gestorben war, hatte Johannes noch ihren Verlobungsring getragen.

»Ja, ich bin mit ihr zusammen. Ich liebe sie und werde sie bald heiraten. Ich weiß, es ist noch ein wenig früh nach Hannas Tod, aber so ist es nun mal.« Er wappnete sich gegen Stans Groll.

Doch Stan schaffte es mal wieder, ihn zu überraschen. »Gute Entscheidung. Inge ist die Richtige für dich. Sie passt viel besser zu dir als meine Schwester. Und auch besser als Katharina, wenn ich das mal so sagen darf.«

»Wieso denkst du das?«, fragte Johannes erstaunt. Leicht ironisch fügte er hinzu: »Weil ich diesmal der Ältere bin?«

»Blödsinn.«

»Weshalb denn dann?«

»Das ist doch ganz einfach. Ihr mögt dieselben Bücher.«

Konsterniert wandte Johannes sich seinem Freund zu. »Ist das dein Ernst?«

»Absolut. Wenn man euch beide über Literatur reden hört, dann leuchtet ihr förmlich, wie zwei Grubenlaternen im Dunkeln. Das ist ein besonderes gemeinsames Licht, und es wird euer Leben lang brennen. Na ja, und dass zwischen euch auch noch andere Funken hin- und herspringen, sieht inzwischen ja auch ein Blinder.«

Johannes war baff über die schon fast poetische Beschreibung und musste Stans Worte erst mal verdauen. Nach einer Weile räusperte er sich und sagte: »Ich habe einen Verlobungsring besorgt.«

»Und warum steckt er noch nicht an ihrem Finger?«

»Weil Manni Rabes Tod dazwischenkam. Und jetzt der ganze Ärger bei Gericht.«

»Wollt ihr feiern?«

»Du meinst eine Verlobungsparty? Darüber haben wir uns noch keine Gedanken gemacht.«

»Dann tut das doch bitte mal. Renate und ich waren ewig nicht mehr feiern. Das letzte Mal war … warte … Nein, ich erinnere mich nicht. Ich glaube, es war unsere Hochzeit.« Stan seufzte abgrundtief.

Die Kundgebung in Bonn wurde zu einem denkwürdigen Ereignis. An die sechzigtausend Bergarbeiter, die meisten davon aus dem Ruhrgebiet, zogen in einem Schweigemarsch durch die Stadt. Schwarze Fahnen wehten über dem Zug, die Atmosphäre war von einer beängstigenden Düsternis. Untermalt wurde die Demonstration von dumpfen Trommelwirbeln, die wie eine einzige Anklage klangen.

Eingehakt zogen Johannes und Stan durch die Straßen, inmitten der vielen tausend anderen, die sich nicht mit dem Verlust ihrer Existenz abfinden wollten.

Ursprünglich hatte die Gewerkschaft geplant, den Zug bis vors Regierungsgebäude zu führen, doch Sicherheitskräfte hatten das Gelände großräumig abgeriegelt, um die Bannmeile rund ums Bundeshaus zu sichern.

Viele Zuschauer gab es nicht. Vielleicht, weil dieser Protestmarsch ohne Krawall vonstattenging, weil keine Fahnen verbrannt und keine Parolen gebrüllt wurden. Doch diesmal waren sie zu viele, um nicht wahrgenommen zu werden. Die Kohle- und Ölimporte mussten endlich nachhaltig gedrosselt und stärker besteuert werden, damit das Ruhrgebiet als wichtigster deutscher Industriestandort überlebte.

Aber tief im Inneren wusste Johannes, dass die Zeit der großen Zechen gezählt war, und zwar nicht nur wegen der Billigimporte aus dem Ausland. Es gab auch andere Gründe, und die wogen auf Dauer schwerer.

Es war der undurchdringliche graue Dunst, der sich wie eine Glocke über den Städten erhob, bis sich die Sonne in eine blasse Scheibe jenseits der stickigen Luftschichten verwandelte. Es waren die verseuchten Abwässer in der Ruhr, an denen die Fische erstickten. Es war der Kohlenstaub, der die Hausfassaden stumpf und die Wäsche auf der Leine schwarzfleckig werden ließ. Es war das giftige Schwefeldioxyd aus den Schloten, das mit dem Regen auf die Wälder niederging und die Bäume sterben ließ, immer schneller, immer mehr.

Aktuelle Testmessungen des Verbands deutscher Ingenieure hatten ergeben, dass in Essen in nur einem Monat mehr als einhundert Gramm Staub pro Quadratmeter auf die Erde herabrieselte. Als gesundheitlich gerade noch verträglich galten dreißig Gramm. Dicke Luft, überall im Revier, und während die Bergleute dafür kämpften, mehr Kohle zu fördern, husteten ihre Kinder.

Mit einem Mal klang das Trommeln in Johannes' Ohren wie ein trauriger Abgesang auf die Zukunft des Reviers. Es war beinahe, als marschierte er mit den Kumpeln zu ihrer eigenen Beerdigung.

Der Protestzug durch Bonn dauerte sieben Stunden. Als sie nach Essen zurückfuhren, war es bereits dunkel, und zu Hause schliefen alle längst. Nur Inge war aufgeblieben und hatte auf Johannes gewartet. Er küsste sie voller Leidenschaft, ihm schien, als müsste er sich nach dem langen schweigenden Marsch und den vielen bedrückenden Gedanken vergewissern, dass er noch am Leben war. Nach dem Kuss hielt er sie fest umschlungen und atmete den Duft ihres Haars ein.

»Hast du Hunger?«, fragte sie.

Er schüttelte den Kopf. »Wir waren eine Kleinigkeit essen. Aber wenn noch was von dem Cognac da ist, sage ich nicht nein.«

Sie sprachen leise, um Bärbel nicht zu wecken, und Johannes sah Inge zu, wie sie zwei Cognacschwenker füllte. Sie hatte das Radio angestellt, ebenfalls sehr leise. Gerade lief *Tom Dooley* von den Nilsen Brothers.

Als Inge sich mit den Gläsern zu ihm umdrehte, hatte sich Johannes auf ein Knie niedergelassen, vorsichtig, weil er bei solchen Bewegungen immer noch seine alte Verletzung spürte.

Er hielt die aufgeklappte kleine Samtschachtel mit dem Verlobungsring in der Hand.

»Oh«, hauchte sie. Vorsichtig stellte sie die Schwenker auf dem Couchtisch ab.

»Vielleicht ist jetzt schon wieder nicht der geeignete Zeitpunkt«, begann er. »Aber wenn ich weiter darauf warte, kommt er womöglich nie. Oder ich verpasse ihn. Also …« Er hielt irritiert inne.

Nimm dir noch einen Whisky, trink ihn mit dir allein, dudelte es gedämpft aus dem Radio. *Das ist ein harter Whisky, das wird dein letzter sein.*

Verdammt. Wieso lief ausgerechnet jetzt dieses Lied? Wo blieb da die Romantik?

Egal, es ließ sich nicht ändern. Er setzte erneut an, sie zu fragen.

»Ja«, unterbrach sie ihn.

»Was?«

»Ja, ich will.« In ihren Augen glänzte es verdächtig, sie war offensichtlich gerührt. »Vorausgesetzt, du wolltest mich das fragen, wovon ich denke, dass du es mich fragst. Sofern es das ist, was du mich schon in der Waschküche gefragt hast.«

»Ja«, stimmte er zu. »Genau das wollte ich dich fragen. Nur diesmal richtig.« Grinsend stemmte er sich wieder hoch und schloss sie in die Arme. Dann erinnerte er sich an den Ring und steckte ihn ihr an.

»Dass ich dich liebe, habe ich dir schon gesagt, oder?«

»Ich entsinne mich dunkel«, gab sie zurück. »Du darfst es aber gern wiederholen. Jetzt wäre auf jeden Fall der geeignete Zeitpunkt dafür.«

Er lachte, und dann küsste er sie erneut.

Kapitel 24

Das Herz klopfte Inge bis zum Hals, als ihr Fall endlich von einem Gerichtsdiener aufgerufen wurde, doch sie mussten noch warten, bis die Beteiligten der vorangegangenen Verhandlung den Sitzungssaal verlassen hatten. Die Leute kamen mit blassen Gesichtern auf den Flur, gefolgt von Anwälten in schwarzen Roben und erregt diskutierenden Zuschauern.

Sie sah hinüber zu Johannes. Seine Haltung wirkte nonchalant, aber sie ahnte, dass er gerade dasselbe dachte wie sie – mit diesem Richter war nicht gut Kirschen essen, sie mussten mit dem Schlimmsten rechnen. Auch der Anwalt, der mit Karls Fall betraut war, hatte erwähnt, dass der Richter allseits gefürchtet sei.

In seiner Entscheidungsfindung galt er als gnadenlos. Ein eiskalter Pragmatiker, so hatte der Anwalt ihn beschrieben. Menschliche Schicksale seien ihm zumeist gleichgültig.

Johannes half Mine beim Aufstehen. Sie hatte unbedingt dabei sein wollen. Um nichts in der Welt hätte sie es sich nehmen lassen, ihren Sohn durch diese schwere Prüfung zu begleiten. Auf den heutigen Tag hatte sie sich mit eiserner Disziplin vorbereitet, hatte ihren Körper gezwungen, das Gehen wieder zu erlernen, auch wenn sie dabei noch viel Hilfe brauchte.

Auf einen Krückstock gestützt und von Johannes gehalten, humpelte sie in winzigen Schritten zur ersten Reihe der Zuschauerbänke und setzte sich an den äußeren Rand. Ihr weißes Haar war sorgfältig frisiert, Inge hatte ihr sogar Lockenwickler hineindrehen müssen, was sonst nur an hohen Festtagen geschah. Sie trug ihr bestes Kleid – es war das, was Katharina ihr kurz vor ihrem Tod noch genäht hatte. Mine hatte es immer in Ehren gehalten, sie holte es nur zu besonderen Anlässen aus dem Schrank.

Aufrecht und stolz saß sie da, mit klarem Blick und erhobenem Kopf. Ihre Augen ruhten auf Karl. Er trug seinen besten Anzug, dazu ein perfekt gebügeltes weißes Hemd und eine neue Krawatte. Rein äußerlich war nicht zu erkennen, dass er den Verstand eines Kindes hatte und jeden Tag aufs Neue gegen das Vergessen ankämpfen musste. Er sah aus wie ein seriöser Angestellter in mittleren Jahren. Hornbrille, kurz geschnittenes graues Haar, angenehme Gesichtszüge. Seine Miene wirkte gelassen, fast heiter, als er seine Blicke neugierig in alle Richtungen schweifen ließ. Der Ernst seiner Lage war ihm nicht annähernd bewusst.

Stan hatte Johannes angekündigt, ebenfalls zu der Anhörung zu erscheinen, und er hatte sein Versprechen wahrgemacht. Er nahm auf einer der Bänke Platz und nickte Inge beruhigend zu.

Auch Matthias Jung war gekommen, er nahm nach wie vor großen Anteil an diesem Fall, und Inge war ihm immer noch zutiefst dankbar, dass Jakob dank seiner Hilfe weiter zur Volksschule gehen durfte. Matthias hatte zwar gemeint, dass das allein Jakobs Verdienst sei, denn zu der Begutachtung durch den Amtsarzt wäre es so oder so gekommen, doch Inge bezweifelte nicht, dass er zumindest zur Beschleunigung der ganzen Sache beigetragen hatte.

Unter den Zuschauern befanden sich auch zwei Personen, bei deren Erscheinen es Inge die Sprache verschlagen hatte – der Rektor der Volksschule sowie Jakobs Klassenlehrerin Fräulein Moosbach. Anscheinend wollten sie sich aus erster Hand davon überzeugen, dass das Gericht ihren Ansichten folgte.

Inge hatte nur einmal flüchtig zu ihnen hingesehen und sich dann rasch abgewandt. Der erwartungsvolle, selbstzufriedene Gesichtsausdruck der beiden hatte ihr Übelkeit bereitet.

Johannes beriet sich noch leise mit dem Anwalt. Sie standen neben den Zuschauerbänken und steckten die Köpfe zusammen. Inge konnte nicht hören, was sie sagten.

Dann verstummten alle Geräusche im Gerichtssaal abrupt, denn aus einer Seitentür neben der erhöhten Richterbank hatte soeben der Richter den Saal betreten. Alle Anwesenden erhoben sich, sogar Mine, die Inge wortlos aufforderte, ihr dabei zu helfen.

Der Richter nahm Platz, ebenso wie eine Protokollführerin, die sich am Rand der Richterbank niederließ.

Unter allerlei Gemurmel und Gescharre setzten sich auch die Zuschauer wieder hin. Johannes suchte sich einen freien Platz auf einer der hinteren Bänke. Inge blickte kurz über die Schulter zurück und lächelte tapfer. Im nächsten Moment zuckte sie zusammen, denn der Richter rief mit einer kühlen, geschäftsmäßigen Stimme noch einmal den Fall auf und stellte fürs Protokoll die Anwesenheit der Beteiligten fest.

Im Anschluss forderte er Karl auf, vorzutreten.

»Ihr Name?«, fragte der Richter.

»Karl Wagner.«

»Wo sind Sie wohnhaft?«

»Essen-Fischlaken.«

»Ihr Alter in Jahren?«

Karl blickte sich Rat suchend zu seiner Familie um, und Inge hätte weinen mögen. Sie hatten alles so oft mit ihm geübt! Die Angaben zur Person zuallererst. Zu Hause hatte er diese Fragen noch wie aus der Pistole geschossen beantworten können!

Aus den Augenwinkeln sah sie, wie der Rektor sich zurücklehnte und siegessicher die Arme verschränkte.

»Hier steht, dass Sie im Jahr neunzehnhundertundzwei geboren wurden. Stimmt das?«

Karl sah den Richter an und nickte erleichtert.

»Sagen Sie *Ja*, wenn es stimmt«, wies der Richter ihn zurecht.

»Ja«, sagte Karl gehorsam.

»Sie wissen, dass Sie heute hier in einer Vormundschaftssache angehört werden sollen, oder?«

»Ja.«

»Wissen Sie auch, worum es dabei geht?«

Erneut blickte Karl Hilfe suchend über die Schulter.

»Hier vorn spielt die Musik, Herr Wagner«, sagte der Richter scharf.

Inge zuckte zusammen und warf Johannes einen entsetzten Blick zu. Jetzt war alles verloren!

Karl wandte sich wieder dem Richter zu. »Entschuldigung«, sagte er. »Manchmal vergesse ich Dinge. Im Krieg wurde ich am Kopf verletzt.«

»Das steht in den Akten. Wissen Sie denn nun, worum es in diesem Verfahren hier geht, oder nicht?«

»Es geht um Jakob. Er ist mein Kind, und ich habe ihn lieb. Ich habe drei Kinder. Inge und Bärbel und Jakob. Ich habe alle sehr lieb. Ich möchte ein guter Vater sein.«

Inge spürte, wie ihr die Tränen kamen. Das, was Karl da gerade gesagt hatte, kam aus seinem Herzen. Nichts davon hatten sie mit ihm geübt!

»Jakob ist sehr klug«, fuhr Karl fort. »Wir spielen gern *Mensch ärgere dich nicht*. Und er erklärt mir den Rechenschieber. Früher konnte ich das auch, aber dann wurde ich am Kopf verletzt. Im Krieg. Dafür habe ich Jakob beigebracht, wie man Bohnen döppt, das kann ich noch. Und wir singen Lieder zusammen. Jakob hat ein …« Karl furchte grübelnd die Stirn, dann fuhr er fort: »Ein absolutes Gehör. Das bedeutet, er kennt alle Töne. Bärbel kann auch sehr gut singen. Sogar Arien. Inge liest gerne Bücher. Ich lese auch, aber lieber Zeitschriften.« Karl drehte sich zu den Zuschauerbänken um. »Meine Mutter ist mitgekommen. Sie sitzt da hinten. Sie hatte einen Schlaganfall. Ich kümmere mich um sie, wenn die anderen nicht da sind.«

»Bitte blicken Sie zur Richterbank, Herr Wagner.«

Folgsam wandte sich Karl wieder dem Richter zu.

»In den Akten ist vermerkt, dass Sie auf der Zeche arbeiten.«

»Jetzt nicht mehr. Mutter hatte einen Schlaganfall. Ich kümmere mich um sie, wenn die anderen nicht da sind.«

Der Richter musterte ihn, dann ließ er seinen Blick über die Zuschauerbänke schweifen. Schließlich wandte er sich in demselben nüchternen Ton, mit dem er die Verhandlung eröffnet hatte, an den Anwalt. »Möchten Sie noch etwas dazu vorbringen?«

Der Anwalt trat vor. »Hohes Gericht, für die Bestellung eines Amtsvormunds müsste feststehen, dass das Kind nicht unter elterlicher Sorge steht oder die Eltern nicht zur Vertretung berechtigt sind …«

»Ist Ihnen etwa der Grundsatz *Iura novit curia* nicht geläufig?«, fuhr der Richter dazwischen. »Das Gesetz kenne ich selbst!«

Der Anwalt zog den Kopf ein. »Selbstverständlich, hohes Gericht. Ich wollte nur sagen …«

»Mir reicht, was hier gesagt wurde«, beschied der Richter. Kühl blickte er in die Runde. »Sämtliche Entscheidungsgrundlagen liegen vor.«

Inge hielt den Atem an. Sie presste beide Hände auf ihr wild jagendes Herz. Oh Gott, bitte nicht!, dachte sie. Tu uns das nicht an!

»Es sind zwei Verfahren anhängig«, dozierte der Richter.

»Man kann sie nicht unabhängig voneinander betrachten. Ich könnte die heutige Sache vertagen, bis eine Entscheidung über die beantragte Entmündigung ergangen ist. Aber wenn sich bestimmte Leute einbilden, dass ich mich dazu hergebe, einen ehrbaren Vater für geisteskrank zu erklären, nur damit ihm ein Amtsvormund vor die Nase gesetzt werden kann, müssen sie früher aufstehen.« Sein stechender Blick traf den Rektor, und seine Stimme wurde eisig. »Ich bin auch in dem anderen Verfahren zuständig und kann jetzt schon sagen, dass ich den Entmündigungsantrag für offensichtlich unbegründet halte.« Er hielt inne und griff nach dem Richterhammer, um mit ein paar kräftigen Schlägen das sich erhebende Raunen der Zuschauer zu übertönen. »Beschlossen und verkündet: Die gesetzlichen Voraussetzungen für eine Amtsvormundschaft sind nicht gegeben. Die Sitzung ist geschlossen.« Er stand auf, klemmte sich die Akte unter den Arm und marschierte durch die Seitentür aus dem Saal. Die Protokollführerin ergriff Stenoblock und Bleistift und folgte ihm.

Im Gerichtssaal brach Jubel aus. Gleichzeitig weinend und lachend drückte Inge Oma Mine an sich, dann rannte sie zu ihrem Vater und umarmte auch ihn.

»Das hast du wunderbar gemacht, Papa! Du bist der Beste!«

Johannes klopfte Karl auf die Schulter, dann fing er Inge auf, die sich in seine Arme warf.

»Wir haben gewonnen!«, jubelte sie.

Sie spürte seinen hämmernden Herzschlag und erkannte, dass er die ganze Zeit genauso viel Angst gehabt hatte wie sie, obwohl er sich nach außen hin so besonnen gegeben hatte.

Über seine Schulter sah sie den Rektor, der soeben mit Fräulein Moosbach den Saal verließ.

»Ganz klar Willkür«, sagte er zu der Lehrerin. »Aber da sind uns wohl jetzt die Hände gebunden. Das mit der Sonderschule hat sich ja auch erledigt, zumindest bis das amtsärztliche Gutachten vorliegt. Weiß der Himmel, was dann da drinsteht. Heutzutage kann man sich auf nichts verlassen.«

»Lauter weltfremde Bürokraten«, stimmte Fräulein Moosbach zu. Sie holte ein Butterbrot aus ihrer Handtasche, wickelte es aus dem Papier und biss hinein. »Möchten Sie auch was?«, fragte sie den Rektor mit vollem Mund.

Er musterte sie leicht angewidert. »Nein danke.«

Den Rest der Unterhaltung bekam Inge nicht mehr mit.

Matthias kam auf sie zu. Er schüttelte Inge herzlich die Hand, dann wandte er sich an Johannes. »Matthias Jung mein Name.«

Johannes reichte ihm die Hand. »Das dachte ich mir schon. Freut mich, Sie kennenzulernen. Vielen Dank für alles, was Sie für uns getan haben!«

»Nicht der Rede wert.« Matthias warf einen Blick auf Inges Hand, wo unübersehbar der Ring prangte. In seinen Augen stand eine Spur von Bedauern. »Darf man gratulieren?«

Inge nickte errötend.

»Sie sind herzlich zu unserer Verlobungsfeier eingeladen«, sagte Johannes.

Inge sah ihn überrascht an. Über eine Feier hatten sie noch gar nicht gesprochen!

»Ich komme gern«, sagte Matthias. »Wann soll es denn stattfinden?«

»So bald wie möglich«, meinte Johannes. Auf Inges fragenden Blick hin bemerkte er: »Vorausgesetzt natürlich, du bist einverstanden.«

Sie lachte. »Sicher. Hauptsache, ich muss nicht kochen.«

*

An einem sonnigen Samstag im Oktober unterzeichnete Inge die vorbereiteten Dokumente für die Übernahme der Buchhandlung. Bevor der Steuerberater die endgültige Fassung erstellt hatte, war Inge noch einmal jeden einzelnen Punkt mit ihm durchgegangen.

Pünktlich zur Mittagspause schloss Brigitte von innen den Laden ab, und Agathe holte den fertigen Vertrag aus dem kleinen Hinterzimmer. Sie breitete die Papiere auf der Kassentheke aus und reichte Inge ihren Füllfederhalter.

Genauso gut hätten sie dieses Prozedere auch beim Steuerberater durchführen können, schließlich hatte er alles vorbereitet, und sie waren beide oft genug dort gewesen. Doch Agathe hatte sich gewünscht, dass es hier geschah, an dem Ort, um den es ging, und als Inge nun im Laden stand, den Füller in der Hand und all die vollen Bücherregale um sich herum, spürte sie, wie richtig diese Entscheidung war.

Ohnehin hatte sie keine Sekunde daran gezweifelt, dass sie die Buchhandlung übernehmen wollte, es gab kaum etwas in ihrem Leben, das sie so sehr herbeigesehnt hatte wie den heutigen Tag.

Doch erst in diesem Moment, als sie die besondere Atmosphäre des Ladens noch einmal auf sich wirken ließ, wurde ihr die ganze Tragweite dieser Entscheidung richtig bewusst. Ihr war ein seltenes, wunderbares Privileg zuteilgeworden – sie hatte ihr Steckenpferd zu ihrem Beruf machen dürfen. Und ab heute war sie sogar ihre eigene Chefin.

Sie und Agathe tauschten ein Lächeln tiefen Einvernehmens.

»Ich freue mich so«, sagte Agathe bewegt.

Brigitte, die hinter der Kassentheke stand und Sekt in drei Gläser füllte, wurde ungeduldig. »Nun mach schon. Sonst wird der Schampus noch warm!«

Inge atmete durch, dann setzte sie ihre Unterschrift unter den Vertrag. Die Buchhandlung gehörte nun ihr.

Sie wollte gerade mit Agathe und Brigitte anstoßen, als ein

Klopfen an der Ladentür ertönte. Draußen stand Matthias und lugte durch die Scheibe.

Inge ließ ihn ein und begrüßte ihn erstaunt. »Was tust du denn hier? Die Verlobungsparty ist doch erst heute Abend!«

Er betrachtete das Sektglas in ihrer Hand. »Gibt's denn jetzt schon was zum Anstoßen?« Als Nächstes fiel sein Blick auf die Vertragsunterlagen. Begeistert sah er Inge an. »Du hast unterschrieben! Herzlichen Glückwunsch!«

Inge erwiderte sein Lächeln. »Danke!«

Brigitte füllte unaufgefordert ein weiteres Glas und reichte es Matthias. Der prostete Inge zu.

»Ich hab noch einen zusätzlichen Grund zum Feiern mitgebracht«, verkündete er geheimnisvoll. »Bestimmt bekommst du es in den nächsten Tagen per Post, aber ich dachte, ich mache mich mal als Überbringer guter Nachrichten beliebt.«

»Ist das Gutachten vom Amtsarzt etwa fertig?«, fragte Inge mit heftig klopfendem Herzen.

Matthias nickte strahlend. »Und nicht nur das. Auf sein nachdrückliches Anraten hin wurde vom Schulamt bestimmt, dass Jakob unverzüglich in die dritte Klasse zu versetzen ist. Unverzüglich bedeutet sofort, also stell dich schon mal drauf ein. Die Moosbach ist er auf alle Fälle los.«

Inge stieß einen Freudenschrei aus.

»Aber das ist noch nicht alles.« Triumphierend schloss Matthias: »Es wurde ausdrücklich vermerkt, dass Jakob nicht mehr dazu angehalten werden darf, mit der rechten Hand zu schreiben.«

Unter den enthusiastischen Kommentaren von Agathe und Brigitte stießen sie alle auf den glücklichen Ausgang dieser langwierigen und nervenzermürbenden Angelegenheit an. Inge war selig. Der Tag war jetzt schon perfekt. Und dann noch die Feier heute Abend … War sie je in ihrem Leben so rundum glücklich gewesen?

Eine ältere Dame verirrte sich in den Laden.

»Wir haben noch Mittagspause«, informierte Brigitte sie.

Die Kundin beäugte das Sektglas in ihrer Hand. »Die Tür war aber offen.«

Inge stellte ihr Glas weg. »Wie kann ich Ihnen denn helfen?«

»Ich brauche ein Buch für meine Tochter. Als Geschenk zu ihrem Vierzigsten. Am liebsten liest sie Romane über Frauen. Aber es darf nicht zu seicht sein. Es muss gehobenen Ansprüchen genügen und kann ruhig traurig ausgehen.« Die Kundin seufzte. »Meine Tochter hat eine depressive Ader, auch beim Lesen.«

Inge verkniff sich ein Lächeln. Sie lotste die Kundin höflich zu den aktuellen Neuerscheinungen. »Da hätte ich eine ganz besondere Empfehlung für Sie. Der Titel lautet *Lieben Sie Brahms …*«

*

Es war eine gute Idee gewesen, die Feier im Garten zu veranstalten. Das schöne Wetter hatte sich seit Wochen gehalten, es war immer noch warm genug draußen, sogar abends. Mine konnte sich an keinen anderen Sommer erinnern, der so lange gedauert hätte. Der einzige Nachteil war, dass es seit zwei Monaten nicht geregnet hatte. Sie hatten ständig die Beete wässern müssen, und zwischendurch auch die Bäume, was in anderen Jahren so gut wie nie nötig gewesen war. Doch Karl und Johannes hatten alles in Schuss gehalten, davon hatte sie sich erst heute wieder selbst überzeugt. Mithilfe ihres Krückstocks und Johannes' tatkräftiger Unterstützung hatte sie zum ersten Mal seit dem Schlaganfall wieder einen vollständigen Rundgang durch den Garten bewältigt, angefangen beim Vorgarten, weiter über die Wäschewiese und die Gemüsebeete bis runter zu den Obstbäumen. Am Schluss hatte er sie mehr getragen, als dass sie gegangen war, aber sie hatte den ganzen Garten besichtigt, bis in den letzten Winkel. Und sie war zufrieden damit. Sie hätte es selbst vielleicht noch etwas besser hinbekommen, doch wirklich nur ein kleines bisschen.

Auch mit den Hühnern war alles in Ordnung. Es gab einen dreisten neuen Hahn, der versucht hatte, ihr ins Bein zu hacken, was sie ihm gleich mit einem gut gezielten Schlag ihres Krückstocks ausgetrieben hatte. Beim nächsten Mal würde er sich nicht mehr so danebenbenehmen.

Für die Feier hatte Johannes ihr einen Sessel runter auf den Hof getragen, hier konnte sie sitzen und alles genau beobachten – die Familie und die Gäste, die sich auf dem Hof und der angrenzenden Wiese tummelten, lauter Bekannte und Freunde von Inge und Johannes, aber natürlich auch die Nachbarn, die konnte man ja von so einer Feier nicht einfach ausschließen. Auf ein paar von denen hätte Mine trotzdem gern verzichtet, aber wenn man sie nur gründlich genug mit Bowle und Fassbier abfüllte, lästerten sie demnächst vielleicht nicht mehr ganz so viel. Die meisten Leute änderten sich nie, und schon gar nicht zum Guten.

Fritz Rabe war allerdings der lebendige Beweis, dass es Ausnahmen gab. Er hatte auf seine späten Tage doch tatsächlich noch mit dem Saufen aufgehört. Keiner wusste genau, wieso, nicht mal seine Söhne. Eines Morgens hatte er einfach alle Flaschen, in denen noch was drin war, drüben im Hof zerschlagen und die Scherben in die Mülltonne geworfen. Seitdem trank er keinen Tropfen mehr, und Johannes meinte, er würde auch wieder Arbeit finden.

Fritz kam an Mines Sessel vorbei und prostete ihr mit einem Glas Sinalco zu. »Hasse gut hingekricht, dat alles«, sagte er.

Wolfi hatte das Kofferradio von seinem toten Bruder mitgebracht und beschallte damit die Feier. Mit der Musik konnte Mine nicht viel anfangen, es war eher was für die jungen Leute, aber zwischendurch wurden auch Lieder gespielt, die sie gern hörte.

Bärbel und Klaus hatten Lampions in die Bäume gehängt, es sah richtiggehend verwunschen aus, wie ein verzauberter Garten. Mine fühlte sich bei dem Anblick an ein altes Bilderbuch aus ihrer Kindheit erinnert. Es war ein schönes Buch gewesen, über einen Märchenwald voller Feen und Kobolde. Was wohl daraus geworden war? Irgendeins von ihren Geschwistern hatte es vielleicht mitgenommen, aber die waren ja alle jung gestorben. Sie war die Einzige gewesen, die selbst Kinder bekommen hatte, und später auch Enkel und sogar einen Urenkel. Doch Jakob hätte mit dem Buch wahrscheinlich nicht viel anfangen können, weil er es mehr mit den Zahlen hatte. Vielleicht hätten die Kleinen von Stan Kowalski das Buch gemocht, die waren jetzt im richtigen Alter dafür.

Aber warum machte sie sich Gedanken über das Buch – es war ja schon vor Urzeiten verloren gegangen. Verschwunden und zurückgeblieben in der Vergangenheit, so wie vieles andere, was ihr früheres Leben ausgemacht hatte. Ihr Mann, ihre Tochter – sie waren schon so lange fort.

Jupp hätte die Feier gefallen, das stand fest. Er war immer für ein zünftiges Fest zu haben gewesen. Der Mett-Igel, den Stans Frau fürs Büfett mitgebracht hatte, wäre genau sein Fall gewesen, wahrscheinlich hätte er die Hälfte davon allein verdrückt.

Und wie glücklich er gewesen wäre, wenn er all das hier gesehen hätte! Karl, der das Bierzapfen übernommen hatte und reihum für volle Gläser sorgte. Johannes und Inge, die von einem Gast zum anderen gingen und denen die Verliebtheit aus allen Knopflöchern strahlte. Bärbel und Klaus, die eng umschlungen unter einem Baum zu der Musik tanzten, vollkommen versunken und voneinander hingerissen. Jakob, der mit den anderen Kindern aus der Nachbarschaft im Garten ausgelassen Verstecken spielte.

Irgendwo da oben waren Jupp und Mathilde und sahen alles, und sie waren gar nicht weit entfernt, davon war Mine überzeugt. Einen Moment lang kam es ihr sogar so vor, als müsste sie nur die Hand ausstrecken, um sie zu spüren.

Hasse gut hingekricht, dat alles.

Es schien, als hätte Jupp die Worte wiederholt, die Fritz vorhin zu ihr gesagt hatte, und mit einem Mal vermisste sie ihren Mann so sehr, dass ihr das Herz davon wehtat.

Da wusste sie, dass es an der Zeit war.

Sie gab Karl ein Zeichen, dass er sie raufbringen sollte.

»Bist du schon müde?«, fragte er betroffen.

Sie nickte schweigend und ließ sich von ihm durch den Keller nach oben tragen. Er half ihr wie üblich beim Ausziehen und Zubettgehen, die Abläufe hatten sich reibungslos zwischen ihnen eingespielt.

»Dat hasse gut gemacht«, sagte sie. Es klang verwaschen, als müsste sie durch einen Mund voll Kies reden, aber er verstand sie.

Inge und Johannes kamen dazu, sie hatten mitbekommen, dass sie schlafen gehen wollte.

»Hast du wirklich schon genug, Oma Mine?«, fragte Inge besorgt. »War es dir zu laut?«

Sie schüttelte den Kopf.

»Sollen wir dir noch was bringen?«, erkundigte sich Johannes. »Ein Glas Bowle vielleicht?«

Ein weiteres Kopfschütteln. Sie wollte allein sein.

»Gute Nacht, Oma Mine«, sagte Johannes.

»Schlaf schön, Oma«, sagte Inge. »Und danke für alles.«

»Gute Nacht, Mutter.« Karl beugte sich über sie und küsste

sie auf die Stirn, so wie sie es immer bei ihm gemacht hatte, als er noch klein gewesen war.

Leise verließen sie alle nacheinander das Zimmer. Mine konnte ungestört durch das offene Fenster hinaus in den abendlichen Garten blicken. Der Widerschein der Lampions tauchte alles in ein sanftes Licht.

Die Musik hatte aufgehört, aber dann ertönte auf einmal Bärbels Stimme unter dem Fenster. Sie sang den anderen was vor, Inge hatte es sich so gewünscht. Doch dann erkannte Mine, dass das Mädchen nicht für die anderen sang. Sondern für sie.

Sah ein Knab ein Röslein stehn, Röslein auf der Heiden. War so jung und morgenschön, lief er schnell, es nah zu sehn …

Mine lauschte der klaren, wundervollen Stimme ihrer Enkelin und dachte bei sich, was für ein Glück sie doch hatte, in so einer Nacht sterben zu dürfen, das Herz so übervoll von Liebe.

Und als das Lied endete, war Jupp da. Er stand auf der anderen Seite und wartete schon auf sie.

Da bisse ja endlich, sagte er lächelnd, und er sah aus wie am Tag ihrer Hochzeit.

Es waren nur ein paar Schritte bis zu ihm, aber sie ließen sich mühelos bewältigen, denn mit einem Mal war sie wieder genauso jung wie er.

Sie ging zu ihm und wusste, dass sie zu Hause war.

Ende

Nachwort

Als im März 2020 der erste Band der Ruhrpott-Saga erschien, war wegen der sich ausbreitenden Corona-Pandemie gerade der sogenannte Shutdown über ganz Deutschland verhängt worden. Die Menschen blieben zu Hause, die Buchläden waren geschlossen.

Der lokale Buchhandel war plötzlich in seiner wirtschaftlichen Existenz bedroht. Aber obwohl viele Buchhändler infolge der Krise unmittelbar vor dem Aus standen, ließen sie sich nicht unterkriegen und versorgten die Menschen auch weiterhin mit Lesestoff. Unermüdlich standen sie Tag für Tag im Laden, um alle Lieferwünsche auszuführen, viele brachten gar die Buchpakete persönlich zu den Kunden. In Zusammenarbeit mit den Verlagen wurden findige Konzepte entwickelt, um den Vertrieb über den lokalen Buchhandel aufrechtzuerhalten und zu stärken.

Auf diese Weise hat der erste Band meiner Ruhrpott-Saga trotz aller Widrigkeiten seinen Weg in den Handel und zu den Lesern gefunden, wofür ich unendlich dankbar bin. Es lässt sich kaum ermessen, wie wertvoll dieser persönliche und engagierte Einsatz der Verlagsmitarbeiter und Buchhändler für uns Autoren war und ist.

Auch für mich stand schnell fest, dass mich nichts dazu bringen würde, das Handtuch zu werfen. Die Devise war fortan, trotzdem neue Geschichten zu erfinden. Und aus dem *Trotzdem* wurde dann ganz schnell ein *Jetzt erst recht*.

Mir bleibt hier nur, mich bei allen zu bedanken, die mich in dieser Krisenzeit aufgefangen und ermutigt haben.

Kerstin, Katharina und Sabine – unsere Telefonate waren meine wöchentlichen Hoffnungs- und Kicher-Highlights.

Claudia, Stefanie, Anna und Petra – ihr wart wie immer großartig! Mit euch zusammenarbeiten zu dürfen betrachte ich als Privileg.

Und zu guter Letzt eine innige Umarmung für meine Mama, meine Kinder und Enkel und den ganzen Familien-Clan. Danke, dass ihr nie aufhört, an mich zu glauben. In eurer Mitte fühle ich mich geborgen, ihr seid mein Quell der Kraft und Zuversicht.

Abschließend ist noch zum Inhalt des Romans zu sagen, dass sämtliche Figuren wie immer frei erfunden und etwaige Ähnlichkeiten mit echten Personen reiner Zufall sind.

Zu den im Buch angerissenen Verfahrens- und Prozessabläufen ist anzumerken, dass sie nicht immer der rechtlichen Realität entsprechen. Letztere hat leider meist den Nachteil (jeder, der mal mit Gerichten oder Behörden zu tun hatte, weiß, was ich meine), dass sie für den juristischen Laien gähnend langweilig und kompliziert ist, weshalb ich mir hier die Freiheit dramaturgischer Anpassungen erlaubt und zudem einiges ausgeschmückt oder vereinfacht habe.

Um am Ende dieses Nachworts noch einen kleinen Ausblick auf die Zukunft zu geben: Wir sehen uns beim nächsten Buch wieder. Bleiben Sie bitte gesund!

Eva Völler, im April 2020

Glossar plattdeutscher und bergmännischer Ausdrücke

Ärpelschlot	–	Kartoffelsalat
Blach/Blag	–	Kind
Bütterken	–	Butterbrot
döppen	–	enthülsen
Driet	–	Scheiße
Fahrhauer	–	dem Steiger untergeordnete Aufsichtsperson im Bergbau
Fott	–	Hinterteil
Füllort	–	Erweiterung der zum Schacht führenden Strecke zur Verladung des Förderguts
Gezähe	–	Werkzeug
Klümpken	–	Bonbon
Krösken	–	Verhältnis, Liebelei
Pinn im Kopp	–	nicht ganz bei Trost sein

Pöngel	– Bündel
starz	– ansehnlich
Steiger	– Aufsichtsperson im Bergbau
Waddische	– Werdener (von Essen-Werden)